ULRIKE SCHWEIKERT

Das Herz der Nacht

Zu diesem Buch:

In einer verschneiten Wiener Winternacht rettet der geheimnisvolle András Petru Báthory die Fürstin Therese Kinsky vor dem sicheren Tod. Die adlige Dame ist fasziniert von dem jungen Grafen und findet in ihm eine willkommene Ablenkung von ihrer unglücklichen Ehe. Auch Báthory genießt die Gesellschaft der klugen und wortgewandten Fürstin in vollen Zügen und fühlt sich leidenschaftlich zu ihr hingezogen. Doch immer erst nach Sonnenuntergang beehrt er sie mit seiner Gesellschaft, denn András ist ein Vampir. Durch die Fürstin lernt er auch die junge Pianistin Karoline Wallberg kennen. Die hochbegabte Musikerin hütet ein tragisches Geheimnis und lebt im Schatten ihres weit weniger talentierten Bruders, da es sich für eine Frau von gutem Stand nicht schickt, öffentlich aufzutreten. András erkennt sofort, dass sie etwas Besonderes ist und bittet sie, ihm das Klavierspiel beizubringen. Aber ihm ist kein unbeschwertes Glück vergönnt. Eine grausame Mordserie erschüttert die Wiener Gesellschaft. Junge Frauen werden mit aufgerissener Kehle aufgefunden. Seltsame Vorfälle häufen sich, András findet ein blutiges Messer auf seiner Türschwelle, ein Unbekannter schickt ihm bedrohliche Nachrichten. Und auch die Polizei nimmt seine Fährte auf. András ahnt, dass seine eigene Existenz in Gefahr ist, doch er will sich nicht aus Wien vertreiben lassen, wo er nach so vielen Jahren der Einsamkeit wieder lieben gelernt hat. Viel zu spät begreift er, welch perfides Spiel der Mörder mit ihm treibt, und dass dieser auch die Menschen, die András liebt, in den Strudel des Verderbens reißen will.

Die Autorin:

Ulrike Schweikert wurde in Schwäbisch Hall geboren. Der Durchbruch als Schriftstellerin gelang ihr 2001 mit dem Roman »Die Tochter des Salzsieders«. Inzwischen ist sie eine der erfolgreichsten deutschen Autorinnen historischer Romane und kehrt mit ihren romantischen Vampir-Romanen auf ihr ursprüngliches Terrain der Phantastik zurück. Ulrike Schweikert lebt und schreibt in der Nähe von Stuttgart.
Weitere Informationen unter: www.ulrike-schweikert.de

Ulrike Schweikert bei LYX:

Das Herz der Nacht. Roman
Der Duft des Blutes. Roman
Feuer der Rache. Roman

ULRIKE SCHWEIKERT

DAS HERZ DER NACHT

Roman

LYX
EGMONT

Taschenbuchausgabe: © 2011 bei LYX
verlegt durch EGMONT Verlagsgesellschaften mbH,
Gertrudenstr. 30–36, 50667 Köln

1. Auflage
Redaktion: Katharina Kramp
Vignettenillustration: Eva Widermann
Umschlaggestaltung: bürosüd°, München
Umschlagmotiv: © HildenDesign unter Verwendung
eines Motivs von Shutterstock
Satz: Greiner & Reichel, Köln
Druck: Bercker, Graphischer Betrieb, Kevelaer
ISBN 978-3-8025-8497-8

www.egmont-lyx.de

Für Margareta Blankenbach und Gigolo – Chakira und ich danken für die inspirierenden Ausritte – und für meinen geliebten Mann Peter Speemann

Prolog

Stille senkte sich über das Paradeisgartel, wie die Wiener diesen Ort noch immer nannten, obwohl die Löwelbastei samt Kaffeehaus und dem ursprünglichen Garten längst abgebrochen worden waren und der neue Park an dieser Stelle nun Volksgarten hieß.

Die Nacht war längst hereingebrochen, und mit dem fliehenden Tageslicht verließen auch die letzten Spaziergänger eiligen Schrittes den Garten. Hatten die gelben Strahlen der Nachmittagssonne zumindest die Illusion von Wärme verbreitet, so fuhr der Wind nun winterlich kalt um die Büsche und Bäume, die ihre sorgsam gestutzten Äste kahl in die Höhe reckten.

In Cortis neuem Kaffeehaus, das in einem anmutigen Halbrund erbaut worden war, erhoben sich die letzten Gäste, falteten ihre Zeitungen zusammen, legten einige Kreuzer auf den Tisch und ließen sich in ihre warmen Mäntel helfen. Die Serviererin knickste, der Wirt stand mit stolz erhobenem Haupt an der Tür, grüßte jeden mit Namen und gab ein paar persönliche Worte mit auf den Heimweg.

Mit gesenktem Haupt und hochgezogenen Schultern hasteten die späten Besucher davon. In dieser Nacht vermissten sie die herrliche Aussicht nicht, hinüber zum Schwarzenbergpalais, der kuppelgekrönten Karlskirche und bis zur Donau hinunter, die man einst vom Balkon des alten Kaffeehauses und von der Mauer der aufragenden Bastei hatte genießen können.

»Eine gute Nacht wünsche ich Ihnen, und beehren Sie uns morgen wieder«, rief der Kaffeehausbesitzer zum letzten Mal in die Dunkelheit. Die Flammen der Gaslaternen spiegelten sich in seinem tiefschwarzen Haar und auf seinem ebenso prächtigen dunklen Schnurrbart.

Es war ein offenes Geheimnis, dass Pietro Corti Kaiser Franz wertvolle Spionagedienste im Krieg gegen Napoleon geleistet hatte. Dafür war der Familie des Italieners das Privileg erteilt worden, die alleinige Kaffeehausgerechtigkeit erst im Paradies- und später im Volksgarten auszuüben. Und das tat er mit Stolz und überaus erfolgreichem Geschäftssinn. Wobei die kalten Tage des Winters natürlich nicht zu den einträglichen zu zählen waren. Im Frühling und Sommer dagegen gehörte es geradezu zum guten Ton, sich im Paradies zu treffen, zwischen Jasmin und Flieder zu plaudern, zu flirten oder beim Flanieren seinen Gedanken nachzusinnen. Dann kredenzte Herr Corti neben seinen Kaffee- und Gebäckkreationen vielerlei Arten von Gefrorenem und die süßen Getränke, die junge Damen so sehr liebten: Mandelmilch und Orangeade, Punsch und natürlich Limonade. Seine besten Tage waren natürlich die, wenn Joseph Lanner mit seinem Orchester aufspielte. Wenn er seine Lieblingskompositionen »Der Schnellsegler«, »Flüchtige Lust« oder den »Paradies-Soiree-Walzer« zum Besten gab, konnte es schon angehen, dass sich mehr als tausend Menschen im Park zwischen der geschleiften Löwel- und der ebenfalls abgetragenen Burgbastei drängten: in bester Laune und mit gesegnetem Durst!

Pietro Corti schloss hinter dem letzten Gast die Tür. »Resi, wisch dort drüben noch die Tische ab«, wies er das hübsche brünette Serviermädchen an, während er sich daranmachte, die Gaslichter herunterzudrehen. Eine Lampe nach der anderen erlosch, bis nur noch ein paar einsame Sterne das Paradiesgärtchen erleuchteten, die ab und zu zwischen den Wolken auftauchten, ehe sie von ihnen wieder verschluckt wurden.

»Ich geh dann, Herr Corti. Sie können hinter mir die Tür absperren«, rief Resi in Richtung Küche, wohin der Kaffeehausbetreiber verschwunden war.

»Ja, ist recht. Bis morgen und sei pünktlich!«

»Aber natürlich!«, antwortete das Serviermädchen, und es klang ein wenig gekränkt. »Ich wünsche eine gute Nacht.«

Eisige Luft umschloss sie, sobald sie die Tür aufschob. Resi schlang ihren Schal und den Umhang enger um sich. Er war viel zu dünn für eine Januarnacht in Wien und bot nur unzureichend Schutz gegen den eisigen Wind, der wie Nadelspitzen in die Haut drang. Wenigstens lag kaum mehr Schnee auf den Wegen, so dass er ihr heute nicht die Schuhe und Strümpfe durchweichen würde.

Resis Gedanken eilten durch die nächtliche Stadt voraus zu der Gasse, die noch immer nach dem aufgegebenen Chorfrauenkloster, der Himmelspforte, benannt war. Dort, in einem der Zinshäuser, bewohnte sie mit ihrem alten Großvater zwei Zimmer mit einer kleinen Küche unter dem Dach. Wie immer würde er noch wach sein und auf sie warten, und sie würde ihm eine schöne, heiße Schokolade wärmen. Und sich selbst auch, schwor sich Resi, deren Zähne aufeinanderschlugen. Sie dachte an die Glut im Ofen und die Wärme, die sie schon bald umgeben würde, als ein Schatten neben einem entlaubten Fliederbusch ihre Aufmerksamkeit erregte.

Ohne es eigentlich zu wollen, blieb sie stehen und wandte sich dem Schemen zu. Was war das? Resi verließ den Weg und trat ein paar Schritte über den erstarrten Rasen. Der Schatten verdichtete sich zu einer Gestalt. Einer menschlichen Silhouette. Resi machte noch ein paar Schritte.

Warum eigentlich? Ihr war kalt, und es interessierte sie gar nicht, wer in der Winternacht zu dieser Zeit hier noch unterwegs war. Sie wunderte sich über ihre Entscheidung, die gar nicht die ihre zu sein schien. Es fühlte sich an, als würden ihre Füße von einer fremden Macht gelenkt.

So ein Unsinn!

Resi kniff die Augen zusammen. Es musste ein Mann sein, so

groß wie es war. Mehr konnte sie nicht erkennen. Ein weiter Umhang verhüllte die Gestalt, deren Gesicht unter der Krempe des ausladenden Huts im Dunkeln lag.

Resi ging noch zwei Schritte weiter, obgleich sie eigentlich zum Weg zurückkehren wollte. Es schien plötzlich noch kälter zu werden, dennoch schlugen ihre Zähne nicht mehr aufeinander. Eine seltsame Starre bemächtigte sich ihrer Glieder. Sie blieb stehen. Ihre Arme hingen leblos herab, ihr Blick blieb starr auf die seltsame Gestalt gerichtet, die nun kaum drei Schritte entfernt vor ihr stand. Sie hatte sich bisher noch nicht bewegt. Nun jedoch schälte sich eine bleiche Hand aus dem Mantelstoff. Schlanke Finger mit langen, spitzen Nägeln krümmten sich.

»Komm noch ein wenig näher, mein Kind«, flüsterte ein kalter Windhauch in ihr Ohr. »Hierher zu mir!«

Das war das Letzte, was Resi wollte. Es drängte sie davonzulaufen, nach Hause zu ihrem Großvater, in die Geborgenheit ihrer kleinen Dachwohnung, zu einer tröstenden Tasse Schokolade, und dennoch folgte sie dem Drängen der fremden Gestalt, bis sie vor ihr stand. Die Wolken, die der Wind über den Himmel jagte, hatten sich verdichtet, dennoch schied sich nun ein Gesicht vom Schatten der Hutkrempe. Bleich war es, ja, fast durchsichtig, als würde es von innen her leuchten. Noch unheimlicher jedoch waren die Augen, die in einem tiefen Rot zu glühen schienen. Aber es ging keine Wärme von ihnen aus. Resi konnte den Ausdruck nicht deuten. Sie wusste nur, dass zu Recht Todesangst ihre Brust umklammerte und ihr den Atem nahm.

Langsam hob die Gestalt die Hand. Eisig legte sie sich auf ihre Wange und strich ihr bis zum Kinn. Einer der spitzen Fingernägel fuhr die Kontur ihrer Lippe nach. Er war so scharf, dass ein Blutstropfen hervorquoll und warm über ihre Haut herabperlte.

»Sehr schön«, sagte der eisige Windhauch. Die dünnen, fast farblosen Lippen öffneten sich und ließen weiß blitzende Zähne sehen. Es war kein Lächeln, das Resis Herz hätte beruhigen können. Wenn überhaupt möglich, vertiefte es den Schrecken noch.

Vielleicht war es dieser Augenblick, der Resi die Gewissheit offenbarte, dass sie in dieser Nacht nicht nach Hause gehen würde. Nein, dass sie niemals wieder heimkehren würde. Armer Großvater!

Warum versuchte sie nicht, vor diesem unheiligen Wesen zu fliehen? Weil sie wusste, dass sie keine Chance hatte, ihm zu entkommen? Weil es sie mit seinem Blick in Fesseln schlug, fester, als jedes Seil es hätte tun können? Es war ihr, als könne sie das Band spüren, das sich um ihr Herz zusammenzog, das unter seinen letzten, verzweifelten Schlägen schmerzte.

»Ich habe auf dich gewartet«, sagte das Wesen.

Was war es? Ein Mensch ganz sicher nicht. Was dann? Ein Dämon der Hölle, der für Satan die Seelen der Menschen raubte und dessen Aufgabe es war, sie im Fegefeuer zu martern?

Nein, nicht im Fegefeuer, korrigierte Resi ihren Gedanken. Das Fegefeuer war nur eine vorübergehende Qual, um seine Sünden, die man hier auf der Erde begangen hatte, zu büßen, doch dann folgte die Erlösung. Und den Rest der Ewigkeit durfte man in Gottes Herrlichkeit zubringen.

Von diesem dämonischen Wesen, das sie mit kaltem Lächeln abschätzend begutachtete, war keine Erlösung zu erwarten. Arme Seele!

Eine seltsame Ruhe überkam sie, obgleich sie hätte zittern müssen, auf die Knie fallen und um Gnade wimmern. Resi starrte in die roten Augen, das Letzte, was sie sehen würde, ehe es sie vernichtete. Nein, das war kein Wesen, das sich von Tränen würde erweichen lassen. Das Einzige, was ihr noch blieb, war, sich in Würde hinzugeben.

»Bewundernswert!«, sagte es leise, als habe es jede Regung ihres Geistes verfolgt. »Obwohl ich gestehen muss, dass Angst dem Blut ein Prickeln verleiht, das nicht zu verachten ist. Und der Duft von Angstschweiß erst! Er bringt mich in Wallung, und das steigert den Genuss. Lass es dir gesagt sein! Nun gut, ich bin niemand, der Mut verachten würde.«

Der vornehme Plauderton verstärkte noch die Absurdität der nächtlichen Szene. War dies gar nur ein Albtraum, aus dem man in seinem eigenen Schweiß gebadet, aber voll Erleichterung am Morgen erwachte?

»Nein, bedaure, du wirst nicht mehr erwachen«, zerstörte das unheimliche Wesen den aufkeimenden Hoffnungsschimmer.

Resi öffnete die Lippen. Sie wusste nicht, woher sie die Kraft nahm zu sprechen, doch plötzlich fand sie ihre Stimme wieder.

»Heilige Jungfrau, erbarme dich meiner, hilf mir, steh mir bei, im Kampf gegen das Böse der Hölle!«

Das dämonische Wesen – oder was immer es war – stieß einen ärgerlichen Laut aus. Mit einem einzigen Griff zerfetzte es ihr die Schließe des Mantels und den Kragen ihres Kleides. Resi nahm noch das Aufblitzen langer, spitzer Zähne wahr und dann einen Schmerz, der zu tief ging, um durch einen Aufschrei Linderung zu finden.

Der Mund presste sich wie Eis gegen ihren Hals, dagegen schien ihr eigenes warmes Blut, das ihr über Hals und Dekolleté rann, ihre Haut zu verbrennen. Das Wesen trank gierig. Saugte ihr Leben in sich ein.

Für einen Moment trat der Mond hinter den Wolken hervor, strich über Resis Wangen und spiegelte sich in den weit aufgerissenen Augen, aus denen das Leben schwand, noch ehe das untote Geschöpf ihr mit einem letzten brutalen Biss die Kehle herausriss.

Es war der Schrei eines wilden Tieres, der sich in die kalte Winternacht schwang, als es seine tote Beute zu Boden fallen ließ. Ohne Resi noch einen letzten Blick zu gönnen, stieg es über den Körper hinweg und verschwand in Richtung Hofburg.

Sacht sank Schnee auf das Mädchen herab, dessen Augen weit aufgerissen in den Himmel starrten, als hoffe es noch immer auf göttliche Hilfe, die es erretten würde. Doch das Einzige, was der Himmel ihr schickte, war ein kaltes Leichentuch, das lautlos ihren blutig zerfetzten Körper einhüllte, bis kein Blut mehr zu sehen war.

Erst am nächsten Tag, als der Kaffeehausbesitzer bereits seit zwei Stunden zornig in seinem Etablissement auf- und abgeschritten war und über die Unzuverlässigkeit der Mädchen lamentiert hatte, stöberten die beiden Jagdhunde eines Rittmeisters des kaiserlich-königlichen Husarenregiments Nr. 10 die Tote auf. Fassungslos stand der junge Mann da, in seinen schwarzen Stiefeln, den engen roten Hosen und dem blauen Dolman – der Uniformjacke mit den goldenen Schnüren –, den grünen Tschako mit dem Federbusch auf dem Kopf, und starrte wie betäubt auf die Tote herab. Dem Husaren war der Tod schon oft begegnet, doch ihn hier im Paradiesgärtchen mitten in Wien auf so scheußliche Weise anzutreffen, darauf war er nicht vorbereitet gewesen. War das nicht die Resi? Das hübsche Serviermädchen aus Cortis Kaffeehaus?

Scharf rief er die Hunde zurück, die sich an dem toten Mädchen zu schaffen machten. Mit einem raschen Blick in die Runde vergewisserte er sich, ob nicht einer der Militärpolizisten oder ein Polizeiwachtmeister auf Patrouille unterwegs war.

Nein, natürlich nicht. Wenn man ihrer bedurfte, waren sie nicht zur Stelle. Der Rittmeister ließ sich auf die Knie nieder und strich ein wenig unbeholfen den Schnee aus dem erstarrten Gesicht. Dann fiel sein Blick auf ihren Hals. Waren das etwa Abdrücke von Zähnen? Bei allen Engeln des Himmels! Was für eine Bestie trieb hier in Wien ihr Unwesen?

Der Rittmeister sprang auf und rannte zum Kaffeehaus, wo er einen der Kriminalkommissäre gemütlich bei seiner Zeitung und einer schönen Tasse Kaffee vorzufinden hoffte.

1. Kapitel

Fürstin Therese Josepha Kinsky

Durchlaucht, es wird dunkel!«

»Das sehe ich. Hältst du mich für blind?«, fuhr die Dame den jungen Mann an, der sich hinter ihr auf dem schmalen Sitz ihres Phaetons festklammerte, heldenhaft darum bemüht, den neutralen Gesichtsausdruck zu wahren, wie es sich für einen Groom gehörte, der seine Herrschaft auf einer Ausfahrt begleitete. Als die Dame jedoch die Peitsche über den vier feurigen Füchsen schwang und die Tiere nacheinander in Galopp fielen, so dass die Kutsche gefährlich zu schlingern begann, stand in seiner Miene nur noch nackte Angst.

»Durchlaucht!«

Es war eines dieser leichten Gefährte, die in England bei den jungen, sportlichen Gentlemen beliebt waren.

»Was ist?«, rief die Dame ungehalten, während sie sich mit der langen Peitsche mühte, das linke Vorauspferd dazu zu bewegen, seinen Schritt dem der anderen anzugleichen. Die Dame, genauer gesagt Fürstin Therese Josepha Kinsky, eine geborene Gräfin von Freudenthal, fluchte leise, als die Spitze ihrer Peitsche das falsche Pferd berührte und dieses mit einem Satz die hochrädrige Kutsche erneut ins Schwanken brachte. Der Pferdeknecht stieß einen Schrei aus und suchte nach einem besseren Halt, doch der schmale Sitz ohne Geländer hatte nicht viel zu bieten.

»Lassen Sie uns umkehren«, flehte er. »Es ist noch ein weiter Weg durch die Hauptallee zurück. Es wird schnell dunkel, und außer uns scheint niemand mehr im Prater unterwegs zu sein.«

»Deshalb habe ich diese Zeit ja gewählt, Dummkopf«, gab die Fürstin unwirsch zurück. »Diese vier Füchse passen wundervoll zusammen. Es war ein guter Kauf, auch wenn sie noch ein wenig ungestüm sind und sich erst aufeinander einstellen müssen. Es sind ganz prachtvolle Tiere! Mit meinem neuen Phaeton werde ich bei der Osterfahrt Aufsehen erregen, aber nur, wenn ich bis dahin das Gespann mit sicherer Hand zu lenken verstehe! Glaubst du, ich will mich zum Gespött der Gesellschaft und des Volkes machen? Daher muss ich die Zeit nutzen, die mir bleibt, ohne Zuschauer zu üben und meine Fahrkünste zu perfektionieren. Wann sonst, als an einem Winterabend, ist die Praterallee einmal verlassen?«

»Und wenn Sie einen Unfall erleiden?«, wagte der Groom zu widersprechen. »Das wäre dem Fürsten nicht recht«, fügte er mutig hinzu.

Seine Herrin schnaubte durch die Nase. »Dem Fürsten!«, sagte sie, hielt dann aber inne. Dass es ihr egal war, was ihr Gatte für gut befand und was er über ihre Vorhaben dachte, ging den Groom nichts an. Die Dienstboten klatschten ohnehin schon genug, da musste sie ihnen nicht noch Wasser für das Geklapper ihrer Mühlen liefern.

Bei dem Gedanken an ihren Gatten kniff Therese missmutig die Lippen zusammen. Er scherte sich nicht um Konventionen – soweit sie ihn selbst betrafen – und auch nicht um Höflichkeit. Warum sollte sie Rücksicht nehmen? Oh ja, sie kannte seine Antwort, ohne dass sie sie hören musste. Er war ein Mann, ein Fürst des alten, böhmischen, hoffähigen Adels, noch dazu mit einem stattlichen Vermögen, der es sich wohl leisten konnte, zu tun und zu lassen, was ihm beliebte. Es stand weder dem Volk noch der Gesellschaft an, über sein Verhalten zu urteilen. Sie jedoch war eine Frau. Ob Fürstin oder nicht, das war in diesem

Fall unerheblich. Nichts war unangenehmer als eine Frau, die einen Skandal heraufbeschwor. Und nichts hasste der Fürst mehr als die Unannehmlichkeiten eines Skandals – zumindest wenn sie sein eigenes Haus betrafen. Ansonsten taugten Skandale durchaus, Langeweile zu vertreiben, und als amüsanter Gesprächsstoff für eine abendliche Gesellschaft.

Etwas riss sie abrupt aus ihren unerfreulichen Gedanken. Ein großer Schatten, der zwischen den Kastanienbäumen entlanghuschte. Was war das?

Anscheinend hatte nicht nur die Fürstin den Schatten erspäht. Die Pferde wieherten erschreckt auf. Unwillkürlich zog Therese die beiden Zügelpaare an, von denen sie eines in der Rechten, das andere in der Linken hielt. Der plötzliche Ruck brachte das Gespann noch mehr durcheinander. Die vorderen Pferde bäumten sich auf, die Lederriemen des Geschirrs ächzten.

Der Groom stieß einen warnenden Schrei aus, aber das Unglück nahm bereits seinen Lauf. Obwohl die Fürstin ihren Fehler sofort erkannte, war es schon zu spät. Der huschende Schatten und der unvermittelte Ruck ließen bei den Pferden nur noch die Reaktion zu, die ihr Instinkt ihnen eingab: Und dieser befahl blinde Flucht vor der drohenden Gefahr.

Die vier Füchse rasten die Praterhauptallee hinunter. Immer wieder versuchten sie nach unterschiedlichen Seiten auszubrechen und dem Geschirr zu entfliehen, das sie zusammenkettete. Der Phaeton schlingerte gefährlich. Der Pferdeknecht schrie, dieses Mal in unverhohlener Todesangst. Seine Hände krallten sich um den Sitz, fanden aber keinen Halt mehr. Als die Räder auf eine Unebenheit des Weges stießen – es mochte ein Stein oder auch eine Mulde gewesen sein –, machte der Wagen einen Satz, und der Groom wurde in hohem Bogen hinausgeschleudert. Therese hörte, wie er auf dem Weg aufschlug, und sein Wehklagen, das hinter ihr verklang.

Sie selbst ließ keinen Laut über ihre fest zusammengepressten Lippen. Für weibisches Gejammer war jetzt nicht die Zeit. Sie musste irgendwie zu den noch immer panisch fliehenden Pferden durchdringen. Die Peitsche war ihren Händen entglitten, und nun hätte sie bei dem Schlag beinahe noch die linken Zügel verloren. Behutsam nahm sie die durchhängenden Riemen auf. Den Rücken gegen die gepolsterte Lehne gepresst, die Sohlen der Stiefel gegen das vordere Brett gestemmt, mühte sie sich, das Gleichgewicht zu wahren, während die Kutsche weiter auf das Lusthaus am Ende der Allee zuraste. Unvermittelt schlingerte das Gefährt zur anderen Seite. Die Pferde schienen sich darauf geeinigt zu haben, den Hauptweg zu verlassen und rechts auf die Wiese auszubrechen. Die riesigen Speichenräder der Vorderachse flogen ein wenig versetzt über die Kante am Rand des Weges. Therese wurde erst zur einen, dann hart zur anderen Seite geschleudert. Es gelang ihr noch, die erste Bewegung auszugleichen, doch der zweite Stoß hätte sie fast vom Sitz geworfen. Sie griff nach der Seitenlehne, um den Schwung abzufedern, und sah entsetzt, wie die linken Zügel aus ihrer Hand rutschten. Aus einem Reflex heraus ließ sie ihren Fuß unter dem langen Kutschiermantel hervorschnellen. Der Riemen schlang sich um ihren Stiefel. Der Phaeton jagte nun über die Wiese. Er sprang in immer wilderen Sätzen. Fürstin Kinsky beugte sich vor, um die Zügel aufzunehmen, als die Sitzbank ihr einen derben Stoß versetzte und sie zur Seite warf.

Therese spürte, wie sie das Gleichgewicht verlor. Schon konnte sie das winterlich braune Gras unter den fliehenden Rädern auf sich zukommen sehen. Es dauerte sicher nicht länger als einen Wimpernschlag, und dennoch erkannte Therese mit erschreckender Klarheit, dass sie nun stürzen und es vermutlich ihr Leben kosten würde. Nicht nur, dass das Gefährt besonders hoch gebaut und das Tempo halsbrecherisch war. Die Zügel umschlangen noch immer ihren Knöchel und würden sie gnadenlos mit sich reißen. Doch statt die Lider zu schließen und sich mit einem letzten Gebet Gottes Gnade zu ergeben, riss sie die Augen trotzig auf. Hilflose Wut überschwemmte sie.

Da war er wieder. Der Schatten. Der sie und die Pferde erschreckt hatte. Und dann fühlte sie zwei Hände. Zwei eisenstarke kalte Hände. Schon im Fallen rissen sie ihren Körper hoch. Zurück auf den Wagen. Als würde sie nicht mehr wiegen als eine Stoffpuppe.

Es ging zu schnell und war zu verwirrend, als dass Therese es in diesem Moment hätte begreifen können. Erst später in der Nacht und am anderen Tag, als sie Muße hatte, über den Vorfall nachzudenken, löste sich die Sequenz in einzelne Bilder auf. Allerdings blieb der Vorfall auch dann unbegreiflich. Schlichtweg unmöglich. Und dennoch musste es so geschehen sein. War sie etwa nicht noch am Leben und erfreute sich ohne jede Verletzung bester Gesundheit?

Fürstin Kinsky grübelte unentwegt und versuchte das Rätsel zu ergründen, ohne ihm auf die Spur zu kommen. Es war einfach nicht erklärbar und dennoch wahr.

Unvermittelt saß ein Mann auf dem Kutschbock des Phaetons, riss die Fürstin mit starker Hand hoch, löste den Zügel von ihrem Fuß, nahm ihr den anderen aus der Rechten und fing die noch immer galoppierenden Pferde ein. Sie gehorchten augenblicklich, als wäre nichts geschehen, und trabten in bewundernswertem Gleichklang zurück zur Allee. Vor dem nächtlich verlassenen Lusthaus am Ende der Praterpromenade hielt der Fremde den Wagen an. Die Pferde standen ruhig im Schein des Mondes da, als wären sie aus Stein gemeißelt.

Therese schüttelte den Kopf, als müsse sie den Rest von Schläfrigkeit vertreiben, den ein intensiver Traum in schweren Gliedern zurücklässt. Nein, sie hatte nicht geträumt, und sie war auch nicht von den roten Speichenrädern ihres neuen Gefährts zu Tode gequetscht worden.

»Sie können mich jetzt loslassen«, sagte sie zu dem Fremden mit so viel Würde in der Stimme, wie sie in dieser Situation aufbringen konnte. Eine Fürstin war eine Fürstin, ganz gleich, ob sich ihre Frisur bei der wilden Fahrt gelöst hatte und ihr Haarsträhnen wild nach allen Seiten abstanden, ihre Wange ein blutiger Kratzer zierte, ihr Mantel von Schlammspritzern bedeckt war und ihr elegantes Kutschierkleid einen Riss aufwies. Therese bediente sich der ausdruckslosen Miene des hohen Adels, der es über Generationen geübt hatte, sich durch nichts aus der Fassung bringen zu lassen.

Die kalte Hand, die sie wie eine Eisenklammer umschlossen hatte, löste sich. Der Fremde rückte ein Stück zur Seite – soweit es die Enge des Gefährts eben zuließ.

»Ihr Diener, Durchlaucht. Sind Sie wohlauf?«, sagte er mit wohlklingender, tiefer Stimme, die eine sorgfältige Erziehung verriet. Ein Mann von Adel? Vielleicht. Jedenfalls ganz sicher kein Wildhüter oder einfacher nächtlicher Wanderer.

»Ja, durchaus, dank Ihrer Hilfe«, gab sie zurück. »Ich kann zwar noch nicht begreifen, wie Ihnen dieses Meisterstück gelungen ist, jedenfalls haben Sie mir das Leben gerettet, und dafür danke ich Ihnen auf das Herzlichste.«

Sie war froh, dass ihre Stimme so fest klang und ihre Hand nicht zitterte, als sie sie ihrem Retter reichte. Innerlich dagegen bebte sie in der Erkenntnis der Gefahr, in der sie gerade noch geschwebt hatte.

Er wirkte völlig ungerührt. Sein Atem ging ruhig und gleichmäßig. Doch als er nun die Hand hob und mit dem Zeigefinger die Blutstropfen berührte, die aus dem Riss in ihrer Wange quollen, zitterte seine Hand. Rasch zog er sie zurück und reichte ihr stattdessen ein fein besticktes Taschentuch, mit dem sie sich über die

Wange fuhr, die an der Stelle, an der er sie berührt hatte, noch kälter schien als der Rest ihres Gesichts. Mit der anderen hielt er noch immer die Hand fest, die sie ihm gereicht hatte, und hauchte nun einen Kuss auf das weiche Leder ihres ruinierten Handschuhs.

»Ist es nicht jede Mühe wert, einer Dame in Nöten einen Dienst zu erweisen, Fürstin Kinsky?«

»Sie kennen mich?«, wunderte sich Therese.

»Das Zaumzeug der Pferde ziert Ihr Wappen.«

Ein Teil in ihr fragte sich, wie er das in der Dunkelheit hatte erkennen können, doch sie vergaß es, weiter darüber nachzudenken, als sie erwiderte: »Dann sind Sie im Vorteil. Ich weiß bisher nicht, mit wem ich es zu tun habe.«

»Mein Name ist András.«

Sie hatte das Gefühl, dass er es dabei belassen wollte, doch als sie fragend die Brauen zusammenschob, fügte er nach einigem Zögern hinzu: »András Petru Báthory«.

»Ein ungarischer Name?«, überlegte die Fürstin laut, doch der Mann an ihrer Seite ging nicht darauf ein. Stattdessen schlug er vor, in die Stadt zurückzufahren.

Nachdem sich ihr Herzschlag beruhigt und die Wallungen des Blutes abgeflaut waren, spürte die Fürstin die Kälte durch Mantel und Kleid dringen. Daher stimmte sie seinem Vorschlag zu. Sie streckte die Hände fordernd aus, ihr Retter jedoch ignorierte sie und behielt die Zügel locker in der Linken. Noch immer standen die Pferde reglos da, als seien sie zu Eis erstarrt. Nur der Wind spielte in den langen, rötlichen Mähnen.

Fürstin Kinsky räusperte sich vernehmlich. Auch dieses Signal überhörte der Mann an ihrer Seite. Sein Blick war auf die Tiere gerichtet. Therese schwankte zwischen Ärger und Neugier. Wollte er ihr nun demonstrieren, wie er mit einem Viererzug zurechtkam? Gut, sollte er sein Glück bei ihren jungen Füchsen versuchen, mit denen man noch viel arbeiten würde müssen, bis sie zu einem dieser harmonischen Gespanne wurden, denen jeder Passant bewundernd auf der Straße nachsah. Dann sollte er einmal zeigen, was er konnte!

»Nun gut, Herr Báthory, fahren wir zurück, und sehen wir, was aus meinem armen Groom geworden ist.«

Sie sah genau auf seine Hände. Noch immer lagen die Zügelpaare schlaff in seinen Fingern. Eine Peitsche hatten sie nicht mehr. Therese konnte kaum erahnen, dass er die Lippen bewegte. Ein weicher, dunkler Ton, und die Pferde zogen an. Ruhig und gleichmäßig, nicht so wild und unrhythmisch, wie sie es unter ihrer Hand getan hatten. Wieder ein Ton, ein wenig höher als zuvor, und sie fielen in Trab. So fuhr er den Wagen die Allee zwischen den kahlen Kastanienbäumen entlang, saß entspannt neben ihr, die Zügel locker in seinem Schoß, die Pferde scheinbar nur mit seinem Blick und ein paar Tönen im Zaum haltend. Erstaunlich. Beneidenswert. Unglaublich!

»Ist das dort vorn Ihr Pferdeknecht, Durchlaucht?«

Ihr Retter deutete auf eine Gestalt, die am Rand der Allee in ihre Richtung hinkte.

»Ja, das ist der gute Johann. Ihm scheint – dem Himmel sei es gedankt – nicht viel zu fehlen.«

Ihr Begleiter nickte. »Ja, das Glück muss ihm hold gewesen sein. Das war ein harter Sturz, bei dem er sich alle Knochen hätte brechen können.«

Das konnte Báthory nur vermuten. Wie hätte er Zeuge dieses Sturzes sein und – nur wenige Augenblicke später – vorn auf der Wiese am Lusthaus die Pferde aufhalten können?

Der Fremde hielt den Phaeton genau neben dem Knecht an, ohne dass sich eine seiner Hände auch nur bewegt hätte.

»Durchlaucht!«, rief der Groom. »Sind Sie unversehrt? Heilige Jungfrau, ich danke dir! Ich dachte schon, der Wagen müsse sich überschlagen, als die Pferde so mit Ihnen davonjagten. Durchlaucht, Sie hätten heruntergeschleudert werden und sich den Hals brechen können!«, rief er und schloss schaudernd die Augen. »Was hätte der Herr dazu gesagt?«

Therese spürte, wie ein Lächeln ihre Lippen zucken ließ, und sie war in Versuchung, ihren Knecht zu fragen, welcher Teil seiner schaurigen Vorstellung ihn mehr erschreckte: der mögliche Tod seiner Herrin oder die Rüge, die der Fürst ihm erteilen würde, dass er dieses Abenteuer nicht verhindert hatte. Natürlich sprach sie ihre Gedanken nicht aus. Stattdessen forderte sie Johann auf, in den Wagen zu steigen, dass man endlich den Heimweg fortsetzen könne. Der Groom warf dem Unbekannten einen neugierigen Blick zu, wagte aber nicht zu fragen.

Erstaunt sah Therese ihr verstohlenes Lächeln im Gesicht ihres Begleiters gespiegelt, so als habe er ihre Gedanken aufgefangen und teile das Amüsement.

Was für ein unsinniger Einfall!

Rasch wandte sie ihren Blick wieder ab und betrachtete kritisch Johanns zerrissenen Mantel, unter dem eine nicht minder ruinierte Livree zu sehen war. Vermutlich hatte er sich auch einige Schürfwunden und schmerzhafte Prellungen zugezogen, doch so wie es schien, war er bei dem Sturz ohne Knochenbrüche davongekommen. Vielleicht konnte man ja den ganzen Ausflug ohne Aufheben beenden, und niemand musste davon erfahren. Allen voran der Fürst, nach dessen Kommentaren sie sich nicht gerade sehnte.

So hing Fürstin Therese Josepha Kinsky schweigend ihren Gedanken nach, während András Petru Báthory den Wagen durch die Josephvorstadt lenkte. Sie rollten am Ufer des Donauarms entlang, querten die Ferdinandsbrücke und passierten dann das Tor, das sie in die Stadt führte. Der Klang der Räder hallte durch die zu dieser Zeit nahezu menschenleeren Gassen. Zwei Männer der kaiserlich-königlichen Militärpolizei standen vor der Schranke und betrachteten den Wagen mit gerunzelter Stirn, doch da András die Pferde vorschriftsmäßig nur im kleinen Trab gehen ließ, seit sie das Tor passiert hatten, entspannten sich ihre Mienen wieder. Aber selbst wenn er die Kurve in die Wipplinger Straße in halsbrecherischem Galopp genommen hätte, hätten sich die Polizisten mit einem ärgerlichen Stirnrunzeln begnügt. Zumindest wenn sie das Wappen erkannt hätten.

Die Wiener Polizei hatte ihre liebe Not mit den oft rücksichtslos dahinpreschenden Fiakern und vor allem mit den Privatkutschern und ihren hohen Herrschaften. Während sie die Ersteren gern und häufig anhielten und mit Strafen bedachten, durften die Mitglieder der Gesellschaft sich vor solchen Übergriffen in Sicherheit wähnen.

Mit einem leicht schlechten Gewissen musste Therese vor sich selbst bekennen, dass auch sie zuweilen der Versuchung nicht widerstehen konnte, in flottem Tempo durch die engen Gassen zu kutschieren. Ihr Retter neben ihr schien in dieser Nacht dagegen entschlossen, sie keinem weiteren Nervenkitzel auszusetzen. Er schwieg noch immer, während er den Phaeton seinem Ziel entgegensteuerte. Therese wunderte sich nicht, dass er nicht fragte, wohin er sie bringen sollte. Jeder in Wien wusste, dass die Freyung zu einer der vornehmsten Adressen gehörte, weil hier das Palais Harrach zu finden war und vor allem das prächtige Palais des Fürsten Kinsky.

András Petru Báthory fuhr den Wagen vor dem von zwei steinernen Atlanten gestützten Tor vor. Therese erwartete schon fast, dass die vier Füchse auf den Punkt anhielten, ohne dass sie eine Regung ihres Begleiters hätte wahrnehmen können.

Johann sprang von seinem Sitz und humpelte zu seiner Herrin, aber natürlich war der fremde Kavalier schneller und reichte ihr seine eisige Hand. Die Kälte drang durch das Leder und ließ die

Fürstin erschaudern. Weshalb trug er auch in solch einer Winternacht keine Handschuhe?

»Durchlaucht, darf ich mich empfehlen?«, fragte er, und wieder fiel ihr auf, wie betörend seine tiefe Stimme klang. War er ein Sänger der Oper? Bei dieser Stimme könnte sie sich das gut vorstellen, ansonsten passte sein Auftreten eher nicht zu einem Künstler der Musik- und Theaterwelt.

»Sie dürfen«, erwiderte Therese.

»Und Sie sind auch bestimmt wohlauf?«

»Gewiss. Und ich erlaube Ihnen, sich morgen nach meinem Befinden zu erkundigen.«

War seine Miene bisher unbeweglich gewesen, zuckte nun ein Lächeln um seine ungewöhnlich bleichen Lippen, das sie nicht zu deuten wusste.

»Es wird mir eine Ehre sein, Durchlaucht.«

Machte er sich etwa über sie lustig? In seiner Stimme war nichts davon zu hören, und dennoch kam ihr die Ehrerbietung nicht echt vor. Natürlich hatte er ihr das Leben gerettet, aber wer war er, dass er sich so etwas herausnahm? Irgendein dahergelaufener Ungar oder Böhme oder sonst so etwas? Er müsste sich geschmeichelt fühlen, dass sie ihn einlud, in ihrem Haus vorzusprechen! Therese fühlte den Wunsch, wie ein ungezogenes Mädchen zornig mit dem Fuß aufzustampfen.

Sein Lächeln wurde noch eine Spur breiter. Therese sah misstrauisch zu ihm auf. Er konnte ihre Gedanken nicht erahnen. Nein, das war ganz und gar unmöglich! Für einen Moment trafen sich ihre Blicke. Seine Augen waren tiefschwarz, doch im Licht der Laterne vor dem Haus schimmerten sie rötlich. Therese senkte den Blick und ärgerte sich darüber, dass nicht er es gewesen war, der das tat. An seiner Verbeugung war allerdings nichts auszusetzen, und nun bedauerte sie es fast, dass er gemessenen Schrittes über den Platz davonging, ohne sich noch einmal umzudrehen.

Die Fürstin gab sich einen Ruck und wandte sich an ihren Groom, der noch immer abwartend dastand, das Gesicht zu einer Grimasse des Schmerzes verzogen.

»Bring die Kutsche weg und versorge die Pferde. Das ist alles für heute.«

Er verbeugte sich ein wenig steif. »Ja, Durchlaucht.«

»Und wenn dein Bein morgen nicht besser ist, dann lass mir Bescheid geben. Konrad soll dir morgen zur Hand gehen, sag ihm das.«

Die Fürstin wandte sich zur Tür, die aufgerissen wurde, noch ehe ihre Hand sich dem Klopfer näherte. Der Butler hatte die Ankunft der Kutsche längst bemerkt und war hinuntergeeilt, um zu öffnen. Natürlich hatte er hinter der Tür gewartet, bis sie sich von ihrem Begleiter verabschiedet hatte, um im rechten Moment bereit zu sein. Dem Personal entging einfach nichts.

Therese wusste nicht, ob sie sich über so viel Aufmerksamkeit freuen oder ärgern sollte.

»Guten Abend, Lorenz«, grüßte sie den Butler, der schon Jahrzehnte im Dienst ihres Mannes stand.

»Ich hoffe, der Abend ist zu den guten zu zählen, Durchlaucht«, sagte der Butler mit einer Spur von Missbilligung in der Stimme, als sein Blick an ihr herabwanderte. »Soll ich Vesna rufen lassen, dass Sie Ihnen behilflich sein kann, die Spuren ihres – äh – Ausfluges zu beseitigen?«

Therese sah an sich herunter, während der Butler ihr aus ihrem Kutschiermantel half. »Ja, das wird wohl nötig sein. Schick sie zu mir. Ich nehme lieber den direkten Weg in meine Gemächer!« Die Fürstin durchschritt das Portal und trat in die von Pfeilern geteilte, dreischiffige Torhalle.

»Ich fürchte, ich muss mir ein neues Kleid bestellen«, murmelte sie, als sie auf die Prachttreppe zustrebte.

»Wie gut, dass der Fürst noch nicht zurück ist!« Das waren die ersten Worte der Kammerfrau, als sie ihre Herrin zu Gesicht bekam.

»Ist er um diese Zeit doch nie«, entgegnete die Fürstin ein wenig schroff. »Wann wäre er jemals vor Mitternacht vom Kartentisch aufgestanden? Die einzigen Festlichkeiten, die er frühzeitig verlässt, sind Familienfeiern!«

Die Kammerfrau schwieg, wie es sich gehörte, doch ihre Miene sprach Bände. Sie half ihrer Herrin aus den ruinierten Kleidern und erlaubte sich nur einen kleinen Seufzer, als sie den Riss im Mantel begutachtete. Sie reichte die Kleider der Zofe weiter. Dann machte sie sich daran, der Fürstin das Gesicht zu säubern und den blutigen Kratzer so gut es ging mit Puder zu verdecken. Obwohl sie sicher vor Neugier fast platzte, fragte sie nicht und kämmte stattdessen die noch immer blonden Locken aus, um sie anschließend frisch aufzustecken.

Fürstin Therese Josepha Kinsky betrachtete ein wenig abwesend ihr Gesicht im Spiegel. Nein, das war nicht mehr die pralle Jugend mit ihrer rosigen, straffen Haut, die ihr entgegensah. Die Jahre hatten Spuren hinterlassen und die ersten Falten um Augen und Mund eingegraben. Zwar war die Fürstin groß von Gestalt – fast ein wenig zu groß für eine Frau – und noch immer schlank. Dennoch enthüllte das unbarmherzige Tageslicht, dass die vierzig eine Weile schon hinter ihr liegen mussten. Nur im schmeichelnden Schein von Kerzen, wenn ihr Haar golden ihr Gesicht umrahmte, Puder und Rouge ein paar Jahre kaschierten und die grauen Augen mit den dunklen Wimpern voller Lebenslust funkelten, konnte man die schöne junge Frau noch immer sehen, die einst der Stolz ihres Vaters, des Grafen von Freudenthal, gewesen war – und mit deren Hilfe er eine lukrative Verbindung zu dem mächtigen Fürstenhaus Kinsky hatte knüpfen können. Wobei neben ihrer Schönheit durchaus auch ihre Mitgift sie zu einem attraktiven Handelsobjekt gemacht hatte.

Das waren die beiden Dinge, die bei einem Mädchen zählten. Nun ja, der gute Name natürlich auch, aber ein heller Geist und ein wacher Verstand waren eher nebensächlich oder gar störend. Reichte es doch, wenn sie liebreizend lächeln und bei Tisch mit Gästen Konversation treiben konnte, ja und vielleicht noch ein wenig Klavier spielen und ein nettes Aquarell pinseln. Das waren die Talente einer Frau, die gebraucht wurden, neben ihrer Hauptaufgabe, Kinder zu gebären – vordringlich natürlich Söhne.

Ein bitterer Zug trat in ihre Miene, und nun sah man ihr ihre bald fünfzig Jahre deutlich an. Erschreckt versuchte Therese den unschönen Zug zu vertreiben, ein Lächeln wollte ihr jedoch nicht gelingen. Ihr Blick traf den ihrer Kammerfrau.

»Ist alles in Ordnung? Sie haben sich doch nicht etwa verletzt?«

Die Fürstin schüttelte den Kopf. »Nein, mir ist nichts passiert. Es war knapp, aber es ist alles gut gegangen, weil …« Sie legte den Kopf schief. Nun erhellte ein echtes Lächeln ihre Züge und verlieh ihnen ein inneres Leuchten. »Es war so etwas Ähnliches wie ein Wunder.«

»Dem Himmel sei gedankt. Die Engel des Herrn haben ihre Hand über Euch gehalten«, murmelte die Kammerfrau, die im Gegensatz zu ihrer Herrin tief gläubig war.

Therese wiegte den Kopf hin und her. »Dass er ein himmlischer Retter war, möchte ich bezweifeln.«

Sie warf der Zofe, die neugierig zu ihnen herüberstarrte, einen strengen Blick zu. Hastig beugte sich das Mädchen wieder über den Mantel und bürstete weiter den Staub aus den Fasern. Sicher jedoch nicht weniger aufmerksam, auf dass ihr ja kein Wort entgehe.

Therese unterdrückte einen Seufzer und begann von Belanglosem zu sprechen. Nach einer Weile jedoch hielt sie inne und fragte unvermittelt: »Vesna, sagt dir der Name Báthory etwas? Er ist ungarisch, nicht wahr? Ich habe ihn schon gehört, aber ich komme einfach nicht mehr darauf, in welchem Zusammenhang.«

»Báthory? Die Fürsten Báthory?«, wunderte sich die Kammerfrau. »Sie sind Magyaren, ja, doch nicht aus dem ungarischen Stammland. Sie waren über lange Zeit die Fürsten von Siebenbürgen oder Transsilvanien, wie man es auch nennt. Heute gibt es kein Fürstentum Siebenbürgen mehr. Der Kaiser setzt seit mehr als einhundert Jahren einen Gouverneur in Transsilvanien ein. Die Familie ist aber noch immer sehr angesehen und nennt einige Grafschaften ihr Eigen.«

Die Fürstin sah ihre Kammerfrau mit gehobenen Augenbrauen an. »Du erstaunst mich wieder einmal, liebe Vesna. Du bist, wie immer, eine unerschöpfliche Quelle des Wissens.« Doch die Kammerfrau war noch nicht fertig.

»Ein Báthory, Graf von Brasov, hat vor kurzem das Palais an der Hofburg erstanden, das dem Bankier Fries gehörte, dem Unglücklichen. Fanny hat mir davon erzählt. Sie war Zofe bei der Reichsgräfin Fries.«

»Ach!«, rief die Fürstin. »Und ich weiß genau, dass meine Hutmacherin mir sagte, irgendein böhmischer Baron habe es erworben. Ich weiß ja, dass sie den Klatsch über alles liebt, aber dann soll sie wenigstens zuhören, sich die Dinge genau merken und sie dann korrekt weitergeben!«

»Dann wäre es kein Klatsch mehr, Herrin«, wagte die Kammerfrau anzumerken.

Therese schnaubte durch die Nase. Eine Weile schwieg sie, dann ließ sich ihre Neugier nicht länger bezwingen.

»Und was weißt du noch?«

»Über den Bankier Fries und das Palais?«

Nein!, wollte die Fürstin protestieren. Über den Grafen András Petru Báthory von Brasov natürlich! Was interessierte sie ein Bankier und sein Haus? Aber sie sagte es nicht. Stattdessen blieb sie stumm und tat so, als würde sie den Worten ihrer Kammerfrau lauschen, während sie ihren eigenen Gedanken nachhing. Sie wanden sich und nahmen immer neue Wege, doch dann kehrten sie in Schleifen stets zu der einen Frage zurück: Warum interessierte sie dieser junge Graf überhaupt?

Nun ja, immerhin hat er mir das Leben gerettet, sagte sie sich. Und er ist ein Meister des Kutschierens, von dem man vielleicht den ein oder anderen Kniff lernen könnte.

Sie wusste, dass das nicht der Grund war, als Rechtfertigung reichte es jedoch für den Moment aus.

2. Kapitel

András Petru Báthory

Hat jemand vorgesprochen, während ich weg war?«

»Nein, Durchlaucht.« Der Butler verzog keine Miene.

Obwohl man ihr ihre Enttäuschung sicher ansah, erdreistete sich Lorenz nicht, zu fragen, wen sie zu sehen erwarte. Die Fürstin trat von der Torhalle in das prachtvoll überkuppelte Vestibül und drückte ihrer Zofe den Muff in die Hände.

»Ist der Fürst noch im Haus?«, fragte sie den Butler, während sie die Hutnadel löste, die das Kunstwerk auf ihrem Kopf befestigte.

»Seine Durchlaucht hat das Haus vor etwa einer halben Stunde verlassen, um sich mit den anderen Herren vom Jockeyclub zu treffen«, gab der Butler Auskunft.

»Wenigstens *eine* gute Nachricht«, murmelte sie so leise, dass es die Dienerschaft nicht hören konnte. Dennoch gab sich die Fürstin nicht der Illusion hin, dem Personal könnte selbst das kleinste Detail der Differenzen zwischen ihr und ihrem Gatten verborgen bleiben. Es war schon viel gewonnen, wenn sie außer Haus nicht darüber klatschten. Und auch darüber war sie sich nicht bei allen sicher. Lorenz und Vesna waren zuverlässig, aber die anderen? Die Zofe, die Köchin und die Küchenmädchen, die Lakaien und Stallknechte? Nein, für ihre Verschwiegenheit würde die Fürstin die Hand nicht ins Feuer legen.

Therese unterdrückte einen Seufzer, raffte ihre Röcke und stieg die langgezogene Treppe hinauf, deren Gewölbe ein mächtiger

Herkules pflichtschuldig auf den Schultern trug. Sie zog sich in ihren Salon zurück, der zwar kleiner, aber nicht minder prächtig war und besser geheizt als die großen Repräsentationsräume, und ließ sich ein Kipferl mit reichlich Butter und Kaffee bringen. Dann nahm sie auf dem einzigen bequemen Sessel neben dem Ofen Platz. Es hatte schon wieder zu schneien begonnen. Falls sie den Einfall erwogen hatte, das Haus vor dem Abend noch einmal zu verlassen, so verwarf sie ihn in diesem Moment wieder. Es gab nichts, das es lohnte, bei diesem Wetter auszugehen, wenn der Wind die Flocken durch die Häusergassen trieb und eisig unter die Röcke fuhr. Schade. Sie hätte – ganz zufällig – am Palais Fries vorbeischlendern können.

Dumme Gans!, schalt sie sich. Das wäre der rechte Eindruck, wenn er sie dabei sehen würde. Oder sollte sie besser »ertappen« sagen? Außerdem, was sollte an diesem schäbigen Palais wert sein, betrachtet zu werden? Nun, da es ihr in der Nacht immer wieder in den Sinn gekommen war, stand ihr das Haus auch wieder deutlich vor Augen:

Das Palais Fries musste vor mehr als fünfzig Jahren an Stelle des königlichen Frauenklosters errichtet worden sein. Jedenfalls Jahre bevor sie das erste Mal als Kind nach Wien gekommen war. *Schlicht* war das einzige Wort, das ihr zu der Fassade des Palais einfiel. Es lag der großen Hofbibliothek direkt gegenüber, und sein geradezu grässlich moderner Baustil hatte damals die Gemüter erhitzt. Nun erinnerte sich die Fürstin an eine Episode, die ihre Mutter ihr erzählt hatte. Der Architekt Hetzendorf von Hohenberg fand seine nur von den Fensterachsen gegliederte Hauptfassade in ihrer Einfachheit elegant. Mit dieser Meinung stand er allerdings allein da. Die Kritik von allen Seiten konnte ihn nicht kaltlassen, und so gestaltete er zumindest das Portal ein wenig repräsentativer und stellte ihm je zwei Karyatiden, die einen gesprengten Giebel trugen, zu jeder Seite.

Nun ja, der Bauherr war eben nur ein Bankier gewesen, auch wenn seine Familie in den Reichsgrafenstand erhoben worden war.

Ah, sein Einfluss macht sich bemerkbar, ließ sich eine gehässige Stimme in ihrem Innern vernehmen. Die Fürstin erschrak. Sie wollte nicht so arrogant werden, wie ihr Gatte und viele Mitglieder der Gesellschaft es waren.

Therese wusste nicht viel von Graf Johann von Fries, doch man sagte über ihn, er sei ein guter Geschäftsmann gewesen, der durch die Einführung des Maria-Theresia-Talers als Handelsmünze zu einem der reichsten Männer Österreichs geworden war. Sein Tod umrankte ein dunkles Geheimnis. Was hatte Vesna gestern gesagt? Sein Leichnam sei im Vöslauer Schlossteich aufgefunden worden. Niemand konnte sich den Vorfall erklären. Ein Unfall? Mord oder gar Selbstmord? Damals jedenfalls ging es seinem Bankhaus noch prächtig.

Therese sinnierte einige Augenblicke über den rätselhaften Tod des Bankiers nach, ehe sie sich gedanklich den Erben zuwandte.

Fries' Söhne waren beide Kunstliebhaber – Förderer, Sammler und Verschwender. Sie veranstalteten Konzerte und Soireen. War ihre Mutter, die Gräfin Freudenthal, nicht einst bei einem solchen Konzert gewesen? Es musste bald vierzig Jahre her sein, doch nun erinnerte sich Therese an ihre Worte und daran, dass der Bankier ein Förderer Beethovens gewesen war, der daraufhin irgendeine seiner Symphonien dem Gönner Moritz von Fries gewidmet hatte. Und dann war das Bankhaus plötzlich bankrottgegangen, und das Palais musste verkauft werden. Das war schon eine Weile her, und mehr als ein Jahr hatte das Palais leer gestanden. Nun also war der neue Eigentümer in Wien eingetroffen.

Mit solchen Überlegungen schlich der Nachmittag dahin. Die goldene Uhr im großen Salon schlug zu jeder Stunde und steigerte ihren Unmut mit jedem weiteren Schlag, bis sie sich erhob und gereizt auf- und abzugehen begann. Was bildete sich dieser Graf eigentlich ein? Hatte sie ihm nicht deutlich zu verstehen gegeben, dass er heute vorsprechen sollte? Wie konnte er es wagen, ihre Wünsche zu ignorieren? Es wurde bereits dunkel, und die Diener gingen durchs Haus, um die Kerzen in den Leuchtern zu entzünden.

»Durchlaucht?« Die Zofe knickste artig. »Vesna schickt mich. Sie hat Ihr Gewand für heute Abend zurechtgelegt. Möchten Sie sich umkleiden lassen?«

»Ich weiß nicht, ob ich heute ausgehe«, gab die Fürstin missmutig zurück.

»Aber das Diner bei der Gräfin Trauttmannsdorf!«, rief die Zofe entsetzt.

»Ich habe Kopfschmerzen.«

Die Zofe blieb unschlüssig im Salon stehen. »Soll ich den Lorenz schicken? Ich meine, dass man der Gräfin Trauttmannsdorf Bescheid gibt, da es nun eine Tischdame zu wenig sein wird.«

»Ja, er soll ein Billet rüberbringen lassen«, sagte die Fürstin und blieb dann allein im Salon zurück. Nur der Butler kam kurz herein und erkundigte sich, was sie – nun da sie so unerwartet zu Hause blieb – zu Abend zu essen wünsche.

Im Haus war es ruhig. Ihr Gatte hatte sich den ganzen Tag noch nicht blicken lassen, was ihr nicht unrecht war. Bald wurde das Essen aufgetragen, und sie ging hinüber in das kleine Speisezimmer, wo sie lustlos in den Gerichten herumstocherte. Schon begann sie es zu bereuen, nicht zu den Trauttmannsdorfs gegangen zu sein. Langweiliger konnte ein Abend nicht werden, selbst wenn sie sich wieder zwischen einem fast tauben Greis und einem alten Offizier als Tischherrn wiederfinden würde.

»Ein Herr mit Namen Báthory bittet vorsprechen zu dürfen und sich nach Ihrem Befinden zu erkundigen.«

Die Worte des Butlers ließen sie von ihrem Stuhl auffahren.

Die Fürstin hatte schon zwei Schritte in Richtung Tür getan, als ihr auffiel, wie unangebracht dieses Verhalten war. Lorenz ließ sich wie immer nichts anmerken. Therese blieb mitten im Zimmer stehen. Sie würde hinaufgehen und sich umkleiden lassen. Sollte er ruhig auf sie warten! Das hatte er verdient.

Anderseits war es zu viel der Ehre, für ihn ein neues Kleid anzulegen. War er das wert, nachdem er sie den ganzen Tag versetzt hatte, und nun zu einer Stunde auftauchte, da er annehmen musste, dass sie bereits im Theater oder bei einer Gesellschaft sein würde?

»Soll ich dem Herrn ausrichten, dass Sie sich nicht wohlbefinden?«, wagte der Butler anzuregen.

Für einen Moment war die Fürstin versucht, den Vorschlag anzunehmen, doch ihre Neugier war stärker.

»Nein, danke Lorenz. Du kannst ihn in den grünen Salon führen. Ich komme gleich nach.«

»Wie Sie wünschen, Durchlaucht«, antwortete der Butler. Und obwohl in seiner Stimme und an seiner Verbeugung nichts auszusetzen war, hatte Therese das Gefühl, er würde diese Anordnung missbilligen.

Und wenn schon. Lorenz war ihr Butler, und es ging ihn nichts an, was seine Herrschaft tat oder nicht tat. Therese nahm wieder auf ihrem Stuhl Platz, trank – zumindest äußerlich gelassen – zwei Tassen Kaffee und erhob sich dann, um den späten Besucher zu empfangen.

»Durchlaucht!«

András hatte am Fenster gestanden und in den vorderen Hof hinabgesehen. Als der Butler die Fürstin meldete, drehte er sich um und kam leichtfüßig auf sie zu, um ihr die Hand zu küssen.

»Graf Báthory von Brasov, wenn ich recht informiert bin?«, sagte die Fürstin ein wenig kühl.

Ein Lächeln erhellte die wie aus Porzellan gemeißelten Züge. Hier im von zahlreichen Leuchtern üppig erhellten Salon kamen sie ihr unnatürlich bleich vor, wie sie es bisher nur bei einigen Damen erlebt hatte, die geradezu panisch das Tageslicht scheuten. Herren dagegen, die zumindest ein wenig sportlich waren und gerne kutschierten oder ausritten, trugen stets eine gesunde Gesichtsfarbe zur Schau. Und so wie sie seine Künste auf dem Kutschbock erlebt hatte, gehörte er ganz sicher nicht zu der Sorte, die sich nur in einem geschlossenen Gefährt umherkutschieren ließen.

»Ah, Durchlaucht, Sie haben sich über mich informiert.«

Therese schauderte, als seine Fingerspitzen sie berührten. Sie waren so eisig wie in der Nacht zuvor.

»Ich hatte ja genug Zeit dazu«, gab sie spitz zurück.

Sein Lächeln vertiefte sich noch eine Spur. »Sie zürnen mir, weil ich nicht eher vorgesprochen habe?« Die Fürstin beließ es bei einer wegwerfenden Handbewegung.

»Nun jedenfalls bin ich hier, Ihr gehorsamer Diener, und muss mich besorgt fragen, ob Sie nicht doch bei Ihrem kleinen Abenteuer Schaden genommen haben?«

Obwohl an der Wahl seiner Worte nichts auszusetzen war, konnte sie in seiner Stimme nicht die Spur von Besorgnis erkennen. Nein, es klang eher ein wenig nach Spott.

»Wie kommen Sie zu dieser Einschätzung?« Unwillkürlich fuhr ihre Hand zu dem von Puder sorgfältig bedeckten Kratzer an ihrer Wange.

»Nein, nein, keine Sorge, Ihre Erscheinung ist makellos. Ich frage mich nur, ob Sie sich zu unwohl fühlen, um an diesem Abend einer Gesellschaft beizuwohnen.«

»Hatten Sie gehofft, mich nicht anzutreffen, und wollten nur kurz Ihre Karte abgeben? Und nun stehle ich Ihnen völlig unerwartet Ihre kostbare Zeit«, sagte sie in bewusst sarkastischem Ton.

»Es hätte mich nicht abgehalten, zu einem späteren Zeitpunkt wieder vorzusprechen, bis es mir vergönnt ist, Ihnen von Angesicht zu Angesicht gegenüberzustehen.«

Wieder lauerte der Schalk hinter seinen Worten.

Therese fühlte, wie sich Missmut in ihr auszubreiten begann. Und auf diesen Mann hatte sie den ganzen Tag ihre Gedanken verschwendet und gar die Gesellschaft bei den Trauttmannsdorfs abgesagt?

Sie ärgerte sich am meisten über ihr eigenes Verhalten, das ihr nun plötzlich unangemessen kindisch erschien. Sie war Therese Josepha Kinsky! Eine Fürstin, bei Hof und in der Gesellschaft angesehen. Und er? Ein Graf aus Siebenbürgen, aus der Provinz, neu in Wien, und er wagte es, über sie zu spotten?

Der Graf ließ seine dunklen Augen durch den Salon wandern. Sie hatte bewusst nicht den größten gewählt, ihn zu empfangen, doch wie alle Räume in diesem Trakt war auch dieser kostbar ausgestattet und mit ausgewählten Möbelstücken versehen. Dennoch hatte sie das Gefühl, er wäre gelangweilt. Konnte ihre Gestalt seinen Blick nicht länger fesseln?

Nun gut, sie hatte die vierzig deutlich überschritten, und er war vielleicht dreißig oder höchstens fünfunddreißig. So genau konnte sie das nicht sagen. Seine Haut war rein und weiß ohne Falten oder andere Spuren des Lebens, unschuldig wie die eines Kindes, die Züge jedoch durchaus markant und männlich. Das Haar schimmerte in tiefem Schwarz, die Augen schienen ebenso dunkel. Er war von großer, schlanker Gestalt. Erfreulich groß, stellte die Fürstin fest, die es leider gewohnt war, auf Diplomaten und Offiziere herabsehen zu können, deren Wachstum sich irgendwann von der Höhe in die Breite verlagert hatte.

Es wurde Zeit, dass sie ihn verabschiedete. Der Höflichkeit war Genüge getan, und er bemühte sich nicht, den Anstandsbesuch in die Länge zu ziehen. Erleichterung und Enttäuschung mischten sich, als sie ihm die Hand reichte. Sie hätte ihn gern gefragt, wann sie sich wiedersehen würden, doch ihr Stolz ließ sie die Worte zurückhalten. Außerdem zürnte sie ihm! Er würde sich ihre Gesellschaft erst verdienen müssen.

Draußen vor der Tür erklangen Stimmen. War ihr Gatte etwa zurück, um sich für eine Abendgesellschaft umzukleiden? Therese erkannte die Stimme des Butlers. Er sprach mit einem Mann, der jedoch ganz sicher nicht ihr Gemahl war. Wer konnte das um diese Zeit sein? Neugierig verließ sie zusammen mit Graf Báthory den Salon und wandte sich den Stimmen zu, die sie in einen kleinen Empfangsraum führten, in den der Butler sicher kein Mitglied der Gesellschaft gebracht hätte. Der Graf folgte ihr, obwohl sie ihn nicht dazu aufgefordert hatte.

»Was gibt es, Lorenz?«, fragte sie und hob die Augenbrauen, während sie den Fremden musterte. »Wer ist unser Besucher hier?«

Er war nicht schlecht gekleidet, ein Bürger, vielleicht ein Bankier oder Kaufmann, sicher nicht ohne ein ordentliches Auskommen, und dennoch fuhr er bei ihren Worten zusammen und sah sie mit dieser Mischung aus Trotz und Schuldbewusstsein an, der man sonst bei der Sorte Gesindel begegnet, das sich durch kleine Betrügereien und Diebstähle über Wasser hält.

Was die Fürstin jedoch noch mehr irritierte, war, im Gesicht ihres Butlers ähnliche Bestürzung zu sehen.

»Nun, was ist los? Wie ich höre, gibt es Differenzen, die ich sicher ausräumen kann.« Sie legte einen strengen Ton in ihre Stimme. Der Butler, den so leicht nichts erschrecken konnte, zog das Genick ein, und auch der andere Mann fühlte sich sichtlich unwohl in seiner Haut. Er griff hastig nach der Mappe, die er auf den Tisch gelegt hatte, und klemmte sie sich mit einer Miene unter den Arm, als wäre er bereit, sie unter Einsatz seines Lebens zu verteidigen.

Therese spürte den Grafen neben sie treten und sah kurz zu

ihm auf. Sein Blick schien nun nicht mehr gelangweilt. Er wanderte von den beiden Männern zur Fürstin, vielleicht gespannt, wie sie mit dieser Situation umging.

»Wollten Sie das hier abgeben?« Die Hand fordernd nach der Mappe ausgestreckt trat die Fürstin einen Schritt vor. »Worum handelt es sich? Ich bin mir sicher, nichts geordert zu haben.«

»Es ist für seine Durchlaucht«, beeilte sich der Fremde zu versichern, der sich noch immer nicht vorgestellt hatte. »Persönlich. Gegen Bezahlung der in der Rechnung aufgeführten Gulden.«

»Der Fürst ist nicht im Haus.«

»Ja, das habe ich dem Herrn bereits gesagt, und daher wird er ein anderes Mal wiederkommen, wenn seine Durchlaucht zu Hause ist.«

Der Butler machte Anstalten, den Boten oder was immer er war aus dem Zimmer zu schieben.

»Lorenz, was soll das? Ich kann die Mappe für meinen Gatten entgegennehmen und die Rechnung bezahlen. Worum handelt es sich denn? Und was sind wir schuldig?«

Es war absurd und zugleich komisch, die bestürzten Gesichter der Männer zu sehen, die nun wie ertappte Schulbuben wirkten. Der Bote wich zur Tür zurück. Dabei fiel ein Blatt heraus und segelte zu Boden. Obwohl der Butler sich geradezu darauf stürzte, war die Fürstin schneller und riss es an sich.

»Es handelt sich um Drucke, farbige Drucke aus der Werkstadt von Peter Fendi? Mein Gatte hat sie bestellt? Oh, ich wusste nicht, dass er sich dieser Kunst zugetan fühlt. Mir haben Fendis Gemälde schon immer gut gefallen.

Lorenz, hol meine Geldbörse. Ich begleiche die Rechnung, dann muss er nicht noch einmal vorbeikommen. Und nun geben Sie mir die Zeichnungen.« Noch einmal streckte sie die Hand nach der Mappe aus.

Der Butler stieß einen erstickten Schrei aus. »Durchlaucht, bitte, tun Sie das nicht!«

Hinter sich hörte die Fürstin ein Geräusch, das ein unterdrücktes Lachen hätte sein können. Offensichtlich amüsierte sich Graf Báthory inzwischen prächtig.

Therese hatte das Gefühl, dass hier etwas vorging, von dem sie als Einzige ausgeschlossen blieb.

»Geben Sie mir diese Mappe!«, rief sie nun ernsthaft erzürnt, als sich eine kalte, weiße Hand auf die ihre legte. Überrascht sah sie zu Graf Báthory auf.

»Lassen Sie es gut sein, Durchlaucht, und glauben Sie mir, es ist besser, wenn der Herr die Bilder ihrem Gatten persönlich aushändigt und Sie den Vorfall einfach vergessen. Ja, das alles geht mich nichts an, und Sie finden meine Einmischung dreist und unverschämt. Ich sehe es in Ihrem Blick, dass Sie mir dies entgegenschleudern wollen. Dennoch bitte ich Sie, meinen Rat anzunehmen.«

Wenn es etwas gebraucht hatte, um ihren Entschluss zu festigen, dann war es diese ungebührliche Einmischung eines Fremden. Mit einem Ruck riss die Fürstin dem erschrockenen Boten die Mappe aus der Hand, legte sie auf den Tisch und klappte sie auf.

Die Spannung im Zimmer war spürbar wie das Kribbeln auf der Haut vor der Entladung eines Sommergewitters. Der Butler und der Bote zogen hörbar die Luft ein. Fürstin Kinsky sah auf die erste Zeichnung herab, hob das Blatt und betrachtete die nächste. Dann eine dritte. Ja, mit einem Mal konnte sie die seltsamen Reaktionen der Männer verstehen.

»Durchlaucht?« Der Butler unternahm einen halbherzigen Versuch, ihr die Mappe abzunehmen. Seine Stimme zitterte.

»Das ist … das ist …«, sagte die Fürstin und wandte sich dann den drei Männern zu, von denen zwei sie furchtsam anblickten, der dritte sie jedoch interessiert betrachtete.

»Das hat Peter Fendi gemalt?«, brach es ungläubig aus ihr hervor.

»Nein, ich glaube nicht«, gab Graf Báthory Auskunft. »Diese Zeichnungen stammen von einem in der Kunstwelt noch unbekannten Freund, der häufig in seinem Atelier anzutreffen ist.«

»Und Fendi lässt es zu, dass man *dies* seinem Namen zuschreibt?«, fragte die Fürstin empört.

Der Graf hob die Schultern. »Vielleicht ist es in beider Interesse?«

Therese wandte sich noch einmal den Zeichnungen zu, ließ sich auf einen Sessel sinken und blätterte sie eine nach der anderen durch. Als sie die letzte sinken ließ, fühlte sie, wie ihre Schultern zu beben begannen. Sie stützte die Ellenbogen auf das polierte Rosenholz und barg das Gesicht in den Händen.

»Durchlaucht!«, rief der Butler entsetzt. »Soll ich Ihnen etwas zu trinken bringen oder das Riechsalz?«

Fürstin Kinsky ließ die Hände sinken. »Etwas zu trinken ist immer gut«, stieß sie unter Kichern hervor. »Das Riechsalz allerdings wird nicht nötig sein.«

Dann konnte sie nicht mehr an sich halten. Sie warf den Kopf zurück und lachte schallend, dass ihr Tränen in die Augen traten. Ihr Butler erstarrte und riss die Augen auf. Er musste überzeugt sein, seine Herrin habe den Verstand verloren. Und auch der fremde Besucher schien einer Panik nahe. Nur András Petru Báthory betrachtete die Szene noch immer amüsiert.

Therese zog ein Spitzentuch aus ihrem Ärmel, tupfte sich die Augenwinkel und mühte sich, ihre Haltung zurückzugewinnen.

»Lorenz, bezahle den Boten aus meiner Börse und begleite ihn zur Tür.«

»Soll ich den Herrn Graf auch hinausbegleiten«, erkundigte sich der Butler steif.

Therese sah zu den nun vor Schalk blitzenden Augen auf und

schüttelte den Kopf. »Nein, ich denke, Graf Báthory wird mir noch ein wenig Gesellschaft leisten. Du kannst Wein und Konfekt im Frühstückszimmer auftragen lassen.«

Für einen Augenblick sah es so aus, als wolle der Butler widersprechen, doch unter dem strengen Blick seiner Herrin erinnerte er sich daran, was ihm in seiner Stellung zustand. So verbeugte er sich knapp und führte den Mann hinaus.

Die Mappe unter dem Arm, ging die Fürstin voran ins Frühstückszimmer, wo sie all ihre Mahlzeiten einnahm, wenn ihr Gatte außer Haus weilte oder keine Gäste zum Diner geladen waren. Sorgsam breitete sie die Drucke auf dem Tisch aus und trat dann einen Schritt zurück. Die Hände in die Hüften gestützt, die Brauen ein wenig zusammengeschoben, betrachtete sie die Werke, die eines gemein hatten: Sie zeigten alle mehr oder minder bekleidete Paare – die entscheidenden Partien jedenfalls allesamt entblößt – in lustvoller Umarmung, wollte man es harmlos ausdrücken. In beginnendem Vollzug des geschlechtlichen Akts traf die Sache wohl genauer, wobei der Zeichner stets darauf geachtet hatte, die dazu notwendigen Körperteile mehr als deutlich darzustellen, auch wenn die Paare dadurch zuweilen eine seltsam verrenkt wirkende Körperhaltung einnahmen, was fast ein wenig grotesk wirkte.

Therese beugte sich über eines der Werke und schüttelte langsam den Kopf. Sie hatte wohl davon gehört, dass solche Bilder in Männerkreisen kursierten, hatte bisher jedoch keines davon zu Gesicht bekommen.

»Das ist typisch für die männliche Fantasie: Der Mann ist übertrieben großzügig von der Natur ausgestattet, und das Weib lächelt beglückt von seinen Gaben!«, sagte sie abfällig.

Vielleicht hatte sie die Anwesenheit des Grafen beim Anblick der Bilder vergessen, oder ihr war in diesem Augenblick nicht bewusst, dass sie ihre Gedanken laut aussprach. Erst sein verhaltenes Lachen hinter ihr machte ihr bewusst, was sie gesagt hatte. Erschrocken fuhr sie herum.

»Graf, vergessen Sie, was ich gesagt habe!«

»Warum, Durchlaucht? Es entspricht durchaus der Wahrheit, und was wahr ist, darf ausgesprochen werden, oder nicht? Zumindest in den eigenen Wänden, in denen man nicht Graf Sedlnitzky und seine Zensur fürchten muss.« András Petru lächelte liebenswürdig, doch Therese fühlte noch das Erschrecken der eigenen Unschicklichkeit. Wie konnte ihr so etwas passieren?

»Ich bitte Sie, ersparen Sie mir die Peinlichkeit, diese Worte vernommen zu haben. Ich muss völlig vergessen haben, was sich schickt. Ich bin untröstlich!«

András Petru hob abwehrend die Hände. »Halten Sie ein, Durchlaucht! Zerstören Sie mit Ihren Beteuerungen nicht den erfrischenden Eindruck, der Sie von all den Damen der Gesellschaft unterscheidet, die ich seit meiner Rückkehr nach Wien getroffen habe.«

Therese betrachtete ihn misstrauisch. Er schien dies durchaus ernst zu meinen. Hielt er sie für leichtfertig? Er sollte spüren, dass man sich an ihr leicht die Zähne ausbeißen konnte! Sie war keine der leichtlebigen Adelsdamen, die sich von einem amourösen Abenteuer in das nächste stürzten, eine Spur von Skandalen hinter sich herziehend.

»Sie verwechseln mich, Graf«, sagte sie daher steif. »Mein Name ist weder Gräfin Caroline Széchenì noch Gräfin Gabriele Saurau!«

»Ah, *la beauté coquette* und *la beauté du diable*«, rief er aus. »Die wahren Heldinnen des großen Wiener Kongresses. Lange ist es her, dass in Wien so schön gefeiert und leichtfertig verschwendet wurde. Doch Sie tun den Damen Unrecht, wenn Sie ihnen diese Namen vorwerfen, die die Herren ihnen in der berauschenden Laune der Feste zugedacht haben. Fürstin Auersperg war in diesem Jahr die Favoritin des Zaren – er hat sich sogar ihretwegen duelliert – und Gräfin Zichy, *la beauté céleste,* die Auserwählte des Preußenkönigs, aber ich versichere Ihnen, es fiel kein Schatten auf ihre Tugend!«

»Sie sagen das gerade so, als seien Sie dabei gewesen«, wehrte Fürstin Kinsky ab. »Wie alt sind Sie? Falls Sie während des Kongresses in Wien weilten, können Sie kaum mehr als ein Knabe gewesen sein.«

Sie hielt inne. Es war sicher nicht klug, den Besucher darauf hinzuweisen, dass sie selbst in diesen Jahren durchaus bereits in dem Alter gewesen war, in dem sie an den Hofbällen, Maskeraden und Karussellen teilnehmen konnte.

András Petru neigte das Haupt, ohne die Vermutung zu bestätigen oder zu dementieren. Eine kleine Pause dehnte sich zwischen ihnen aus, in der Therese versonnen in der Vergangenheit weilte.

Der Butler trat ein. Er vermied es peinlichst, einen Blick auf die Bilder zu werfen, die noch immer ausgebreitet auf dem Tisch lagen. Auf einem Beistelltisch servierte er dunklen roten Wein, Cognac in einer kunstvoll geschliffenen Karaffe, dazu eine Schale mit kandierten Früchten und Konfekt sowie einige Scheiben Schinken, kalten Braten, geräucherten Fisch und einige andere Kleinigkeiten. Geräuschlos zog er sich wieder zurück und schloss die Tür.

»Bitte greifen Sie zu«, bot die Fürstin an und reichte ihm eines der Gläser, in denen der Wein in samtigem Rot schimmerte. Graf Báthory nahm es dankend entgegen, erwiderte den Toast und setzte das Glas an die Lippen. Während die Fürstin einen tiefen Schluck nahm, nippte er nur daran und stellte dann das Glas sofort zurück.

»Ist der Wein nicht nach Ihrem Geschmack?«

»Es ist ein wunderbarer ungarischer Tropfen, Durchlaucht. Sie haben keinen Grund, an der Qualität Ihres Kellers zu zweifeln.

Doch wo waren wir stehen geblieben? Sie träumten von den rauschenden Festen des großen Kongresses!«

»Die sich unser Kaiser Franz eine ganz schöne Summe hat kosten lassen! Man spricht von zweiundzwanzig Millionen Gulden!«

»Aber ja, zum Wohle Europas, war es das nicht wert? Eine neue Weltordnung, nachdem der französische Emporkömmling endlich die Waffen gestreckt und sich nach Elba hatte verfrachten lassen. Das war es doch wohl wert! Und hat es dem Volk nicht auch Arbeit und Lohn gebracht? Die vielen schönen Gewänder für Bälle und Schlittenfahrten, die Kutschen und Blumen, wagenweise edle Stoffe als Dekoration für eine Ballnacht!«

Klang da ein wenig Sarkasmus mit?

»Ja, während des Kongresses lief alles ganz prächtig, und alle haben sich amüsiert. Hinterher musste eben die Zeche bezahlt werden. So ein kleiner Staatsbankrott! Das muss ein Volk schon einmal aushalten.«

Wieder dieser aufmerksame Blick in seinen Augen. »Es ist wirklich ein außergewöhnliches Vergnügen, mit Ihnen zu Plaudern, Durchlaucht.« Er hob das Glas, trank aber nicht.

»Nun, dann ist es jetzt sicher an der Zeit, sich dem aktuellen Hofklatsch zuzuwenden. Es wäre unhöflich, nur von vergangenen Kaisern zu sprechen. Nein, ein paar Worte über unseren gütigen Kaiser Ferdinand wären sicher angebracht und über seinen Kutscher Metternich, der den Karren ganz nach Gutdünken lenkt, während unser Monarch der wichtigen Aufgabe nachgeht, seine Rosen zu pflegen und seine Sammlung ausgestopfter Exoten zu erweitern.«

»Sie mögen unseren Kaiser nicht besonders?«

Die Fürstin schüttelte heftig den Kopf. »Gott bewahre, nein, er ist der liebenswürdigste Monarch, der uns unterkommen konnte, nur leider keiner, der auch regiert. Dabei ist er durchaus nicht auf den Kopf gefallen, wie manch böse Zungen behaupten. Ich hatte selbst die Ehre, mich mit ihm zu unterhalten, und das war lehrreich und amüsant zugleich. Er ist von seiner Person durch und durch gütig und keiner, der sich nach der Macht der Krone verzehrt. Und somit ist er das Gegenteil seiner Schwägerin, der Erzherzogin Sophie. Bei ihr könnte man es genau andersherum formulieren. Meine Nichte gehört zum Staat des Prinzen, und ich bekomme recht häufig Berichte über seine Erziehung – wie sie es nennen.«

»Wie würden Sie es denn bezeichnen?«, fragte András Petru.

»Ich nenne es die perfekte Dressur, um ihren Franz Joseph Karl zu einem künftigen Kaiser zu formen – koste es, was es wolle. Ein Kaiser, der zu gehorchen gelernt hat und sich dem wohlmeinenden Rat der Mutter stets unterordnen wird. Sagte nicht einer unserer Monarchen einmal, er sei der erste Bürger, oder war es der erste Beamte seines Landes? Ich weiß es nicht mehr. In diesem Fall müsste man es umformulieren in den ersten Sohn des Landes. So wie ich Erzherzogin Sophie einschätze, wird ihr das jedenfalls gelingen. Ich sage Ihnen, es wird nicht mehr lange dauern, dann wird kaum mehr als sechzig Jahre nach Maria Theresia wieder eine Frau das Zepter in der Hofburg schwingen und all die wichtigen Männer zu ihren ausführenden Lakaien degradieren – auch wenn sie keine Krone auf dem Haupt trägt.«

»Und Franz Karl? Welche Rolle teilen Sie ihm zu?«, erkundigte sich Graf Báthory.

»Sophies lieber Ehegatte? Falls Ferdinand den Thron nicht durch seinen Tod zur Verfügung stellt, wird Franz Karl mit dem ehemaligen Kaiser Schach spielen oder den Hofgarten mit neuen Rosenzüchtungen beglücken – wenn er nicht gerade auf der Jagd ist, was seine einzige wahre Leidenschaft zu sein scheint.«

»Sie wissen, dass – sollte Ferdinand abdanken – sein Bruder Franz Karl der Thronfolger wäre?«

»Ein genauso fähiger Regent, wie wir ihn jetzt schon haben!

Nein, das würde Sophie niemals zulassen. Ich sage Ihnen, es dauert keine zehn Jahre mehr, und der kleine Franz Joseph sitzt auf dem Kaiserthron. Auf einen eigenen Erben Ferdinands sollte lieber keiner hoffen.«

»Wir müssen dieses Gespräch ein andermal fortsetzen, liebste Fürstin. Unbedingt! Es wird mir eine große Freude sein, die Sie mir sicher nicht versagen. Ach – und noch einen Rat. Legen Sie die Bilder in die Mappe zurück.«

Er streifte ihre Hand mit den Fingerspitzen und war auch schon verschwunden. Verblüfft starrte ihm Therese nach. Sie konnte sich seinen plötzlichen Aufbruch nicht erklären. Ratlos trat sie unter die noch immer offene Tür. War er schon fort? Sie konnte keine Schritte auf der Treppe hören und auch nicht das Schlagen der Tür. Es war, als habe er sich in Luft aufgelöst.

3. Kapitel

Fürst Ferdinand Rudolf Kinsky von Wchinitz und Tettau

Fürstin Therese Kinsky stand noch immer vor der offenen Tür des Frühstückszimmers und sann über das unvermittelte Verschwinden ihres Gastes nach, als ein Geräusch an ihr Ohr drang. Das Knirschen von Rädern im hinteren Hof bei den Stallungen und dann eine herrische Stimme, die sie aufseufzen ließ. Zweifellos war ihr Gemahl zurück, für keinen Hausbewohner zu überhören. Er musste, wie so oft, schlechter Laune sein, so wie er den Stallburschen anherrschte, der sicher nichts getan hatte, sich diesen Tonfall zu verdienen. Dann war der Kutscher an der Reihe und schließlich sein Kammerdiener, der ihm entgegeneilte.

»Sehr wohl, Durchlaucht«, hörte sie Jesko sagen. Ein Wunder, dass er sich noch keinen anderen Herrn gesucht hatte. Der einzige Vorteil an dieser Stellung war die gute und regelmäßige Bezahlung, was man nicht von allen hochadeligen Häusern behaupten konnte.

Die Schritte des Fürsten polterten die Treppe herauf. Therese trat ins Zimmer zurück. Ihre Hand zuckte nach den Drucken, doch dann zog sie sie unverrichteter Dinge wieder zurück. Sie wusste nicht, was sie trieb, diese Bilder ausgebreitet auf dem Tisch liegen zu lassen und auf die Reaktion ihres Gatten zu warten. Schlechter konnte seine Laune nicht werden. Oder doch? Ein unangenehmes Prickeln rann über ihren Nacken, doch da stand er schon in der Tür und sah die Fürstin mit finsterer Miene an.

»Was ist? Was starrst du mich so an?«, sagte er in dem Tonfall, den er auch dem Stallburschen gegenüber angeschlagen hatte.

»Ich wohne hier, falls du das vergessen haben solltest«, gab Therese aufreizend liebenswürdig zurück.

»Warum bist du nicht bei den Trauttmannsdorfs?«

»Weil ich mich nicht wohl genug fühlte, zu dieser Gesellschaft zu gehen.«

Ein verächtlicher Zug huschte über das grobe rote Gesicht des Fürsten. »Ach, ich vergaß die Empfindlichkeiten der Weiber und ihre zarte Gesundheit.«

Sein Blick löste sich von seiner Gemahlin und wanderte zum Tisch, auf dem die erotischen Zeichnungen ausgebreitet lagen. Ein Ausdruck von Verblüffung huschte über sein Gesicht, als er näher trat und sie betrachtete.

»Hast du dir Anregungen besorgt, wie eine Frau einem Mann Lust bereiten kann? Das fällt dir aber spät ein.«

»Nein, diese Werke wurden für dich abgegeben. Ich habe sie für dich entgegengenommen und bezahlt.«

»So, so, und sie dir dabei genau betrachtet, nehme ich an.« Er trat zu ihr und umgriff ihr Handgelenk. »Und, steigt die Lust in dir auf? Hast du deshalb hier auf mich gewartet? Sollen wir die eine oder andere Stellung ausprobieren? Sieh dir die verzückten Gesichter der Mädchen an!«

»Ich wusste schon immer, dass Männer in ihrer eigenen Fantasiewelt leben oder einfach nicht recht hinsehen wollen. Der Realität kann dies zumindest nicht entsprechen.« Der Griff um ihren Arm wurde fester und schmerzte sie, aber Therese biss die Zähne zusammen.

»Du irrst dich, wenn du denkst, alle Frauen seien solche Verächter der Lust, wie du es bist. Es gibt durchaus begehrenswerte Frauen, die nicht abgeneigt sind!«

Therese versuchte ihren Arm zu befreien. »Das bezweifle ich nicht. Du hast es schon immer verstanden, deine *Gunst* zu verteilen.«

Der Fürst zuckte mit den Schultern. »Dir hat es an nichts gefehlt, und dennoch warst du nicht in der Lage, auch nur ein Kind zustande zu bringen. Und behaupte nun nicht, es läge an meiner Zeugungskraft! Ihren Beweis habe ich mehr als einmal erbracht.«

»Ich weiß! Und nun lass mich los, du bist widerlich!«

Ihr Gatte gab ihren Arm frei und trat zurück. »Nun inszeniere kein Drama. Ich habe nicht vor, dich hier auf den Boden zu werfen und mir mein eheliches Recht zu nehmen. Es hat seinen Reiz verloren, nachdem du mir nun keinen Erben mehr schenken kannst. Und für die Freuden des Fleisches gibt es jüngere und schönere Frauen.«

»Warum trennst du dich dann nicht von mir und nimmst dir eine andere?«, fauchte Therese.

Der Fürst seufzte. »Weil – wie du sehr wohl weißt – dein Vater mir eine Klausel im Ehevertrag untergeschoben hat, dass dies nicht als Scheidungsgrund gilt. Vermutlich wusste er bereits, was für ein faules Ei er mir andreht.«

Es fiel Therese schwer, die Haltung zu bewahren. Am liebsten hätte sie sich auf ihren Mann gestürzt und ihn mit Fingernägeln und Fäusten traktiert, doch sie mühte sich um einen gleichmütigen Gesichtsausdruck, zumindest bis sie das Zimmer verlassen hatte. Dann raffte sie die Röcke und eilte die Treppe hinunter in die erste Etage, in der sich die privaten Räume des Fürstenpaares befanden. Therese stürzte in ihr Schlafzimmer, schlug die Tür hinter sich zu und lehnte sich gegen das mit goldenen Schnitzereien verzierte Holz. Sie schloss die Augen und genoss für einige Augenblicke den Schutz ihres Gemachs, das ihr Gatte seit zwei Jahren nicht mehr betreten hatte. Therese rieb sich den schmerzenden Arm und schickte ein stummes Dankgebet zum Himmel, dass Graf Báthory sie im rechten Augenblick verlassen hatte. Sie wäre vermutlich vor Scham im Boden versunken, hätte ihr Gatte diese Szene vor ihrem Besucher aufgeführt. Denn dass der Fürst sich in

Gesellschaft zurücknehmen würde, dieser Illusion war sie schon lange beraubt.

Ja, das war noch einmal gut gegangen, dank eines freundlichen Zufalls des Schicksals. – Wenn es denn ein Zufall gewesen war, doch wie konnte es anders sein?

Die Glocke der Kirche des Schottenstifts schlug dreimal. Noch einmal umrundete András das Palais des Fürsten Kinsky. Nach und nach waren die Lichter hinter den Fenstern verloschen, und nun herrschte bereits seit einer Stunde nächtliche Ruhe. Von seiner Neugier getrieben, näherte er sich dem Portal. Trotz seiner recht schmalen Fassade von nur sieben Fensterachsen zur Freyung hinaus gehörte das im Auftrag des Reichsgrafen von und zu Daun, Stadtkommandant von Wien und später Vizekönig von Neapel-Sizilien, entstandene Palais zu den prächtigsten in Wien. Der Baumeister von Hildebrandt hatte es in virtuoser Weise geschafft, den vorhandenen Platz zu nutzen und ein harmonisches Ensemble zu schaffen, das vier Stockwerke in die Höhe ragte und zwei Höfe umschloss. Während sich um den ersten Hof die repräsentativen Salons und die privaten Wohnräume der Familie anordneten, fanden sich um den hinteren Hof die Stallungen, die Wagenremise und Lagerräume. Die Kammern der Dienstboten befanden sich hinter den niederen Fenstern des obersten Stockwerks.

András hatte keine Schwierigkeiten, das Tor zu entriegeln. Geräuschlos trat er in die Torhalle und öffnete genauso leicht die Tür, die ihn ins Vestibül und von dort zur Prachttreppe führte. Der Treppenschacht nahm fast den gesamten linken Seitenflügel des ersten Hofes ein und führte ihn an elf Statuen römischer Gottheiten vorbei, die dort schweigend in ihren Stucknischen verharrten. Es reizte ihn, sogleich in die privaten Gemächer im ersten Stock einzudringen, doch er zügelte seine Ungeduld und stieg die

Treppe bis in den zweiten Stock hinauf. Das Deckenfresko über ihm war vom matten Sternenschein erleuchtet. András legte den Kopf in den Nacken und betrachtete den Kriegshelden, der von den Genien des Ruhms ins Reich der Unsterblichkeit geleitet wurde.

»Wie schön!«, murmelte er. Seine Zähne blitzten auf, als er die Lippen zu einem spöttischen Lächeln öffnete.

András trat in den ovalen Festsaal, der sich über der Eingangshalle erstreckte und dessen Fenster in den großen Hof hinaus zeigten. Die Wände waren mit verschiedenfarbigem Marmor verkleidet, von der freskengeschmückten Decke hing ein Kronleuchter für mindestens fünf Dutzend Kerzen herab. Dem Festsaal vorgelagert befand sich das große Speisezimmer, den Quertrakt zwischen dem vorderen und dem hinteren Hof bildete eine holzvertäfelte Galerie mit gewölbter Decke, dahinter schloss sich die Bibliothek an. Interessiert strich András an den Buchreihen entlang. Ein Teil der Sammlung musste noch aus der Zeit stammen, als Graf Ferdinand Bonaventura Harrachs Tochter Rosa das Palais in ihre Ehe mit einem Grafen Kinsky eingebracht hatte. András nannte selbst eine reichhaltige Bibliothek sein Eigen und eine noch größere Sammlung von Gemälden und anderen Kunstschätzen, von denen er einen beträchtlichen Teil nach dem Bankrott des Bankhauses Fries zusammen mit dem Palais übernommen hatte. Diese hier enthielt jedoch ein paar Bände, die er sich gerne genauer vornehmen wollte. Aber nicht heute. Ein andermal. Es lagen ja noch so unendlich viele Nächte vor ihm, deren Langeweile es zu besiegen galt. Im Augenblick stand ihm jedenfalls nicht der Sinn nach geistiger Nahrung!

András trat wieder zurück ins Treppenhaus. Nun konnte und wollte er es nicht länger aufschieben. Er eilte eine Treppe tiefer und betrat die Wohnetage, die von außen durch die dezenter geschmückten und etwas niedrigeren Fenster auszumachen war.

Wie um sich selbst zu quälen, wählte András zuerst den Trakt des Fürsten. Sein Schlafgemach, das Ankleidezimmer und sein privater Salon waren zwar kostspielig eingerichtet, doch es fehlte ihnen an Seele. Es war mehr eine Ansammlung protziger Möbel, Stoffe und Kunstgegenstände, die ohne einen Blick für das Besondere wahllos verteilt worden waren. Der nächtliche Besucher warf einen Blick hinter die Tapetentür, wo in einem schmalen Bett der Kammerdiener des Fürsten schlief. Dann wandte er sich dem geradezu mächtigen Himmelbett zu, das von unregelmäßigen Schnarchtönen erschüttert wurde. Der Fürst lag auf dem Rücken, den Mund weit geöffnet, so dass András seine vom Rauchen gelb verfärbten Zähne sehen konnte. Das Kinn mit dem gestutzten rötlichen Bart, der sich von den verlängerten Koteletten bis zur inzwischen doppelt ausgeprägten Spitze herabzog, hing schlaff herab und zitterte bei jedem Atemzug. Seine Gesichtshaut war grob und rot – vor allem seine Nase –, was zusammen mit seinem die Decke wölbenden Bauch für ein Übermaß an Wein und Gebranntem sprach. Von Gestalt war er eher vierschrötig zu nennen und sicher mehrere Zoll kleiner als die hochgewachsene Fürstin.

Das Schnarchen setzte für einen Moment aus, der Fürst regte sich und warf sich auf die Seite. Seine Bettkappe rutschte ihm von seinem inzwischen von Grau durchzogenen rötlichen Haar. András beugte sich vor und ließ seine langen, scharfen Fangzähne in den ihm so auffordernd dargebotenen Hals gleiten. Wie er vermutet hatte, schmeckte das Blut nach dem Wein und dem Tabakrauch, die der Fürst im Übermaß genossen hatte. Der Vampir zog sich bereits nach einigen Schlucken wieder zurück. Da hatte Wien in dieser Nacht sicher Besseres zu bieten!

András wandte sich ab und strebte seinem eigentlichen Ziel entgegen. Er verspürte so etwas wie freudige Erregung, als er die Tür zu ihrem Flügel öffnete. Der feine Parfumduft, den er schon am Abend an ihr wahrgenommen hatte, umwehte ihn. Er warf nur kurz einen Blick in ihre Wohnräume. Wie er es sich gedacht hatte, waren diese geschmackvoller eingerichtet, ohne an Pracht einzubüßen. Hier harmonierte die Abstimmung der Farben und Materialien. Die Kostbarkeiten waren so arrangiert, dass sie jede für sich wirken konnten. András glaubte hier das umsichtige Auge der Fürstin zu erkennen, die ganz offensichtlich in den Gemächern ihres Gatten nicht Hand angelegt hatte.

Dann betrat er das Schlafzimmer. Die Vorhänge waren geschlossen, doch für seine Augen war es hell genug, den Körper zu erkennen, der auf dem Bett lag. Therese hatte die Decke bis zur Taille heruntergeschoben, obwohl es in dem Gemach nicht sehr warm war. So konnte der Eindringling das Seidennachtkleid bewundern, das sich wie in kleinen Wellen um ihren Leib schmiegte. Gerade in seiner Schlichtheit, die bis auf eine Reihe Spitze am tiefen Dekolleté auf Zierrat verzichtete, wirkte es elegant. Eine gute Wahl, dachte András.

Er beugte sich vor und fuhr mit den Fingerspitzen den Rand des Dekolletés nach. Ihre Haut schien ihm geradezu brennend heiß, obwohl sie nur von gleichmäßig rosiger Farbe war. Natürlich strich seine Hand nicht über das feste Fleisch der Jugend. Mit jedem Jahrzehnt wurde die Haut weicher, schlaffer und schließlich faltiger. Die rosige Farbe ging verloren, grau und fleckig kam sie im Alter daher oder vom übermäßigen Genuss rot verfärbt wie die ihres Gatten. Die Fürstin jedoch, obwohl sie vermutlich bereits die Mitte der Vierziger erreichte, hatte sich einen Körper bewahrt, der gerade in seiner Reife Schönheit ausstrahlte. Es war nicht die unschuldige Frische der jungen Mädchen, es war die sinnliche Harmonie, die ihn daran reizte. Der Vampir hob die Spitze des Nachtkleides ein wenig an. Ihre Brüste waren nicht sehr groß, wie bei einer so groß gewachsenen, schlanken Frau zu erwarten, für dieses Alter jedoch erstaunlich fest, der Bauch flach.

Der Vampir hielt die Handfläche einige Zoll über dem Seidenstoff und verharrte mit geschlossenen Augen. Ja, wie er es vermutet hatte, aus diesem Schoß war kein Kind geboren worden.

András wandte sich ihrem Gesicht zu. Ihre Lippen schienen etwas zu versprechen, das nur darauf wartete, geweckt zu werden. András legte seine Hand auf ihre Wange. Der Kratzer, der bereits zu verblassen begann, gab dem Antlitz etwas Verletzliches.

Die Fürstin zuckte unter der kalten Berührung zusammen und murmelte etwas im Schlaf. Ihre Hände griffen nach dem Daunendeckbett und zogen es zu seinem Bedauern bis ans Kinn. András näherte seine Lippen ihrem entblößten Hals. Er streifte ihn nur leicht, fuhr dann die ausgeprägte Linie bis zu ihrem Kinn entlang und verharrte kurz, die Lippen auf den ihren, so dass er ihren Atem in sich aufnahm. Er war angenehm warm und ein wenig herb. Ja, vielversprechend. Er ahnte den Geschmack ihres Blutes, und doch löste er sich von der Schlafenden und trat wieder einen Schritt zurück. Nein, die Fürstin war nichts für eine kurze Stärkung zwischendurch. Er würde sich die Vorfreude auf einen hohen Genuss bewahren.

Graf Báthory vollführte eine vollendete Referenz und verbeugte sich tief.

»Fürstin, wir sehen uns bald wieder, das versichere ich Ihnen. Bis dahin schlafen Sie wohl und geben Sie auf sich acht.«

Und mit diesen Worten verließ er die Gemächer von Fürstin Therese Josepha Kinsky, geborene Gräfin von Freudenthal.

Fern von der Straße erklang ein Pfiff. Es waren mehrere Töne, die eine kurze Melodie formten. András lauschte. Die Tonfolge wiederholte sich noch zweimal, während der Pfeifende offensichtlich am Palais entlangschritt. Dann war es wieder für einige Augenblicke still.

Ein anderes Geräusch, dieses Mal im Innern des Hauses, ließ ihn herumfahren. Was war das? Nackte Füße auf Holzboden, dann auf den steinernen Stufen einer Stiege am anderen Ende des Palais. András' Neugier war geweckt, und er huschte den Gang entlang bis zu der schmalen Treppe, die zum Stall und auf den hinteren Hof hinausführte. Er folgte den Schritten, bis sie verharrten. Als sie ihren Lauf fortsetzten, hatten sie ihren Klang verändert. Sie waren nicht mehr beschwingt und leichtfüßig, eher unbeholfen und auf zu großen Sohlen? Die Pforte, die in den Hof führte, knarrte leise. András wartete einen Atemzug lang, dann huschte er hinterher.

Er sah sie auf den ersten Blick, wie sie den vom Licht des Mondes schwach erhellten Hof durchquerte. Wie der Schritt ihm bereits verraten hatte, folgte er einem jungen Mädchen. Ihre kleine Gestalt wurde nun allerdings von einem viel zu großen Mantel verhüllt, unter dem sie vermutlich nur ihr Nachtgewand trug. Die Füße steckten in Schuhwerk, das ganz sicher ebenfalls nicht ihr gehörte. András vermutete, dass sie sich die Stiefel von einem der Stallknechte für ihren nächtlichen Spaziergang geborgt hatte.

Das Mädchen eilte stolpernd auf den Durchgang zu und öffnete die schmale Hintertür.

»Bist du von allen guten Geistern verlassen?«, hörte András sie heiser flüstern. »Weißt du, wie spät es ist? Ich habe den ganzen Abend auf ein Zeichen von dir gewartet!« Schmollend verschränkte sie die Arme vor der Brust.

Ein Mann zwängte sich durch den Türspalt und schob das Tor hinter sich zu. Obwohl er im Schatten des Durchgangs stehen blieb, konnte András die Uniform eines k. k. Militärpolizisten ausmachen. Schwarze Stiefel, über die hellblaue Pantalons fielen, darüber der dunkelblaue Rock, weißes Riemenzeug, den schwarzen Tschako auf dem Kopf, den Degen an der Seite.

»Es ist nicht meine Schuld, und das weißt du auch. Wir werden vermehrt zu Patrouillen eingesetzt, und auch die Torwachen wurden verstärkt. Mein Zugführer würde mir was erzählen, wenn ich mich unerlaubt zu einem Stelldichein davonstehlen würde, also schmoll nicht mit mir. Ich bin hierher geeilt, sobald es mir möglich war.«

Er trat noch einen Schritt vor und legte die Arme um das junge Mädchen. Es zierte sich ein wenig, ließ sich dann jedoch an seine Brust ziehen und stürmisch küssen.

András fühlte ein schmerzliches Ziehen, als er die beiden so betrachtete, aber er blieb reglos stehen, unbemerkt von den beiden Liebenden, obwohl er kaum drei Schritte von ihnen entfernt war.

Endlich ließ der junge Militärpolizist von dem Mädchen ab, das mit den Zähnen zu klappern begann.

»Geh wieder in dein Bett, du holst dir sonst noch den Tod. Im Frühling wird es wieder anders.«

Er seufzte, als er an die lange Zeit dachte, die noch verstreichen musste, bis laue Nächte zu verschwiegenen Orten draußen auf dem Glacis oder auf den Basteien einluden.

»Wann und wo kann ich dich morgen sehen?«, drängte das Mädchen, offensichtlich tief getroffen von Armors Pfeil. »Bist du im Paradeisgartel? Ich könnte hinkommen, wenn die Herrschaften zu ihren Abendgesellschaften aufgebrochen sind.«

»Auf keinen Fall, Lisbeth!«, wehrte der Mann ab. »Hast du vergessen, was vor ein paar Nächten mit Resi geschehen ist?«

Das Mädchen erbebte. »Nein, wie könnte ich! Ich habe sie gern gemocht. Wer hätte ahnen können, dass in Wien schon wieder so eine Bestie herumläuft, nachdem der Wurzinger gehenkt wurde. Ich habe es mit eigenen Augen angesehen, wie er draußen bei der Spinnerin am Kreuz sein Leben aushauchte. Er kann es also nicht sein. Ich hoffe, ihr fangt ihn bald und übergebt ihn seiner gerechten Strafe. Wobei ich mir nicht vorstellen kann, welche Strafe für solch ein Verbrechen gerecht sein könnte. Zu schade, dass Kaiserin Maria Theresia die Folter verboten hat und man die Delinquenten nicht mehr mit glühenden Zangen zwicken darf«, fügte sie rachsüchtig hinzu.

»Ja, einer, der einem Mädchen so etwas antut, hätte es verdient«, pflichtete ihr Verehrer ihr bei. »Alles war voller Blut, die Kehle wie von einem wilden Tier zerfetzt.«

»Seid ihr überhaupt sicher, dass ihr nach einem Mörder suchen müsst? Kann es nicht auch ein wilder Hund oder Wolf gewesen sein?«, warf das Mädchen ein.

»Ein Wolf hier in Wien? Nein, und ein Hund war das auch nicht, sagt der Polizeikommissär Hofbauer, und der hat Erfahrung. Er hat den Fall des Raubmörders Jaroschinski, dieses betrügerischen Comtes gelöst und den noch verzwickteren Fall Resniczek, der seinen Mord ja wie einen Selbstmord hatte aussehen lassen. Der Kommissär ließ sich aber nicht hinters Licht führen und hat die Mörder an den Strick gebracht. Der weiß, was er tut.«

»Dann können wir nur hoffen, dass er diesem Übeltäter ebenfalls schnell auf die Schliche kommt und Wien wieder sicher wird, dass man sich im Dunkeln noch auf die Straße trauen kann«, sagte das Mädchen unter Zähneklappern.

Der junge Mann drückte sie noch einmal kurz an sich und mahnte sie, nun schnell in ihr warmes Bett zurückzukehren. Lisbeth nickte, ließ ihn zur Hintertür hinaus und verschloss die Pforte dann wieder. Als sie sich umwandte, um auf den Hof hinauszutreten, war sie in Gedanken vermutlich bereits zurück im Haus oder gar in ihrer Kammer im vierten Stock unter ihrer wärmenden Bettdecke. Lisbeth blieb wie angewurzelt stehen und starrte den Mann an, der unvermittelt vor ihr auftauchte.

András hatte beschlossen, dass es nun an der Zeit war, sich bemerkbar zu machen. Der Hunger nagte schon wieder in ihm, und seine Gier war stetig gestiegen, während er das Stelldichein der beiden belauscht hatte. Er verbeugte sich höflich vor dem Mädchen, das in seinem langen, weißen Nachtgewand mit dem Mantel und den Stiefeln des Stallknechts ein komisches Bild darbot.

»Ist es nicht ein wenig spät, um sich hier draußen herumzutreiben?«, fragte András höflich. Das Mädchen öffnete nur tonlos den Mund. Es war überrascht, fühlte jedoch keine Furcht.

Natürlich hätte es nicht viel bedurft, sie in Todesangst zu versetzen, doch das wollte András nicht. Es war ihm nur danach, seinen Durst an dem jungen Blut zu stillen, und wenn er sie dabei sprachlos hielt, war das sicher nicht unklug. Im Schatten des Durchgangs trat er zu ihr und legte ihr den Arm um die Taille.

»Es ist immer ein Risiko, nachts sein Bett zu verlassen«, sagte er ein wenig tadelnd, während er spürte, wie seine Eckzähne sich weiter hervorschoben.

»Anderseits«, musste er zugeben, »kann auch ein Bett und eine noch so schön verschlossene Zimmertür nicht vor allem schützen, was sich im Dunkeln der Nacht verbirgt.«

»Einen guten Morgen wünsche ich Ihnen, Durchlaucht!« Der kriegerische Ton, der die höflichen Worte und das Tablett mit Kaffee und Gebäck begleitete, ließ die Fürstin aufsehen.

»Was ist los, und wo bleibt Lisbeth?«

Es war am Morgen die Aufgabe der Kammerzofe, den Toilettentisch herzurichten und alles bereitzustellen, was die Kammerfrau später benötigte, ihrer Herrin Gesicht und Dekolleté zu pflegen und sie zu frisieren.

»Das ist es ja gerade, Herrin«, gab die Kammerfrau zurück und machte ein Gesicht, das sicher nicht nur eine junge Zofe eingeschüchtert hätte. »Sie ist noch nicht erschienen. Ich wollte nur nicht, dass Ihr Kaffee kalt wird, daher war ich noch nicht oben, nach ihr zu sehen.«

Die Kammerfrau schlief in dem kleinen Raum nebenan, um auch nachts in Hörweite ihrer Herrin zu sein, die Zofe jedoch teilte sich mit zwei Küchenmädchen eine Kammer unter dem Dach. Mit einer Verbeugung von geradezu preußischer Haltung stellte Vesna das Tablett auf den Nachttisch.

»Entschuldigen Sie mich, Durchlaucht, ich werde nachsehen, was dieses Geschöpf dazu führt, seine Pflichten zu versäumen.«

Mit diesen Worten stürmte sie hinaus. Die Fürstin empfand fast Mitleid mit der Zofe, die vielleicht noch ein wenig jung und leichtsinnig war, ihre Sache jedoch ganz gut machte, dafür, dass sie erst vor einem halben Jahr von einem Gut aus Oberösterreich nach Wien gekommen war. Nun ja, Therese würde sich nicht einmischen. Es gab unter den Bediensteten eine strenge Hierarchie. Wehe der Herrschaft, die diese Rangfolge nicht beachtete! Das konnte einen ganzen Haushalt auf den Kopf stellen. Jeder musste schließlich wissen, wo er stand und vor wessen Augen er Gnade zu finden hatte. So war es die Aufgabe der Kammerfrau, die pflichtvergessene Zofe zur Ordnung zu rufen, nicht die der Fürstin selbst. Wo würde man hinkommen, wenn man für jeden Stallburschen oder Lakaien direkt verantwortlich wäre und dessen Arbeit überwachen müsste? Nein, dafür gab es die führenden Stellen im Haushalt: ganz oben den Butler und dann die Kammerfrau der Herrin und den Kammerdiener des Fürsten, die Köchin und den Oberstallmeister, jeder zuständig für seinen Bereich.

Therese hatte ihre Tasse Kaffee noch nicht vollständig geleert, als die Kammerfrau zurückkehrte. Wenn überhaupt möglich, stand ihre Miene noch mehr auf Gewittersturm.

»Und? Hat Lisbeth verschlafen?«, erkundigte sich die Fürstin in ruhigem Ton.

»Nein, zumindest sagt sie das«, gab Vesna zurück.

»Was ist dann?«

»Sie behauptet, sie sei zu schwach, um aufzustehen!« Vesna gab ihrer Empörung freien Lauf. Schwäche! Das war in ihren Augen ein Verbrechen. Zumindest für ihren Stand. So etwas konnten sich nur die Herren und Damen der Gesellschaft leisten.

»Oh Gott, die Influenza?«, rief die Fürstin entsetzt. Die letzte Grippewelle hatte sie zwei ihrer Bediensteten gekostet und sie selbst für drei Wochen ans Bett gefesselt. An solch schlimme Seuchen wie die Cholera, die Wien zehn Jahre zuvor heimgesucht hatte, wollte sie erst gar nicht denken.

»Das glaube ich nicht, Durchlaucht.« Die Kammerfrau schüttelte den Kopf. »Sie hustet nicht, hat keinen Schnupfen, und ihre Haut ist eher kalt als trocken und heiß. Und dennoch kann sie sich nicht auf den Beinen halten. Sie brach auf der Stelle zusammen, nachdem ich sie aufforderte, das Bett zu verlassen.«

Therese konnte sich lebhaft vorstellen, wie diese Aufforderung ausgefallen sein mochte. Die Zofe hatte gehorcht wie die Soldaten ihrem General, wenn er sie aufruft, in die Schlacht zu stürmen.

»Was nur merkwürdig ist, sie muss Blut gespuckt haben, oder vielleicht war es auch Nasenbluten. Ihr Nachthemd ist mit Blut besudelt, und sie kann sich selbst nicht erklären, wie es dort hingekommen ist. Jedenfalls ist es sehr seltsam. Ich habe so etwas noch nicht erlebt.«

Die Fürstin runzelte besorgt die Stirn, während ihre Kammerfrau weitersprach. »Ich habe sie in eine andere Kammer führen lassen. Maja soll ihr zu essen bringen, ansonsten habe ich streng verboten, dass jemand die Kammer betritt, solange wir nicht wissen, um was es sich handelt.« Therese blieb nur, sie für das umsichtige Verhalten zu loben.

»Das gehört zu meinen Pflichten, wenn die jungen Dinger schon so kopflos sind. Und nun entschuldigen Sie mich, ich muss Ihre Garderobe für heute zusammenstellen. Was werden Sie unternehmen? Haben Sie schon entschieden, welche der Einladungen Sie heute annehmen?«

Die Kammerfrau reichte Therese einen Stapel goldumrandeter Karten, die zu Ausfahrten, Empfängen, Theater oder Abendessen luden. Auch ein Hausball im kleinen Kreis der Familie war dabei, was vermutlich bedeutete, dass nicht mehr als fünfzig oder sechzig Gäste anwesend sein würden. Therese überlegte.

»Heute Morgen werde ich mit Leutnant Schönfeld im Prater ausreiten. Er ist ein schneidiger Reiter und ein netter junger Mann! Er kommt um elf, also sag bitte meinem Reitknecht, er soll mir die Rappstute bereithalten. Für den Nachmittag brauche ich vielleicht den Landauer. Ein einfaches Stadtkleid wird genügen. Ich weiß es noch nicht sicher. Und am Abend … hm …«, ein Lächeln huschte über ihr Gesicht. »Ja, ich glaube, ich werde heute dem Salon unserer verehrten Dichterin Karoline Pichler die Ehre geben.« Die Fürstin schlug die Decke zurück und schlüpfte aus dem Bett.

»Durchlaucht!«, rief die Kammerfrau empört, als Therese nur ein Negligé überwarf und durch die Tür in ihren Salon verschwand.

»Mach du nur weiter. Ich komme gleich zum Frisieren«, rief die Fürstin über die Schulter zurück. »Ich muss nur rasch ein Billet schreiben.«

Die Kammerfrau hütete sich zu fragen, für wen das eilige Schreiben bestimmt sei. Vesna gab sich nicht die Blöße, ihre Neugier zuzugeben. Dennoch war sich Therese sicher, dass sie noch ehe die Einladung zugestellt war, in Erfahrung gebracht haben würde, dass dieses zum Palais Fries am Josephplatz bei der Hofburg gebracht werden sollte, bestimmt für den Grafen András Petru Báthory von Brasov.

»Wo ist mein blauer Frack? Hast du ihn etwa in die Putzerei gegeben?« Der junge Virtuose stand nur mit Frackhemd, Weste und Strümpfen bekleidet in der Tür und sah seine Schwester vorwurfsvoll an.

»Natürlich habe ich ihn nicht außer Haus gegeben. Das Mädchen und ich haben ihn heute Morgen ausgebürstet. Er müsste oben hängen. Du musst nur richtig schauen«, fügte sie ein wenig schnippisch hinzu.

»Dann hol ihn mir!«

Karoline Maria Wallberg warf ein wenig trotzig ihre dunklen Locken zurück. Der junge Mann, dessen Gesichtszüge den ihren so ähnlich sahen, seufzte und verdrehte die Augen. »Bitte Schwesterherz, ich muss mich beeilen, sonst komme ich zu spät.«

Mit einem Schulterzucken stieg sie von der Wohnung, in der ihr Bruder seine Wohnräume und sein Musikzimmer mit dem Flügel hatte, hinauf zu den beiden kleinen Kammern unter dem Dach. Den Frack in den Händen kam sie zurück, als ihr Vater sie aufhielt.

»Blau? Er will einen blauen Frack tragen?«

»So hat mein liebster Bruder es mir aufgetragen«, sagte Karoline ein wenig gestelzt.

»Blau? Was ist das für ein dummer Gedanke?«

»Blau ist die modische Farbe für den Frack in dieser Saison, Papa«, mischte sich Carl Eduard Wallberg ein, der noch immer in Wäsche und Hemd herumlief.

»Unsinn!« Franz Johann Wallberg stieß seinen Stock auf den Boden. »Du spielst heute Abend nicht in einem Kaffeehaus im Prater, sondern im Theater an der Wien, wo Mozarts ›Zauberflöte‹ aufgeführt wurde und Beethovens ›Fidelio‹ Triumphe feierte. Da wirst du Direktor Bäuerle nicht in einem blauen Frack unter die Augen treten. Heute steht eine Oper von Rossini auf dem Programm, kein Lustspiel, bei dem du dich zum Wurstel machen sollst!«, fügte er erbost hinzu. »Du ziehst einen schwarzen Frack an!«

Der Sohn fügte sich, schnitt aber eine Grimasse in Richtung seiner Schwester, die ihm nun die schwarze Hose und die passende Frackjacke reichte.

»Untadeliges Benehmen«, intonierte der Vater und klopfte jede Silbe mit dem Stock den Takt. »Das ist neben deinem Talent das Wichtigste, wenn du dir in Wien einen Namen machen willst.

In ganz Europa! Einen Namen, den man nicht wieder vergisst. Der noch so kleinste Skandal kann alles zerstören, was du dir in mühevollen Jahren erarbeitet hast.«

»Ein blauer Frack wäre da natürlich ein tödlicher Streich«, sagte Carl Eduard leise, doch der Vater verfügte noch über ein exzellentes Gehör und vernahm die Worte, die nicht für ihn bestimmt waren. Er hieb erzürnt auf die geschwungene Holzlehne des Sessels.

»Du bringst mich mit deinem Leichtsinn noch ins Grab – und dich selbst um deinen Ruhm, den du wohl verdient hättest!«

»Ach Vater, du bist zu streng mit Carl Eduard«, nahm Karoline ihren um fünf Jahre jüngeren Bruder in Schutz. »Selbst Joseph Haydn, den du so verehrst, hat sich in seinen jungen Jahren den einen oder anderen Scherz erlaubt.«

»Und was war die Folge?«, rief der Vater mit gerunzelter Stirn. »Der Dom- und Hofkapellmeister Reutter hat den Chorknaben fristlos entlassen!«

»Trotzdem ist aus ihm ein unvergesslicher Komponist und Virtuose geworden, dessen Werke wir auch dreißig Jahre nach seinem Tod noch bewundern«, fügte Karoline hinzu. »Carl Eduard ist ein guter Pianist und beherrscht seine Violine mit höchster Kunstfertigkeit. Er ist fleißig, und die Kompositionen gefallen. Er wird seinen Weg machen. Also sei nicht so streng mit ihm. Er ist jung, und ein wenig Leichtfertigkeit wird nicht schaden.«

Schon als sie das Wort aussprach und die Wirkung bemerkte, die es in der Miene ihres Vaters auslöste, wusste sie, dass es ein Fehler gewesen war, doch Worte ließen sich nicht zurücknehmen, genauso wenig wie Taten, und wenn man sie noch so sehr bereute. Der alte Wallberg stürzte sich auf das Wort.

»Leichtfertigkeit!« Er spie es ihr zu Füßen. »Kann nicht schaden, nein? Willst ausgerechnet du mir das sagen?«

»So habe ich es nicht gemeint«, widersprach Karoline und sah zu Boden. »Ich habe von Carl Eduard gesprochen und nicht von mir.« Sie fühlte, wie ihre Wangen glühten.

»Ach, du hast deine Leichtfertigkeit vergessen? Wie schön für dich! Ich werde sie niemals vergessen, zumindest nicht, solange sie mir Tag um Tag in den Augen schmerzt!«

Tränen in den Augen stürzte Karoline hinaus und lief die Stufen zu ihrer kleinen Dachwohnung hinauf. Der Vater sah ihr erzürnt, der Bruder mit unbehaglichem Blick nach, während er sich mit dem Binden seiner weißen Masche abmühte.

4. Kapitel

Der Salon der Karoline Pichler

Durchlaucht, die Kutsche ist vorgefahren«, meldete der Butler durch die geschlossene Tür.

»Danke Lorenz, bestell Graf Báthory, ich komme, sobald ich fertig bin.«

Fürstin Kinsky saß umgezogen, frisch frisiert und dezent geschminkt an ihrem Toilettentisch und betrachtete ihr Spiegelbild.

»Brauchen Sie noch etwas, Herrin?«, erkundigte sich Vesna und ließ den Blick prüfend über den bequemen Ruhesessel mit dem in passendem Stoff bezogenen Fußschemel schweifen, auf dem sie die für den Abend benötigten Accessoires bereitgelegt hatte.

»Nein, alles bestens.« Die Fürstin machte keine Anstalten, sich zu erheben.

Vesna runzelte erst irritiert die Stirn, dann huschte ein verstehendes Lächeln über ihr Gesicht. »Wenn Sie mich dann nicht mehr brauchen, dann würde ich mich nun Ihres Reitkleides annehmen. Es hat einigen Schmutz abbekommen!« Vesna war der Vorwurf in Person.

»Das kommt beim Reiten vor, selbst wenn man nicht vom Pferd fällt, und das ist mir schon seit Jahren nicht mehr passiert!«

»Das schon, aber Sie reiten nicht gerade, wie es für eine Fürstin angemessen wäre, wenn Sie mir die Bemerkung gestatten. Der Schneematsch ist Ihnen bis zur Schulter gespritzt!«

»Wenn ich vorgehabt hätte, wie eine alte Matrone im Schritt

dahinzuzockeln, hätte ich mir nicht einen schneidigen jungen Offizier als Begleiter für den Ausritt besorgt.«

»Das schickt sich nicht«, murmelte Vesna.

»Ja, da hast du recht! Es schickt sich nicht, dass meine Kammerfrau Kritik an mir übt«, gab Therese zurück. Vesna zog beleidigt die Unterlippe hoch.

»Zumindest über die Gesellschaftsfähigkeit meines Begleiters kann kein Zweifel bestehen«, fuhr Therese fort, ohne sich um Vesnas Reaktion zu kümmern. »Der junge Graf Schönfeld wechselt in Kürze von den Reuß-Husaren direkt zur Ordonnanz bei keinem Geringeren als Feldmarschall Graf Radetzky!«

Vesna murmelte etwas Undeutliches. Ihre Aufmerksamkeit galt eindeutig dem von Schneematsch ruinierten Reitkleid.

Therese unterdrückte einen Seufzer, beugte sich vor und besah sich ihr Gesicht aufmerksam im Spiegel.

»Ich hoffe, Frau Pichler spart wie üblich an Wachs. Bei zu vielen Kerzen lässt sich der Kratzer auf meiner Wange wohl nicht völlig verbergen.«

Vesna warf einen kritischen Blick auf ihr Werk. »Wenn Sie nicht daran herumreiben, wird es kein Mensch sehen. Die Leute sollen der Poesie und der Musik lauschen und nicht ihre Wange untersuchen.«

Die Fürstin lachte auf. »Da kennst du die Leute schlecht. Zwar wird kaum jemand von den hoffähigen Familien da sein, aber gerade deshalb werden diejenigen des hohen Adels, die sich unter die Künstler und Bürger des Salons mischen, mit Argusaugen beobachtet.«

»Dann sollen sie beobachten!«, sagte die Kammerfrau, die von ihrem Werk offensichtlich überzeugt war.

»Vesna, sag ehrlich, wie sehe ich aus? Bin ich zur alten Frau geworden?«

Die Kammerfrau starrte sie entsetzt an. Noch mehr als die

Worte war es der verletzliche Tonfall, der sie nach Luft schnappen ließ. Und so dauerte es eine Weile, bis sie in ihrem gewohnten, ein wenig schroffen Tonfall antwortete:

»Sie sehen wunderbar aus, Durchlaucht, von gutem Stil und erhaben. Da können die jungen Dinger viel lernen.«

»Aber bin ich noch schön? Oder nur noch alt?«

»Wenn Sie das in dem Spiegel vor sich nicht sehen, dann muss ich fürchten, das erste Anzeichen des Alterns ist das Nachlassen Ihrer Sehkraft!«

Die Bemerkung ihrer Kammerfrau riss Therese aus den trüben Überlegungen. Sie lachte auf, erhob sich und küsste ihre Kammerfrau auf beide Wangen.

»Ich danke dir. Nun bin ich bereit, den Salon zu besuchen – der streng genommen keiner ist, doch jedes Mal einen aufregenden Abend mit Überraschungen verspricht.« Ihr Blick glitt zu der vergoldeten Uhr auf dem Kaminaufsatz. »Graf Báthory wartet nun eine halbe Stunde in der Kälte vor dem Haus. Ich denke, das genügt. Ich sollte nun gehen.«

Vesna antwortete nicht, doch etwas blitzte in ihren Augen, als sie noch einen letzten Blick mir ihrer Herrin wechselte, ehe diese in ihrem neuen Kleid aus blutroter Seide mit schwarzem Spitzenbesatz hinausrauschte.

»Sie sind ja völlig erfroren!«, rief Therese, als András ihr die eisige Hand reichte, um ihr in sein unauffälliges, doch bequemes Stadtcoupé zu helfen. Mit einem Anflug von schlechtem Gewissen ließ sich die Fürstin in die Polster sinken. »Ich hätte Sie nicht so lange warten lassen sollen!«

»Das war doch meine gerechte Strafe dafür, dass ich Ihnen die Zusage erst nach Einbruch der Dunkelheit habe zukommen lassen, obwohl Ihre Karte bereits gegen Mittag bei mir abgegeben wurde, nicht wahr?«

War sie so einfach zu durchschauen? Therese fühlte sich peinlich berührt und war froh, dass es in der Kutsche zu dunkel sein musste, um ihr Gesicht zu erkennen.

Die Räder der Kutsche ratterten über das unebene Pflaster und durch die harsch gefrorenen Schneereste. Die Fahrt dauerte nicht lange. Schon standen die Räder wieder still, und der Schlag wurde geöffnet. Ein Diener im unauffällig braunen Kutschiermantel verbeugte sich, reichte seinem Herrn jedoch nicht die Hand, obgleich der Tritt sehr schmal und der Abstand zum Straßenpflaster nicht unerheblich war. Doch der Graf sprang behände aus der Kutsche und half dann seiner Begleiterin.

»Du kannst die Kutsche zurückbringen. Ich schicke dir eine Botschaft, wenn ich dich brauche.«

Der Diener verbeugte sich noch einmal, kletterte auf den Kutschbock und fuhr davon. Während der Graf Therese in die erleuchtete Halle führte, fragte sie sich, warum er seinen Diener nicht mit denen der anderen Gäste, die eigene Kutschen oder einen unnummerierten Fiaker besaßen, warten ließ. Wie wollte er ihm eine Nachricht zukommen lassen? Einen Botenjungen schicken?

Therese vermutete, dass ihre Gastgeberin nicht über so viel Personal verfügte, dass sie an diesem Abend gern jemanden entbehren mochte. Und sie bezweifelte, dass sich um die Zeit, da sie den Heimweg anzutreten wünschte, noch irgendwelche Burschen in den Gassen herumtrieben, die darauf hofften, sich ein paar Münzen für kleine Dienste zu verdienen.

»Sie zerbrechen sich zu sehr den Kopf, Fürstin. Wollen Sie mir nicht lieber all die interessanten Leute vorstellen, die sich heute Abend bei Frau Pichler eingefunden haben?«

Therese bemühte sich um ein unbeschwertes Lächeln. Sie musste sich in Acht nehmen. Er war ein scharfer Beobachter. Fast könnte man meinen, er sei in der Lage, Gedanken zu lesen, wenn dies nicht völlig unmöglich wäre.

Amüsiert lächelnd führte Graf Báthory die Fürstin in den Salon, wo die Gastgeberin in einem mächtigen Sessel von verblichenem Samt thronte. Zwei junge Stutzer kauerten auf Fußschemeln zu ihren Füßen und hingen gebannt an ihren Lippen. Therese konnte nicht verstehen, worüber sie sprach, doch die jungen Herren lachten verzückt auf und klatschten begeistert in die Hände.

Als der Blick der Gastgeberin auf die Fürstin und ihren Begleiter fiel, brach sie ab und winkte die beiden mit ihren von Arthritis verkrümmten Fingern zu sich. Sie hob ihren Lorgnon, der an einer Goldkette baumelte, und musterte ihre neuen Gäste ungeniert. Trotz ihrer siebzig Jahre saß die gefeierte Dichterin mit durchgedrücktem Rücken da. Ihre Miene war streng, die Augen von lebhaftem Interesse. Sie trug ein steifes Kleid aus Seidentaft mit den keulenartig gebauschten Ärmeln, wie sie in der vergangenen Saison noch Mode gewesen waren. Auf ihrem nachlässig aufgedrehten grauen Haar erhob sich eine gestärkte Spitzenhaube.

»Ah, ein Mitglied des Hofadels gibt uns die Ehre, in die bescheidenen Niederungen der Künste herabzusteigen. Liebe Fürstin, dann werde ich es heute Abend ausnahmsweise unterlassen, über den Snobismus der Hocharistokratie zu schimpfen.«

Therese reichte der Schriftstellerin die Hand. »Halten Sie das so lange aus?«

»Wir werden sehen«, gab Karoline Pichler mit einem spöttischen Lächeln zurück.

»Tun Sie sich meinetwegen keinen Zwang an, meine Liebe. Darf ich Ihnen meinen Begleiter vorstellen?«

»Ich bitte darum!«, rief die Gastgeberin. »Wenn Sie schon mal mit einem Mann auftauchen, der diese Bezeichnung noch verdient. Ich sage lieber nicht, mit welchen Worten ich die traurigen Überbleibsel der Schöpfung bedenke, die sich nur ihren modischen Narreteien hingeben.« Sie bedachte die beiden Stutzer, die ein wenig zurückgetreten waren, mit einem strengen Blick.

»Jedenfalls muss ich Ihnen gratulieren. Er macht etwas her und schafft es sogar, zusammen mit einer Bohnenstange ein harmonisches Bild abzugeben. Sobald er den Mund aufgemacht hat, kann ich Ihnen sagen, ob auch sein Geist mehr als einen Gedanken wert ist. Was schon eine Sensation wäre. Schönheit und Geist in einem einzigen Mann vereint?«

Therese musste ein Kichern unterdrücken. Sie ergötzte sich immer wieder an der erfrischend schrulligen Art der alternden Dichterin, die immer direkt sagte, was ihr in den Sinn kam. Ihr Gatte und die meisten anderen Mitglieder der Gesellschaft hätten sich vor den Kopf gestoßen gefühlt.

»Ich darf Ihnen András Petru Báthory, Graf von Brasov, vorstellen.«

»Wo ist denn das?«

»Sie nennen es Kronstadt, in Siebenbürgen«, sagte András höflich und reichte ihr die Hand.

»Na, heißblütig kann man ihren Begleiter nicht gerade nennen, meine liebe Fürstin, obwohl die Magyaren dafür doch berühmt sein sollen!«

»Das sind sie im Allgemeinen, das kann ich Ihnen versichern, Frau Pichler. Doch die Karpaten sind auch für ihre Wesen der Nacht berühmt. Kalte, gnadenlose Jäger, die auf den Schwingen der Finsternis mit dem Nachtwind reisen. Kein Herz schlägt in ihrer Brust. Und sie existieren nur vom warmen Blut der Lebenden.«

Er sah sie bei den Worten so intensiv an, dass die alte Frau für einen Moment erstarrte, dann klatschte sie die Hände zusammen, warf den Kopf in den Nacken und lachte schallend.

»Meine liebe Fürstin, diesen Mann sollten sie sich warmhalten, wenn ich das so sagen darf. Er ist ein seltenes Original. Sie müssen nur aufpassen, dass – sollte ihn der Blutdurst überkommen – ihr Gatte in der Nähe ist. Nein, nicht um Sie zu beschützen. Ich bezweifle, dass der Fürst dazu überhaupt in der Lage wäre. Soll unser Karpatengraf lieber ihn aussaugen als Sie, nicht wahr?«

András verzog das Gesicht. »Frau Pichler, was denken Sie von mir? Ich bevorzuge Damen. Dann schon lieber Verzicht!«

Glucksend wischte sich Frau Pichler eine Träne aus den grauen Augen.

Draußen in der Eingangshalle erklangen Stimmen. Karoline Pichler reckte sich in ihrem Sessel auf. »Lasst mich sehen, wer gekommen ist. Ich brauche noch ein paar geistreiche Menschen um mich, mit denen ich mich zanken kann. Wer ist das?«

Vier Frauen kamen in den Salon, drei trugen Geigenkästen unter den Armen. Ein Diener folgte mit einem Cello. Sie waren vielleicht zwischen dreißig und vierzig, strahlten aber den Schwung junger Mädchen aus. Sie begrüßten die Gastgeberin überschwänglich.

»Ah, meine Virtuosen sind eingetroffen. Nun, dann muss die Literatur noch ein wenig warten. Machen wir Musik!«

Die Gäste scharten sich um die vier Frauen, die plaudernd und scherzend ihre Instrumente auspackten.

»Das sind die berühmten Fröhlich-Schwestern«, klärte Therese ihren Begleiter auf. »Netti, Betti, Kathi und Pepi – eigentlich Anna, Josephine, Katharina und Barbara aus gut bürgerlichem Haus, genauer gesagt aus einer Döblinger Weinhandlung. Sie sind gut, Graf Báthory, Sie können sich entspannen. Sehen Sie, selbst Doktor Sonnleithner, ja der grauhaarige Herr dort drüben in dem grünen Sessel, schaut erwartungsvoll drein. Er ist der Gründer der Gesellschaft der Musikfreunde, und er ist der Erste, der flüchtet, wenn sich ein Dilettant an einem Instrument vergreift oder gar zu singen beginnt, was leider in den Gesellschaften des Bürgertums und des Adels immer mehr überhandnimmt.«

Die vier Schwestern stimmten ihre Streichinstrumente und warfen dann einen bedeutsamen Blick in die Runde. Es wurden noch ein paar Stühle zurechtgerückt, dann verstummten die Gäste des pichlerschen Salons und wandten ihre Aufmerksamkeit dem Damenquartett zu, das in seinen farbenfrohen Kleidern aus bedrucktem Chintz und Seidentaft ein liebliches Bild bot. Und sie spielten auch ansehnlich, so dass es eine Lust war, ihrem Spiel zu lauschen, gab Graf Báthory seiner Begleiterin gegenüber gerne zu.

Mitten in die Darbietung platzte ein Herr, der sich rücksichtslos durch die Zuhörer drängte und sich neben eine beleibte Dame auf eine der vorderen Sitzbänke quetschte. Sein Blick galt allein der mit ihren dunklen Ringellöckchen hübschesten der vier Schwestern. Der Mann ging sicher bereits auf die fünfzig zu, und sein Haar begann sich in Form von Geheimratsecken zu lichten.

András runzelte die Stirn. »Mir ist, als müsste ich diesen Herrn kennen.«

»Das ist unser Dichter Franz Grillparzer. Er ist mit Kathi verlobt, seit – lassen Sie mich rechnen – sechzehn Jahren, oder sind es schon mehr? Ich habe es vergessen. Er himmelt sie treu an, widmet ihr Verse, kann sich aber nicht durchringen, sie zum Altar zu führen.«

»Und die Dame macht dieses zermürbende Spiel mit?«

»Mehr noch, ich habe gehört, Grillparzer wird demnächst zu den Schwestern in ihre Wohnung in der Spiegelgasse ziehen.«

»Zu allen vieren?« András hob in einer Mischung aus Erstaunen und Belustigung die Brauen.

»Ja, zu allen vieren. Für ihn wird es überaus praktisch. Vier Frauen, die ihn verehren und ihn umsorgen. Nur um Kathi tut es mir leid. Was kann er dann noch für einen Grund haben, sie um ihre Hand zu bitten?«

»Vielleicht weil ihm vier Frauen dann doch zu viel werden?«

Therese knuffte ihm in die Seite. »Graf Báthory, das war nicht sehr charmant. Ich sage Ihnen, er wird mit den vier Schwestern alt, ohne sich je zu entscheiden!«

Nach dem Quartett, das großzügig Applaus bekam, las die junge Schauspielerin Enghaus-Hebbel Verse im Wechsel mit Wenzel Scholz, dem altverdienten Komödianten. Auch ein Traktat von Anastasius Grün wurde verlesen, das jemand im Rheinland ergattert und mit nach Wien gebracht hatte. Geschmuggelt, musste man eher sagen, denn die Zensur, sprich Polizeiminister Graf Sedlnitzky, hatte seine politischen Machwerke – wie er es nannte – allesamt verboten.

»Wissen Sie, wer sich hinter dem Pseudonym verbirgt?«, raunte Therese András zu. »Kein Geringerer als Graf Alexander von Auersperg! Seine Verse sind ein wenig einfach gebaut, doch die politische Sprengkraft nicht zu verleugnen. In Wien sucht er natürlich vergeblich als Dichter sein Glück. Ich glaube nun, da Sedlnitzky ihn auf dem Kieker hat, würde er ihm selbst Kochrezepte zensieren!«

»Ach, die schreibt der Graf auch?«

»Nein!« Therese sah ihn empört an. András lachte.

»Nun, dann wollen wir hoffen, dass sich hier unter den Gästen kein Naderer befindet, der diese Impertinenz augenblicklich meldet.«

»Ein Informant der Geheimpolizei, hier?« Die Fürstin sah sich ein wenig unsicher um. »Möglich wäre es schon.«

»Nicht nur möglich, sehr wahrscheinlich«, korrigierte András. »Sagt man nicht, wenn sich drei Wiener treffen, ist mindestens einer von ihnen ein Naderer? Ich wage sogar zu behaupten, dass mehr als die Hälfte aller Dienstboten auf Sedlnitzkys Gehaltsliste stehen. Ein schönes Zubrot, die Herrschaft zu bespitzeln, und viel einfacher als Stiefel putzen oder heißes Wasser schleppen.«

Die Fürstin hob erstaunt die Brauen. »Sie scheinen sich ja schon ganz gut in Wien auszukennen!«

Graf Báthory hob die Schultern. »Da hat sich nicht viel geändert, seit Metternich den Rhein hinter sich gelassen hat, um an der Donau in Wien Europa zu verändern – oder sollen wir sagen, in seine alten Schuhe zurückzustecken?«

Therese nickte nachdenklich.

Ein Raunen ging durch die Reihen der Gäste, als zu späterer Stunde der berühmte Mime und Possendichter Johann Nestroy vom Theater an der Wien sich die Ehre gab und auch noch die bezaubernde Tänzerin Fanny Elßler mitbrachte. Die jungen Herren lagen ihr zu Füßen. Sie war der Stern am Wiener Balletthimmel.

»Ich sage nicht, dass sie diesen Platz nicht mit wundervoller Grazie ausfüllt«, sagte die Fürstin zu Graf Báthory. »Sie hat Talent und arbeitet hart. Dennoch wage ich zu behaupten, ihre Karriere wäre nicht so steil verlaufen, hätte nicht Friedrich Gentz, der Sekretär Metternichs, ein Auge auf sie geworfen. Sie war gerade einmal neunzehn Jahre alt und er fünfundsechzig, doch man sagt, sie sei ihm treu bis zu seinem Tod geblieben. Geschadet hat ihr diese Beziehung jedenfalls nicht.«

»Sie sind eine unerschöpfliche Quelle des Wissens, Durchlaucht.«

Therese versuchte in seiner Miene zu lesen, doch sie konnte nichts entdecken, das ihr einen Hinweis darauf geben konnte, wie er seine Worte meinte.

»Langweile ich Sie mit meinen Klatschgeschichten?«, fragte sie ein wenig verunsichert.

»Aber nein, Fürstin. Wenn man eine Weile fern von Wien war, hilft einem nichts schneller, sich wieder mit der Gesellschaft vertraut zu machen, als ihre Klatschgeschichten und Skandale. Berichten Sie mir alles, was Ihnen in den Sinn kommt. Verraten Sie mir beispielsweise, wer die Dame mit der seltsamen Kopfbedeckung ist, die gerade von unserer Gastgeberin so überschwänglich begrüßt wird, als sei sie der verlorene Sohn, der unerwartet aus der Fremde heimgekehrt ist.«

Dass er mit dieser Bemerkung den Nagel so ziemlich auf den

Kopf getroffen hatte, erfuhren sie sogleich von Karoline Pichler selbst, die alle Anwesenden zur Ruhe rief, um ihnen ihren neuen Gast zu präsentieren.

»Darf ich denjenigen, die noch nicht die Ehre und das Vergnügen hatten, die Frau an meiner Seite kennenzulernen, meine Freundin Ida Pfeiffer vorstellen? Ich darf ohne Zweifel behaupten, dass sie uns Dichtern, die wir hier versammelt sind, allen etwas Großes voraushat: Sie schreibt nicht nur ganz wunderbar, sie ist auch die mutigste Frau von ganz Wien! Seht euch ihren seltsamen Kopfschmuck an, und beginnt zu ahnen, was es sie gekostet haben mag, diesen zu erlangen.« Die Pichler zeigte die Zähne, dennoch war ihre Hochachtung hinter dem gutmütigen Spott zu spüren.

»Also, wenn ihr demnächst das Reisetagebuch ›Reise einer Wienerin ins Heilige Land‹ unter irgendeinem dummen Pseudonym bei eurem Buchhändler liegen seht, dann kauft es euch, lest es durch und staunt. Und wenn ihr die interessanten Details wissen wollt, die immer ausgelassen werden, dann fragt unsere mutige Weltreisende Ida Pfeiffer, die erst vor einigen Wochen von ihrer Reise nach Palästina und Ägypten zurückgekehrt ist! Fast ein Jahr war sie unter den Wilden und was es dort sonst noch so gibt. Und sie hat noch nicht genug. Norwegen, Schweden, ja sogar Island will sie auf ihrer nächsten Reise besuchen. Und dann? Was hast du dann vor, meine Liebe? Wien wird dir nach so viel Abenteuer wohl zu langweilig sein.«

»Ich möchte China sehen und Indien und Südamerika. Ich denke, ich werde eine Reise um die ganze Welt wagen.«

Therese betrachtete die ein wenig bieder wirkende Frau mit ihrem einfachen schwarzen Kleid und dem exotischen Kopfputz.

»Ich traue es ihr zu. Ich glaube, diese kleine, energische Frau bringt das fertig.«

András nickte zustimmend. »Ja, ihr Wille ist unbeugsam, und

einen einmal gefassten Entschluss wird sie eisern verfolgen. Wir dürfen auf noch mehr Reiseromane gespannt sein.«

Zum Abschluss setzte sich Kathi Fröhlich noch einmal ans Klavier und spielte einige deutsche Tänze. Die Gäste wippten den Dreivierteltakt mit. Mehr ging nicht. Zum Tanzen war es hier einfach zu eng. Als einer der jungen Männer übermütig den Arm um die Taille einer jungen Schauspielerin legte, fuhr ihn Karoline Pichler barsch an. »Das hier ist kein Kaffeehaus, und ich will mich auch morgen noch an meinen Vasen erfreuen!«

Die leichte Weise verwehte, und nun erklangen ganz andere Akkorde. Dramatisch, aufwühlend, die den Puls beschleunigten. Ein herannahendes Gewitter.

Therese sah, wie sich der Graf neben ihr aufrichtete und ein wenig vorbeugte, so als wolle er sichergehen, dass ihm keiner der Töne entging. András starrte auf die Finger, die in rasendem Taumel über die Tasten glitten.

»Das Pianoforte ist ein wundervolles Instrument«, sagte er, nachdem die letzten Töne verklungen waren und Kathi ihren verdienten Beifall mit Anmut entgegennahm.

»In meinem Musiksalon steht ein Bösendorfer Flügel, doch ich vermag es nicht, ihm seine Zauberklänge zu entlocken. Wenn ich die Tasten niederdrücke, klingt es wie ein Wehklagen.«

»Glauben Sie nicht, dass den Fröhlich-Schwestern etwas zugeflogen ist. Sie haben sich ihre Kunst hart erarbeitet. Tonleitern rauf und runter, üben, üben, üben. Ich weiß, ich habe selbst eine Zeit lang Unterricht genommen und dann über mich selbst enttäuscht aufgegeben. Daher hege ich große Hochachtung vor ihrer Disziplin und ihrem Talent.«

»Ob ich Talent für das Klavierspiel besitze, vermag ich nicht zu sagen, Disziplin bin ich durchaus bereit aufzubringen.«

Therese sah ihn überrascht an. »Dann wollen Sie wirklich Unterricht nehmen?«

»Warum nicht? Stellt sich nur die Frage nach dem geeigneten Lehrer. Ob das Fräulein Kathi vielleicht?«

Therese schüttelte vehement den Kopf. »Nein, ich glaube nicht, dass sie ein Talent zum Unterrichten hat. Und – bei aller Liebe – sie spielt ganz nett und gehört sicher nicht mehr zu dieser schauderhaften Liga der Laien, die Gäste mit ihren stümperhaften Darbietungen quälen. Aber um das Spiel von Anfang an richtig zu lernen, brauchen Sie einen guten Lehrer. Ich wüsste da einen sehr hoffnungsvollen Pianisten, der neben seinen Auftritten bei Tanzvergnügen im Opernensemble im Theater an der Wien spielt. Er ist noch sehr jung, doch lassen Sie sich nicht täuschen. Er ist sehr gut!«

»Und wo finde ich diesen begnadeten Musiker?«

»Er heißt Wallberg, Carl Eduard Wallberg, und wohnt im großen Michaelerzinshaus. Ich hatte ihn bereits zu einem unserer privaten Konzerte daheim engagiert. Wenn Sie möchten, melde ich Sie an.«

András nickte. »Gern.«

Sie lauschten noch ein wenig dem angeregten Geplauder der Gäste, die anscheinend keine Müdigkeit kannten. Auch András zeigte keine Schwäche. So war es die Fürstin, die als Erste ein Gähnen hinter ihrem Handschuh verbarg, was ihrem aufmerksamen Begleiter allerdings nicht entging.

»Möchten Sie nach Hause? Ich kann sofort die Kutsche rufen.«

Therese winkte ab. »Ach was, das ist zu umständlich. Vorn am Eck stehen Fiaker. Soll Frau Pichlers Mädchen einen heranwinken.«

»Das ist nicht nötig. Bis Sie sich hier verabschiedet haben, steht mein Wagen vor der Tür«, versprach der Graf und war auch schon verschwunden. Therese blinzelte irritiert. Wie wollte er das anstellen? Er hatte seinen Diener doch nach Hause geschickt?

Die Fürstin trat ans Fenster und sah in den Hof hinaus. Er war nur schwach vom Schein, der durch die Scheiben fiel, erhellt, dennoch war sie sicher, in der Gestalt, die mitten im Hof stand, Graf Báthory zu erkennen. Er streckte den Arm aus, als würde er jemanden rufen. Es war aber niemand zu sehen.

Ein hektisches Flattern vor dem Fenster. Therese zuckte erschreckt zurück. Was war das? Als das Tier in den Hof hinunterflog, erkannte sie es. Eine Fledermaus. Sie schien einen Kreis um den Grafen zu ziehen. Dann war sie verschwunden.

»Darf ich Ihnen Ihren Umhang reichen? Mein Kutscher wird jede Minute da sein.«

Noch einmal fuhr Therese zusammen. Hatte sie ihn nicht gerade noch unten gesehen? Er musste die Treppen heraufgerannt sein, doch sein ruhiger Atem ließ nicht auf derlei schließen.

»Hatten sie nicht auch einen Mantel?«, fragte Therese, als sie an seinem Arm in die Halle hinunterschritt.

»Nein, nicht für das kurze Stück. Mir ist nicht kalt.«

»Aber mir, sie Lügner!«, schimpfte sie mit einem Lachen und schob seinen Arm ein Stück weg.

»Verzeihen Sie, ich werde das nächste Mal daran denken und einen Pelz mitnehmen«, versprach er ernst.

»Dann werden Sie mich also wieder begleiten, obwohl ich Sie in dieses Haus der einfachen Bürger und Künstler geschleppt habe?«

»Aber sicher. Und das nächste Mal werde ich Sie ausführen. Nennen Sie mir den Abend, an dem ich Sie abholen darf.«

Und wie Graf Báthory gesagt hatte, fuhr sein Coupé in dem Moment vor, als er mit der Fürstin am Arm das Haus verließ. Therese grübelte noch lange darüber nach, wie er das angestellt haben mochte, ihr fiel keine Lösung ein. Noch ein Geheimnis, das diesen seltsam faszinierenden Mann umgab. Sie freute sich unbändig darauf, ihn bereits in zwei Tagen wiederzusehen. Therese spürte, wie sie ihm zu verfallen begann. So etwas hatte sie noch bei keinem Menschen erlebt. Sie ahnte, dass das nicht gut war, doch sie konnte, nein, sie wollte nichts dagegen tun.

Nach und nach verließen die Gäste das Haus und machten sich auf den Heimweg. Die Wohnräume der Dichterin waren noch immer hell erleuchtet und malten goldene Flecken auf die mit einer frischen Schneeschicht überzogene Straße. Es schneite noch immer. Der Wind war abgeflaut, und nun schwebten die Flocken lautlos herab und landeten sanft auf Hut und Schultern der Gestalt, die reglos in einem der Eingänge gegenüber verharrte, den Blick unverwandt auf das Haus gerichtet, in dem Karoline Pichler wohnte. Die schwarze Kleidung verschmolz völlig mit den Schatten.

Noch einmal öffnete sich die Haustür, und ein erwartungsvoller Schauder zuckte durch den bisher wie erstarrten Körper. Die Augen weiteten sich. Zwei glühende Punkte in der Finsternis der Nacht.

»Hu, ist das kalt!«, wehte die helle Stimme einer jüngeren Frau zu dem Schatten herüber. Allein bei dem Klang spannten sich die Muskeln wie zum Sprung.

»Wir werden einen Fiaker nehmen, sonst holen wir uns den Tod. Bleib hier im Eingang stehen«, bemerkte ein älterer Mann.

»Sie stehen nicht weit, dort drüben an der Ecke.« Dieser Sprecher war ebenfalls männlich und um einiges jünger.

»Genau, und deshalb gehst du uns einen holen, während wir hier warten und ich aufpasse, dass Fanny sich nicht den Tod holt«, bestimmte der Ältere.

Der junge Mann maulte zwar vor sich hin, schlug aber seinen Kragen hoch und eilte mit eingezogenem Genick dem Straßenende zu, wo auch zu dieser Zeit einige Fiaker standen, in der Hoffnung, noch ein paar Kreuzer zu verdienen.

Die Gestalt, die sich im Eingang verborgen hielt, erwog, ihm zu folgen. Es würde keine Schwierigkeit bedeuten, das Wild einzuholen und zu stellen, ehe es sein Ziel erreicht hätte. Und auch Gegenwehr oder Hilfeschreie waren nicht zu fürchten. Nein, die Macht des Blickes war wie die einer Schlange, die die Maus in Todesangst lähmt, dass sie innehält und wartet, ja sich geradezu darbietet, verschlungen zu werden.

Dennoch blieb der Schatten stehen und sah weiter zu den beiden anderen Gästen von Karoline Pichlers Salon hinüber, die frierend unter dem Torbogen standen. Warum nicht hinübergehen und sich diese beiden nehmen? Den Mann erst einmal ruhigstellen und das Blut der Tänzerin genießen. Und dann noch sein Blut hinterher, um die drängende Unruhe wenigstens für ein paar Stunden zu beruhigen.

Der schattenhafte Beobachter hatte sich gerade entschieden, diesen Plan auszuführen, als die Haustür noch einmal geöffnet wurde und das Hausmädchen der Dichterin den Kopf herausstreckte.

»Sie sind ja immer noch da! Stimmt irgendetwas nicht? Ich wollte eben den Riegel vorschieben. Da habe ich Ihre Stimmen gehört.«

»Nein, alles in Ordnung. Wir haben Philipp einen Fiaker holen geschickt«, gab der ältere Mann zurück.

»Ja aber da müssen Sie doch nicht hier draußen in der Kälte warten!«, protestierte das Hausmädchen. »Kommen Sie solange wenigstens hier in die Halle. Ich warte, bis die Kutsche da ist, und schließ dann hinter Ihnen ab.«

Der Vorschlag wurde angenommen. Die Gestalt unterdrückte einen Fluch und wich wieder in den Hauseingang zurück. Kurz darauf klapperten Hufe, und das Knirschen von Rädern näherte sich dem Haus.

»Kommt schnell!«, rief der junge Mann, der Philipp hieß, und öffnete den Wagenschlag. Die junge Frau und der zweite Begleiter stiegen ein. Der Kutscher schwang die Peitsche, die beiden Braunen zogen an. Das Hausmädchen stand noch immer an der Tür und sah dem Wagen nach. Jetzt galt es, schnell zu handeln.

Für ein menschliches Auge war es nur ein flüchtiger Schatten, der über die Straße huschte. Erst als er die Tür erreichte und im letzten Moment den Fuß in den Spalt schob, hätte ein Beobachter eine hochgewachsene Gestalt mit schwarzem Hut und Umhang ausmachen können.

»Aber was ist denn …«, stotterte das Mädchen, als ihr die Tür, die sie eben zuschieben wollte, mit einer solchen Wucht aus der Hand gestoßen wurde, dass sie zurücktaumelte.

»Sch!« Die Gestalt drängte in die Halle, den Finger auf die Lippen gelegt. Doch es war der Blick aus den glühenden Augen, der dem Mädchen die Stimme raubte und jeden Widerstand in ihm erlöschen ließ.

Die schmalen, blassen Lippen des Eindringlings verzogen sich zu einem Lächeln. »So geht diese Nacht angenehm zu Ende«, raunte er ihr ins Ohr, »nun, zumindest für mich.«

Tief stachen die Zähne in ihren Hals, und das Wesen der Nacht trank in gierigen Zügen. Nach einer Weile löste es sich von ihr. Das Mädchen hing ohnmächtig in den kalten, starken Armen. Nachdenklich ruhte der Blick aus den unheimlich roten Augen auf ihrer Kehle. Dem untoten Wesen war nicht entgangen, was die Zeitungen schrieben. So zog es ein Messer unter dem Mantel hervor. In einer raschen Bewegung schnitt die Klinge tief in den Hals. Blut sprudelte hervor, und noch einmal schlossen sich die Lippen über der jungen Haut. Wäre es nicht eine Sünde, so viel köstliches Blut zu vergeuden? Noch ein Schluck! Dies musste der letzte sein. Mit einem Seufzer des Bedauerns ließ das Wesen den Körper zu Boden fallen. Die letzten Herzschläge pumpten noch ein wenig Blut aus der klaffenden Wunde, das sich über den weißen Steinboden ausbreitete.

Der Schatten stieg über die Leiche hinweg, sorgsam bedacht,

nicht in die Blutlache zu treten. Nicht, um keine Fußspuren am Ort der Gewalttat zurückzulassen. Es wäre zu schade gewesen, die feinen Lederschuhe zu besudeln. Lautlos öffnete sich die Haustür noch einmal und schloss sich dann wieder, während der Schatten in der Nacht verschwand.

5. Kapitel

Karoline Maria Wallberg

Der Morgen nach dem Salon begann für die alte Dichterin damit, dass ein markerschütternder Schrei sie aus dem Schlaf riss. Sie rief nach ihrem Mädchen, das um diese Zeit schon längst hätte auf sein müssen, doch sie kam nicht. Karoline Pichler fluchte und machte sich in Nachtgewand und Morgenmantel auf die Suche nach der Ursache dieser Unruhe.

Und wo zum Teufel war dieses pflichtvergessene Hausmädchen? Der Ofen war nicht eingeheizt, und – was noch viel schlimmer war – noch kein Kaffee gekocht! Noch immer vor sich hin schimpfend, schlurfte sie zur Tür und öffnete sie. Stimmen brandeten ihr entgegen. Laute, aufgeregte Stimmen. Hysterisches Schluchzen. Die Türen zu den anderen Wohnungen standen weit offen, und anscheinend hatte sich das ganze Haus in der Halle unten versammelt.

»Was ist denn hier los?«, fragte Karoline Pichler in die Runde, doch niemand achtete auf sie. Sie musste schon die Treppe hinuntersteigen und selbst nachsehen. Als die anderen Mieter sie sahen, starrten sie sie allesamt mit weit aufgerissenen Augen an.

»Was ist denn los?«, wiederholte die alte Dichterin. Da wichen die Mitbewohner zurück, bis sie sehen konnte, was die Leute so in Aufruhr versetzte, und ihr wurde klar, warum der Ofen nicht eingeheizt und kein Kaffee gekocht worden war.

Karoline Pichler spürte plötzlich jedes ihrer siebzig Jahre, während sie die Treppe vollends hinabstieg. Ihr Rücken protestierte, als sie sich über den kalten, steifen Körper der Ermordeten beugte.

Als sie sich wieder aufrichtete, fühlte sie sich noch älter. »Hat irgendjemand schon daran gedacht, die Polizei zu holen?«, fragte die alte Frau.

Die anderen schüttelten betreten die Köpfe.

»Nun, dann sollte das jetzt jemand tun.« Sie sah den jungen Maler an, der die Dachwohnung zwei Stockwerke über ihr bewohnte. »Jemand, dessen Beine ein paar Jahrzehnte jünger sind als die meinen!«

Er nickte, ohne den Blick von der dunklen Lache zu seinen Füßen zu wenden. »Ja, ich laufe sofort los!« Mit einem Ruck riss er sich von dem schrecklichen Anblick los, rannte zur Tür, stieß sie auf und war verschwunden. Die anderen Bewohner verharrten schweigend, wo sie waren, bis der Polizeikommissär eintraf.

»Sehr liebenswürdig von Fürstin Kinsky, Carl Eduard zu empfehlen«, sagte Franz Johann Wallberg und faltete das kurze Schreiben wieder zusammen.

»Sein Spiel hat mich überzeugt. Kraftvoll und technisch ausgereift.«

»Sie haben meinen Sohn also gestern Abend gehört?«

Graf Báthory neigte zustimmend den Kopf. »Ich hatte die Ehre, im Hause Schwarzenberg der Darbietung beiwohnen zu dürfen.«

»Ja, das Konzert im Palais des Fürsten zu Schwarzenberg«, wiederholte der Vater mit Stolz in der Stimme. »Wie ich hörte, war viel hohes Militär vertreten, um der Fürstenwitwe ihre Aufwartung zu machen. Er war ein großer Mann, der Feldmarschall Schwarzenberg. Der Held der großen Schlacht von Leipzig. Der Oberbefehlshaber, der Napoleon das Fürchten lehrte und den frechen Franzosen aus Europa vertrieb. Sein jüngster Sohn scheint das strategische Talent von ihm geerbt zu haben. Noch keine vierzig Jahre und schon Oberst der Kürassiere. Und wie ich erfahren habe, soll er unter Radetzky zum Brigadekommandanten ernannt werden.«

»Ach, Sie kennen Fürst Edmund zu Schwarzenberg?«

Franz Johann Wallberg verzog ein wenig verlegen das Gesicht. »Nicht persönlich, wenn Sie das meinen. Mein Sohn spielt im Theater an der Wien und in vielen der Fürstenpalais – im Sommer natürlich auch in den Kaffeehäusern, das gehört dazu, aber ich verkehre nicht in Hofkreisen. Ich bin nur ein bescheidener Uhrmacher.«

Dies sagte er allerdings mit so viel Stolz in Haltung und Tonfall, als habe er sich als Landesfürst vorgestellt. András wandte sich wieder dem Grund seines Besuchs im Michaelerhaus zu.

»Herr Wallberg, Sie meinen also, Ihr Sohn würde mir Unterricht erteilen? Ich bin anspruchsvoll und will schnell lernen. Und ich sage Ihnen gleich, dass es während des Tages nicht möglich ist. Wenn er also so viele Auftritte hat, wie Sie sagen …«

»Das wird sich schon finden«, fiel der Vater dem Besucher ins Wort. »Ich werde mit ihm reden, dann soll er bei Ihnen vorsprechen, und Sie legen den Unterricht fest, wie es Ihnen beliebt. Soll er zu Ihnen kommen? Was haben Sie für ein Instrument?«

»Einen großen Flügel des hier in Wien ansässigen Klavierbauers Bösendorfer«, gab András Auskunft. Herr Wallberg nickte anerkennend mit dem Kopf.

Plötzlich erklangen Töne aus einem der Nachbarzimmer. Eine zarte Melodie auf einem Pianoforte, die unvermittelt abbrach. András drehte horchend den Kopf. Da hub die Musik wieder an, dieses Mal kraftvoll und fordernd. Wie Wogen türmten sich die Akkorde auf, um in ihrer Erlösung sanft auszulaufen, nur um von neuem Anlauf zu nehmen, dieses Mal schneller, wild und aufpeitschend, fordernd, voller Leidenschaft. András war es nicht bewusst, dass er aufstand und langsam auf die Tür zuschritt, hinter der menschliche Hände dem Instrument dieses Wunder entlockten. Dann verstummte die Musik unvermittelt wieder. András schüttelte den Kopf, so als müsse er sich von einem Zauber befreien, den irgendein Feenwesen über ihn geworfen hatte.

»Ihr Sohn war gestern gut, Herr Wallberg, das will ich gerne anerkennen, aber das, was wir gerade erleben durften, ist wie von einer anderen Welt. Einfach magisch! Ich habe niemals jemanden mit solch einem Ausdruck an Gefühl das Pianoforte spielen hören.«

Zu András' Verwunderung sah der Vater bei diesem Lob nicht etwa geschmeichelt oder zumindest erfreut drein. Nein, er wirkte gar verärgert.

»Lassen Sie uns zu ihm gehen und mit ihm sprechen, da er ja offensichtlich doch zu Hause weilt«, schlug András vor. »Mich drängt es, sofort mit dem Unterricht zu beginnen.«

»Nein, halt!«, rief der Hausherr und sprang so behände auf, dass er mit einem Mal zehn Jahre jünger wirkte. Den Stock an seiner Seite schien er nun nicht mehr nötig zu haben, dennoch kam er zu spät. András hatte die Tür bereits aufgestoßen und sah in das sich anschließende Zimmer.

Es war nur spärlich möbliert. Auf einem Tisch lagen Notenblätter verstreut. Viele davon von Hand beschrieben. Unter dem Fenster stand ein Sekretär, daneben ein alter Sessel. Die Türen eines großen Eichenschranks standen offen und ließen ihn einen Blick auf Bücher und noch mehr Notenbögen erhaschen.

Doch das Herzstück des Raumes war ein schwarz glänzender Flügel, auf dessen Schemel allerdings nicht der erwartete Sohn des Hausherrn saß, sondern eine junge Frau von etwa fünfundzwanzig Jahren. Sie trug ein einfaches Kleid aus grauem Musselin. Die kastanienbraunen Locken hatte sie nur nachlässig zu einem Knoten geschlungen. Ihre Finger noch auf den Tasten ruhend, sah sie überrascht zur Tür und starrte den Fremden an, der so unerwartet in das Musikzimmer platzte. Als sie sich von dem Klavierschemel erhob, sah András, dass sie klein gewachsen war und zierlich wie ein Mädchen.

»Entschuldige Vater, ich wusste nicht, dass wir Besuch haben«, sagte sie mit ruhiger Stimme. András sah Wallberg, der neben ihn getreten war, der Tochter einen zornigen Blick zuwerfen.

»Ich kann später weiterspielen«, sagte sie und begann die Notenblätter zusammenzulegen.

»Nein!«, rief András und war so schnell neben ihr, dass sie nur erschreckt blinzeln konnte. »Schlagen Sie mir meine Bitte nicht ab, Fräulein. Lassen Sie mich hier Platz nehmen und noch einmal Ihrer Kunst lauschen.«

Sie sah zu ihrem Vater hinüber, der resignierend mit den Schultern zuckte. Offensichtlich getraute er sich nicht, dem gräflichen Besucher seinen Wunsch abzuschlagen. Das konnte András nur recht sein. Mit einem erwartungsvollen Lächeln ließ er sich in den Sessel sinken, während der Vater auf einem der Stühle am Tisch Platz nahm.

»Was möchten Sie hören?«, fragte die junge Frau ein wenig verlegen. Vielleicht war sie nicht an Publikum gewöhnt.

»Was war es, das ich eben durch die Tür vernommen habe?«

»Ach das.« Sie machte eine vage Handbewegung zu den zusammengeschobenen Notenblättern. »Das ist eine eigene Komposition, an der ich mich versuche. Es ist noch nicht fertig. Es fehlt im Mittelteil noch ein ruhiger, ich nenne es einen versöhnlichen Teil, und eine Coda zum Abschluss.«

»Eine eigene Komposition?«, wiederholte András zwischen Bewunderung und Unglaube schwankend. Fräulein Wallberg warf ihrem Vater einen nervösen Blick zu.

»Wie wäre es mit einem neuen Walzer von Johann Strauss?«, schlug sie dann heiter vor. »Mein Bruder hat die Noten gestern mitgebracht. Ich habe vorhin kurz draufgeschaut. Ich glaube, er ist sehr hübsch geworden. Er nennt sich ›Wiener Gemüths-Walzer‹ und er ist sozusagen noch druckfrisch.« Sie hob den doppelten Notenbogen hoch, dem man es ansah, dass er – anders als die meisten Partituren hier im Raum – noch nicht von vielen Händen berührt worden war.

András nickte. »Dann lassen Sie mal hören.« Er fand es mutig, dass sie sich für ein neues Stück entschied, dessen mögliche Tücken sie noch nicht übersehen konnte. War sie so unbeschwert, dass sie sich nicht darum scherte, welchen Eindruck sie auf den Gast machte, oder war sie sich ihres Könnens so sicher?

Die junge Frau lehnte den Papierbogen bedächtig gegen den Notenständer und ließ den Blick über die Notenlinien gleiten. András konnte sehen, wie ihre Pupillen wanderten, auf einer Stelle verharrten, sich weiteten und wieder verengten, ehe sie dem Lauf der Melodie weiter folgten. Eine Minute verstrich in vollkommener Stille, eine zweite folgte. András spürte die Ungeduld des Vaters anwachsen, der aber nicht wagte, die Konzentration der Tochter zu stören. Nur seine Hände zuckten nervös in seinem Schoß.

Dann legte Karoline Maria Wallberg die Hände auf die Tasten, warf dem Gast einen kurzen Blick und ein Lächeln zu und begann zu spielen.

Es war etwas ganz anderes als die aufwühlende Dramatik, die András zuvor aus dem Nebenzimmer gehört hatte, doch auch jetzt spürte er in ihrem Spiel das Gefühl, das sie in jeden Lauf, ja in jeden Anschlag legte. Es verlieh dem Stück eine Seele. Nein, die junge Frau bot ihre Seele eingebettet in der Musik dar. Als sie geendet hatte, erhob sich András und verbeugte sich tief.

»Sie machen mich heute Abend zu einem glücklichen Wesen. Ein seltsam schönes Gefühl, mein Fräulein.«

»Danke, Herr Graf, Sie brauchen mir nicht zu schmeicheln«, wehrte sie ab.

»Ich schmeichle nicht. Ich kam als Suchender, und ich habe gefunden!«

Ihr Vater beantwortete das Stirnrunzeln der Tochter. »Graf Báthory kam auf Empfehlung von Fürstin Kinsky, um bei deinem Bruder das Klavierspiel zu erlernen«, sagte er schnell.

»Das ist wahr«, bestätigte András, »doch wie ich höre, hat Ihr Bruder mit seinen zahlreichen Engagements jeden Abend zu tun. Sind Sie auch mit Auftritten so viel beschäftigt, Fräulein Wallberg?«

»Nein, ich habe keine Auftritte, wo denken Sie hin, Herr Graf.« Sie lachte, aber es klang in seinen Ohren bitter. András beschloss, nicht darauf einzugehen. Nicht jetzt. Nicht vor ihrem Vater.

»Dann fügt sich alles ganz wunderbar zusammen«, rief András aus. »Ich werde bei Ihnen Stunden nehmen. Sie spielen ganz ausgezeichnet und werden mir sicher eine gute und gestrenge Lehrerin sein, und ihr Bruder muss sich bei seinen vielen Verpflichtungen nicht noch mit einem Schüler belasten.«

András sah den Vater zu Protest ansetzen, als unvermittelt die Wohnungstür klappte und ungestüme Schritte auf dem Parkettboden erklangen.

»Vater? Karoline? Wo seid ihr? Ach hier, das hätte ich mir denken können. Kannst deine Finger nicht von meinem Flügel lassen, Schwesterherz?«, fügte er scherzend hinzu, dann entdeckte er den Fremden und verstummte.

»Oh, guten Tag, verzeihen Sie, ich wusste nicht, dass Besuch da ist. Sind wir uns schon einmal begegnet, Herr …?« Er warf seiner Schwester einen schnellen Blick zu.

»Das ist Graf Báthory. Er hat dich gestern bei den Schwarzenbergs gehört. Fürstin Kinsky hat ihn zu uns geschickt …«

Beim Namen der Fürstin erhellte sich die Miene des jungen Mannes.

»… und ich habe mich entschlossen, bei Ihrer verehrten

Schwester täglich Unterricht am Pianoforte zu nehmen«, führte András den Satz weiter, ohne sich um die finstere Miene des Vaters zu kümmern.

»Das ist ja großartig«, strahlte ihr Bruder. »Ich habe gerade wirklich zu viel zu tun, um noch einen Schüler zu unterrichten. Aber Karoline tut es bestimmt gut, meinst du nicht auch, Papa?«

Angesichts der Begeisterung seines Sohnes und der Anwesenheit des adeligen Gastes gab sich der Vater einen Ruck und zwang sich zu so etwas wie einem Lächeln.

»Ja, vielleicht ist das eine gute Lösung. Aber natürlich kann Karoline nicht zu Graf Báthory gehen und ihn in seinem Palais unterrichten. Gehe ich richtig in der Annahme, dass Sie allein leben? Sie verstehen, dass ich Sie das frage. Oder gibt es eine Gräfin Báthory?«

»Nein, die gibt es nicht«, musste András zugeben. »Ich akzeptiere Ihre Bedenken als besorgter Vater – so muss es sein. Also hier in Ihrem Haus?« Der alte Wallberg nickte.

»Dann sehen wir uns morgen, Graf Báthory? Ich freue mich.« Karoline Maria Wallberg reichte ihm ihre zierliche Hand mit den weißen, schmalen Fingern.

András verbeugte sich. »Ich kann es kaum erwarten. Wenn die Nacht hereinbricht, werde ich da sein.«

Der kaiserlich-königliche Polizeikommissär Hofbauer saß an seinem Schreibtisch und starrte auf die Zeichnung vor sich, die der Polizeidiener am Tatort angefertigt hatte.

»Etwas juckt mich«, sagte er leise. Sein Untergebener, der Kriminalbeamte Schobermeier, grinste. »Das sind die Läuse«, sagte er.

Hofbauer warf ihm einen ärgerlichen Blick zu. »Nein, der Fall! Etwas stört mich an dem Fall!«

»Vielleicht, dass wir bereits den dritten Mord diese Woche an einer jungen Frau haben? Dass ein Verrückter dem Hausmädchen von Frau Pichler die Kehle durchgeschnitten und es in der Halle hat verbluten lassen?«, schlug der Kriminalbeamte vor.

Kommissär Hofbauer schüttelte den Kopf. »Nein, ja, ich meine, natürlich stört es mich, dass wir schon wieder so einen Besessenen in Wien haben, der nachts die Straßen unsicher macht und die Bürger verschreckt. Aber das meine ich nicht. Mich stört etwas an dem Fall. Fällt Ihnen denn nichts auf? Erinnern Sie sich! Wie sie dagelegen hat, und dann das Blut auf dem Steinboden.«

Schobermeier zog eine Grimasse. »Sie müssen mich nicht an das schauderhafte Bild erinnern. Nicht an den Anblick des Hausmädchens und nicht an den von Resi aus dem Paradiesgärtel oder den der Schneidertochter draußen in der Leopoldstadt.«

»Gut, dann sind Ihnen ja sicher die Unterschiede aufgefallen!«, drängte Kommissär Hofbauer. »Suchen wir wirklich nur einen Täter?«

»Ach, Sie meinen, es laufen in Wien gleich mehrere Monster herum, die ihren Opfern die Kehle ...«

»Genau, die Kehle herausreißen? Aufbeißen? Durchschneiden? Bei Cornelia hat der Täter ein Messer benutzt, bei den anderen Opfern nicht.«

Der Kriminalbeamte zog die Stirn kraus. »Und deshalb glauben Sie gleich, dass es ein anderer war?«

»Ein Nachahmungstäter, dem die Details nicht bekannt waren? So etwas soll es geben.«

»Dann war dieser Nachahmer zu dumm, die Zeitung zu lesen! Von den Bisswunden stand überall geschrieben. Keine Ahnung, wie das durchgesickert ist, aber wir wissen ja, wie das läuft. Ein neugieriger Schreiberling, der ein paar Münzen investiert ...«

»Selbst wenn der zweite Täter die Berichte gelesen hat, vielleicht war es ihm zuwider, diesen Teil ebenfalls zu imitieren, und er bevorzugte einen sauberen Messerschnitt? In der Hoffnung, dass uns der Unterschied nicht auffällt.«

»Und das war es, was Sie juckte wie eine Herde Kopfläuse?«, vergewisserte sich Schobermeier, doch sein Vorgesetzter schüttelte den Kopf.

»Nein, da ist noch etwas anderes. Ist der Wundarzt noch in der Nähe?« Er rief einen Polizeidiener und schickte ihn, den Doktor zu suchen. Schobermeier gesellte sich neugierig zu ihnen, als der Kommissär kurz darauf dem Wundarzt die Zeichnung zeigte.

»Und was stört Sie daran?«

»Das Blut«, sagte Hofbauer. »Mir war es zu wenig Blut.«

»Was sind Sie denn für einer?«, wunderte sich Schobermeier. »Mir war es durchaus genug Blut noch vor dem ersten Kaffee.«

Hofbauer schüttelte ein wenig verärgert den Kopf. »Sehen Sie sich die Lache an. Für eine normal große Frau, der die Kehle durchgeschnitten wurde, erscheint mir das zu wenig Blut. Ich habe in meiner langen Zeit bei der Polizei schon andere Opfer mit durchschnittener Kehle gesehen, und ich sage Ihnen, sie schwammen in ihrem eigenen Blut!«

»Der Boden?«, schlug der Wundarzt nach einer Weile vor. »Ist es vielleicht im Boden versickert?«

Hofbauer schüttelte den Kopf. »Es waren Steinplatten.«

»Hm, seltsam.«

»Was für eine andere Möglichkeit gäbe es, das fehlende Blut zu erklären?«

Der Wundarzt ließ sich wieder Zeit mit seiner Antwort. »Sie war vorher schon tot«, sagte er schließlich.

Schobermeier lachte auf. »Sie machen mir Spaß! Das Mädchen ist erst gestorben, und dann kam zufällig einer vorbei und hat ihm die Kehle aufgeschlitzt?«

Nun erntete er von Hofbauer und dem Arzt böse Blicke.

»Nein, das nicht, aber der Mörder könnte sie erst auf eine andere Weise getötet haben – zum Beispiel durch Erwürgen – und dann, als das Blut in ihren Adern bereits stockte, ihr die Kehle durchgeschnitten haben. Dann wäre nicht so viel Blut geflossen, wie wir es normalerweise erwarten würden.«

Schobermeier schien noch immer nicht überzeugt, wagte jedoch nur leise vor sich hingemurmelten Widerspruch. »Totgebissen, erwürgt und erstochen. Was denn noch alles? Haben wir vielleicht noch ein paar Einschusslöcher übersehen?«

Die beiden anderen Männer beachteten ihn nicht weiter. Sie brüteten weiter über der Zeichnung.

»Ich kann mir ihren Hals mal genauer ansehen«, bot der Arzt an. »Jetzt, da die Leiche gewaschen ist, kann ich vielleicht Spuren entdecken, die Ihren Verdacht untermauern.« Der Kommissär dankte ihm.

»War die Tür verschlossen, als man die Leiche fand?«, fragte der Wundarzt.

»Geschlossen ja, aber keiner konnte sich mehr erinnern, ob der Riegel vorgeschoben war.«

»Dann finden wir den Mörder vielleicht im Haus?«, rief Schobermeier.

»Nicht unbedingt. Der Mörder muss nur nachher die Tür hinter sich ins Schloss gezogen haben«, wandte Hofbauer ein.

»Und wie ist er reingekommen? Es musste zur Tatzeit weit nach Mitternacht gewesen sein! Ich kann mir nicht vorstellen, dass die Haustür einfach so offen stand.«

Dagegen konnten sie nichts sagen. Schobermeier sah die beiden Männer triumphierend an.

»Vielleicht kannte das Mädchen den Mörder und hat ihn eingelassen? Man müsste überprüfen, ob sie einen Verehrer hatte«, meinte der Arzt.

»Ja, das ist möglich«, stimmte Hofbauer zu. »Ich halte so etwas für wahrscheinlicher, als den Täter unter den Hausbewohnern zu suchen. Warum sollte er die Leiche dort die ganze Nacht liegen lassen, bis sie entdeckt wird? Hätte der Mörder dann nicht versucht, den Körper zu beseitigen und das Blut abzuwischen? Außerdem, wie würde das zu den anderen Morden passen, die hier im Park und im Prater draußen verübt wurden?«

Schobermeier wollte etwas erwidern, aber Hofbauer hob die Hand und sprach weiter. »Natürlich werden wir sie dennoch befragen. Wie ich schon sagte, passt dieser Mord nicht genau zu den anderen. Und selbst wenn die Hausbewohner als Täter nicht infrage kommen, vielleicht hat der ein oder andere etwas gehört oder gesehen. Außerdem hätte ich gern eine Gästeliste, wer an diesem Abend bei Frau Pichler zu Gast war – und möglichst wer wann mit wem das Haus verlassen hat.« Er sah dabei Schobermeier an, der einen tragischen Seufzer ausstieß.

»Erstellen Sie mir die Liste, dann werden wir die Gäste zusammen befragen. Was mich vor allem interessiert: Waren Fremde da, die nicht aus Wien stammen und sich noch nicht lange hier aufhalten? Wenn ja, besorgen Sie mir die Fremdenprotokolle bei den Bezirksstellen. Vielleicht helfen uns in diesem Fall die strengen Meldevorschriften, die der Hof erlassen hat.«

Schobermeier erhob sich, warf seinem Vorgesetzten noch einen tragischen Blick zu, doch der beachtete ihn nicht. Er war der Kommissär und durfte ihm Anweisungen erteilen. Betont langsam schlurfte Schobermeier hinaus.

Karoline Maria Wallberg stand vor ihrem Kleiderkasten und ließ den Blick mit einem frustrierten Seufzer über die wenigen Gewänder wandern, die sie ihr Eigen nannte. Die neuen Winterkleider waren beide in gedeckten Farben gehalten, grau und dunkelblau, nur von einem schmalen, weißen Kragen ein wenig aufgelockert. Die farbigen Kleider dagegen, die sie besaß, waren hoffnungslos unmodern. Mit solchen Ärmeln lief heute keine Bürgerin mehr herum, die etwas auf sich hielt. Außerdem waren sie zu kurz. Die Zeit, da man ungeniert seine Knöchel und den Ansatz der Waden in feinen Strümpfen zeigte, schien vorbei. Und die anderen Kleider waren für diese Jahreszeit ungeeignet. Dünner, glänzender Seidentaft, tief dekolletiert und nur mit einem schmalen Rüschenband über den Oberarmen. Nein, so sommerlich konnte sie sich nicht kleiden, wollte sie sich nicht lächerlich machen. Schweren Herzens entschied sich Karoline für das Dunkelblaue und legte sich den einzigen echten Kaschmirschal um, den sie besaß. Seine farbenfrohen Muster lenkten vom strengen Schnitt des Kleides ein wenig ab. Sie bat sogar das Mädchen, das ihr den schweren Teil der Hausarbeit abnahm, ihr beim Aufstecken ihres Haares behilflich zu sein. Nun stand sie fertig vor dem kleinen Spiegel und versuchte ihre Frisur von allen Seiten zu betrachten.

»Sie sehen gut aus, gnädiges Fräulein«, sagte das Mädchen, doch Karoline wusste, dass – verglichen mit den Damen des Adels – ihre Frisur ohne echte Raffinesse war. Aber immerhin nicht so bieder langweilig wie ihre einfachen Knoten.

»Brauchens mich dann noch?«

»Nein, du kannst den Ofen frisch befüllen. Der Herr Graf soll bei uns nicht frieren müssen.«

Das Mädchen schlurfte davon. Sie machte ihre Sache ja ordentlich, aber ein wenig langsam war sie schon. Karoline trat ans Fenster und sah auf den Michaelerplatz hinaus. Es war noch zu früh. Er hatte gesagt, er würde nicht vor Einbruch der Dunkelheit kommen. Sie beobachtete die Fiaker, die den belebten Platz von allen Seiten her kreuzten. Dazwischen edle Equipagen – Landauer, Reisewagen oder Stadtcoupés der reichen Wiener und des ausländischen Adels – und ein paar Selbstlenker, bei denen der Eigentümer es vorzog, die Zügel in die eigene Hand zu nehmen. Karoline erkannte den schwarz-weißen Galawagen des Fürsten

Windisch-Graetz, der eilig der Hofburg zustrebte und dann durch das Tor verschwand.

Plötzlich ertönte ein Schrei von der Burg her, der von einem Trommelwirbel beantwortet wurde. Karoline konnte die Worte nicht verstehen, doch sie wusste, was der Wachposten gerufen hatte. »Gewehr heraus!« Worauf die bis dahin entspannt herumstehenden Wachsoldaten wie ein aufgescheuchter Bienenschwarm zusammenströmten, sich in Reih und Glied aufstellten und ihr Gewehr präsentierten, während der Offizier den blitzenden Säbel zog. Und da kam die Kutsche schon in Sicht, die Ursache dieses Aufruhrs vor dem Hofburgtor war. Es war die Leibkutsche von Kaiserin Maria Anna, wie alle Fahrzeuge des kaiserlichen Hofes im sogenannten Hofgrün mit goldenen Streifen auf den Speichen der Räder und das goldene Wappen an der Tür, gezogen von einem Paar weißer Kladruber.

Endlich senkte sich die Dämmerung herab, und die Lampen in den Gassen wurden angezündet. Trübe flackernd verbreitete sich der Schein der Unschlittlampen, denen Rübsamenöl beigemischt wurde, um ein helleres Licht zu bekommen. Doch sie waren nicht zu vergleichen mit den Gaslaternen, die seit einigen Jahren am Kärntnertor leuchteten und versuchsweise den beiden angrenzenden Gassen, der Krüger- und der Walfischgasse, nachts ungewohnten Glanz verliehen. Das Gas wurde in einer der nahen Kasematten der alten Stadtmauer erzeugt. Karoline konnte nur vermuten, dass dieses Wunderwerk der Technik nicht einfach zu bewerkstelligen war. Warum sonst machte man sich nicht daran, die ganze Stadt mit diesem wunderbaren Licht zu erhellen?

Sie sah dem Beleuchter in seinem weiten Umhang nach, der mit der langen Stange mit dem Flämmchen an der Spitze die Runde machte und eine Laterne nach der anderen entzündete. Nun drehte auch ihr Mädchen mit einer brennenden Kerze in der Hand die seine durch das Haus. Hilde hütete sich, zu viele Lampen und Kerzen anzumachen. Herr Wallberg hasste Verschwendung. Nur das Musikzimmer erstrahlte heute in ungewohnt hellem Glanz. Karoline strich sich ein wenig nervös zum wiederholten Mal den Rock glatt. Gerade als sie für sich feststellte, dass es nun aber dunkel war, klopfte es an der Tür. Sie hielt die Luft an und lauschte, wie Hilde den Gast begrüßte.

»Folgens mir, Herr Graf. Das Fräulein wartets auf Ihnen.«

Und dann stand er vor ihr. Noch bleicher und schöner, noch größer und unnahbar vornehmer, als sie ihn in Erinnerung hatte. Sie dachte, er müsse ihr Zittern sehen und das Beben spüren, das sie nach Worten ringen ließ. Dennoch war ihr Knicks von Grazie, und ihre weiche Stimme klang warm, als sie ihn begrüßte und ihn bat, auf dem Klavierschemel Platz zu nehmen.

»Ich danke, verehrtes Fräulein Wallberg.«

Falls er etwas von ihrer Unsicherheit merkte, war er wenigstens so höflich, sich nichts anmerken zu lassen. Karoline nahm einen der Stühle und setzte sich links neben ihn. Sie fühlte ein nervöses Räuspern in ihrem Hals, und das Zittern der Hände war kaum zu übersehen. Rasch legte sie sie auf die Tasten.

Sobald ihre Finger das schimmernd lackierte Holz berührten, spürte sie, wie eine tiefe Ruhe sie überkam. Mit einem lautlosen Seufzer schloss sie für einen Moment die Augen. Das war ihre Welt, ihr Trost, ihre Hoffnung und ihr Glück. Hier vor dem Flügel, eingehüllt in seine Töne, konnte ihr nichts geschehen. Sie würde ihre Sache gut machen. Und vielleicht wäre der Vater stolz auf sie und würde sie mit den Worten loben, die er sonst nur für Carl Eduard kannte.

»Wollen wir gleich mit dem Unterricht beginnen oder soll ich Ihnen zur Einstimmung ein Stück vorspielen?«

»Spielen Sie mir das erste Stück vor, das ich lernen werde.«

»Oh, wir fangen mit einfachen Tonleitern und Dreiklängen an, damit Sie verstehen, welche Harmonien dahinterstehen. Dann spielen wir Tonfolgen und schlagen Akkorde an, um zu lernen, unsere Finger unabhängig voneinander zu bewegen, was vielen Menschen zunächst nicht leichtfällt. Aber dann können Sie bald die ersten Melodien vom Blatt spielen«, versprach sie, »und wenn es Ihnen gefällt, leihe ich Ihnen die zweite Stimme dazu, bis Sie gelernt haben, beide Hände einzusetzen und frei miteinander und gegeneinander laufen zu lassen.«

Graf Báthorys Brauen schoben sich ein wenig zusammen. »Ach, so kompliziert ist das Spiel des Pianofortes? Wie viele Stunden werden wir brauchen, bis ich beispielsweise aus diesem Gewirr von Linien und Punkten auf dem Blatt Musik hervorbringen kann?«

Er deutete auf das Notenblatt auf dem Ständer, auf dem »Aufforderung zum Tanz von Carl Maria Weber« stand.

»Oh, das wird schon eine ganze Weile dauern. Es kommt darauf an, wie sehr Sie sich bemühen, wie häufig und ausdauernd Sie üben und ob die Musik in Ihrem Blut liegt.«

Der Graf lächelte. »Für die Ersteren kann ich Ihnen das Beste versichern. Wie das mit dem Blut und der Musik ist, müssen wir noch herausfinden. Doch nun spielen Sie mir bitte die ›Aufforderung zum Tanz‹ vor. Ich rücke ein Stück beiseite, lausche Ihnen und nehme mir ganz fest vor, es Ihnen schon bald gleichtun zu können.«

6. Kapitel

Pianoforte

Schon als er die Augen aufschlug, wusste er, dass diese Nacht eine besondere für ihn sein würde. Die Sonne war in diesem Augenblick untergegangen. Sein Körper erwachte zum Leben. Wobei »Leben« nicht das treffende Wort war, das seinen Zustand beschreiben konnte. Genauso wenig, wie »tot« die Phase des Tages richtig wiedergab. Sein Körper fiel in etwas wie Todesstarre, sobald sich die Sonne erhob – ob sie ihre Strahlen nun von einem klaren Himmel sandte oder hinter Wolken verborgen blieb. Sein Körper reagierte auf den Lauf des mächtigen Gestirns, das alles Leben auf der Erde beherrschte – wenn auch vielleicht nicht in solch unmittelbarer Bindung wie bei ihm. Seine mit den Jahren gewachsenen Kräfte ermöglichten ihm inzwischen zwar in einem gewissen Rahmen, dem Ruf der Sonne zu widerstehen, doch dies raubte ihm noch immer fast seine gesamte Energie. Es war klüger, der Natur zu gehorchen!

Nun jedenfalls, nachdem der Tag sich neigte und die Sonne sich verabschiedet hatte, löste sich die Starre, sein Brustkorb hob und senkte sich und seine Gedanken begannen wieder zu kreisen. Sie waren frisch und knüpften dort an, wo sie am Morgen unvermittelt angehalten worden waren. So etwas wie Schläfrigkeit, die Menschen am Morgen verspüren, wenn sie sich von ihrem Lager erheben, kannte er nicht mehr, seit er vor mehr als zweihundert Jahren seines Blutes und seines Lebens beraubt worden war. Und doch war András nicht nur ein Mittel zur Stärkung gewesen. Ein

Opfer für einen kurzen Blutrausch, dessen leere Hülle achtlos dem Tod überlassen wird. Nein, ihm war das Leben als Mensch genommen und dafür die Ewigkeit der Schattenwelt geschenkt worden.

András Petru Báthory dachte nicht mehr oft an diese Nacht, doch heute Abend kam sie ihm aus irgendeinem Grund in den Sinn, als er den Deckel seines Sarges aufklappte und seit vielen Jahren zum ersten Mal wieder diese freudige Erwartung verspürte, was die Nacht wohl für ihn bereithalten würde.

Ja, vielleicht war das der Grund. Zu Anfang war alles noch so neu und aufregend gewesen. Die Genüsse, die die Nacht dem neuen Wesen bot, der Reiz, der um so viel schärferen Sinne. Und dann das staunende Entzücken, als er bemerkte, wie seine Macht über die Menschen zu wachsen begann. Die Kraft seines Willens konnte in ihre Gedanken eindringen, und nicht nur das, es war ihm möglich ihre Gedanken und damit ihre Taten zu beeinflussen.

Mit Feuereifer hatte sich der junge Vampir darangemacht, diese Gaben zu vervollkommnen, bis er sich – ohne zu prahlen – einen Meister nennen durfte.

Hatte er aus diesem Grund den alten Sarg nach Wien mitgenommen? Ruhte er noch immer jeden Tag in ihm, um sich stets an diese erste Zeit zu erinnern, als die Nächte so aufregend waren und er sich noch in den Grüften eines kleinen Friedhofes hatte verbergen müssen? Vielleicht eine Sentimentalität, denn András hätte sich an jedem Ort zur Ruhe legen können, solange er ihn sicher vor Sonnenlicht schützte.

Ja, lange war es her, seit er zum Vampir gewandelt worden war. András wusste nicht mehr, wie es gekommen war, doch irgendwann begann der Reiz der Nacht zu verblassen. Das Blut auf seinen Lippen wurde fad. Wo war die überschäumende Lust geblieben, fragte er sich eines Nachts verzweifelt?

Er jagte weiter, Nacht für Nacht, um die Gier zu besänftigen, die niemals zu stillen sein würde, und er begann die Worte zu verstehen, die er in seiner ersten Nacht als Vampir gehört hatte: dass das Dasein eines ewigen untoten Räubers der Nacht zugleich höchste Lust und tiefste Verdammnis sei.

Heute jedoch versprach die Nacht eine Abkehr von der zunehmenden Langeweile. Behände sprang András aus dem Sarg und klappte den Deckel zu. Er schob die geheime Tapetentür auf, die in das eigentliche herrschaftliche Schlafzimmer führte, trat ans Fenster und warf einen Blick über die Straße. Sie kam vom Palais des Herzogs Albert her, das auf der Bastei errichtet worden war, und führte dann an der unscheinbaren Front der Augustinerkirche vorbei zum Josephplatz und weiter zu dem Torbogen, der die Redoutensäle der Hofburg mit dem Gebäude der Stallburg verband, in der der Kaiser seine wertvollsten Lipizzaner untergebracht hatte. Die meisten der vierhundert Kutsch- und Reitpferde des Hofes befanden sich natürlich zusammen mit dem großen Wagenpark außerhalb der Stadt im Hofstallgebäude, das Kaiser Karl VI. vor mehr als einhundert Jahren auf der anderen Seite des Glacis hatte erbauen lassen.

Gleich hinter der Stallburg mit den Lipizzanern erhob sich die Michaelerkirche mit dem Kreuzgang und den Klostergebäuden und mit den beiden Zinshäusern, deren Wohnungen und Kammern die Barnabiten vermieteten. Sie gehörten sicher zu den guten Zinshäusern in Wien, nicht wie so viele andere – vor allem in den Vorstädten –, hinter deren ansprechenden Fassaden die Menschen zusammengedrängt in winzigen Löchern hausten, ewig schmutzig und laut, im Winter kalt, im Sommer stickig. Ein nicht enden wollendes Elend, von Verzweiflung und Hoffnungslosigkeit genährt. Vielleicht ein Vorgeschmack auf das Fegefeuer.

Die besseren Zinshäuser dagegen, zu denen auch das große und das kleine Michaelerhaus gehörten, boten in der Belletage großzügige Wohnungen, in die sich gern das wohlhabende Bürgertum oder auch Adlige und fremde Diplomaten einmieteten. In den Stockwerken darüber wurden die Wohnungen dann kleiner, einfacher und günstiger, die Decken niedriger, bis hinauf zu den Dachkammern mit den winzigen Fenstern, die von einfachen Bediensteten bewohnt wurden.

In Gedanken war András schon im Michaelerhaus in der Wohnung der Wallbergs auf dem Schemel vor dem Flügel, um diesem solch wundervolle Musik zu entlocken, wie es das Fräulein des Hauses und ihr Bruder verstanden.

Als sich die Tür hinter ihm öffnete, drehte sich András um. Obwohl er in der Vorfreude seiner Gedanken schwelgte, hatte er die Schritte vernommen, seit sie vom oberen Stockwerk über die Dienstbotenstiege näher gekommen waren, obgleich Goran für einen Mensch einen erstaunlich leichten Schritt besaß.

»Guten Abend, Goran, ich hoffe, du befindest dich wohl«, begrüßte András seinen Diener. Dieser verbeugte sich schweigend.

»Wenn im Stall mit meinen Rappen alles zum Besten steht, bitte ich dich, das Musikzimmer herzurichten, vor allem den Flügel, denn ich werde mich dem Spiel des Pianofortes widmen.« Falls den Diener diese Ankündigung erstaunte, ließ er sich zumindest nichts anmerken.

»Wenn du damit fertig bist, kannst du dich zur Ruhe legen. Den Wagen brauche ich heute Nacht nicht.«

Goran verbeugte sich noch einmal und schloss dann nahezu geräuschlos die Tür. Seine leichten Schritte entfernten sich. Das war umso erstaunlicher, da der Leibdiener und Kutscher des Grafen die Gestalt eines Riesen hatte und massig gebaut war. Seine Art, sich zu bewegen, zeigte allerdings deutlich, dass seine kräftige Gestalt keineswegs einem übermäßigen Genuss von fettem Essen und Wein zuzuschreiben war, wie man es bei so vielen Angehörigen des Adels oder des Bürgertums, das zu Geld gekommen war, beobachten konnte. Goran dagegen war muskulös, stark und gewandt. Seine etwas dunklere Hautfarbe, das schwarze Haar und die dunklen, etwas schräge geschnittenen Augen verrieten seine Herkunft weit östlich von Wien.

Kaum waren die Schritte des Dieners verklungen, machte sich András eilig auf den Weg. Er warf sich einen Umhang über – nicht dass der Vampir ihn gegen die winterliche Kälte benötigt hätte, doch er bemühte sich, jede Auffälligkeit zu meiden. Wenn es so leicht möglich war, einem Menschen zu gleichen, einfach indem man sich einen Mantel überzog! Viel schwerer dagegen fiel es ihm, seinen Schritt zu mäßigen und so langsam wie ein Mensch einherzuschreiten. Wenn auch zumindest wie ein eiliger Mensch. Dennoch erreichte er das Michaelerhaus nach nur wenigen Minuten, eilte die Treppe hinauf und klopfte an. Ein etwas einfältig wirkendes Mädchen mit der derben Aussprache der einfachen Schichten öffnete ihm und führte ihn ins Musikzimmer.

András witterte unauffällig nach allen Seiten. Vater und Sohn waren nicht im Haus. Das traf sich gut. Er würde es bedauern, wenn der Vater sich zu ihnen setzte und wie ein Wachhund kein Auge von ihnen ließe. Carl Eduard wäre dagegen weniger störend gewesen. Vermissen würde er ihn allerdings auch nicht. Er war sicher bei einem Auftritt. Hatte der Vater ihn begleitet?

Sosehr András das Fehlen des Vaters begrüßte, es irritierte ihn auch. Es passte nicht zu der Ablehnung, ja, fast wollte er es Feindseligkeit nennen, die er dem adeligen Klavierschüler am Abend zuvor entgegengebracht hatte.

András war so mit seinen Überlegungen und dem ihm merkwürdig erscheinenden Fehlen des Vaters beschäftigt, dass ihm die Witterung fast entgangen wäre. Er wollte schon ins Musikzimmer eintreten, als der Geruch sein Bewusstsein streifte.

Was war denn das? Er gehörte zu keinem der drei Wallbergs und ganz sicher nicht zu dem plumpen Mädchen, das die einzige Bedienstete der Familie zu sein schien. Der Geruch war vertraut und doch so ganz anders. Irritiert blinzelte er. Doch dann stand er bereits mitten im Zimmer, das Fräulein kam ihm entgegen und begrüßte ihn mit ihrer so wunderbar weichen Stimme.

Natürlich konnte sie ihre Nervosität nicht vor ihm verbergen, aber András bewunderte den durchgedrückten Rücken und den stolz erhobenen Kopf, mit dem sie ihre Haltung wahrte. Ein normaler Mann hätte nichts von ihren quälenden Fragen und Zweifeln bemerkt, so königlich stand sie in ihrem einfachen dunkelblauen Kleid vor ihm. Zurückhaltend, doch vollendet höflich begrüßte sie ihn und bot ihm den Schemel vor dem Flügel an. Obwohl das Blut in ihr aufwallte und ihre Hände zitterten, gelang es ihr, den Eindruck von distanzierter Kühle zu vermitteln.

Hastig legte Karoline ihre Hände auf die Tasten. András betrachtete die zierlichen Finger mit den gepflegten, kurzen Fingernägeln. Kaum berührten sie das Holz der Tasten, hörte das Zittern auf. András konnte fühlen, wie Ruhe die Hände durchströmte, die Arme und dann den ganzen Körper. Die Starre, die sie aufrecht gehalten hatte, löste sich. Nun sah er ihre natürliche Haltung.

Das Selbstverständnis, das sie nun vollkommen erfüllte, gefiel ihm. Neben ihm saß eine Künstlerin, die sich ihres Talentes nicht völlig bewusst war, nicht in ihrem Geist. Vielleicht hatten der Vater und ihr Bruder zu oft Zweifel in ihr geweckt. Doch ihr Körper und ihr Instinkt wussten, was sie konnte, und waren bereit, sich auf vollkommene Weise hinzugeben, um sich mit dem Pianoforte zu verbinden.

»Spielen Sie mir die ›Aufforderung zum Tanz‹«, bat András und rückte ein wenig zur Seite, damit er sie in ihren Bewegungen nicht behinderte, sie aber bei ihrem Spiel beobachten konnte.

Zart hauchte sie die ersten Töne. Ein Locken, ein Versprechen, das unvermittelt in die Lebenslust des Walzertaktes mündete. Nun blitzten ihre Augen, und ihre Mimik unterstrich die Lebenslust, die der Melodienreigen in jedem Zuhörer aufsteigen ließ. Er näherte sich dem Höhepunkt und sank dann sacht zurück, um in einer ruhigen Klangfolge zu enden.

Karoline ließ die Hände sinken. Ruhig lagen sie in ihrem Schoß, während ihr Blick sich offen auf den Besucher richtete. Ihre anfängliche Unsicherheit war endgültig verflogen.

»Weber war der Erste, der dem Walzer diese vollendete Form gab. Er hat dem ›Deutschen‹, wie man die frühen Tänze nannte, das volkstümlich Wilde genommen, ihn erhöht und zu einer neuen Kunst erblühen lassen. Im Ernsten, ja feierlichen Vorspiel wirbt der Tänzer um seine Dame, die erst zurückhaltend reagiert, ihm den Tanz dann aber gewährt. Sein Drängen hören Sie in diesen leidenschaftlichen Melodieläufen.« Karoline wiederholte die Takte. »Ihr Zögern spiegelt sich in der verhaltenen musikalischen Antwort.« Auch diesen Part spielte sie noch einmal. »Dann nimmt er sie bei der Hand, legt ihr die seine um die Taille und führt sie auf die Tanzfläche. Der Walzer beginnt und nimmt alle Bedenken mit sich. Es bleibt nur noch Raum für diese beiden Menschen, die vereint dahingleiten, sich drehen und im Kreis schweben, während ihre Seelen sich voll Lebenslust aufschwingen.«

Sie konnte die eigene Sehnsucht hinter diesen Worten nicht völlig verbergen.

»Vier verschiedene Walzermelodien gehen ineinander über, steigern sich zu einem unvergesslichen Höhepunkt. Auch der schönste Tanz geht einmal zu Ende, der Rausch verfliegt. Im ruhigen Nachspiel bringt der Herr seine Dame an ihren Platz zurück und verbeugt sich ein letztes Mal. Dann bleibt ihm nichts anderes übrig, als sich von ihr zu verabschieden.« Die Geschichte war zu Ende. Karoline sah den Grafen fragend an.

András zuckte zusammen. Er war in einen seltsamen Zustand der Verzückung versunken, sein Blick unverwandt auf ihr Gesicht gerichtet. Sie war so ernsthaft und ganz ohne die Koketterie der adeligen Damen. Wie wohltuend!

»Ich wünschte, wir könnten es sogleich ausprobieren. Ich würde Sie gerne eine ganze Nacht lang im Walzertakt drehen und mit Ihnen im Rausch der Musik dahingleiten.«

In Karolines Lächeln schwang Vorsicht. »Sie sind nicht zum Walzertanzen zu mir gekommen, Graf Báthory. Sie wollen das Klavierspiel erlernen. Oder haben Sie es sich anders überlegt?«

András spürte, dass ein »Ja« sie in tiefe Enttäuschung stürzen würde. Das musste sie nicht fürchten! Er war mehr denn je entschlossen, sich ganz dieser Kunst hinzugeben. Noch dazu unter der Führung solch einer Lehrerin. Er müsste verrückt sein, sich nun zurückzuziehen!

»Aber nein!«, rief er aus und rückte mit dem Schemel näher heran. »Nichts liegt mir ferner. Beginnen wir! Die Nacht verrinnt, und ich habe diesem Instrument noch keinen Ton entlockt.«

Ein warmes Strahlen hüllte sie ein. »Gut, dann beginnen wir. Sehen und hören Sie genau zu, dann spielen Sie die Tonfolge nach. Achten Sie darauf, dass Sie die gleichen Finger für jede Taste benutzen wie ich. Es scheint Ihnen zu Anfang vielleicht unsinnig, doch wenn der Rhythmus schneller wird und Sie mehrere Tasten mit einer Hand greifen müssen, werden Sie merken, dass Sie den Melodiefluss nur dann halten können, wenn Sie rechtzeitig umgreifen.«

András nickte, obwohl ihm noch nicht ganz klar war, wovon sie sprach. Er achtete einfach auf ihre Bewegungen und kopierte sie anschließend. Da er einen scharfen Blick und ein geradezu übernatürliches Gedächtnis hatte, fiel ihm das nicht schwer. Auch die Art des Anschlages, dass der Ton voll und rein erklang wie bei Karoline, erfasste er schnell.

»Das machen Sie sehr gut! Ich glaube schon jetzt sagen zu können, dass Sie Talent besitzen. Glauben Sie nicht, dass ich Ihnen schmeicheln will, Graf Báthory.«

Er glaubte ihr. Ihr Erstaunen und ihre Freude waren so arglos.

»In der Musik gibt es keine Verstellung und keine Lüge, kein Privileg des Adels oder des Geldes. Es gibt nur das richtige Gefühl und Übung, um die Abläufe der Bewegung geschmeidiger werden zu lassen.«

Die Uhr im Salon schlug und erinnerte an die Zeit, die bereits verstrichen war. Weder András noch Karoline war dies offensichtlich bewusst gewesen. Die Köpfe ein wenig einander zugeneigt, den Blick konzentriert auf die Tasten gerichtet, war die Umgebung für sie in weite Ferne gerückt. Nun aber rief die Uhr sie zurück. Karoline sah erschreckt auf.

»Drei Stunden? Ich kann es nicht glauben! Wir haben drei Stunden geübt, und ich habe es nicht einmal bemerkt.«

»Ich werde Ihnen jede einzelne Stunde fürstlich vergüten. Sie müssen sich nicht sorgen«, beruhigte sie András. Doch anscheinend hatte er ihre Reaktion missdeutet. Karoline machte eine ungeduldige Handbewegung.

»Das ist nicht so wichtig. Ich dachte nur nicht, dass es so spät werden würde. Ich habe Vater versprochen, noch heute Abend nach der Klavierstunde nach ihm zu sehen und ihm ein Abendessen zu bringen. Und nun ist es bereits nach zehn!«

András runzelte irritiert die Stirn. »Ich hatte den Eindruck, Ihr Vater wohnt hier mit Ihnen in dieser Wohnung.«

Karoline schenkte ihm ein abwesendes Lächeln. »Aber natürlich wohnt Papa hier mit Carl Eduard. Es ist so, ich will ihm ein warmes Essen ins Spital bringen, denn bei allen Fortschritten, die es im neuen Bürgerspital gibt, das Essen ist nicht das, was Papa gewohnt ist.«

»Ihr Vater liegt im Spital?«, wunderte sich András. »Er wirkte gestern Abend munter und gesund. Ich kann mir gar nicht vorstellen, was ihn plötzlich so niedergestreckt haben könnte, dass er die Pflege des Spitals benötigt.«

Karolines Miene verdüsterte sich. »Ja, er war von prächtiger Gesundheit. Ich möchte jetzt nicht sagen für sein Alter, denn er hat die sechzig noch nicht erreicht. Er gehört nicht zu den Menschen, die, wenn sie einmal die Mitte des Lebens überschritten haben, den Winter kränklich mit Fieber und Schnupfen dahinsiechen.« Sie stand auf und straffte sich. »Nein, es war keine Krankheit, sondern ein Fiaker, der ihn niedergestreckt hat!«

»Ein Fiaker?«

»Ja, oder eine andere Kutsche, so genau konnte er es nicht erkennen. Vater ist schon früh aufgestanden. Es war noch dunkel, als er zum Bäcker ging, um Brot und einige Kipferl zu kaufen. Da kam ein Wagen um die Ecke gerast. Die Pferde erfassten den Vater, ehe er zurückweichen konnte, und schleuderten ihn gegen einen der Prellsteine, die die Kutscher zu genügend Abstand anhalten sollen.«

»Das ist ungeheuerlich!« András gab sich überrascht, obwohl Unfälle mit Kutschen oder rücksichtslosen Reitern beinahe an der Tagesordnung waren. Natürlich gab es Vorschriften, die mahnten, nur im Schritt durch die Tore und über belebte Plätze zu fahren und ansonsten in der Stadt höchstens einen kleinen Trab anzuschlagen, doch gerade die Herrschaften von Adel kümmerte das wenig. Und auch so mancher Fiaker liebte es, seine schneidigen Fahrkünste nicht nur zum ersten Mai bei der Praterfahrt zu präsentieren.

»Ja, es ist ungeheuerlich!«, wiederholte Karoline. »Und nicht einmal angehalten hat er, um sich für seine rüde Fahrweise zu entschuldigen und seinem Opfer beizustehen. Er ist einfach weitergefahren. Eine Nachbarin, die einen Stock tiefer auf der anderen Seite der Treppe wohnt, fand ihn in seinem Blut liegen und kaum mehr bei Bewusstsein. Carl Eduard hat sofort einen Fiaker geholt und Vater ins Bürgerspital hinausbringen lassen. Das waren keine Verletzungen, die ich mit ein wenig häuslicher Pflege hätte beheben können!«

»Dann wird er wohl länger im Spital bleiben müssen?«, fragte András, sorgsam darauf bedacht, dass seine Stimme nicht hoffnungsfroh klang.

Karoline hob die Schultern. »Ich weiß es nicht. Ich konnte noch mit keinem Arzt sprechen. Sie sind alle sehr beschäftigt. Doch nun muss ich Sie bitten, sich zu verabschieden. Wir setzen den Unterricht morgen an dieser Stelle fort. Wenn Sie Zeit und Muße haben, üben Sie die Folgen, an die Sie sich noch erinnern können, noch ein paar Mal, das wird der Beweglichkeit Ihrer Finger guttun. Ich muss mich nun ganz schnell auf den Weg machen.« Sie wandte sich zur Tür. »Hilde, hast du den Korb für den gnädigen Herrn fertig?«

»Aber ja, Fräulein«, ließ das Mädchen vernehmen und trug einen von einem bunten Tuch bedeckten Weidenkorb aus der Küche. »Soll ich den Herrn Graf rausbegleiten?«

»Ich bitte darum«, stimmte Karoline ihr zu. András stand noch immer neben ihr und machte keine Anstalten, sich zu verabschieden.

»Darf ich Sie fragen, wie Sie um diese Zeit hinaus in den Alsergrund kommen wollen?«

Karoline machte eine wegwerfende Handbewegung. »Das ist gar nicht so weit, und eine Torsperre gibt es zum Glück ja nicht mehr. Ich bin die Strecke schon oft gegangen, und heute liegt nicht viel Schnee auf den Straßen.«

»Sie haben allen Ernstes vor, zu Fuß zu gehen? Um diese Uhrzeit?« András runzelte die Stirn. »Das geht auf keinen Fall, Fräulein Wallberg, da muss ich protestieren.«

Der Blick, den sie ihm zuwarf, war kühl und hätte wohl genügt, die meisten Männer in ihre Schranken zu weisen. »Graf Báthory, ich denke nicht, dass Sie das etwas angeht. Ich habe es meinem Vater versprochen. Er soll nicht Leid daran tragen, dass ich über dem Klavierspiel die Zeit vergessen habe.«

»Er wird noch viel mehr Leid ertragen müssen, wenn Ihnen etwas zustößt!« András ließ sich nicht beirren. »Haben Sie nicht über die schrecklichen Morde gelesen, die sich in letzter Zeit in der Stadt zugetragen haben?«

»Ja, ich habe davon gehört«, gab Karoline zu.

»Und dennoch wollen Sie sich in die Dunkelheit hinauswagen? Das ist leichtsinnig, ja tollkühn!«

»Da hat der Graf aber recht«, wagte sich Hilde einzumischen. Dieses Mal war sie es, die den kühlen Blick zugeworfen bekam. Bei ihr genügte er, um sie zurechtzuweisen und an ihre Stellung zu erinnern. Mit einer gemurmelten Entschuldigung zog sie sich hastig in die Küche zurück.

»Lassen Sie mich einen Vorschlag unterbreiten. Ich rufe einen Fiaker und begleite Sie zum Spital hinaus. Während Sie zu Ihrem Vater eilen und ihn umsorgen, werde ich draußen warten, und dann bringe ich Sie wieder hierher zurück.« András griff nach ihrem Korb. Karoline machte einen halbherzigen Versuch, ihn dem Grafen wieder abzunehmen.

»Das kann ich nicht annehmen.«

»Nein? Warum nicht? Sie haben mir heute mehr Ihrer Zeit geopfert, als Sie geplant hatten. Ich habe sie genossen und viel gelernt. Da ist es nun nur recht und billig, dass Sie nicht noch mehr Zeit mit einem überflüssigen und noch dazu gefährlichen Fußmarsch verschwenden.« Karoline zögerte noch immer.

»Wenn Sie sich weigern, dann gehe ich eben zu Fuß neben Ihnen her!«, drohte András. »Das können Sie mir nicht verbieten. Den ganzen Weg hin und zurück werde ich nicht von Ihrer Seite weichen, doch ich warne Sie, ich werde es Ihnen mehr als einmal vorhalten, wenn ich damit mein gutes Schuhwerk ruiniere!«

Um Karolines Mundwinkel zuckte es, und sie konnte nicht verhindern, dass ihr ein Kichern entschlüpfte. Plötzlich sah sie wie ein junges Mädchen aus, dem der Schalk aus den Augen blitzt.

»Sie würden sich bald weniger über Ihre Schuhe als über Ihre geschundenen Füße beschweren. Man unterschätzt es gern, doch wenn man es nicht gewohnt ist, wird ein Fußmarsch bald zur Qual.«

»Halten Sie mich für so unsportlich?«, rief András in gespielter Entrüstung aus.

Karolines Augen blitzten. »Aber nein, Herr Graf, ich halte Sie durchaus für einen prächtigen Reiter und einen schneidigen Kutscher. Ich bezweifle lediglich, dass Sie es gewohnt sind, längere Strecken zu Fuß zu gehen.«

»Ich streite nicht mit einer Dame, und ich verzichte in diesem Fall darauf, Sie vom Gegenteil zu überzeugen. Nicht heute. Vielleicht ein anderes Mal.« András verneigte sich vor ihr. »Gehen wir?«

In bestem Einvernehmen verließen sie das Haus.

Es ging bereits auf Mitternacht zu, als der Wagen sich vom neuen Bürgerspital im Alsergrund auf den Rückweg machte. Das alte Spital hatte innerhalb der Stadtmauern gelegen. An seiner Stelle ragte nun ein riesiges Mietshaus zwischen Kärtnerstraße und Lobkowitzplatz auf. Für wenige Jahre übersiedelte das Bürgerspital nach St. Marx, bis die neuen Gebäude im Alsergrund fertig waren. Kaiser Franz ließ das Krankenhaus großzügig ausstatten, so dass es sogar für jeden Patienten ein eigenes Bett gab. Bisher war es üblich gewesen, dass sich zumindest zwei der Kranken ein Bett teilten. Die Gebäude in St. Marx wurden seit dem Umzug als Versorgungshaus für arme und alte Menschen genutzt.

Die Pferdehufe klapperten über das Pflaster. Karoline sah aus dem Fenster. Der Narrenturm ragte trutzig wie ein alter Festungsturm in den klaren Nachthimmel auf. Doch dieser wehrhafte runde Bau wollte nicht seine Bewohner beschützen, sondern war eher darauf bedacht, die Wiener vor den Insassen zu bewahren, überlegte Karoline laut. Sie sah aus dem Fenster und schauderte.

»Was die Menschen fürchten oder nicht verstehen, haben sie seit jeher weggeschlossen und aus ihrem Blickfeld verbannt«, sagte András.

»Vielleicht ist es unrecht«, gab Karoline zu. »Doch wie könnten wir sie einfach so unter uns leben lassen? Viele von ihnen sind unberechenbar in ihren Reaktionen und gefährlich. Ich vermute, es ist einer von ihnen, der Wien in diesen Nächten unsicher macht, denn wer sonst als ein Wahnsinniger ist in der Lage, solche Bluttaten zu begehen? Es ging schließlich in keinem dieser Fälle darum, Geld oder Schmuck zu rauben.«

»Ach, einen Mord, der dazu dient, sich zu bereichern, fänden Sie weniger verrückt?«, fragte András interessiert.

Karoline verzog ärgerlich das Gesicht. »Sie sagen das so, als würde ich diese Morde entschuldigen! Nein, das nicht, nur gibt es so viel Armut und Elend auch in Wien, dass ich eine Tat aus Verzweiflung, um das Überleben zu sichern, eher verstehen könnte.«

»Die wenigsten Täter morden, um den drohenden Hungertod abzuwenden! Sicher sind manche von ihnen arm, dennoch gibt es viele Tausende Wiener, die ebenfalls arm sind und nicht morden, um sich aus ihrer Misere zu befreien.«

»Das mag ja alles stimmen, dennoch bleibe ich bei meiner Meinung: Der Mörder dieser armen Frauen ist ein Monster und seiner Sinne nicht mächtig. Er ist nicht mehr menschlich, und wenn die Polizei ihn ergreift, dann bin ich dafür, ihn hinter die dicksten Mauern zu sperren!«

András lachte trocken. »Wenn sie ihn ergreifen, dann werden sie ihn einsperren, aber sicher nicht hier im Narrenturm. Er wird Gast im ›Hotel Stern‹, wie man das alte Siebenbüchnerinnenkloster so nett zu nennen pflegt, seit es als Polizeigefangenenhaus dient. Lange wird er den Aufenthalt jedoch nicht genießen dürfen, bis sein letzter Gang ihn zur Spinnerin am Kreuz führt.« András fasste sich an den Hals und verdrehte ein wenig die Augen. »Und das Volk wird zu Tausenden dort hinströmen, um sich an dem Spektakel zu ergötzen.«

»Ich jedenfalls werde nicht dabei sein!«, rief Karoline. »Nein, das will ich nicht sehen, auch wenn ich nicht leugnen kann, dass ich finde, er verdient einen Strick um den Hals oder gar mehr.« Sie schüttelte den Kopf. »Wechseln wir das Thema.«

»Ja, kehren wir zurück zum Narrenturm und den armen, unschuldigen und zumeist ganz harmlosen Insassen«, sagte András, obwohl sich seine Begleiterin sicher nicht das unter einem Themenwechseln vorgestellt hatte. »Ich finde es durchaus bemerkenswert, dass unter einem solch fantasielosen Monarchen wie Kaiser Franz eine derartig fortschrittliche Einrichtung entstanden ist. Nein, ich meine das ganz ernst. Die Verwirrung des Geistes wird nun als Krankheit gedeutet. Zum ersten Mal werden diese Menschen nicht mehr ihren hilflosen Familien überlassen oder irgendwo in einem Kerker weggesperrt, dass sie außerhalb unserer Sicht bleiben und wir ihre Existenz vergessen können. Der Narrenturm wurde inmitten des Bürgerspitals gebaut, und es kümmern sich Ärzte und Schwestern um die im Geist Erkrankten. Die Zimmer oder Zellen sind nach den Bedürfnissen der Bewohner gestaltet. Manche gleichen gar normalen Krankenzimmern. Ja, es ist ein Sieg des humanitären Gedankens, der so viele Bereiche zu durchdringen beginnt.«

Karoline betrachtete ihren Begleiter interessiert. »Das hört sich an, als seien Sie schon einmal im Narrenturm gewesen.«

»Ja, ich habe mir diesen Teil des Spitals angesehen und interessante, aber auch bemitleidenswerte Menschen getroffen.«

Karoline öffnete den Mund, um ihn nach seinen Erlebnissen in dieser dem normalen Bürger verschlossenen Welt zu fragen, aber der Graf ließ sie nicht zu Wort kommen und wechselte unvermittelt das Gesprächsthema.

»Wann darf ich Sie bei einem großen Auftritt bewundern?«

Karoline schlug die Augen nieder und machte eine wegwerfende Handbewegung. »Ach, Sie wollen mir schmeicheln. Meine Pianokünste reichen für den Hausgebrauch und um ein wenig zu unterrichten. Ich trete natürlich nicht in der Öffentlichkeit auf.«

»Entschuldigen Sie, dass ich mir anmaße, das zu beurteilen«, widersprach András, »aber Sie sind ein großes Talent, und nach dem, was ich bisher von Ihnen hören durfte, nicht nur begabter als Ihr Bruder, sondern ihm in Ihrem Ausdruck weit überlegen.«

»Das dürfen Sie nicht sagen!«, rief Karoline schroff. »Er ist ein guter Pianist!«

»Das habe ich nicht abgestritten. Sie sind dennoch besser, und das wissen Sie auch. Es gereicht Ihnen zur Ehre, dass Sie den jüngeren Bruder über sich stellen wollen, das müssen Sie aber nicht. Er hat bereits Gnade in den Augen der Gesellschaft gefunden und wird seinen Weg gehen. Sie sind es, die ihr Talent nicht in den eigenen Wänden verbergen sollte!«

»Graf, ich bin eine Frau, falls Ihnen das bislang entgangen sein sollte!«

András lächelte versonnen. »Nein, das ist mir durchaus nicht entgangen, Fräulein Wallberg.«

»Dann müssten Sie auch wissen, dass Frauen nicht in der Öffentlichkeit stehen, um Ruhm für ihr Talent zu ernten. Das ist Sache der Männer. Wussten Sie, dass Mozarts Schwester begabt war? Vielleicht ebenso wie ihr Bruder. Wer weiß. Das werden wir nie erfahren. Die Gesellschaft will es nicht wissen.« Sie konnte nicht verhindern, dass ihre Stimme bitter klang.

»Sie meinen, das Nannerl hat dem kleinen Mozart die Kompositionen geschrieben?«

»Nein, natürlich nicht«, rief Karoline empört. »Ich werde niemals Mozarts Genie infrage stellen! Ich behaupte nur, seine Schwester wurde verkannt.«

»Aber *Sie* tun es!«, behauptete er, ihre Antwort ignorierend.

»Was?«

»Für Ihren Bruder komponieren. Doch es steht nicht Ihr Name auf den Notenblättern, und nicht Ihnen gilt der Beifall.«

Sie stritt es halbherzig ab, András war aber weiterhin überzeugt, dass er mit seiner Vermutung richtig lag.

»Warum treten Sie nicht auf?«, drängte er. »Es muss ja kein Orchester in einem öffentlichen Theater sein.«

»Weil uns Frauen das nicht ansteht«, wiederholte sie stur.

»Das ist nicht wahr«, widersprach András. »Kennen Sie die Fröhlich-Schwestern? Katharina, Anna, Josephine und Barbara, die bei wohlangesehenen Familiensoirees musizieren? Ich habe sie bei Karoline Pichler gehört. Es war durchaus ein Genuss.«

»Ja. Das ist etwas anderes.«

»Warum?«

Karoline rang nach Worten. »Die Schwestern Fröhlich stehen irgendwie abseits der Konventionen. Wissen Sie, wie sie leben? Kathi ist seit Ewigkeiten mit dem Dichter Grillparzer verlobt, ohne dass er ihr endlich einen Antrag zu machen gedenkt. Und nun ist er zu ihnen gezogen! Können Sie sich das vorstellen? Ein Mann und vier ledige Frauen? Wer den Anstand so sehr verachtet, der kann auch in der Öffentlichkeit musizieren.«

»Und dennoch schenkt ihnen die wohlanständige Bürgerschaft ihr Ohr und spendet Applaus.«

»Mag sein, man kennt auch die reichen und adeligen Verehrer von Tänzerinnen und Schauspielerinnen, die sie aushalten und ihre Karriere vorantreiben. Im Theater werden sie bewundert. Es ist eine andere Welt …«

»… getrennt von den Schranken der wohlanständigen Bürgerlichkeit, die manches Mal sehr eng gesteckt sind, nicht wahr?«

Sie starrte ihn betroffen an. Aha, er näherte sich dem wahren Kern, den sie so eifrig vor ihm zu verbergen suchte. András wollte gerade weiterbohren, als etwas seine Aufmerksamkeit gefangen nahm. Er wandte den Kopf ab und starrte aus dem Fenster.

»Was ist?« Karoline beugte sich zu seiner Seite hinüber, so dass er ihren warmen Atem auf seiner Wange spüren konnte. András zögerte mit der Antwort. Da huschte etwas am Rande seines Bewusstseins. Es ließ sich nicht erfassen, wenn er den Blick nach draußen richtete, doch sobald er sich abwandte, erahnte er die Bewegung in den Augenwinkeln.

»Ich dachte, ich hätte etwas gesehen«, sagte er langsam und runzelte die Stirn, mühte sich dann aber um ein Lächeln und schlug wieder einen leichten Ton an. »Ein fliehender Schatten, weiter nichts.«

»Mir ist nichts aufgefallen. Die Nacht narrt unsere Sinne gern in ihrer Düsternis«, stimmte ihm Karoline zu. András nickte und dachte: Ja, die schwachen Augen eines Menschen kann die Nacht betrügen. Und auch ihren Geist, der sich so gern aufgeklärt und modern nennt und all die Dinge leugnet, die er nicht sehen will und nicht begreifen kann.

7. Kapitel

Der Friedhof der Namenlosen

Sie ist verschwunden«, weinte die Frau und drückte sich ein Taschentuch ans tränennasse Gesicht. »Mein armes Kind ist diesem verrückten Schlächter in die Hände gefallen. Der Herr stehe uns bei!« Wieder schluchzte sie, dass ihr mächtiger Busen bebte.

Polizeikommissär Hofbauer unterdrückte einen Seufzer. »Bitte, nun beruhigen Sie sich, gnädige Frau. Wann genau haben Sie Ihre Tochter das letzte Mal gesehen?«

»So gegen zehn Uhr, als ich mir noch eine Milch mit Honig wärmte und Liliane fragte, ob sie auch eine wolle. Da saß sie bei ihrer Stickarbeit vor dem Ofen.«

»Und hat sie eine Milch getrunken?«, mischte sich der Kriminalbeamte Schobermeier ein, vielleicht nur, um auch einmal etwas zu sagen. Sein Vorgesetzter verdrehte die Augen.

»Nein, hat sie nicht. Sie sagte, ein Kaffee wäre ihr lieber, den könne sie zu jeder Tages- und Nachtzeit trinken.«

»So geht es mir auch«, pflichtete ihr Schobermeier bei und fing sich mit dieser unpassenden Bemerkung einen strafenden Blick ein. Dies war schließlich kein Kaffeehausplausch, sondern eine Mordermittlung – nun ja, vielleicht. Dies zu klären waren sie hier, und es würde ihnen auch gelingen, wenn die Frau sich ein wenig fassen und sich auf die wichtigen Tatsachen beschränken könnte.

»Gut, fangen wir noch einmal von vorn an. Sie haben Ihre Tochter also gestern Nacht um zehn Uhr das letzte Mal gesehen und heute Morgen gegen acht Uhr die Polizei verständigt.«

»Das ist richtig«, schluchzte die Frau und schnäuzte sich geräuschvoll in ihre Schürze. »Mein armes Kind, ach, wie konnte das passieren!«

Schobermeier tippte seinem Vorgesetzten unauffällig an die Schulter. »Wo ist eigentlich die Leiche?«, raunte er ihm zu. Hofbauer seufzte.

»Das ist genau der springende Punkt. Es gibt keine Leiche. Zumindest bisher, nicht wahr, Frau Pölzer?«

Bei dem Wort »Leiche« heulte die Frau laut auf, doch unter Schniefen gab sie zu, dass der Mord bisher allein eine Vermutung sei.

»Aber was soll ihr denn sonst zugestoßen sein? Meine brave Liliane, um zehn ist sie noch daheim und am Morgen spurlos verschwunden? Der Verrückte hat sie geholt und hingemeuchelt, wie die anderen Mädchen auch.«

»Und wie hat der Mörder ihre Liliane aus dem Haus geschafft? Ich meine, wie ist er überhaupt ihrer braven Tochter mitten in der Nacht begegnet?«, fragte Schobermeier, und der Polizeikommissär dachte, dass dies die erste intelligente Anmerkung seines Untergebenen an diesem Morgen war. Daher hakte er auch gleich nach.

»Haben Sie irgendwelche Spuren eines Einbruchs festgestellt? Fehlt etwas? Ist etwas in Unordnung gebracht?«

Die Bürgerin schüttelte unter Schluchzen den Kopf, dass ihr ganzer Leib ins Schwingen geriet. »Aber die Wohnungstür war nur angelehnt.«

»Dann wissen wir nicht, ob Liliane die Wohnung freiwillig verlassen hat«, notierte sich Hofbauer in seinem Notizbuch.

»Ja aber wohin hätte sie denn gehen sollen? Um diese Zeit, ohne mir Bescheid zu sagen?«, begehrte Frau Pölzer auf.

»Sich mit einem Verehrer treffen?«, schlug Schobermeier vor und wich unter dem zornigen Blick der Mutter zurück. »Was denn? So abwegig ist das gar nicht, gnädige Frau. Ihre Tochter ist sechzehn Jahre alt. Sagten Sie das nicht?«

Er warf Hofbauer einen hilfesuchenden Blick zu. Der nickte zur Bestätigung. Auch wenn die Mutter das nicht hören wollte, war das eine durchaus berechtigte Annahme.

»Meine Tochter ist ein anständiges Mädchen, sagen Sie das den Herren, liebstes Fräulein Wallberg.« Sie wandte sich an die Mitbewohnerin des Michaelerhauses, die gerade mit einem Einkaufskorb am Arm die Treppe herunterkam. Karoline trat zu der Nachbarin und legte ihr beruhigend die Hand auf den Arm.

»Natürlich ist Liliane eine gute Tochter. Was ist denn geschehen, und wer sind die Herren hier?«

Sie musterte die beiden Polizeibeamten, die wie üblich, wenn sie für Kriminalermittlungen unterwegs waren, im Zivil auftraten.

Polizeikommissär Hofbauer verbeugte sich knapp und stellte sich und seinen Kollegen vor.

»Und Ihr Name ist, wie ich höre, Wallberg? *Fräulein* Wallberg?«

»Ja, mein Vater, mein Bruder und ich …«, sie zögerte einen Augenblick und wirkte ein wenig verwirrt, ehe sie sich straffte und dann mit fester Stimme weitersprach. »Ja, also wir haben die Wohnung links im vierten Stock und noch die beiden Kammern darüber unter dem Dach.«

Der Kommissär nickte und nahm sich vor, später noch ein wenig genauer nachzufragen.

»Kennen Sie das verschwundene Fräulein Liliane gut?«

Karoline hob die Schultern. »So gut man einen Nachbarn kennt, mit dem man freundlichen Umgang pflegt.«

»Würden Sie vermuten, das Fräulein habe sich nachts ohne Wissen der Mutter mit einem Verehrer getroffen und wäre mit ihm durchgebrannt?«

»Ohne ihrer Mutter eine Nachricht zu hinterlassen?« Karoline schüttelte den Kopf. »Nein, das würde sie ihr nicht antun. Und ich habe sie auch nie mit einem jungen Mann zusammen gesehen oder von solch einem Treffen erfahren, falls Sie mich das als Nächstes fragen wollen.«

Genau diese Frage hatte ihm auf der Zunge gelegen. Hofbauer betrachtete das Fräulein eingehend. Die Menschenkenntnis, die er im Laufe seiner Dienstjahre erworben hatte, sagte ihm, dass sie eine ernsthafte junge Frau mit einer guten Beobachtungsgabe und einem scharfen Verstand war, deren Worte man beachten sollte und auf deren Wahrheitsliebe man sich verlassen konnte. Zumindest in diesem Fall.

»Nun gut, gehen wir einmal von einem Verbrechen aus«, sagte Hofbauer. »Dann müssen wir uns überlegen, wie es dazu kam, dass das Fräulein dem Täter in die Hände fiel. Wenn sie ihm die Wohnungstür geöffnet hat – und das um diese Zeit –, dann muss sie ihn gekannt haben.« Er wandte sich an seinen Untergebenen, der damit beschäftigt war, Fräulein Wallberg ausgiebig zu betrachten.

Hofbauer räusperte sich. »Schobermeier, fertigen Sie mir eine Liste von allen Bewohnern des Hauses an und von all jenen Personen, die sich gestern während des Abends oder in der Nacht hier im Haus befunden haben. Solange keine Leiche gefunden wird, müssen wir nicht gleich vom Schlimmsten ausgehen. Dennoch können wir ein Verbrechen nicht ausschließen. Frau Pölzer, dürfen wir uns einmal in Ihrer Wohnung umsehen? Außerdem wäre es hilfreich zu wissen, wie Ihre Tochter aussieht und welche Kleider sie vermutlich bei ihrem Verschwinden getragen hat.«

»Ich habe ein Porträt von Liliane, das der Herr Ranftl vom vierten oben rechts gemalt hat. Das könnte ich Ihnen zeigen, wenn es Ihnen hilft.«

»Ich bitte darum!«

Die leidgeprüfte Mutter klammerte sich an den Arm des Fräuleins vom vierten Stock und warf ihm einen Blick zu. Fräulein Wallberg verstand den Hilferuf und bot an, mit hineinzukommen und einen Tee zur Besänftigung der aufgewühlten Nerven zu kochen.

»Ein starker Kaffee wäre mir lieber«, murmelte Schobermeier, als er hinter seinem Vorgesetzten die Wohnung betrat.

Die Fürstin sah auf das Billet in ihrer Hand herab, das der seltsame Diener des Grafen vor wenigen Minuten abgegeben hatte. Wieder einmal ohne auch nur ein Wort zu sprechen, legte er es mit einer Verbeugung in die Hand des Butlers, der es sogleich seiner Herrin aushändigte. Therese zwang sich dazu, sich erst in ihren Salon zurückzuziehen. Zu sehr fürchtete sie, sie könne sich beim Lesen des Inhalts zu einer unschicklichen Gefühlsregung hinreißen lassen. Wobei *jede* offen gezeigte Gefühlsregung, unschicklich gewesen wäre!

Nun starrte sie auf die wenigen Worte und versuchte sich klar darüber zu werden, warum sie so schmerzten. Sie waren höflich, ganz wie es der Takt vorschrieb, daran bestand kein Zweifel, und dennoch fühlte sie sich wie vernichtet.

Er lehnte ab. Zum dritten Mal lehnte der Graf ihre Einladung ab. Das erste Billet, das sie ins Palais Fries hatte schicken lassen, hatte ihn gebeten, sie in ihre Loge ins Burgtheater zu begleiten. Dann der Vorschlag einer nachmittäglichen Ausfahrt in den Prater, um ihr Vierergespann zu trainieren. Die nächste Einladung galt einem Souper im Palais der Esterházys. In seinem vier Stockwerke unter die Erde reichenden Kellergewölbe schenkte der Fürst – für ganz besondere Gäste sogar persönlich – edle ungarische Weine aus, und das schon seit der türkischen Belagerung! Nun ja, damals natürlich nicht der jetzige Fürst in Person. So alt war er nun auch wieder nicht.

Fürstin Therese Kinsky hatte fest damit gerechnet, dass sich ihr neuer Freund das nicht entgehen lassen würde, doch sie wurde enttäuscht.

War er denn ihr Freund? Sie ließ sich in einen Sessel sinken und lehnte den Kopf gegen den zartgelben, gestreiften Stoff. Für sie fühlte es sich so an. Eine ungewohnte, tiefe Verbundenheit, als ob sie seit langem das Band der Freundschaft verbinde, das kein Unbill des Lebens in der Lage wäre zu zerreißen.

Erstaunt musste sie feststellen, dass sie sich erst wenige Male gesehen hatten. Woher kam dann diese Nähe, dieses Gefühl, ihm offen zu vertrauen? Sich einfach so geben zu können, wie sie war, ohne zu fürchten, er könne sie missverstehen oder gar ablehnen?

Aber hatte er nicht genau das getan? Therese sah auf das Schreiben in ihrer Hand hinab.

Nein, er hatte nicht *sie* abgelehnt. Nur ihre Einladung, und daran war sie selbst ein wenig schuld. Hatte nicht sie selbst ihn an die Wallbergs verwiesen, um Unterricht im Klavierspiel zu nehmen?

Ja schon, aber wer konnte ahnen, dass ihn eine solch übermäßige Musikleidenschaft packen würde, dass er die ganze Nacht zu üben gedachte?

Oder war das nur ein Vorwand, um sie nicht begleiten zu müssen? Therese lauschte in sich hinein.

Nein, Graf Báthory war kein Mann, der nach Ausflüchten suchte. Er war stolz und sich seiner bewusst. Er sagte und schrieb es so, wie es war.

Soll er doch den Tag nutzen, auf den Tasten herumzuhämmern, dachte Therese ein wenig erbost. Dann wäre er am Abend frei und könnte sie begleiten, sie zum Lachen bringen, zum Nachdenken oder Staunen. Er könnte sie von ihrem leeren Leben ablenken, an der Seite eines Mannes, dem sie niemals Liebe entgegengebracht hatte und der sie zunehmend anwiderte.

Therese stand auf, trat vor den Spiegel und streckte sich selbst die Zunge heraus. »Was bist du nur für ein altes, armseliges Weib? Warum zum Teufel sollte er die Last deines Lebens auf seine Schultern laden und für deine Belustigung sorgen? Er, ein junger, attraktiver Graf, der jeder Dame von Adel Gesellschaft leisten dürfte. Ja, wenn du ihn auf den Hofball mitnehmen würdest, könntest du sehen, wie sie nach ihm geifern und ihm ihre Tanzkarten unter die Nase halten, eifrig darum bemüht, nur einmal seine Hand um ihre Taille zu spüren! Natürlich nur, wenn er seine Klavierübungen für so viele Stunden einstellen würde, um einer Einladung zum Ball zu folgen!«

Therese seufzte.

»Ja, warum sollte er das tun?«, fragte sie ihr Spiegelbild. Sie wusste die Antwort und sprach sie aus, wenn auch nur so leise, dass die Zofe, die nebenan ihre Kleider für den Abend richtete, sie nicht hören konnte:

»Weil wir trotz der kurzen Zeit, die wir uns kennen, eine Verbundenheit entdeckt haben, eine Verwandtschaft in der Seele. – Weil wir Freunde sind!«, fügte sie trotzig hinzu.

András lief durch die Nacht. Es war längst nach vier Uhr, doch in den langen Winternächten blieb ihm viel Zeit, bis die Sonne aufging. Den Abend hatte er pünktlich nach Sonnenuntergang im Michaelerhaus mit einer weiteren Lektion am Pianoforte begonnen, doch zu seiner Überraschung keine kühle, selbstbewusste Pianistin vorgefunden, sondern eine verwirrte Frau, die sich nur schwer auf ihren Schüler konzentrieren konnte.

Es bedurfte nur einer Frage, schon sprudelte es aus ihr heraus: das verschwundene Mädchen, die fassungslose Mutter, die beiden Beamten der Polizei, die jeden im Haus befragt und nach den Besuchern der vergangenen Nacht gefragt hatten.

»Ihren Namen musste ich auch angeben«, gestand sie und sah ihn fragend an, vielleicht, ob er auf diese Nachricht ungehalten reagieren würde. Die Herrschaften der Gesellschaft liebten zwar Skandale, aber nicht, selbst in solche verwickelt zu werden. Und ganz sicher mochten sie es nicht, von einem Polizeibeamten wegen eines Verbrechens befragt zu werden, noch dazu, wenn es sich nicht in ihrer eigenen Schicht ereignet hatte.

András ließ sich nicht anmerken, dass ihm das natürlich nicht schmecken konnte. Er gab sich gelassen. Sie brauchte ihn nicht extra darauf hinzuweisen, dass er – sollte wirklich ein Verbrechen geschehen sein – von den Polizeibeamten aufgesucht werden würde. Nun gut, sollten sie ihn befragen. Nur mit einer Vorladung zu den üblichen Dienstzeiten würde es Schwierigkeiten geben. Ob Goran dem Ansturm der Kriminalbeamten gewachsen sein würde? Bestimmt! András war zuversichtlich. Goran stammte von den Zigeunern der Karpaten ab, die sich stets als äußerst robust und erfinderisch erwiesen, wenn es ums Überleben ging. Sie passten sich mit einer erstaunlichen Wendigkeit jeder neuen Situation an. Goran würde schon damit klarkommen. Dennoch wäre es vielleicht nicht verkehrt, ihn auf das vorzubereiten, was möglicherweise auf ihn zukam.

Als sich das Fräulein Wallberg die aufregenden Ereignisse und Sorgen des Tages von der Seele geredet hatte, kehrte ihre Gelassenheit zurück. Sie war wieder die Künstlerin, die eins wurde mit ihrem Instrument und der Musik. Zuerst spielte sie ihm einige Blätter ihrer neuen Komposition vor, dann ließ sie ihn das Gelernte vom Vortag vortragen. Mit ihrem Stuhl etwas zurückgerückt, die Augen geschlossen, saß sie da und lauschte den einfachen Tonleitern, Sprüngen und Melodiefolgen. András spürte ihr wachsendes Erstaunen. Als er geendet hatte und sich zu ihr umdrehte, umwehte ihn ihr warmes Lächeln wie ein Sommerwind. Sie sah allerdings auch ein wenig ungläubig drein.

»Und Sie wollen ganz im Ernst vor mir behaupten, Ihre Hände hätten zuvor noch nie die Tastatur eines Pianos berührt? Graf Báthory, ich wage es nicht, Sie der Lüge zu bezichtigen, aber es fällt mir außerordentlich schwer, Ihren Worten Glauben zu schenken.«

»Das sind doch nur einfache Spielereien«, wehrte András ab, der nicht verstand, was sie so in Erstaunen versetzte.

Karoline machte eine wegwerfende Handbewegung. »Ja, natürlich, aber darauf kommt es nicht an. Ihre Anschläge sind fantastisch, die Läufe sauber ohne Pausen und Brüche, jeder Ton von gleicher Kraft. Es ist, als würde ich meine eigenen Anschläge hören. Unglaublich«, sagte sie noch einmal.

András hob die Schultern. »Sie haben es mir so vorgespielt, also setze ich alles daran, es genauso zu wiederholen.«

»Dann sind Sie nicht nur musikalisch und haben Talent. Sie sind in der glücklichen Lage, über ein absolutes Gehör zu verfügen und ein ausgezeichnetes Gedächtnis, und dazu schaffen Sie es auch noch, Ihre innere Vorstellung exakt in Bewegung umzusetzen. Ich gratuliere Ihnen und möchte Sie gleichzeitig warnen. Für den Anfang ist es vielleicht sinnvoll, wenn Sie meine Art zu spielen zu kopieren versuchen, doch verpassen Sie nicht den rechten Moment, Ihre eigene Seele mit der Musik zu verbinden. Nur dann beginnt sie zu leben und als etwas Eigenständiges und Großartiges zu erblühen. Alles andere bleibt für immer eine Kopie, ein wenig blasser als das Vorbild und niemals brillant!«

Die Worte gingen ihm durch den Kopf, als er die Stadt im Süden verließ und über das Glacis lief. András bog in den Rennweg ein, der von prächtigen Sommerresidenzen gesäumt wurde. Allen voran natürlich die beiden Belvederes des Prinzen Eugen von Savoyen mit dem langgestreckten Park nach französischem Vorbild, der eigentlichen Heimat des Prinzen, was die Wiener – wie es so ihre Art war – zu verdrängen suchten, seit Napoleon sie heimgesucht hatte. Wie hätten sie ihren Prinzen, den tapferen Türkenbezwinger, sonst weiterhin als ihren Helden verehren können?

Bedächtig stieg András vom unteren Palais, das dem Prinzen als privater Sommerwohnsitz gedient hatte, aber auch die Orangerie und den Prunkstall beherbergte, zum oberen Belvedere mit den repräsentativen Prachträumen hinauf. Das Schloss spiegelte sich märchenhaft in dem von Mondlicht erhellten Teich, der sich oberhalb der Freitreppe ausbreitete. Heute gehörten die beiden Schlösser zum unendlichen Besitz der Habsburger, nachdem die letzte Erbin des Prinzen längst verstorben und in Vergessenheit geraten war.

András verließ den Park und lief weiter, bis er den Friedhof von St. Marx erreichte. Mozart lag hier begraben, das Genie, dessen Werke er nun schon bald auf dem Flügel spielen und damit den Geist des Meisters heraufbeschwören würde können. András hatte ihn einmal während einer seiner Konzertreisen gehört und erinnerte sich noch genau an den Auftritt des jungen Künstlers.

Der Vampir streifte über den Friedhof mit den einfachen Gräbern. Sechs Särge wurden normalerweise übereinander in einem Grab beigesetzt. Die Namen der Beerdigten waren nur in den Kirchenbüchern vermerkt. Hier auf dem Friedhof gab es nur wenige Familiengräber mit steinernen Kreuzen, Figuren oder kleinen Krypten, in die die Namen der Toten eingraviert waren.

Mozarts Überreste lagen in einem normalen Bürgergrab. Kein prächtiger Leichenzug war seinem Sarg zum Friedhof gefolgt. Im kleinen Kreis hatten die Familie und Freunde bei der Aussegnung im Stephansdom von ihm Abschied genommen, ehe er nach Einbruch der Dunkelheit abgeholt und zu seinem Grab nach St. Marx gebracht worden war. Ein leiser, fast unbemerkter Abschied. Nicht wie viele Jahre später bei Beethoven, an dessen Begräbnis zwanzigtausend Menschen teilgenommen und ihn bei seinem letzten Gang zum Währinger Friedhof begleitet hatten, so dass Militärpolizisten für Ordnung sorgen mussten.

András drehte noch eine Runde unter kahlen Fliederbüschen und versuchte zu erspüren, wo der begnadete Komponist ruhte, der so jung von seinem Schaffen abberufen worden war. War es nicht eine Ironie des Schicksals, dass sein letztes Werk der Auftrag eines Requiems gewesen war, das er nicht mehr hatte vollenden können? Während Mozarts toter Körper noch aufgebahrt in einer Seitenkapelle im Stephansdom lag, wurde in der Michaelerkirche eine Seelenmesse gelesen, bei der die bis dahin fertiggestellten Teile des Requiems zum ersten Mal erklangen. Zur Ehre und zum Abschied ihres Erschaffers.

András verließ den Friedhof und wandte sich durch die nur spärlich besiedelte Landschaft nach Osten, bis er auf den Seitenarm der Donau traf, der flussaufwärts die Leopoldvorstadt von der Stadt trennte. Unter kahlen Weiden schritt er am Ufer entlang und sah in die rasch dahinfließende bräunliche Flut. Noch war es nicht so kalt, dass sich die Eisränder gegen den Strom behaupten und weiter gegen ihn vorrücken konnten.

Der Vampir genoss das Gefühl von Freiheit, das ihm die Natur gab. Zwischen den Mauern der Städte wuchs in ihm der Drang nach Weite fast wie der Blutdurst jede Nacht. Wie herrlich war es, frei auszuschreiten, unbeobachtet von Menschenaugen, unter deren Blicken er sich stets zügeln musste. Bald schon erreichte er die Stelle, an der sich der Nebenarm wieder mit der Donau vereint. Ein Stück weiter zog etwas seine Aufmerksamkeit auf sich. Er folgte dem Ufer, bis er zwei knorrige Weiden erreichte, die sich weit über den Fluss neigten. Die Strömung zerrte an ihren langen, dünnen Zweigen. Das Wasser stand hoch und schäumte um die ausladenden Stämme. Und dort zwischen den beiden Bäumen hatte sich etwas Großes verfangen, das ihm nicht wie ein Stück Treibholz erschien. Nein, ihm war mit dem ersten Blick klar, worum es sich handelte. Dazu bedurfte es nicht einmal des Geruchs des Todes.

András watete ins Wasser, ohne sich darum zu kümmern, dass er sich die Schuhe ruinierte und die Pantalons durchnässte. Das eisige Wasser gurgelte um seine Beine. Die Strömung war stark.

Einem Menschen hätte sie bereits gefährlich werden können, obwohl das Wasser kaum bis über die Knie reichte.

Er jedoch schritt unbeirrt voran, bis er das Strandgut erreichte, das vor nicht allzu langer Zeit ein lebender, atmender Mensch gewesen war. Er drehte den Körper um und sah in das Gesicht hinab. Ein junges Mädchen, das noch vor zwei Tagen frei und unbeschwert den Plänen und Träumen nachgesonnen hatte, die der Frühling des Lebens mit sich bringt.

András hob sie auf und trug sie ans Ufer. Er legte sie in das von einer dünnen Schneeschicht bedeckte Gras und betrachtete sie nachdenklich.

Ein Geräusch ließ ihn herumfahren. Sein Blick schweifte aufmerksam umher. Waren das Schritte hinter der Mauer dort? Ja, und dann ein kratzendes und schabendes Geräusch. Da war auch ein Lichtschein, der ihm zuvor noch nicht aufgefallen war.

András beschloss, der Sache auf den Grund zu gehen. Obwohl die Mauer kaum zwei Meter hoch war, umrundete er die von Efeu überwucherten Bruchsteine, bis er ein eisernes Tor erreichte. Die ineinander verschlungenen Stäbe waren verrostet, und die Angeln knarrten, als er einen der Flügel aufschob. Ein kleiner Friedhof breitete sich vor ihm aus. Die meisten Erdhügel waren verschneit. Manche ragten noch deutlich auf, bei anderen war die Erde über den Särgen mit den Jahren nachgesackt. Ein paar einfache Kreuze oder Steine waren zu sehen, die nicht nach der kunstvollen Hand eines Steinmetzes aussahen. András trat näher. Namen waren nirgends zu sehen, doch anders als der Friedhof in St. Marx wirkte dieser Ort trostlos, einsam, von Gott und der Welt verlassen.

Wieder dieses schabende Geräusch. Dann ein Stöhnen. Neugierig trat András näher. Er passierte zwei frische Hügel, auf denen noch nicht einmal Schnee lag. Dann sah er die Lampe, deren Lichtschein kaum ein paar Fuß im Umkreis erhellte. Sie stand auf dem Boden neben einem Erdhügel, der zusehends wuchs. In der

Grube stand ein Mann in gebückter Haltung. Als András noch einige Schritte näher war, konnte er die Schaufel in seinen Händen erkennen, die in dem winterlich harten Boden das scharrende Geräusch verursachte. Der Mann hielt inne, stöhnte, richtete sich auf und griff sich mit der Linken in den Rücken, der weiter oben durch einen schiefen Buckel entstellt wurde.

András' Neugier war geweckt. Er trat in den Lichtschein und machte sich bemerkbar.

»Eine kalte, dunkle Zeit haben Sie sich für Ihre Arbeit ausgesucht«, sagte er.

Der Mann, der die Schaufel gerade wieder ergriffen hatte, ließ sie erneut sinken und wandte sich der Stimme zu. Falls es ihn erschreckte, zu dieser Zeit und an diesem ungewöhnlichen Ort angesprochen zu werden, so ließ er es sich nicht anmerken.

»Man muss es nehmen, wie es kommt. Der Tod beschränkt sich nicht auf die warmen, hellen Tage. Er kommt, wie es ihm beliebt, und nimmt, wen er sich ausgesucht hat. Wie der Streit um die Seele endet, kann ich nicht sagen. Ob der Teufel oder die Engel Gottes den Sieg davontragen. Ich weiß nur, dass die Körper, die in den Fluten der Donau landen, hierher zu mir getragen werden und dass es meine Aufgabe ist, ihnen die letzte Ehre zu erweisen und ihnen ein Grab auf dem Friedhof der Namenlosen als letzte Ruhestätte zu geben.«

Er machte eine ausladende Handbewegung. »Sie alle hat die Donau hergeführt. Ich und mein Vater vor mir haben sie begraben. Denn niemand interessiert sich für die Toten hier. Selten kommt jemand an diesen Platz, um zu suchen und zu fragen. Nur von wenigen weiß ich, wer sie einmal waren, woher sie kamen und welches Schicksal sie in die Donau trieb.«

»Sie meinen, es sind Menschen, die den Tod aus freien Stücken wählten und in den Fluss sprangen?«

Der alte Mann wiegte den Kopf hin und her. »Wie soll ich

das wissen? Ich sehe es den Toten nicht an, ob sie unabsichtlich gefallen sind, gestoßen wurden oder freiwillig sprangen. Manche haben auch Verletzungen, die ihnen vorher oder erst nach ihrem Tod auf ihrer Reise im Fluss zugefügt worden sein können. Ich kenne mich da nicht aus. Meine Aufgabe ist es nur, die Körper, die die Donau hier an Land treibt, anständig zu begraben. Darum lassen Sie mich jetzt weiterarbeiten. Ich bin ein alter Mann, und die Arbeit ist schwer. Dies hier bringt mir kein Brot auf den Tisch. Ich bin Fischer und muss fertig werden, dass ich bei Anbruch des Tages mit meinem Boot hinausfahren kann.«

»Aber warum begraben Sie die Leichen nachts um diese Zeit?«

»Es ist von jeher der Brauch, die Toten nach Einbruch der Dunkelheit zu ihrem Grab zu bringen. Außerdem soll es noch kälter werden. Wenn der Boden gefriert, schaffe ich es nicht mehr, die Grube auszuheben. Sollen die Toten dann warten, bis es wieder taut?«

»Kann ich Ihnen ein wenig zur Hand gehen?«, fragte András höflich.

Nun betrachtete der Alte den ungewöhnlichen Besucher voller Misstrauen. »Verzeihen Sie, nicht dass ich etwas gegen Hilfe einzuwenden habe, aber Sie sehen mir aus wie ein Mann von Rang und Namen und mit Geld, der sich nicht jeden Tag fragen muss, ob etwas auf den Tisch kommt. Warum um alles in der Welt wollen Sie mir helfen, ein Grab auszuheben? Und was tun Sie hier draußen, noch dazu um diese Zeit?«

»Sagen wir, ich leide unter Schlaflosigkeit und unter Wissbegierde. Und ich bin stärker, als Sie es mir zutrauen. Daher schlage ich Ihnen noch einmal vor, lassen Sie uns die Plätze tauschen. Ich hebe das Grab aus, Sie ruhen sich aus und stillen meine Neugierde.«

Vielleicht war der Mann zu erschöpft, um das Angebot abzulehnen oder sich auch nur weiter zu wundern. Schwerfällig kletterte er aus der Grube und ließ sich am Rand des Erdhügels auf den Boden sinken. András dagegen sprang behände in das Loch und griff nach dem hölzernen Stiel. Ein paar Minuten war nur das Kratzen der Schaufel zu hören, die in einer unglaublichen Geschwindigkeit Erde aus der Grube beförderte. Der Alte saß stumm mit vor Erstaunen offenem Mund da. András hielt inne.

»Sagen Sie mir eines. Hatten andere Tote, die Sie aus der Donau geborgen haben, ähnliche Verletzungen am Hals, wie die Frau, deren Grab wir gerade schaufeln?« Der Alte sah ihn verwirrt an.

»Ach, Sie haben sich die Leiche noch gar nicht angesehen? Warum nicht? Und warum haben Sie sie im Wasser gelassen und schaufeln zuerst ihr Grab, noch ehe sie ans Ufer gezogen wurde?«

»Wovon reden Sie?«, stammelte der Totengräber. »Das Grab ist nicht für eine Frau. Der Tote liegt dort drin in der kleinen Halle. Naja, Halle kann man es nicht nennen. Nur ein Kämmerchen mit einem Tisch, auf den ich die Toten lege, bis ihr Grab gerichtet ist. Es ist schon der zweite in dieser Woche. Am Montag habe ich eine Frau gefunden. Sie war schon eine Weile im Wasser, und die Fische hatten sie bös zugerichtet. Überall was das Fleisch herausgerissen. Und nun liegt der Mann dort drin. Er sieht noch besser aus. Lange kann er nicht im Wasser getrieben sein.«

»Gehe ich dann recht in der Annahme, dass Sie von der Toten, die ich dort vorn unter den Weiden entdeckt habe, noch gar nichts wissen?«

Der Totengräber starrte ihn an und erhob sich dann mühsam. »Noch eine Tote? Und Sie treiben ganz bestimmt keinen bösen Scherz mit mir?«

»Nein, nichts läge mir ferner. Ich habe dort drüben ein junges Mädchen aus der Flut gezogen.«

Mit einem Seufzer ergriff der Totengräber seine Laterne. »Dann will ich sie mir ansehen. Zeigen Sie mir das arme Kind. Mein Name ist übrigens Josef Schlögl. Und wer sind Sie?«

»András Petru ist mein Name.« Er beließ es dabei und führte

den Alten zu der Stelle, an der er die Tote zurückgelassen hatte. Da lag sie und starrte aus leblosen Augen zu ihnen auf. Josef hob die Laterne.

»So jung«, seufzte er. »Gehört sie zu den Verzweifelten, die ein Mann in Schwierigkeiten gebracht hat und die dann keinen anderen Ausweg mehr sah? Wir werden es vermutlich nie erfahren.« Er richtete seinen Blick auf András. »Wollen Sie mir helfen, sie hinüberzutragen, oder soll ich den Handkarren holen?«

»Ich helfe Ihnen gern. Doch sagen Sie, was halten Sie von diesen Wunden? Glauben Sie, diese sind erst nach ihrem Tod entstanden?«

Der Totengräber beleuchtete den zerfetzten Hals. »Ich weiß es nicht. Ich bin kein Wundarzt. Aber wenn sie zuvor entstanden sind, dann wurde das Kind ermordet. Das soll sich die Polizei ansehen. Ich muss eh jeden Toten melden, den der Fluss mir bringt. Ich geh jedes Mal zum Bezirksdirektor für den Vierten, der für die Weißgerber, die Landstraße und den Rennweg zuständig ist, und er schickt mir dann einen Beamten mit. Wenn kein Verbrechen bekannt ist oder keine vermisste Person gemeldet wurde, deren Beschreibung dem Gefundenen gleicht, kann ich die Toten begraben, und die Welt vergisst sie endgültig. Nur ich gehe ab und zu an den Reihen der Gräber entlang und versuche mich an jeden einzelnen zu erinnern.«

Gemeinsam trugen sie die Tote zu dem Steinhäuschen und legten sie neben der Leiche, die dort bereits auf ihr Begräbnis wartete, auf den Tisch. András warf einen raschen Blick auf den anderen Toten. Er wies keine größeren Verletzungen auf, doch am Hals fand er die beiden verräterischen Flecken, die auf zwei kleine Wunden hinwiesen. Nicht auffällig. Nur zu sehen, wenn man nach ihnen suchte.

András half Josef, den Toten in die Grube zu legen, die nun tief genug war, und schaufelte dann Erde über ihn.

»Wo führt Sie Ihr Weg nun hin?«, erkundigte sich der Totengräber. »Wenn es in Ihrer Richtung liegt und Sie mir noch einen Gefallen erweisen wollen, dann würde ich Sie bitten, die Meldung des toten Mädchens auf der Polizeiwache zu übernehmen. Es ist für mich ein anstrengender Fußmarsch. Meine Beine sind nicht mehr so jung und verweigern mehr und mehr ihre Dienste.« Er seufzte schwer und schüttelte den Kopf, als könne er es nicht fassen.

András verteilte die letzten Schaufeln Erde auf dem Grabhügel. Er überlegte. Natürlich kam es nicht infrage, zur Polizeidienststelle zu gehen. Man musste die unheilvollen Dinge, die bereits ins Rollen geraten waren, nicht auch noch beschleunigen! Dennoch sagte er:

»Sie können Ihren alten Beinen den Marsch ersparen. Doch nun muss ich Sie verlassen. Der Tag naht, und Sie müssen sicher das Boot klarmachen, dass Ihnen genug Fische ins Netz gehen.«

Josef nickte und nahm herzlich Abschied von dem Fremden, über dessen seltsame Angewohnheiten er sich weiter keine Gedanken zu machen schien.

András ging ein Stück am Ufer entlang, bis er den Schein der Laterne nicht mehr ausmachen konnte. Abschätzend richtete er seinen Blick zum Himmel. Wie viel Zeit blieb ihm noch? Genug, wenn er sich mit dem Rückweg beeilte. Die Aue war nur licht besiedelt und an diesem kalten Wintermorgen sicher noch kein Mensch vor Anbruch der Dämmerung unterwegs. Und selbst wenn. Ein flüchtiger Schatten, der vorbei ist, ehe man ihn recht bemerkt. Ein großer, grauer Hund? Nichts, worüber man sich weiter Gedanken machen müsste.

Die Wandlung dauerte nur wenige Augenblicke. András war inzwischen zum Meister geworden. Einem jungen Vampir dagegen war es noch nicht gegeben, seine Gestalt abzustreifen und sie gegen die eines beliebigen Tieres einzutauschen. Es bedurfte viel Erfahrung und Stärke und viel Übung, die notwendige Konzentration in jeder Situation aufbringen zu können.

Ein Hauch von grünlichem Nebel wurde vom Nachtwind weggetragen, und an der Stelle, an der eben noch der bleiche, dunkelhaarige Mann gestanden hatte, befand sich nun ein großer, grauer Wolf, dessen rote Augen die Nacht durchforschen. Dann lief er los. Mit riesigen Sprüngen hetzte er der Stadt entgegen.

8. Kapitel

Einladung zur Praterfahrt

Was machst du da?« Karoline blieb in der Tür stehen und betrachtete das Mädchen in seinem schlichten, schwarzen Kleid, das nun schon zum dritten Mal den Flügel umrundete und dabei seine Nase dicht über dem glänzend lackierten Holz entlangstreichen ließ. Dann drückte es sacht ein paar Tasten nieder, ohne dass ein für Karoline hörbarer Ton entstand. Und doch hielt das Mädchen mit leicht schräg gelegtem Kopf inne, als lausche es einer Melodie.

Wie dünn sie war und klein. Obwohl Karoline der direkte Vergleich fehlte, vermutete sie, dass die meisten Kinder ihres Alters fast einen Kopf größer sein mochten. Sieben Jahre. Herr im Himmel, sieben Jahre schon!

»Sophie, was machst du da?«, wiederholte Karoline, obwohl sie sehr wohl wusste, dass das Mädchen sie gehört hatte.

»Ich habe eine seltsame Spur entdeckt, der ich folgen muss«, sagte das Kind ohne aufzusehen.

Karoline unterdrückte einen Seufzer. »Was für eine Spur?«, erkundigte sie sich, während sie nähertrat.

»Der Tod!«, sagte das Mädchen durchaus heiter.

»Sophie, was ist das wieder für ein seltsames Spiel, das du mit mir treibst?«

Nun wandte sich das Gesicht Karolines Stimme zu. Ein bleiches, ernstes Oval, die dunklen Locken streng zurückgebunden, die Augen weit aufgerissen, ohne etwas zu fixieren. »Das ist kein Spiel. Ich kann den Tod riechen. Er war hier im Zimmer.«

Karoline spürte, wie ein eisiger Schauder über ihren Rücken rann. »Was redest du nur immer daher! Willst du mich verärgern? Manches Mal denke ich, das allein ist dein Ziel.«

Sophie hielt den Blick noch immer in die Ferne gerichtet, auf Dinge, die nur sie selbst sehen und die sie mit keinem teilen konnte.

»Ich will niemanden verärgern. Ich sage nur, wie es ist. Ich kenne den Geruch des Todes. Pater Antonius hat ihn mir gezeigt. Er hat mich zum Sarg eines Aufgebahrten geführt, und ich durfte schon oft mit ihm hinab in die Gruft. Es ist ein seltsamer Ort. Du musst einmal mitkommen. Pater Antonius wird es bestimmt erlauben. Er wandelt sich mit der Zeit, musst du wissen, ich meine der Tod, aber er bleibt unverkennbar.«

Der Ausdruck des blassen Gesichts blieb unverändert ernst. Wie immer. Ein dünner, blasser Schemen. Karoline konnte sich kaum erinnern, wie es aussah, wenn sie lachte. War das ihre Schuld?

Wie gern würde sie die Schuld auf andere abwälzen. Ihren Vater, der das Kind vom ersten Tag an abgelehnt hatte. So einfach war das aber nicht. Das schlechte Gewissen, das ihr so vertraut war, wallte wieder in ihr auf. Karoline ließ sich auf einen Stuhl sinken. Sie getraute sich fast nicht, die Frage, die in ihr aufkeimte und sie drängte, zu stellen, zu sehr fürchtete sie die Antwort. Doch sie musste sie wissen.

»Was meinst du damit? Ist das so eine Art Vorahnung? Darauf, was passieren wird?« Sie zwang sich weiterzusprechen. »Wird jemand aus der Familie sterben? Vater? Ist es so schlecht um ihn bestellt?«

Das Mädchen strich über die Tasten, die noch immer stumm blieben. »Ich weiß nicht, wie es um Großvater bestellt ist. Ich darf ihn ja im Spital nicht besuchen. Er will es nicht, nicht wahr? Vielleicht würde ihn mein Anblick noch kränker machen. Zumindest glaubt er das.«

Karoline schnitten die Worte ins Herz. Vielleicht gerade weil so viel Wahrheit in ihnen lag. Doch durfte ein Kind von sieben Jahren so sprechen? Ja, überhaupt so denken? Wo waren die Leichtigkeit und das Lachen, die Kinder dieses Alters ausmachten? War es ihre Schuld, dass diese kleine Person eine solch strenge, ja abweisende Miene zeigte, dass sie sich nicht überwinden konnte, das Mädchen in den Arm zu nehmen und ihm Trost anzubieten?

»Außerdem habe ich nichts von einer Ahnung gesagt. Ich bin keine Hellseherin oder so etwas«, sagte Sophie mit abfälligem Ton. »Ich sage nur, was ich spüren und riechen kann. Und das ist, dass der Tod hier auf diesem Schemel saß und diese Tasten berührte.« Sie setzte sich auf den Klavierhocker und strich mit ihren Kinderfingern über die Tasten. Nun erklangen Töne. Karoline erschauderte, als sie eine Passage aus Mozarts Requiem erkannte.

»Ich fürchte den Tod nicht, dennoch solltest du ihn nicht wieder in unser Haus einladen. Man muss nicht hellsehen können, um zu wissen, dass der Tod Tränen und Leid mit sich bringt.«

Mehr sagte Sophie nicht. Dafür spielte sie alle Stücke, die sie aus dem Gedächtnis konnte. Stücke von Totenmessen in der Michaelerkirche, die sie so oft mit Pater Antonius besuchte.

»Was bist du heute Morgen so aufgekratzt?«

Die Stimme des Fürsten Kinsky klang unwirsch. Ihre ungewohnte Fröhlichkeit ging ihm offensichtlich gegen den Strich.

Therese sah von ihrer Kaffeetasse auf. Neben ihr lag ein aufgeschlagener Katalog der Firma Danhauser. Die beiden Seiten zeigten hübsch gezeichnete Blumentische, Canapétische, Creuzkastentische, Teetische und Arbeitstische. Weiter hinten wurden Nachtkästen und Pfeifenständer angepriesen. Auf der anderen Seite lagen je eine Ausgabe der »Wiener Zeitschrift für Kunst, Literatur, Theater und Mode« und Bäuerles »Theaterzeitung«, die im Gegensatz zu der Ersteren auch Modelle der Pariser Mode zeigte.

»Ich habe dich etwas gefragt!«, wiederholte der Fürst in nicht gerade freundlicherem Ton. Er reckte den Hals, um einen Blick auf die aufgeschlagenen Zeitschriften zu erhaschen, die die neuen Trends für das kommende Frühjahr zeigten: luftige, bunte Seidentaftkleider mit engen Ärmeln und etwas längeren und üppigeren Röcken als im vergangenen Jahr, dazu passende Handschuhe, Strümpfe mit Seidenstickerei, flache Schuhe mit breiten Bändern, Hüte, Fächer aus Schildplatt, ein besticktes Ridikül …

»Ach, die Vorfreude, mächtig Geld für neue Garderobe zum Fenster hinauszuwerfen, lässt das Frauenherz höher schlagen«, meinte er spöttisch, doch weniger verärgert.

Therese seufzte innerlich auf und schob unauffällig eine kleine Karte aus edlem Papier unter ihre Zeitschrift.

»Aber ja, mein verehrter Gatte, wie stünden wir da, wenn wir hinter den anderen Damen und Herren der Gesellschaft zurückblieben und es aufgeben würden, mit ihnen in Pracht und Extravaganz zu wetteifern?«

Er schnaubte durch die Nase. »Zumindest mit mehr Geld.«

Therese spürte, dass sich die gefährlichen Wolken verzogen, und versuchte weiter auf sicheren Boden zu gelangen. »Mehr Geld, ja, um es gegen Bancozettel unserem Land zu borgen und es dann ganz zu verlieren, wenn Ferdinand wie sein Vorgänger auf die glorreiche Idee kommt, ein ›Kaiserliches Finanzpatent‹ zu beschließen, was man anderorts auch Staatsbankrott nennt.«

»Was verstehen Frauen von solchen Dingen?«, brummte der Fürst.

»Dass ein Krieg mit Napoleon über unsere Finanzen ging genauso wie ein Wiener Kongress. Wer weiß, was noch so auf uns zukommt. Es kocht und brodelt an allen Ecken und Enden.«

Die zunehmend gerunzelte Stirn signalisierte Therese, dass ihr Gatte nicht gewillt war, mit ihr über die Politik des Kaiserhauses zu sprechen. Sie versuchte sich daher in einer Kehrtwendung.

»Es bleibt jedenfalls unbestritten, die beste Investition ist die in eine neue Frühlingsgarderobe und natürlich in ein paar feurige Pferde, nicht wahr? Denkst du nicht auch an einen neuen Wagen? Lorenz sagte mir, du würdest heute zu Herrn Brandmayer fahren.«

Er ließ sich ablenken. Der Fürst bestrich sich ein Kipferl dick mit Butter und ließ sich noch einen Kaffee einschenken.

»Ja, ich habe einen Termin mit Simon Brandmayer persönlich vereinbart«, sagte er mit vollem Mund. »Ich dachte an einen neuen Jagdwagen, so in der Art, wie Esterházy sie in Ungarn bauen lässt. Nur möchte ich einen Verschlag für meine Hunde unter den Sitzen und eine größere Pritsche für das Wild. Der Wagen muss ja nicht ganz so leicht werden, wie sie ihn in Ungarn bei den sandigen Böden brauchen.«

Die Fürstin nickte. »Willst du hier in Wien neue Pferde erwerben, oder lässt du welche vom Gestüt deines Vetters Octavian kommen?«

»Ich schau mich in den Ställen unseres verehrten Kaisers um«, sagte der Fürst noch immer mit vollen Backen kauend. Therese sah überrascht auf. »Ja, er will einige seiner geschätzten Lipizzaner und Kladruber verkaufen. Einer seiner Berater hat ihn wohl zum Sparen überredet. Nun will ich sehen, ob ich etwas Außergewöhnliches ergattern kann, ehe sich das herumgesprochen hat. Soll ich auch für dich Ausschau halten?«, bot er großzügig an.

Therese überlegte. »Gegen ein schönes Paar Lipizzaner für mein Stadtcoupé hätte ich nichts einzuwenden.«

Der Fürst neigte das Haupt. Er wischte sich die Krümel vom Mundwinkel und erhob sich. »Übrigens, heute Abend wirst du mich zu einer Soiree begleiten, zu der Fürst Windisch-Graetz uns geladen hat, um den Besuch seines Bruders General Alfred zu feiern, der gestern aus Prag angekommen ist.«

Therese hob abwehrend die Hände. »Das geht nicht. Du musst allein gehen. Ich habe bereits etwas anderes vor.«

»Dann musst du das andere eben absagen«, beharrte Fürst Kinsky.

»Ich will aber nicht!«, rief Therese empört.

»Ach, und warum nicht?« Sie hörte den Donner grollen und sah die Gewitterwolken aufziehen, doch sie konnte nicht an sich halten.

»Er ist ein Schinder, der keine Gnade kennt. Ein Tyrann, der keinen Augenblick zögern würde, mit brutaler Gewalt selbst gegen seine eigenen Landsleute vorzugehen. Ich kann General Alfred zu Windisch-Graetz nicht ausstehen!«, rief Therese, obwohl das nicht der wahre Grund ihrer Ablehnung war.

Fürst Kinsky griff roh nach dem Handgelenk seiner Frau, dass sie vor Schmerz aufschrie. »Du machst, was ich dir sage! Ich erlaube dir viele Freiheiten, doch wenn ich etwas will, dann hast du dich zu fügen. Du wirst dich also um acht Uhr in einer entsprechenden Garderobe bereithalten und dich den Abend über so benehmen, wie ich es von meiner Gemahlin erwarten kann! Du wirst weder den General noch den Fürsten oder seine Frau brüskieren!

Und merke dir: Der General ist der rechte Mann am rechten Ort. Wenn das Feuer der Jakobiner irgendwo erneut auflodert, dann vermutlich zuerst in Prag oder Budapest. Und dann wird der Kaiser einen solchen Mann brauchen, der das Feuer löscht, sofort, ohne zu zögern und mit allen Mitteln, ehe sich der Brand über ganz Österreich ausbreitet, denn sonst stehen vielleicht bald unsere Schlösser und Palais in Flammen!«

Er ließ sie los und stapfte davon. Die Tür fiel mit einem Knall hinter ihm ins Schloss. Therese verbarg schluchzend das Gesicht in der unversehrten Hand. Die andere lag schlaff in ihrem Schoß. Ihr Arm pochte vor Schmerz, und es begannen sich rote Flecken auf ihrer weißen Haut abzuzeichnen.

Ein erschrockenes Hüsteln ließ sie herumfahren. »Verzeihung,

Durchlaucht, ich dachte, es sei niemand mehr hier. Ich habe geklopft! Soll ich gehen und später wiederkommen?«

Lorenz war ganz der zuvorkommende Butler, der sich dumm stellt. Nichts sehen, nichts hören, nichts sagen! Therese bezweifelte, ob überhaupt etwas in diesem Haus geschah, das dem Butler entging. Vermutlich hatte er sich verpflichtet gefühlt, nach dieser erneuten Auseinandersetzung zwischen dem Fürsten und seiner Gemahlin zu sehen, wie es um seine Herrin stand.

Therese wischte sich mit dem Ärmel über die Augen. »Nein, ist schon gut, du kannst abräumen lassen.« Sie griff nach der Karte, die sie unter die Zeitschrift geschoben hatte, und flüchtete in ihre Gemächer.

Polizeikommissär Hofbauer saß an seinem Schreibtisch und sah auf die Liste herab, die Schobermeier angefertigt hatte. In der einen Spalte waren die Hausbewohner notiert. Hinter jeden Namen hatte er säuberlich das Stockwerk und die Wohnung gesetzt. In der anderen Spalte hatte er die Personen aufgelistet, die sich in dieser Nacht im Haus aufgehalten hatten, nicht aber dort wohnten. Darunter die Angestellten. Viele der Anwohner beschäftigten nur ein Mädchen fürs Grobe. Die in der obersten Etage hatten keine Hilfe für den Haushalt. Nur in den beiden großen Wohnungen in der Belletage gab es mehrere Angestellte.

Hofbauer wusste, dass er sich auf diese Aufstellung verlassen konnte. In solchen Dingen war Schobermeier äußerst korrekt, ja, nahezu pedantisch. Wenn es jedoch um ein wenig Fantasie ging und darum, Schlüsse zu ziehen, konnte man an ihm verzweifeln.

Der Polizeikommissär ließ den Blick über die Liste wandern. In sein Notizbuch hatte er bereits die Aussagen der meisten Bewohner notiert. Sein Blick blieb bei Familie Wallberg hängen. Mit seinem Stift setzte er ein winziges Kreuz an einen der Namen.

Das war interessant, aber war es auch für diesen Fall wichtig? Vermutlich nicht. Dennoch, der Kommissär hatte gelernt, dass es entscheidend sein konnte, auf alles zu achten, was vom Üblichen abwich, und einem vielleicht nicht gleich ins Auge sprang, doch wie ein wenig Sand im Bett unangenehm kratzte.

Er sah noch eine Weile auf die vier Namen, dann wanderte sein Blick zu den Fremden, die in dieser Nacht im Haus gewesen waren. Zu fast jedem hatte Schobermeier eine Bemerkung gekritzelt. Meist den Grund des Besuchs, wo der Gast wohnte, wann er gekommen und wann er wieder aufgebrochen war. Nichts, was dem Kommissär unangenehm aufstieß. Bis er wieder auf die Wallbergs stieß. Und auf einen anderen Namen, den er kürzlich schon einmal gelesen hatte. Ein Ungar oder Böhme, dem Namen nach zu urteilen. Nun juckte es ihn den ganzen Rücken herunter. Er wusste, wo ihm dieser Name in Schobermeiers krakeliger Schrift schon einmal ins Auge gesprungen war: bei der Gästeliste zum Salon von Frau Pichler!

Hofbauer legte bedächtig die beiden Listen nebeneinander. Er war der einzige Fremde, der noch nicht lange in der Stadt weilte. – Abgesehen von Ida Pfeiffer, die eben erst von ihrer Reise zurückgekommen war, aber sie konnte man ja nicht als Fremde bezeichnen. Schließlich hatte sie bis zum Tod ihres Mannes hier gelebt. Dem Namen Báthory dagegen schien etwas Unheilvolles anzuhaften. So ganz konnte sich der Kommissär das nicht erklären, außer vielleicht, dass er grundsätzlich gegen alles, was fremd war und aus dem Osten des Reiches kam, ein natürliches Misstrauen hegte. Das Bild des ermordeten Hausmädchens stand ihm wieder deutlich vor Augen, und zum ersten Mal überkam ihn das Gefühl, die Mutter des verschwundenen Mädchens habe mit ihrer düsteren Ahnung nicht übertrieben. Obwohl ihm keine neuen Fakten vorlagen und bislang keine Leiche gefunden worden war, die auf die Beschreibung des Mädchens passte, hatte er nicht mehr das Gefühl, in einem Vermisstenfall zu ermitteln, sondern wegen eines weiteren Mordes!

Schobermeier steckte den Kopf durch die Tür. »Schon so früh bei der Arbeit?«

»Nicht jeder kann es sich leisten, den halben Vormittag im Kaffeehaus zu sitzen«, grummelte der Vorgesetzte.

»Das ist wahr.« Der Kriminalbeamte nickte. Bei ihm musste man mit Kritik schon deutlicher werden.

»Ich habe gestern noch mit dem Ehepaar gesprochen, das im ersten Stock links zu Besuch war. Nichts.« Er hob die Schultern, während er ein beschriebenes Blatt auf den Schreibtisch legte und sich dann auf einen Stuhl fallen ließ. »Und was steht nun an?«

»Nun nehmen wir diesen András Petru Báthory ein wenig unter die Lupe«, sagte der Polizeikommissär grimmig. »Oder glauben Sie, es ist ein Zufall, dass er auf beiden unserer Listen erscheint?«

»Ich weiß, dass Sie nichts von Zufällen halten«, gab Schobermeier zur Antwort und erhob sich umständlich von seinem Stuhl. Sein Vorgesetzter folgte ihm hinaus.

»Gehen wir und fühlen ihm ein wenig auf den Zahn. Was mich vor allem ganz brennend interessiert, ist, wo er in der Nacht gewesen ist, als die Kellnerin von Cortis Kaffeehaus im Volksgarten ermordet wurde, und was er während der Tatzeit im Fall der Schneidertochter getan hat!«

Fürstin Therese Kinsky saß in ihrem Salon und sah auf die Karte in ihren Händen herab. In fein geschwungenen Buchstaben stand ihr Name darauf, dem eine höfliche Einladung folgte, ihm die Ehre zuteil werden zu lassen, die Ausbildung ihrer vielversprechenden Füchse zu einem harmonischen Viererzug in seiner Gesellschaft fortzusetzen. Graf András Petru Báthory würde sich nach Sonnenuntergang bei ihr einfinden und versprach eine mondhelle Nacht, die zwar kalt, aber ansonsten ideal für eine Übungsstunde ohne neugierige Augen und klatschsüchtige Zungen sein werde.

Es war die Nachricht gewesen, die sie noch vor dem Frühstück in Hochstimmung versetzt hatte. Der Graf musste das Billet noch vor Anbruch des Tages abgegeben haben! Doch nun war die Vorfreude einer unerklärlich tiefen Verzweiflung gewichen. Therese verlangte gerade nach nichts mehr als nach seiner Gesellschaft, obwohl sie ihm doch zürnte, weil er drei ihrer Einladungen abgeschlagen und sich in diesem Billet nicht einmal dafür entschuldigt hatte! Eigentlich hätte sie es begrüßen müssen, dass nun sie es war, die eine Abfuhr erteilen musste, schon allein, um ihm zu zeigen, dass sie gesellschaftlich über ihm stand und er nicht so mit ihr umspringen durfte. Doch der Gedanke hinterließ einen schalen Geschmack in ihrem Mund. Sie wollte den Grafen sehen, jetzt! Mit ihm plaudern und vor allem mit ihm durch den Prater fahren. Was musste das für ein herrliches Gefühl sein, wenn er ihre Füchse in vollkommenem Gleichklang die Allee hinuntergaloppieren ließ. Welch eine Aussicht, ihn den ganzen Abend neben sich sitzen zu haben, während er ihre Zügelführung korrigierte und mit seiner angenehmen Stimme Ratschläge erteilte.

Ein wenig ärgerlich schüttelte Therese den Kopf, so als könne sie damit die seltsame Leidenschaft vertreiben, die sie wie eine Krankheit befallen zu haben schien. Der Abend ihrer ersten Begegnung und die ihr noch immer unbegreifliche Rettung stürmten wieder auf sie ein.

Und nun musste sie auf eine weitere Begegnung verzichten, weil ihr Gatte es so befahl! Tränen des Zorns traten ihr in die Augen, und sie konnte sich nicht durchringen, sich an ihren Sekretär zu setzen und die Absage zu formulieren. Eine Weile grübelte sie darüber nach, ob sie sich nicht mit dem Grafen treffen und anschließend zu der Einladung der Windisch-Graetz gehen könnte, obwohl ihr natürlich klar war, dass das unmöglich funktionieren konnte, wenn sie erst bei Einbruch der Dunkelheit in Richtung Prater aufbrachen.

Warum mussten sie eigentlich so lange mit ihrer Ausfahrt warten? Die Fürstin richtete sich kerzengerade in ihrem Sessel auf. Gut, sie wollte nicht beobachtet werden, doch wie viele Menschen würden an diesem Wintertag im Prater unterwegs sein? Sie erhob sich und trat zum Fenster. Der Himmel war von hellem Grau. Es war trocken und kühl. Ab und zu frischte der Wind ein wenig auf und spielte mit den farbigen Schals der Damen und ihren Federn auf den Hüten.

Natürlich! Warum nicht? Erleichterung und unbändige Freude durchliefen sie wie eine Welle. »Vesna!«, rief sie laut. Der Tonfall war so alarmierend, dass die Kammerfrau atemlos ins Zimmer gestürzt kam.

»Durchlaucht, was ist los?«

Therese war sich des abschätzenden Blickes wohl bewusst, den die Kammerfrau über sie gleiten ließ. Erst dann entspannte sich ihre Miene, und sie verbeugte sich vor ihrer Herrin. »Sie wünschen?«

Therese wusste diesen Blick wohl zu deuten. Es war ein blitzschnelles Prüfen, welchen Schaden die Auseinandersetzung mit dem Fürsten dieses Mal hinterlassen hatte, und dann die Erleichterung, keine Spuren auszumachen, weder Blut noch dunkle Flecken, zumindest nicht im Gesicht, wo es so schwierig war, sie zu verdecken.

Therese ärgerte sich ein wenig darüber, fühlte sich anderseits aber auch beschämt, so viel Verständnis in den Augen der Kammerfrau zu finden. Da war sie nun eine Fürstin, eine hochwohlgeborene Gräfin von Freudenthal, und sie blieb dennoch eine schwache Frau, der Willkür ihres Gatten ausgesetzt, wie jede beliebige Bürger- oder Bauersfrau. Wie konnte so etwas sein? Gehörte sie nicht zum hohen Adel, in dessen Händen sich die Macht in diesem Land vereinte? Anscheinend nur in den männlichen Händen. Ihre Macht beschränkte sich in den Anweisungen, die sie ihren Bediensteten geben konnte.

Vesna holte sie aus ihren Überlegungen. »Was kann ich für Sie tun?«

Therese eilte auf ihre Kammerfrau zu. »Ich brauche das neue Kutschierkleid, das rostrote, schnell, und den Mantel dazu. Ich werde die schwarze Fellkappe dazu tragen. Und schicke Lisbeth zu Johann in den Stall. Er soll mir das Phaeton fertig machen und die Füchse anspannen.«

Vesna war schon zu lange im Dienst eines Adelshauses, um sich ihre Überraschung anmerken zu lassen.

»Gern, Durchlaucht.«

Vesna gab die Botschaft an die Zofe weiter und brachte dann das gewünschte Kleid ins Ankleidezimmer, wo die Fürstin schon ungeduldig auf und ab ging. Vesna ließ sich davon nicht aus der Ruhe bringen, eine Eigenschaft, die eine gute Kammerfrau durchaus auszeichnete.

»Stehen Sie still! Wie soll ich denn sonst die winzigen Haken lösen?«, befahl sie der Fürstin, die sich seufzend zur Ruhe zwang. Vesna hatte sie bereits von ihrem Tageskleid befreit, als die Zofe atemlos zurückkehrte und nach Vesnas Anweisungen die unverzichtbaren Utensilien wie Pelzkappe, Stola und Handschuhe auf dem Frisiertisch bereitlegte. Vesna warf das hochgeschlossene Kleid mit dem weiten Rock geschickt über Thereses Kopf, ohne ihre Frisur zu zerstören. Flink schloss sie Bänder und Haken, bis es sich wie angegossen um den schlanken Oberkörper schmiegte. Das Rostrot stand der Fürstin gut zu Gesicht und gab ihren Wangen einen frischen Hauch. Die schwarzen Schnurverzierungen über der Brust und die Schulterklappen waren der ungarischen Husarenuniform nachempfunden und wiederholten sich auf dem mit schwarzem Pelz gefütterten Mantel von gleicher Farbe. Vesna steckte die blonden Locken noch ein wenig fester, auf dass sie dem Fahrtwind standhielten, und befestigte die Pelzkappe. Falls die Fürstin nicht vorgehabt hätte, selbst zu kutschieren, hätte noch ein Pelzmuff von gleicher Farbe die Aufmachung komplettiert. So begnügte sie sich mit ein paar nicht zu dünnen Handschuhen, die auch einen ungestümen Zug am Zügel dämpfen würden, ohne dass Striemen auf der Haut zurückblieben.

Therese fiel es schwer stillzuhalten, bis Vesna zurücktrat und ihr bestätigte, dass ihr Auftritt nun perfekt sei. Sie kam sich ein wenig albern vor, als sie sah, dass sich ihre Wangen vor Aufregung rosig gefärbt hatten. Nicht dass ihr das nicht stand. Doch sie benahm sich wie ein junges Ding, das zappelig vor Vorfreude dem ersten Theaterbesuch oder Ball entgegenfieberte. Was war nur in sie gefahren?

Sie spürte, dass die Kammerfrau sie aufmerksam beobachtete. Die Stirn legte sich in Falten. Aus Furcht, Vesna könnte sich so weit vergessen, dass sie ihre ehrliche Meinung aussprach, fragte Therese lieber nicht, was die Kammerfrau gerade dachte, sondern eilte die Treppe hinunter in den Hof, wo Johann sie mit dem Gespann erwartete.

»Wohin geht es?«, erkundigte sich der Groom, als er ihr auf den Kutschbock half.

»Zum Palais Fries und dann in den Prater – hoffentlich.«

Der Groom sah zweifelnd von dem Platz neben der Fürstin zu dem schmalen Sitz hinter ihr. Der Stalljunge, der vorn bei den beiden Vorauspferden stand, hatte Schwierigkeiten, die feurigen Füchse zurückzuhalten, die offensichtlich nicht nur ausgeruht waren, sondern es nicht erwarten konnten, sich an diesem kalten Tag bei flottem Tempo aufzuwärmen.

»Soll ich hier in der Stadt die Zügel übernehmen? Es macht sicher keine Freude, zwischen Bauernkarren und Fiakern manövrieren zu müssen.«

Das hatte er schlau formuliert! Therese war klar, dass der wahre Grund, der hinter diesem Vorschlag steckte, die Furcht war, sie könne die Pferde nicht im Griff haben. Der Aufruhr eines Unfalls wäre weder in ihrem noch in seinem Sinn. Doch das wagte er der Herrin nicht zu sagen. Sie schwankte zwischen amüsiert und verärgert, gab dann aber nach und rutschte ein Stück zur Seite. Leider war Johann mit seinen Bedenken nicht im Unrecht.

Der Groom hatte die Pferde leidlich gut im Griff und lenkte den Wagen durch das Tor auf die Freyung hinaus, ohne dass eines der Räder irgendwo streifte. In gemächlichem Tempo folgten sie der Herrengasse an zahlreichen barocken Palais vorbei bis zur Hofburg. Die Pferde hielten sich zwar sichtlich widerwillig an den vorgegebenen Schritt, aber immerhin gehorchten sie.

»Wird Graf Báthory uns auf der Ausfahrt begleiten?«, fragte Johann, als sie unter dem Torbogen hindurchfuhren, der die Stallburg mit dem Trakt der Redoutensäle verband. Er schaffte es nicht, die Hoffnung aus seiner Stimme herauszuhalten.

»Genau darum werde ich ihn bitten«, gab die Fürstin zu. »Wenn er daheim anzutreffen ist.«

Johann brachte die Pferde vor dem Tor zum Stehen, sprang zu Boden und half seiner Herrin beim Aussteigen.

»Am besten, du führst die Pferde einige Runden über den Platz, bis wir weiterfahren«, riet Therese. Johann nickte und führte das Gespann davon.

Fürstin Kinsky ließ den kunstvoll verzierten Klopfer gegen das Holz fallen und lauschte dann atemlos auf sich nähernde Schritte. Hinter der Tür jedoch blieb es totenstill.

Warum machte ihr niemand auf? Ungeduldig klopfte sie ein zweites Mal. Doch bereits als der Klopfer zurückfiel, schwang die Tür auf und sie starrte erschrocken in das düstere Antlitz des riesigen Dieners, den sie schon auf dem Kutschbock von Graf Báthorys Stadtcoupé gesehen hatte. Sie war ein wenig irritiert. Sollte nicht ein Butler öffnen und nach dem Begehr eines Besuchers fragen? Nun gut, sie kannte sich mit den Gebräuchen in Ungarn nicht aus. Vielleicht hielt es der Graf nicht für nötig, oder der Butler war mit einer anderen Aufgabe gerade außer Haus.

Der bullige Riese sah sie fragend an.

»Ich möchte zu Graf Báthory«, sagte die Fürstin und machte fordernd einen Schritt auf den Diener zu, doch der war nicht bereit, zurückzuweichen oder die Tür weiter zu öffnen, um sie einzulassen. Nachdrücklich schüttelte er den Kopf.

Was war das für ein ungehobelter Kerl? Sie musste wohl deutlicher werden.

»Darf ich eintreten!« Das war keine Frage. Das war ein Befehl, dennoch blieb er, wo er war. Nun wurde die Fürstin ungehalten.

»Melde deinem Herrn, dass Fürstin Kinsky ihn zu sprechen wünscht!« Wieder schüttelte er nur stumm den Kopf.

»Ja was? Ist er nicht zu Hause? Nun mach endlich den Mund auf!«, rief sie zornig. Wieder nur ein Kopfschütteln, dann deutete er auf seinen Mund und schüttelte erneut den Kopf. Dieses Mal lag ein Ausdruck von Bedauern in seinem Blick, der die Fürstin innehalten ließ. Was sollte das bedeuten? Dass er nicht sprechen konnte? Ihre vorsichtige Frage beantwortete er mit einem Kopfnicken.

Na großartig! Sie stand wie eine Bittstellerin vor dem Palais des Grafen, und ein riesenhafter stummer Diener ließ sie nicht eintreten.

»Kannst du jemanden holen, der sprechen kann und dem Grafen eine Nachricht übermittelt?« Wieder das entnervende Kopfschütteln.

»Wann kommt der Graf denn zurück?«

Er machte ein paar Zeichen, mit denen sie nichts anzufangen wusste. Therese seufzte. Ihr war heute kein Glück beschieden. Was sollte sie nun tun? Sie musste ihn zumindest davon in

Kenntnis setzen, dass sie heute Abend nicht mit ihm ausfahren konnte.

»Würdest du mich wenigstens kurz hereinlassen, damit ich dem Grafen eine Nachricht schreibe?« Ihre Stimme klang spöttisch, doch für so feine Töne war der Diener nicht zu haben. Er überlegte allen Ernstes, ob er das zulassen konnte, und trat dann endlich zur Seite, wenn auch sein Gesichtsausdruck verriet, wie sehr ihm das gegen den Strich ging. Die Fürstin konnte sich nur wundern, dass der Graf sich mit solch einem Bediensteten abgab, der noch dazu aussah wie ein Zigeuner aus den tiefsten Wäldern des Reiches.

Neugierig sah sich Therese um, als der Diener sie unter dem stuckverzierten Bogen hindurch, der von Marmorsäulen getragen wurde, ins Treppenhaus führte. Sie stieg hinter ihm die Stufen empor bis ins mezzaninartige erste Geschoss, dessen kleine Fenster von außen schon zeigten, dass dieses Stockwerk wesentlich niedriger war als die Belletage mit ihren Repräsentationssälen. Hier hatte der Erbauer Johann Fries die privaten Wohnräume der Familie eingerichtet. Dieser Bereich sollte warm sein und wohnlich. Ein ganz neuer Gedanke beim Bau eines Palais. Für Gäste und Feierlichkeiten jeder Art vom kleinen Soupe bis zum Hauskonzert oder Ball war die Belletage da, und hier war nicht gespart worden, um die Wichtigkeit, den Reichtum und den guten Geschmack des Bauherrn zu demonstrieren!

Der Diener zögerte im ersten Stock, führte die Fürstin dann aber in die Belletage und ließ sie ins Entree. Er deutete auf ein zierliches Tischchen unter einem mächtigen goldgerahmten Spiegel, auf dem weiße Karten, Tinte und Feder bereitstanden. Zwei Türen führten von dem kleinen Empfangszimmer ab, durch die sie einen Blick in einen herrlichen Saal mit Marmorboden, gewölbter Decke und einen mächtigen Lüster werfen konnte. Die andere Tür wies in einen Salon mit kunstvollem Parkettboden, stoffbespannten Wänden und einer vergoldeten Stuckdecke.

Der Diener blieb neben ihr stehen, wie um sicherzustellen, dass sie sich nicht unerlaubt in den anderen Räumen umsah. Was erdreistete er sich von ihr zu denken? Natürlich war sie neugierig, aber durchaus gut erzogen!

So blieb Therese nichts anderes übrig, als dem Grafen eine kurze Nachricht zu schreiben, dass sie seiner Einladung leider nicht folgen konnte, sich aber freuen würde, die Ausfahrt an einem anderen Tag nachzuholen. Mit tiefem Bedauern setzte sie ihre Unterschrift darunter und lehnte die Karte an eine chinesische Vase. Dann ließ sie sich von dem seltsamen Diener in die Halle hinunter begleiten und verließ das Palais.

»Der Graf ist nicht zu Hause«, beantwortete sie Johanns Blick.

»Fahren wir dann zurück?«, fragte er voller Hoffnung, doch die Fürstin schüttelte trotzig den Kopf.

»Jetzt habe ich mich schon auf die Fahrt eingestellt. Du wirst die Zügel führen, bis wir den Wurstelprater hinter uns haben.«

Johann nickte und ließ die Pferde anziehen, aber es kam ihr so vor, als beinhalteten seine gemurmelten Worte so etwas wie eine Bitte um göttlichen Beistand, sie heute ohne Unfall nach Hause zurückkehren zu lassen.

Therese verzichtete darauf nachzufragen. Sie war zu sehr damit beschäftigt, die Ungerechtigkeit des Schicksals zu beklagen.

9. Kapitel

Eine Soiree im Hause Windisch-Graetz

Der Wagen der Fürstin war gerade in Richtung Kärntnertor verschwunden, als erneut an die Tür des von Bankier Fries erbauten Palais geklopft wurde, den die Einführung des Maria-Theresia-Talers durch sein Bankhaus so unglaublich reich gemacht hatte. Zum Glück konnte er damals noch nicht ahnen, dass seine Söhne die Bank bis in den Bankrott führen würden. Oder etwa doch? War der ungeklärte Tod im Schlossteich auf diese Weise zu deuten?

Diese und ein paar andere Hintergründe erklärte Kommissär Hofbauer seinem Untergebenen, während sie sich auf den Weg zum Josephplatz machten. Hofbauer klopfte so energisch wie kurz zuvor die Gräfin, und auch er bekam es mit dem hünenhaften Diener des Grafen zu tun. Auf den fragenden Blick stellten sich die beiden Kriminalbeamten vor und baten höflich aber bestimmt, den Grafen sprechen zu dürfen. Der Diener deutete auf seinen Mund und verneinte dann.

»Sie sind stumm?«, hakte der Kommissär nach. Der Diener nickte.

»Können Sie wenigstens schreiben?« Erneut ein Nicken.

»Schobermeier, geben Sie ihm Papier und etwas zum Schreiben. – Wie ist Ihr Name?«, wandte sich Hofbauer wieder an den Bediensteten. »Ist der Graf zu Hause? Wir möchten uns mit ihm unterhalten – wenn es möglich ist«, fügte der Kommissär widerstrebend hinzu. Er wusste, wie empfindlich die Herrschaften des Adels oft reagierten, und er wollte es sich nicht schwerer machen als nötig. Wenn der Graf sich weigerte zu kooperieren, konnte er nicht einfach in sein Palais eindringen oder ihn mit einer Polizeieskorte vorladen lassen, um ein Gespräch zu erzwingen. Das ging nur bei einfachen Leuten. Hatte der Kommissär mit Mitgliedern der Gesellschaft zu tun, war oft ein mühsamer Papierkrieg durch alle Behörden nötig, hinauf zur zentralen Polizeihofstelle und dem Oberdirektor Ritter von Sieber oder gar bis zum gefürchteten und gehassten Polizeiminister Graf Sedlnitzky, dem auch die Zensurbehörde mit ihrem gesamten Spitzelapparat unterstand.

Goran schüttelte den Kopf.

»Und wann wird er zurückerwartet?« Hofbauers Ungeduld war weder seiner Stimme noch seiner Miene zu entnehmen, ganz im Gegensatz zu seinem Untergebenen, der daran noch würde arbeiten müssen, wollte er irgendwann einen höheren Posten bei der Kriminalpolizei einnehmen.

Der Diener überlegte, dann deutete er zum Himmel hoch und ließ den Arm langsam in Richtung Westen wandern.

»Heute Abend?« Er nickte.

»Können wir Ihren Herrn im Laufe des Tages nicht anderswo in der Stadt antreffen? Wenn Sie uns bitte die Adresse notieren.«

Goran schüttelte vehement den Kopf. Entweder wollte er den Aufenthaltsort des Grafen nicht verraten, oder dieser weilte im Moment außerhalb der Stadt. So oder so, sie konnten im Augenblick nichts ausrichten, außer dem Diener anzukündigen, dass sie am Abend wiederkommen würden.

»Bitte geben Sie dem Herrn Graf Bescheid. Es wäre sehr freundlich, wenn er uns dann empfangen und ein paar Fragen beantworten könnte«, fügte Kommissär Hofbauer mit bewundernswertem Gleichmut hinzu, tippte sich an seinen Hut und machte sich dann auf den Rückweg, Schobermeier an seiner Seite, der im Gegensatz zu seinem Vorgesetzten seinem Unmut über den Adel und seine Privilegien freien Lauf ließ. Er redete sich in Fahrt, bis sie das große, graue Haus erreichten, in dem die Zivil-Polizeiwache untergebracht war, der die Verbrechensbekämpfung in der Stadt und ihren Vorstädten oblag. Die vierundsechzig Kriminalbeamten unterstanden dem Wiener Magistrat. Unter ihrer Obhut befand sich auch das Polizeigefangenenhaus zwischen Salzgries und Sterngasse. Das düstere Gebäude des aufgelassenen Siebenbüchnerinnenklosters nannten die Wiener nach seiner Adresse nur scherzhaft Hotel Stern.

»Wenn wir ihn erst einmal in die Finger bekommen, dann werden wir ihn schon knacken«, prophezeite Schobermeier und ließ drohend die Fäuste spielen.

»Erstens wissen wir nicht, ob er mit den Verbrechen überhaupt etwas zu tun hat, und zweitens ist das bei einer einfachen Befragung mit der Überführung nicht so einfach.«

Schobermeier brummte mit düsterer Miene vor sich hin. »Im Hotel Stern würde ihm der Widerstand schnell vergehen! Das hat die Erfahrung gezeigt.«

Da konnte der Kommissär seinem Untergebenen nicht widersprechen, denn obwohl schon Kaiserin Maria Theresia die Folter stark eingeschränkt hatte, blieben der Polizei genügend Mittel, eine störrische Zunge zu lösen – bei den normalen Verbrechern, die nicht von Adelsstand waren.

Schobermeier hob die Schultern. »Ach was«, widersprach er. »Den Severin von Jaroschinski konnten wir auch bekommen, und er hat am Ende sein Leben an einem Strang bei der Spinnerin oben ausgehaucht. Und der war immerhin ein Edelmann aus Polen oder Russland.«

Das war richtig. Der reiche Adelsmann hatte seinen Sohn den russischen Staatsdienst erziehen lassen wollen und ihn zur Ausbildung in das erstklassige »Flebanische Institut« nach Wien geschickt, das in einem Gebäude gegenüber der Schranne zu finden war. Dort hatte der Knabe viele Jahre den Pranger und die Schandbühne vor Augen gehabt, auf der die Verbrecher vorgeführt und ihr Urteil verlesen wurde. Und dort sollte auch er viele Jahre später dem Spott der Menge ausgesetzt werden, nachdem er seinen ehemaligen Professor ermordet und um Obligationen im Wert von sechzigtausend Gulden bestohlen hatte.

Hofbauer erinnerte sich noch gut an den Fall. Das Delikate daran war, dass Jaroschinski es verstanden hatte, sich mit einem freizügigen Lebensstil in der Gesellschaft beliebt zu machen – in der er sich stets als Graf ausgab –, bis seine erdrückenden Schulden ihn zu dieser Tat trieben. Gerade an jenem Abend, als die Kriminalpolizei genügend Beweise gegen ihn gesammelt hatte, um eine Verhaftung anzustreben, hatte Jaroschinski zu einem Festmahl in seiner Wohnung geladen. Neben einem russischen Baron und anderen Mitgliedern der Gesellschaft war auch die berühmte Schauspielerin Therese Krones anwesend. Hofbauer hatte sie einige Male im Leopoldstädter Theater und in Adolf Bäuerles Stück »Lindane« im Volkstheater bewundert.

Jedenfalls waren die Gäste guter Dinge, die Krones stimmte gerade »Brüderlein fein« an, als die Polizei ins Haus drang, um den Gastgeber zu verhaften. Hofbauer stand die Szene noch so deutlich vor Augen, dass er sich sogar noch daran erinnerte, dass Jaroschinski Essen beim Trakteur Wittmann für fünf Gulden das Gedeck bestellt hatte! Ja, er verstand es, sein Blutgeld zu verschwenden. Die Krones fiel in Ohmacht, als der leitende Kommissär den Grund für die Verhaftung verlas und den Verdächtigen zu einem strengen Verhör zum Stadtgericht bringen ließ. Wien zerriss sich das Maul darüber, Therese Krones sei die Geliebte des Mörders und Hochstaplers gewesen, so dass sie sich gar ins Kloster zurückziehen wollte. Ihr Kollege und Dichter Ferdinand Raimund holte sie zurück. Die Wiener nahmen sie in Gnade wieder auf und jubelten ihr schon bald wieder zu. Nicht lange danach starb sie, kaum dreißig Jahre alt.

Hofbauer schüttelte die Erinnerungen ab und richtete seine Aufmerksamkeit wieder auf den aktuellen Fall. Vielleicht hatten sie ja Glück und konnten ihn noch heute Nacht lösen. Schließlich gehörte dieser Báthory nicht zum Wiener Hochadel, sondern war nur irgendein ungarischer oder böhmischer Graf – wenn überhaupt. Vielleicht würde der Direktor ihnen ein wenig freie Hand lassen …

Graf András Petru Báthory verließ das Haus, als die Glocke der Augustinerkirche zehn Uhr schlug. Er war nicht gerade gehobener Stimmung. Kaum hatte er an diesem Abend seinen Sarg verlassen und seine Garderobe mit Gorans Hilfe in Ordnung gebracht, klopften zwei Beamte der Kriminalpolizei an seine Tür und begehrten Einlass. Er ließ sie im zweiten Stock in den grünen Salon führen – warum dieser so hieß, wusste er selbst nicht – und widmete sich den ungebetenen Besuchern mit ausgesuchter Höflichkeit, obwohl ihn der drängende Hunger abzulenken drohte. Er verkniff sich den Gedanken, sich an den beiden Kriminalbeamten gütlich zu tun. Nein, das würde seine Situation, die ihm eh nicht gefiel, nicht gerade verbessern.

So blieb er höflich und versuchte auf alle Fragen eine zufriedenstellende Antwort zu geben, obwohl der jüngere der beiden Beamten keinen Hehl aus seiner Abneigung machte und dem Grafen deutlich zu verstehen gab, dass er in ihm den Täter sah, den es nur noch zu überführen galt, und dass er darüber hinaus sowieso nichts von Leuten seines Standes hielt.

Endlich verabschiedeten sich die beiden Polizisten. András ließ sich von Goran in seinen Mantel helfen, lehnte seine Frage, ob er seinen Herrn begleiten solle, ab und verließ dann das Palais. Er war in Gedanken bereits bei der Überlegung, wo er seinen Blutdurst heute stillen wollte, als er unvermittelt innehielt. Blut! Er roch Blut! Frisches Blut, dem kaum die Wärme des Lebens entronnen war. Verwirrte die Gier seine Sinne?

Nein, das konnte nicht sein. András blieb stehen, schloss die Augen und witterte. Die Nasenflügel blähten sich. Da war kein Körper, weder lebendig noch tot, aus dem der Lebenssaft rann. Und dennoch konnte er frisches Menschenblut riechen. Eine Frau, nein, ein junges Mädchen hatte es vergossen. Verwundert zog András die Stirn kraus. Ein Unfall? Eine Verletzung? Ein seltsamer Zufall?

Seine Witterung half ihm, das Blut aufzuspüren. Wenn er bis zur Tür zurücktrat, kam der Geruch von beiden Seiten! Langsam öffnete András die Augen und ließ den Blick schweifen, bis er fand, was er suchte. Die Gewänder der Karyatiden zu beiden Seiten des Tores waren von Blut befleckt. Das konnte kein Zufall sein! Wie aber kam das Blut auf die Steinfiguren und warum? Ein unangenehmes Gefühl rann ihm den Rücken hinab. Das Blut war noch so frisch, dass es innerhalb der vergangenen Stunde dort auf den Stein gekommen sein musste – während ihn die beiden Kriminalbeamten wegen drei Morden und einer Vermisstensache befragten!

Dass es sich bei dem Vermisstenfall um einen vierten Mord handelte, konnten die Beamten bisher nur vermuten. András dagegen wusste es sicher, seit er das tote Mädchen aus der Donau gezogen hatte. Er hütete sich aber wohl, die Polizisten darüber aufzuklären. Nein, sein Name musste nicht noch enger mit den Morden in Verbindung gebracht werden!

András starrte noch immer die Blutflecken auf den steinernen Gewändern an. Zum Glück war es dunkel gewesen, als die Beamten das Haus verließen. Er wollte sich nicht ausmalen, mit welchem Eifer sie sich auf diesen Fund gestürzt hätten. Ob das ausreichen würde, ihn in Arrest zu nehmen und ins Stadtgericht zum Verhör zu schleppen? Vielleicht. Genau das galt es zu verhindern! Nicht, dass sich András sorgte, in einer Zelle im Polizeigefangenenhaus ohne eine Möglichkeit zur Flucht zu verschwinden. Ein

Wesen wie ihn konnte man nicht festhalten. Zumindest nicht auf solch einfache Art. Nein, aber es würde ihn verstimmen, Wien schon wieder verlassen zu müssen. Er mochte die Stadt und war es leid, sich immer und immer wieder ein neues Leben aufbauen zu müssen. Meist reichte es, zwanzig Jahre fernzubleiben und das Tuch des Vergessens die alte Identität auslöschen zu lassen, um dann als ein jüngerer, entfernter Verwandter zurückzukehren. Doch zuvor wollte er mindestens zehn Jahre dieses Leben hier und die Atmosphäre der Stadt genießen und sich nicht von zwei misstrauischen Beamten der Polizei verjagen lassen.

Noch einmal untersuchte András das Blut. Stammte es von jemand, den er kannte? Er suchte in seinem Gedächtnis, konnte aber keinen Geruch finden, der zu diesem passte. Entschlossen trat er in die Halle des Palais zurück und rief nach Goran.

Er kam sofort herbeigeeilt und sah seinen Herrn verwundert an. András zog ihn mit hinaus und zeigte ihm die Flecken. Gorans Augen weiteten sich voll Schreck, als er fragend zu András aufsah.

»Ja, du vermutest ganz recht. Es ist Blut, und ich nehme an, du weißt genauso wenig wie ich, wie es dort hingekommen ist?«

Goran schüttelte heftig den Kopf.

»Das habe ich mir gedacht. Beruhige dich, aber sorge dafür, dass es verschwunden ist, noch ehe der Tag anbricht. Du musst mit Sorgfalt zu Werke gehen. Es darf nichts übrig bleiben, das einen weiteren Besuch der Polizei in meinem Haus oder gar eine Durchsuchung rechtfertigen würde! Und pass auf, dass dich niemand beobachtet. In und um mein Haus darf nichts geschehen, das zu Klatsch und Verdächtigungen Anlass geben kann. Ich hoffe, du verstehst, wie ernst es mir damit ist!«

Goran hielt dem scharfen Blick seines Herrn stand, was wohl nicht vielen geglückt wäre. Der Graf nickte zufrieden.

»Fang am besten sofort an.«

Goran verbeugte sich und eilte davon, während sich der Graf

etwas verspätet aufmachte, seine nächtlichen Bedürfnisse zu stillen.

Fürstin Kinsky langweilte sich. Mehr noch als üblich, obwohl sich weder die Gäste noch die Konversation von sonstigen Veranstaltungen unterschieden. Die Gespräche drehten sich immer um die gleichen Themen: Gesellschaftsklatsch über den Hof und die, die das Privileg hatten dazuzugehören – über einfache Bürger lohnte es nicht zu sprechen. Mit Ausnahme vielleicht der Künstler, die am Burgtheater auftraten, und der aufstrebenden Musiker, deren Kompositionen Wien in der Faschingszeit wieder einmal zu einem Tollhaus werden ließen. Bei diesem Gedanken huschte ein Lächeln über Thereses Miene. In dieser Zeit verloren sogar die Hofbälle ein wenig von ihrer Steifheit. Ein Maskenball im Redoutensaal konnte gar eine lustige Sache werden! Ein Ball bei Hof dagegen war stets eine ernste, geradezu staatstragende Angelegenheit, die minuziös vorgeplant war. Jedes Musikstück und dessen genaue Länge wurde zuvor festgelegt, die Tanzkarten gedruckt und an die Privilegierten verteilt, die nach dem Protokoll des strengen spanischen Hofzeremoniells überhaupt das Recht hatten, an solch einer Veranstaltung teilzunehmen. Hoffähig war man, wenn man dem Hochadel angehörte, genauer gesagt, wer sechzehn im Adel geborene Großmütter – acht auf jeder Seite – nachweisen konnte. Ferner wurden Diplomaten zum Ball bei Hof geladen, Minister, die höchsten Staatswürdenträger und Generäle. Rangordnung und Verpflichtungen bestimmten, wer wen zu welchem Tanz in den Ballsaal führte. Zwar wurde auch in der Hofburg inzwischen Walzer getanzt, doch Therese verglich dieses beherrschte Drehen mit dem ruhigen Wasser eines Kanals. Die Bälle des Volkes in den prächtigen Tanzsälen der Stadt, wie der »Mehlgrube« am neuen Markt, dem neuen »Elysium« des Kaffeesieders Daum oder dem Odeonsaal in der Leopoldstadt, glichen dagegen dem unbändigen

Rauschen des Gebirgsbachs, wenn Lanner auftrat oder Johann Strauss zur Geige griff und mit seinem Orchester seine neusten Walzerkompositionen vortrug oder zu einem rasanten Galopp aufspielte.

Für eine Weile schwelgte Therese in ihren Walzerträumen, bis sie unsanft in die Wirklichkeit zurückgeholt wurde. Sollte das etwa das Spiel zweier Geigen sein? Es hörte sich eher an, als würde eine Katze gequält! Zum Glück brachten die beiden Knaben ihr Stück schnell zu Ende und zogen sich dann mit verlegenen Verbeugungen in ihr Kinderzimmer zurück. Wie viele Kinder hatte die Fürstin? Therese überlegte. Vielleicht waren ja nicht alle so unmusikalisch.

Wie bei solchen Veranstaltungen üblich, wurde nach dem Essen musiziert – wenn die Herren nach Cognac und Pfeife geruhten wieder aus dem Rauchsalon aufzutauchen. Anders jedoch als Therese es von den literarischen Salons gewohnt war, die sie so gern aufsuchte und über die manches Mitglied der aristokratischen Gesellschaft die Nase rümpfte, waren die Darbietungen aus den Reihen der adeligen Gastgeber und ihrer Gäste meist noch schlimmer als nur laienhaft zu nennen!

»Oh ja, bitte, singen Sie uns eine Ballade.«

»Ach, Durchlaucht, wenn Sie mich so drängen!« Ein albernes Kichern folgte den Worten.

War das nicht die kleine Baronin, die ihr Mann zurzeit mit Aufmerksamkeiten bedachte? Therese betrachtete das junge Mädchen kritisch, das sich von einigen der anwesenden Herren zum Klavier komplimentieren ließ. Na ja, eine Schönheit war sie nicht. Für Thereses Geschmack zu drall, und die Farbe ihres Kleides stand ihr nicht gut zu Gesicht. Himmel, wer hatte sie zu diesem Rosa überredet? Sie sah aus, wie eines dieser üppig verpackten, sahnigen Bonbons, die es bei den Hofbällen stets gab und mit denen sich die jungen Offiziere die Taschen vollstopften, um sie später irgendeiner Liebsten zu verehren. Bonbons aus der Hofburg, ja das war schon etwas, mit dem man ein junges Mädchen für diverse Begehren nachsichtig stimmen konnte!

»Ich möchte eine Arie aus ›Comte Ory‹ von unserem verehrten Gioachino Rossini singen«, zwitscherte die Rosafarbige. Therese verdrehte die Augen, und es kam ihr so vor, als wäre auch der Beifall der Herren ein wenig verhalten.

Das habt ihr euch selbst eingebrockt, dachte sie ein wenig schadenfroh. Ja, Rossini wurde in Wien nach wie vor verehrt, auch wenn der erste Wahn der Begeisterung sich inzwischen ein wenig gelegt hatte. Auch Therese liebte seine Werke und war zur der Zeit, als seine neuen Opern erschienen waren, stets in ihrer Loge im Theater an der Wien anzutreffen gewesen. Aber das, was sie jetzt zu hören bekam, hatte mit seiner großartigen Musik nichts zu tun! Therese hatte alle Mühe, ihre Gesichtszüge unter Kontrolle zu halten, als das dralle Mädchen um die Töne zu kämpfen begann. Sie sah ihren Gatten wie von Schmerzen geplagt zusammenzucken. Vielleicht schenkte er seine Gunst das nächste Mal lieber wieder einem Ballettmädchen, das wenigstens nicht versuchte zu singen, dachte sie und unterdrückte ein Kichern.

An sich waren ihr die Liebschaften ihres Mannes egal. Sie hatte sich daran gewöhnt, dass er sich stets willige Damen oder auch andere Frauen suchte, die sie nicht als Damen bezeichnen würde. Solange er diskret dabei war, wollte sie sich nicht beschweren, aber genau das war häufig das Problem. Der Fürst trank gerne und übermäßig, und dann war es mit der Diskretion schnell vorbei. Kluge Mütter sorgten dafür, ihre Töchter aus seinem Umkreis zu entfernen, doch wie immer gab es auch solche, die sich einen Vorteil davon versprachen, wenn ihr Name im Zuge mit dem des Fürsten ausgesprochen wurde.

Dumme Dinger! Wie viele mussten noch erfahren, dass die kurze Zeit der Aufmerksamkeit und der teuren Geschenke die

Ewigkeit danach nicht aufwog? Wie schnell war ein Ruf zerstört, und wie lang konnte das Gedächtnis der Wiener Gesellschaft in diesen Dingen sein! Das war etwas anderes bei den Schauspielerinnen und Tänzerinnen, bei denen es schon fast zum guten Ton gehörte, dass ein Adelsmann von gutem Namen sie protegierte – und dafür natürlich auch mit Gefälligkeiten rechnen konnte.

Nun jedenfalls schwankte Therese beim Anblick des zur Grimasse verzogenen Antlitzes ihres Gatten zwischen Schaudern und einem Kichern, während das Mädchen sich und ihre Zuhörer durch die Arie quälte.

»Verehrte Fürstin, ich muss mich wundern. Sie scheinen sich zu amüsieren? Das ist schade, denn ich kam, Sie von dieser Gesellschaft zu entführen.«

Seine Stimme so unerwartet zu hören stieß einen feurigen Strahl durch ihren Leib und raubte ihr für einige Augenblicke die Gewalt über jedes Wort, das sie hätte aussprechen mögen. Sie konnte ihn nur anstarren und ihn mit ihrem Blick verschlingen. Er sah so unglaublich gut aus mit seiner makellosen, bleichen Haut, obwohl oder gerade weil er keine der Extravaganzen einging, denen die jungen Männer so gern erlagen. Sein Frack war schwarz und von tadellosem Schnitt. Die langen Pantalons, die man seit ein paar Jahren auch zur Abendgarderobe trug, schmiegten sich eng um seine gut geformten Beine. Das Halstuch war raffiniert, aber unaufdringlich gebunden. Der einzige Schmuck, den sie ausmachen konnte, war ein Ring mit einem schönen Smaragd.

Etwas, das sie in ihrer Jugend einmal gespürt und dann vergessen hatte, brandete plötzlich in ihr auf. War das Begehren? Therese erschrak vor ihrem eigenen Gefühl. Vor der Stärke, mit der es sie überkam, und über die Unschicklichkeit desselben. War sie nun nicht besser als die Männer in ihrer zügellosen Wollust? Sie fühlte, wie Scham ihre Wangen rötete.

»Habe ich Sie erschreckt? Wie kann das sein? Mussten Sie nicht damit rechnen, dass ich hier auftauche und Sie zur Rede stelle, dass Sie unser Kutschiertraining gegen einen Abend im Hause Windisch-Graetz, noch dazu mit solch künstlerischen Darbietungen eintauschen?« Der nächste schrille Ton ließ ihn das Gesicht verziehen, als habe er auf eine Zitrone gebissen.

Therese fand ihre Stimme wieder und lachte laut auf. Empört drehten sich einige der Gäste um, und die Mutter des bedauernswerten Wesens warf der Fürstin einen Blick zu, der einer tödlichen Klinge glich.

Graf Báthory ließ sich neben ihr in einen freien Stuhl sinken. »Was haben Sie dieser Frau in ihrem geschmacklosen gelben Kleid angetan, dass sie Sie so ansieht?«, fragte er interessiert.

»Sie ist die Mutter des bedauernswerten Wesens am Flügel, das sich so sehr um die Töne bemüht, ohne sie je zu treffen«, gab die Fürstin mit einem unterdrückten Kichern Auskunft.

»Mutter und Tochter, soso, das erklärt einiges.« Der Tonfall ließ die Fürstin wieder kichern.

»Außerdem denke ich, die bedauernswerten Wesen sind eher die Zuhörer«, berichtigte der Graf. »Aber was hat die Dame gegen Sie, außer dass Sie nicht die übermenschliche Selbstbeherrschung besitzen, solch Qualen ohne Zeichen des Schmerzes über sich ergehen zu lassen?«

Graf Báthory zog einen Monokel aus der Tasche – den er sicher nicht nötig hatte – und betrachtete die Dame damit so scharf, dass sie sich mit einem Ruck zu ihm umdrehte. Sie war nicht in der Lage, seinem Blick auch nur einen Augenblick standzuhalten. Mit niedergeschlagenen Augen wurde sie in ihrem Sitz immer kleiner, als habe jemand Luft aus einem Ballon gelassen.

Therese hob die Schultern. »Ich habe das Pech, mit dem Mann verheiratet zu sein, der seine augenblickliche Aufmerksamkeit auf dieses Kind richtet – wobei ich nicht sagen kann warum. Ihrer Sangeskünste wegen kaum! Zumindest kann man nicht kuhäugiger zu einem Mann aufsehen, als sie das im Moment tut.«

Das Lied war inzwischen zu Ende, und die Gäste spendeten erleichtert Beifall, wobei sie tunlichst vermieden, eine Zugabe zu fordern. Das Mädchen strahlte den Fürsten an, der sich vorbeugte und einen Kuss auf die noch jungen Schultern drückte. Dabei ließ er etwas in ihr Dekolleté fallen. Mit einem fast hysterischen Kichern drückte sie sich beide Hände an den Busen und sah mit einladend geöffneten Lippen zu ihm auf.

Angewidert wandte sich Therese ab und richtete ihre Aufmerksamkeit auf den Grafen. Sie war froh, kein Mitgefühl in seinem Blick erkennen zu können. Nein, Mitleid war etwas für schwache, bedauernswerte Kreaturen, zu denen sie sich ganz sicher nicht zählen wollte!

Während sich nun ein dicker Graf aus dem Rheinland an den Flügel setzte, der einer der wenigen war, der der Mode trotzend noch Kniehosen trug, erhob sich Graf Báthory.

»Sie wollen schon wieder gehen?«, rief die Fürstin, und es gelang ihr nicht, den Schreck aus ihrem Ton herauszuhalten.

András sah sie überrascht an. »Sie wollen sich das noch weiter antun? Ich glaubte in Ihnen eine Liebhaberin wahrer Kunst zu erkennen. Ich habe nichts gegen Laienaufführungen und ein wenig Hausmusik, aber das, was sich hier an Dilettantismus breitmacht, ist nicht zu ertragen! Nicht dass es in Wien an Musizierfreude fehlen würde, dafür umso mehr an Ausbildung und der Erkenntnis, dass auch Fleiß und Übung dazugehören!«

Die Fürstin nickte mit Nachdruck. »Sie sprechen die Gedanken aus, die ich so oft in mir bewege. Wenn man vom Salon der Familie Sonnleithner und ein paar wenigen anderen einmal absieht, dann ist es eine traurige Misere! Selbst die Musiker der öffentlichen Konzerte scheinen das noch nicht begriffen zu haben und denken, es reicht, sich am Abend die Noten herzunehmen und herunterzuspielen. Und das in einer Stadt, in der Schubert wirkte, und Mozart und Beethoven! Ich dachte, als die Gesellschaft der Musikfreunde gegründet wurde, nun würde sich etwas ändern, doch diese Herren sind leider auf ihrem Gebiet der Organisation ebensolche Dilettanten. Ich war beim Konzert zur Eröffnung des neuen Saals in den Tuchlauben, und was wurde gespielt? Lachner, von Mosel und Johann Nepomuk Hummel! Nun gut, auch ein wenig Rossini, aber kein Haydn, kein Schubert, kein Mozart, kein Beethoven! Das sind die »österreichischen Musikfreunde«! Eine Ansammlung von Charakterlosigkeit wie es flacher nicht geht – die man aber mit mäßigen Musikern gerade noch so zusammenstückeln kann! – Was ist? Lachen Sie mich aus?«

»Nein, ich finde Sie ganz reizend, wenn Sie sich so in Rage reden, dass Ihre Wangen glühen. Zürnen Sie mir nicht, Fürstin, Sie sprechen mir aus der Seele, und deshalb schlage ich vor, dass wir diesen Ort des Schreckens nun unauffällig, aber rasch verlassen.« Der Graf reichte ihr die Hand, und die verblüffte Fürstin ließ sich von ihrem Sessel aufhelfen.

»Ja aber, wohin wollen Sie gehen?«

»Gehen? Nicht gehen. In den Prater fahren, Ihre wundervollen Füchse ausgreifen lassen. War das nicht in Ihrem Sinn?«

»Jetzt? Es ist mitten in der Nacht!«, protestierte Therese, die nicht glauben konnte, dass dieser Vorschlag ernst gemeint war.

»Es ist gerade einmal elf Uhr«, berichtigte sie der Graf, »der Mond scheint hell, und wenn wir uns ein wenig beeilen, können wir vor Mitternacht im Prater sein. Ober möchten Sie lieber noch eine Weile dieser ergötzlichen Musik lauschen?«

Er zuckte zusammen, als der rheinische Graf wieder einmal danebengriff.

Nein, das wollte sie nicht! Eine unglaubliche Freude ergriff Therese, als sie die eisige Hand des Grafen umfasste und sich aus dem Salon führen ließ.

War das nicht ganz und gar unglaublich? Sie sollte noch in diesem Augenblick dieser schrecklich langweiligen Gesellschaft entfliehen, um mit dem Grafen eine nächtliche Ausfahrt zu wagen? Sie musste träumen. Solche Dinge gehörten nicht zu ihrem Leben. Und doch konnte sie ganz deutlich seinen starken Arm unter ihrer Hand spüren. Wer hätte gedacht, dass diese Nacht noch solch eine Überraschung für sie bereithalten würde? Die Lust des Verbotenen prickelte wie Champagner in ihr und ließ ein helles Lachen in ihr aufsteigen.

Der Graf half ihr in ihren Pelzmantel und reichte ihr Handschuhe und Muff. »Durchlaucht, sind Sie bereit?«

»Ja!«, sagte sie und sah strahlend zu ihm auf. »Lassen Sie es uns tun!«

Und während sie an seinem Arm das Palais verließ, fühlte sie sich wieder jung und unbeschwert, als wären die Jahre wie eine Last von ihr abgefallen.

Therese sah nicht zurück, weshalb ihr entging, dass ihr Gatte ihren Weggang wohl bemerkte und ihr einen finsteren Blick hinterherschickte.

10. Kapitel

Nächtliche Ausfahrt

Das war unglaublich!« Trotz der Kälte der Nacht glühten die Wangen der Fürstin vor Hitze und Begeisterung. »Ich würde noch eine Runde wagen, aber ich fürchte, sowohl die Pferde als auch ich bedürfen nun einer Pause. Außerdem wird der Mond bald untergehen, und dann wird es zu dunkel sein.« Bedauern schwang in ihrer Stimme, während der Groom hinter ihnen vor Erleichterung leise aufstöhnte.

Die Frage, ob er sie begleiten sollte oder nicht, hatte zu einem kleinen Disput geführt, noch ehe die Ausfahrt in den Prater begonnen hatte. Die Fürstin wollte auf seine Begleitung verzichten, aber András beharrte darauf, den Reitknecht mitzunehmen. Den Konventionen musste Tribut gezollt werden, auch wenn es nur ein Hauch von Anstand sein würde, der dann über dem nächtlichen Vorhaben schwebte. Therese hatte protestiert, aber András blieb hart. Er legte keinen Wert darauf, dass ein zornentbrannter Ehemann am anderen Tag mit gezücktem Degen in sein Palais eindrang, um Rechenschaft von ihm zu fordern.

»Das würde mein Gatte niemals tun«, behauptete Therese. »Er ist zu bequem und zu feige. Wenn überhaupt, dann käme er mit Pistolen.«

»Wie beruhigend«, konterte András amüsiert.

Therese machte eine wegwerfende Handbewegung. »Wenn ich mir seine Jagderfolge so ansehe, dann hätten Sie nichts zu befürchten! Seine Treiber haben ihre liebe Mühe, ihm das Wild so nah vor die Flinte laufen zu lassen, dass selbst er es nicht verfehlen kann.«

»Nun, wenn ich um mich nicht fürchten muss, will ich noch weniger um Ihre Sicherheit bangen müssen!«

Nun schwieg die Fürstin und senkte den Blick. Es wäre eine dreiste Lüge gewesen zu behaupten, ihr Mann würde sich in Eifersucht und Zorn nicht an ihr vergreifen.

»Er hat sein dralles rosa Bonbon und seine Ballettratten!«, rief sie aus. »Ich mache ihm keine Vorhaltungen, da hat auch er mir keine zu machen!«

András wusste, dass sie das eigentlich nicht hatte sagen wollen, doch nun war es heraus, und sie war zu stolz, um das Gefühl von Peinlichkeit zuzulassen.

»Sie wissen, dass dies in unserer Welt nicht dasselbe ist«, sagte er leise.

»Es ist ungerecht!«, schimpfte die Fürstin.

»Ja, das ist es, doch weder Sie noch ich werden es ändern. Wollen Sie nun dem Groom sagen, dass er Sie auf dieser Ausfahrt begleiten wird?« Therese gab nach. Und bald schon glaubte András, sie habe die Anwesenheit des Reitknechtes hinter sich vergessen, der sich stumm an seinem Sitz festklammerte, während sich die Fürstin als eifrige Schülerin erwies, die nicht genug bekam.

András konnte nicht umhin, den Ehrgeiz, mit dem Therese nach Perfektion strebte, zu bewundern und auch die Hartnäckigkeit, mit der sie keine Anstrengung scheute, dieses Ziel zu erreichen. Er lobte ihre Fortschritte. »Wenn ich weiterhin so vorankomme, dann wird zu Ostern mein Gespann das Gesprächsthema!«, frohlockte sie.

»Und die Dame auf dem Kutschbock, Durchlaucht, mit ihrer virtuosen Führung der Zügel!«, ergänzte András mit einem Kopfnicken.

»Das haben Sie nett gesagt.« Er konnte spüren, wie geschmeichelt sie sich fühlte. »Ich verdanke Ihnen so viel. Ich habe unglaublich viel Neues erfahren und gelernt. Graf, Sie sind ein Magier im Umgang mit Pferden. Und wie Sie das Jagdhaus im fliegenden Galopp in einer solch engen Kurve genommen haben! So etwas habe ich noch nicht erlebt.« Er lächelte angesichts ihrer geradezu jugendlichen Begeisterung. »Ich danke Ihnen, mein Freund. Dies war die wundervollste Nacht meines Lebens!«

»Das hoffe ich doch nicht, Teuerste«, widersprach András in leichtem Ton, doch er konnte spüren, dass es die Fürstin ernst meinte. In diesem Augenblick empfand sie so, und nicht deshalb, weil sie sich der Macht seines Blickes nicht entziehen konnte. Der Vampir war wohl in der Lage, diese Macht bewusst einzusetzen, konnte aber genauso darauf achten, den Menschen an seiner Seite nicht zu beeinflussen. Und dennoch sah sie ihn nun mit einer Inbrunst an, als habe er sie mit seinem Bann belegt, um sie zu einem willigen Opfer zu formen.

Schon im Haus der Fürsten zu Windisch-Graetz war ihm ihre Erregung nicht entgangen. Sie wandelte auf gefährlichem Pfade und war sich dessen vermutlich nicht bewusst. Eine Leidenschaft hatte sie ergriffen, die weit mehr war als eine harmlose Schwärmerei für ein schönes, junges Gesicht. Solch Gefühle wuchsen sich zu einer Gefahr für die Seele aus. Es wäre ein Leichtes, von ihr zu bekommen, was auch er begehrte, und dennoch verspürte András den ungewohnten Wunsch in sich, eingreifen und die Fürstin vor sich selbst zu schützen. Wenn er sich zurückziehen und sich von nun an von ihr fernhalten würde, könnte sie gesunden, wenn vielleicht auch nicht vergessen.

Ein Schatten huschte über ihre Miene, so als spürte sie seine Überlegungen. Sie legte ihre Hand auf die seine.

»Wir sind doch Freunde, nicht wahr? Und wir werden nun nicht Abschied voneinander nehmen?«

Das Drängen rührte ihn auf seltsame Weise, und so umfasste er die Hand und hob sie an die Lippen. »Ja, wir sind Freunde, Durchlaucht, und wir werden noch viele solche Nächte zusammen erleben«, bestätigte er ihr, obgleich er sich als wahrer Freund hätte zurückziehen sollen, egal, ob sie es verstand oder nicht. Sollte sie es jemals verstehen, dann wäre es für sie zu spät!

»Dann müssen Sie mich von nun an Therese nennen!«, forderte sie. Er nahm die Ehre mit Dank an.

»Wunderbar, dann melde ich Sie für das Schlittenkarussell an. Das wird ein Spaß! Es soll in diesem Jahr wieder so prächtig werden wie im Jahr des großen Wiener Kongresses. Bitte sagen Sie nicht nein!«

Sie strahlte ihn mit einer Begeisterung an, dass András dem Vorschlag zustimmte. Da die Schlittenfahrt nach Einbruch der Dunkelheit stattfinden sollte, würde er sein Versprechen halten können.

»Leider werden auch dieses Mal die Paare ausgelost. Wir wären sicher unschlagbar, aber auf solch einen Zufall wage ich nicht zu hoffen. Es ist zu schade. Wenn man nur wüsste, wen man bestechen muss …« Die Fürstin lächelte verschmitzt. »Diese Gelegenheit würde ich mir nicht entgehen lassen!«

András übernahm nun wieder die Zügel und lenkte die Pferde in die Stadt zurück. Zwar wäre die Fürstin nun auch selbst in der Lage gewesen, das Gespann zu beherrschen, denn sie hatte erstaunliche Fortschritte gemacht. Aber er spürte, wie Müdigkeit nach ihr griff und ihre Aufmerksamkeit trübte. Als er die Pferde in Schritt fallen ließ, merkte er, wie die sanften Bewegungen sie schläfrig stimmten.

»András, verzeihen Sie«, gähnte sie hinter vorgehaltener Hand. »Denken Sie nicht allzu hart. Ich bin leider schon eine alte Frau und zu nicht mehr viel zu gebrauchen.«

»Therese, ich verbiete Ihnen, solch dummes Zeug daherzureden!«, widersprach András streng. »Sie haben ein hartes Training durchlaufen, ohne Schwäche zu zeigen oder in Ihrer Aufmerksamkeit nachzulassen. Sie halten mehr aus als jedes junge Ding! Alt sind Sie ganz sicher nicht. Ich vermute, Sie könnten zwölf Runden den Langaus tanzen, ohne auch nur außer Atem zu geraten. Wollen wir wetten? Ich würde mich als Tänzer und Schiedsrichter zur Verfügung stellen!«

»András, wo haben Sie die vergangenen Jahre gelebt? Der Langaus ist aus der Mode. Er wurde aus gesundheitlichen Gründen verboten! Zu viele brachen mit Versagen des Herzens zusammen. Heute dreht man sich im Takt der gesitteten, doch noch immer schwungvollen Walzer.«

»Nun gut, wenn Sie Ihre sportlichen Fähigkeiten auch noch auf modische Weise beweisen wollen, dann eben ein Galopp! Den ganzen rasanten Sperl-Galopp von Strauss in einem Zug? Was halten Sie davon? Schlagen Sie in die Wette ein?«

Sie kicherte schläfrig. Ihre Lider schlossen sich, ihr Kopf sank gegen seine Schulter. András lenkte den Wagen die Herrengasse entlang auf die Freyung zu. Ein entspanntes Lächeln umspielte die Lippen der Fürstin, die einige Worte im Schlaf murmelte.

Ihr Duft stieg ihm in die Nase. Es war nicht der süßliche Geruch der Jugend. Doch er hatte ihr nicht geschmeichelt, als er sagte, sie sei noch nicht alt. Obwohl die Anzahl der Jahre dies durchaus nahelegen konnte und es genug Menschen gab, deren Körper und Geist schon viel früher sich dem zunehmenden Verfall des Alters ergaben. Die Fürstin dagegen strahlte Kraft und Lebenshunger aus. Sie wollte noch so viel erleben, und das hielt sie jung. Dennoch war da auch das Leid, das sie in ihrem Leben schon erfahren hatte. Zusammen ergab sich eine überaus vielversprechende Mischung, die er zu gerne gekostet hätte.

Die Lust steigerte sich zur Gier, je länger ihr Duft ihm in die Nase stieg. Er wollte ihr nicht schaden, doch konnte er es wagen, nur einen kleinen Schluck zu versuchen? Die Adern pochten so einladend unter ihrer hellen Haut und schienen ihn zu locken und zu betören.

Würde es bei dem einen Schluck bleiben? Die Gier hatte inzwischen bedrohliche Ausmaße angenommen. Ein scharfer Schmerz fuhr durch seinen Kiefer, und er spürte, dass es ihn viel Kraft kostete, seine Reißzähne unter Kontrolle zu halten. Dennoch war er sich sicher, dass er die Beherrschung nicht verlieren würde.

Beherrschung, ja, das war das Schwerste, was er über viele Jahrzehnte hatte lernen müssen. In den ersten Jahren hatte die Gier ihn beherrscht, über sein Handeln bestimmt und ihn in nicht wenig prekäre Situationen gebracht. Heute herrschte sein Verstand und war stets in der Lage einzugreifen. Selbst wenn er sich der Gier nach Blut und dem Genuss seines Geschmackes hingab, blieben alle seine Sinne hellwach und aufmerksam auf die Umgebung ausgerichtet. Einen jungen Vampir konnte man am besten überraschen und überwältigen, während er trank, denn dann war er taub und blind für alles andere. Viele wurden in dieser Zeit vernichtet. Ihre Ewigkeit währte nicht lange. Gelang es einem Vampir allerdings die ersten paar Dutzend Jahre zu überstehen, dann wurde es für einen Menschen sehr schwer, ihn zu überrumpeln. Wenn nicht sogar unmöglich.

Der Wagen fuhr vor dem Palais der Fürsten Kinsky vor. Steifbeinig sprang der Groom von seinem Sitz und öffnete das Tor. András dirigierte die Pferde bis in den hinteren Hof und ließ sie dann anhalten.

»Du kannst die ersten Pferde schon einmal ausspannen. Ich warte hier und begleite dann deine Herrin bis zur Halle.«

Johann nickte gähnend und schlurfte mit den beiden Vorauspferden davon. Die Stangenpferde warteten, ohne sich zu rühren oder auch nur zu schnauben. Vielleicht hätte dieser ungewöhnliche Umstand die Aufmerksamkeit des Pferdeknechts erregt, wäre er nicht so schrecklich müde gewesen.

András beugte sich über die schlafende Fürstin. »Therese, aufwachen, Sie sind zu Hause.«

»Ich will nicht nach Hause!«, murmelte sie schlaftrunken. »Ich will bei Ihnen bleiben.«

»Es ist spät, und Sie müssen schlafen.«

»Ich schlafe doch schon«, gab sie recht überzeugend zurück. András konnte sich eines Lächelns nicht erwehren.

»Ja, und wenn ich Sie hier auf dem Wagen zurücklasse, dann werden Sie erfroren sein, noch ehe die Sonne aufgeht. Also, steigen Sie nun freiwillig aus, oder muss ich Sie in Ihre Gemächer hinauftragen?«

Die Fürstin riss die Augen auf und starrte ihn an. Sein Gesicht war nun kaum eine Handbreit von dem ihren entfernt.

»So etwas Unschickliches würden Sie tun, mein Freund?«

»Wenn Sie mich dazu zwingen, Teuerste.«

Er spürte, dass seine Beherrschung erlahmte. Und auch in ihr loderte unvermittelt ein Feuer auf, das alle Schläfrigkeit vertrieb. Sie öffnete die Lippen, und die Forderung war so deutlich, als habe sie sie laut ausgesprochen. András beugte sich noch tiefer herab und küsste sie leicht. Rasch richtete er sich wieder auf. Und dieses Mal folgte Therese seiner Aufforderung. Er konnte ihre Verwirrung spüren. Sie kämpfte mit sich und versuchte die wechselnden Gefühle, die sie so machtvoll durchrannen, zu ordnen. Vielleicht war es gut, dass der Groom in diesem Moment zurückkehrte, um die beiden Stangenpferde auszuschirren.

András hob die Fürstin vom Wagen und führte sie zum großen Hof zurück und bis unter den Durchgang, von dem aus sich das Tor ins Vestibül öffnete. Therese wandte sich ihm zu und kam ihm so nahe, dass sie sich berührten. Ihre Arme umschlangen seine Mitte.

»Liebster Freund, halten Sie mich nicht für leichtfertig, doch gewähren Sie mir noch einen Kuss. Eine solche Nacht muss einen Abschluss finden, der ihr gebührt!«

Und so nahm András die Fürstin fest in seine Arme, beugte sich vor und sog ihren Geruch in sich ein. Dann küsste er sie. Nicht flüchtig und zart wie zuvor auf dem Wagen. Dies war ein Kuss, der den Namen verdiente. Ein Versprechen, ein Fluch, der Beginn von Leidenschaft. Süß und ein wenig schmerzhaft. Ein kleiner Tod. Seine Zähne ritzten ihre Lippe. Blutstropfen bahnten sich ihren Weg und benetzten seine Zunge.

Therese stöhnte. Sie riss die Augen auf und sah in die seinen. War da ein Hauch von Erkennen? Nein, das durfte er nicht zulassen.

András löste sich von ihr. Der Blick der Fürstin verschleierte sich.

»Gehen Sie nun zu Bett, meine Freundin, schlafen Sie und träumen Sie von Ihren Fahrkünsten.«

»Wann werden wir uns wiedersehen?«

»Bald, meine Teure, sehr bald.«

András dirigierte sie zur Tür und hielt sie für Therese auf. Mit unsicheren Schritten wankte sie in die Halle. Er dachte schon, er müsse sie hinauftragen, als jemand die Treppe heruntergeeilt kam. Für einen Augenblick fürchtete András, es wäre der Fürst. Nicht dass er um sich Angst empfunden hätte, doch er konnte es nicht zulassen, dass er sich an Therese vergriff. András spürte, wie sich sein Körper anspannte.

Nein, das waren Füße, die Arbeit und Dienen gewohnt waren. Und schon erklang die Stimme des Butlers.

»Durchlaucht, was ist mit Ihnen? Es ist spät geworden. Ich begann schon, mir Sorgen zu machen. Sie hatten doch nicht etwa einen Unfall?«

»Nein, Lorenz, mach dir keine Gedanken. Ich bin nur ein wenig müde und verlange unverzüglich nach meinem Bett. Komm, reiche mir deinen Arm bis zur Tür, dann wird sich Vesna meiner annehmen.«

András zog sich geräuschlos zurück und verließ das Palais. Er eilte nach Hause. Unterwegs griff er sich einen jungen Mann, der mit ein wenig unsicherem Schritt die Straße entlangkam, allerdings nicht so sehr betrunken war, dass sein Blut dem Vampir geschadet hätte. Mit kurzen, gierigen Zügen trank er, bis er ihn so geschwächt hatte, dass er die kommenden Tage sicher das Bett hüten musste. Ernsthaften Schaden würde er nicht davontragen.

András trug ihn in den nächsten Hof und ließ ihn dort liegen, ehe er seinen Heimweg fortsetzte. Sein ärgstes Drängen war nun befriedigt, aber noch immer reizte der Duft der Fürstin seine Nase, und so schmeckte das Blut dieses Nachtschwärmers ungewöhnlich schal.

András überquerte den Michaelerplatz und warf einen Blick zu den dunklen Fenstern des Zinshauses hinauf, hinter denen Familie Wallberg wohnte. Er spürte, wie ein Lächeln seine Lippen teilte. Noch rascher setzte er seinen Weg fort, bis er das Palais erreichte, das er den leichtfertigen Bankierssöhnen abgenommen hatte. Nachdem die feste Hand und der Weitblick des Vaters einmal fehlten, war es ein Leichtes gewesen, die beiden zu Spekulationen zu reizen, deren Gewinne dann in Strömen in die Taschen des Grafen aus Siebenbürgen flossen. Sie kümmerten sich nicht weiter darum, kauften Kunstwerke, genossen das Leben und sahen zu, wie ihr Vermögen schwand, bis sie plötzlich überrascht feststellten, dass ihnen nicht einmal genug blieb, ihren Lebensstil in dieser Weise weiterzuführen. Schnell waren Wechsel unterschrieben, die sie wieder flüssigstellten. Das Palais diente als Sicherheit, bis es schließlich ganz den Besitzer wechselte. Wieder rieben sich die beiden jungen Männer die Augen. Wie hatte es so weit kommen können? Graf Báthory, der ihnen wohl eine Antwort hätte geben können, schwieg, ließ sie ratlos zurück und zog in sein Wiener Palais ein.

András schloss das Tor hinter sich. Goran hatte seine Arbeit gut gemacht. Selbst er konnte das Blut auf den steinernen Fraugewändern nur noch schwach wittern. Drei Stufen auf einmal nehmend lief er hinauf zum Musiksalon, klappte den Deckel des Flügels auf und ließ sich auf den Schemel sinken. Aus dem Gedächtnis spielte er alle Läufe und Melodien, die Karoline Wallberg ihm gezeigt hatte. Dann nahm er die Blätter zur Hand, die sie mit Linien und zierlichen Noten bedeckt hatte. Das war ihre letzte Lektion in der vergangenen Nacht gewesen. Welche Note welcher Taste entsprach und wie sie zu spielen war. Es bereitete András keine Schwierigkeiten, sich daran zu erinnern, und schon bald konnte er die kleinen Stücke vom Blatt spielen.

Bis zum Morgengrauen saß er am Flügel, wiederholte die Übungen und fing dann an, Melodien nachzuspielen, die er irgendwo gehört hatte.

Er wäre noch länger dort sitzen geblieben, so sehr faszinierte ihn das Spiel auf seinem Pianoforte, hätte nicht die aufgehende Sonne ihn zum Rückzug in seinen Sarg gezwungen. So blieb ihm nur, sich in die Sicherheit der Finsternis zurückzuziehen und dem Abend entgegenzufiebern.

Der kaiserlich-königliche Polizeikommissär Hofbauer schritt in seinem Dienstzimmer auf und ab und raufte sich das Haar, bis es ihm abenteuerlich nach allen Seiten abstand. Jedes Mal, wenn er an seinem Schreibtisch vorbeikam, sah er auf die drei neuen Blätter hinab, die neben seinen alten Aufzeichnungen lagen, und er stöhnte gequält auf, ehe er seine Wanderung fortsetzte.

Drei Namen, drei Leben, drei Menschen, die in den vergangenen Tagen bei Nacht spurlos verschwunden waren. Und dann noch ein weiterer Mord an einer Frau Mitte dreißig aus der Josefstadt. Eine Schauspielerin am Theater an der Wien. Keine, die die großen Rollen bekam. Eher unauffällig, mäßig begabt, die sich nach Ende der Vorstellung gegen halb elf auf den Heimweg gemacht hatte, zu Hause aber nie angekommen war. Bereits um elf hatte sich ihr besorgter Gatte aufgemacht, sie zu suchen. Um diese Zeit sollten anständige Bürger längst daheim sein, die Türen der Zinshäuser verschlossen, im Sommer um zehn, im Winter um neun Uhr abends, so hatte es der Kaiser verfügt. Theateraufführungen begannen bereits um sieben, damit sie bis zehn Uhr beendet sein konnten. Nur einige Kaffeehäuser hatten bis Mitternacht geöffnet.

In Wien herrschte die bürgerliche Ordnung, die Franz, der Vater des jetzigen Kaisers, angestrebt hatte. Der Sohn, der jede eigene Initiative scheute und sich streng an die Gebote seines Vaters und der Minister hielt, die er von ihm geerbt hatte, beließ es einfach dabei. Es war schon schlimm genug, dass es in den umliegenden Ländern seit einigen Jahren immer lauter rumorte. Der Aufstand in Polen, den der Zar blutig niederwerfen ließ, die Proteste der Seidenweber in Lyon, denen immer weitere Unruhen folgten, bis der Bürgerkönig der Franzosen seinen Thron schließlich verlassen musste. Der gärende Unmut in Prag und Budapest. Und dann auch noch Italien, dessen Glut nie vollständig erlosch. Nein, da hielt sich Kaiser Ferdinand lieber an das bewährte System seines Vaters, um in seiner Kaiserstadt Ruhe zu halten: ein züchtiges, wohlanständiges Leben, behütet von der Tag und Nacht patrouillierenden Militärpolizei und überwacht vom Heer der Spitzel, die auf den Lohnlisten der Zensurbehörde standen. Und diese Listen waren verdammt lang!

Dennoch hatte niemand etwas gesehen oder gehört. Es war nicht zu fassen! Der bedauernswerte Mann hatte seine Ehefrau mit durchgeschnittener Kehle an einem der Hintereingänge zu den kaiserlichen Stallungen gefunden, wo sie ihr Weg vom Theater nach Hause stets vorbeiführte. Vom Täter keine Spur. Nur das Messer hatte er dieses Mal am Ort der Tat zurückgelassen.

Normalerweise richtete Hofbauer in solchen Fällen sein Augenmerk zuerst auf den Ehemann, mögliche Verehrer oder nahe Verwandte. Dieses Mal war er sich jedoch sicher, dass der Mord mit den anderen Fällen zusammenhing.

Doch warum um alles in der Welt hatte niemand etwas gesehen oder gehört? Hofbauer wusste nicht mehr, wie viele Befragungen er in den vergangenen Wochen durchgeführt hatte. Nichts. Absolut nichts! Und dann auch noch die Vermisstenfälle, von denen er fürchtete, dass er sie irgendwann zu der Liste der Morde würde hinzufügen müssen. Wie konnte so etwas in einer Stadt wie Wien passieren?

Die beste Spur erschien ihm noch immer der düstere Graf aus Siebenbürgen, aber auch hier gab es nichts Konkretes, das weitere Maßnahmen gegen ihn gerechtfertigt hätte. Vier scheußliche Morde und dann noch die Vermissten. Hofbauer hatte sogar bei Polizeiminister Sedlnitzky vorgesprochen und ihn um Hilfe gebeten, doch so seltsam es klang, selbst sein Heer von Spitzeln fand keinen einzigen Hinweis auf die Morde oder die verschwundenen Personen. Keinen einzigen! Hofbauer fiel es schwer, das zu glauben.

Unvermittelt blieb er mitten im Raum stehen. Wenn er logisch vorging, dann war das nicht nur unwahrscheinlich, sondern schlichtweg unmöglich. Wenn die Morde von einer lebenden Person verübt worden waren. Jeder Mensch wohnte irgendwo, aß und trank, musste einkaufen oder in ein Wirtshaus zum Essen gehen, kannte andere Menschen und sprach mit ihnen.

Und in dieser Kaiserstadt, in der nicht einmal eine aufrührerische Rede in einem privaten Salon oder das Lesen eines zensierten Buches von den Naderern unbemerkt blieben, sollte bei all diesen Morden keine Spur hinterlassen worden sein? Das war nicht nur unlogisch, das war ganz und gar ausgeschlossen!

Entsprechend gab es nur einen Schluss, den der Kommissär ziehen konnte: Irgendjemand hielt diese Informationen vor der Polizei zurück. Der, der alles wusste und die Macht dazu hatte? Hofbauer wagte den Namen kaum zu denken: Polizeiminister Sedlnitzky!

Hofbauer fühlte einen Schwindel und musste sich an der Lehne seines Schreibtischstuhls festhalten. Seine Schultern sackten nach vorn. Er wusste, dass er nicht aufgeben würde, nicht aufgeben konnte. Er war wie einer dieser Hunde, die – hatten sie den Knochen erst einmal gepackt – ihn nicht wieder losließen. Ja, Hofbauer würde diesen Fall weiterverfolgen, mit seiner Erfahrung und jener Verbissenheit, die mit jedem Tag in ihm wuchs. Er musste diese Verbrechen klären, sein Seelenheil hing davon ab. Doch so sehr er sich davor fürchtete, den Fall niemals lösen zu können, so sehr fürchtete er sich auch davor, was er alles erfahren könnte, wenn er die Wahrheit ans Licht brachte.

Schritte auf dem Gang ließen ihn die Schultern straffen. Er drückte den Rücken durch und wappnete sich mit einem zuversichtlichen Gesichtsausdruck, als die Tür schon aufgerissen wurde und Schobermeier hereingepoltert kam.

»Kommissär, Sie hatten mit Ihrer Vermutung recht!«

Seine Wangen und seine Nase waren vor Kälte und Aufregung gerötet. Einige Schneeflocken schmolzen auf Schulter und Ärmel seines Mantels, als er sich in den Stuhl vor dem Schreibtisch fallen ließ.

»Wir haben alle acht Polizeibezirke der Vorstädte überprüft. Ich selbst habe mit den Bezirksdirektoren von Rossau, Spitalberg und Laimgrube gesprochen. Sie hatten mit Ihrer Vermutung recht! Es sind in den vergangenen Wochen noch mehr Personen spurlos verschwunden, doch die dortigen Beamten vermuteten keine Verbrechen hinter diesen Fällen und haben sie daher nicht weiterverfolgt.«

»Wie viele sind es?«, fragte der Polizeikommissär mit belegter Stimme.

»Sechs, davon vier Frauen.« Schobermeier zog einen Stapel zerknitterte Papiere aus der Tasche, glättete sie ein wenig und legte sie seinem Vorgesetzten auf den Tisch.

»Sechs Fälle? Und keiner kam uns bisher zu Ohren?«

Schobermeier hob die Schultern. »Es erschien denen halt nicht so wichtig. Und eigentlich sind es nur fünf. Einer war nämlich ein Mann in Sechshaus, den seine Frau als abgängig gemeldet hat. Er war abends gern im Wirtshaus und hat wohl einen über den Durst getrunken. Jedenfalls muss er in die Wien gefallen und dort ertrunken sein.«

»Ertrunken oder von dem zum Himmel stinkenden Dreckwasser vergiftet worden«, murmelte der Kommissär und fragte dann laut: »Ertrunken? Nicht die Kehle durchgeschnitten oder erstochen?«

»Der Wundarzt hat nichts vermerkt, und der Mann wurde bereits begraben.«

»Hm, dann lassen wir ihn einmal außer Acht. Bleiben immer noch fünf Fälle.«

»Ich habe Ihnen alles aufgeschrieben, was ich über die Personen in Erfahrung bringen konnte.« Mit stolzer Miene wies Schobermeier auf die zerknitterten Papiere.

»Haben Sie selbst mit den Familien gesprochen?«

Schobermeier wirkte entsetzt. »Wann hätte ich das denn tun sollen? Und warum? Ich habe einen der Polizeidiener die Notizen der Beamten abschreiben lassen, die die jeweiligen Fälle aufgenommen haben.«

»Und, bringen uns diese Aufzeichnungen irgendwie weiter?«

Schobermeier schüttelte den Kopf. »Nur so allgemeiner Kram. Die Mütter behaupten stets, ihre Töchter seien zu anständig, um mit einem Verehrer durchzubrennen, die Väter schimpfen, fluchen und drohen, doch zumindest fällt da ab und zu der Name eines Bekannten, mit dem das Mädchen ins Tanzlokal ging oder so. Bei den Hausmädchen fällt die Verteidigung ihrer Ehre meist nicht so überzeugend aus. Zwei haben keine Familie in Wien. Eine der Frauen war schon über dreißig, aber noch ledig. Der verschwundene Mann ist Selcher im Alsergrund und lieferte sein Fleisch vor allem ins Spital. Er hinterlässt eine Frau und drei kleine Kinder.«

»Wie Sie schon sagen, nur allgemeiner Kram. Nichts, mit dem wir etwas anfangen könnten. Daher werden wir zu diesen Fällen selbst Befragungen vornehmen.«

»Zu allen?« Schobermeier sah ihn entsetzt an.

Der Kommissär nahm seinen Mantel vom Haken und setzte sich den Hut auf. »Ja, zu allen, oder gibt es einen unter ihnen, den Sie keiner Untersuchung durch die Kriminalpolizei für würdig erachten wollten?«

Der Kommissär wusste, dass sein Untergebener es nicht mochte, wenn er so vornehm wie ein Mann von Adel sprach, doch seine Einfältigkeit reizte Hofbauer. Schobermeier antwortete nicht, sondern schnaubte nur abfällig durch die Nase.

»Wir beginnen mit der Spur, die noch frisch ist.« Der Kommissär nahm das Blatt, dessen Datum erst zwei Tage zurücklag.

»Anna Holzer, dreiundzwanzig Jahre, ledig, wohnhaft in der Spittelau bei ihren Eltern. Vater ist Tischler, Mutter ist Zugehfrau im Haus des Magistrats Schörer im Alsergrund. Im Haus leben noch vier jüngere Kinder. Außerdem haben sie einen Bettgeher, der als Gehilfe für den Vater arbeitet. Anna ist seit der Eröffnung vor einem Jahr in der Kerzenfabrik der Seifensiedergesellschaft im Schottenfeld angestellt. Sie war auf dem Heimweg von ihrem Arbeitsplatz, als sie verschwand.« Hofbauer wandte sich zum Gehen. »Gut, fangen wir genau da mit unseren Fragen an.«

Schobermeier eilte ihm nach. »In der Kerzenfabrik? Die im ehemaligen Apollosaal?«

»Ja, in der Kerzenfabrik. Die Frauen reden während der Arbeit. Vielleicht weiß eine etwas, das der Polizei bislang nicht bekannt ist.«

Den ganzen Weg bis zum Schottenfeld hinaus schwärmte Schobermeier seinem Vorgesetzten vor.

»Der Apollosaal, der hatte was! Sind Sie je dort gewesen? Oder lieben Sie keinen Walzer?«

»Doch, schon«, musste er zugeben, »aber es ist kein Vergleich zu der Leidenschaft, die meine Frau diesen Tanzvergnügen entgegenbringt oder gar meine Tochter Irma.« Der Kommissär verdrehte die Augen.

»Ich habe den Apollosaal ja erst in seinen letzten Jahren besucht, als die vornehme Gesellschaft sich bereits abgewandt hat und auch das einfache Volk wie unsereiner Zutritt bekam. Es war einfach riesig! Man sagt, in den Sälen sollen fünftausend Kerzen gebrannt haben. Jeder Raum hatte einen Namen und war diesem entsprechend dekoriert. Es gab künstliche Teiche und Grotten und Wasserfälle und echte, fliegende Adler! Man nannte ihn nicht umsonst den Feenpalast des Brillantengrunds! An den Abenden, an denen ich mit meinem Mädchen dort war, spielte ein Orchester von sechzig Mann. Ich übertreibe nicht. Ich habe sie gezählt!«

»Aber weder Lanner noch Strauss«, gab der Kommissär zu bedenken. »Das war das Verhängnis, das dieses Haus in den Ruin trieb. Keine Gäste, kein Geld!«

Dem musste Schobermeier zustimmen. »So ist der Lauf der Dinge. Und die Bürger tanzen nun im ›Sperl‹, in der ›Goldenen Birn‹ an der Landstraße oder im ›Kettenbrückensaal‹ in der Leopoldstadt zu den Walzern von Johann Strauss.«

»Und deshalb ist der Feenpalast nun eine Kerzenfabrik, in der sich nahezu einhundert junge Frauen jeden Tag elf Stunden über Bottiche mit heißem Wachs beugen und Kerzen ziehen. Nein, ganz stimmt das natürlich nicht. Sonntags arbeiten sie nur fünf

Stunden und an den kirchlichen Feiertagen haben sie frei«, korrigierte sich der Kommissär und ließ seinen Blick über die einst so prächtigen Gebäude schweifen, die nun den Schweiß der täglichen, harten Arbeit verströmten. »Gehen wir hinein, und hoffen wir, dass wir etwas erfahren.«

11. Kapitel

Sophie Wallberg

Da war er wieder, dieser Geruch, der ihn irritierte. Unauffällig nahm András die Witterung auf, während Karoline Wallberg ihn ins Musikzimmer führte. Er erkundigte sich höflich nach dem Befinden ihres Vaters und ihres Bruders.

Der Vater lag noch immer im Spital, der Bruder war bereits zu seinem Auftritt im Theater an der Wien aufgebrochen.

Und das Kind? Wo ist das Kind? Warum habe ich es bisher nicht gesehen?, wollte er fragen, unterließ es aber. Er würde es schon herausfinden. Das und warum in dieser Witterung eine so seltsam bittere Note schwang, die nicht zu dem kindlichen Geruch passte. Süß müsste er sein. Einfach nur unschuldig süß. Das war er aber nicht.

Hatte es mit der Schwermut zu tun, die er auch bei Karoline wahrnahm? Eine interessante Überlegung. András kam ihr ein wenig näher, als es notwendig gewesen wäre. Unwillkürlich wich Karoline zurück.

»Setzen Sie sich, Graf, und lassen Sie hören, wie Sie mit Ihren Übungen zurechtgekommen sind.« Etwas klang nicht echt in ihrer Stimme. Sie war eine Spur zu hoch und zu laut. Dem Blick fehlte die Ruhe, die ihm bei ihren letzten Treffen so angenehm aufgefallen war. Karolines Finger verkrampften sich unruhig in ihrem Schoß.

Er würde der Sache auf den Grund gehen. Später. Jetzt würde er erst einmal spielen. Ohne die Notenblätter aufzustellen, die

Fräulein Wallberg ihm geschrieben hatte, spielte er alle Übungen und Melodien, so wie sie sie ihm vorgetragen hatte.

Sie versuchte ihr Erstaunen zu verbergen, lobte ihn für seinen Fleiß und mahnte noch einmal, er möge versuchen, einen eigenen Stil zu entwickeln.

»Vielleicht versuchen wir es einmal anders«, überlegte sie laut, griff nach einem leeren Notenblatt und füllte die Linien mit einer einfachen Melodie.

»Spielen Sie diese Reihe. Erst langsam, damit Sie die Töne zuordnen können, und dann als Melodie, als lebendes, atmendes Musikstück.«

András gehorchte und drückte die Tasten in der richtigen Reihenfolge. Dann ließ er die Hände sinken und sah sich die Noten an. Karoline hatte in der Eile nur die Notenköpfe eingezeichnet, so dass der Melodie noch kein Rhythmus innewohnte. Brauchte sie diesen nicht, um zum Leben zu erwachen?

Karoline dachte über seine Frage nach. »Ja und nein. Man kann eine Tonfolge auch zum Leben erwecken und sie zu Musik machen, wenn alle Töne gleich lang sind. Dennoch haben Sie auch recht. Wenn Sie mehr aussagen wollen, dann müssen Sie manches hervorheben, anderes in den Hintergrund treten lassen. Die Länge des Tones ist nur ein Mittel dazu, andere sind die Lautstärke des Tones und die Intensität, mit der sie angeschlagen werden. Versuchen Sie es. Spielen Sie mit den Möglichkeiten. Befreien Sie sich von der schlichten Reproduktion!«

Nun war Karoline Wallberg wieder in ihrem Element. Was sie zuvor auch verunsichert haben mochte, nun war es vergessen. Jetzt erfüllte nur noch Musik ihren Geist und ihre Seele.

András spielte die Melodie auf verschiedene Weisen. Karoline hörte aufmerksam zu und unterlegte diese dann mit einer Bassstimme. Sie erweiterten die Oberstimme, fügten neue Motive ein und kamen wie in einem Rondo immer wieder zu den ursprünglichen Takten zurück, die sich jedoch im Ausdruck stets wandelten. Karoline hielt inne und schrieb ein paar Begleittakte für die linke Hand auf.

»Nun tauschen wir die Plätze. Ich spiele die Melodie, Sie die Bassstimme. Achten Sie darauf, welche Stimmung ich in die Melodie lege, und versuchen Sie sich anzugleichen.«

András begriff schnell. Und bald schon begann er die vorgegebenen Takte ein wenig zu variieren. Karoline strahlte ihn so offen an, dass ihr Lächeln ihn wärmte, wie die fast vergessenen Sonnenstrahlen, die er einst als Mensch auf seiner Haut gespürt hatte. Sie tauschten wieder. Dann spielte Karoline eigene kleine Kompositionen oder zumindest Themen daraus, während András aufmerksam lauschte und danach mit ihrer Hilfe die Melodie wiedergab und sie immer weiter variierte.

»Sie sind unglaublich, Graf! Ich habe niemals einen Schüler erlebt, der so schnell lernte. Sie sollten Gott für dieses ungewöhnliche Talent danken!«

»Äh, ja, bei Gelegenheit«, murmelte er.

»Versuchen Sie nun, die Melodien auf dem Notenpapier festzuhalten. Sie erinnern sich doch noch daran, welcher Ton welcher Linie entspricht?«

András nickte und nahm ein leeres Notenblatt zur Hand. In Gedanken ließ er die Melodie in sich erklingen und schrieb sie Ton für Ton nieder. Bei manchen Sprüngen zögerte er kurz und überlegte, welche der Tasten er angeschlagen hatte, ehe er die Note einzeichnete.

Solange András mit Feder und Tinte beschäftigt war, spielte Karoline einige kleine Stücke. Bald schon hatte sie nicht nur den Schüler neben sich vergessen. Sie schien Zeit und Raum entrückt. Die Stücke rauschten wie Sturmböen dahin, wandelten sich, nahmen neue Motive auf. Manche Themen kamen András aus den Stücken der großen Meister bekannt vor, dann wieder glaubte er,

Karolines Geist darin zu erkennen. So brauste die Musik dahin. Man konnte sich ihrer tiefen Wirkung nicht entziehen. Ja, so müsste man spielen können! András schwor sich, nicht eher zu ruhen, bis er es ihr gleichtun konnte. – In seinem eigenen Stil, wie Karoline nicht müde wurde zu betonen.

Wieder wechselte der Charakter der Musik. Sie wurde langsamer, schwerer. András sah von seinen Noten auf. Auch dieses Motiv kannte er. Diese Musik hatte ihn einst tief beeindruckt, als er sie das erste Mal hörte. Er sah zu Karoline auf, doch sie hatte den Kopf leicht erhoben, ihr Blick war in die Ferne entrückt. Sie war wieder ganz in ihre Welt eingetaucht.

»Es ist Mozarts Requiem, nicht wahr?«, fragte András, der über das gewaltige Stück sein Notenpapier vergaß.

Karoline schreckte zusammen. »Was?« Mit einem Misston endete die Passage. Unheilvoll drängte die Stille vor. Die Pianistin saß auf ihrem Schemel, die Augen weit aufgerissen, die Hände bebend noch auf den Tasten, doch wie in Abwehr von sich gestreckt.

»Das Requiem!«, hauchte sie.

»Ja«, stimmte ihr András zu. »Das Requiem, das hier nebenan in der Michaelerkirche zum allerersten Mal erklang, als Totengesang für den großen Meister, der es erschaffen hat.«

Sie schauderte. András erhob sich und trat zu ihr. Er konnte sich nicht erklären, was eben geschehen war. Was hatte dieses Entsetzen ausgelöst?

»Was ist mit Ihnen?« Er stand nun mit dem Rücken zur Tür und beugte sich ein wenig nach vorn. Karoline reagierte nicht. Ihr Blick war starr zur Tür gerichtet. Noch ehe sich András umdrehte, stieg ihm der Geruch in die Nase: das Mädchen mit dem bittersüßen Duft!

Es wirkte fast ein wenig wie ein Geist, der sich hierher in die Welt der Musik verirrt hat. Stumm stand es in der Türöffnung. Die schwarzen Haare streng zurückgebunden, das schmale, ovale Gesicht fast von gespensterhafter Transparenz. Ihr magerer Körper steckte in einem für sie zu großen schwarzen Kleid, das die Blässe ihrer Haut noch unterstrich. Sie mochte sieben oder acht Jahre alt sein und war sicher zu klein für ihr Alter. Doch das Seltsamste an dem Kind waren seine Augen. Es hielt sie weit aufgerissen und grob auf die beiden Personen am Flügel ausgerichtet, ohne sie jedoch zu fixieren. Ihre Augen waren schwarz, nein, die Pupillen waren so sehr geweitet, dass eine Iris nicht zu erkennen war. Der Blick verlor sich ein wenig über den Köpfen in der Ferne.

András konnte hören, wie Karoline krampfhaft atmete. Noch immer stand das Mädchen nur stumm in der Tür. Es sah den Gast nicht an, und dennoch fühlte András, wie er abgeschätzt wurde. Etwas Unbekanntes tastete nach ihm und streifte seinen Geist. Da begriff András, dass das Mädchen blind war. Vermutlich schon seit seiner Geburt oder frühsten Kindheit, und dass es gelernt hatte, sich auf seine anderen Sinne zu verlassen. Diese hatte es geschärft, wie alle Wesen der Nacht!

Es war das Kind, das die Stille brach, die mit unangenehmer Spannung auf ihnen lastete. »Ich kann den Tod riechen. Er ist wieder im Haus, nicht wahr?«

Karoline stöhnte. »Sophie, was redest du nur wieder daher. Habe ich nicht gesagt, du sollst oben in deinem Zimmer bleiben?«

»Das ist wahr, und ich habe mir auch vorgenommen zu gehorchen, doch dann habe ich die Musik gehört. Das Requiem. Ich bin nur in den Salon hinunter, um besser zu hören, da konnte ich ihn wieder riechen. Er ist bei dir. Ich spüre es.« Das Mädchen kam einige Schritte näher. »Sag, wie sieht er aus?«

»Wie ein normaler Mensch«, beantwortete András die Frage. Das Mädchen legte den Kopf schief und lauschte.

»Ich hätte nicht gedacht, dass er eine so schöne Stimme hat.«

»Nun ist aber Schluss mit dem Unsinn!«, rief Karoline um eine energische Stimme bemüht. »Sophie, dies ist mein geschätzter Gast Graf Báthory, der kommt, um das Klavierspiel zu erlernen, und das, verehrter Graf, ist Sophie. Sophie Wallberg«, fügte sie leiser hinzu.

András sah zu ihr auf und erhaschte noch die Bitterkeit, die er unterschwellig immer wieder erahnt hatte und die das Kind so deutlich ausstrahlte.

»Es ist mir eine Ehre, Fräulein Sophie Wallberg«, sagte er, trat vor und streckte die Hand aus. Er sah Karolines Finger zucken. Sie trat rasch einen Schritt vor. Vielleicht, um einzugreifen und dem Kind, das die entgegengestreckte Rechte ja nicht sehen konnte, zu helfen. Doch Sophie wandte sich ganz selbstverständlich dem Gast zu und legte ihre kleine, schmale Hand in die seine. Dort ruhte sie. Das Kind konzentrierte sich auf seine Sinne und tastete den Fremden wie mit unsichtbaren Fühlern ab.

András bewegte sich nicht. Er war seltsam fasziniert. So etwas hatte er noch nicht erlebt. Menschen verließen sich zu sehr auf ihre Augen, die sie führten und ihre Entscheidungen bestimmten. Das Fühlen, Riechen und Schmecken stellten sie meist hintenan. Misstrauten diesen wunderbaren Sinnen zu Unrecht und vernachlässigten sie sträflich. Das war der große Unterschied zwischen ihm, dem Vampir, und den Menschen. Für András wog dieser Unterschied schwerer als alles andere, wie etwa der, dass er tagsüber im Verborgenen ruhen musste und dass er sich von ihrem Blut ernährte. Auch die Menschen töteten und aßen Fleisch von Tieren, ohne sich Gedanken darüber zu machen, wie nah diese Lebewesen ihnen eigentlich standen. Denn um dies zu erspüren, würden sie die Sinne benötigen, die sie über Generationen hatten verkümmern lassen.

Sophie zog die Hand zurück. »Sie sind kalt, wie ich es noch bei keinem erlebt habe. Menschen sind nicht so kalt, nicht wahr?«

»Sophie, du bist ungezogen«, rief Karoline und enthob ihn damit einer Antwort. »Geh hinauf in deine Kammer. Aber zuvor entschuldige dich bei unserem Gast. Graf András hat es nicht verdient, in unserem Haus beleidigt zu werden.«

Sophie legte den Kopf schief. »Es war nicht meine Absicht, Sie zu beleidigen, Graf. Wenn ich das getan habe, dann entschuldige ich mich. Ich habe nur gesagt, was ich fühle, aber damit bringe ich immer alle in Verlegenheit«, fügte sie treuherzig hinzu, und zum ersten Mal fühlte es sich so an, als stehe ein Kind vor ihm. Dann zog sich Sophie zurück, wie Karoline es ihr befohlen hatte. András sah ihr nach, bis sie die Tür hinter sich schloss.

»Ich muss mich bei Ihnen für diesen Auftritt entschuldigen, Graf Báthory, es tut mir unendlich leid …«, begann Karoline ein wenig atemlos. András fiel ihr ins Wort.

»Was tut Ihnen leid? Dass Sophie die Unterrichtsstunde gestört hat? Dass ich sie zu Gesicht bekommen habe oder …« Er machte eine kurze Pause und sah Karoline in die Augen. »Oder dass es Ihre Tochter überhaupt gibt?«

Die Mutter zuckte zusammen. »Wie können Sie so etwas sagen?«, rief Sie gekränkt.

»Ich weiß, als Gast dieses Hauses, den Sie kaum kennen, spricht jede Konvention dagegen, so offen zu sein. Sie haben recht, wenn Sie mich rügen oder gar Ihrer Wohnung verweisen. Ich kann Ihnen jedoch versichern, dass ich Sie mit meinen offenen Worten nicht kränken will. Nichts läge mir ferner. Ich spüre nur seit unserer ersten Begegnung das Leiden, das Sie von innen heraus zerfrisst. In der Nacht, als wir vom Spital zurückfuhren, war ich der Wahrheit schon sehr nahe. Nun hat sie sich mir selbst offenbart. Sophie ist der Grund, warum Sie sich vor der Öffentlichkeit verbergen, nicht die strenge Moral des bürgerlichen Hauses. Deshalb sitzen Sie hier, lassen ihr Talent ungehört verderben – nein, ich vergaß, Ihre Kompositionen kommen der Welt ja dennoch zu Ohren, doch nicht von diesen Händen und auch nicht mit Ihrem Namen, den man voll Entzücken lobt.«

Karoline presste sich die Hände auf die Ohren und sah damit ihrer Tochter auf erschreckende Weise ähnlich. »Quälen Sie mich nicht weiter. Lassen Sie uns in Frieden. Gehen Sie, Herr Graf. Ich habe Ihnen nichts weiter zu sagen!«

András bedachte sie mit einem nachsichtigen Lächeln. Statt zu gehen, trat er auf sie zu und löste sanft die Hände von ihren Ohren.

»Ist Ihnen bewusst, dass Sie nun genauso unhöflich sind wie Ihre Tochter zuvor? Wenn wir es mit den Konventionen so genau nehmen würden. Nein, sehen Sie mich nicht so an. Ich will Sie weder verärgern noch quälen. Sie haben in den vergangenen Jahren genug Leid erfahren. Sie und Sophie. Wie viele Jahre sind es?«

»Sieben oder acht, wie Sie zu rechnen wünschen«, sagte sie mit Bitterkeit in der Stimme. »Es ist jedenfalls acht Jahre her, dass mein naives Vertrauen für immer zerstört wurde.«

»Dann haben Sie Sophies Vater nicht geliebt? Sie müssen noch sehr jung gewesen sein«, meinte András. Karoline zögerte. »Sie fragen sich, warum Sie ausgerechnet mir das Geheimnis anvertrauen sollen, das Ihr Herz seit so langer Zeit beschwert?«, fuhr er fort. »Ich kann und will Sie zu nichts zwingen. Ich bitte Sie nur und biete Ihnen an, Ihr Freund zu sein. Sprechen Sie mit mir, wenn Sie bereit sind, mir die Wahrheit zu offenbaren. Wenn nicht, dann schweigen Sie und spielen Sie noch einmal die Aufforderung zum Tanz, denn diese Musik ist Balsam für die wunde Seele.«

Sie rang noch immer mit sich. András nahm wieder auf dem Klavierhocker Platz und wartete still, bis Karoline endlich zu sprechen begann.

»Siebzehn Jahre alt war ich, und ich kann Ihnen nicht einmal sagen, ob es Liebe war. Ich war eben jung und dumm und sehr unschuldig. Ich habe ihn bei einer Parade gesehen. Er war beim Husarenregiment Graf Wurmser, und während er vorbeimarschierte, warf er mir Blicke zu. Ich hielt das Ganze für ein Spiel und ging darauf ein. Später sah ich ihn wieder und ließ mich überreden, ihn im Wasserglacis ›Zu den zwei Tauben‹ zu treffen. Ach, was für eine Glückseligkeit! Johann Strauß war mit seinem Orchester da und spielte zum Walzer auf. Ich war verloren, schwebte im Arm des feschen Husaren und lauschte seinen glühenden Worten, ohne zu verstehen. Wir tanzten den neuen ›Zampa-Walzer‹ und den ›Täuberln-Walzer‹, den Strauß allein für das Gasthaus komponiert hat. Es war der Zauber dieses Nachmittags. Und ich war so dumm und jung und ahnungslos. Später, als wir nicht mehr konnten und die Dämmerung sich bereits herabsenkte, schlenderten wir über das Glacis zu den Basteien hinüber, wo keine anderen Spaziergänger unterwegs waren. Wir plauderten und lachten, und dann legte er die Arme um meine Taille und küsste mich.«

»Und in diesem Zauber gefangen, haben Sie sich ihm unbedacht hingegeben«, ergänzte András und wollte hinzufügen, dass das nur verständlich sei, aber Karoline funkelte ihn zornig an. »Nein, so ist es nicht gewesen. Mein Vater will es auch nicht anders sehen. Natürlich, auch er ist ein Mann!«, sagte sie bitter.

András hob die Hände. »Halten Sie ein! Ja, Sie haben recht, diese Vermutung entlarvt die Arroganz des Mannes, der sich nur dieses Szenario vorstellen will. Bitte erzählen Sie weiter. Ich schweige nun und unterbreche Sie nicht wieder.«

Karoline holte ein paar Mal tief Luft, dann sprach sie mit leiser Stimme weiter.

»Die ersten Küsse gefielen mir. Leicht und süß schmeckten sie auf meinen Lippen. Es waren so neue, aufregende Gefühle, doch dann änderte sich sein Verhalten. Seine Küsse wurden stürmischer, und ich glaubte, er würde mir das Rückgrat brechen, so sehr umklammerte er mich. Ich bekam plötzlich Angst, und die Küsse wurden mir in ihrer fordernden Art zuwider. Ich versuchte zu protestieren und mich zu befreien, doch es dauerte, wie es schien, eine Ewigkeit, bis er meine Abwehr überhaupt bemerkte. Endlich hörte er auf, mich zu küssen, und lockerte seinen Griff.

›Was ist, meine kleine Kokette? Willst du mit mir spielen? Das kannst du haben, Mädchen. Ich werde dich erobern mit allen Raffinessen, die einem Husaren zu eigen sind.‹

›Nein, hör auf, ich will das nicht. Bring mich zurück zum Garten der Wirtschaft.‹

›Was? Jetzt? Der Spaß hat ja noch nicht einmal angefangen. Später können wir noch ein wenig tanzen, wenn du willst.‹

Ich flehte ihn an, mich gehen zu lassen, mich nach Hause zu bringen, doch er lachte nur und wollte nicht auf mich hören. Er glaubte nicht, dass es mir ernst damit war, und spottete über meinen gespielten Widerstand. Nannte mich seine liebe Spröde.« Tränen standen Karoline in den Augen, und sie zitterte am ganzen Leib. Sie war nun wieder das junge Mädchen, das zu erahnen begann, dass ihm etwas Schreckliches bevorstand, auch wenn ihm noch nicht klar war, was das genau sein konnte.

»Ich wusste nicht mehr ein noch aus. Er drängte mich immer weiter zu den über uns aufragenden Mauern der Bastei mit ihren finsteren Kasematten. Meine Bitten verhallten ungehört, und zu schreien wagte ich nicht. Ich fühlte mich schuldig, mich in meinem Leichtsinn in diese Lage gebracht zu haben. Und irgendwie wollte ich noch immer glauben, dass nichts Schlimmes passieren könnte. Er war doch der nette, hübsche Husar, der mit mir Walzer getanzt hatte!« Sie schwieg und sah zu Boden. Tränen rannen über ihre Wangen und tropften auf den Boden, aber sie wischte sie nicht fort.

András blieb still. Er machte nicht noch einmal den Fehler, sie mit falschen Vermutungen zu erzürnen und die Geschichte zu unterbrechen, die seit dieser Zeit ihre Seele vergiftete. Niemand wollte sie hören. Niemand ihr glauben. Niemand verzeihen. Er stutzte. Gab es denn etwas zu verzeihen, außer den Leichtsinn, der aus Unwissenheit und jungem Blut geboren worden war?

Endlich sprach Karoline weiter. Ihre Stimme klang so viel jünger. So viel verletzlicher. András schloss die Augen und sah das Mädchen vor sich, das sie vor acht Jahren gewesen war.

»Er drängte mich ins Gebüsch und warf mich zu Boden. Noch einmal flehte ich ihn an, mich gehen zu lassen, und versicherte, dass ich das nicht gewollt hatte. Ich glaube, er hat es nicht einmal gehört. Er war nicht mehr der, an dessen Arm ich noch vor wenigen Minuten über das Glacis spaziert war. Nun war er der Mann, der auf dem Schlachtfeld Blut vergoss und tötete. Ich konnte vor meinem geistigen Auge sehen, wie er den Säbel zog, um ihn einem Feind zwischen die Rippen zu stoßen. Ohne Mitleid, ohne Bedauern, ohne den Schrecken der Erinnerung, der einen nachts heimsucht und quält. Ach, es war zu spät, meine Naivität zu bedauern. In sein Gesicht trat eine Leidenschaft von zerstörerischer Hitze, die mich derart erschreckte, dass ich nicht einmal mehr flehen konnte. Vielleicht starb ein Teil von mir in diesen Minuten. Zumindest mein Geist weigerte sich, länger an diesem Ort zu verweilen. Ich schloss die Augen, mein Körper verfiel in eine seltsame Starre. Und dennoch kann ich nicht behaupten, nichts gespürt zu haben oder vor Erinnerungen verschont zu bleiben. Es dauert Jahre, bis sie gnädig zu verblassen beginnen.«

Sie schwiegen lange Zeit. Endlich hob Karoline den Kopf und sah ihn erstaunt an, so als habe sie seine Anwesenheit vergessen. Er sah, wie sich der Ausdruck wandelte.

»Nein, halten Sie ein«, rief er beschwörend. »Sie dürfen jetzt nicht bereuen, mir alles erzählt zu haben. Ihr Schrecken ist bei mir gut aufgehoben. Nie soll diese Beichte Sie in Verlegenheit bringen. Sie soll helfen, Ihre Seele endlich zu heilen. Vor Jahren schon hätten Sie einen Menschen gebraucht, dem sie alles sagen können.«

»Ich habe es versucht, es fiel mir schwer genug, aber Vater wollte nichts davon hören! Er brachte mich zum Schweigen, sobald ich davon anfing, und verbot mir, das Haus zu verlassen.«

»Ah, Schweigen und Verdrängen, bewährte Mittel, vor dem zu fliehen, was man nicht wahrhaben will.« Es gelang ihm nicht, den beißenden Spott aus seiner Stimme herauszuhalten.

»Hätte er dieses Verbot nur früher über mich verhängt!«, klagte Karoline. »Dann wäre das alles nicht passiert.«

»Nein, so dürfen Sie das nicht sehen!«, widersprach der Graf.

»Uns allen wäre viel erspart geblieben.«

»Das ist schon richtig. Sie wären von dieser Tat der Gewalt verschont geblieben, hätten aber auch Ihre Jugend in fröhlicher Geselligkeit, Lachen und Tanz versäumt. Sie wären hier allein im Haus zu einem geisterhaften Schatten verblasst.« Schon als er es aussprach, wusste er, was seine Worte auslösen würden.

»So wie Sophie, wollen Sie das damit sagen?«

Es lag nicht in seiner Absicht, ihren Schmerz zu vergrößern, doch noch mehr widerstrebte es ihm, sie zu belügen. »Ja, so wie Sophie«, sagte er so sanft wie möglich. »Warum tun Sie ihr das an? Warum muss das Kind büßen, wofür es nichts kann?«

Karoline hob hilflos die Schultern. »Sie ist meine Schande, und mein Vater wird nicht müde, es uns beiden deutlich zu zeigen, wann immer er sie zu Gesicht bekommt. Manches Mal bin ich fast froh, dass sie seine Miene nicht sehen kann, die er in ihrer Gegenwart stets aufsetzt.«

»Sophie spürt sie, deutlicher als Sie sie sehen können! Täuschen Sie sich da nicht. Sie hat den Verlust ihrer Augen mit anderen Sinnen ausgeglichen, die Sie niemals werden nachempfinden können. Sie sieht alles, wenn auch auf andere Weise.«

Karoline seufzte. »Ich weiß nicht, wie Sie sich dessen sicher sein können, doch ich glaube Ihnen. Ja, ich habe es längst geahnt, wollte es aber nicht wissen, weil es Sophies Los noch schlimmer macht.«

»Nein!«, rief András aus. »Nein, das ist die falsche Schlussfolgerung. Es ist ein Geschenk, das ihr Leben bereichern könnte, wenn Sie es nur zulassen und das Kind nicht länger hier einsperren würden. Sie begraben Sophie lebendig und sehen zu, wie sie dahinsiecht! Sagen Sie mir, ist es, weil sie blind ist oder weil Sie es nicht ertragen können, Ihre Schande zu offenbaren?«

András wusste, dass er mit dieser Frage viel riskierte. Es war ein harter Vorwurf, doch er wollte ihr nicht länger die Möglichkeit geben, die Augen zu verschießen. War nicht sie die eigentliche Blinde, die nicht sehen wollte? Sophie hatte längst zu sehen gelernt und war bereit, die Welt mit ihren inneren Augen zu erkunden, wenn man sie nur ließe!

Karoline verbarg das Gesicht wieder in den Händen und weinte lautlos mit bebenden Schultern. András wartete, ohne sich zu rühren. Sie musste den tiefen Schmerz, den sie so lange verborgen hatte, erst einmal lösen, ehe sie in der Lage sein würde, Entscheidungen zu treffen und etwas zu ändern. Er war zuversichtlich, dass er den Damm so weit eingerissen hatte, dass es unmöglich sein würde, ihn wieder zu errichten. Etwas würde sich im Leben von Karoline und Sophie ändern. Da war er sich sicher.

Draußen auf der Treppe erklangen Schritte, und noch ehe die Wohnungstür geöffnet wurde, war es András bereits bewusst, dass der junge Wallberg keinen schlechteren Zeitpunkt für seine Heimkehr hätte wählen können. Doch wie konnte er das Unheil verhindern? Ihm fiel nichts ein.

So blieb er, wo er war, bis die Stimme des jungen Mannes erklang und er wenige Augenblicke später ins Musikzimmer stürmte.

»Karoline? Ach, hier bist du.« Er blieb abrupt stehen, als seine Schwester das tränenüberströmte Gesicht hob und hastig versuchte, die Spuren mit ihrem Ärmel zu tilgen.

»Was ist hier los?«, fragte er barsch. Sein Blick huschte zwischen seiner Schwester und dem Gast hin und her, bis er sich fest auf den Grafen richtete.

»Es ist nichts, bitte geh«, wehrte Karoline ab, doch ihre Stimme strafte ihre Worte Lügen, und so wunderte sich András nicht, dass Carl Eduard der Aufforderung nicht Folge leistete. Stattdessen stemmte er die Hände in die Hüften und straffte den Rücken. In dieser, wie er vermutlich hoffte, drohenden Haltung, trat er einen Schritt näher.

»Was haben Sie meiner Schwester angetan?«

András wusste, dass es völlig gleichgültig war, was er sagte, dennoch hob er entwaffnend die Hände und versicherte, dass er ihr in keiner Weise zu nahe getreten wäre. Wobei ihm bewusst war, dass das eigentlich nicht stimmte. Natürlich hatte er den mühsam errichteten Damm eingerissen und die Flut hervorgerufen, die sie nun schmerzhaft überschwemmte. Er konnte sich nur zugutehalten, dass er an dem Schmerz selbst, der sich über Jahre hinweg immer weiter angesammelt hatte, keine Schuld trug.

Wie auch immer. Für Carl Eduard spielten diese Details keine Rolle, selbst wenn einer der beiden Beteiligten bereit gewesen wäre, ihm diese auseinanderzusetzen. Er sah nur die in Tränen aufgelöste Schwester und den Fremden und zog die Schlüsse, die die einfachsten in dieser Situation waren. András ahnte, was nun kommen würde. Der Vater lag noch immer im Spital, und der junge Mann war sich seiner momentanen Rolle als Oberhaupt der Familie bewusst. Er gab seiner Stimme einen unnatürlich tiefen Klang, um ihr mehr Autorität zu verleihen, als er den Grafen aufforderte, das Haus zu verlassen.

»Bitte, nein«, protestierte Karoline halbherzig, was ihr Bruder ignorierte.

»Gehen Sie, Graf Báthory, und danken Sie dem Herrn, dass ich Sie nicht fordere!«

András erhob sich. Es ärgerte ihn ein wenig, dass der Jüngling so mit ihm sprach, dennoch musste er sich auch ein Lächeln verkneifen. Welch dreiste Worte für einen bürgerlichen jungen Mann, der weder die gesellschaftliche Stellung besaß, einen Grafen zu fordern, noch – da war sich András sicher – die nötige Erfahrung mit dem Degen oder Pistolen, um es selbst mit einem weniger starken Gegner als ihm aufzunehmen. Dagegen schien sich seine Schwester der Ungeheuerlichkeit durchaus bewusst. Mit erschrockener Miene sprang sie auf und griff nach dem Arm ihres Bruders.

»Carl Eduard, sei still, du weißt nicht, was du sagst!«

Er befreite sich aus dem Griff seiner Schwester und sah sie – wie er vermutlich glaubte – mit überlegen männlichem Ausdruck an.

»Karoline, das ist nun nicht mehr deine Sache. Ich habe Vater versprochen, dass ich hier nach dem Rechten sehe, und genau das werde ich tun. Geh hinauf in dein Zimmer. Ich regle das hier. Der Graf wird nun sofort unsere Wohnung verlassen und es nicht wagen, jemals wieder hierher zurückzukehren!« Sein Finger wies zur Tür, als würde er einen Hund hinausjagen.

András sah in Karolines weit aufgerissene Augen, deren Schmerz nun eine andere Ursache zu haben schienen. Für einen Moment erwog er, dem Bürschchen eine Lektion zu erteilen, doch er verwarf den Gedanken wieder. Das hätte die Situation nicht gerade entspannt, auch wenn es ihm vielleicht Genugtuung bringen würde.

András neigte den Kopf. »Ich weiche dem Zorn, Herr Wallberg, auch wenn ich noch einmal betone, dass Sie die Situation missverstehen.«

Carl Eduards Miene blieb unverändert. Und so wandte sich András ab und verließ das Michaelerhaus, vielleicht, um es niemals wieder zu betreten.

12. Kapitel

Aristokratentheater

Schon als sich András dem Tor zu seinem Palais näherte, überkam ihn die Ahnung, dass etwas nicht in Ordnung war. Er schlug einen Bogen, schlenderte über den Josephplatz und umrundete die Reiterstatue. Sein Blick schweifte aufmerksam umher. Kein Mensch war zu sehen oder auch nur zu wittern. Die Fenster der Redoutensäle und der kaiserlichen Bibliothek waren dunkel. Und auch die Augustinerkirche lag verlassen da, wie es zu dieser Nachtstunde durchaus normal war. Und dennoch gab es etwas, das seine Sinne in Alarmbereitschaft versetzte.

Bedächtig näherte sich András dem Tor. Mit einem raschen Blick vergewisserte er sich, dass seine Karyatiden nicht wieder mit Blut besudelt waren. Nein, nichts zu sehen, und dennoch stieg ihm der unverkennbare Geruch von Blut in die Nase. Nicht viel. Er musste also nicht fürchten, eine Leiche hinter seiner Tür vorzufinden. Dennoch handelte es sich wieder unverkennbar um Menschenblut.

András trat näher, bis er den Gegenstand auf der Stufe vor der Eingangstür erspähte. Endlich stand er vor ihm. Nun musste er sich nur noch bücken und ihn aufheben. András zögerte und sah auf das Messer zu seinen Füßen herab, dessen Klinge noch nass von menschlichem Blut war.

Was hatte das zu bedeuten? Erst das Blut an den Steinfiguren und nun ein Messer? Widerstrebend hob er es auf. Das Blut stammte nicht von dem gleichen Menschen, aber wieder von einer

Frau, die er nicht kannte. András beugte sich über die Klinge und sog den Geruch prüfend ein. Oder hatte er diese Frau doch schon einmal gerochen? Je länger er den Duft einatmete, desto mehr verdichtete sich die Überzeugung, dass er ihn schon einmal aufgefangen hatte. Es war sicher keine Frau, die er kannte oder von deren Blut er gar getrunken hatte, nein, da war er sich absolut sicher. Eher eine Note, die einem im Vorbeigehen in die Nase steigt, derer man sich kaum bewusst erfreut und die dann genauso unbeachtet wieder verfliegt.

Während András das Tor öffnete und eintrat, prüfte er sein Gedächtnis und suchte nach dem Ort und der Zeit, da dieser Hauch ihn gestreift haben mochte, aber die Erinnerung wollte sich nicht einstellen. András roch noch einmal an dem Messer. Dieses Mal nahm er sich den Griff vor. Er stutzte. Wie konnte das sein? Die Spuren waren nicht mehr frisch, dennoch fiel es ihm nicht schwer, sie eindeutig zuzuordnen. Ungläubig starrte der Vampir auf das Messer herab. Das wurde ja immer seltsamer. Der Vorfall musste geklärt werden. Je schneller desto besser!

András rief nach Goran. Er hatte die Stimme kaum erhoben und nur einmal seinen Namen genannt, schon kam der Diener herbeigeeilt und neigte den Kopf. Wieder einmal fragte sich András, wie er das machte. Verfügten Zigeuner über einen sechsten Sinn oder auch nur über ein besonders scharfes Gehör? Warum schlief er nie oder war zu weit entfernt, um die Stimme seines Herrn zu hören, wenn dieser nach ihm rief? Natürlich konnte sich Goran bei Tag einige Stunden zur Ruhe legen, wenn der Herr in seinem Sarg ruhte, doch auch tagsüber gab es zahlreiche Pflichten, die Goran zu erledigen hatte. Nicht zuletzt sich um die sechs Rappen zu kümmern, die im Stall im hinteren Teil des Palais untergebracht waren.

Goran sah fragend zu seinem Herrn auf. Er wirkte wie immer. András sandte seine Sinne aus, um Stimmung und des Dieners zu prüfen. Nein, er konnte nichts Ungewöhnliches finden. So hielt er ihm das blutige Messer entgegen. »Ich habe es auf der Schwelle draußen gefunden.«

Interessiert betrachtete Goran die Klinge und wog den Griff in den Händen, als András ihm das Messer übergab.

»Weißt du etwas darüber, wie es dort hinkam? Oder hast du eine Vermutung, wessen Blut an dem Stahl klebt?«

Goran schüttelte den Kopf. Keine Gefühle der Schuld, keine Falschheit in seinem Blick, als er seinen Herrn offen ansah.

»Niemanden gehört oder gesehen, der es hier zurückgelassen haben könnte?«

Wieder schüttelte der Diener den Kopf.

»Ich hoffe jedoch, du kannst mir erklären, wann und warum du dieses Messer bereits in Händen gehalten hast«, fügte András beinahe sanft hinzu.

Goran riss die Augen auf und deutete auf seine Brust. Dann wies er das Messer von sich und schüttelte den Kopf.

»Es besteht kein Zweifel, du brauchst es nicht zu leugnen. Dein Duft klebt an dieser Waffe wie das Blut seines Opfers.«

Goran ließ den Arm sinken und starrte den Grafen fassungslos an. Die Verwirrung war nicht gespielt. Langsam trat er auf den einzigen Kerzenleuchter zu, der in der Halle brannte, und betrachtete das Messer im Lichtschein noch einmal genau. András beobachtete ihn und bemerkte den Augenblick, als Goran das Messer erkannte. Der Diener wurde fast so bleich wie sein Herr.

»Nun?«

Goran winkte dem Grafen, ihm zu folgen, und lief durch die Halle und weiter in den Trakt der Bediensteten, wo sich auch die Küche, die Speisekammer und eine Waschküche befanden. Anders als in den anderen hochherrschaftlichen Palais in Wien wurden diese Räume hier kaum benutzt und wirkten verlassen. Nur Goran lagerte in der Kammer ein paar wenige Lebensmittel für sich oder wusch seine Kittel und Hosen in einem der Bottiche aus. Die Küche und den Herd nutzte er noch seltener. Meist aß er in einer der Gastwirtschaften in der Stadt. Nur ab und zu schnitt er sich einen Kanten Brot oder Schinken für ein schnelles Mahl zwischendurch ab. Nun aber führte Goran seinen Herrn in die Küche, bis er vor dem großen Herd stand, über dem an unzähligen Haken kupferne Töpfe und eiserne Pfannen hingen, Schöpfkellen und Löffel. Doch diese interessierten den Diener nicht. Er deutete auf einen Holzblock mit sechs Schlitzen. Vier von ihnen waren leer. In den anderen steckten zwei Messer. Goran war so aufgeregt, wie András ihn noch nicht erlebt hatte, als er eines der Messer herauszog. Mit zitternder Hand übergab er es seinem Herrn.

András betrachtete das saubere Messer aus dem Block und das blutige, das er auf seiner Schwelle gefunden hatte. Nun war ihm klar, wie Gorans Witterung auf den Griff gekommen war.

»Es ist eines der unseren«, sprach er aus, was offensichtlich vor ihm lag. Goran nickte und deutete auf die vier leeren Schlitze.

»Eines von vieren, die auf unerklärliche Weise verschwunden sind. Das ist höchst interessant. Kannst du mir sagen, wann die Messer noch da waren?«

Goran überlegte, gestikulierte und zeigte dann mit den Fingern die Zeit an.

»Gestern also, zu Mittag, da hast du eines benutzt«, übersetzte András. »Dann müssen sie danach in fremde Hände geraten sein. Ich nehme an, du hast keines der vier aus dem Block entfernt?«

Der gekränkte Blick des Dieners erforderte keine weiteren Erklärungen.

»Das bedeutet, dass jemand hier im Palais in der Küche war und die Messer entwendet hat!«

Gorans Augen funkelten, und András spürte, dass der Zorn sowohl dem dreisten Eindringling als auch seinem eigenen Versagen galt. Er musste für die Sicherheit des Rückzugsortes seines Herrn sorgen, wenn dieser nachts unterwegs war, und – noch wichtiger – für die Unversehrtheit, solange er über Tag wehrlos in seinem Sarg lag.

András tadelte ihn nicht. Goran würde sich selbst genug Vorwürfe machen und seine Wachsamkeit sicher verstärken. Dazu bedurfte es keiner Worte. Viel wichtiger war es, die Spuren aufzunehmen, die der Dieb hinterlassen hatte, ehe der nahende Sonnenaufgang den Vampir zur Untätigkeit verdammte.

»Nimm dir eine helle Lampe und sieh zu, ob du irgendwelche Hinweise auf den Eindringling entdecken kannst. Ich nehme seine Witterung auf.«

András brauchte nicht lange, den Geruch des Diebes und vielleicht auch Mörders aufzuspüren. Ein Mann, unauffällig, wenig Schweiß, keine Spuren von Angst oder Nervosität. Ein abgebrühter Bursche, der vielleicht im Handwerk des Einbruchs geübt war, vermutete András, denn Gorans Bemühungen blieben erfolglos.

Der herannahende Tag zwang sie, die Suche abzubrechen. Goran folgte András in das herrschaftliche Gemach, dessen prächtiges Himmelbett wie immer unbenutzt bleiben würde. Der Vampir öffnete die versteckte Tapetentür zum Ankleidezimmer.

»Ist sonst noch etwas vorgefallen, das ich wissen müsste?«, fragte András, während Goran den Deckel des Sarges aufklappte. Er ließ ihn los, gestikulierte und deutete zur Tür. Dann legte er die Hand an die Stirn und tippte auf seine Schultern.

»Ah, die Herren der Kriminalpolizei waren wieder da. Wann war das? So gegen acht, habe ich das richtig verstanden? Und sie wollen wiederkommen? Wie schön. Nun, dann können wir nur froh sein, dass unser edler Spender, wer auch immer er sein mag, dies blutige Werkzeug erst nach dem Besuch der Polizei hier deponiert hat. Verloren hat, will ich nicht sagen, denn an einen Zufall kann nun keiner mehr glauben. Jemand treibt ein unschönes

Spiel mit uns, das ich noch nicht recht verstehe. Vielleicht war es gar Absicht, dass er erst danach an unsere Schwelle trat, um uns zu drohen oder zu verhöhnen? Ich weiß es nicht zu sagen.«

Der Vampir stieg in den Sarg und legte sich auf den Rücken.

»Vier Messer«, sagte er nachdenklich. »Dann fehlen uns noch drei. Nein, ich möchte eigentlich nicht wissen, was er damit vorhat. Aber ich fürchte, wir werden es erfahren, ob es uns nun lieb ist oder nicht.« Goran nickte grimmig.

»Wasch es sauber ab und steck es zu den anderen. Und halte die Augen offen!«

Goran kreuzte die Finger, was so viel bedeutete wie: »Darauf können Sie sich verlassen, Herr!«

Dann klappte er den Deckel zu, und der Vampir verfiel in seine todesähnliche Starre.

Als András den Deckel wieder öffnete, galten seine ersten Gedanken nicht blutigen Messern und unbekannten Eindringlingen. Nein, er fühlte sich seltsam beschwingt und war schon auf dem Weg in die Belletage hinauf, um im Musiksalon an seinem Flügel noch einige Takte zu üben, als ihm der Eklat der Nacht zuvor wieder einfiel. Der Schwung und die überschäumende Freude verwehten. Langsam, fast schleppend stieg er die letzten Stufen hinauf. Er setzte sich an den Flügel und ließ einige Töne erklingen, aber alles, was er begann, klang wie ein Trauermarsch. Die leichten Walzerklänge wollten sich nicht einstellen.

War sein Unterricht hiermit zu Ende? Sollte es das gewesen sein? Nein! Er hatte erst an der Frucht der Musik geleckt. Es war noch ein weiter Weg, ihre ganze Süße zu schmecken. Und vorerst brauchte er die Anleitung eines Lehrers, um voranzukommen.

Nun, einen Lehrer für das Pianoforte zu finden, dürfte in einer Stadt wie Wien nicht schwer sein. Natürlich nicht. Dennoch widerstrebte es András, sich auf jemanden Neues einzulassen. Er wollte zu Karoline und ihren Händen lauschen, die mit den Tasten des Flügels eins zu werden schienen. Es verlangte ihn danach, ihre angenehme Stimme zu hören und nach ihren Anweisungen mit seinen Übungen fortzufahren. Und dennoch kam es ihm nicht in den Sinn, dem Verbot ihres Bruders zuwiderzuhandeln. Er wollte weder Carl Eduard zu einer unbedachten Handlung treiben, bei der der ungestüme junge Mann leicht verletzt werden könnte, noch Karoline in die Verlegenheit bringen, sich auf die Seite ihres Bruders und gegen den Grafen stellen zu müssen. Außerdem ahnte er, dass er ihre und Sophies Lage nur noch schlimmer machen würde, sollte er sich weiter einmischen. Nein, so schwer ihm der Verzicht fiel, es war das Beste, wenn er sich fernhielt. Die Saat hatte er gesät, nun konnte er für die beiden nur hoffen, dass sie aufging und Freude in ihr Leben brachte.

Während András einige Übungen wiederholte, die Karoline ihm vorgespielt hatte, überlegte er, warum ihm das Wohl der beiden am Herzen lag. Wie ungewöhnlich. Sonst machte er sich nicht so viele Gedanken über die Menschen seiner Umgebung. Gut, er achtete darauf, seinen Weg nicht mit toten Körpern zu pflastern, doch das war lediglich Selbstschutz, um die mit jedem Jahrhundert hartnäckiger werdende Polizei nicht auf seine Spur zu führen. Er war es einfach leid, sich ständig neue Quartiere zu suchen. Geld hatte er inzwischen zwar genug, auch dank des verblichenen Bankiers Fries mit seinen leichtsinnigen Söhnen. Und außerdem gefiel es ihm einfach hier in Wien, und er gedachte, dieses Mal so lange zu bleiben, bis es den Menschen nicht länger verborgen bleiben konnte, dass sie alle dem Alter anheimfielen, er jedoch sein makelloses Äußeres Jahr für Jahr bewahrte. Bis dahin wollte er sich hüten, etwas zu tun, das seinen Aufenthalt vorzeitig zu einem Ende zwang.

András spielte noch ein wenig, aber es wollte nicht die rechte Lust aufkommen. So erhob er sich, durchquerte den Marmorsaal und trat ins Entree, wo Goran in einem Korb die Einladungen ablegte, die für den Grafen eintrafen. András sah die Karten auf edlem Papier mit Goldverzierung oder feinen Drucken durch. Nichts konnte ihn über die Leere, die er plötzlich verspürte, hinwegtäuschen. Bei der Einladung zu einem Musik- und Theaterabend hielt er inne.

Verehrter Freund, stand dort in der ihm schon vertrauten Schrift. *Ich habe fast ein schlechtes Gewissen, wenn ich Ihnen diesen Abend anpreise und versuche, Ihren Schritt heute Abend ins Palais im Augarten zu lenken. Unter uns gesagt, es wird eine schauderhafte Darbietung, was ich allerdings nicht sagen darf, denn ich erweise mir und der Organisation, die ich ins Leben gerufen habe, einen Bärendienst, wenn ich mögliche Gäste vergraule! Es geht darum, Geld für die Notleidenden zu sammeln. Wenn Sie es also über sich bringen, sich in die Rolle des freigiebigen Spenders zu begeben oder in die des duldsamen Exoten, der sich gnädig unter das gemeine Volk mischt und sich begaffen lässt, dann wäre ich entzückt, Sie begrüßen zu dürfen!*

Ihre Therese
Fürstin Kinsky von Wchinitz und Tettau

Er spürte, wie ein Lächeln sein Gesicht erhellte, und es war ihm, als könne er die Stimme der Fürstin hören. Ein wenig spöttisch und selbstironisch, dabei aber fest entschlossen, ihre Ziele zu erreichen. Ja, das könnte ein amüsanter Abend werden. Er liebte es, wenn Gegensätze aufeinanderprallten. Das bot stets ein interessantes Szenario, die Menschen mit ihren Eigenheiten und Schwächen zu studieren.

»Goran, ich brauche einen Abendanzug. Ich gehe aus.«

Der Diener war wieder einmal so schnell zur Stelle, dass sich András nicht zum ersten Mal fragte, ob er ein richtiger Mensch war. Beim Umkleiden ging Goran mit ruhiger Hand geschickt vor, so dass András kaum eine halbe Stunde später bereit war, das Haus zu verlassen.

»Ich werde heute selbst kutschieren«, beantwortete er die stumme Frage des Dieners. »Bleibe du hier und halte die Augen offen. Es wäre mir recht, wenn ich bei meiner Rückkehr keine blutigen Messer auf der Schwelle vorfinde.«

Goran zog eine grimmige Miene und zeigte auf seinen Dolch am Gürtel, dessen beide Schneiden sorgfältig geschärft waren.

»Und ich möchte auch nicht, dass ich deinetwegen Ärger mit der Polizei bekomme«, warnte der Graf. »Also überlege dir gut, was du tust.«

Gorans abfällige Miene spiegelte seine Meinung über die Polizei wider, dennoch nickte er und verabschiedete seinen Herrn mit einer Verbeugung.

»András!« Fürstin Kinsky eilte auf ihn zu und streckte ihm beide Hände entgegen. »Mein Freund, ich habe kaum zu hoffen gewagt, Sie heute hier zu sehen.«

»Nachdem Sie mich so vor dem Grauen hier gewarnt haben? Ich bitte Sie, Therese, das hat meine Neugier geweckt.«

Die Fürstin klatschte erfreut in die Hände. »Dann ist mein hinterhältiger Plan also aufgegangen! Kommen Sie, mein Freund, ich möchte Sie einigen Mitgliedern der Gesellschaft vorstellen, die sich durch ausgesuchte Hochnäsigkeit auszeichnen.«

»Und die Sie dennoch verpflichten konnten? Mein Kompliment!«

Therese lächelte ein wenig stolz. »Ja, man muss bei jedem nur wissen, wo man ihn an seiner Eitelkeit packen kann.«

»Erzählen Sie mir ein wenig über diese ungewöhnliche Veranstaltung. Ich komme trotz Ihres Briefes nicht ganz mit«, gestand András.

»Das kann ich mir denken. Ich sollte vielleicht in Zukunft meine

Gedanken erst ein wenig sortieren und ihnen eine verständliche Form geben, ehe ich sie zu Papier bringe.« Die Fürstin versuchte sich an einer zerknirschten Miene, während sie sich bei Graf Báthory unterhakte und ihn in den hohen Saal führte, der von seinen mächtigen Kronleuchtern hell erleuchtet wurde. Die Spiegel und Teppiche waren wie in vielen Palästen in Weiß, Rot und Gold gehalten. Nicht nur der große Festsaal war geöffnet, überall strömten Menschen durch die Gemächer und Appartements und ließen sich von Lakaien Champagner oder Limonade reichen.

»Sehen Sie sich um«, forderte ihn die Fürstin auf. »Was fällt Ihnen auf?«

Zuerst wollte András behaupten, alles sei wie gewöhnlich bei solchen Festen, doch irgendetwas stieß ihm auf. Er ließ den Blick noch einmal über die verschiedenen Grüppchen der Gäste schweifen und stutzte. Das war es. Die Menschen waren wie Magnete. Sie traten aufeinander zu, begrüßten einander und bildeten kleine Gruppen, die lachten, tranken und plauderten. Die unterschiedlichen Vereinigungen jedoch schienen so gepolt zu sein, dass sie sich nicht mehr als einige Schritte annähern konnten. Wobei die Blicke der einen als begehrlich, der anderen eher mit distanziert zu beschreiben waren. Auch die Garderobe zeigte Unterschiede. Die Distanzierten waren so gekleidet, wie es András aus seinem Umfeld gewohnt war. Manche eher schlicht, andere extravagant, aber alle mit erstklassigem Schnitt nach der neuesten Mode. In der anderen Gruppe fanden sich dagegen Kleider, die auf den ersten Blick durchaus ähnlich wirkten, denen aber die exakte Passform oder die Stoffe fehlten, dann wieder Kleidungsstücke, die man seit ein oder gar mehreren Jahren in der Gesellschaft so nicht mehr tragen würde. Prunkvolle Schmuckstücke entdeckte András jedoch auch in den Dekolletés der Damen, die nicht nach der herrschenden Mode gekleidet waren, auch wenn diesen vielleicht ein wenig das Feuer fehlte.

»Billige Steine à la Strass«, sagte Therese, die seinem Blick gefolgt war. »Aber täuschen Sie sich nicht, in mancher dieser Familien ist mehr Geld zu finden als unter den Dächern der traditionellen Hochnäsigkeit, die nur unzureichend verbergen kann, dass ihr Lebensstil heutzutage ausschließlich mit Schulden hochgehalten wird. Den Bürgern dagegen fehlt der Stil und die Noblesse, die sie sich mit ihrem Geld zu gerne kaufen würden. Sie möchten die Schranken durchbrechen und dazugehören. Das ist ihr größter Wunsch, und diesen nutze ich für meine Sammlung aus!«

»Ah, ich verstehe. Das Mittel für ihre Wohltätigkeitssammlung ist eine Abendveranstaltung, die das reiche Bürgertum entzückt und die Herren und Damen der Gesellschaft die Leidensmiene der Duldung aufsetzen lässt.«

Therese nickte vergnügt. »Ja, es ist nicht das erste Mal, dass ich so etwas versuche, und es klappt immer!«

András ließ noch einmal den Blick schweifen. Nun konnte er die Gruppen deutlich unterscheiden: Die Bürger, die sich im warmen Schein der alten Aristokratie sonnten und ihr fast kindliches Staunen nicht verbargen, und dann die Damen und Herren des Adels, deren Mienen zeigten, wie großzügig sie es von sich selbst fanden, sich für solch eine Veranstaltung herzugeben. Und während die Bürger die Köpfe zusammensteckten und sich nur in gedämpftem Ton unterhielten, präsentierte sich der Adel ungeniert, winkte sich zu und rief Grußworte, plauderte laut und ungehemmt.

»Sie tun alles für den guten Zweck! Man soll ja nicht behaupten, sie würden ihre Augen vor unverschuldetem Leid verschließen«, spottete Therese. »Und so wagen selbst die Herren und Damen des alten Adels, die sich niemals zu einer Gesellschaft begeben würden, bei der normale Bürger anwesend sind, nicht meine Einladung abzulehnen. Manchmal sind mein Name und der Titel nicht unpraktisch. Doch nun kommen Sie in den Zuschauerraum. Ich muss Sie unter den Pöbel setzen, denn das gehört zu diesem Spiel.«

András lächelte sie von der Seite an. »Und was lässt sich der Bürger dieses Spektakel kosten?«

»Sie wollen jetzt doch nicht etwa über Eintrittspreise reden?«, wehrte sie ab.

»Gehe ich recht in der Annahme, dass Sie es ihnen recht teuer gemacht haben?«

»Ganz abscheulich teuer!«, bestätigte Therese. »Doch was bekommen sie dafür geboten?«

»Eine höchstens mäßig zu nennende Theateraufführung, die es nicht einmal mit den kleinsten Vorstadtbühnen aufnehmen könnte?«, schlug András vor. »Von solch Theatern wie das an der Wien oder in der Leopoldvorstadt mit seinen beeindruckenden Mimen gar nicht zu reden.«

Die Fürstin versetzte ihm einen Klaps mit ihrem Fächer. »Nein, Herr Graf, sie bekommen das Vergnügen, sich einmal in unsere Welt versetzt zu fühlen. Sie dürfen mit ihren Fiakern und Coupés das Augartentor passieren und durch den Park bis vor den Palast rollen. Sie steigen die Stufen empor, werden von Lakaien empfangen und mischen sich zwischen Fürsten und Gräfinnen, Barone und Comtessen und vielleicht sogar den ein oder anderen Erzherzog oder eine echte Prinzessin!«

»Da wird das Stück auf der Bühne zur Nebensache.«

»Sie sagen es, lieber András!« Vergnügt schob sie ihn auf einen Platz neben zwei junge Mädchen, die wohl mit Vater und Mutter gekommen waren. Er neigte das Haupt in ihre Richtung, worauf sie die Hände vor die Münder pressten und ein nervöses Kichern unterdrückten. Sie waren recht hübsch anzusehen, auch wenn ihre Kleider vielleicht ein wenig zu üppig dekoriert waren. Die Mutter rief die Mädchen zur Ordnung, während der Vater den Gruß mit guter Haltung und sichtlichem Stolz erwiderte. Ein Kaufmann oder Bankier?

Auf der anderen Seite der Familie erkannte András einen

jüngeren Vetter des Grafen von Dietrichstein und neben ihm General Pálffy. Vor ihm nahm die junge Comtesse von Starhemberg Platz mit ihrer angeheirateten Cousine aus dem belgischen Haus Arenberg. Die Herrschaften daneben waren wieder dem aufstrebenden Bürgertum zuzuordnen – oder, falls sie es geschafft hatten, einen Titel zu ergattern, dem neuen Geldadel.

Einige der Leuchter im Zuschauerraum wurden nun gelöscht, so dass das Licht auf der Bühne noch heller zu strahlen begann. Ein erwartungsvolles Raunen eilte durch den Saal, als Fürstin Kinsky auf die Bühne trat, die Gäste begrüßte und allen für das Engagement im Sinne der guten Sache dankte. András lehnte sich in seinen bequemen Sessel zurück und betrachtete Therese. Sie sah gut aus. Ihr Kleid war in seiner Farbe und seiner raffinierten Schlichtheit gut gewählt. Es verlieh ihr einen fast jugendlichen Teint und betonte ihre große, schlanke Figur. Man sah ihr nicht an, dass sie die Mitte der vierzig bereits überschritten hatte. Sie vermied den Fehler vieler Matronen, die kaum älter waren als sie, in ihren üppigen Samtstoffen und Straußenfedern jedoch dicker und älter wirkten, als sie es waren, und irgendwie den muffigen Eindruck ausgestopfter Vögel hinterließen. András war es, als könne er Staub schmecken, wenn er an der alten Gräfin Wilczek vorbeiging oder der Mutter von General Collalto. Und auch die Fürstin Esterházy verbreitete diesen Geruch von Moder und Verfall, obgleich sie noch gar nicht so alt war.

András konzentrierte sich wieder auf Fürstin Kinsky und spürte, wie bei diesem äußerst reizvollen Anblick Lust in ihm aufstieg. Er würde sich irgendwann entscheiden müssen, ob er sich weiter als ihr Freund fühlte oder ob er dem wachsenden Verlangen nachgeben wollte.

Unterdessen hatte die Fürstin ihre Ansprache beendet, verließ anmutig die Bühne und gab sie für die Darsteller frei. Der Familienvater beugte sich über das Programm und raunte seinen

Damen die erlauchten Namen zu, die im ersten Bild zu sehen sein würden.

András begriff schnell, dass es sich nicht um ein richtiges Theaterstück oder gar ein Singspiel handelte, das den Darstellern doch einiges Können und eine gewisse Textsicherheit abverlangt hätte.

Damals, zu Zeiten Maria Theresias, hatten Familienaufführungen der kaiserlichen Familie den jungen Erzherzoginnen durchaus abverlangt, den Text nicht nur flüssig vorzutragen, sondern auch noch ganz liebreizend bei diesen Familienopern zu singen und zu musizieren.

Das, was heute hier auf die Bühne kam, konnte man eher als einzelne Bilder bezeichnen. Die Kinder aus den Fürsten- oder Grafenhäusern waren lieblich anzusehen, wenn auch ihr tänzerischer Ausdruck nicht in jedem Fall grazil zu nennen war. Die Herren und Damen des Adels rezitierten kürzere Passagen, und für die schubertschen Lieder war die Fürstin so rücksichtsvoll gewesen, einen richtigen Sänger zu engagieren. Man spendete höflichen Applaus und drängte sich dann in der Pause wieder hinaus, um zwischen den hohen Namen zu lustwandeln, was, so schien es András, für den Bürger das wahre Vergnügen des Abends darstellte.

Therese gesellte sich mit zwei Gläsern Champagner zu ihm und reichte ihm eines. András dankte und tat so, als nippe er zumindest davon. In seinen frühen Zeiten als Vampir hatte er durchaus versucht, Wein oder andere Getränke zu sich zu nehmen und sogar den ein oder anderen Bissen, aber das war ihm stets schlecht bekommen, und so feilte er nun an der Illusion und wurde zum Meister, Getränke und ganze Mahlzeiten unauffällig verschwinden zu lassen.

»Auf Ihren Erfolg, Therese! Wie ich gesehen habe, ist der Theatersaal bis auf den letzten Platz gefüllt.«

Sie nickte. »Ja, ich habe es auch bemerkt, obwohl der Fürst mir prophezeite, ich würde mit dieser lächerlichen Idee untergehen wie ein leckgeschlagenes Boot.«

»Dann ist er nun sicher mit Recht stolz auf seine Gattin.«

»Das glaube ich nicht. Vermutlich ärgert er sich nur darüber, nicht recht behalten zu haben!«

András sagte nichts dazu. Er dachte an die blauen Flecke am Handgelenk der Fürstin, die sie bei ihrer nächtlichen Ausfahrt unter ihren Lederhandschuhen zu verbergen gesucht hatte. Ihre Blicke wanderten zu Fürst Kinsky, der mit einer Leidensmiene neben der Fürstin Windisch-Graetz stand und ihrem Wortschwall standhielt. Dass er ihr zuhörte, bezweifelte Therese. Und so wunderte es beide nicht, dass er die erste Gelegenheit nutzte, sich davonzumachen. Er steuerte auf den jungen Leutnant Graf Schönfeld zu, der, seit bekannt geworden war, dass Radetzky ihn in seine Ordonnanz nehmen wollte, in der Achtung des Fürsten so gestiegen war, dass er ihn bemerkte und einige Worte mit ihm wechselte. Vielleicht griff er aber auch nur nach dem Strohhalm, um dem Redeschwall der Windisch-Graetz zu entfliehen, überlegte Therese laut und beobachtete die beiden Männer mit eifersüchtigem Blick.

»Es gefällt Ihnen nicht, dass sich die beiden unterhalten«, stellte András ein wenig verwundert fest.

Therese hob die Schultern. »Ich weiß, was für ein unangenehmer Mensch er sein kann, wenn er auf jemanden herabsieht, und ich möchte nicht, dass er den jungen Leutnant kränkt.«

András hob die Augenbrauen. »Ah, Ihnen liegt an dem jungen, hübschen Mann.«

Therese zog finster die Augenbrauen zusammen. »Wagen Sie nicht, so etwas auch nur zu denken, sonst werde ich Sie nicht mehr Freund nennen!«

András sah die Blicke, die der junge Mann zu ihnen herüberwarf, während er dem Fürsten auf eine Frage antwortete. András trat noch ein Stück näher und raunte Therese ins Ohr:

»Was darf ich nicht denken? Dass er ein fescher Bursche ist und Sie eine Frau, die es nicht verdient hat, an einen mürrischen Fürsten gekettet zu sein, der Sie nicht gerade zartfühlend behandelt? Dass auch eine Frau das Recht hat, sich nach Zärtlichkeit und Leidenschaft zu sehnen?«

András sah, wie ihr Gesichtsausdruck und die Farbe ihrer Wangen rasch wechselten. Es dauerte eine Weile, bis sie ihr Gleichgewicht wiederfand.

»So in etwa! Der Leutnant ist ein guter Reiter, der einen flotten Galopp schätzt und nicht in Begleitung einer Dame zum Langweiler wird!«

»Nun, dann hoffen wir, dass Ihr Gatte den Reitkompagnon nicht vergrätzt.«

»Ja, das wollen wir hoffen«, sagte sie mit so viel Würde, wie es ihr möglich war. »Er würde mir fehlen – genauso wie Ihre Gesellschaft und unsere Lehrstunden im Kutschieren mir fehlen würden, sollte ich sie einst entbehren müssen! Etwas anderes zu erwarten liegt mir fern«, fügte Sie mit unnötiger Schärfe hinzu.

András kam ihr noch näher, so dass sein Atem ihre Wange umwehte und ihr Ohr streifte. »Welch ein Jammer, dass der Fürst die edle Gesinnung und Treue seiner Gattin nicht zu schätzen weiß.«

Und damit verabschiedete er sich und ging davon, um dem Fürsten den Platz an der Seite seiner Gemahlin zu überlassen.

»War das nicht schon wieder dieser Graf Báthory?«, fragte er sie in dem unwirschen Tonfall, der ihm anscheinend schon zur Gewohnheit geworden war.

»Ja, und? Was ist dagegen einzuwenden?«, entgegnete Therese.

»Der Bursche gefällt mir nicht. Bist du nicht auch mit ihm früher von der Gesellschaft der Windisch-Graetz verschwunden? Du bist erst in den frühen Morgenstunden zurückgekommen!«

»Ja, und?«, wiederholte sie nicht weniger aggressiv. »Ich bin zu der Soiree gegangen, wie du es wolltest, aber du kannst nicht verlangen, dass ich mir das Gekreische gewisser junger Dinger anhöre, das sie Gesang nennen. Das will ich meinen Ohren nicht zumuten. Wenn es dir nichts ausmacht, dann bleibt es dir unbenommen, diesem Dämchen – das sich ja offensichtlich in deiner Gunst sonnt – zu lauschen. Ich bevorzuge richtige Kunst.«

Der Fürst umschloss das Handgelenk seiner Frau und drückte zu, dass sie das Gesicht verzog.

»Das geht dich nichts an! Unterlass diese Bemerkungen«, sagte er ein wenig leiser, doch nicht minder drohend.

»Es interessiert mich nicht, und ich mache dir keine Vorschriften, aber ich verlange, dass du im Gegenzug auch mich meine eigenen Entscheidungen treffen lässt, mit wem ich mich umgebe und mit wem nicht!«

Der Fürst senkte seine Stimme noch ein wenig, doch der Vampir konnte ihn noch immer mühelos verstehen.

»Du wirst mir keine Hörner aufsetzen! Nicht mit dem kleinen Leutnant, mit dem du ausreitest, und auch nicht mit dem düsteren Grafen, den du im Augenblick zu bevorzugen scheinst. Halte mich nicht für einfältig. Ich bekomme alles mit, und ich warne dich: Es würde dir und ihm schlecht bekommen!«

»Herzlichen Dank für diese Drohung, mein werter Gatte«, zischte sie im Flüsterton. »Aber im Gegensatz zu dir habe ich nicht vor, mein Ehegelübde zu brechen. Du brauchst dich also nicht zu echauffieren und dich hier vor allen Leuten zum Gespött zu machen. Und nun lass meinen Arm los! Ich muss auf die Bühne, den zweiten Teil ankündigen.«

Sie riss sich los und stürmte ein wenig undamenhaft davon. Der Fürst sah ihr nach und ging dann davon.

András verzichtete darauf, in den Zuschauerraum zurückzukehren, und verließ stattdessen den Augartenpalast. Noch eine

Stunde neben den süß duftenden jungen Mädchen stillsitzen zu müssen erschien ihm ein zu hartes Los. Da ging er lieber in der Leopoldvorstadt auf die Jagd.

Außerdem gab es so einiges, über das er nachdenken wollte: die Fürstin Therese, ihr Gatte und das, was sie gesagt beziehungsweise was sie alles nicht gesagt hatte.

13. Kapitel

Das Polizeigefangenenhaus

Das beschwingte Gefühl verwehte, als sich András seinem Palais näherte. Schon wieder eine böse Überraschung? Hatte er nicht Goran beauftragt, genau das zu verhindern?

Er trat näher und witterte. Nein, er hatte sich getäuscht. Er konnte kein Blut wahrnehmen. Aber da war etwas anderes. András blieb auf der Schwelle stehen. War der Einbrecher zurückgekehrt? Ja, das war sein Geruch. Hatte er heute Nacht ganz frech diese Schwelle überschritten? Hatte Goran ihn gar eingelassen?

András stürmte in die Halle und rief nach seinem Diener. Doch schon als er das Haus betrat, wurde ihm klar, dass der Einbrecher dieses Mal das Palais nicht betreten hatte. Zumindest nicht durch die Eingangstür. Hier in der Halle konnte er keine Spur von ihm finden. Was aber hatte er dann auf seiner Schwelle zu suchen gehabt?

András ging wieder hinaus und ließ seine Witterung und den Blick über das Tor mit dem gesprengten Giebel und den vier Karyatiden wandern, bis seine Augen das Papier entdecken.

Er hatte eine Nachricht zurückgelassen? András entfaltete es erst, als er in der Halle stand und die Tür hinter sich geschlossen hatte. Goran stand an seiner Seite und sah ihn fragend an.

»Du willst wissen, was uns unser unverschämter Einbrecher zu sagen hat? Nun, dann lies selbst!« Er hielt seinem Diener den Brief entgegen. Das Papier war einfach, die Schrift wirkte ein wenig ungeübt, dennoch waren die Worte gut zu lesen:

Verehrter Herr Graf,
darf ich mich für die Leihgabe bedanken? Ja, es ist nur eine Leihgabe, die Sie Stück für Stück zurückerhalten. Das erste ist ja bereits wieder in Ihre Hände zurückgekehrt, und ich verspreche, dass Sie auf die anderen auch nicht lange werden warten müssen. Auf die eine oder andere Weise werden die Klingen ihren Weg zurückfinden. Lassen Sie sich überraschen!

Als Goran den Brief an seinen Herrn zurückgab, zitterte seine Hand. Vor Zorn, wie András deutlich spüren konnte, und auch in ihm stieg Wut auf. Was erdreistete sich dieser Mensch, ein derartiges Spiel mit ihm zu treiben? Nun, sie würden ja sehen, wer von ihnen am Ende der bessere Spieler war!

Der Kriminalbeamte Schobermeier öffnete die Tür und streckte den Kopf ins Zimmer.

»Wissen Sie, wo ich den Kommissär finde?«

Der Polizeidiener hob den Kopf. »Hofbauer?«

»Ja, wen denn sonst«, gab Schobermeier ungeduldig zurück. »Ich brauche ihn dringend. Ich habe hier jemand, von dem wir eine Aussage zu unserer Mordserie aufnehmen müssen.«

Polizeidiener Albrecht machte große Augen. »Sie haben jemanden verhaftet?«

Schobermeier zog ein verdrießliches Gesicht. »Nein«, gab er sichtlich ungern zu. »Es hat sich jemand gemeldet, der uns einen Hinweis geben will, der hoffentlich beweist, dass ich von Anfang an recht gehabt habe! Also, wo ist der Kommissär?«

»Er ist mit Gruber und dem Wundarzt weggefahren.«

»Wohin?«, rief Schobermeier, der nicht mehr stillstehen konnte.

»Er hat eine Nachricht vom Bezirksdirektor vom Revier an der Landstraße bekommen. Der hat von einem Fischer, der auch Totengräber ist, erfahren, dass die Donau schon wieder eine Leiche angeschwemmt hat.«

»Und wo sind sie jetzt?« Schobermeier war nahe daran, die Geduld zu verlieren. Wie konnte jemand, der so einfältig war, bei der Kriminalpolizei angestellt werden? Nun ja, streng genommen arbeitete Albrecht nicht für die Kriminalpolizei, sondern für die Polizeidirektion Widmerviertel, der einer der vier Bereiche der Altstadt zugeteilt war. Die anderen waren Kärntner-, Schotten- und Stubenviertel. »Mach den Mund auf! Wo wollen sie sich die Leiche ansehen?«

»Auf dem Friedhof der Namenlosen«, bekam Schobermeier die Antwort, doch nicht von Polizeidiener Albrecht. Die Stimme seines Vorgesetzten ließ ihn herumfahren.

»Kommissär, Sie sind zurück! Was haben Sie gefunden?«

»Die Leiche der jungen Frau, die im Revier in der Leopoldstadt vor zwei Tagen als vermisst gemeldet wurde, mit durchschnittener Kehle.« Er machte eine bedeutungsvolle Pause und fügte dann hinzu: »Und das Mädchen Liliane, das aus dem Michaelerhaus verschwunden ist.«

Schobermeier riss die Augen auf. »Sie lebt noch? Ist sie also doch mit einem Liebhaber ausgerückt?«

Kommissär Hofbauer schüttelte den Kopf. »Nein, auch sie wurde ermordet und in die Donau geworfen. Ihre Leiche wurde bereits vor vielen Nächten angeschwemmt und von unserem Fischer – und Totengräber im Nebenberuf – begraben.«

»Er hat die Tote nicht gemeldet und sie stattdessen einfach vergraben?«, rief Schobermeier empört. »Das wird Folgen für ihn haben!«

»Ja, vermutlich. Die Geschichte, die er mir erzählte, war ein wenig seltsam. Dass ein Mann in der Nacht auftauchte, ihm half ein Grab zu schaufeln und versprach, die Tote zu melden.« Er runzelte die Stirn und dachte noch einige Augenblicke darüber nach, dann schüttelte er heftig den Kopf, als wolle er seine Gedanken klären. Er wandte sich seinem Untergebenen zu.

»Und, was haben Sie für mich? Wie ich höre, haben Sie nach mir gesucht? Es soll einen Verdächtigen geben?«

Schobermeier schüttelte den Kopf. »Nein, nur ein unbescholtener Bürger, der gekommen ist, mit seiner Aussage zu helfen, die Bestie zu fangen. Und nachdem, was er mir bereits gesagt hat, waren wir schon nah dran. Ich habe Ihnen gesagt, wir sollen diesem Baron Báthory aus Ungarn auf den Zahn fühlen!«

»Er ist Graf, und er stammt aus Transsilvanien«, berichtigte der Kommissär Schobermeier, während er ihm in den Verhörraum folgte, wo der Zeuge wartete.

»Nun erzählen Sie dem Kommissär noch einmal, was Sie mir bereits gesagt haben. Über Báthory, den Sie mit dem blutigen Messer beobachtet haben«, forderte Schobermeier den Zeugen auf. Der jedoch sprang von seinem Sitz hoch und starrte den Kommissär erschrocken an.

»Ja, wen haben wir denn da?«, rief Hofbauer aus. »Haben Sie sich als unbescholtenen Bürger bezeichnet, oder ist mein Kollege hier wie so viele vor ihm Ihrem Charme und Ihren Lügen erlegen? Darf ich vorstellen, der König unter den Einbrechern: Jakob Grossler. Eine Institution und ein Phänomen unter den Verbrechern der Stadt, der seine ausgefeilte Methode hat und nur selten eine unbeabsichtigte Spur zurücklässt. Dennoch ist auch der gute Jakob nicht unfehlbar. Er ist wie die meisten in seiner Diebes- und Betrügerbranche anfällig für allerlei Aberglauben.« Hofbauer zog die Stirn kraus. »Wie war das noch einmal? Wenn man etwas von sich am Tatort zurücklässt, dann wird man nicht gefasst? Seltsame Theorie. Ich dachte immer, gerade das führt die Kriminalpolizei auf die Spur der Verbrecher.«

»Warum kenne ich ihn nicht?«, brummelte Schobermeier.

»Nun, im Hotel Stern ist er vor Ihrer Zeit eingesessen, und

dann hat er sich eine Weile in Melk und dann in Linz versucht. Nun scheint er mit neuen Hoffnungen nach Wien zurückgekehrt. Und da müssen Sie ausgerechnet mir über den Weg laufen. Sagen Sie, Grossler, damit haben Sie wohl nicht gerechnet?«

»Nein«, brummte der Angesprochene finster. »Ich dachte, man habe Sie längst in Pension geschickt.«

»So alt bin ich noch nicht, da muss ich Sie enttäuschen«, gab Hofbauer mit gespielter Liebenswürdigkeit zurück, dann wurde seine Stimme streng. »Abführen! Mal sehen, was er dieses Mal hier in Wien alles angestellt hat.«

Obwohl Schobermeier enttäuscht war, setzte er eine dienstmäßige Miene auf und packte den Mann am Kragen.

»He, ich habe gar nichts angestellt. Ich komme, um als Zeuge bei der Aufklärung dieser Morde zu helfen. Sie müssen sich Graf Báthory vornehmen. Sehen Sie sich einmal in seiner Küche um, da werden Sie etwas Interessantes finden! Hören Sie auf mich, durchsuchen Sie das Palais, und Sie werden noch ganz andere seltsame Dinge bemerken!«

»Aha, und woher wissen Sie das? Hat der Graf Sie eingeladen und eine Führung von der Küche bis in seine Gemächer mit Ihnen veranstaltet? Seltsam, dass ich das nicht glauben kann. Eine andere Möglichkeit dagegen scheint mir sehr plausibel. Sie sind doch nicht etwa ins Palais Fries eingebrochen? Nein, so etwas, Grossler, das bringt Ihnen gleich noch ein paar Monate in unserem gemütlichen Hotel Stern ein.«

»He, das können Sie nicht machen«, rief Jakob Grossler empört. »Sie können mir gar nichts beweisen. Ich habe nichts Wertvolles mitgenommen. Mich hat keiner gesehen, und ich habe auch nichts von mir selbst zurückgelassen, also lassen Sie mich gehen!«

Der Kommissär grinste. »Nichts zurückgelassen und nun festgesetzt? Vielleicht ist Ihr Aberglaube gar nicht so falsch? Das müssen Sie das nächste Mal vielleicht noch einmal ausprobieren.

Allzu schnell werden Sie dazu allerdings keine Gelegenheit erhalten. Im Moment sehe ich für Ihre weitere Karriere sehr schwarz. Schobermeier, bringen Sie ihn in eine Arrestzelle!«

»Und was machen wir mit dem Grafen?«, hakte der Kriminalbeamte nach, ehe er Grossler hinausschob.

»Nachdem er bisher noch nicht freiwillig zu uns gekommen ist, werden wir ihm ein wenig auf die Pelle rücken müssen!«

Karoline Maria Wallberg durchquerte den Salon. Sie trat ins Musikzimmer und schlug ein paar Tasten an, konnte sich aber nicht durchringen, auf dem Hocker Platz zu nehmen und einige Stücke zu spielen. Stattdessen durchmaß sie wieder das Zimmer, trat in den Salon, passierte den Flur und ging in die Küche. Sie tat so, als kontrolliere sie, ob das Mädchen die Töpfe und Pfannen ordentlich gescheuert habe, doch ihre Gedanken weilten woanders. Sie waren im Musikzimmer, und so folgte Karoline ihnen nach.

Erinnerungen konnten grausam sein, das wusste sie. Nicht gewusst hatte sie, dass auch schöne Erinnerungen quälen konnten. Wenn sie eine Sehnsucht entfachten, die niemals wieder erfüllt werden würde.

Karoline sah auf die Tasten herab, auf denen noch vor wenigen Stunden seine Finger geruht und sie kraftvoll angeschlagen hatten. Zum letzten Mal.

Mit einem Ruck drehte sie sich um und kehrte zum Fenster zurück, so als könne sie den Anblick des Flügels und des leeren Hockers nicht ertragen.

Karoline sah auf die dämmrige Gasse hinunter und auf den Michaelerplatz. Das Knirschen der Fiakerräder, den Ruf der Kutscher und das Schlagen der Kirchturmglocke drang zu ihr herauf, aber sie vernahm die Geräusche nicht. In ihrem Innern hörte sie eine tiefe, betörende Stimme und lauschte den Melodien, die sie zusammen dem Pianoforte entlockt hatten.

Vorbei. Für immer vorbei. Er hatte ihrem Dasein, das seit vielen Jahren so grau und eintönig dahinglitt, plötzlich Farbe gegeben und Leben, Vorfreude und Träume, die nicht von Schrecken erfüllt wurden. Warum nur musste es enden? Sie fühlte sich unendlich einsam, obwohl sie auch früher oft allein hier gewesen war. Jetzt war irgendetwas anders. Ihr Vater lag noch im Spital, Carl Eduard war wie üblich fort, um bei einer Gesellschaft zu spielen. Er würde Erfolg haben, bejubelt und umschwärmt werden. Sie wusste es, denn er trug die neue Komposition bei sich, die sie erst am vergangenen Tag fertiggestellt hatte und der sie heimlich den Titel »Graf András Petru Báthory – der Engel der Nacht«, gegeben hatte. Natürlich waren dies nicht die Worte, die sie über der ersten Notenlinie notiert hatte!

Es wurde dunkel, und sie hätte längst die Lampen entzünden müssen. Das Mädchen war bereits gegangen. Karoline rührte sich nicht. Sie sah nur auf die Gasse hinunter und ließ ihren Gedanken und ihrer Trauer freien Lauf.

Plötzlich hielt sie inne. Sie konnte keinen Laut hinter sich vernehmen, dennoch spürte sie, dass sie nicht mehr allein war.

»Was gibt es, Sophie?«, fragte sie, ohne sich umzudrehen. Im Zimmer war es längst stockdunkel.

»Ich habe mich gefragt, warum du keine Lampe angemacht hast, obwohl die Nacht längst hereingebrochen ist«, antwortete die Tochter.

Überrascht fuhr Karoline herum. »Woher weißt du das? Ich meine …« Verschämt verstummte sie.

»Du meinst, ich kann es ja nicht sehen? Ach Mama, ich sehe mehr, als du dir jemals vorstellen kannst.«

Karoline war verwirrt. »Du kannst das Licht sehen? Wie kommt das plötzlich?«

Das Kind seufzte tief, so als fiele es ihm schwer, Geduld zu bewahren.

»Ich kann das Licht nicht mit meinen Augen sehen, nein, daran hat sich nichts geändert, aber ich spüre die Wärme der Lampe und höre das Zischen der Flamme. Ich sehe auf eine andere Art als ihr alle.« Es waren ähnliche Worte, wie sie der Graf verwendet hatte.

Der Graf! Sie hatte ihn gehen lassen. War ihm nicht beigestanden, um ihn vor den Angriffen ihres Bruders zu schützen. Nun war es zu spät. Er würde nicht zurückkehren, das wusste sie. Seine Ehre würde es nicht zulassen, nicht ehe Carl die Worte zurücknahm und sich entschuldigte. Und das würde ihr Bruder nicht tun.

»Warum stehst du schon so lange hier im Dunkeln?«, wollte Sophie wissen.

»Ach, ich habe nachgedacht. Weiter nichts.«

»Über den Grafen? Er kommt nicht mehr wieder, nicht wahr? Carl hat ihn hinausgeworfen.«

Es gab nichts, das diesem Kind entging. Karoline ging nicht darauf ein und schlug stattdessen vor, eine Lampe zu entzünden. Sie machte zwei Schritte in die Richtung, in der sie Sophie vermutete, und stieß sich das Schienbein schmerzhaft an einem Stuhl an.

»Aua! Oh, tut das weh!« Sie tastete nach der Sitzfläche und ließ sich darauf sinken. Für einige Augenblicke kämpfte sie mit den Tränen. Nicht nur wegen des Schmerzes in ihrem Bein.

Eine schmale Hand tastete nach der ihren. »Mama, tut es sehr weh?«

»Nein, es geht schon.«

»Soll ich dich führen? Dann kann dir nichts passieren. Du kannst mir vertrauen. Ich stoße mich nie an.«

Karoline umfasste die Kinderhand und erhob sich. Erst zögernd, dann immer zuversichtlicher ließ sie sich von Sophie leiten. Was für ein seltsames Gefühl. Eine verkehrte Welt. Nun war sie die Blinde, und ihre Tochter konnte sehen. Sie war die Hilflose, die sich führen ließ. Sollte nicht sie die Mutter sein, die ihr Junges leitete und schützte?

Sophie führte sie durch die ganze Wohnung und dann die Treppe zu den beiden Dachkammern hinauf, die sie zusammen bewohnten. Karoline fühlte sich seltsam geborgen. Und wieder stiegen Tränen in ihr auf.

»Tut dir dein Bein so weh?«

»Aber nein, es ist schon vergessen«, wehrte Karoline ab.

»Warum weinst du dann?«

»Weil wir beide so viel versäumt haben.«

Karoline konnte nicht sagen, ob Sophie diese Antwort verstand, jedenfalls fragte sie nicht weiter nach, sondern führte die Mutter an den Tisch, wo die Lampe stand. Karoline zögerte, sie zu entzünden und den seltsamen Zauber zu durchbrechen, den die Dunkelheit über sie und ihre Tochter gelegt hatte.

Als András erwachte, kamen ihm das blutige Messer und die provozierende Nachricht wieder in den Sinn. Sein Messer, das irgendjemand entwendet und zu einer Bluttat benutzt hatte.

Das war das eine. Es aber nachher auf seine Schwelle zu legen, um ihn in Verdacht zu bringen, das war ein unverschämtes Stück und entfachte seine Wut. Und ihn dann auch noch zu verhöhnen!

András waren die Gesetze und Regeln der Menschen gleichgültig, und er fühlte sich auch nicht berufen, irgendwelche Mörder ihrer Strafe zuzuführen. Aber wenn sich jemand erdreistete, sich in sein Leben einzumischen und ihm Schwierigkeiten zu bereiten, dann sollte er erfahren, zu was ein Vampir fähig war! András würde nicht ruhen, bis es ihm gelang, diesem Unwesen Einhalt zu gebieten.

Er machte sich auf den Weg. Die Witterung des Eindringlings hatte er noch in der Nase. Aber wo sollte er mit seiner Suche anfangen? Er streifte durch die Nacht und stillte seine erste Gier an einem Fiaker, der dösend auf seinem Kutschbock saß. Die beiden Braunen rührten sich nicht vom Fleck. András tätschelte ihnen die Mähnen, ehe er seinen Weg fortsetzte.

Bald erreichte er den Hohen Markt, das Zentrum der Wiener Gerichtsbarkeit. Hier hatte schon im Mittelalter das alte Gerichtsgebäude, die Schranne, gestanden. Unter Joseph II. war sie vergrößert und um einige Kerker für Schwerverbrecher erweitert worden. Davor am Fischbrunnhäuschen, aus dem die Fischhändler gegen eine Gebühr hatten Wasser schöpfen können, gab es einst einen kleinen käfigartigen Anbau, das Narrenköterl, in das man in den vergangenen Jahrhunderten Gotteslästerer, Dirnen, Zauberer und Ruhestörer gesperrt und dem öffentlichen Spott preisgegeben hatte. Später wurde an seiner Stelle die Schandsäule errichtet. Auch heute gab es an der Schranne noch immer eine Schandbühne, und es war durchaus üblich, die Verurteilten hier dem Volk zu präsentieren und ihr Urteil öffentlich zu verlesen.

Doch das Mittelalter war längst zu Ende, und so schienen auch die Tage der alten Schranne nahe dem Rathaus gezählt. Schon vor einigen Jahren hatte man begonnen, draußen auf dem Alsergrund an Stelle der bürgerlichen Schießstände ein Gerichtsgebäude zu bauen. Nun war es fertig. Dem Umzug der Richter stand nichts mehr im Wege. Und auch die Gefangenen wurden längst nicht mehr in den Kerkerräumen der Schranne oder den Stadttürmen untergebracht. Dafür gab es das Polizeigefangenenhaus in der Sterngasse, dessen hohe Mauer András gerade passierte.

Er stutze und blieb abrupt stehen. Gehörte dieser Hauch nicht zu seinem nächtlichen Einbrecher? Er schritt aufmerksam an der Mauer entlang bis zum Tor und dann weiter, ohne den Wächtern einen Blick zu gönnen.

Ja, das war der Geruch, den er suchte. Hatte die Polizei etwa ausnahmsweise schnelle Arbeit geleistet und den Einbrecher bereits gefasst? Das würde er herausfinden!

Da András nicht vorhatte, das Gefangenenhaus durch den Haupteingang zu betreten, bog er in die Vorlaufgasse ein und dann in den Salzgries, der ihn auf die Rückseite des ehemaligen Klosters führte. Die Mauern waren hoch und glatt, für den Vampir stellten sie jedoch kein ernstzunehmendes Hindernis dar. Geräuschlos ließ er sich in den Hof hinabfallen, der zu dieser Stunde menschenleer war. Wohin nun? Er ließ den Blick über die vermauerten Bögen des alten Kreuzganges gleiten.

Eine Tür öffnete sich, und zwei Gefängniswärter traten in den Hof. András blieb mit dem Rücken an der Außenmauer bewegungslos stehen. Er fürchtete nicht, entdeckt zu werden. Wenn er keine Aufmerksamkeit auf sich lenken wollte, dann würden die beiden Männer ihn in diesem düsteren Licht auch nicht bemerken. Noch dazu, da sie in ein Gespräch vertieft waren und ihre Wachsamkeit zu wünschen übrig ließ. Ohne Eile querten sie den Hof und verschwanden in dem Gebäudeteil, in dem die Wachstube untergebracht war.

András wartete, bis sich die Tür hinter ihnen geschlossen hatte, ehe er den Teil betrat, in dem die männlichen Gefangenen untergebracht waren. Die unterirdischen Kellerzellen waren klein und beherbergten Mörder und Totschläger, allein oder zu zweit. In den oberen viel größeren Gefangenenräumen waren Gruppen bis zu zwölf oder mehr untergebracht, wenn das Gefängnis entsprechend gut belegt war. Und das war es meist.

Unter den männlichen Gefangenen gab es alles, was man sich an Verstößen gegen das Gesetz vorstellen konnte, wobei Einbruch und Diebstahl überwogen. Oft führten Not oder Gier die Täter aber auch zu einem Raub, bei dem das Opfer zu Schaden kam.

Bei den Frauen auf der anderen Seite des Hofs sah es nicht viel anders aus. Obwohl es dort nicht so viele gab, die der Schwere ihres Verbrechens wegen ein Todesurteil zu erwarten hatten. Die Frauen hier waren Diebinnen, Betrügerinnen, Dirnen oder

Falschspielerinnen. Es gab aber auch eine ganze Anzahl Bettlerinnen ohne eine Wohnstatt, die immer mal wieder für einige Tage oder Wochen festgesetzt wurden.

András schritt langsam an den verschlossenen Türen mit dem Gitterfenster vorbei und nahm die Gerüche in sich auf. Es war nicht einfach, bei dem durchdringenden Gestank dieser vielen Menschen, die kaum jemals ein Bad genossen oder die Kleider wechselten, den Geruch eines Einzelnen herauszufiltern, von dem er nur die schwachen Spuren in seinem Haus wahrgenommen hatte. Kein Zweifel, die Kritik einiger fortschrittlicher Bürger an den Zuständen in diesem alten Gemäuer hatte durchaus ihre Berechtigung, und András zweifelte nicht, dass das Gefangenenhaus die Brutstätte mancher Seuche war, die dann zuweilen von hier auf die Stadt übergriff. Bei der großen Choleraepidemie zehn Jahre zuvor war die Zahl der Opfer im »Hotel Stern« jedenfalls besonders groß gewesen.

András ließ die überfüllten Gefangenenräume hinter sich und stieg zu den kleineren Zellen eine Treppe höher. Etwas drang schwach in seine Nase, das ihn beunruhigte, doch er konnte es in der Flut der Gerüche nicht genau zuordnen. Er runzelte die Stirn und grübelte über die Witterung nach, während er eine Tür nach der anderen passierte. Zwei der Räume waren Wachleuten vorbehalten, aber nur in einem döste ein Beamter vor sich hin.

András war so in Gedanken, dass er den Geruch fast verpasst hätte. Abrupt blieb er stehen, ging wieder zwei Schritte zurück und witterte durch das Gitter.

Kein Zweifel. Er konnte sein Glück nicht fassen. Da drin saß der Einbrecher, der aus seinem Haus die Messer entwendet und eine Nacht später die Nachricht hinterlassen hatte. Nun würde er gleich wissen, ob er es aus eigenem Antrieb getan und ob er auch den Mord auf dem Gewissen hatte, von dem das Blut auf der Klinge sprach! Diesen und noch weitere?

Warum sie ihn hier wohl allein festhielten? Auch das war es wert zu klären. War das überhaupt eine Gefängniszelle? András spähte hinein. Es kam ihm eher wie ein Verhörraum vor.

Plötzlich näherte sich der Gefangene der Tür und schlug mit den Fäusten dagegen. »Verdammt! Wie lange soll ich hier noch ohne ein Bett und was zu essen warten? Geht das Verhör nun endlich weiter, oder habt ihr verfluchten Greifer mich vergessen? Hallo! Ich rede mit euch! Kommt jetzt einer und bringt mir wenigstens was zu trinken? Ich verdurste!« Wieder trommelte er gegen die Tür, dass es durch das ganze Haus schallte.

András zog sich unauffällig ein Stück zurück und wartete, ob es eine Reaktion von Seiten des Wachpersonals geben würde. Wenn sie nicht reagierten, dann ganz bestimmt nicht, weil sie die Proteste nicht hörten. Nein, er vermutete eher, dass dies eine Taktik des verhörenden Kommissärs war, den Burschen dort drin weichzukochen.

Gerade kam András zu dem Schluss, dass man beschlossen hatte, die Proteste zu überhören, als er Schritte auf der Treppe vernahm. Es waren allerdings nicht die schweren Stiefel der Wärter. Wer konnte das sein? Kam der Kommissär mitten in der Nacht zurück, um das Verhör fortzusetzen? Wie ungewöhnlich.

Als der Mann in den Gang einbog, korrigierte András seine Vermutung. Nein, das konnte kein Kommissär sein. Ein Gefangenenwärter war es aber auch nicht. Der Mann strahlte eine seltsame Aura aus, die ihm unangenehm war. Neugierig trat András näher, sobald der Mann an das Fenster der Zelle getreten war, um zu hören, ob er mit seinem Verdacht richtig lag.

»Sie sind nicht Kommissär Hofbauer«, stellte der Gefangene missmutig fest. »Und auch nicht dieser Einfaltspinsel Schobermeier. Gehören Sie überhaupt zu den Männern des Kommissärs?«

Der Besucher verneinte. »Mein Name ist Philipp Jakob Münnich, und ich bin der kaiserlich-königliche Seelsorger des Strafhauses.«

»Sie schicken mir einen Pfaffen«, beschwerte sich Jakob Grossler. »Was soll das? Lassen wir den Prozess und das Urteil dieses Mal aus, und Sie begleiten mich gleich auf meinem Henkerskarren zur Spinnerin hinaus? Ist das die berühmte Wiener Gerechtigkeit?«

»Aber nein«, protestierte der Seelsorger. »Solche Missstände müssen Sie hier nicht fürchten.«

»Was wollen Sie dann von mir? Dass ich Ihnen beichte und Sie dann stolz dem Kommissär ein Geständnis präsentieren? Ne, nicht mit mir. So dumm bin ich nicht!«

Der Gefängnisseelsorger war anscheinend nicht so leicht aus der Fassung zu bringen. Seine Stimme verriet nichts davon, dass Grossler ihn vielleicht gekränkt haben mochte. »Wenn Sie das Bedürfnis haben, vor Gott die Beichte abzulegen, dann geht das nur Sie selbst und Gott etwas an. Ich bin lediglich der Mittler und kein Spitzel der Kriminalpolizei.«

Der Gefangene war nicht überzeugt, wollte aber offensichtlich auch nicht die Gelegenheit ungenutzt vorübergehen lassen, sich seine Haft ein wenig zu erleichtern.

»Wenn Sie in Ihrer christlichen Güte mir etwas zu essen und zu trinken besorgen könnten, dann wäre ich durchaus in der Stimmung mit Ihnen zu reden.«

András hörte den berechnenden Unterton in der Stimme. Dem Pfarrer dagegen entging er, oder er wollte sich trotzdem darauf einlassen.

»Ich will sehen, was ich erreiche. Ah, da kommt ja Wachmann Brögel, der müsste mir die Tür aufschließen und in der Nähe bleiben, während wir miteinander sprechen. Aber keine Angst, er soll nichts von dem zu hören bekommen, was Sie mir anvertrauen.«

»Gut, aber vergessen Sie das Essen und Trinken nicht!«, erinnerte ihn Grossler an das, worauf es ihm eigentlich ankam.

»Aber ja. Wachmann Brögel, bleiben Sie so lange hier, um mir dann aufzuschließen? Ich komme gleich wieder.« Der Seelsorger eilte davon.

András unterdrückte einen Seufzer. Natürlich konnte er sowohl mit dem Wächter als auch mit dem Pfarrer fertig werden, doch wenn es zu vermeiden war, wollte er nicht auffallen. Die Nacht war noch lang. Er würde warten, bis Grossler wieder allein im Verhörraum saß. Derweil könnte er ja in den Frauentrakt hinübergehen und sehen, ob es etwas Lohnendes gab, seinen noch immer drängenden Blutdurst zu stillen.

Unbemerkt huschte der Vampir davon. In den Gemeinschaftszellen der Dirnen und Betrügerinnen fand er einige, deren Blut noch leidlich frisch schmeckte. Andere dagegen, denen verschiedene Leiden mit ihrem Schweiß aus allen Poren drangen, mied er lieber. Es waren auch etliche Frauen darunter, die so viel Brandwein im Blut hatten, dass es den Vampir noch in einen Rausch versetzt hätte. Allerdings in keinen angenehmen. Er tat wohl daran, solches Blut zu meiden, denn dies verursachte ihm nicht nur unangenehme Leibschmerzen, es trübte auch seine Sinne und raubte ihm seine Schnelligkeit und sein Geschick. Und dabei schmeckte mit Alkohol verunreinigtes Blut nicht einmal besonders.

András beugte sich über ein Mädchen von vierzehn oder fünfzehn Jahren, dessen Hemd und Röcke vor Schmutz starrten und zahlreiche Risse aufwiesen. Der Brandweingestank umhüllte sie wie eine Wolke. Angewidert wich der Vampir zurück. Die Frage drängte sich ihm auf, ob sie das Mädchen eben erst in diesem Zustand aufgegriffen hatten. Oder war es so einfach, sich hinter diesen Mauern mit berauschenden Getränken zu versorgen?

András wählte statt dem Mädchen eine stattliche Frau mit dickem Busen, die auf ihrer Pritsche auf dem Rücken lag und mit offenem Mund herzhaft schnarchte. Sie war nun sicher nichts, das seine restlichen Sinne ansprach, schien aber gesund und wohlgenährt und hatte auch weniger Ungeziefer als die anderen.

Der Vampir trank, ließ aber bald schon wieder von ihr ab. Nicht, dass ihr Blut ihm nicht schmeckte. Etwas anderes lenkte ihn ab und raubte ihm die Ruhe. Was war es, das ihn antrieb, sich zu beeilen? Eine seltsame Rastlosigkeit erfasste ihn. Was nützte es, jetzt schon zurückzukehren, während der Pfarrer Grossler befragte und der Wächter vor der Tür stand? Und dennoch musste er sich geradezu zwingen, noch ein wenig zu verweilen. Fast widerwillig näherte er sich einer weiteren Schlafenden, die sich mit einer älteren Frau das Lager teilte. András beugte sich herab, als er mitten in der Bewegung innehielt.

Was tat er hier eigentlich? Er versuchte mit allen Mitteln seine Instinkte zu verleugnen! Wusste er es nicht besser? Aus irgendeinem Grund drängte es ihn, sofort zu Grossler zurückzukehren, doch er versuchte seine Ahnungen zu unterdrücken.

»Narr!«, sagte er zu sich selbst und war schon halb zur Tür. Er rannte über den Hof und schoss geradezu die Treppe hinauf und den Gang entlang, während seine innere Stimme ihm zuflüsterte, er müsse sich nicht mehr beeilen. Es war bereits zu spät!

András fand Grossler weder in dem Verhörraum vor, in dem er ihn zuvor entdeckt hatte, noch in einem anderen Raum des Gefangenenhauses, obwohl er es vom tiefsten Keller bis unter das Dach untersuchte. Jakob Grossler blieb verschwunden, als habe er sich in Luft aufgelöst. Wie zum Teufel war das möglich? András konnte sich keinen Reim darauf machen.

Er verfolgte die Witterung durch den Flur und in einen Raum, in dem noch ein Becher und ein halb geleerter Teller auf dem Tisch standen, doch dort verlor sich die Spur. Verwirrt drehte sich András um seine Achse. Erst nach einer Weile fragte er sich, was eigentlich aus dem Wächter und dem Pfarrer geworden war?

Er fand sie in einem Nebenraum auf dem Boden liegend, anscheinend in tiefem Schlaf. Der Wächter war tot, der Seelsorger hatte nur das Bewusstsein verloren.

Das wurde ja immer seltsamer. Hatte Grossler sie niedergeschlagen und war dann geflohen? Aber wo war dann seine Spur? Sie musste zu einer Tür oder einem Fenster führen. Wie konnte sie sich einfach verlieren?

András konzentrierte sich noch einmal auf die leisen Duftnoten, die noch im Raum schwebten.

Was war das? Der Vampir erstarrte. Er begann vor Erregung zu zittern. Das konnte nicht sein. Und doch war das die einzig mögliche Erklärung.

Noch einmal strengte er seine Sinne an und richtete sie auf diesen einzigen Hauch, den er wahrzunehmen geglaubt hatte.

Hatte er es nicht bereits geahnt und nur nicht wahrhaben wollen?

Er trat noch einmal zu dem Wächter und dem Gefangenenseelsorger, beugte sich hinab und nahm jede mögliche Witterung auf, die an ihnen haftete, ehe er sich wieder erhob. Hier gab es für ihn jedenfalls nichts mehr zu tun.

Mit schweren Schritten machte er sich auf den Heimweg, fast so, als wäre er ein Mensch, der ermattet von seiner Arbeit heimkehrt, den Rücken gebeugt, von seinen Sorgen um die Zukunft niedergedrückt.

14. Kapitel

Besuch im Palais Fries

András saß an seinem Flügel im Musiksalon, doch so recht wollten die Läufe heute nicht klappen. Er war abgelenkt. Seine Gedanken gingen eigene Wege, und das verzieh das Pianoforte nicht. Es war wie ein eigenes Wesen fordernd und zur Eifersucht fähig. Seinen Zauber gab es nur frei, wenn man ihm alle seine Sinne opferte und seine Seele darbot. Nicht aber, wenn ein Teil des Verstandes durch das Gefangenenhaus an der Sterngasse geisterte! Dann hörte er Gorans Schritt auf der Treppe bis ins Entree.

»Was bringst du?«, rief er den Diener.

Goran trat in den Musiksalon und überreichte seinem Herrn eine Karte mit der ihm schon vertrauten Schrift. Der Diener signalisierte ihm, dass diese gerade von einem Lakaien abgegeben worden war. Da er nun schon einmal unterbrochen hatte, konnte er sie auch gleich lesen. András klappte die Karte auf. Nein, es war nicht nur eine Karte mit einer knappen Einladung. Es war ein ganzer Brief:

Mein Freund,
haben Sie die Nachricht schon bekommen? Ich kann mein Glück kaum fassen! Was für ein Zufall! Wenn es in meinen Möglichkeiten gelegen wäre, hätte ich der Entscheidung natürlich nachgeholfen. Nun muss ich feststellen, Fortuna steht fest auf meiner Seite!

Wissen Sie überhaupt, wovon ich spreche? Nein? Mein Freund, wir werden beim Schlittenkarussell ein Paar sein. Und was für eins! Uns wird kein anderer einholen können. Der Sieg ist jetzt schon unser!

Sie halten meinen Siegestaumel für verfrüht? Aber nein, ich habe gesehen, wie Sie kutschieren, und glauben Sie mir, lieber András, ich werde uns genug Mohrenköpfe herunterholen oder was wir dieses Mal auch stechen sollen. Nun müssen wir nur noch unser Kostüm besprechen und wie wir unseren Schlitten ausstaffieren. Prächtig muss es natürlich sein, einem Paar wie dem unseren angemessen!

Was für eine Farbe würde zu Ihnen passen? Schwarz, wie immer? Es ist sehr edel, aber zwingen Sie mich nicht zu einem schwarzen Gewand. Man würde mir mein Alter unzweifelhaft ansehen.

András musste schmunzeln. Eines war gewiss, Fürstin Kinsky brachte Abwechslung in sein ewiges Dasein. Er las weiter.

Was dann? Silber steht Ihnen besser als Gold, aber von zu viel Flitterkram ist abzuraten. Was dann? Dunkles Rot, wie Blut, der Saft des Lebens. Oh ja, ein wenig schaurig könnte es sein. Passend zu einer Nacht der Dämonen, wie der Fasching sie durch die Straßen treibt.

Nun, ich freue mich, von Ihnen zu hören. Heute muss ich meinen Gatten leider ins Burgtheater begleiten. Ich weiß gar nicht, was gegeben wird, doch den Anschütz als großen Helden zu sehen, ist es schon wert, und für den schönen Fichter werden sie wohl wieder eine Rolle als großen Liebhaber gefunden haben. Und dann die Wildauer! Sie ist begnadet als Sängerin und als Mimin. Vielleicht, mein Freund, sollten wir einmal zusammen hingehen. Unsere Loge bleibt ohnehin viel zu oft verwaist. Aber nicht heute. Nein, das wäre keine gute Idee. Wie wäre es morgen?

Ich erwarte Ihr Erscheinen und werde Ihnen keine Ausrede verzeihen.

Ihre Therese
Fürstin Kinsky von Wchinitz und Tettau

András legte den Brief beiseite. Sie war selbstbewusst und fordernd, doch ohne die Hochnäsigkeit der anderen Fürsten ihrer Gesellschaftsklasse, gepaart mit einem Lebenshunger, der ihm gefiel. Ja, er würde seine Fürstin nicht warten lassen!

Nun aber wurde es Zeit, sich wieder seinen Studien zu widmen. Er ließ den Blick über die Notenlinien schweifen, schloss für einige Momente die Augen und sah sie dann noch einmal an, bis er sicher war, jeden einzelnen Ton verinnerlicht zu haben. András holte tief Luft und begann die Übung von neuem. Auch dieses Mal kam er nicht weit. Goran trat in den Salon und blieb einige Schritte vor dem Flügel stehen. András ließ sie Hände sinken. Er unterdrückte den aufsteigenden Ärger, denn er wusste, dass Goran ihn nur störte, wenn es nicht zu vermeiden war.

»Was gibt es? Besuch? Doch nicht wieder die Beamten der Kriminalpolizei?«

Goran schüttelte den Kopf und machte eine Geste, die András sich von seinem Klavierhocker erheben ließ.

»Eine Dame, die mich zu sprechen wünscht?« Für einen Moment war er verwirrt, dann lächelte er. »Das kann nur unsere unverbesserliche Fürstin Kinsky sein. Hast du den Wagen gesehen?«

Goran verneinte, und das bezog sich nicht auf den Wagen.

»Nicht die Fürstin?«

András folgte seinem Diener die Treppe hinunter. »Und sie sind zu zweit? Das wird ja immer geheimnisvoller.«

Als der Diener ihm zu verstehen gab, dass die zweite Person ein Kind sei, begann András zu ahnen, wer ihn im Vestibül erwartete.

Der Ärger über die Störung war verflogen. Verwundert stellte er fest, wie hoffnungsvolle Freude in ihm aufstieg. Das waren keine Gefühle, die er häufig empfand! Er verbeugte sich elegant vor seiner Besucherin und küsste ihr die Hand.

»Welch freudige Überraschung, Fräulein Wallberg. Ich begrüße Sie herzlich, und auch dich, Sophie. Was verschafft mir die unerwartete Ehre Ihres Besuchs?«

Karoline sah verlegen zu Boden. »Sie sind sehr höflich, Graf Báthory, und das, obwohl mein Bruder sich so schrecklich schlecht Ihnen gegenüber benommen hat. Er hatte kein Recht dazu, dennoch will ich nicht zu hart über ihn urteilen. Er ist in einer schwierigen Lage. Der Vater liegt noch immer im Spital, und so fühlt er sich für mich und Sophie verantwortlich. Eine Situation, die ihn in seiner Jugend und mit der vielen Arbeit überfordert, auch wenn er das natürlich nicht zugeben würde.« Sie schwieg und hob vorsichtig den Blick.

»Falls Sie gekommen sind, um Ihren Bruder vor meinem Zorn zu schützen, so hätten Sie sich den Weg sparen können, Fräulein Wallberg. Ich zürne ihm nicht, und ich habe auch nicht vor, ihn meinen Unmut spüren zu lassen. Es ist nur sehr schade, dass wir die zarten Knospen des Erfolges, die sich bereits zeigten, nicht zusammen zum Erblühen bringen werden.«

»Das haben Sie sehr schön gesagt.« Karoline lächelte ihn ein wenig scheu an. »Und es wäre eine Sünde, wenn die Knospe nun verdorrte, ohne jemals die Möglichkeit gehabt zu haben, sich in ihrer vollen Schönheit der Sonne entgegenzurecken.«

András verbeugte sich noch einmal. »Und Sie haben das Bild ganz wundervoll aufgenommen. Doch sagen Sie, wie soll es nun mit unserem gärtnerischen Ehrgeiz weitergehen?«

Er führte Mutter und Tochter die Treppe hinauf bis in den kleineren, jedoch nicht minder prächtigen Salon in der Belletage, wo er ihnen Platz auf den eleganten Louis-XVI.-Stühlen anbot.

Sophie rutschte ohne Scheu auf den Sessel, während Karoline sich auf der Kante niederließ.

»Ich habe über Ihre Worte nachgedacht«, nahm sie die in der Halle unterbrochene Unterhaltung wieder auf. »Und ich bin zu der Überzeugung gekommen, dass viel Wahrheit in ihnen liegt. Ich habe mich – nein, uns beide – lange genug versteckt und das Leben draußen vorbeiziehen lassen. Nun wird es Zeit, mutig in die Welt hinauszugehen. Wir beide, Sophie und ich, wir haben genug gebüßt!«

András nahm ihre beiden Hände und küsste sie. »Willkommen im Leben, Fräulein Wallberg. Ich wünsche Ihnen und Sophie alles Gute. Dann waren meine Worte also nicht umsonst. Darf ich Sie fragen, welche Rolle Sie mir in diesem neuen Leben zugedacht haben – falls ich darin vorkomme?«

»Wenn Sie es wünschen? Ihr Talent, verehrter Graf, ist ein Geschenk für Sie und für mich. Ich kann kaum mehr an etwas anderes denken als an die nächste Unterrichtsstunde mit Ihnen. Und wenn Sie es nicht für zudringlich hielten, dann würde ich vorschlagen, Sie hier an Ihrem eigenen Flügel zu unterrichten.«

András hob erstaunt die Brauen. »Sie wollen hierher kommen und mir Unterricht erteilen?«

»Ja, warum nicht?«, gab sie ein wenig trotzig zurück.

»Ich kann erst nach Einbruch der Dunkelheit!«

»Das sagten Sie mir bereits.« Sie starrten einander einige Augenblicke stumm an.

»Was wird Ihr Bruder dazu sagen? Er wird es Ihnen verbieten.«

»Ich lasse mir nichts mehr verbieten. Außerdem ist er jeden Abend unterwegs.«

András unterdrückte ein Schmunzeln. »Sie wollen es ihm nicht sagen? Auf den ersten Blick ist das der Weg des geringsten Widerstands …«

»… aber Sie finden es feige, nicht wahr?«, ergänzte Karoline.

András wiegte den Kopf hin und her. »Nein, es ist verständlich. Vielleicht brauchen Sie erst ein wenig Übung, sich in ihrer neuen Welt zurechtzufinden, aber Ihnen muss klar sein, dass die Wahrheit Sie irgendwann einholt, und dann wird es sicher nicht leichter für Sie.«

Karoline zog eine Grimasse. »Sie haben wieder einmal recht, und ich will sehen, ob ich den Mut finde. Jedenfalls wollte ich Sie fragen, ob ich Sophie zu den Stunden mitbringen kann und ob Ihr Diener dann auch im Hause wäre.«

»Das würde der Sache einen respektableren Anstrich geben, ja, ich verstehe. So ließe es sich machen. Doch ist Sophie denn damit einverstanden, bei uns im Musiksalon zu sitzen und Stunde um Stunde meinen Übungen zu lauschen?« Er wandte sich an das Mädchen, das bisher noch kein Wort gesprochen hatte, dem Gespräch jedoch sichtlich aufmerksam folgte.

»Ich bin es gewohnt, dazusitzen und zu warten. Es ist schon eine Abwechslung, hierher zu kommen. Ich habe auf dem Weg die Pferde des Kaisers gehört und gerochen. Es sind seine weißen Lipizzaner, nicht wahr?«

András bestätigte die Vermutung. Es sah das Mädchen an, dessen riesige, schwarze Augen in die Ferne gerichtet waren und dessen Miene für einen Moment reine Verzückung widerspiegelte. Weil sie ein paar Pferde gerochen hatte! Wie arm musste ihr Leben bisher verlaufen sein.

Vielleicht hatte Karoline Ähnliches gedacht, denn ihre Stimme klang ein wenig zu laut und unnatürlich, als sie sich erhob und vorschlug, mit dem Unterricht zu beginnen. Auch Sophie erhob sich gehorsam und folgte ihnen mit einer Sicherheit durch den unbekannten Raum, die András staunen ließ. Sie summte vor sich hin und lauschte aufmerksam dem sich verändernden Klang, wenn sie sich einem Möbelstück näherte. Auch der Vampir beherrschte die Methode der Fledermäuse, selbst wenn er nicht über deren für das menschliche Ohr nicht mehr vernehmbaren Töne verfügte. In absoluter Dunkelheit, wenn seine Augen versagten, war dies ein bewährtes Mittel, sich ein Bild von der Umgebung zu verschaffen. Wobei er immer wieder feststellen musste, dass er es in seiner menschlichen Gestalt nie zu derselben Vollkommenheit brachte wie eine Fledermaus, die selbst feinste Konturen, Drähte oder die Struktur einer Oberfläche anhand des Echos auflösen konnte. Wenn András in einer Stadt unter so vielen Menschen wohnte, nutzte er die Fähigkeit, seine Gestalt zu wandeln, nicht häufig. Ab und zu jedoch stieg in ihm das Verlangen auf, die Welt mit den Sinnen einer Fledermaus zu erfassen. Es war faszinierend!

Und nun traf er auf ein Kind, das diese Fähigkeit – wenn auch nur in Ansätzen, aber doch vom gleichen Prinzip – für sich zu nutzen gelernt hatte. Wirklich erstaunlich!

András führte Mutter und Tochter in den Musiksalon. Karoline stieß angesichts des Flügels einen Ruf der Begeisterung aus.

»Was für ein herrliches Stück! Ich muss Ihnen gratulieren. Ein Meisterwerk Wiener Klavierbauerkunst.« Fast ehrfürchtig strich sie über den schimmernden Deckel und die Tasten.

András schob zwei Stühle für Karoline und Sophie heran und setzte sich dann auf die Klavierbank, wandte sich aber noch einmal um. Der Diener stand ein wenig unschlüssig in der offenen Tür.

»Goran, würdest du uns eine Erfrischung besorgen? Wein und Limonade für die Damen und vielleicht etwas Kuchen und Konfekt. Oder auch Kaffee und Kipferl?« Er sah fragend von Sophie zu Karoline, den leicht panischen Ausdruck in Gorans Miene ignorierend. Er würde sich halt etwas einfallen lassen müssen.

»Danke, Graf Báthory, das ist sehr liebenswürdig von Ihnen. Für Sophie bitte keinen Kaffee. Ich dagegen muss gestehen, dass ich ihn leidenschaftlich liebe.«

»Ich möchte gern eine heiße Schokolade!«, meldete sich Sophie zu Wort, was ihrer Mutter sichtlich peinlich war.

»Sophie!«

András wehrte ab. »Aber gern, Goran wird sich darum kümmern!«

Der Diener verbeugte sich und zog sich mit zweifelnder Miene zurück.

»Er spricht nicht viel, Ihr Diener«, meinte Sophie. »Ich habe noch kein einziges Wort von ihm gehört.«

»Was daran liegt, dass er nicht sprechen kann.«

Sophie wandte ihren Blick in Richtung des Grafen. »Er hat es nicht gelernt? Wie ist so etwas möglich?«

»Es hat nichts damit zu tun, dass er es nicht *gelernt* hat.«

»Dann ist es wie mit meinen Augen, dass einfach ein Teil fehlt, über den alle andere Menschen verfügen, und er dafür andere Sinne bekommen hat?«

András betrachtete das Mädchen mit zunehmendem Interesse. So viel Weisheit in einem kleinen Menschenkind!

Karoline packte inzwischen von ihr beschriebene Notenblätter aus und verteilte sie auf dem Ständer. »Ich habe gestern einige kleine Stücke komponiert, die Sie zuerst in einzelnen Stimmen üben und die wir später zu einem schönen Musikstück zusammensetzen können. Ich kann zu Anfang die anderen Stimmen übernehmen, wenn Sie es wünschen, damit Sie hören, wie es später einmal klingen soll.«

So begann der Unterricht. Während András spielte und Karoline ihn zuweilen korrigierte, saß Sophie still auf ihrem Platz, den Kopf ein wenig schräg gelegt, die Miene ernst. Die Stimmung dieses ungewöhnlichen Kindes war nur schwer zu durchschauen. Doch widmete sich András nun ganz dem Flügel und der Musik, die er ihm zu entlocken suchte. Es war nicht leicht, die Ungeduld zu unterdrücken, die in ihm loderte. Das Verlangen nach dem ganz großen Klang!

In Karolines Lächeln lag Verständnis. »Ich weiß, wie verzehrend diese Glut ist, aber ich verspreche Ihnen, Sie werden früher ans Ziel kommen als jeder andere, den ich bisher kennengelernt habe.«

Sie spielten die Themen aus Karolines Feder noch zweimal mit verteilten Rollen, mal András die Melodie, mal die Bassstimme. Dann unterbrach Goran die Stunde und schob einen Servierwagen in den Salon, der mit Kaffee, heißer Schokolade, einer Karaffe Wein, Limonade, verschiedenen Gebäckstücken, noch warm duftenden Kipferln, Konfekt und kandierten Früchten überladen war.

Während sich Karoline höflich bedankte, jubelte Sophie bei dem leckeren Duft, der ihr in die Nase stieg, und strahlte über das ganze Gesicht.

»Danke, Goran!«, rief sie überschwänglich, als er ihr vorsichtig die Tasse reichte. »Danke, Graf Báthory«, fügte sie hastig hinzu. »Hm, die Kipferl sind ganz frisch. Lecker. Hast du sie eben für uns gebacken, Goran? So ist doch dein Name?«

»Sophie!«

András sah die Mutter ernst an. »Lassen Sie sie doch. Empfinden Sie nicht Erleichterung, dass sie sich einmal wie ein Kind verhält? Die spontane Freude, die ohne darüber nachzudenken ihren Ausdruck sucht?«

»Ich weiß nicht. Es schickt sich einfach nicht. Jedes Mädchen muss das früh lernen«, antwortete Karoline ein wenig verunsichert. »Es wird nicht gern gesehen, wenn man seinen Gefühlen freien Lauf lässt.«

András nickte. »Das ist wahr, und je gehobener die Gesellschaft, desto weniger echt sind die Gefühle, die sie zeigen, falls sie überhaupt so etwas in der Art zulassen und nicht eine Miene aufsetzen, die einer Maske gleicht. Da lobe ich mir die spontane Gefühlsregung des Volkes, das auch mal flucht und schimpft, sich streitet und tränenreich wieder verträgt. Und das in einer Fröhlichkeit zu feiern weiß, dass die Begeisterung anstecken muss. Was ist ein

Hofball oder ein Ball der Aristokratie im Belvedere gegen den Fiakerball oder den Ball der Wäschermädchen!«

»Von diesem Fest habe ich schon viel gehört«, rief Karoline lebhaft, und ihre Wangen färbten sich rosa. András reichte ihr eine Tasse Kaffee und einige Stück Konfekt, während Sophie bereits ihre Schokolade geleert und zwei Kipferl verdrückt hatte.

»Ich sehe die Wäscherinnen samstags immer mit ihren bunten Kopftüchern, die Kleider blitzsauber und gestärkt bis hinunter zu den geschnürten Stiefeln, wenn sie in ihren Butten die gewaschene Wäsche austragen«, fuhr Karoline nach einem Schluck des dunklen, starken Gebräus fort. »Es sind viele Hübsche darunter, die das Haupt hoch erhoben tragen. Ich glaube, es war Johann Strauss, der sagte, die Wäschemädel seien die besten Walzertänzerinnen von ganz Wien. Ich weiß allerdings nicht, ob da etwas dran ist. Ich selbst war natürlich nie auf solch einem Ball.«

»Ich hatte bereits das Vergnügen – und ich sage Ihnen, ich war nicht der einzige Graf, Baron oder Freiherr, der sich unter den Bürgern auf diesem Fest tummelte. Ganz in Ehren, versteht sich, zumindest soweit ich für mich sprechen kann. Die Wäschemädel werden ihrer Grazie wegen verehrt und hofiert. Das bleibt nicht ohne Folgen. Einige Herren haben sich beschwert, dass ihnen diese Aufmerksamkeit zu Kopf gestiegen sei und dass manche von ihnen darauf bestehen, samt ihrer Mütter wie eine Dame der Gesellschaft von einem Fiaker abgeholt und nach dem Ball auch wieder nach Hause gebracht zu werden. Und wenn wir schon von den Kutschen und ihren virtuosen Kutschern reden: Auch auf dem Fiakerball ist so mancher Herr zu sehen, der seinem langjährigen Fiaker und Kumpan die Ehre gibt. Wenn so ein Fiaker als Unnummerierter die ganze Saison gemietet wird, wird der Kutscher schnell zum Begleiter durch alle Höhen und Tiefen.« Seine Stimme klang zwar ein wenig spöttisch, aber etwas Wahres war schon dran.

»Ja, es ist ein Privileg, das Bequemlichkeit schafft, einen Fiaker auf Dauer anzumieten und sich nicht für jede Fahrt auf der Straße einen suchen zu müssen«, räumte Karoline fast ein wenig sehnsüchtig ein. Sie trank die Tasse leer und ließ den Blick durch den prächtigen Salon schweifen. Der Augenblick währte nicht lange, da sie sich der angenehmen Atmosphäre hingab. Strenge und Disziplin, denen sie sich ihr Leben lang hatte unterordnen müssen, ließen es nicht zu, dass sie sich in Träumereien verlor. András sah, wie sie den Rücken straffte, als sie die Tasse auf den Servierwagen zurückstellte. Natürlich gönnte sie sich auch kein weiteres Stück Süßigkeit, während Sophie ungeniert zugriff.

»Wollen wir noch eine andere Übung beginnen?«, fragte Karoline, sich nun wieder ganz ihrer Pflicht bewusst. Sie war ja schließlich hier, um ihn zu unterrichten, und konnte sich nicht wie die Damen der Gesellschaft, die es nicht nötig hatten, Geld zu verdienen, dem Müßiggang hingeben!

András stimmte ihr zu, und so machten sie sich an die Variation einer einfachen Melodie, deren wandelnder Rhythmus den Schüler vor immer neue Aufgaben stellte. Solange nur eine der Hände eine Aufgabe erhielt, war es recht einfach, doch im Zusammenspiel oder besser gesagt, im Spiel der beiden Hände gegeneinander, zeigte sich die Herausforderung. Man musste lernen, sie unabhängig voneinander zu bewegen, so dass jede ihren eigenen Rhythmus fand und sie sich doch ergänzten.

»Damit haben die meisten am Pianoforte zu Anfang ihre Schwierigkeit. Sie müssen lernen, immer mehr Noten, eigentlich ganze Passagen mit einem Blick zu erfassen – in Melodie, Rhythmus und Ausdruck. Und das eben auf beide Hände aufgeteilt. Versuchen Sie diese beiden Zeilen ein weiteres Mal«, forderte Karoline ihn auf.

András prägte sich die Noten noch einmal ein, dann begann er zu spielen. Karoline lobte ihn, als er geendet hatte. »Das war schon sehr gut!«

»Nein, war es nicht«, widersprach András. »Hier habe ich ein G statt einem A angeschlagen, und in dieser Passage hat der Rhythmus nicht ganz gestimmt. Dieses C hätte ich erst kurz nach dem E in der Oberstimme anschlagen dürfen und nicht gleichzeitig! Es war alles andere als perfekt!« Es war ihm bewusst, dass seine Stimme laut geworden war und harsch klang, ganz anders, als es Karoline bisher von ihm gewohnt war, doch er konnte nicht anders. Seine Augen bohrten sich in die ihren, so dass sie unwillkürlich ein Stück zurückwich. Dennoch lächelte sie und legte ihm die Hand auf den Arm.

»Nein, perfekt war es nicht, Graf, und ich sehe, auch Sie werden sich mit nichts Geringerem zufriedengeben. Das ehrt Sie, und ich kann Ihre Erregung nachfühlen. Ich empfinde ebenso und bin schon viele Nächte am Piano gesessen, bis ich mit einer Passage endlich zufrieden sein konnte.«

Er begegnete ihrem Blick. Trotz ihres Lächelns überwog die Strenge, die sie in jahrelanger Disziplin erworben hatte. Leichtfertige Fröhlichkeit, wie sie andere junge Frauen in diesem Alter ausstrahlten, fehlte ihrem Wesen. Oder hatte das Leben es ihr ausgetrieben? András fühlte plötzlich den Wunsch, es zu ergründen. Er versuchte sich vorzustellen, wie sie mit einer der kecken Lockenfrisuren aussehnen würde, einen Hut mit breiter Krempe, Schleifen und Federn dazu. Oder in einem der farbenprächtigen leichten Seidentaftkleidern, die den Teint einer jungen Frau zum Strahlen brachten.

»Worüber denken Sie nach? Die erste Passage? Ja, sie ist im Rhythmus nicht einfach. Wollen wir sie noch einmal gemeinsam spielen?«

Die großen, dunklen Augen. Das fein geschnittene Gesicht in strenger Konzentration. Nein, er konnte sie sich nicht wie die anderen Frauen vorstellen. Und doch … Es wäre ein Versuch, es einfach mal zu probieren.

»Ja, spielen wir das Stück noch einmal.«

Sie übten die Passagen noch ein halbes Dutzend Mal, ehe András die Hände von den Tasten nahm. Er hätte die ganze Nacht weitermachen können, wobei der Blutdurst seiner Konzentration zunehmend abträglich war. Dass neben ihm nicht nur eine Künstlerin saß, sondern eine junge Frau mit frischem, warmem Blut, drängte sich in sein Bewusstsein.

Sophie gähnte und rutschte in ihrem Sessel in sich zusammen. Vielleicht war es an der Zeit, die Stunde zu beenden.

»Das Kind sollte schlafen gehen«, sagte András. Er spürte Karolines schlechtes Gewissen, als sie zu Sophie trat. Nicht so sehr, weil das Kind zu dieser Zeit noch nicht in seinem Bett lag. Viel mehr, weil sie es in den Stunden völlig vergessen hatte. Wenn sie spielte oder der Musik lauschte, dann war in ihrem Geist und in ihrer Seele für nichts anderes mehr Raum. Nicht einmal für ihre Tochter. Und dafür schämte sie sich nun.

War ihr deshalb jede Leichtigkeit verloren gegangen? Weil sie sich in solchen Momenten als schlechte Mutter fühlte und sich selbst dafür strafte, indem sie sich ihre eigene Lebensfreude austrieb, die sie nun nicht mehr verdient haben sollte?

Welch schwieriger Charakter. Welch interessante, verfahrene Situation!

András begleitete Mutter und Tochter ins Vestibül hinunter. Karoline bedankte sich und reichte ihm zum Abschied die Hand.

»Ich werde Sie natürlich begleiten!«, widersprach er.

»Graf Báthory, zu viel der Ehre! Das wird nicht nötig sein.«

»Dann rufe ich Ihnen einen Wagen.«

»Aber nein, es ist doch nur ein kurzes Stück. Sie müssen sich nicht bemühen!«

Er sah sie an, gewohnt, dass die Menschen unter diesem Blick sofort nachgaben, aber Karoline hielt ihm stand. Sie warf den Kopf in den Nacken und reckte das Kinn. András runzelte die Stirn. Es wäre nur erklärlich, wenn er nun Ärger verspürte, stattdessen musste er lachen.

»Fräulein Wallberg, es ist mir ein Rätsel, wie Ihr Vater es so lange geschafft hat, Sie am kurzen Zügel zu führen.«

Die Uhr in der Halle schlug. Karoline erschrak. »Oh, wie spät ist es denn? Wir haben völlig die Zeit vergessen und müssen uns beeilen. Nicht dass Carl vor uns daheim ist.«

Sie schlüpfte in ihren schon etwas abgewetzten Umhang, den Goran ihr hinhielt, und griff nach Sophies Hand. Der Diener trat ans Tor und öffnete es mit einer Verbeugung, doch ehe Karoline und ihre Tochter hindurchgehen konnten, schlug er die Tür wieder zu. Die Wucht, mit der sie ins Schloss fiel, entlud sich in einem Dröhnen, das durch Halle und Hof schallte.

»Goran! Was ist das für ein Benehmen?«, rief András zornig, bis der Diener ihm sein Antlitz zuwandte. Es war totenbleich, die Augen vor Entsetzen weit aufgerissen. András reagierte sofort. Er schlüpfte an den beiden Wallbergs vorbei durch die Tür. Er brauchte nur einen Augenblick, um die Situation zu erfassen. Auf seiner Schwelle lag etwas, das ganz sicher nicht hierher gehörte. Es war eine menschliche Hand, die den Griff eines Messers umklammert hielt. Noch immer sickerte Blut aus dem Stumpf, wo sie brutal vom Leib getrennt worden war. András bückte sich. Der Blutgeruch hüllte ihn betäubend ein. Es war die Hand einer Frau. Hatte sie noch gelebt, als ihr Peiniger ihr die Hand abgeschlagen hatte? Zumindest war sich András sicher zu wissen, wer noch vor wenigen Tagen Besitzer dieses Messers gewesen war! Das viele Blut auf seiner Schwelle stammte allerdings nicht nur von dieser Hand. Der Überbringer der Botschaft hatte sich nicht gescheut, noch ein wenig mehr Blut über seine Schwelle zu gießen.

»Goran, kümmere dich darum. Rasch!«

Nur einen Augenblick später war András wieder in der Halle,

zog Karolines Arm über den seinen und dirigierte sie zurück zur Treppe.

»Wir gehen gleich, entschuldigen Sie, aber einen Moment Ihrer Zeit müssen Sie mir noch geben. Ich möchte, dass Sie bis zum nächsten Mal das eine Thema für mich ausbauen – zu einem kleinen Rondo vielleicht? Bitte, seien Sie so freundlich. Sie würden mir eine große Freude bereiten. Nehmen Sie das Notenblatt doch einfach mit. Dann wissen Sie, welche Melodie es ist, die mir nicht aus dem Kopf gehen will.«

Während er sie mit dieser Flut von Worten überschüttete, warf er Goran einen vielsagenden Blick zu. Der nickte und wartete wie der Torwächter zur Hölle vor dem geschlossenen Portal, bis sie auf der Treppe außer Sicht waren. Zum Glück hielt Karoline Sophie noch immer an der Hand, so dass das Mädchen mit ihnen kam. Er spürte Karolines verwunderten Blick auf sich. Natürlich konnte sie sich auf sein so plötzlich verändertes Verhalten keinen Reim machen. Noch deutlicher konnte er Sophies Gedanken auffangen. Während die Mutter nur verwirrt war, stand Sophies Misstrauen ihr deutlich ins Gesicht geschrieben. Ein wenig besorgt beobachtete er, wie sich der anfängliche Verdacht des Mädchens in Überzeugung wandelte.

»Der Tod sucht seinesgleichen«, murmelte sie, als sie die Treppe wieder hinunterstiegen. Zum Glück war Karoline zu sehr in das Notenblatt vertieft, um der Bemerkung Beachtung zu schenken. Von Goran war nichts zu sehen. Hoffentlich hatte er seine Aufgabe erfüllt!

András führte die beiden Wallbergs zügig zum Tor und dann ohne anzuhalten auf die Straße hinaus. Der Blutgeruch war überwältigend – jedenfalls für einen Vampir. Die beiden Menschen sollten nichts bemerken.

Zumindest bei dem älteren der beiden Fräulein Wallbergs traf dies zu. Sophie dagegen zog die Nase kraus und murmelte: »Blut, es ist der Geruch von Blut und Tod, ganz frisch, nicht so wie in der Gruft drunten.«

Ihr Kopf ruckte nach oben, und sie richtete die blicklosen Augen vage in seine Richtung.

»Sie sollten mich einmal in die Michaelergruft begleiten, Graf Báthory. Man kann sie selbst von der Straße aus riechen. Wenn jetzt gleich der Geruch der Pferde rechts von uns abklingt, dann steigen die Gerüche aus der Gruft herauf, obwohl sich die Sargrutsche auf der anderen Seite befindet. Pater Antonius hat mich schon oft in die Gruft mitgenommen.«

»Sophie! Nun ist es aber genug mit deinem Gerede über Tod und Blut und den Geruch von Leichen! Das ist ja schrecklich. Wie kannst du Graf Báthory mit solchen Dingen belästigen.«

»Ich unterhalte mich nur mit ihm«, begehrte das Mädchen auf. »Er kann mir ja sagen, wenn ihm das Thema nicht gefällt. Ich finde es faszinierend!«

Sie erreichten die Eingangstür zum Michaelerhaus. Karoline zog einen Schlüssel hervor, denn wie jedes Zinshaus der Stadt, wurde die Tür im Winter um neun Uhr verschlossen. So hatte es die Hofkanzlei verfügt. Während Karoline sich am Schloss zu schaffen machte, beugte sich András zu dem Mädchen hinab.

»Ich finde diese Themen auch sehr faszinierend, und vielleicht werden wir eines Tages zusammen die Gruft aufsuchen. Wer weiß, was wir dort unten alles finden. Dinge, die Menschen mit den Augen sehen, und welche, die sie nicht sehen können, die aber manche von ihnen mit anderen Sinnen wahrnehmen.«

»So wie ich den Tod vor Ihrem Haus wahrgenommen habe?«

»Ja, so ähnlich. Du siehst mehr als Menschen, die meinen sehen zu können. Lass dich von ihnen nicht verwirren! Du solltest immer an das glauben, was deine Sinne dir erzählen.«

»Und, erzählen Sie mir, was vorhin vor Ihrem Haus geschehen ist?«, forderte ihn Sophie auf.

András schüttelte den Kopf. »Nein, kleines Fräulein Wallberg, nicht heute. Vielleicht später einmal. Nun ist es Zeit, Lebewohl zu sagen und eine gesegnete Nacht zu wüschen.«

Er wartete gerade lange genug, bis die Tür hinter Mutter und Tochter ins Schloss fiel, dann machte er auf dem Absatz kehrt und flog nahezu zu seinem Palais zurück. Ein verschlafener Fiaker auf seinem Kutschbock rieb sich verwirrt die Augen, so schnell huschte der Schatten an ihm vorbei. Nur die Reaktion seiner beiden Pferde hätte ihm einen Hinweis darauf geben können, dass er nicht nur geträumt hatte.

15. Kapitel

Blut und Verlangen

Es wurde Abend, die Dämmerung senkte sich herab. András warf den Deckel ab und sprang aus dem Sarg. Geduckt stand er da und sog prüfend die Luft ein. Nein, es war nichts Außergewöhnliches zu wittern. Seine Muskeln entspannten sich. Er öffnete den Riegel, den er im Innern der Kammer hatte anbringen lassen, und rief nach Goran. Der Diener stand augenblicklich in der Tür zu dem prächtigen Gemach, das der Graf nie benutzte. Vermutlich hatte er direkt hinter der Tür auf das Erwachen seines Herrn gewartet.

»Ist etwas vorgefallen?«

Goran schüttelte den Kopf. Noch in der Nacht hatte er alle Spuren ihres makaberen Geschenks ausgelöscht, so dass kein Mensch mehr das Blut auch nur erahnen konnte. Außer vielleicht Sophie, dachte András und hoffte, die Kriminalpolizei würde nicht auf den Gedanken kommen, das blinde Mädchen zu befragen. Doch so, wie er die Beamten der Polizei einschätzte, bestand diese Gefahr nicht. Der Einzige, dessen Geist auch mal ungewohnte Wege beschritt, war dieser Kommissär Hofbauer. Für einen Augenblick stieg ein seltsames Gefühl der Unruhe in András auf. Ja, dieser Mann hatte einen hellen Verstand und wachsame Sinne. Anders als seine Untergebenen. Ihn lohnte es im Auge zu behalten. Wenn ihm von einer Seite Ärger drohte, dann von dem k. k. Polizeikommissär Hofbauer, davon war András überzeugt.

Goran half ihm beim Umziehen, ehe er sich auf den Weg machte. Er ließ seinen Diener im Palais zurück und schärfte ihm ein, seine Augen und Ohren offen zu halten.

»Ich möchte nicht wieder solch eine unliebsame Überraschung vorfinden, wenn ich zurückkomme!«

Goran nickte ernst und fasste sich an seinen Gürtel, an dem sein eigener Dolch mit den beiden scharfen Klingen steckte.

»Handle überlegt!«, schärfte ihm András ein, ehe er auf die Straße trat. »Nicht dass du im Übereifer an einem unschuldigen Passanten eine Bluttat verübst.«

Goran verneigte sich stumm, aber András spürte, dass er ihn gekränkt hatte. Er unterließ es, darauf einzugehen. Es war zuweilen ganz hilfreich, den heißblütigen Zigeuner im Eifer seiner Pflichterfüllung zu mäßigen und ihn daran zu erinnern, dass sie hier in Wien waren und nicht mehr in den wilden Bergen der Karpaten.

»András, mein Freund!«, rief die Fürstin, als ihr Butler den Grafen meldete. »Setzen Sie sich. Was kann ich Ihnen bringen lassen? Nichts? Wie immer. Sie enttäuschen mich. Es ist nicht recht, dass Sie meine Gastfreundschaft zurückweisen.« Sie zog einen Schmollmund. »Man könnte meinen, Sie leben nur von Luft und Liebe.«

»Ja, so ähnlich könnte man sagen«, hauchte er, als er sich über ihre Hand beugte.

Therese lächelte. »Ich weiß nicht, wie Sie das machen, aber sobald Sie in meiner Nähe sind, weht ein Frühlingshauch durch meine Seele.«

»Laue Frühlingsluft? Therese, nein!«, protestierte der Graf mit einem schalkhaften Lächeln. »Es wird Schnee geben, zum Glück, damit Sie Schlitten fahren können!«

Die Fürstin machte eine wegwerfende Handbewegung. »Wenn für das Karussell nicht genug Schnee auf den Straßen liegt, dann lässt der Hof ihn mit Karren von den umliegenden Bergen heranschaffen. Das wäre nicht das erste Mal. Das Spektakel muss stattfinden. Und es wird prächtig werden!« Ihre Augen funkelten in ihrer Vorfreude wie Edelsteine.

»Ja, das ist natürlich äußerst wichtig für Wien, für Österreich oder für die ganze Welt? Das sehen die Wiener bestimmt ein. Ich meine, für so ein Spektakel darf kein Aufwand gescheut werden, und keine Kosten könnten zu hoch sein.«

Das Funkeln erlosch. »András, mein Freund, warum lassen Sie mir nicht meine bunte Seifenblase, die mir den Blick auf das Elend draußen trübt. Man kann aus ihrem Innern nämlich kaum über den Hofbezirk und die Herrengasse hinaussehen, und ganz sicher nicht bis zum Elend in den Vorstädten, wo sich die Arbeiter in ihren Quartieren drängen. Hat nicht wieder eine Spinnerei Bankrott gemacht und Hunderte Arbeiterinnen entlassen, die nun nicht wissen, wie ihre Kinder satt werden sollen?« Sie war plötzlich so ernsthaft, dass der Blick ihn ein wenig an Karoline erinnerte. Nein, wenn man nur ihren Lebenshunger und ihre Freude an Schönheit und Vergnügen sah, kannte man nur einen Teil der Fürstin.

András griff nach ihren Händen und küsste sie. »Ich weiß, liebe Therese, dass Ihre Nächte dem Vergnügen gehören, doch am Tag sind Sie als Engel der Armen unermüdlich.«

Die Fürstin entzog ihm ihre Hände und sagte ein wenig wegwerfend. »Nun übertreiben Sie mal nicht so, mein werter Freund. Für einen Engel fehlen mir noch viele Federn an meinen Flügeln. Außerdem ist das Dasein eines Engels sicher schrecklich langweilig und ermüdend. Immer nur Gutes tun!«

»Und Ihr neuer Wohltätigkeitsverein zur Förderung der Arbeitssuchenden, um vor allem Frauen in Stellungen zu vermitteln?«

Therese strahlte. »Das ist eine gute Sache, nicht? Ich werde nicht müde, auf unseren leichtfertigen Veranstaltungen der noblen Gesellschaft um Unterstützung zu werben. Ich setze darauf, dass die Herren und Damen des Adels lieber nichts von der Not hören wollen und mich so schnell wie möglich loszuwerden versuchen, um ihren Abend zu genießen. Tja, und sobald ich Ihnen vermittelt habe, dass sie mich am schnellsten los sind, wenn sie mir Unterstützung zusagen, ist der Sieg mein! Übrigens, die erste Stelle, die ich vermitteln konnte, war bei Karoline Pichler. Ich will zwar nicht daran denken, auf welch schreckliche Weise diese Stelle frei geworden ist, aber dennoch freut es mich, einem anständigen Mädchen vom Land geholfen zu haben.«

Sie beschlossen, an diesem Abend nicht das Theater aufzusuchen, sondern die Füchse einzuspannen und noch einmal mit dem Phaeton der Fürstin in den Prater zu fahren.

»Wer weiß, wann ich wieder die Gelegenheit bekomme, wenn Sie mit Ihrer Prophezeiung recht behalten und es in den nächsten Tagen zu schneien beginnt.«

»Der Schnee wird kommen«, bestätigte András in einem Ton, der keinen Zweifel offen ließ, und sie schien dies als gegeben hinzunehmen, ohne nachzufragen, wie er zu dieser Überzeugung gelangte.

»Gut, dann werde ich mich nun umkleiden. Ich bin sofort zurück!«

Trotz dieser Worte gab sich András nicht einen Augenblick der Illusion hin, »sofort« könnte weniger als eine Stunde bedeuten. Eine Fürstin schlüpfte nicht kurz in ein Kleid, das sie ohne die Hilfe einer Kammerfrau anlegen konnte. Nein, wenn sie das Haus verließ, dann war sie sorgfältig gekleidet und frisiert, Hut und Handschuhe farblich abgestimmt und der geplanten Unternehmung angemessen. Ihre Kammerfrau würde sie nicht aus den Gemächern entlassen, ehe nicht alles perfekt saß. Und wenn sie das Haar dreimal aufstecken und wieder lösen musste, bis der Spiegel ihr bestätigte, dass die gewünschte Wirkung erreicht war. Dann aber würde die Fürstin die ganze Nacht keinen Gedanken mehr an ihr Äußeres verschwenden. Nicht an den Kleidern herumzupfen oder einen verstohlenen Blick in einen Spiegel werfen, den sie zufällig passierte. Wenn sie ihr Gemach verließ, war sie sich und ihrer Wirkung sicher, und nichts konnte diese Überzeugung erschüttern. Das war es vielleicht, was die Frauen des alten Adels vom neuen Geldadel unterschied. Diese waren sich ihrer noch nicht sicher, und das neue Leben schien noch ein wenig ungewohnt, wie ein übergezogenes Kostüm für den Fasching.

Auch dieses Mal führte András die Zügel, bis sie den Donauarm überquert und die Leopoldvorstadt hinter sich gelassen hatten. Dann übernahm die Fürstin. András spürte, wie sich der Groom hinter ihnen verkrampfte. Hatte er bislang entspannt auf seinem schmalen Sitz hinter ihnen gesessen, so klammerte er sich nun so gut fest wie nur möglich. András schmunzelte.

»Therese, Sie müssen sich anstrengen. Noch haben Sie mit Ihren Fahrkünsten nicht alle Kritiker überzeugt.«

Die Fürstin antwortete nicht gleich. Sie legte konzentriert die Stirn in Falten und nahm dann behutsam die Zügel auf. Die vier Pferde zogen gleichmäßig an und fielen dann in einen flotten Trab.

»Das war für Ihre strengen Vorgaben noch immer nicht perfekt genug«, vermutete sie.

András schüttelte den Kopf. »Ich spreche nicht von mir. Ich finde, Sie machen ganz wunderbare Fortschritte. Sie haben eine gute Hand für Pferde.« Er ließ sie einen weiten Kreis über die Wiese fahren. »Achten Sie darauf, dass die Biegung gleichmäßig ist und die Pferde nicht an Geschwindigkeit verlieren.«

Therese nickte nur stumm, fuhr den Kreis zu Ende und bog wieder auf den Weg ein.

»Und nun galoppieren Sie an. Lassen Sie die Füchse richtig laufen, dort vorne an der Kreuzung aber halten Sie an. Die vordere Achse in der Mitte der Kreuzung!«

Vom hinteren Sitz erklang ein Stöhnen, während András, ohne sich festzuhalten, locker neben Therese auf seinem Sitz saß.

»Sehr gut!«, lobte er, als die Kutsche langsamer wurde und anhielt, ohne dass sie ins Schlingern geriet. Die Pferde standen da, ohne zu scharren oder die Köpfe hin und her zu werfen, bereit, den Wagen wieder anzuziehen.

»Und nun weiter im Trab bis zu diesem Busch dort vorn, dann eine Runde im ruhigen Galopp um die Baumgruppe herum und im Trab auf den Weg zurück.«

András spürte, wie die Verkrampfung des Grooms ein wenig nachließ. Als sie sich auf den Rückweg machten, hatte er seinen Klammergriff gelöst und saß beinahe entspannt auf seinem Sitz. Dieses Mal überließ András der Fürstin die Zügel, bis sie vor dem Tor zum Palais Kinsky vorfuhren. Die Einfahrt in den Hof würden sie vielleicht das nächste Mal versuchen. Noch ehe der Groom abstieg, war András schon am Boden und hob die Fürstin herunter. Wagen und Pferde überließ er dem sichtlich erleichterten Pferdeknecht.

»Sie haben sich sehr gut geschlagen, meine Liebe«, versicherte er, als er sie in die Halle führte. »Ich bin zuversichtlich, dass man zu Ostern nach der Praterfahrt nur über Sie und Ihr Gespann sprechen wird. Natürlich nur zum Besten und voller Lob und Bewunderung!«

Therese schüttelte den Kopf. »Das kann es gar nicht geben. Die Neider werden immer etwas finden, ihre Zungen zu wetzen.«

»Neid muss man sich erst einmal verdienen«, gab András zu bedenken. »Nur Mitleid bekommt man ab und zu geschenkt.«

»Wie weise gesprochen, mein Freund.« Vertrauensvoll schob sie ihre Hand in seine Armbeuge und ließ sich die Treppe hinaufführen.

»Durchlaucht, da sind Sie ja!« Der Butler tauchte oben an der Balustrade auf.

»Aber ja, und ehe du fragst, wir sind wohlauf!« Sie wandte sich in scherzhaftem Ton an ihren Begleiter. »Anscheinend traut mir niemand außer Ihnen zu, dass ich mit meinen Pferden zurechtkomme. Ich glaube, ich habe nun Grund, ein wenig beleidigt zu sein!«

András sah zu dem Butler hinauf, dessen Anspannung fast greifbar war. Nein, diese Nervosität war nicht der Sorge um seine Herrin geschuldet – zumindest nicht der, dass sie mit ihrem Wagen einen Unfall erlitten habe. Er öffnete tonlos den Mund und schloss ihn wieder. Was sollte er sagen, um das Unheil, das sich dort oben zusammenbraute, zu verhindern? Er sah András beinahe flehend an. Der Vampir verstand wohl, was der Butler ihm ohne Worte zu sagen versuchte, doch er hatte sich noch nicht entschieden, ob es wirklich das Beste war, dieser Bitte nachzukommen.

Und dann war es zu spät. Der Fürst trat aus dem Salon, gerade als sie die letzten Treppenstufen erklommen.

»Ihre Durchlaucht ist von ihrer Ausfahrt zurück«, meldete der Butler mit unsicherer Stimme. »Darf ich noch etwas für Sie tun?« Sein Blick huschte unstet zwischen seinem Herrn und der Herrin hin und her.

Ehe Therese etwas sagen konnte, schickte der Fürst ihn mit barschen Worten davon.

Therese warf ihrem Mann einen vorwurfsvollen Blick zu. Noch zeigte sie keine Furcht. Spürte sie nicht, in welch gefährlicher Stimmung er war, oder war sie noch unerschrockener als András sie bereits kennengelernt hatte?

Thereses Hand lag noch immer in András' Armbeuge, als sie mit ihm auf den Fürsten zutrat.

»Wollen wir nicht in den Salon gehen? Oder hast du vor, hier auf dem Treppenabsatz stehen zu bleiben?«

Ein Hauch von Ärger schwang in ihrer Stimme, und ihre Finger umschlossen seinen Arm ein wenig fester. Sie wusste also, welches Spiel sie trieb und vielleicht auch, wie es ausgehen konnte.

Fürst Kinsky rührte sich nicht von der Stelle. Nur seine Gesichtsfarbe vertiefte sich. András fixierte ihn, doch der Fürst war kein Mann, der sich leicht einschüchtern ließ. Als er antwortete, war seine Stimme leise, doch die Aussprache von schwerem Wein getrübt und mit einem leichten Zittern seiner unterdrückten Wut. Das waren keine guten Vorzeichen.

»Wo kommst du her? Um diese Zeit! Sagtest du nicht, du würdest ins Theater gehen? Ich war dort, aber unsere Loge blieb leer! Kannst du mir das erklären?«

Therese ließ seinen Arm los und trat forsch auf ihren Gatten zu. »Ja, ich plante mit Graf Báthory die Vorstellung zu besuchen, aber dann habe ich es mir anders überlegt. Ich hätte dir Bescheid gesagt, wenn du noch hier gewesen wärst.«

»Und willst du mir verraten, wohin du dich stattdessen mit ihm zurückgezogen hast?« Er wuchs noch ein Stückchen, und seine Stimme wurde drohend. Therese blieb ruhig. Ja, sie sprach nun mit einer Kälte, die in krassem Gegensatz zu der heißen Wut des Fürsten stand. Auch sie reckte sich und war nun deutlich größer als ihr Gatte, was diesem nicht gefallen konnte.

»Ich habe mich nirgendshin zurückgezogen. Ich bin mit meinem Phaeton ausgefahren, um meinen Viererzug weiter abzustimmen, und habe von Graf Báthorys Erfahrung mit Pferden gelernt. Also unterlass diese ordinären Unterstellungen und entsinne dich wenigstens einer Spur von Erziehung und Höflichkeit! Gib die Tür frei und lass mich mit meinem Gast eintreten.«

András unterdrückte den Impuls, die Fürstin hinter seinen Rücken zu schieben. Um sie vor ihrem eigenen Mann in Sicherheit zu bringen? Was für eine sinnlose Geste, die seinen Zorn nur weiter anstacheln würde.

Und außerdem, was gingen ihn die Streitereien der Menschen

an? Es bereitete ihm schon Kopfzerbrechen, dass er sich plötzlich so sehr auf Menschen einließ, dass deren Schicksale ihn zu bewegen begannen. Bisher waren sie höchstens Studienobjekte für den Vampir gewesen, die man interessiert beobachtet und dann vergisst, um zum nächsten überzugehen.

Eine Folge von Jahrhunderten geprägt von Einsamkeit? Ein Anzeichen von Schwäche? Er würde sich genau beobachten und achtgeben müssen, dass ihm diese Nähe zu Menschen nicht gefährlich wurde. Sie durfte seine Wachsamkeit nicht trüben!

András fixierte den Fürsten und richtete die Energie seiner Gedanken gegen seinen Geist. Dieses Mal zeigte sich die Wirkung sofort. Er wandte sich von seiner Gemahlin ab und sah den Grafen ein wenig verwirrt an. Der Zorn sank in sich zusammen.

»Ja?«

András deutete eine Verbeugung an. »Ich werde mich nun verabschieden. Die Nacht ist fortgeschritten, und ich will Ihre Gastfreundschaft nicht länger ausnutzen. Ich wünsche eine angenehme Nacht.« Und damit zog er sich zurück, lief die Treppe hinunter und hatte das Tor bereits hinter sich zugezogen, ehe der Fürst oder seine Gemahlin nur einmal geblinzelt hatten.

Mit aufrechtem Rücken saß die Fürstin an ihrem Frisiertisch und mied den Blick in den Spiegel, während ihr Vesna die ruinierte Frisur löste und ihr Haar bürstete. Die Miene der Kammerfrau stand auf Sturm, und in ihrem Blick funkelte es gefährlich, so dass Therese ihn ebenso mied wie den Spiegel. Sie konnte sich lebhaft vorstellen, was Vesna dachte und zu gern ausgesprochen hätte, aber das wollte sie nicht hören. Sie konnte es sich nicht anhören, wollte sie ihre Haltung bewahren. Außerdem stand es einer Kammerfrau nicht zu, solche Gedanken auszusprechen, so wahr sie vielleicht auch sein mochten.

Es gibt eben mehr als eine Wahrheit, dachte Therese erstaunt.

Die, die man sagen darf, und die, die man nicht einmal seinem Herzen gern gesteht.

Sie hob den Blick und traf auf Vesnas flammende Augen im Spiegel. Die Lippen hatte sie demonstrativ zusammengepresst. Nein, sie würde ihre Gedanken nicht aussprechen, die ihr auf der Stirn geschrieben standen! Neben dem Gesicht der Kammerfrau zeigte der Spiegel noch ein anderes Antlitz, das sie jedoch kaum erkannte. Himmel! Hatte er sie wirklich so schlimm zugerichtet? Therese entschlüpfte ein Stöhnen, und sie schloss gequält die Augen.

»Das tut weh, ich weiß, verzeihen Sie Fürstin«, entfuhr es der Kammerfrau, die gerade mit einem nassen Tuch vorsichtig das Blut von der aufgeplatzten Lippe tupfte. Dann tränkte sie ein anderes mit kaltem Wasser, faltete es zusammen und bedeckte behutsam das Auge, das bereits zuzuschwellen begann. »Legen Sie sich bitte ein wenig zurück.«

Therese gehorchte und stöhnte noch einmal, als heißer Schmerz wie ein Messerstich durch Schulter und Hüfte fuhr, wo sie gegen die Beschläge der großen Truhe geprallt war, ehe sie blutend und gedemütigt auf dem Boden liegen geblieben war.

Vielleicht war es dieser Anblick gewesen, der den blendenden Zorn des Fürsten weggewischt hatte, oder das Auftauchen des Butlers und sein Schrei des Entsetzens. Jedenfalls hatte er von ihr abgelassen und war in seine Gemächer verschwunden. Lorenz hatte ihr aufgeholfen, bis sie zumindest aufrecht saß, und ihr ein Taschentuch gereicht, um den Blutfluss ihrer Nase aufzuhalten, ehe ihr Kutschierkleid völlig ruiniert wurde. Den Riss am Ärmel, den sie sich bei dem Sturz zugezogen hatte, konnte Vesna vielleicht reparieren. Sie war in solchen Dingen sehr geschickt.

»Ach Fürstin! Ich weiß nicht, was ich sagen oder tun soll«, hauchte der alte Butler, den sie noch nie so fassungslos erlebt hatte. Er war ansonsten eine Zierde seines Berufsstandes: jeder Situation mit Würde gewachsen.

Jeder Mensch traf irgendwann auf seine Grenzen. Und nun kniete Lorenz vor ihr, den Tränen nah, und verlangte von ihr, Entscheidungen zu treffen! Therese sah zu ihm auf.

»Hol Vesna«, krächzte sie, und der Butler lief davon, als sei der Teufel hinter ihm her. Bestimmt erleichtert, die Verantwortung auf andere Schultern laden zu können.

Seitdem waren Stunden vergangen. Die Wunden waren ausgewaschen. Vesna hatte sie – wenn auch unter Schmerzen – entkleidet, ihr das Nachtgewand übergezogen und ihr ins Bett geholfen.

»Der Schlaf wird Ihnen Erleichterung bringen«, sagte die Kammerfrau streng, um ihr Mitgefühl nicht zu sehr zu zeigen. »Ich werde kein Auge zutun und bin sofort bei Ihnen, wenn Sie mich brauchen.«

Mit diesen Worten hatte sie sich in ihr eigenes Bett zurückgezogen und war bald darauf in tiefen Schlaf gefallen, was die Geräusche nahelegten, die durch die nur angelehnte Tür drangen.

Die Fürstin dagegen fand keinen Schlaf, was nicht nur an den Schmerzen lag, die sie zu erleiden hatte. Sie war es gewohnt, dass ihr Gatte sie von Zeit zu Zeit hart anfasste, wenn er zu viel getrunken hatte oder glaubte, er habe seine Gattin nicht genügend im Griff. So schlimm wie dieses Mal hatte er sich allerdings noch nie aufgeführt, dass er in seinem blinden Zorn mit der geballten Faust zuschlug. Die Fürstin hatte ihm in ihren langen Ehejahren bisher auch nie einen Anlass gegeben, an ihrer Treue zu zweifeln.

Und genau das war es, was sie mehr noch als die Schmerzen beschäftigte und ihr den Schlaf raubte.

Hatte er denn ein Recht, an ihrem ehelichen Treuegelöbnis zu zweifeln?

Natürlich nicht!, war der erste entrüstete Aufschrei in ihr gewesen. Was hatte sie schon getan? Mit einem Herrn der Gesellschaft eine Ausfahrt unternommen, bei der ihr Groom ihr ständig im

Nacken saß. Daran konnte man nun wirklich nichts Anstößiges finden. Und doch blieb ihr der Protest im Hals stecken und fühlte sich ein wenig falsch an. Hatte er sie nicht geküsst?

Was war schon ein Kuss! Eine kleine Tändelei sollte solch eine brutale Reaktion rechtfertigen?

Aber war es denn eine leichte Tändelei? Ein Kuss, der nichts bedeutete?

Selbst wenn nicht. Es gab nichts auf dieser Welt, das einem Ehemann das Recht gab, so gegen seine Frau vorzugehen!

Mit einem Seufzer versuchte sie sich in eine Position zu drehen, bei der nicht jeder Knochen schmerzte.

András' Gesicht stieg vor ihr auf und ließ ihr Herz schneller schlagen. Warum nur bewegte er sie so tief? Beherrschte ihre Gedanken bei Tag und bei Nacht. Warum lebte sie nur noch in Erwartung des Augenblicks, wenn sie ihn wieder vor sich sehen und sein schönes Gesicht und seine hochgewachsene Gestalt mit den kraftvollen, geschmeidigen Bewegungen in sich aufsaugen konnte? Hatte sie sich in ein junges, hübsches Gesicht verguckt wie ein liebesblinder Backfisch?

Das war gar nicht ihre Art. Und es war auch ganz sicher nicht sein Äußeres, das sie anzog. Ober zumindest nur zu einem kleinen Teil. Viel schwerer wog, dass er so anders war als alle Männer, denen sie in der Gesellschaft begegnete. Sie konnte es schlecht beschreiben, was sie so sehr anzog. Er war einerseits ernst und tiefsinnig, stets charmant und aufmerksam. Wenn er mit ihr zusammen ausging, gab er ihr jeden Augenblick das Gefühl, dass sie für diesen Abend die einzige Person auf der Welt war, die zählte. Er war humorvoll und traf mit seinen Bemerkungen pfeilscharf den Kern. Und er brachte sie zum Lachen. Und dennoch konnte das alles zusammen die unheimliche Faszination nicht erklären, die er auf sie ausübte.

Unheimlich war vielleicht genau das richtige Wort. Gefährlich, unbekannt. Tief in ihrem Innern ahnte sie das dunkle Geheimnis.

Vielleicht war sie wie die Motte, die um das verlockend flackernde Licht flattert und noch nicht ahnt, dass sie sich an der Flamme verbrennen und ihr Leben verlieren wird.

Therese lauschte ihrem Herzschlag. Es war ein schmerzhaftes Pochen, und die Sehnsucht schmeckte bitter. Sehnsucht war nur etwas Süßes, wenn sie mit Hoffnung gepaart wurde. Doch diese Freude war ihr verwehrt. Es musste bei ihren verbotenen Träumen bleiben. Es würde bei ihnen bleiben! *Nicht schuldig*!, lautete das Urteil.

Aber sprach nicht das neue Testament davon, dass bereits der Gedanke, der Wunsch zu sündigen wie die Sünde selbst sei? Wurde der Ehebruch nicht in Gedanken vollzogen?

Und selbst wenn. Diese Gedanken konnte ihr Gatte nicht sehen, und er konnte sie nicht mit seinem gekränkten Stolz und seiner Eifersucht verfolgen. Die Herrschaft über ihren Körper hatte sie vielleicht mit ihrem Ehegelöbnis aufgegeben. Ihr Geist gehörte allein ihr, und so ließ sie ihn in süßem Triumph auf verbotenen Pfaden wandeln.

Wie herrlich und wie schrecklich zugleich! Ein eisiger Schauder rann über ihren Körper, so als habe jemand das Fenster geöffnet und der Winterwind würde über das Bett streichen. Therese zog die Decke enger um sich und zuckte zusammen, als der Schmerz wieder durch ihre Schulter fuhr. Das Gefühl der Kälte aber blieb. Und zu ihm stellte sich noch ein anderes ein, so dass sie nicht beschwören konnte, dass es die Kälte war, die dafür sorgte, dass sich all die feinen Härchen an ihrem Körper aufrichteten.

Wenn es nicht völlig unmöglich wäre …

Da zeigte sich wieder einmal die Kraft der Gedanken. Die Bibel tat vielleicht ganz recht daran, vor der Einbildungskraft zu warnen und sie der Sünde gleichzustellen. Nun reichten allein schon ein geschundener Körper und ein gedemütigter Geist, eine Illusion heraufzubeschwören. Therese konnte seinen Blick auf sich ruhen spüren. Seine Präsenz war so stark, dass er einen Schauder nach dem anderen über ihren Rücken jagte. Sie glaubte sogar, diesen ungewöhnlichen feinen Geruch wahrzunehmen, der ihr schon vertraut war.

Das musste ein Ende haben! Wurde sie vielleicht verrückt? Konnte man sich so in etwas hineinsteigern, dass man am Ende den Verstand verlor?

Wie unter Zwang öffnete die Fürstin die Augen. Sie blinzelte. Das konnte nicht sein. Stand es etwa schon so schlimm um ihren Verstand?

András. Er stand keinen Schritt von ihrem Bett entfernt. Die Vorhänge waren zurückgezogen. Mondlicht flutete ins Zimmer und strich über seine schneeweiße Haut. Hatte Vesna sie vor Stunden nicht sorgsam zugezogen? Der Graf sah noch unwirklicher aus als sonst. Ein überirdisches Wesen, das gar nicht in ihrem Gemach sein konnte. Nur eine Erscheinung, die ihre Sehnsucht hervorbrachte.

Graf Báthory blickte auf sie herab. Seltsam. Es sah aus, als würden seine Augen von Innen heraus glühen. Und er strahlte etwas Machtvolles aus, das ihre Sinne wohl spürten, ihr Verstand aber nicht begreifen konnte. Was für ein merkwürdiger Traum! Unheimlich und schön zugleich. Therese konnte und wollte den Blick nicht von ihm wenden. Zu sehr fürchtete sie, die Erscheinung würde verschwinden.

Nun hob das Trugbild die Hand und näherte sie ihrer Wange. Kalt und glatt schmiegte sie sich an ihre Haut und kühlte die hässliche Schwellung. Zum Glück konnte der Graf sie in diesem Zustand nicht wirklich sehen! Ihr dämmerte, dass dieses Mal einige Tage vergehen würden, ehe die Spuren dieses Zwischenfalls so weit verschwunden sein würden, dass man sie mit ein wenig Puder verdecken konnte. Viele Tage und Nächte, an denen sie ihn nicht sehen konnte.

»Therese, wie geht es Ihnen? Haben Sie starke Schmerzen?«

Seine weiche Stimme ließ sie zusammenzucken. Das ging für eine Illusion nun wirklich zu weit! Therese stemmte sich in ihrem Bett hoch und starrte den Besucher aus weit aufgerissenen Augen an.

»Sagen Sie mir, dass ich das nur träume!«, presste sie mit heiserer Stimme hervor. »Das kann nicht wahr sein!«

Die kalte Hand streichelte ihre Wange. So sanft, so unendlich tröstlich, dass die Fürstin mit den Tränen kämpfte.

»Er hat Sie ganz schön zugerichtet! Wie konnte er nur? Niemand und nichts gibt ihm das Recht dazu.« Obgleich seine Stimme noch immer sanft war, spürte sie die unterdrückte Wut in ihr.

»Wie kommen Sie hierher?«, flüsterte Therese, die allmählich die Tatsache zu akzeptieren begann, dass Graf Báthory mitten in der Nacht in ihrem Gemach vor ihrem Bett stand.

»Ich weiß, ich dürfte nicht hier sein, doch ich musste mich vergewissern, dass Ihnen kein ernsthafter Schaden zugefügt wurde. Es tut mir sehr leid! Ich hätte es nicht zulassen dürfen.«

»Unsinn!«, widersprach die Fürstin ein wenig lauter. »Das lag nicht in Ihrer Macht. Sie haben sich stets korrekt verhalten, und der Fürst hatte keinen Grund für diese zornige Tat!«

»Ja, korrekt, doch vielleicht nicht klug. Sie und ich, wir wussten beide, dass der Fürst keine Probleme damit hat, in anderen Revieren zu wildern, doch in seinem eigenen kein Pardon gibt.«

Therese lächelte zu ihm hoch. »Und dieser Besuch jetzt? Wie würden Sie diesen einschätzen? Ich sage einmal: weder korrekt noch klug! Ich müsste Ihnen zürnen. Das schickt sich nicht. Sie kompromittieren mich, mein Freund. Und Sie bringen uns beide in Gefahr!«

»Wenn ich Ihr Schamgefühl mit meinem Eindringen verletze, so bitte ich um Verzeihung. Es geschah nur, weil ich mich um Sie sorgte. Was die Gefahr betrifft, die brauchen Sie nicht zu fürchten. Es hat mich niemand hereinkommen sehen, und es wird mich auch keiner entdecken, bis ich das Palais wieder verlassen habe. Sie können meinem Wort vertrauen.«

Therese öffnete den Mund, um ihn zu fragen, wie das möglich sei. In einem Haus mit so viel Dienerschaft und einem nachts fest verschlossenen Tor, doch András legte ihr den Finger auf den Mund.

»Sch. Fragen Sie nicht weiter. Glauben Sie einfach.« Sie spürte, wie sein Gewicht die Matratze niederdrückte, als er sich auf dem Bett neben sie setzte. Ein deutlicher Beweis, dass er wirklich und wahrhaftig hier war! Sie glaubte, ihr Herz würde gleich zerspringen, so heftig schlug es nun gegen ihre Brust. Wo sollte das hinführen?

András griff nach ihren Händen und schob ihr Nachtgewand ein Stück zurück. Er beugte sich über die Schürfwunden an ihrem Arm, aus denen noch immer Blutstropfen sickerten. Mit seinen kalten Lippen küsste er das Blut ab und näherte sich dann ihrem Gesicht. Es war etwas in seinem Ausdruck, das sie zurückweichen ließ.

»Nicht! Was haben Sie vor?« Die Worte brachen aus ihr heraus, ehe sie sie zurückhalten konnte. Er erstarrte.

Oh nein, nun würde er sich zurückziehen, und alles wäre zu Ende, noch ehe es begonnen hatte. Noch war nichts passiert. Noch konnte sie sich einbilden, sie hätte sich nur einem schönen Traum hingegeben.

Erleichterung und unendliche Traurigkeit überfluteten sie, sodass ihr Tränen in die Augen traten. András küsste sie weg und ließ seine Lippen behutsam über den blutigen Riss an ihrer Schläfe wandern.

»Sagen Sie mir, was Sie wünschen. Ich bin Ihr Diener. Wenn Sie wollen, dass ich gehe, dann verschwinde ich wie der Schatten der Nacht. Und wenn Sie wünschen, dass ich bei Ihnen bleibe, dann wird es so sein, wie Sie es sich tief in Ihrem Innern wünschen. Nicht mehr und nicht weniger.«

»Ich kann nicht! Ich habe Angst.«

»Vor Ihrem Gatten? Er wird es nicht erfahren.«

»Nein, ja, das auch, aber mehr noch vor mir selbst, und wie es danach sein wird. Mit welchen Augen werden wir uns sehen? Wie kann so etwas weitergehen? Wann geht es zu Ende, und welch tiefer Abgrund wartet dann auf mich? Kann ich mich selbst noch im Spiegel mit einem guten Gewissen betrachten? Ich habe einen Eid geschworen! Ich habe in meiner Ehe Treue gelobt. Wie könnte ich mir solch einen Verrat verzeihen?«

András löste sich von ihr und erhob sich. »Dann überlasse ich Sie nun Ihrem wohlverdienten Schlaf. Ja, träumen und genesen Sie.«

»András!« Sie reckte ihm die Arme entgegen wie eine Ertrinkende und hasste sich selbst in diesem Augenblick ihrer Hilflosigkeit wegen, doch sie konnte nicht anders. »Werden wir uns wiedersehen?« Panik überfiel sie bei dem Gedanken, ihn jetzt zu verlieren.

András kam zurück, nahm ihre Hände und küsste sanft jede ihrer Fingerspitzen. »Therese, Sie brauchen nicht an unserer Freundschaft zu zweifeln. Werden Sie gesund und beeilen Sie sich damit! Sie schulden mir noch einen Besuch im Burgtheater, und Sie müssen einfach königlich aussehen, wenn wir beim Karussell dem Sieg entgegenfahren. Ich verlasse mich auf Sie!«

Sie lächelte unter Tränen. »Ihr Wunsch ist mir Befehl, verehrter Freund András.«

Und dann war er verschwunden. Er ging nicht einfach durch die Tür oder stieg gar durch das Fenster. Er war einfach nicht mehr da. Therese rieb sich verwirrt die Augen. Nein, sie konnte ihn nicht mehr sehen und seine Präsenz nicht mehr erspüren. Er war weg.

Hatte sie etwa doch geträumt? Verwirrt legte sie sich in ihre Kissen zurück. Wenn es ein Traum gewesen war, dann ein schöner, berückender, der ihr Blut in Wallung versetzt hatte. Mit einem wohligen Seufzer schlief die Fürstin ein.

Der Vampir lief durch die Nacht. Es rauschte in seinen Ohren, so schnell rannte er über das Glacis und dann hinaus in die Vororte, wo die Menschen müde von ihrer schweren Arbeit im tiefen Schlaf lagen. Es hatte ihn ungeahnte Kraft gekostet, sich zu beherrschen. Es war ein Fehler gewesen, von ihrem Blut zu kosten. Nun benebelte die Gier seinen Geist, und der Durst schien ihn übermannen zu wollen.

So war es in den ersten paar Dutzend Jahren gewesen, als der Blutdurst den Geist noch beherrschte. Niemals wieder wollte er sich so völlig seinen Trieben hingeben. Es waren harte Jahre gewesen, die er sich in Beherrschung geübt hatte. Schmerzhaft für Körper und Geist, doch der Geist hatte den Sieg davongetragen, und er war nicht bereit, ihn dem Trieb jemals wieder unterzuordnen. Dass das für einen Vampir schwer, ja nahezu unmöglich war, wusste der Graf, dennoch gab er nicht nach. Er war stark geworden in den Jahrhunderten, die verstrichen waren, stark auch gegen sich selbst.

Dennoch wusste er, bevor er in seinen Sarg zurückkehren konnte, brauchte er Blut. Viel Blut, um die Erinnerung zumindest für den Augenblick wegzuspülen. Der Vampir witterte nach allen Seiten und sprang dann über eine niedere Mauer in den Hof eines Hauses, in dem gut zwei Dutzend Menschen schliefen. Männer, Frauen und Kinder. Ohne Hast erklomm er ein Fenster und drang in die Schlafkammer ein. Das Mahl konnte beginnen!

16. Kapitel

Hausdurchsuchung

Es war kaum eine Stunde Tag, als ungestüm an das Tor zu dem Palais geklopft wurde, das der auf so rätselhafte Weise verstorbene Bankier Fries hatte bauen lassen. Goran schreckte aus dem Schlaf hoch. Er hatte die ganze Nacht gewacht und jede Bewegung auf der Gasse und dem Platz vor dem Palais beobachtet und dabei versucht, auch die Rückseite, den Hof mit der Stallung und der Wagenremise, nicht zu vernachlässigen, um seinem Herrn weitere böse Überraschungen zu ersparen. Es war eine lange, einsame Nacht gewesen, in der nichts Außergewöhnliches passiert war. Viel Zeit, in dunklen Stunden die Gedanken kreisen zu lassen.

Was ging hier vor sich? Wer wollte seinem Herrn schaden? Was überhaupt sollte mit dieser bösen Scharade erreicht werden? Sollten seinem Herrn diese Morde untergeschoben werden, um ihn damit an den Galgen zu bringen? Ein Grinsen entblößte Gorans erstaunlich kräftige Zähne. Das würde nicht so einfach werden! Einen Vampir zu verhaften und in eine Gefängniszelle zu sperren war bereits nahezu unmöglich, und ihn gar auf einem Karren zur Spinnerin hinausfahren und an einem Strick aufziehen?

Die würden sich wundern, dachte Goran. Ihm die Luft abzuschnüren würde einen Vampir nicht seiner Existenz berauben, und dass sein Genick bei solch einem Fall brechen und ihm daraus Schaden entstehen könnte, bezweifelte der Diener. Unvermittelt erstarb sein Lächeln, als er sich diese Szene am Galgen ausmalte. Die vielen Gaffer, die gekommen waren, der Gefangenenseelsorger, der für eine längst verlorene Seele betete, die Militärpolizisten, die für Ordnung sorgten und das Volk zurückhielten, Freymann Hofmann, der als Scharfrichter die Urteile ausführte. Das alles barg keinen Schrecken für ihn. Doch was, wenn die Sonne am Himmel stand, wenn sich der Zug mit dem Verurteilten auf den Weg machte? Hinrichtungen fanden für gewöhnlich um zehn Uhr am Vormittag statt. Dann würde es ein Spektakel ganz anderer Art geben, das weder die Justiz noch das Volk so erwarteten. Ein Vampir, der von den Strahlen der Sonne vernichtet wurde!

Goran war nicht von zarter Natur, und es gab einige Menschenleben, die er auf seinem Gewissen hatte, doch diese Vorstellung ließ ihn erschaudern.

Warum erschreckte ihn diese Vorstellung so? Er dachte darüber nach. Es war keine Liebe, die ihn mit seinem Herrn verband. Respekt, ja, und auch Bewunderung. Der Graf war ein lautloser Kämpfer voller Eleganz, ein Raubtier, das den Gesetzen der Natur gehorchte, ohne Falschheit, ohne Kompromisse. Der Vampir hatte dem Zigeuner das Leben gerettet, und dieser hatte ihm dafür Treue bis in den Tod geschworen. So einfach war das. Und so war er ihm von den Karpaten bis nach Prag, nach Budapest und nach Wien gefolgt.

Wenn der Vampir vernichtet würde, wäre seine Schuld beglichen und er wäre frei. Frei zu seinesgleichen in die Karpaten zurückzukehren.

Oder etwa nicht? Hatte er dann nicht als sein Diener und Vertrauter versagt und sein Leben ebenfalls verwirkt?

Ja, vielleicht. Aber das war es nicht, was ihn störte. Graf Báthory war ein Vampir und hatte unzählige Menschen getötet. Er lebte nach seiner Natur. So war das nun einmal. Doch es durfte nicht geschehen, dass ein anderer ihm seine Taten unterschob und entschied, dass der Graf für Morde, die er nicht begangen hatte, verurteilt werden würde. Das war gegen die Ehre. Das würde Goran nicht zulassen!

Und so hielt er sich wach, bis der Morgen graute und der Graf zurückkehrte, um ihm melden zu können, dass niemand sich dem Palais genähert hatte.

»Danke. Leg dich nun auch ein wenig zur Ruhe«, wies ihn der Graf an, ehe er den Deckel seines Sarges schloss. Anscheinend fürchtete er in den Morgenstunden dieses von Schneewolken verhangenen Tages keine Störung.

Welch Irrtum! Das musste Goran schon bald erkennen, als ein Klopfen am Tor ihn aus dem Schlaf riss. Noch ehe es zum zweiten Mal klopfte und Goran richtig wach war, stand er schon am Fuß der Treppe, den Körper wie eine Raubkatze geduckt, die Hand am Griff seines Dolches. Wachsam huschte sein Blick durch die Eingangshalle. Noch einmal klopfte es. Nicht höflich. Fordernd. Befehlend!

»Aufmachen! Hier ist die Kriminalpolizei!«

Goran zögerte einen Augenblick, dann schob er die Messerscheide unter seinen Rock. Auch wenn er sich mit dem Dolch in der Hand sicherer fühlte, so war ihm doch klar, dass das keinen günstigen Eindruck bei den Kriminalpolizisten machen und seinem Herrn schaden würde.

Noch einmal pochten sie gegen die Tür. »Aufmachen!«

Goran setzte eine stoische Miene auf, öffnete das Tor und verbeugte sich.

»Schon wieder dieser stumme Diener«, sagte der Beamte, der Schobermeier hieß. »Hat der Graf keine anderen Bediensteten?« Goran schüttelte den Kopf. Der Mann neben Schobermeier trug ebenfalls Zivil, wie alle höheren Beamten der Kriminalpolizei. Hinter den beiden standen drei uniformierte Polizisten, die Goran nicht kannte.

»Anscheinend nicht«, sagte der Kommissär, der Schobermeiers

Vorgesetzter war. Er schien der Schlauere der beiden und der Gefährlichere! Goran würde ihn im Auge behalten. Fragend sah er Kommissär Hofbauer an.

»Ist Graf Báthory im Haus? Wir müssen mit ihm sprechen.«

Goran schüttelte den Kopf.

»Heißt das nun, dass er nicht will oder dass er nicht da ist?« In Schobermeiers Stimme war deutlich zu vernehmen, wie sehr es ihn nervte, sich mit einem Stummen auseinandersetzen zu müssen.

Kommissär Hofbauer hob die Hand und wies seinen Untergebenen in seine Schranken. »Es heißt wohl, dass der Graf nicht im Haus ist, oder?«

Goran nickte. Er verabscheute Menschen wie Schobermeier, gab sich aber nicht der Illusion hin, dass er mit ihm und vor allem dem Kommissär einfach fertig werden würde. Er fühlte, wie seine Kopfhaut unangenehm zu prickeln begann. Nein, der Kommissär würde es ihm nicht leichtmachen!

Er spürte, wie der Kriminalbeamte ihn fixierte. »Das ist aber schade.«

Goran ließ sich von dem freundlichen Ton nicht täuschen. Er blieb wachsam.

Kommissär Hofbauer nahm ein Schreiben aus seiner Rocktasche, hielt es aber so, dass Goran es nicht lesen konnte.

»Es sind unzählige Hinweise zu den Mordfällen, die Wien seit Wochen erschüttern, auf den Polizeidienststellen eingegangen. Die meisten erwiesen sich als blinde Fährten, aber wir gehen natürlich allen Spuren nach. Zwei dieser Hinweise, die überraschend ins Detail gehen, führen uns zu diesem Haus. Das macht stutzig! Noch dazu, wenn man sich die Personen ansieht, die in der Nähe waren, als einige der Opfer verschwanden oder ermordet wurden. Wie seltsam, dass immer wieder der Name Graf András Petru Báthory auftaucht! Ich habe eine Eingabe bei der k. k.

Polizeioberdirektion gemacht, die den heiklen Fall Polizeiminister Sedlnitzky persönlich vorgelegt hat.« Der Kommissär machte eine Pause und beugte sich ein wenig vor. Goran spürte, wie sich sein Körper wie zum Sprung anspannte. Er wusste, dass nun das Entscheidende kam.

»Der Minister hat mir diese k. k. Anweisung ausgefertigt, die ich hier in meiner Hand halte, das Palais des Grafen Báthory genau zu durchsuchen!«

Er hatte das letzte Wort kaum ausgesprochen, da drängte Schobermeier bereits nach vorn und schob den Diener zur Seite. Goran musste sich zwingen, dem Beamten nicht seine Faust ins Gesicht zu schlagen, doch er wusste, dass dies seinem Herrn am allerwenigsten nutzte. So zwang er sich ruhig zu bleiben und ließ die Polizisten mit einer angedeuteten Verbeugung eintreten. Seine Hände zitterten ein wenig, als er das Tor hinter ihnen schloss. Wie genau würde diese Durchsuchung vonstattengehen, und was würden die Beamten zutage fördern?

»Sie beide fangen bei den Kammern unter dem Dach an«, wies der Kommissär zwei Uniformierte an. »Sie gehen mit Schobermeier in die Belletage«, sagte er zu dem dritten. »Danach nehmen Sie sich die unteren Räume und die Stallungen vor.«

»Und was machen Sie, Kommissär?«, wollte Schobermeier wissen.

»Ich lasse mich von Goran in die privaten Gemächer des Grafen führen, wo er mir alles zeigen wird, was für uns wichtig sein könnte, nicht wahr? Und dann werden wir uns ein wenig unterhalten.«

»Er ist stumm, Kommissär!«

»Ja, Schobermeier, das ist mir nicht entgangen. Aber mir ist auch nicht entgangen, dass Goran lesen und schreiben kann, und so werden wir mittels meines Notizbuches und einer Feder sicher in der Lage sein, uns auszutauschen.«

Goran gelang es, seine stoische Miene beizubehalten, während ihm nichts anderes übrig blieb, als den Kommissär in die privaten Räume Graf Báthorys zu führen, die seit seinem Einzug in Wien kein Mensch außer Goran betreten hatte. Da konnte es ihm keinen Trost bereiten, dass Schobermeier ihnen enttäuscht hinterhersah. Der schlaue Fuchs klebte an seinen Fersen, und sein wachsamer Blick streifte durch die Räume. Der Kommissär ließ sich Zeit und schrieb ab und zu eine Frage in sein Buch, die Goran so kurz wie möglich beantwortete. Er achtete allerdings darauf, den Kommissär nicht unnötig zu provozieren. Sollte er denken, dass dem Diener das Schreiben Mühe bereitete und er sich daher nur bruchstückhaft ausdrückte.

Je näher sie dem offiziellen Schlafgemach des Grafen kamen, desto mehr stieg Gorans Anspannung. Gelang es ihm, dies vor dem Kommissär zu verbergen? Er durfte nicht zu dem Spiegel hinübersehen, dessen Rahmen den schmalen Spalt verschleierte, der die Existenz der verborgenen Tapetentür hätte enthüllen können. Ansonsten fügte sie sich unsichtbar zwischen den Stuckelementen und den von einer Seidentapete gefüllten Feldern ein.

Der Kommissär trat in die Mitte des Raumes und ließ den Blick langsam wandern. Noch sorgsamer als in den anderen Räumen nahm er jedes Detail in sich auf, so als ahnte er, dass hier der Schlüssel zu Graf Báthorys Geheimnis zu finden war.

Goran verschränkte die Hände hinter dem Rücken. Zu sehr fürchtete er, sie könnten zu zittern beginnen, wenn sich der Kommissär der verborgenen Tür näherte, hinter der der Graf in seinem Sarg ruhte.

Was würde die Polizei machen, wenn es ihr gelang, ihn aufzuspüren?

Was könnte Goran tun, um seinen Herrn zu retten?

In Gedanken begann er an einem Plan zu feilen, bis der Kommissär ihn aus seinen Gedanken riss.

»Ihr Herr ist ein ordentlicher Mann. Oder Sie ein außergewöhnlich guter Diener. Erstaunlich, wenn man bedenkt, dass Sie alles allein bewältigen. Ja, sehr erstaunlich! Das ganze große Haus und dann noch die Stallungen mit den Pferden.« Goran erlag nicht der Illusion, dies für ein Lob zu halten.

»Allerdings frage ich mich, wo Ihr Herr seine Kleider aufbewahrt. Gibt es nicht neben solchen Gemächern stets ein Ankleidezimmer, in dem der Kammerdiener schläft? So habe ich es in den großen Häusern stets gesehen, die ich die Ehre hatte zu besuchen.«

Goran versuchte sich an einer freundlichen Miene und führte den Kommissär in das nächste Zimmer, das einmal ein kleiner Salon gewesen war, in der die Familie des Bankiers gewöhnlich das Frühstück eingenommen hatte, nun aber die Fräcke und anderen Kleidungsstücke des Grafen beherbergte. Hofbauer schritt an den beiden langen Stangen entlang und ließ die Hand über den ein oder anderen Ärmel oder Pelzbesatz streifen.

»Alles da, was man so über das Jahr braucht. Graf Báthory ist gut ausgestattet, das muss man ihm lassen«, sagte er mehr zu sich selbst, und zum ersten Mal war Goran froh, dass sein Herr so umsichtig gewesen war, selbst Kleidungsstücke anzuschaffen, die er eigentlich nicht benötigte, wie warme Mäntel beispielsweise.

»Gut, dann sind wir hier fertig.« Er beobachtete den Diener bei diesen Worten scharf, und Goran bemühte sich, nicht erleichtert zu wirken.

»Wie ist Ihr Herr denn heute unterwegs«, fragte der Kommissär fast zu beiläufig, während sie sich wieder dem prächtigen Treppenhaus zuwandten.

Goran überlegte kurz, dann deutete er auf seine Füße.

»Aha, dann werden wir wohl alle seine Pferde und Kutschen im Stall vorfinden?«

Das konnte der Diener guten Gewissens bejahen. Er fühlte sich leichter, als er den Kommissär in den Hof hinunterführte, um ihm die Rösser und Kutschen zu zeigen. Hier war alles in Ordnung. Die einzige Anmerkung, die der Kommissär machte, war, dass der Graf offensichtlich eine Vorliebe für Rappen zeigte. Goran ließ das unkommentiert. Endlich trat der Kriminalbeamte wieder in den Hof, wo die anderen Polizisten bereits auf ihn warteten.

»Nichts Außergewöhnliches«, lautete Schobermeiers Antwort auf die Frage, was sie gefunden hätten. Seine Enttäuschung versuchte er erst gar nicht zu verbergen. Er hatte den Grafen längst schuldig gesprochen und suchte nur noch nach Beweisen, ihm den Prozess machen zu können.

»Nichts Außergewöhnliches«, wiederholte der Kommissär, doch sein nachdenkliches Nicken zeigte Goran, dass er nicht so dachte. Für einige Momente stand er in sich versunken da, dann richtete er seinen Blick wieder auf den Diener.

»Goran, zum Schluss würde ich mir gern die Küche ansehen. Begleiten Sie mich dorthin!«

Goran konnte nicht verhindern, dass er zusammenzuckte, und ihm blieb nur zu hoffen, dass der Kommissär es nicht bemerkt haben möge.

András schlug die Augen auf und wusste, dass sich etwas ereignet hatte, das ihm nicht gefiel. Er sprang aus dem Sarg und blieb hinter der verschlossenen Tür stehen, die Hand auf dem Riegel, den er vor kurzem erst von Goran hatte anbringen lassen. András schloss die Augen und witterte. Er konzentrierte sich auf all die feinen Noten, die in der Luft schwebten. Unwillig schüttelte er den Kopf. Die Tür schloss zu gut, als dass er die fremden Gerüche, die durch das Gemach und die anderen Räume zogen, hätte erkennen können, dennoch spürte er, dass die Sicherheit seines Hauses gestört worden war. Mit einem Ruck schob er den Riegel zurück und riss die Tapetentür auf. Fast wäre er mit seinem Diener zusammengestoßen, der direkt vor der Tür auf ihn wartete.

»Was ist passiert?«

Seine Gesten waren ein wenig fahrig und sein Gesichtsausdruck gehetzt. Etwas hatte den Zigeuner aus den Karpaten aus der Fassung gebracht, was András noch nicht häufig erlebt hatte. Er konzentrierte sich auf die raschen Handzeichen und forschte in seinem Geist. Zusammen mit den Gerüchen in seinem Gemach, die nicht hierher gehörten, begriff er schnell, was am Morgen vorgefallen war.

»So, so, die Polizei hat also mein Haus durchsucht. Haben sie etwas mitgenommen?«

Goran nickte kläglich, zeigte erst auf das Messer an seiner Seite und dann schräg nach unten, wo irgendwo die Küche lag.

»Meine Messer haben sie mitgenommen? Das ist nicht gut. Und vorgeladen hat mich der Kommissär? Ich soll auf dem Revier vorsprechen, wenn ich zurückkomme?«

Der Diener nickte und zog eine unglückliche Miene.

»Du meinst, ich sollte das lieber nicht tun? Doch wird der Kommissär dann lockerlassen und den Vorfall vergessen? Was, wenn er bei einem der Opfer eines meiner Messer gefunden hat, das er nun mit denen, die er von hier mitgenommen hat, vergleichen kann?«

Nun sah Goran geradezu verzweifelt drein. Seine Gesten deuteten den Biss einer Dogge an, die, hatte sie das Wild einmal gepackt, nicht mehr bereit war, es loszulassen.

András nickte. »Ja, so sehe ich das auch. Der Kommissär hat etwas von einem Saupacker. Wir haben also nur zwei Möglichkeiten …« Goran machte die Geste für eine schnelle Flucht.

»Ja, Wien zu verlassen ist die eine, aber mir steht nicht der Sinn danach, mich wieder einmal ein Jahrzehnt in den Wäldern herumzutreiben, bis mich die Gesellschaft vergessen hat. Die andere Lösung wäre, der Kriminalpolizei einen Täter vorzusetzen, mit dem sie sich zufriedengibt.«

Gorans Hände sprachen wieder so flink, dass András sich konzentrieren musste, ihn zu verstehen.

»Ob ich der Polizei den wahren Täter ausliefern will? Ja, Goran, das ist nicht so einfach.« András senkte den Kopf und legte die Stirn in Falten. »Nein, das ist gar nicht einfach«, murmelte er, während er Goran in sein Ankleidezimmer folgte. Und so blieb er auch stumm in seine Gedanken vertieft, während der Diener ihm aus den Kleidern half und einen sauberen Abendanzug bereitlegte. Goran zog ihm Hemd und Halsbinde an, schloss die Weste und hielt die Jacke bereit, die sich wie angegossen um die kraftvollen Schultern des Grafen schmiegte. Die Pantalones waren eng geschnitten und betonten die muskulösen Beine. Zum Schluss reichte er seinem Herrn ein pelzgefüttertes Cape, den Zylinder, Stock und Handschuhe. Es schneite bereits seit dem Nachmittag in dicken Flocken und schien nicht so schnell wieder aufhören zu wollen. Da war es unauffälliger, sich warm zu kleiden, wie die Menschen. András war schon in der Halle unten, als Goran seine Gedanken unterbrach.

»Ob du einspannen sollst?« András schüttelte den Kopf. »Nein, ich gehe zu Fuß. Du bleibst hier und bist wachsam. Du sagtest, die Polizei habe Hinweise bekommen. Zusammen mit den ›Präsenten‹ die man auf unserer Schwelle zurückgelassen hat, drängt sich die Vermutung auf, dass es für uns noch nicht zu Ende ist. Jedenfalls will ich sehen, dass ich die uns entwendeten Messer wieder in unseren Besitz bekomme. Alle Messer! – soweit sie sich in Händen der Polizei befinden.«

Goran nickte und verbeugte sich vor seinem Herrn, doch seine angespannte Haltung verriet, dass er sich um ihn sorgte. András legte ihm die Hand auf die Schulter.

»Mein treuer Begleiter, ich weiß deine Fürsorge zu schätzen. Dennoch brauchst du dich nicht zu sorgen. Auch ohne deine schnelle Klinge wird es der Polizei nicht gelingen, mich festzuhalten! Ich werde rechtzeitig vor Sonnenaufgang zurückkommen und hoffe, das Palais noch als meinen sicheren Zufluchtsort vorzufinden. Das ist deine Aufgabe!«

Gorans Hand fuhr an den Griff seines Dolches, und er nickte grimmig.

András war in Gedanken noch bei dem polizeilichen Verhör, dem er sich hatte unterziehen müssen, als er zu seinem Palais zurückkehrte. Er sandte einen Teil seiner Sinne aus, um zu überprüfen, ob alles in Ordnung war, dann öffnete er die Tür und trat ein. Noch ehe er nach ihm rufen konnte, kam Goran bereits die Treppe heruntergelaufen. Ja, man könnte sagen, heruntergestürzt. Sein Gesichtsausdruck verhieß nichts Gutes.

András unterdrückte einen Seufzer und fragte stattdessen betont ruhig:

»Was gibt es, Goran?«

Seine Hände flogen und malten hastig Zeichen in die Luft.

»Ah, schon wieder Besuch. Wer ist es denn dieses Mal? Ein Kind? Das Mädchen? Welches Mädchen?« Goran legte sich die Hände auf die Augen. »Oh, Sophie ist gekommen. Mit ihrer Mutter, nehme ich an?« András legte die Stirn in Falten. »Ich dachte, sie habe gesagt, heute Nacht könne sie nicht kommen.«

Goran schüttelte nachhaltig den Kopf und streckte einen Finger in die Luft.

»Wie, das Kind ist allein gekommen?«, fragte András verwundert. Er drückte Goran ein Päckchen in die Hände, das einige Messer enthielt, und lief dann die Treppe hinauf in den grünen Salon, wohin sein Diener die unerwartete Besucherin gebracht hatte.

»Da sind Sie ja, Graf András«, begrüßte ihn das Kind und erhob sich von seinem Stuhl, noch ehe er sich durch ein Wort zu erkennen gegeben hatte. Ihr Gehör war fantastisch!

András trat auf sie zu und begrüßte sie. Unerschrocken schüttelte ihm Sophie die Hand.

»Ihre Haut ist eisig! Tragen Sie keine Handschuhe?« Sie legte den Kopf schief, ohne seine Hand loszulassen, und András machte nicht den Versuch, sie ihr zu entziehen. »Kommt das allein von der Kälte draußen?«, fügte Sophie mehr zu sich selbst gewandt hinzu, und so verzichtete András darauf, eine Antwort zu geben. Obwohl es ihn reizte, die drängenden Fragen dieses außergewöhnlichen Kindes zu beantworten, das so vieles offen aussprach. Oft wollten die Menschen die Wahrheit gar nicht wissen, vor allem, wenn sie von ihrer Normalität zu weit entfernt lag. Keiner hörte dem Mädchen zu oder machte sich die Mühe, ernsthaft über ihre Aussagen nachzudenken. Zum Glück für ihn, musste András sich eingestehen.

»Was für eine Überraschung, Sophie«, sagte er zu dem Mädchen, das noch immer seine Hand festhielt, die Stirn in Falten gezogen. »Ich habe nicht mit deinem Besuch gerechnet. Hat deine Mutter dich mit einer Nachricht geschickt?«

Sophie schüttelte den Kopf. »Aber nein, sie weiß nicht, dass ich hier bin, und ich hoffe, dass wir es ihr auch nicht verraten müssen«, fügte sie treuherzig hinzu. »Sie wäre, glaube ich, ziemlich böse mit mir.«

»Dann nehme ich an, sie hat dich allein daheimgelassen«, vermutete András. Sophie hob die Schultern. »Hilde, das ist unser Zugehmädchen, sagte, sie wäre mit ihrer Arbeit fertig, und sie würde es nicht einsehen, die halbe Nacht rumzusitzen und aufzupassen, dass ich in meinem Bett bliebe. Sie habe auch noch eine eigene Familie. Und so musste ich ihr versprechen, ganz artig zu sein und Karoline und Carl nichts zu verraten.«

»Aha, deine Mutter hat sich das also anders gedacht. Wie bist du hierher gekommen? Wer hat dich gebracht?«

»Niemand. Ich bin allein davongeschlüpft, nachdem Hilde gegangen war, noch ehe sie unten die Haustür abgeschlossen haben. Ich höre ja die Uhr von St. Michael schlagen.«

»Du hast den Weg hierher ganz allein gefunden?«

Sophie machte eine wegwerfende Handbewegung. »Das war doch nicht schwierig. Links dem Geruch der Gruft folgend an der Hauswand entlang, dann die Lipizzaner, unter dem Torbogen durch, der die Schritte hallen lässt, und dann nur noch geradeaus. Wenn sich auf der anderen Seite der Platz weitet und der Klang der Schritte und Wagenräder sich nach rechts verliert, ist es nicht mehr weit bis zur Haustür. Dort stehen diese Statuen, zwei auf jeder Seite. Die Falten ihrer Gewänder erkennt man gleich wieder, wenn man sie einmal ertastet hat. Und dann habe ich einfach geklopft und gewartet, bis mir Goran aufgemacht hat. Er war sehr freundlich zu mir und hat mich hier in diesen Salon gebracht, wo ich auf Sie warten konnte.«

»Du hast dich also mit Goran unterhalten«, meinte András und überlegte, wie das blinde Mädchen und sein stummer Diener wohl miteinander kommuniziert haben mochten.

Sophie nickte. Sie schien nichts Besonderes dabei zu finden. »Aber ja. Ich habe ihn gefragt, und er ließ mich mit seinen Händen spüren, ob meine Vermutungen richtig oder falsch sind. Ich musste ihm halt viele Fragen stellen.«

Für das Kind war es ganz natürlich, eine Lösung zu suchen und zu finden, sich über ihre und Gorans Einschränkungen – nein, dieses Wort würde Sophie nicht verwenden – sich über ihre körperlichen Eigenheiten hinwegzusetzen und einen Weg zu finden, sich mit Goran zu verständigen.

András sah zu seinem Diener auf, der noch immer in der Tür stand und auf Befehle wartete. Er hatte ihn offensichtlich überrascht. Für einen Moment sah András Bewunderung in seinem Blick, der auf dem Mädchen ruhte, und eine Zuneigung, derer er den verschlossenen Zigeuner nicht für fähig gehalten hatte. Als

Goran bemerkte, dass sich sein Herr ihm zuwandte, verschwand der Ausdruck blitzschnell und machte der gewohnten reglosen Miene Platz. Wie es sich für den Leibdiener eines Grafen gehörte!

Kann ich etwas für Sie tun?, fragten seine Hände.

András sah lächelnd auf das Mädchen herab. »Ich denke, unserem jungen Gast wäre mit einer heißen Schokolade und Kipferln gedient – ja, und auch Konfekt. Das wäre ganz wunderbar.« Das Mädchen strahlte, und der Diener verbeugte sich mit einem leichten Lächeln.

András zog sich einen Stuhl heran und setzte sich Sophie gegenüber. »Wo ist deine Mutter denn hingegangen?« Diese Neugier schickte sich ganz sicher nicht. Sophie schien jedoch nichts daran zu finden.

»Sie hat Carl auf irgendeine Gesellschaft begleitet«, antwortete sie bereitwillig. »Ich weiß nicht wo, aber sie war ganz aufgeregt, weil sie dort mit ihm ein Stück vierhändig spielen wird.«

»Deine Mutter spielt vor einer Gesellschaft auf dem Piano?«, rief András überrascht aus.

»Ja!« Auch Sophie schien das zu erstaunen. »Ich habe gehört, wie sie mit Carl gesprochen hat. Er wollte erst mit jemand anderem dort spielen. Der ist aber krank geworden, und so saß er am Flügel und raufte sich vor Verzweiflung das Haar. Er meinte, er würde so schnell niemand finden, der diese Passagen spielen könnte. Er machte Mutter Vorwürfe, ihre Kompositionen seien so schwierig.«

András wusste nicht, ob er sich über diese absurde Situation amüsieren oder ärgern sollte. Da nutzte Carl die Kompositionen seiner begnadet talentierten Schwester, gab sie als die seinen aus und machte ihr auch noch Vorwürfe, wenn sein zweiter Musiker wegen einer Krankheit ausfiel!

»Und, wie ging es weiter?«, wollte András wissen.

Sophie hob die Schultern. »Sie haben sich ein wenig gestritten, und dann hat Mutter gesagt, sie würde nicht zulassen, dass ein Stümper das Werk zerstört und das Publikum enttäuscht wird. Da konnte Carl nur zustimmen. Sie rief, eher würde sie selbst mit ihm spielen. Carl war sehr erstaunt über den Vorschlag, aber Mutter sagte, auch die Schwestern Fröhlich würden auf Abendgesellschaften spielen und keinen würde es kümmern. Wie viel weniger könnte die Gesellschaft Anstoß daran nehmen, wenn sie mit ihrem eigenen Bruder spielte!«

András lächelte versonnen. Waren da seine Worte etwa auf fruchtbaren Boden gefallen? Selbst wenn Karoline dieses Werk nicht als das ihre präsentieren konnte, so würde sie sicher viel Applaus ernten, davon war er überzeugt.

»Jedenfalls war Carl so erleichtert, gerettet zu sein, dass er sie richtig stürmisch umarmte. Sie hat protestiert und gelacht. So schlimm kann es also nicht gewesen sein. Ja, und dann musste ich versprechen, brav zu sein und alles zu tun, was Hilde mir sagt.« Abwehrend hob Sophie das Kinn, so als erwarte sie von András eine Rüge. Doch András dachte gar nicht daran, sie zu rügen. War das etwa seine Aufgabe? Viel mehr interessierte ihn, warum sie zu ihm gekommen war.

»Willst du, dass auch wir zusammen vierhändig spielen?«

Sophie schüttelte den Kopf. »Nein, das können wir ein anderes Mal machen. Ich wollte fragen, ob Sie mit mir in die Gruft gehen möchten?«

»Jetzt? Mitten in der Nacht?« Es gab nicht viel, das den Vampir überraschte, aber diese Frage aus dem Mund des Kindes brachte ihn ein wenig aus der Fassung.

»Ja, warum nicht? Dort ist es immer dunkel, und tagsüber sind Sie stets zu beschäftigt, das haben Sie doch gesagt, nicht wahr?«

Ja, das hatte er, als er mit Karoline über die Stunden am Piano gesprochen hatte. Dem Kind entging nichts, und es verfügte über ein gutes Gedächtnis. Das würde er sich merken.

Goran kehrte zurück, die Schokolade und das Gebäck auf einem Tablett. Das war schnell gegangen. Der Diener hatte offensichtlich für den jungen Gast vorgesorgt. Er stellte die Tasse und zwei gefüllte Schalen vor Sophie ab. Sie hob das Näschen und schnupperte.

»Danke, Goran, das riecht köstlich.«

»Ja, greif zu«, pflichtete ihr der Vampir bei, obwohl er weder den Geruch von heißer Schokolade noch den von Gebäck als köstlich empfand. Das junge Blut, das in Sophies Adern pulsierte, dagegen schon eher!

»Und? Gehen wir in die Gruft?«, hakte Sophie nach, die sich mit dem Ärmel ihres schrecklich unförmigen Kleides einen Schokoladenrand von der Lippe wischte und gleich darauf zwei Stücke Konfekt in den Mund schob.

»Ja, ich denke, das werden wir, sobald du hier fertig bist.«

»Wie wundervoll!«

Das Mädchen strahlte über das ganze Gesicht, und András sinnierte darüber nach, ob es wohl noch ein anderes Kind in ganz Wien gab, dessen sehnlicher Wunsch darin bestand, nachts in Begleitung eines Vampirs eine Gruft zu besuchen.

17. Kapitel

Die Michaelergruft

András öffnete das schwere Portal, das nicht verschlossen war. Wie erwartet fanden sie die Kirche menschenleer und dunkel vor. Das Mädchen hatte seine Hand vertrauensvoll in die des Vampirs geschoben. Die Kälte, die von ihm ausging, schien es nicht zu stören. András schloss das Tor hinter ihnen, und sie traten in das nur von diffusem Sternenlicht ein wenig erhellte Kirchenschiff. Wie immer, wenn sich der Vampir in einem geheiligten Raum aufhielt, spürte er ein schmerzhaftes Ziehen in der Brust, das in Wellen anschwoll oder abklang, wenn er etwa auf ein Kreuz oder das Weihwasserbecken zutrat oder gar so verwegen war, dem Tabernakel zu nahe zu kommen. Doch András hatte im Laufe der Jahrhunderte gelernt, den Schmerz stoisch zu ertragen, und so ging er ungerührt neben Sophie her.

Die Schritte des Mädchens hallten von Wänden und Säulen wider, obwohl sie für einen Menschen einen erstaunlich leichten Tritt hatte. Die Bewegungen des Vampirs waren nicht zu hören. Nein, es wunderte András nicht, dass Sophie dies sofort bemerkte. Sie blieb stehen und legte den Kopf schief.

»Wie machen Sie das nur? Es hört sich an, als habe ich allein die Kirche betreten. Pater Antonius dagegen tritt so laut auf, dass ich mich selbst nicht mehr hören kann.«

András lenkte ab. »Erzähl mir von Pater Antonius.«

Sophie hob die Schultern und überlegte, während sie das Hauptschiff der Länge nach durchschritten.

»Er ist alt. Sehr alt. Zumindest riecht er so, sein Geist ist jedoch noch hell, und er kann gut Geschichten erzählen. Er kennt viele aus sehr alten Zeiten. Ich war früher oft hier. Wenn keiner da war, auf mich aufzupassen, dann hat der Pater mich mit in die Sakristei genommen oder in die Kirche, wo er immer viel zu tun hat. Wir sind aber auch schon oft in die Grüfte hinabgestiegen. In die Räume des Klosters darf er mich ja nicht mitnehmen, weil ich ein Mädchen bin! Also sind wir hiergeblieben, und ich habe ihm bei seiner Arbeit geholfen.«

»Dann hat der Bruder die Aufgaben eines Sakristans?«

Sophie nickte. »Ich glaube schon. Er läutet auch die Glocken vor der Messe oder wenn eine Aussegnung stattfindet. Ich durfte auch schon läuten!«

András wusste, dass die Michaelerkirche noch immer den Barnabiten unterstand, die Kaiser Ferdinand vor zweihundert Jahren aus Italien hatte kommen lassen, um seine Gegenreformation voranzutreiben. Damals regte sich großer Widerstand vor allem von Seiten der Diözese gegen die Übergabe der Kirche an die Italiener. War St. Michael doch bis dahin neben St. Stephan die einzige Kirche in Wien gewesen, die Weltgeistlichen unterstand. Sie an einen Orden zu verlieren konnte ihnen nicht gefallen, obwohl sie unter Obhut des Rats der Bürgergemeinde zunehmend verarmt war. Unter anderem da man bereits um das Jahr 1500 den Friedhof um die Kirche herum geschlossen hatte. Zwar trieb die Pfarrgemeinde den Ausbau von Grüften für adelige Familien unter der Kirche voran, doch diese konnten den Verlust der wichtigsten Einnahmequelle, die der Friedhof mit seinen Gebühren stets gewesen war, nicht ausgleichen.

Als die Barnabiten die Pfarre übernahmen, musste sie sich in einem traurigen Zustand befunden haben. Unter ihrer Führung war sie jedoch wieder aufgeblüht, und heute machte sich keiner mehr Gedanken darüber. Die Michaelerkirche war das Gotteshaus der Hofadligen und ihrer Bediensteten und natürlich nach wie vor der Pfarrkinder dieses Viertels. Allerdings hatten inzwischen auch die Barnabiten ihre besten Jahre hinter sich. Die Ordensgemeinschaft schrumpfte zunehmend, die Brüder wurden älter und starben. Zu wenige junge, tatkräftige Männer folgten nach. Heute lebten gerade noch ein knappes Dutzend Brüder in den Klostergebäuden hinter der Kirche.

Sophie blieb stehen. »Hier muss es irgendwo sein. Eine Treppe, die hinunter in die große Gruft der Herren und in die der spanischen Bruderschaft führt.« Sie streckte die Arme aus und ging einige Schritte vor, bis sie eine Halbsäule berührte, wo der Chor auf das Seitenschiff stieß. Ihr Orientierungsvermögen war erstaunlich.

András griff wieder nach ihrer Hand. »Ja, ich sehe sie. Komm!«

Er sagte ihr nicht, dass er die Eingänge zu den verschiedenen Grüften kannte. Manche der Familiengrüfte waren nur durch eine im Boden eingelassene Steinplatte zu betreten, andere über schmale Treppen, die in die Tiefe führten. Und manche waren wohl gar nicht mehr zugänglich. Verschüttet, verloren, vergessen.

Sie stiegen die Treppe hinab, öffneten das Gitter und betraten die Gruft. Das Gewölbe zog sich unter dem gesamten Querschiff entlang. In der Mitte erkannte András einen später hinzugefügten Durchbruch, der in die große Pfarrgruft unter dem Mittelschiff führte. Auch zu den meisten Familiengrüften war nachträglich eine Verbindung gegraben worden, so dass man die Steinplatten im Kirchenboden nicht mehr anheben musste, um zu ihnen zu gelangen.

Doch eigentlich gab es keinen Grund mehr, hier herunterzukommen, und außer dem Pater und dem ungewöhnlichen Mädchen sahen die Toten in diesen Jahren sicher nicht viele lebende Besucher und schon lange keine Leichen mehr. Genauer gesagt seit 1783, als Kaiser Joseph II. aus Sorge um das Trinkwasser in den Wiener Brunnen die weitere Benutzung aller Kirchengrüfte und Friedhöfe innerhalb der Stadt verboten hatte. Seitdem waren die Städte der Toten noch stiller geworden, während die Körper ihrem Zerfall entgegendämmerten.

András sah sich um. Er hatte keine Schwierigkeiten, sich zu orientieren, auch ohne die von den Menschen fein säuberlich angebrachten Inschriften wie »Apostel-Altar« oder »Rechtes Seitenschiff«, um zu wissen, unter welcher Stelle der Kirche sie sich gerade befanden. András nahm die Witterung des Todes in sich auf und ließ den Blick schweifen. Hier unten fühlte er sich wohler als oben in der Kirche.

»Kommen Sie!«, rief Sophie, der es offensichtlich kein Kopfzerbrechen bereitete, mit ihrem Begleiter ohne Erlaubnis der Barnabiten mitten in der Nacht hier eingedrungen zu sein. »Dort hinten finden wir den großen Dichter, von dem Pater Antonius mir immer wieder erzählt hat. Wir müssen dem Luftzug folgen.«

Links von ihnen lag die Herrengruft mit den Särgen wohlverdienter Hofadliger. Sophie aber zog ihn nach rechts zu den Särgen der spanischen Bruderschaft, Gefolgsleute der Infantin Maria Anna, die – als sie Kaiser Ferdinand III. angetraut wurde – mit ihr nach Wien gekommen waren. Später schlossen sich der Bruderschaft auch einige Nicht-Spanier an. So auch der Römer Pietro »Metastasio«, wie sein Künstlername lautete, der als Hofdramaturg in den Diensten Kaiserin Maria Theresias große Erfolge feierte.

»Er hat im Michaelerhaus gewohnt«, berichtete Sophie mit einer Begeisterung, die angesichts der düsteren Gruft und ihrer Särge für jeden Menschen seltsam erscheinen musste. András jedoch faszinierte das Mädchen mit jedem Augenblick mehr. »Im vierten Stock. Vielleicht sogar in der Wohnung, in der Carl und Großvater jetzt wohnen. Aber das konnte Pater Antonius nicht so genau sagen.«

Sie ließ András los, drehte sich ein wenig zur Seite und legte den Kopf schief. Sophie machte einige Schritte nach vorn und dann wieder zurück. András beobachtete sie interessiert.

»Ich muss erspüren, wo der Luftzug am stärksten ist. Hier muss die Sargrutsche in der äußeren Wand sein.« Ihr Finger richtete sich genau auf die schräg ansteigende Rampe, die sich in der Finsternis verlor. »Dann ist es von hier aus der zweite Sarg!« Sie tastete sich vor, bis ihre Finger den Deckel berührten. Sophie wandte sich in András' Richtung und strahlte ihn triumphierend an. András trat an den bronzierten Holzsarg, der von weitem wie ein Metallsarg wirkte. Die Bemalungen waren ein wenig verblasst, doch er stand noch immer fest auf seinen grünen Tierpranken.

»Mutter sagt, er soll ein mürrischer Mann gewesen sein, der nicht gern bei Hof erschien. Aber das glaube ich nicht. Ich denke, er war ein netter Mensch. Er hat den Töchtern der Kaiserin Unterricht gegeben, und sie durften in seinen Opern die Hauptrollen singen, wenn sie hier in der Burg oder in Schönbrunn aufgeführt wurden. Und er hat sich um Joseph Haydn gekümmert – kennen Sie seine Musik? Mutter spielt viel von ihm. Ich mag seine Stücke auch gern. Aber was ich erzählen wollte ist: Der Hofkapellmeister hat Haydn wegen eines einfachen Streiches von den Chorknaben ausgeschlossen. Er hat im Unterricht dem Schüler, der vor ihm saß, den Zopf abgeschnitten!« Sophie kicherte verzückt. »Jedenfalls stand er dann plötzlich auf der Straße und wusste nicht wohin. Metastasio erlaubte Haydn in die Dachkammer ins Michaelerhaus zu ziehen – in unsere Dachkammer, in der Mutter und ich jetzt schlafen! –, und er hat Haydn Italienisch beigebracht. Sein Geld musste er nun selber verdienen. Er hat in anderen Kirchenchören gesungen und Schüler am Pianoforte angenommen, so wie Mutter heute. Mama sagt übrigens, dass auch Mozarts Sarg hier unten in der Gruft stehen würde, hätte der Kaiser sein Verbot nur zehn Jahre später ausgesprochen. Ich glaube, sie bedauert es außerordentlich, dass er draußen auf dem Friedhof von St. Marx begraben liegt. Vielleicht denkt sie, sein Geist und sein Genie würden uns umhüllen, wenn er in unserer Nähe läge.«

»Du glaubst das nicht?«, hakte András nach, dem der ein wenig abfällige Ton nicht entgangen war.

Sophie schüttelte den Kopf. »Nein. Sein Körper wäre hier, doch sein Geist hätte diesen Ort längst verlassen. Es gibt nichts, das ihn hier an die Erde binden würde, oder? Er wäre in den Himmel aufgefahren, wie es einem solchen Genie angemessen ist!«

»Es gibt durchaus Seelen, die sich lange Zeit nicht von der Erde lösen, aus welchen Gründen auch immer.«

Sophie wiegte den Kopf hin und her. »Mag sein, davon habe ich auch schon gehört. Wenn eine ungesühnte Schuld auf ihnen lastet oder ihnen Unrecht geschehen ist, das sie vergelten wollen, dann werden sie zu einem ruhelosen Geist. Aber glauben Sie das von Mozart? Und warum sollte sein Genie uns umhüllen und Mutter bei ihren Kompositionen helfen?« Sie zog eine Grimasse. »Nein, das glaube ich einfach nicht. Außerdem komponiert Mama auch ohne Mozarts Geist ganz herrliche Musik!«

Dem konnte und wollte András nicht widersprechen. Sophie wandte sich wieder dem Sarg des Dichters und Dramaturgen zu.

»So ist also Metastasio der berühmteste Mann hier in der Gruft, und deshalb haben sie seinen Körper auch einbalsamiert und seine Eingeweide herausgenommen wie bei den Mitgliedern des Kaiserhauses«, fügte sie ehrfürchtig hinzu. »Pater Antonius sagt, dass er der Einzige hier unten in den Grüften ist, dem diese Ehre zuteilwurde, und dennoch gibt es hier viele Tote, deren Körper nicht zu Staub zerfallen, bis nur noch ihre Knochen übrig sind. Wollen Sie sie sehen?«

András bejahte und musste sich angesichts ihres Eifers das Lachen verkneifen.

»Dann müssen wir zur anderen Seite des Querschiffs.« Das

Mädchen wandte sich noch einmal dem Luftzug zu, der von der Sargrutsche in die Gruft wehte, und drehte ihr dann genau den Rücken zu. Langsam schritt sie geradeaus an einer Reihe Särge entlang, die sich an manchen Stellen bis zur Gewölbedecke stapelten. Vorsichtig tastete sie sich voran, um auf dem unebenen Grund nicht zu straucheln.

»Fühlen Sie es? Wir gehen auf Toten!«, sagte sie mit einem leichten Zittern in der Stimme, das allerdings kein Anzeichen von Furcht war. »Der Pater sagt, man hat ursprünglich viel tiefer gegraben, doch wenn alles voller Särge stand und sie zu zerfallen begannen, hat man sie von Zeit zu Zeit zerschlagen, Kochen und andere Überreste einfach ausgebreitet und festgestampft. Dann konnte man wieder neue Särge aufstellen.«

András' Blick wanderte durch das aus Ziegeln gemauerte Gewölbe. Er konnte die vielen Tausend Toten spüren, die sich unter seinen Füßen im Staub vereint hatten. Sie strömten Frieden aus wie die Toten in den Särgen um ihn herum. Ganz anders als der Zorn und die Verzweiflung, die er zuweilen auf alten Schlachtfeldern verspürt hatte.

András ging so dicht neben dem Mädchen, dass seine Wärme ihn einhüllte und ihr Duft ihm verführerisch in die Nase stieg, aber er berührte sie nicht. Sie schien seine Hilfe nicht nötig zu haben, und es faszinierte ihn zu sehen, wie gut sie sich in der Finsternis zurechtfand. Sophie blieb stehen.

»Hier muss es irgendwo sein. Ein Sarg ohne Deckel, bei dem auch eine der Seitenwände herausgebrochen ist – mit einer Frau drin. Sehen Sie es? Leuchten Sie einmal nach rechts hinüber …« Sie verstummte. Ihr Mund öffnete sich in Erstaunen. »Sie haben keine Lampe angezündet! Ich kann sie nicht zischen hören und spüre auch keine Wärme. Das ist mir bisher noch gar nicht aufgefallen! Ich meine, hier ist es bestimmt stockdunkel. Wie können Sie da etwas sehen?«

Er beugte sich zu ihr herunter, bis seine Lippen fast ihr Ohr berührten. »Wie kannst du in deiner Finsternis sehen? Brauchst du eine Lampe?«

Sophie schüttelte den Kopf. »Nein, aber das ist etwas anderes. Normale Menschen brauchen Licht, sonst sind sie völlig blind.«

»Ja, so ist es. Seltsam, nicht wahr? Und dabei sagen sie, du seist die Blinde unter ihnen.«

Das Mädchen ließ sich dieses Mal nicht ablenken. »Sie haben mir noch nicht geantwortet! Wie machen Sie das?«

»Sagen wir, wenn das Licht zu schwinden beginnt, so ähnlich wie du. Ich nutze alle meine Sinne, nicht nur meine Augen.«

Sophie tastete nach seiner Hand und strich nachdenklich mit ihren Fingern über seine Handfläche. »Sie sind kein normaler Mensch. Das habe ich von Anfang an gespürt. Ich frage mich, ob Sie überhaupt ein Mensch sind, auch wenn Sie wie einer aussehen, sagt zumindest Mama.«

András schwieg. Er wollte ihre Vermutungen weder bestätigen, noch wollte er das Kind anlügen. Außerdem war er neugierig, zu welchem Schluss Sophie kommen würde.

»Als ich Sie das erste Mal gewittert habe, dachte ich wirklich, der Tod sei gekommen, um einen von uns zu holen. Ich vermutete, Großvater müsse nun sterben.« Sie lachte ein wenig unsicher auf. András schwieg noch immer. »Das hört sich verrückt an, ich weiß, denn keiner, den ich kenne, hat den Tod in Menschengestalt gesehen. Nicht einmal der Pater, obwohl er mir viele Bilder beschrieben hat, auf denen der Tod als Mensch mit einer Sense oder als Knochenmann abgebildet ist.«

»Wann hast du mit ihm darüber gesprochen?«, wollte András wissen.

»Nachdem ich den Tod bei uns im Musiksalon gerochen habe«, sagte Sophie, als sei dies selbstverständlich.

»Und, was hat dein Pater gesagt?«

Das Mädchen seufzte. »Dass ich mich irre. Der Tod käme nicht in Gestalt eines vornehmen Grafen und nehme Klavierstunden bei meiner Mutter. Er sagte auch, Sie hätten mit dem Unfall meines Großvaters nichts zu tun. Wenn, dann wäre ein Engel bei ihm gewesen und hätte sein Leben gerettet, ehe er es unter den Hufen der Pferde und den Karrenrädern verlor.«

»Und nun? Was glaubst du nun?«

Sophie hob die Schultern. »Ich weiß es nicht. Wenn ich Sie sprechen höre, denke ich, ich habe mich geirrt. Sie sind einfach ein netter Mann, ein Graf, der Pianoforte spielen will …« Sie zögerte.

»Aber?«

»Aber etwas in mir mahnt ständig, dass das nicht richtig ist. Wie kann das sein? Vielleicht stimmt doch etwas nicht mit mir, wie Großvater es immer sagt. Ich meine außer, dass ich nicht wie normale Menschen sehen kann.«

Ihre Verzweiflung rührte ihn. Er nahm die schmale Kinderhand zwischen die seinen.

»Sophie, du darfst niemals an deinen Sinnen zweifeln. Viele Menschen haben verlernt zu sehen – auch wenn sie meinen, dass sie das besser könnten als du!«

»Aber wenn es stimmt, was mir mein Gefühl und meine Witterung sagen, dann tragen Sie den Tod in sich.«

»Wäre das denn so schrecklich für dich?«

Sophie schüttelte heftig den Kopf. »Nein, das nicht. Ich möchte so gern, dass Sie mein Freund sind, András. Ich habe noch nie jemanden wie Sie getroffen, aber dann habe ich wieder Angst, Sie könnten etwas Schreckliches über uns bringen, und es wäre besser für uns alle, wenn Sie niemals wieder in unsere Nähe kämen.«

»Ich habe auch noch niemanden wie dich getroffen, Sophie, und ich möchte gerne dein Freund sein.«

Als sie ihm ihr Gesicht zuwandte, sah er das Glitzern von

Tränen auf ihren Wangen. »Können Sie mir schwören, dass Sie meiner Mutter nichts zuleide tun werden und auch Carl und dem Großvater nicht? Auch wenn er mich nicht mag und immer sagt, ich dürfte eigentlich nicht auf dieser Welt sein. Ich sei die lebendig gewordene Sünde, sagt er!« Sie schniefte und wischte sich die Nase an ihrem Ärmel ab. »Bitte, können Sie das versprechen? Sonst dürfen Sie nicht mehr in unsere Nähe kommen, und Mutter darf Ihnen keine Stunden mehr geben. Das würde sie traurig machen! Und mich würde es auch sehr traurig machen, nicht mehr in Ihrer Nähe sein zu können«, fügte das Kind kaum hörbar hinzu.

András überlegte lange, ehe er eine Antwort gab. Natürlich wäre es ein Leichtes gewesen, ein Versprechen zu geben, das er nicht einzuhalten gedachte, doch davor scheute er sich. Wenn er den Schwur gab, dann musste er sich auch daran halten! Das gebot ihm seine Ehre, das Einzige, was ihm von seinen menschlichen Zügen geblieben war. Er gab sich nicht der unsinnigen Hoffnung hin, er könne seine Seele aus der ewigen Verdamnis retten, doch vielleicht gelänge es ihm, seine Ehre zu bewahren?

Sophie wartete geduldig. Das Mädchen ahnte wohl, wie wichtig dieser Schwur sein würde. Für ihn und für sie selbst und für ihre Familie.

»Sophie, ich bin in keiner Weise ein guter Mensch, ganz im Gegenteil, ich bin eine Gefahr für Menschen, das hast du richtig gespürt. Und dennoch schwöre ich dir, dass ich weder dir noch deiner Mutter noch ihrem Bruder Carl oder ihrem Vater Schaden zufügen werde! Ich will über euch wachen und, soweit es in meinen Kräften steht, euer Schutz sein.«

Sophie schlang ihre Arme um seine Hüften und presste ihr Gesicht an seinen Leib. »Ich wusste es!« So verharrte sie reglos einige Augenblicke, während denen András die Empfindungen in sich aufnahm, die von dem Mädchen auf ihn überströmten: Wärme, Vertrauen, Zuneigung – Liebe? Wie lange schien das alles her. Ihr Duft gefiel ihm immer besser, und obwohl er den Blutdurst wie jede Nacht in sich brennen spürte, war das, was er dem Mädchen gegenüber in diesem Augenblick empfand, nicht das bekannte Gefühl von Gier. Er lauschte in sich hinein und gab sich dem neuen Empfinden hin, bis sich Sophie unvermittelt wieder von ihm löste.

»Nun geht es mir wieder gut. Kommen Sie! Ich wollte Ihnen doch die Frau zeigen, die nicht verwest ist. Machen Sie Licht, damit Sie sie richtig sehen können!«

András tat ihr den Gefallen und holte eine Lampe, die er am Abgang zur Gruft bemerkt hatte. Außerdem war seine Sehfähigkeit in dieser nahezu undurchdringlichen Finsternis tatsächlich sehr eingeschränkt. Auch er war in dieser Situation mehr auf seine anderen Sinne angewiesen, was ihn allerdings nicht störte. Dennoch leuchtete er nun mit Neugier in den aufgebrochenen Sarg und betrachtete die Tote, die den Blick zu erwidern schien.

»Und, wie finden Sie sie?« Sophie ließ sich auf die Knie nieder und strich – wohl um sich zu orientieren – mit den Fingern an der Kante des Sargbretts entlang. Dann streckte sie sich und berührte mit den Fingerspitzen die Hand der Leiche.

»Fühlen Sie nur! Kühl und trocken, wie altes Leder. Sie trägt Spitzenhandschuhe ohne Finger und hat ein Wachskreuz in den Händen, das schon ein wenig zerfallen ist. Aber ihr Kleid hat noch seine Rüsche. Und sehen Sie nur die Schuhe mit den hohen Absätzen! So etwas trägt heute niemand mehr.«

András beobachtete Sophie in ihrer Begeisterung für die Mumie, die sie sich mit fast zärtlichen Berührungen ertastete. Scheu vor den Toten schien sie nicht zu kennen.

Nicht nur sie! András hatte festgestellt, dass die Wiener ein sehr spezielles Verhältnis zu den Toten pflegten. Vor allem natürlich die reichen Wiener!

Vor fünfzig Jahren war es noch ausschließlich dem Adel und

den Kirchenmännern vorbehalten gewesen, in eigenen Grüften begraben zu werden, in prächtigen Särgen mit Namenstafeln und Wappenzier. Und selbst wenn die Särge in den Grüften dem Auge entschwunden waren, erinnerten Epitaphen stets an den Verstorbenen, seine Werke und seine Stellung in der Gesellschaft.

Der Bürger oder Bauer dagegen wurde aufgebahrt, beweint und dann nach Sonnenuntergang in sein Grab gebracht, das er mit anderen teilen musste – mehrere Särge übereinander. Der Platz war knapp. Steine oder Kreuze mit Namen waren früher nicht vorgesehen.

Heute strebte jeder, der Geld hatte, danach, unvergessen zu bleiben und auch nach seinem Tod Macht und Einfluss jedem vor Augen zu führen. Bankiers und Kaufleute, Weinhändler und Gastwirte kauften auf den Friedhöfen draußen vor der Stadt Plätze, um Familiengrüfte zu erbauen. Kleine Kapellen, die in ihrer Pracht das Ansehen der Familie widerspiegelten. Und auch die Begräbnisse wurden zum Theaterstück. Man wollte es dem Adel gleichtun und ebenfalls mit einer schönen Leich protzen! Das ließ man sich etwas kosten. War die Feier früher nach der Aufbahrung und der Aussegnung in der Kirche beendet gewesen, so wurde die Fahrt zum Friedhof immer mehr zu einem Triumphzug, von unzähligen Schaulustigen an den Straßen gesäumt. Die Kirche wollte mit so etwas nichts zu tun haben. Doch es gab natürlich ein paar Wiener, die das große Geschäft mit dem Tod witterten und in die Bresche sprangen. Sie boten von der prachtvollen Aufbahrung bis zu einem geradezu fürstlichen Kondukt alles, was des Bürgers Herz begehrte. Man konnte sechsspännig auf dem Friedhof vorfahren, Vorreiter bestellen und unzählige Lampen- oder Fackelträger, alle in wohlfeiner Uniform.

Und noch einen ganz wunderbaren Brauch hatte die Moderne den Wienern und ihren Toten geschenkt. Seit es diese Kästen gab, mit denen man Personen ablichten und in ein Bild bannen konnte, ratterten die Fiaker fröhlich durch die Stadt, in der die Familie mit ihrem Toten Platz genommen hatte, um zum Fotografen zu fahren und das Abbild des verstorbenen Mitglieds der Familie im Studio des Albin Mutterer auf eine Metallplatte bannen zu lassen.

Sophie erhob sich. »Wollen Sie auch noch die anderen Grüfte sehen?«

András verneinte. »Das verschieben wir auf einen anderen Tag. Die Glocke hat längst Mitternacht geläutet, und ich glaube, es ist besser, wenn ich dich jetzt nach Hause bringe.« Sophie zog einen Schmollmund, aber András ließ sich nicht erweichen.

»Wir wollen doch nicht, dass deine Mutter und Carl vor dir zurück sind und dein Fehlen bemerken.«

»Ich fürchte keine Bestrafung«, behauptete das Mädchen. »Ich weine nie, wenn sie mir den Hintern verhauen.«

»Und wenn sie dir verbieten, mich wieder zu besuchen, und dir einen Aufpasser zur Seite stellen, der nicht so nachlässig ist wie euer Zugehmädchen?«

Dieses Argument zeigte Wirkung. Ein Ausdruck von Entsetzen zeichnete sich in ihrer Miene ab, und sie griff nach seiner Hand.

»Dann kommen Sie schnell, András!«

Der Vampir löschte die Lampe und stieg mit dem Mädchen die Treppe zum Kirchenschiff hinauf. Er hatte vorgehabt, sie nur bis zur Wohnung zu begleiten, doch dann ging er mit ihr hinauf in ihre Kammer, half ihr die Schnüre und Knöpfe ihres Kleides zu öffnen und reichte ihr das Nachtgewand. Als Sophie sich in ihr schmales Bett kuschelte, das gegenüber der Schlafstatt stand, in der dem Geruch nach zu urteilen Karoline schlief, streckte sie noch einmal die Hand nach ihm aus.

»Ich wünsche Ihnen eine gesegnete Nacht, András, mein Freund. Und ich freue mich auf Morgen, wenn ich Sie mit Mutter zusammen aufsuchen und ihrem Klavierspiel lauschen werde.«

András strich dem Kind über das Haar. »Ich wünsche dir auch eine gute Nacht und freue mich auf deinen Besuch.«

Sie schlief sofort ein und lächelte noch im Schlaf. András blieb noch eine ganze Weile vor dem Bett stehen, bis er in der Wohnung darunter die Tür hörte, die Karolines und Carls Rückkehr verkündeten.

Gerne wäre er hinuntergegangen und hätte sie nach ihrem Erfolg gefragt, hätte ihrer begeisterten Schilderung gelauscht und sich an ihrer Freude und ihrem Geruch berauscht, doch das würde vermutlich mehr Irritationen hervorrufen, als er zu lösen imstande war. Nein, er würde sich bis morgen Abend gedulden müssen.

Mit Bedauern zog sich der Vampir zurück, um sich in der nächtlichen Stadt auf die Jagd zu begeben.

»Was siehst du mich so an?«, erkundigte sich András, als er eine Stunde vor Sonnenaufgang in sein Palais zurückkehrte. »Ist schon wieder etwas vorgefallen, das mir kein Vergnügen bereiten wird?«, fragte er seinen Diener. Goran schüttelte den Kopf. Seine Hände begannen zu sprechen.

»Ah, du willst wissen, wie mein Besuch bei unserer Kriminalpolizei verlief? Ich habe mich gut geschlagen! Was ist? Du siehst noch immer misstrauisch drein. Wie? Nicht du bist misstrauisch, die Polizei könnte es noch immer sein?« András nickte ein wenig müde. Ein Gefühl, das sonst nur die nahende Sonne in ihm hervorrief.

»Ja, ich fürchte, Kommissär Hofbauer ist noch nicht ganz von unserer Unschuld überzeugt, und sein Untergebener Schobermeier würde mich am liebsten noch heute bei der Spinnerin am Ende eines Seils hängen sehen. Wir müssen wachsam sein, dass es unserem ›Freund‹ nicht gelingt, uns weitere Unannehmlichkeiten zu verursachen. Und ich werde mich bei Gelegenheit noch einmal sehr genau in den Kellern des Reviers umsehen, ob nicht der ein oder andere Gegenstand, den sie zu diesen Fällen aufbewahren, die Polizei auf eine falsche Spur führen könnte.« Seine Miene wurde grimmig. »Damit will ich sagen, dass ich keine Gegenstände aus meinem Besitz dort wissen möchte!«

Goran begleitete seinen Herrn nach oben und nahm ihm den Rock ab.

»Was ist noch? Was willst du wissen? Ob ich ihn kenne? Wen kenne?« András hörte, wie seine Stimme ungewöhnlich barsch wurde, und auch sein Diener bemerkte es wohl. Dennoch ließ er nicht locker.

»Ach, du meinst, so ein Verrückter, der uns Leichen unterschiebt, der müsste mir bekannt sein? Ist ja schmeichelhaft.«

Doch er konnte mit dieser Vorstellung weder ihn noch sich selbst täuschen. Der Diener rührte sich nicht vom Fleck und sah seinen Herrn nur aufmerksam an. András warf Goran Halstuch und Hemd zu. Der Vampir wandte sich der verborgenen Tür zu, um in seinen Sarg zu steigen. Goran folgte ihm. Sein anklagender Blick traf den Grafen noch, als er in seinem Sarg lag. András seufzte.

»Ich kann dir nichts sagen. Noch nicht. Ich bin mir selbst noch nicht sicher und hege erst Vermutungen. Wenn ich etwas weiß, werde ich es dir mitteilen. Ich verspreche es dir.«

Goran quittierte dies mit einem Kopfnicken und schloss den Sargdeckel über seinem Herrn.

Die Woche verging. Karoline und Sophie fanden sich jeden Abend bei Sonnenuntergang im Palais Fries ein und machten sich meist erst gegen Mitternacht auf den Heimweg. András brachte sie jedes Mal bis zum Michaelerhaus, und jedes Mal protestierte Karoline, dass dies durchaus nicht nötig sei. Es war wie ein Spiel, ein Ritual, das einem lieb und teuer wird. Sie lachte dann und warf den Kopf ein wenig aufreizend in den Nacken, wenn er ihr jede Widerrede verbot. Dann legte sie vertrauensvoll ihre Hand in seine Armbeuge, Sophie ergriff seine andere Hand, und so spazierten sie an der Hofburg entlang bis zum Michaelerplatz, mal unter einem prächtigen Sternenhimmel, mal im sanft herabsinkenden Schneefall, dessen kalte Flocken im Gesicht Sophie unablässig zum Kichern reizte. Als sie die Haustüre erreichten und András sich verabschiedete, wurde ihre Miene ernst, ja fast traurig.

»Was ist denn?«, wollte ihre Mutter wissen.

»Ich würde ihn nur ein einziges Mal gerne sehen!«

»Was?«

»Den Schnee! Ich kann ihn nicht riechen und nicht hören. Ich weiß nur, dass er kalt ist und in den Händen zu Wasser schmilzt. Aber recht fassen kann ich die Schneeflocken nicht.« Sie griff nach den Händen des Grafen.

»Die Schneeflocken sind ein wenig wie Sie, Freund András.«

»Warum? Du hast mich doch gerade sehr gut im Griff«, scherzte er.

»Sie wollen mich nicht verstehen!«

»Doch, mein Kind, ich verstehe dich sehr gut«, murmelte er und strich ihr zum Abschied über die Wangen, ehe er sich über Karolines Hand beugte und dann, ohne sich noch einmal umzudrehen, davonging.

Der Vampir lief durch den Schnee. Zum Glück war es so dunkel, dass nicht einmal ein zufälliger Passant hätte bemerken können, wie leicht die Spur nur war, die er zurückließ. András war zu sehr in Gedanken, als dass er bemerkte, wie er seine sonstige Vorsicht außer Acht ließ, sich so wenig wie möglich von den Menschen zu unterscheiden. Er war noch bei Karoline und Sophie.

Morgen würden sie nicht kommen. Karoline war zusammen mit ihrem Bruder eingeladen, bei einer Soiree zu spielen. Sie würde zwar wieder nicht als Komponistin auftreten – das könne sie ihrem

Bruder nicht antun, behauptete sie. Wie würde das denn aussehen, wenn er plötzlich kein neues Stück zu bieten hätte, dafür aber seine Schwester mit einem ganzen Stapel ankäme! András fand, dass sie zu viel Rücksicht nehme. Sie sollte endlich den ganzen Ruhm ernten, der ihr zustand! Doch Karoline wollte davon nichts wissen. Nun, zumindest als Pianistin würde sie wieder Beifall bekommen.

Bei dem Gedanken, dass sie dort für andere spielen würde statt für ihn allein, stieg ein Gefühl in ihm auf, das er gar nicht empfinden wollte. Was sollte dieser Unsinn? Das war ein Zeichen von Menschlichkeit und von Schwäche!

Doch ihr Auftritt allein verursachte nicht das ungute Gefühl. Es war eine andere Nachricht, die Karoline ihm auf dem Heimweg zögernd mitgeteilt hatte: Ihr Vater würde in ein paar Tagen aus dem Spital entlassen werden und von da an wieder daheim in seiner Wohnung sein.

Schon wie sie ihm die Worte schonend beizubringen suchte, ließ die Vermutung aufkommen, dass sie nicht die Kraft haben würde, sich gegen die väterlichen Anweisungen zur Wehr zu setzen. Dennoch fragte er sie direkt:

»Fräulein Wallberg, werden Sie wiederkommen und den Unterricht fortsetzen?«

Karoline senkte den Blick. »Ich will es, glauben Sie mir. Sie sind so begabt und machen Fortschritte, wie ich es nicht für möglich gehalten hätte. Ich komme gerne zu Ihnen und kann es kaum erwarten, dass der Tag zur Neige geht und der Abend kommt, wenn wir endlich aufbrechen können.«

»Aber?«

»Aber ich lebe in der Obhut meines Vaters und muss mich seinen Wünschen fügen.«

»Sie sind eine erwachsene Frau! Sie haben das Recht, über Ihr eigenes Leben zu entscheiden.«

»Ich bin eine ledige Frau mit einem Kind. Ich habe in dieser Gesellschaft gar kein Recht. Ich kann froh sein, wenn man mir die Gnade erweist, mich zu dulden!«

Zorn loderte in ihm auf, den er nur mühsam beherrschen konnte. Er wandte sich ihr zu und griff nach ihren Handgelenken. »Reden Sie sich das nicht ein! Ich dachte, Sie wären bereits einen Schritt in Richtung Freiheit gegangen und hätten die frische Luft genossen, die Ihnen plötzlich um die Nase weht. Warum gehen Sie dann freiwillig in ihren Kerker zurück? Seien Sie stark und ergreifen Sie Ihre Chance! Jetzt! Wann sonst werden Sie den Mut finden?«

Doch Karoline hatte ihn nur empört angeblitzt und ihre Arme aus seinem Griff befreit.

Wenn sie dieses Aufbegehren, das gegen seine Einmischung in ihr aufgelodert war, nur gegen die Bevormundung durch ihren Vater und ihren Bruder einsetzen würde!

Viel Hoffnung machte sich András nicht. Es blieb ihm nur abzuwarten und ihre Entscheidung zu akzeptieren. Und das machte ihn rasend!

Er lief durch die Nacht und griff sich wahllos verspätete Spaziergänger oder gar einen Wachmann der Militärpolizei, der allein auf Streife unterwegs war, doch er bemerkte fast nicht, was er schmeckte. Seine Gedanken waren zu sehr in Bewegung.

Endlich, als der Blutdurst nachließ, der den Zorn angeheizt hatte, fühlte er seine Ruhe zurückkehren, und er machte sich auf den Heimweg. Seine Gedanken wanderten zum Palais Kinsky, und eine kribbelnde Erwartung erfüllte ihn.

Morgen war es so weit. Das große Schlittenkarussell. Er hatte die Kostüme schneidern lassen, wie die Fürstin sie sich gewünscht hatte, und das ihre von einem Boten an das Palais liefern lassen, war aber ansonsten ihrem Befehl gefolgt, sie nicht aufzusuchen, bis sie sich – wie sie es nannte – wieder ohne Scham seinem Blick aussetzen konnte.

Nun gut, er hatte ihrem Wunsch zumindest so weit entsprochen, dass er sich ihr nicht zeigte, während sie wach war und ihn bemerken konnte. In den frühen Morgenstunden jedoch, wenn sein Weg ihn in die Freyung führte, konnte er dem Drängen nicht widerstehen, in das Palais einzudringen und nach ihr zu sehen. Zweimal musste er dem Fürst ausweichen, der gerade erst in ziemlich trunkenem Zustand heimkehrte. Therese dagegen fand er stets in tiefem Schlaf vor. Und so konnte er sie in Muße betrachten, während sie ab und zu in ihren Träumen lächelte und dann wieder voller Sehnsucht seufzte. Er ahnte, was in ihr vorging, und es begann ihn zunehmend zu reizen, einige Fetzen ihres schlafenden Bewusstseins zu erhaschen.

Konnte er auch ihre Träume beeinflussen? Ein spannendes Experiment!

Nun, als András auf dem Heimweg zu seinem Sarg war, eilten seine Gedanken zum morgigen Abend voraus. Endlich würde er wieder mit ihr sprechen können, sich an ihrem Humor und an ihrem scharfen Verstand weiden und sich über die kleinen bissigen Bemerkungen amüsieren dürfen, die sie so treffend anzubringen verstand. Ihre lebhafte Miene beobachten und in ihre klugen Augen sehen. Ja, diese Nacht versprach ein Fest zu werden. Auch für ihn.

Selbst als die Sonne aufging und er in seine todesähnliche Starre fiel, lächelte er noch immer.

18. Kapitel

Schlittenkarussell

Schon als András den Deckel seines Sarges hob, spürte er, dass es den ganzen Tag über geschneit hatte. Der Geruch der frischen Flocken hing noch in der Luft. Also hatte der Hof keine Karren ausschicken müssen, um Schnee von den umliegenden Bergen für sein Spektakel herholen zu lassen.

Goran gab sich an diesem Abend besondere Mühe, seinen Herrn in das prächtige Kostüm aus wertvollen Stoffen zu hüllen: rot wie frisches Blut und schwarz wie der Tod, wie die Fürstin es sich gewünscht und wie sie es wohl instinktiv als passend für den Vampir empfunden hatte, ohne sich über die Bedeutung im Klaren zu sein.

András wartete, bis Goran die Pferde eingespannt hatte, ehe er hinunter in den Hof trat. Goran würde ihn und die Fürstin zum Start der Schlittenpartie bringen und dann weiter nach Schönbrunn fahren, um sich dort für den Rückweg bereitzuhalten. So hatte er ihn angewiesen, und dennoch fühlte er sich immer wieder versucht, den Befehl zurückzunehmen. Es gab ihm kein gutes Gefühl, das Palais unbewacht zurückzulassen. Doch lag es überhaupt in Gorans Macht, sein Heim zu schützen? Gegen diesen frechen, menschlichen Einbrecher vermutlich schon, aber gegen das Geschöpf, das hinter diesem stand und ihn aus dem Gefangenenhaus geholt hatte?

Was war ihm wichtiger zu schützen, die Unversehrtheit seines Rückzugsortes oder Gorans Leben? Natürlich würde Goran darauf bestehen, im Palais zu bleiben und es für seinen Herrn zu verteidigen, hätte er von András' Überlegungen gewusst. Er war ein Zigeuner aus den Karpaten. Seine Treue und sein Mut waren unerschütterlich. Doch vielleicht gerade deshalb war es besser, den Diener während der nächsten Nächte bei sich zu behalten, bis András das Problem aus der Welt geschafft hatte. Denn das würde der Vampir tun müssen. Das war ihm klar, seit ihm die Witterung im Gefangenenhaus in die Nase gestiegen war.

Goran unterbrach seine Gedanken und hielt ihm einen Zettel entgegen.

András nahm ihn mit spitzen Fingern. »Er ist gerade abgegeben worden? Während du die Pferde angespannt hast? Kanntest du den Boten?«

Goran schüttelte den Kopf. Er zeigte mit der Handfläche die Größe des Jungen an und zog eine Grimasse.

»Irgendein Straßenjunge, der sich einen Kreuzer verdient hat?«

Etwas zögerlich hob András das hastig versiegelte Blatt an die Nase. Er konnte den Jungen riechen – schlecht ernährt und schon lange nicht mehr gewaschen –, doch das war, wie erwartet, nicht die einzige Duftnote des Briefes. Überraschend war nur, dass ihm der Geruch so vertraut war und er ganz sicher nicht zu seinem verschwundenen Einbrecher gehörte! Hastig riss András das Schreiben auf.

Er hatte ihre Schrift ja bereits auf den Notenblättern bewundert. Ja, es waren ihr Duft und ihre Schrift, auch wenn sie in dieser Nachricht Hast ausdrückte, Verunsicherung und Schmerz.

Verehrter Graf Báthory,
ich denke, Sie haben ein Recht, es zu erfahren, obgleich Sie natürlich nicht verwandtschaftlich an unsere Familie gebunden sind. Doch ich hoffe, Sie nicht nur als meinen Schüler am Pianoforte, sondern auch als einen Freund betrachten zu dürfen, dem ich mein Entsetzen und meine Trauer berichten kann.

Vater ist tot! Ja, es ist unbegreiflich, aber unbestritten. Ich habe seinen leblosen Körper gesehen. Sagten die Ärzte nicht, er sei genesen, und dachte ich nicht, er würde aus dem Spital entlassen? Und nun das, ein überraschender Blutsturz in den frühen Morgenstunden, als keine der Schwestern oder Ärzte in der Nähe waren, ihm zu helfen. So starb er allein in seinem Blut und lässt uns fassungslos zurück.

Ich werde die folgenden Abende keine Zeit für Sie haben. Es gibt so viel zu tun. So vieles zu bedenken. Die Aufbahrung, eine Seelenmesse, die Beerdigung. Verzeihen Sie, dass ich mich bis dahin von Ihnen verabschiede. Ich lasse Ihnen eine Nachricht zukommen, wenn wir den Unterricht fortsetzen können. Bis dahin verbleibe ich mit den besten Wünschen

Ihre Karoline Maria Wallberg

András ließ den Brief sinken. Goran sah ihn alarmiert an. »Nichts Schlimmes, ich meine nicht für uns. Es hat nichts mit unserem Einbrecher und der Spur des Blutes zu tun.«

Goran entspannte sich und öffnete seinem Herren den Wagenschlag, ehe er sich auf den Kutschbock schwang und die vier Rappen anziehen ließ. In halsbrecherischem Tempo rollte die Kutsche der Freyung entgegen, doch András achtete nicht darauf. Seine Gedanken weilten bei Karoline und bei den Veränderungen, die der Tod des Vaters mit sich brachte. Sein erstes Gefühl war Erleichterung. Der alte Mann stand ihm nicht mehr im Weg. Mit Carl Eduard würde Karoline leichter fertig werden. Hatte sie nicht in den vergangenen Tagen seinen Vorschriften getrotzt?

Vermutlich wusste der Bruder noch immer nicht, dass sie nahezu jeden Abend mit Sophie das Haus verließ, um den Grafen in seinem Palais zu unterrichten. Nein, diese Unschicklichkeit würde der Bruder genauso wenig dulden wie ihr Vater. Und ob Karoline sich offen gegen ihn zu stellen wagte, war keineswegs sicher. Er würde ein wenig unterstützend eingreifen müssen, auch wenn er die Macht seines Blickes ungern bei ihr anwenden wollte. Nicht bereit war er allerdings, auf ihren Unterricht und ihre Gesellschaft zu verzichten. Auf ihre nicht und auch nicht auf die von Sophie! Bei dem Gedanken an das Mädchen lächelte er. Sie war etwas ganz Besonderes, und er wollte ihren Lebensweg begleiten. Was würde sie alles von ihm lernen können, wenn er sie ein wenig unter seine Fittiche nahm. Sie war eine wunderbare Mischung aus einem Menschen und einem Wesen der Nacht!

András dachte an Carl Eduard, und seine Miene wurde wieder ernst. Nein, von diesem Bürschchen würde er sich weder das Vergnügen von Karolines Unterricht noch die Freude an Sophies Gesellschaft rauben lassen! Und wenn er gezwungen sein würde, schärfere Maßnahmen zu ergreifen.

Das erinnerte ihn wieder an den Vater und den unerwarteten Blutsturz, der ihn sein Leben gekostet hatte. Was schrieb sie? Man habe ihn in seinem Blut gefunden? Der Tod wäre in den frühen Morgenstunden eingetreten? Und das nicht etwa kurz nach seinem Unfall, nein, nachdem die Ärzte ihn bereits als geheilt aus dem Spital entlassen wollten!

Etwas schmeckte ihm daran nicht, auch wenn der alte Mann ihm gleichgültig war und er von seinem Tod vermutlich profitieren würde. Der Verdacht stieg in ihm auf, dass dieser Todesfall ganz und gar nicht zu den natürlichen zu rechnen war. So weit, so gut. Aber warum? Warum gerade dieser alte Mann im Spital? Keine der möglichen Antworten gefiel ihm, denn den Zufall konnte er in diesem Fall nicht gelten lassen.

Die Kutsche hielt mit einem Ruck vor dem Palais des Fürsten Kinsky und unterbrach die finsteren Grübeleien des Grafen.

»Sie sehen umwerfend aus, meine Teuerste!« Das war nicht geschmeichelt. Nicht nur, dass das Kostüm ihr prächtig zu Gesicht stand und ihrer schönen Figur schmeichelte, es ging in dieser Nacht ein inneres Strahlen von Therese aus, das sie jung und geheimnisvoll zugleich aussehen ließ und äußerst begehrenswert! András beugte sich über ihre Hand.

Die Fürstin strahlte ihn offen an. »Sie sind aber auch nicht zu verachten, lieber Freund. Diese Haut wie Porzellan, weiß und glatt, aber genauso kalt und hart. Ich sage Ihnen, jedes weibliche Wesen wird sich nach Ihnen verzehren! Wie machen Sie das nur, so überirdisch und entrückt zu wirken?«

»Ich *bin* überirdisch und von dieser Welt entrückt«, entgegnete er mit einem Augenzwinkern und handelte sich einen Klaps mit ihrem Fächer ein.

»Wenn schon, dann unterirdisch und diabolisch!«, korrigierte Therese, und András stimmte ihr zu, während er ihr in die Kutsche half.

Ihr Weg war nur kurz, dennoch wäre es undenkbar gewesen, zu Fuß zu gehen. Nicht nur, weil ihr Schuhwerk nach nur wenigen Schritten durch den Schnee durchnässt und für immer ruiniert worden wäre. Das war einfach ganz und gar unmöglich!

Goran passierte das Tor und bog in den Platz hinter der Hofburg ein, wo die Schlitten auf sie warteten und sich die Kutschen der anderen hohen Gesellschaftsmitglieder drängten. In zwei der größeren Schlitten nahmen die Musikanten Platz, einige waren nur für die Fackelträger in ihren farbenprächtigen Uniformen bestimmt. In ein paar breiteren Schlitten, die üppig mit Pelzen ausgelegt waren und von zwei oder vier Pferden gezogen wurden, würden die älteren Herrschaften dem Spektakel beiwohnen, die sich nicht am Türkenstechen beteiligen wollten, und sich anschließend bequem und warm nach Schönbrunn hinausbringen lassen.

András entdeckte die Kutsche der Kinskys. Auch Therese hatte sie gesehen und reckte den Kopf, wen das Los ihrem Gatten zugespielt hatte.

»Das ist das Wappen der Windisch-Graetz dort am Schlitten«, sagte sie mit einem schadenfrohen Kichern. »Er wird doch nicht …«

»Nein, er wird nicht das Vergnügen haben, die alte Fürstin persönlich kutschieren zu dürfen«, ergänzte András, der genau wusste, was Therese sagen wollte. »Sie hat ihren Platz einem jüngeren Mitglied der Familie überlassen.«

Therese betrachtete die Comtesse, eine Cousine der Fürstin, die sich nun von Fürst Kinsky in den Schlitten helfen ließ, mit abschätzendem Blick.

»Sie ist weder schön, noch kann ich ihr kränklich grünes Kostüm als klug gewählt bezeichnen«, sagte sie kühl, und selbst ein objektiver Beobachter musste dieser Beobachtung zustimmen. »Dafür scheint sie aber die Redefreude der Familie geerbt zu haben«, fügte sie mit einem spöttischen Lächeln hinzu. »Ich denke, meinem Gemahl wird es an diesem Abend unter ihrem Redeschwall nicht langweilig werden. Sehen Sie? Sie hält den Mund nicht länger als einen Augenblick geschlossen!«

András schmunzelte. »Ich wusste nicht, dass sie so boshaft sein können, liebe Freundin.«

Therese feixte. »Erstens wussten Sie das sehr wohl, denn das ist eine meiner Eigenschaften, die Ihnen Vergnügen bereiten – ja, das habe ich wohl bemerkt! Und außerdem kann ich gar nicht mehr als die Wahrheit sagen. Die Wirklichkeit ist grausamer, als ich es je sein könnte! Oder haben Sie schon einmal jemand gesehen, der trotz Fackellicht einen derart kränklichen Teint aufweist? Himmel, wer hat dieses Grün ausgesucht?«

»Vielleicht Ihr Gatte? Mir scheint, dass ihm ein wenig Grün im Gesicht nicht schadet. Ganz im Gegenteil, seine Nase scheint mir heute deutlich blasser.«

Therese lachte und klatschte in die Hände.

»András, wer von uns beiden ist hier boshaft?«

»Wie Sie schon sagten, es ist nichts als die reine Wahrheit!«

András half Therese beim Einsteigen in den schmalen Schlitten, legte ihr eine Felldecke über die Beine und befestigte sie sorgfältig an allen Seiten, dass der kalte Wind nirgends eindringen konnte. Er wollte ihr noch eine weitere Decke um die Schultern legen, doch Therese lehnte ab.

»Wie soll ich mich da bewegen können, um genügend Türken zu stechen! Nein, lassen Sie sie hier. Ich kann sie mir immer noch nehmen, wenn wir das Rennen gewonnen haben.«

András reichte Therese die zehn Lanzen, mit denen sie nach den Köpfen würde stechen müssen, die sie auf ihrer Fahrt passierten. Wie viele Lanzen ihrer Farbe am Ende im Ziel steckten und wie schnell der Schlitten den Parcours gemeistert hatte, war für den Sieg entscheidend. Therese wog eine der Lanzen in der Hand, die natürlich viel leichter war als die Spieße, die die kaiserlichen Fußtruppen mit sich führten.

»Sind Sie bereit?«, fragte András, der auf seiner Pritsche auf alle Felle und Decken verzichtete.

»Ja, bereit für unseren Sieg!«, rief die Fürstin und reckte den Speer in die Luft.

Es waren alle da, die Rang und Namen hatten. Neben den Kinsky und den Windisch-Graetz die anderen hoffähigen Familien Harrach und Sinzendorf, Dietrichstein und Trauttmannsdorf, Esterházy und Daun, Schwarzenberg und Liechtenstein, Visconti und Lamberg. Und auch einige der Erzherzöge und ihre Schwestern beteiligten sich an dem Spektakel. Der Kaiser selbst und seine Gemahlin begnügten sich damit, den Teilnehmern des Karussells eine vergnügliche Fahrt und gutes Gelingen zu wünschen, ehe sie sich in ihrer Kutsche nach Schönbrunn aufmachten. Erzherzogin Sophie und ihr Gatte Franz Karl dagegen hatten in einem bequemen Schlitten Platz genommen, der von vier weißen Kladrubern gezogen wurde. Sie kamen natürlich nur als Beobachter mit und hatten nicht vor, selbst Türkenköpfe zu stechen!

Ihr Sohn Franz Joseph thronte in Uniform und einem pelzgefütterten Mantel mit stolzgeschwellter Brust neben dem Kutscher. Im Schlitten saß auch sein Erzieher, Graf Johann Alexander Coronini-Cronberg, ein Offizier der harten Schule, der seinem jetzt zehnjährigen Schützling seit einigen Jahren Pflichtbewusstsein, Disziplin, Selbstbeherrschung und Pünktlichkeit einimpfte. Alles, was ein zukünftiger Kaiser bis zum Tag seiner Krönung verinnerlicht haben musste – zumindest war das die Meinung seiner Mutter Erzherzogin Sophie, die sich nichts mehr ersehnte, als den Sohn bald auf dem Thron zu sehen.

In dieser Nacht aber war der junge Erzherzog Franz Joseph weder Soldat noch zukünftiger Kaiser, sondern nur ein Knabe, dessen Augen vor Aufregung und Begeisterung leuchteten und der das Spektakel jenseits seines täglichen Drills aus vollen Zügen genoss.

Unter den Klängen der Musikanten setzte sich der Zug der Schlitten in Bewegung. Zuerst würde man langsam durch die Stadt fahren und sich dem Volk zeigen, das sich bereits erwartungsvoll auf den Straßen und Plätzen drängte. Tausende Lampen und Fackeln erhellten inzwischen die ganze Stadt innerhalb des alten Festungsrings, und die Stimmung war ausgelassen wie bei den Kirchweihfesten in der Brigittenau. Das Schlittenkarussell war für jeden Wiener die Gelegenheit, den großen Namen einmal nahe zu kommen, ihre Eleganz und ihren Reichtum zu bewundern oder sich über ihre Extravaganz und ihre Verschwendungssucht das Maul zu zerreißen, wollte man nicht bis zur großen Osterausfahrt im Prater warten. Solch ein Ereignis war bei den Wienern fast so beliebt wie die großen Sommerfeuerwerke im Prater, wenn sprühende Sterne den Nachthimmel in farbiges Feuer tauchten.

András lenkte seinen schwarzen Hengst, den er vor den Schlitten hatte spannen lassen, mit gewohnter Nonchalance. Schadenfroh machte ihn Therese auf einige Gespanne aufmerksam, die jetzt schon zu kämpfen hatten, Pferd und Schlitten unter Kontrolle zu halten. Eine junge Dame stieß einen Schreckensruf aus, als ihr Kutscher den Schlitten beinahe an einem Prellstein umkippte. Die kleine Comtesse konnte sich gerade noch festklammern, als ihr Gefährt einen Satz machte. Der junge Visconti entschuldigte sich wortreich. Seine Wangen glühten nicht nur vor Kälte. Auch der alte Trauttmannsdorf schien nicht viel Erfahrung mit Pferd und Zügel zu haben. Er wedelte wild mit seiner langen Peitsche umher und traf zweimal das Pferd des Schwarzenbergschlittens, der neben dem seinen dahinglitt. Die hübsche Schimmelstute wieherte empört, und Fürst Schwarzenberg sandte böse Blicke zurück.

Therese kicherte vergnügt. »Na vor dieser Konkurrenz müssen wir uns nicht fürchten. Sie werden es schon schaffen, sich gegenseitig in den Schnee zu werfen.«

András ließ den Blick schweifen. »Und wen *sollten* wir als Konkurrenten fürchten?« Er zwinkerte, hielt aber das Lachen aus seinem Ton heraus, denn Therese schien sich ernsthafte Gedanken darüber zu machen.

»Hm, ich weiß, dass die älteste Tochter des Fürsten Daun treffsicher ist und eine ruhige Hand hat. Und der Erzherzog auf der Pritsche macht mir einen kompetenten Eindruck. Auch Fürst Liechtenstein weiß seinen Schlitten zu beherrschen.«

»Und da holt uns Ihr Ausreitfreund ein. Schneidig, muss ich sagen. Er hat seinen Rotschimmel gut in der Hand.«

Therese wandte sich um und winkte dem Leutnant zu. Ihn hatte das Los mit seiner Cousine aus dem Grafengeschlecht Grünne zusammengeführt, aus dem seine Mutter stammte, und Therese kam nicht umhin zuzugeben, dass die beiden ein prächtiges Paar abgaben. Wer auch ihre Kostüme ersonnen hatte, war gut beraten gewesen, denn sie standen sowohl dem schneidigen Husarenleutnant als auch der blonden Schönheit wunderbar zu Gesicht. Wie zwei bunte Vögel, die es aus dem Paradies in diese nächtliche Schneelandschaft verschlagen hatte. Der Leutnant schwang die Peitsche, ohne das Pferd mit der Spitze zu berühren, und ließ ihren Schlitten, der so farbenprächtig dekoriert war wie ihre Kostüme, an die Seite des schwarz-roten Gefährts gleiten.

»Nun Fürstin, wollen Sie es wirklich wagen, sich mit uns anzulegen?«, rief er neckend herüber.

»Natürlich, Sie Jungspund! Sie werden nur noch den Schnee schlucken, den unsere Kufen zurücklassen«, konterte Therese. »Geben Sie lieber gleich auf. Das ist nichts für Kinder.«

Die junge Comtesse, die die zwanzig eben erst überschritten hatte, lachte übermütig. »Fürstin Kinsky, dann wollen wir sehen, ob Sie mehr drauf haben als psychologische Kriegsführung.« Sie reckte einen der Spieße. »Denn das allein wird nicht genügen, den Preis davonzutragen.«

Leutnant Schönfeld nickte András mit ernster Miene zu. »Graf Báthory, Ihr Können beim Kutschieren ist in Wien bereits in aller Munde. Es ist mir eine Ehre, mich mit Ihnen zu messen.« Ein verschmitztes Lächeln teilte seine Lippen. »Und ich überlasse Ihnen gerne den zweiten Platz hinter uns.«

András grüßte zurück. »Wir werden sehen, Graf Schönfeld. Wir erwarten Sie und die Comtesse dann im Ziel!«

Trotz dieser Worte ließ er den Schlitten des Grafen vorbeiziehen, ohne auch nur den Versuch zu unternehmen, an seiner Seite zu bleiben. Therese protestierte.

»Wir können uns doch nicht so abhängen lassen. András, tun Sie etwas! Ist das alles, was Sie aus Ihrem Rappen herausholen können?«

Der Vampir zeigte seine weißen Zähne. »Sie zweifeln an mir? Therese, das müssen Sie nicht. Lassen Sie sie vorausfahren und die Illusion genießen, schneller zu sein, denn das wird das Einzige sein, das sie heute gewinnen werden. Noch ist Schnelligkeit nicht gefragt. Freuen Sie sich an der Musik und am Fackelschein und an den unglaublich vielen Wienern, die sich eingefunden haben, um dem Spektakel beizuwohnen. Spüren Sie nicht die Blicke der Bewunderung? Jetzt ist es Zeit, sich an ihnen zu wärmen. Ich sage Ihnen rechtzeitig Bescheid, wann es darum geht, Türkenköpfe zu stechen!«

Der Spott in seiner Stimme war nicht zu überhören, dennoch nickte Therese ein wenig versonnen.

»Ja, es sind so unglaublich viele Bürger, die die Straßen säumen, wie man es sonst nur von kaiserlichen Trauerzügen kennt, wenn selbst die Fenster der Häuser entlang des Weges an Schaulustige für gutes Geld vermietet werden, um ihnen einen ungestörten Blick auf den Kondukt zu gewähren.« Therese zog eine Grimasse. »Ich glaube, es wird zu Recht behauptet, die Wiener hätten einen ungewöhnlichen Bezug zum Tod.«

András nickte und ließ den Blick über die Menge schweifen, die die Vorstellung zu genießen schien. Wärmende und berauschende Getränke kreisten in Flaschen und großen irdenen Krügen, in manchen der Hofeinfahrten fanden sich Paare, die zu den Klängen der vorbeifahrenden Schlitten zu tanzen begannen. Die Stimmung war ausgelassen, wie es sich für den Wiener Fasching gehörte. Sicher würden viele der Zuschauer sich nachher, wenn der Schlittenkonvoi vorüber war, in den Tanzlokalen einfinden und feiern, bis ihre müden Beine sie nicht mehr trugen oder die Wachleute die Feier beendeten.

András setzte zur letzten Wendung an, ehe sie die Stadt hinter sich lassen würden. Sie drehten eine Runde über den Platz, in dessen Mitte eine riesige Fackel wie ein Scheiterhaufen brannte. Der Schlitten der Musiker hielt an, und unter dem Beifall der Menge spielten sie erst einen Walzer und dann einen rasanten

Galopp, während die Schlitten mit ihren märchenhaften Paaren wie im Tanz die Fackel umkreisten. Dann erst verließen sie den Platz und glitten auf das Tor zu, das sie hinaus in die Weite des Glacis und zu ihrer Rennstrecke führte. Auch hier hatten die Bediensteten des Hofes ganze Arbeit geleistet, und die Strecke glich einem Feuermeer.

András hielt den Schlitten exakt an der Startlinie an. Leutnant Schönfeld stellte sich so dicht neben ihn, dass sich die vergoldeten Schnitzereien der Schlitten beinahe berührten. Bis sich die anderen Teilnehmer einfanden, hatten die Fürstin und der Husarenleutnant ausgiebig Gelegenheit, sich zu necken und die eigenen Stärken zu beschwören. Dann kehrte Ruhe ein. Die Spannung schien über dem Feld zu vibrieren. Die Gäste, die nur als Zuschauer mitgekommen waren und natürlich, um sich in der Stadt vor dem Volk zu präsentieren, blieben mit ihren Schlitten ein wenig zurück. Die Teilnehmer standen in zwei Reihen am Start, die Zügel erwartungsvoll in den Händen der Herren, die erste Lanze in der Hand ihrer Begleiterin.

Der junge Erzherzog Franz Joseph durfte den Startschuss geben. Der Knabe glühte vor Eifer. Er stellte sich auf den Kutschbock und ließ sich von seinem Erzieher die geladene Pistole reichen.

»Das große Schlittenkarussell ist eröffnet«, rief er mit seiner hellen Stimme. »Ich wünsche den Damen und Herren Glück und eine ruhige Hand.« Er reckte den Arm in die Höhe und drückte ab. Der Knall schallte über das Glacis, die Zuschauer in den Schlitten und auf den Basteien jubelten. Peitschen knallten, Rufe, die Pferde anzufeuern, ertönten. Nur von Thereses Begleiter war nichts zu hören. Der Fürstin fiel plötzlich auf, dass er nicht einmal eine Peitsche mit sich führte. Na hoffentlich überschätzte er seine Fähigkeiten nicht!

»Konzentrieren Sie sich auf die Türken und lassen Sie Pferd und Schlitten ganz meine Sorge sein«, sagte er, als habe er wieder einmal ihre Gedanken gelesen. Dabei hatte er sie nicht einmal angesehen!

Therese wog die Lanze in ihrer Hand und fixierte den ersten überdimensionalen Kopf eines Türken mit seinem leuchtend roten Turban. Sie fuhren nicht an erster Stelle. Sechs Schlitten konnte sie vor sich sehen, darunter den des Fürsten Liechtenstein und natürlich den ihres Husarenleutnants, die sich ein Kufe-an-Kufe-Rennen lieferten.

»Können wir nicht schneller?«, rief Therese.

»Geduld, meine Liebe, Geduld. Nun bringe ich Sie erst einmal in eine gute Position, dass Sie Ihr Ziel nicht verfehlen.«

Dass er mit dieser Taktik nicht schlecht fuhr, ging der Fürstin auf, als sie den Kampf vor sich betrachtete, der dazu führte, dass in dem Gedränge zwei der Lanzen fehlgingen und im Schnee landeten, während András sie so gut heranfuhr, dass sie sich nicht einmal bemühen musste, die Lanze in den roten Turban zu stoßen, in dem bereits die Spieße der Comtesse von Grünne, die von Fürst Liechtensteins Begleiterin und zwei weitere steckten. War das dort nicht der Speer der Windisch-Graetz, die mit ihrem Gatten unterwegs war? Das scheußliche Grün war unverkennbar! Er war noch vorne mit dabei? Das hätte sie ihm gar nicht zugetraut.

Therese hielt nach ihrem nächsten Ziel Ausschau. Noch immer hielt sich András hinter den sechs Schlitten. Therese fiel es schwer, ihre Ungeduld zu zügeln und ihren Begleiter nicht ständig anzutreiben. Stattdessen wandte sie sich um. Der große Pulk war bereits zurückgefallen, und zwei der Schlitten gar umgekippt, als sie sich dem Kopf näherten und dabei wohl mit den Kufen verhakten. Therese sah, wie ein Herr in einem schillernd gelben Kostüm seiner Dame aus einer Schneewehe half.

»Machen Sie sich bereit, dort ist Ihr nächstes Ziel!«

Die folgenden beiden Köpfe standen so nah beieinander, dass es schon einiges Können erforderte, die Schlitten in zwei engen ineinander übergehenden Bogen nah an sie heranzuführen, dass die Dame einen sicheren Stich wagen konnte.

Ein wenig schadenfroh sah Therese, wie die meisten den ersten wohl trafen, beim zweiten jedoch ins Schlingern gerieten und so das Ziel verfehlten. Fürst Liechtenstein versuchte es mit einem zweiten Anlauf, so dass beide Lanzen zwar trafen, er durch den zusätzlichen Bogen jedoch hinter ihren Schlitten geriet.

»Wir machen uns gut«, frohlockte Therese. »Wenn Sie nur ein wenig schneller fahren könnten …«

»Geduld, Teuerste, Geduld. Hatten Sie je Grund, an mir zu zweifeln?«

Das nicht, aber es war so nervenaufreibend, den Leutnant und vor allem ihren Gatten noch immer vor sich zu sehen!

Sie fuhren um den nächsten Kopf eine enge Wendung und nahmen dann den Weg zurück auf den wartenden Schlittenkonvoi der Beobachter zu. Noch immer war keine von Thereses Lanzen fehlgegangen, und auch die nächste Kombination schafften sie. Fürst Liechtenstein holte wieder auf, dafür fiel ein anderer Schlitten, der ganz mit Gold und Straußenfedern verziert war, zurück.

»Die letzte Lanze!«, rief die Fürstin mit vor Erregung zitternder Stimme. »Dann geht es nur noch geradeaus und in einem weiten Bogen durch das Ziel!«

»Ich weiß«, gab András ruhig zurück. »Ihre Aufgabe ist gleich beendet. Lehnen Sie sich dann zurück und halten Sie sich fest!«

Therese sah, dass sowohl die Lanze des Liechtensteinschlittens als auch die des Husarenleutnants trafen. Und zu ihrem Ärger auch die ihres Gatten, der noch immer mit vorn dabei war.

»Konzentrieren Sie sich auf den Türken!«

Therese stach zu, als András in einem eleganten Bogen um die Figur manövrierte. Sie sah, wie die anderen ihre Peitschen schwangen und die Pferde zum Endspurt antrieben. Der Schlitten ihres Gatten schlingerte und kam dem von Liechtenstein gefährlich nahe.

»Und nun halten Sie sich fest«, sagte András sanft. Therese wollte etwas erwidern, doch ihr blieb jedes Wort im Hals stecken. Nicht dass der Graf auf der Pritsche sich irgendwie bewegt hätte oder auch nur ein lautes Wort seinen Lippen entschlüpfte, doch der Rappe zog unvermittelt an. Es war, als wäre er plötzlich erwacht und laufe nun um sein Leben. Die lange Mähne und der Schweif wehten im Fahrtwind, und die Kufen des Schlittens sausten über den Schnee. Die Fürstin stieß einen Ruf des Entzückens aus. Schon kamen die Schlitten vor ihnen zum Greifen nah. Wie sollten sie da hindurchkommen, ohne einen von ihnen zu rammen?

Therese hielt die Luft an. Angst empfand sie nicht. Ihr Vertrauen in ihren Freund war unerschütterlich. Wenn einer das schaffen konnte, dann Graf András Báthory!

Und richtig, als sie glaubte, der Rappe würde mit dem nächsten Galoppsprung den Schlitten vor ihnen zertrümmern, schwenkte das Pferd nach rechts und huschte so schnell an dem Gefährt vorbei, dass Therese blinzeln musste. Vor ihr waren nun ihr Gatte und Fürst Liechtenstein, die sich ein Kopf-an-Kopf-Rennen lieferten. Wieder scherte der Rappe aus, dieses Mal nach links. Die beiden Männer auf den anderen Schlitten starrten sie mit vor Überraschung offenen Mündern an, als sie mühelos an ihnen vorbeizogen.

Da passierte es. Fürst Kinsky hatte sich zu lange ablenken lassen. Als er die Zügel mit einem Ruck anzog, machte sein Hengst einen Sprung zur Seite und traf das Pferd des Fürsten von Liechtenstein.

Es ging so schnell, dass Therese nicht sagen konnte, wie es genau ablief. Jedenfalls stürzten Augenblicke später beide Schlitten übereinander, und die Paare kugelten in den Schnee.

Therese blieb keine Zeit zu sehen, ob sie unversehrt geblieben waren, denn nun näherten sie sich dem führenden Husarenleutnant und seiner Cousine Anna Maria von Grünne.

András schloss zu ihnen auf, als gäbe es nichts Leichteres. Er grüßte höflich.

»Eine herrliche Nacht, nicht wahr, Graf Schönberg? Ihr Verehrer, Comtesse von Grünne. Sie haben sich gut geschlagen.«

Der Leutnant ließ sich nicht ablenken. Er hielt die Zähne so fest aufeinandergepresst, dass seine Kiefermuskeln hart hervortraten. Sein Blick blieb starr auf den Rotschimmel und die Schneebahn vor ihnen geheftet. Und auch seine Begleiterin antwortete nicht. Sie klammerte sich nur zu beiden Seiten an der Wand des Schlittens fest, sorgsam darauf bedacht, dass sie das Gefährt nicht mit einer unbedachten Bewegung ins Schlingern brachte.

Therese warf einen abschätzenden Blick auf die Ziellinie, die nun kaum zweihundert Schritte vor ihnen gezogen war, doch noch immer fuhren die Schlitten auf gleicher Höhe nebeneinander her. Der Leutnant versuchte, sein Pferd noch mehr anzutreiben. András tippte sich an seinen Hut.

»Wir müssen nun leider weiter. War nett, mit Ihnen zu plaudern. Wir sehen uns dann auf dem Ball!«

Es bedurfte seiner Warnung nicht. Therese krallte sich an den hölzernen Verzierungen fest.

Träumte sie? Sie schienen geradezu zu fliegen. Wie war das möglich? Der Schlitten des Husarenleutnants blieb hinter ihnen zurück, als habe dieser sein Pferd in Schritt fallen lassen, während der Rappe dem Ziel entgegenflog. Ehe Therese recht begriff, rauschten sie unter dem Beifall der Beobachter über die Ziellinie. Der Rappen machte noch zwei Sprünge und hielt dann an. Ja, er blieb stehen und schien zu einem Standbild einzufrieren. András sprang von der Pritsche und ging zuerst zu seinem Rappen. Er legte ihm die Handfläche zwischen die Augen und sprach ein paar leise Worte. Das Pferd schnaubte einmal kurz und senkte den Kopf, dann erstarrte es wieder.

András wandte sich der Fürstin zu und half ihr beim Aussteigen. Er küsste ihr beide Hände. »Ich danke für Ihre Begleitung. Sie haben sich ganz wunderbar geschlagen.«

»Sie waren unglaublich«, jubelte Therese und küsste ihn herzhaft auf die Wange. »Mein Freund, ich kann es nicht glauben, obwohl ich ja wusste, dass Sie ein Magier mit Pferden sind.«

»Satyr ist ein ganz besonderes Tier«, wiegelte der Graf ab. »Es muss einem nur gelingen, das aus ihm herauszuholen, was in ihm schlummert.«

»Und das haben Sie meisterlich verstanden. Wir haben gewonnen!«, rief sie begeistert.

András hob die Augenbrauen. »Ich dachte, damit hätten Sie fest gerechnet?«

»Natürlich, aber darf ich mich nicht dennoch darüber freuen, dass wir als Erste das Ziel erreicht haben, statt wie andere dort draußen im Schnee zu baden?«

Sie deutete in die Richtung, wo ihr Gemahl noch immer damit beschäftigt war, sein Pferd einzufangen, dem es gelungen war, sich loszureißen und dem ganzen Zirkus zu entfliehen.

»Sie dürfen!«, stimmte ihm András zu und schmunzelte.

»Kommen Sie. Der kleine Erzherzog winkt nach uns. Ich denke, er wird uns unsere Lorbeeren überreichen.«

Lorbeeren waren es zwar nicht, doch der zukünftige Kaiser gratulierte ihnen ganz artig zu ihrem Sieg und der spektakulären Fahrt.

»Wir werden uns den Namen Báthory merken müssen«, sagte er, als er András seine schmale Hand reichte.

»Zu gütig, Majestät«, murmelte András und führte die Fürstin fast ein wenig hastig zu ihrem Schlitten zurück.

Die meisten Paare hatten nun die Ziellinie passiert, und so wie es aussah, war auch keinem der Verunglückten mehr passiert, als dass ihre Kostüme und Frisuren ein wenig nass und derangiert worden waren. Leutnant Schönfeld und seine Cousine nahmen den Verlust ihres Sieges gelassen. Der Offizier winkte zu ihnen herüber.

»Das war ein Teufelslauf, Graf. Was für ein Pferd! Mit Ihnen würde ich gern einen Ausritt wagen. Mein Kompliment an Sie und an unsere liebe Fürstin für Ihre Treffsicherheit!«

Therese bedankte sich huldvoll und versprach, später einen Tanz auf ihrer Karte für ihn zu reservieren.

»Ja, tun Sie das, damit ich Sie nach allen Regeln der Kunst aushorchen kann, welch diabolischer Werkzeuge Sie sich bedient haben. Denn das konnte unmöglich ohne Hilfe des Himmels oder der Hölle so vonstattengehen!«

Therese lachte und winkte den beiden noch einmal zu.

»Ein echter Kavalier und ein guter Sportsmann, der auch eine Niederlage gut wegstecken kann«, sagte sie lobend, als sich der Schlitten entfernte.

»Ja, *er* schon«, sagte András nur, doch Therese hatte die Blicke bereits bemerkt, die ihr Gatte ihnen zuwarf. Sie waren alles andere als freundlich. Therese seufzte.

»Nein, er wird uns wohl nicht zu unserem Sieg gratulieren.«

»Das vermute ich auch nicht. Ich kann mich wohl glücklich schätzen, wenn ihn sein Zorn nicht dazu treibt, mich noch heute Nacht zu fordern.«

»Vertrauen Sie darauf, dass er dazu zu träge und zu feige ist.« Therese wandte sich ab.

»Und nun, auf nach Schönbrunn. Ein Festessen und der Ball warten auf uns!«

19. Kapitel

Maskenball in Schönbrunn

Er war ein himmlischer Tänzer. Was sonst. Die Fürstin wunderte es nicht. Gab es denn etwas, was dieser Teufelsgraf Báthory aus Siebenbürgen nicht konnte? Hatte er irgendeinen kleinen Makel oder Fehler?

Eine leise Stimme in ihr warnte sie, dass sie diese gar nicht ergründen wollte! Ihr Unterbewusstsein ahnte um die Finsternis in ihm, doch das war nichts, was an solch einem glänzenden Fest an die Oberfläche gelangen durfte!

Sein Arm in ihrem Rücken fühlte sich ein wenig an wie der einer marmornen Statue, und dennoch waren seine Bewegungen weich und voller Eleganz. Und er trat ihr nicht ein Mal auf die Schuhe! Was man von den Tänzern, die sie gewohnt war, nicht behaupten konnte.

Zum Glück war heute Maskenball und so die üblichen Konventionen und politischen Überlegungen außer Kraft gesetzt, die sie stets zwangen, einen diplomatischen Kongress aus dem Ausfüllen ihrer Tanzkarte zu machen. Heute durfte sie tanzen, mit wem sie wollte und so oft sie es mochte. Und sie wollte nur mit András tanzen! Das stand natürlich im Gegensatz zu den Wünschen nahezu aller anderen Damen im Ballsaal – zumindest derer, die das sechzigste Lebensjahr noch nicht erreicht hatten und sich im Walzer drehen wollten. Sie wurden alle enttäuscht, wie Therese mit einer gewissen Befriedigung feststellte. Er bat um keine der Tanzkarten und führte nur ein einziges Mal eine andere Partnerin in den Saal.

Als Therese den versprochenen Walzer mit Graf Schönfeld einlöste, tanzte er mit Comtesse Grünne und sicherte ihr so den Neid aller anwesenden Adelsdamen.

Später flanierte Therese am Arm ihres düsteren Grafen durch den für die Gäste zugänglichen Teil Schönbrunns, den Fächer ständig in Bewegung, um ihre erhitzten Wangen zu kühlen.

»Ich muss lange zurückdenken, um mich an einen solch wunderbaren Ball zu erinnern«, sagte sie und strahlte ihren Begleiter an. András bedankte sich höflich. Sie kamen an der offenen Tür zu einem der kleineren Salons vorbei und waren bereits vorüber, als Therese unvermittelt anhielt und einen Schritt zurücktrat. Ihr Lächeln erstarb. Angewidert sah sie in das Zimmer, in dem sich zwei Personen in den ihnen inzwischen bestens bekannten grünen Kostümen befanden.

Die Dame lag hingegossen auf einem Canapé, das Kleid bis über die Knöchel hochgerutscht. Ein Schuh war ihr vom Fuß geglitten, und der seidenbestrumpfte Fuß ragte ein wenig in die Höhe. Ihr Gesicht konnte Therese nicht sehen, denn das wurde von ihrem Gatten verdeckt, der sich über sie beugte und etwas tat, von dem Therese gar nicht so genau wissen wollte, was es war, das jedoch den Körper der Dame erbeben ließ.

»Mein Gott, wie erbärmlich!«, sagte sie leise, ohne sich abzuwenden. Wie konnte er so die Beherrschung und jeden Sinn für Anstand verlieren? Ihr war es gleichgültig, was er mit seinen Mätressen trieb, aber nicht hier auf einem Ball in Schönbrunn!

Sie fühlte András' Arm um ihre Schulter, der sie sanft fortzog, doch plötzlich verhärteten sich seine Muskeln. Der Fürst wandte den Kopf und sah sie mit einer Miene an, die eher Verunsicherung als Ärger über die Störung zeigte.

»Therese, hast du ein Riechsalz?«, drängte er.

»Das ist ja wohl der Gipfel«, begann sie sich zu ereifern. »Was hast du getan, dass sie sich in eine Ohnmacht flüchten musste?«

Zu ihrer Überraschung gebot ihr Graf Báthory zu schweigen und eilte so rasch in den Salon, dass sie sich die Augen reiben musste. Schon schob er den Fürsten zur Seite und beugte sich über die Comtesse aus dem Hause Windisch-Graetz, der alle Farbe aus dem Gesicht gewichen war.

»Ich habe sie hier in diesem Zustand vorgefunden«, verteidigte sich der Fürst, obwohl András ihn nicht mit Verdächtigungen bedacht hatte.

Zu Thereses Erstaunen schien András ihm zu glauben. Nun fragte auch er nach Riechsalz. Therese trat näher und reichte es ihm, doch die Comtesse rührte sich nicht. Wenn es nicht völlig abwegig gewesen wäre, würde Therese vermuten, sie sei tot, so ungesund war ihr Teint trotz des aufgetragenen Puders. Oder war das nur der Widerschein dieses scheußlichen Grüns?

András stellte das Fläschchen mit einer Miene des Bedauerns zur Seite. Seine Hand legte sich an ihren Hals.

»Sie hat doch nicht etwa der Schlag getroffen?«, fragte Therese mit ein wenig unnatürlich hoher Stimme. »In ihrem Alter? Das kann nicht sein!« Außerdem müsste ihr Gesicht dann rot, ja fast bläulich sein und nicht so durchscheinend blass.

András schob die Rüschen ihres hohen Kragens beiseite. »Nein, nicht der Schlagfluss, eher das Gegenteil. Eine, sagen wir, unnatürliche Schwäche durch Blutarmut.«

Therese erhaschte einige dunkle Flecken auf dem grünen Stoff am Kragen und beugte sich vor. »Ist das Blut?«

András nickte widerstrebend. Seine Hand zuckte, als Therese die Rüschen beiseiteschob, doch er hielt sie nicht auf.

»Was ist denn das? Sie muss sich mit der Nadel einer Brosche oder so etwas in den Hals gestochen haben«, vermutete Therese und starrte auf die beiden punktförmigen Wunden am Hals der Comtesse, die tief und irgendwie ungesund aussahen, als wären sie bereits von Eiterfluss befallen. Wie kalt sich ihre Haut anfühlte, als wäre jeder Lebenssaft aus ihr gewichen. Therese erhaschte den Ausdruck von Besorgnis in András' Miene.

»Es steht nicht gut um sie, nicht wahr?«

»Sie lebt, ist aber sehr schwach. Ich würde vorschlagen, jemand aus dem Hause Windisch-Graetz zu verständigen und sie nach Hause bringen zu lassen. Sie wird eine Weile das Bett hüten müssen, ehe sie wieder zu Kräften kommt.«

Zu Thereses Verwunderung beugte sich András noch tiefer über die Bewusstlose, als würde er an ihr riechen. Nein, vermutlich wollte er nur spüren, wie kräftig ihr Atem war.

Fürst Kinsky erhob sich. »Äh, ihr braucht mich doch sicher nicht mehr. Lasst die Comtesse nach Hause bringen und übermittelt dem Fürsten Windisch-Graetz und seiner Gemahlin meine Genesungswünsche.« Und schon war er verschwunden.

»So ein Feigling!«, empörte sich Therese, obwohl sie sich erleichtert fühlte, von seiner Anwesenheit befreit zu werden.

»Und nun?«

»Ich schlage vor, Sie bleiben bei der Comtesse und versuchen es noch einmal mit Ihrem Riechsalz, während ich mich auf die Suche nach einem Familienmitglied begebe.«

Nachdem die Comtesse der Fürsorge ihrer Familie überantwortet worden war, kehrten Therese und András in den Ballsaal zurück. Er tanzte wieder mit ihr und plauderte freundlich, dennoch schien es ihr, als habe sie nicht mehr seine volle Aufmerksamkeit. Es war ihr, als husche sein Blick immer wieder suchend durch den Saal, ehe er sich wieder auf seine Partnerin heftete. Und vielleicht kamen mache seiner Antworten nicht so prompt, wie man es von einem aufmerksamen Begleiter erwarten könnte. Beunruhigte ihn etwas? So kam es Therese vor, obgleich sie das nicht an einer Bemerkung oder einem Gesichtsausdruck festmachen konnte, der einer objektiven Prüfung standhalten würde.

Sie tanzten einen Galopp, bis sie glaubte, ihr immer schneller werdender Atem müsse gleich ihr Korsett sprengen. Natürlich erwies sich der Graf als so einfühlsamer Begleiter, dass er Therese nach den letzten Takten von der Fläche führte und einen bequemen Sessel für sie suchte, während die anderen Paare sich für den nächsten Tanz fanden.

Therese ließ sich in dem gepolsterten Sessel mit den geschwungenen Goldfüßen nieder und klappte ihren Fächer auf. Mit einem Seufzer fächelte sie sich Luft zu. So kalt diese sternklare Winternacht auch war, hier im Ballsaal und in den angrenzenden Salons herrschte unerträgliche Schwüle. Therese ließ den Blick über die unermüdlichen Tänzer in ihren prächtigen Kostümen schweifen. Trotz der Masken wusste sie bei fast allen Paaren, wer sich dahinter verbarg. Die wenigsten hatten ihrem Karussellpartner mehr als ein oder zwei Pflichttänze auf ihrer Karte vergönnt, und so wogten die Farben nun bunt gemischt durch den Saal.

András verließ sie, um ein Glas Champagner von einem der Tabletts zu nehmen, die herumgetragen wurden. Nutzte er die Gelegenheit, ein paar der Gäste ungewöhnlich scharf zu mustern? Er interessierte sich für die Männer, nicht für die Damen an ihrem Arm. Wen er wohl suchte? Wie ernst er wieder einmal dreinsah. Erst als er mit dem Glas in der Hand zurückkehrte und es ihr reichte, lächelte er wieder.

»Woran denken Sie? Sie sind doch nicht etwa schon müde? Fürstin, das kann ich nicht glauben! Sie werden sich doch nicht von den walzersüchtigen jungen Dingern in den Schatten stellen lassen!«

Therese sah ein wenig abwesend zu ihrem Spötter auf.

»András, ich bin eine alte Frau, und ja, ich bin ein wenig müde, obwohl es vielleicht kaum etwas Schöneres geben kann, als sich in Ihrem Arm zum Klang des Walzers durch den Saal zu drehen.«

»Das mit der alten Frau kann ich so nicht stehen lassen! Therese, Sie sehen blendend aus, und das wissen Sie auch. Haben Sie heute noch nicht genug Komplimente bekommen, dass Sie mich auf diese Weise geradezu zwingen, Ihnen mit einem solchen zu widersprechen?«

Therese schüttelte den Kopf. »Lieber Freund, das würde ich nicht tun. Ich fühle mich ein wenig melancholisch. Vielleicht ist es gerade der Anblick dieser jungen, unbeschwerten Mädchen, wie sie sich im Arm ihrer Verehrer drehen und ihnen aufreizende Blicke zuwerfen. Sie sind so unschuldig und voller Lebenshunger. Und sie wissen zum Glück noch nicht, dass von diesen Träumen keiner in Erfüllung gehen wird.«

»Was für Träume?«

»Von Zärtlichkeit und der großen Liebe, die das Leben reich macht.«

»Und sie gehen nicht in Erfüllung?«

»Nein«, sagte die Fürstin hart. »Diese Mädchen sind wie alle anderen Töchter des Adels eine Handelsware, mit der man Bündnisse schließt und Macht erhält. Entscheidend ist das Vermögen, das zwischen den wichtigen Familien ausgetauscht wird: als Mitgift, in Ehekontrakten und später als Erbe. Aber Gefühle? Liebe? Erfüllung?« Ihr Lachen klang bitter. »Wer sollte darauf schon Rücksicht nehmen?«

András zog sich einen Stuhl heran und setzte sich neben die Fürstin. »Ah, ich sehe, meine Liebe, Sie sind wirklich nicht in der rechten Faschingsstimmung. Dies ist ein Maskenball im herrlichen Schönbrunn. Sie müssten ausgelassen und fröhlich sein oder zumindest ein wenig betrunken!«

»Nun, das Letztere trifft ganz bestimmt zu«, gestand die Fürstin. »Vielleicht ist das der Grund für diese Stimmung. Wissen Sie, mein Freund, ich dachte gerade an den Tag unserer ersten Begegnung. Ich meine nicht Ihre für mich noch immer unbegreifliche

Tat, meine Füchse einzufangen. Ich meine, als Sie am Abend zu mir kamen.«

»Ja?«

»Und wir diese Bilder betrachteten.« Sie sah ihm ins Gesicht. »Erinnern Sie sich noch?«

András schien ein wenig auf der Hut zu sein. »Ich erinnere mich an Sie, Therese, und wie Sie mich mit Ihrer Haltung beeindruckt haben.«

»Und die Bilder?«

»Ja, ich erinnere mich auch an die Bilder, die für Ihren Gatten bestimmt waren.«

»Ich gebe zu, dass mich die offene, ja fast derbe Darstellung des Aktes schockiert hat. Und ich bin mir sicher, dass manche Dinge übertrieben sind. So kann das gar nicht funktionieren! Aber das ist nicht das Entscheidende.« Es war ihr, als falle es András schwer, ein Lächeln zu unterdrücken. War sie zu unerfahren und naiv? In ihrem Alter?

Sie nahm sich noch ein Glas mit Champagner von einem Tablett, das ein Lakai ihr mit einer Verbeugung anbot. Sie wartete, bis sich der Diener entfernt hatte, ehe sie weitersprach.

»Was mich wirklich beschäftigt, ist der Ausdruck in den Gesichtern der dargestellten Frauen. Ich neige dazu, sie als reine Fantasie des Künstlers, ja, als Einbildung oder Wunschdenken der Männer allgemein abzutun. Diese Frauen sehen derart verzückt drein!« Sie brach ab.

»Und?«, half András nach. Therese spürte, wie ihre Wangen zu glühen begannen. Sie leerte das Glas in einem Zug, ehe sie es über sich brachte, ihre Gedanken auszusprechen.

»Ich frage mich, ob es möglich ist, dass eine Frau in der Vereinigung mit einem Mann ein solches Gefühl der Verzückung empfindet? Ist nur ein Körnchen Wahrheit daran, wenn die Männer behaupten, ihre Geliebten würden ihnen nicht nur wegen ihrer

Macht nachgeben, dem Geld und den Annehmlichkeiten, die sie ihnen schenken? Kann es auf Seiten der Frau auch diese körperliche Lust geben?« Sie schlug sich die Hand vor den Mund. »Oh, was rede ich da. Mein Freund, vergessen Sie, was ich gesagt habe. Daran sind nur die Musik und der Champagner schuld.«

András beugte sich noch näher zu ihr und hauchte ihr ins Ohr. »Versuchen Sie nicht, mich zu belügen, Therese. Das funktioniert nicht. Ich kann sehr gut in Ihren Gedanken und Gefühlen lesen. Sie stellen sich die Frage schon seit langem, und dass Sie sie nicht beantworten können, raubt Ihnen die Ruhe. Das war nicht immer so. Sie haben gelernt, in Ihrer Ehe zu leben und die erzwungene Intimität zu ertragen. Ich frage nicht, woher es kommt, dass Sie sich immer mehr von Sehnsüchten und dieser einen Frage quälen lassen.«

Therese schlug die Augen nieder. »Nein, fragen Sie nicht. Ich würde Ihnen keine Antwort geben.«

»Das müssen Sie auch nicht. Ich will Ihnen aber Ihre andere Frage beantworten. Ja! Frauen können Lust verspüren und in Verzückung versinken, wenn sie sich einem Mann hingeben. Doch nur dann, wenn die Frau in Liebe und Lust entbrannt ist und der Mann es versteht, ihr Freude zu bereiten, ohne zu fordern und zu drängen. Denn das ist leider alles, was die meisten Frauen kennenlernen. Die Männer fordern ihr Recht und drängen nur danach, ihre eigene Lust zu befriedigen. Dann ist es ein Überfall, der die Scham ohne Rücksicht niederreißt, statt sie zu umschmeicheln, und der für die Frau nur ein Gefühl von Abscheu zurücklässt, bis sie sich daran gewöhnt hat und lernt, die Forderungen zu erdulden. Begehren und Lust können daraus nicht entstehen.«

Therese war es, als spürte sie Tränen aufsteigen. Sie blinzelte heftig und wandte den Blick ab.

»Mein Freund, ich hätte nicht geglaubt, dass es einen Mann gibt, der so reden und so fühlen kann.«

András wehrte mit einem leichten Lachen ab. »Therese, Sie sehen die Männerwelt zu schwarz. Daran müssen Sie arbeiten!«

Sie kicherte, auch wenn es ein wenig verschnupft klang.

»Ach, mein Freund, Sie haben so viel Licht in mein Leben gebracht, aber auch eine unbekannte Qual, die mir keine Ruhe mehr lässt. Nein, das wollte ich nicht sagen, vergessen Sie es!«

Er zog ihre Hände zu sich, die sie vors Gesicht geschlagen hatte, und half ihr von ihrem Sessel hoch. »Kommen Sie, lassen Sie uns ein paar Schritte gehen. Diese alten Gräfinnen starren bereits zu uns herüber.«

Therese schob ihre Hand in seine Armbeuge und folgte ihm aus dem Ballsaal.

»Was kann ich für Sie tun? Noch ein Glas Champagner oder Punsch, oder wollen wir noch einen Walzer wagen? Ich bin mir sicher, Sie haben keinen anderen Verehrer sich in Ihrer Tanzkarte eintragen lassen.«

Therese fühlte eine Leere, die nicht zu diesem Tag passte. Ja, es war geradezu Verzweiflung, die sie niederzudrücken suchte.

»Würden Sie mich nach Hause bringen? Ich kann den Trubel nicht mehr ertragen. Ich möchte lieber allein sein.«

Der Graf verbeugte sich vor ihr. »Alles, was Sie wünschen, meine Teure.«

Natürlich gelang es ihr wieder einmal nicht, in seiner Miene zu lesen. Was ging in ihm vor? Zürnte er ihr, dass sie ihm den Abend verdarb? Unbegreiflicherweise kam es ihr vor, als sei er eher erleichtert, dem Spektakel zu entfliehen.

Warum? Was wollte er? Was dachte er von ihr und welche Gefühle hegte er? Hatte er überhaupt Gefühle – Gefühle, die sie betrafen? Oder war er einfach nur höflich und charmant zu einer alternden Frau?

Er ließ sie für einige Minuten allein, um seinen Wagen vorfahren zu lassen. Ihr Gatte konnte dann ihre Kutsche für seine

Rückkehr benutzen. Der Fürst musste noch irgendwo auf dem Ball unterwegs sein. Sie hatte ihn nicht wieder gesehen, seit er sich von seiner unglückseligen Schlittenpartnerin verabschiedet hatte. Oder sollte sie lieber sagen, sie in dieser unangenehmen Situation im Salon im Stich gelassen? Nun, egal. Da der Fürst ganz sicher nicht unter den Walzer tanzenden Paaren zu finden war, vermutete Therese ihn in einem der Salons in Gesellschaft seiner Jockeyclub-Freunde. Vielleicht hatten sie irgendwo einen Kartentisch aufgestellt. Bei einem Hofball ein Ding der Unmöglichkeit, aber bei solch einer Maskerade?

»Therese, darf ich bitten?« András verbeugte sich und bot ihr den Arm. »Der Wagen ist vorgefahren.«

Ohne Bedauern verließ sie den Ball, der sicher noch Stunden dauern würde und auf dem es weit ausgelassener zuging, als man es von den streng nach Protokoll verlaufenden Veranstaltungen in der Hofburg gewohnt war.

Als sie sich in eine warme Felldecke gewickelt in die Polsterbank zurücklehnte und der Kutscher die Pferde anziehen ließ, sah Therese schweigend durch das Fenster auf die märchenhafte Winterlandschaft, die sich im Sternenglanz vor ihr ausbreitete. András ließ sie ihren Gedanken nachhängen. Er saß in die Ecke gelehnt neben ihr, doch trotz der lässigen Haltung hatte sie das Gefühl, dass er nie völlig entspannt war. Nein, entspannt vielleicht schon, dennoch immer wachsam. Wie ein Tier, aufmerksam und stets bereit, anzugreifen oder zu fliehen. Der Graf sah Therese nicht direkt an, und dennoch war ihr bewusst, dass ihm nicht die kleinste Regung entging, obwohl es in der Kutsche fast völlig dunkel war und sie seine Miene nicht erkennen konnte.

Die Pferde schritten durch den Schnee dahin. András schwieg. Er würde es ihr nicht abnehmen. Sie würde den Anfang machen müssen, wenn sie weiter darüber zu sprechen wünschte. Aber genau darüber war sich die Fürstin nicht im Klaren. Was wollte sie? Das würde er sie fragen, und sie wusste keine Antwort darauf. Ein Seufzer entrang sich ihr, ehe sie es verhindern konnte.

»Seien Sie nicht so streng mit sich«, erklang es aus der Dunkelheit.

»Nicht streng, verwirrt und unsicher«, widersprach Therese. »Ach, wenn das Leben nur anders wäre. Nicht wie ein Fluss, dessen reißende Wasser einen immer nur abwärts in eine Richtung ziehen, bis man am Ende aller Tage das Meer erreicht. Es wäre so viel einfacher, wenn man Nebenpfade hätte, die man erkunden und wieder verlassen kann, um dann der Hauptstraße weiter zu folgen. Doch wer einmal den Strom verlässt, um den ist es geschehen. Der bleibt hängen, wird in die Tiefe gerissen oder achtlos ans Ufer geworfen, wo sein letzter trauriger Gedanke ist, dass er das Meer nun nicht mehr erreichen wird.«

»Und wohin würde dieser Seitenarm Sie führen?«

»Fragen Sie nicht!«

»Warum nicht? Haben wir uns nicht schon so viel anvertraut? Sprechen Sie es mutig aus! Hier kann Sie niemand hören außer mir, und ich bin Ihr Freund.«

Hatten sie sich denn einander anvertraut? Von ihrer Seite her ja, doch was wusste sie über den Grafen und seine heimlichen Gefühle? Konnte sie es wagen, so etwas auszusprechen?

Er ließ ihr Zeit. Die Räder knirschten im Schnee. Sonst war nichts zu hören.

»Ach, wenn es nur wie in einem der Kindermärchen möglich wäre. Man reist in ein Zauberland und erlebt dort ganz wundervolle Dinge, die man ein Leben lang in seinem Herzen bewegt. Und wenn man aus dem Zauberland zurückkehrt, ist alles wie es war, und das Leben geht seinen Gang, ohne Fragen, ohne Furcht, ohne Reue.«

»Es wäre aber kein Kindermärchen, das Sie im Zauberland suchen, nicht wahr?«

»Nein«, gestand sie. »Nur einmal möchte ich es spüren, wie es ist in Liebe und mit Zärtlichkeit, wenn es zur Erfüllung führt und nicht mit einem Gefühl der Leere endet, in Erleichterung, es überstanden zu haben, mit dem Bedürfnis, sich zu reinigen und zu vergessen.« Er war so höflich nachzufragen, was »es« bedeutete, obwohl er es natürlich wusste, doch sie scheute sich, die Worte auszusprechen.

»Es liegt an Ihnen«, sagte er stattdessen.

»Nein, das ist nicht wahr«, widersprach Therese heftig. »Es gibt kein Zauberland, und es gibt keine Tat ohne Folgen. Alles würde sich ändern!«

»Fürchten Sie sich, dass Ihr Gatte davon erfahren könnte? Das müssen Sie nicht. Das soll nicht Ihre Sorge sein.«

Therese überlegte. Überrascht stellte sie fest, dass das ihre kleinste Sorge war. »Nein, das ist es nicht, obwohl das natürlich niemals geschehen dürfte. Sie wissen, wie er reagieren würde. Es ist die Angst, Sie, lieber Freund, zu verlieren.«

Nun schien er überrascht. »Warum das?«

»Nun ja, ich will mich nicht wie die Männer aufführen oder diese Sorte von Damen, die sich ständig eine Liebschaft halten. Ich will es nur einmal erleben und davon zehren. Doch wie könnte das möglich sein? Es gehören immer zwei Menschen dazu, und wenn der andere dann mehr will, dann müsste ich ihn verletzen und wegschicken.«

»Er würde Ihre Entscheidung annehmen. Von dieser Seite müssten Sie keine Rache fürchten.«

»Das weiß ich!« Sie griff nach seinen Händen und presste sie gegen ihre Wangen. »Aber ich würde Ihre Freundschaft verlieren. Wie könnte es danach wieder so sein, wie es jetzt zwischen uns ist?«

András löste seine Hände von ihren Wangen und küsste zärtlich ihre Fingerspitzen. »Es wird so sein, wie Sie es möchten. Ich gebe

Ihnen mein Wort darauf, was in meiner Macht steht, das werde ich tun. Vertrauen Sie mir, ich werde Ihre Wünsche erfüllen und Ihren Träumen Farbe verleihen. Es wird sein, wie Sie es gesagt haben, ein Ausflug ins Zauberreich, aus dem Sie jederzeit in Ihr altes Leben zurückkehren können, die Erinnerung wie ein Schatz in Ihrem Herzen. Sie müssen mir nur sagen, wann Sie bereit sind.«

Therese lehnte ihren Kopf gegen seine Schulter. »Ach, mein Freund, Sie lesen in meinen Gefühlen wie in einem offenen Buch. Aber was ist mit Ihnen? Warum würden Sie es tun? Ich bin Ihre Freundin, ja, aber in einem alternden Körper. Sie dagegen ...«

Er verschloss ihre Lippen mit den seinen. »Still! Nur weil ich gelernt habe, meine Gefühle zu verschließen und meine Leidenschaft zu verbergen, heißt es nicht, dass sie nicht in mir glüht. Glauben Sie mir, nicht einmal für die Fürstin Kinsky würde ich ein Opfer bringen!«

Sie lachte erstickt, wie unter Tränen. »Ach, ich wünsche mir Mut, es zu wagen.«

»Der Mut ist in Ihnen. Sehen Sie, wir fahren gleich durch das Tor. Sie haben Zeit, bis der Wagen vor dem Palais anhält. Sie müssen nur sagen: Mein Freund, morgen ist die Nacht der Nächte, da wir ins Zauberland reisen. Machen Sie sich bereit. Ich werde Sie bei Sonnenuntergang erwarten.«

»Und wenn nicht?«, fragte Therese bang.

»Dann sagen Sie mir die Worte, wann immer Sie möchten. Ich werde Sie nicht drängen. Befragen Sie Ihr Herz und Ihren Mut. Sie werden es wissen, wenn Sie bereit sind.«

Der Graf schwieg, und auch Therese sagte nichts mehr. Sie lehnte sich nur gegen ihn und versuchte seinen Körper durch die Schichten der Kleider und Decken zu erspüren. Da war wieder diese Kälte, die seine Haut ausstrahlte, doch es war eine andere Kälte als die des Herzens, die sie so gut von ihrem Gatten kannte. Bei András war nur die Haut eisig. Unter ihr loderte eine Glut, die sie neugierig machte und ein wenig ängstlich. Wohin würde sie das alles führen? Falls sie sich noch im Strom ihres Lebensflusses befand, dann schoss dieser geradewegs auf einen riesigen Wasserfall zu, der sich ins Bodenlose zu verlieren schien.

Die Kutsche rollte auf die Freyung hinaus. Therese konnte die Silhouette des Schottenklosters durch das Fenster sehen. Dann ertönte der Ruf des Kutschers, und die Räder standen still. Fast widerwillig löste sie sich von seiner Schulter. András öffnete den Schlag. Er reichte der Fürstin die Hand und half ihr aus der Kutsche.

»Schlafen Sie wohl, meine Freundin«, sagte er zum Abschied.

Therese spürte, wie ihre Stimme zitterte, als sie ihm antwortete: »Sie auch, liebster Freund András. Und morgen reisen wir ins Zauberland. Ich erwarte Sie bei Sonnenuntergang.«

Er beugte sich noch einmal über ihre Hand. »So sei es!«

András war beunruhigt. Und das kam nicht oft vor. Vielleicht verstärkte dieser Umstand seine Rastlosigkeit noch. Ruhelos ging er in seinem Palais auf und ab, trat in den Hof und dann wieder durch das große Tor auf die Straße hinaus. Jedes Mal, wenn er auf seinen Diener traf, sah dieser in fragend aus seinen dunklen Augen an. András blieb stehen und stieß einen Seufzer aus.

»Ja, du hast recht. Ich führe mich wie ein Verrückter auf. Wobei das die Sache nicht ganz trifft. Du meinst, ich sei nicht ich selbst? Ja, das stimmt. Eine Ahnung, die mir ganz und gar nicht gefällt, treibt mich um. Ob ich es dir verrate? Aber ja, obgleich ich es selbst noch nicht fassen kann. Es sind nicht nur die Dinge, die in und um mein Haus geschehen. Der kleine Einbrecher ist nur eine Laus im Pelz, die einen zwickt und die man dann zwischen den Fingern zerquetscht. Da ist etwas Größeres, Gefährlicheres! Bereits bei meinem vergeblichen Versuch, den Messerdieb im Gefangenenhaus in meine Hände zu bekommen, konnte ich ihn wittern. Er hat mir Grossler direkt unter meinen Fingern entwendet!«

Der Zorn ließ seine Stimme zittern, aber Goran wich nicht zurück und hielt dem Blick seines Herrn stand. Er würde nicht ruhen, bis er alles erfahren hatte. Ja, András schätzte viele Eigenschaften an seinem Diener: Er war zuverlässig und mutig, stark und flink, ausdauernd und verschwiegen. Und er war in der Treue zu seinem Herrn und dem Bedürfnis, für ihn zu sorgen und ihn zu schützen, beinahe nervenaufreibend hartnäckig.

András beantwortete die von seinen Händen gestellte Frage. »Du willst wissen, was mich heute Nacht aus dem Gleichgewicht gebracht hat? Du meinst, trotz unserer Befürchtungen wurde der Friede unseres Heims in dieser Nacht nicht entweiht? Ja, das ist richtig. Und dennoch steigt die Provokation mit jeder Nacht. Er war dort! Ich habe den fremden Vampir gewittert und nicht nur das. Ja, das erstaunt dich zu Recht! Taucht er frech unter irgendeiner Maske versteckt in Schönbrunn auf! Nein, ich konnte ihn nicht finden und ihn mir vornehmen, aber die Spur, die er mit seinem Zeichen zurückgelassen hat, die fand ich sehr wohl: bleich und ohne Bewusstsein hingegossen auf einem Canapé!«

Goran wiegte den Kopf hin und her und kaute auf seiner Lippe.

»Was meinst du? Dass uns das nicht betrifft? Glaubst du denn, der Zufall hat ihn auf diesen Ball geführt? Es ist dir lieber, als wenn er hier rund um unser Heim seine Spiele treibt?«

András überlegte und sagte dann zögernd: »Vielleicht hast du recht, und ich versuche einem Zufall eine Botschaft zu entreißen, die er nicht in sich trägt. Und dennoch lässt es mir keine Ruhe. So deutlich habe ich seine Witterung bisher noch nicht aufgenommen. Er war wie ein Phantom, das mehr meiner Einbildung zu entspringen schien. Und nun lag sie da, wie eine Visitenkarte, um sich offiziell vorzustellen.«

András ging zur Tür. »Ich muss versuchen, meine Gedanken

zu ordnen. Ich komme bald wieder. Kümmere dich derweil um die Pferde. Satyr hat heute Großartiges geleistet. Gib ihm eine Extraportion Futter.«

Goran nickte und verbeugte sich, während András das Haus verließ. Er lief zum Kärntnertor und in die Weite des Glacis hinaus. Vielleicht würde ihm hier in der weiten nächtlichen Schneelandschaft die Lösung des Rätsels gelingen. Er lief, dass er nur noch ein huschender Schatten vor dem Weiß war. Der eisige Wind prickelte ihm im Gesicht und zerrte an seinem Haar. Er genoss es, sich endlich wieder einmal richtig zu bewegen, seine Gedanken jedoch blieben in den immer selben Bahnen. Die Fragen wollten keine Antworten finden. Vielleicht lenkte ihn sein Blutdurst zu sehr ab? Er dachte an Therese, und die Bilder wollten sich nicht mehr verscheuchen lassen.

András gab es auf, gegen seine Natur anzukämpfen. Er entschied sich für einen Abstecher zu den Häusern an der Landstraße und stillte dort seinen Durst, ehe er sich auf den Rückweg machte. Im Osten begann die Nacht bereits vor der nahenden Sonne zu fliehen. Ihre Strahlen raubten dem Himmel seine Farbe, nur um ihn ein wenig später in ein zartes Rosa zu tauchen.

Es wurde für ihn höchste Zeit!

András umrundete das Palais des Erzherzogs Albert, das über ihm auf der Bastei thronte, und folgte der Straße entlang der Mauern der Augustinerkirche.

Was zur Hölle war das?

Der Vampir blieb wie versteinert stehen, als er den Körper auf der Schwelle zu seinem Palais entdeckte. Reglos, seltsam verrenkt. Tot!

War das etwa Goran?

Er war so schnell an seinem Ziel, als habe er sich an der einen Stelle in Luft aufgelöst und erst auf der Schwelle vor dem Tor wieder zusammengefügt. Ein Blick genügte. Nein, nicht sein Diener.

Er gönnte sich einen Augenblick der Erleichterung, in die der Geruch des Toten drang. Und noch ehe er sich fragen konnte, wie diese Leiche hierher gekommen war, sah er klarer, als ihm lieb sein konnte, warum ausgerechnet dieser Körper hier lag. Nun hatte er ihn also doch noch gefunden. Wenn auch nicht in einem Zustand, wie er ihn für eine Befragung gebraucht hätte: der dreiste Messerdieb, der auch gleich eines seiner Beutestücke seinem Besitzer zurückbrachte. Bis zum Heft in seiner Brust versenkt, nachdem die Schneide zuerst seinen Hals aufgeschlitzt hatte.

András sah auf die Blutlache herab und schüttelte gequält den Kopf. Er hatte den Dieb gefunden? Sollte er nicht lieber sagen, der Dieb wurde ihm präsentiert nach den Bedingungen dessen, der die Fäden des Spiels offensichtlich noch immer in Händen hielt?

Die Tür öffnete sich, und Goran winkte seinen Herrn mit einem besorgten Blick zum sich aufhellenden Morgenhimmel herein. Dann bemerkte er den Toten auf der Schwelle, und der Mund klappte ihm auf.

»Ja, hier haben wir unseren Einbrecher Jakob Grossler und, wie du siehst, noch ein weiteres unserer Messer«, bestätigte András grimmig, was sein Diener mit Entsetzen zu begreifen begann.

»Ein nettes Geschenk in den Morgenstunden, findest du nicht? Und ich kann dir versichern, unser Einbrecher hat sich hier auf unserer Schwelle nicht selbst die Kehle durchgeschnitten und die Klinge ins Herz gestoßen. Dafür hat ein anderer gesorgt, der bereits in Schönbrunn beschlossen hat, mit seinem Geruch nun offen hervorzutreten, und seinen Handlanger daher nicht mehr benötigte. Nur noch, um uns ein weiteres Präsent samt seiner Verachtung vor die Füße zu werfen. Doch ich schwöre dir, Goran, ich werde sie ihn bitter schlucken lassen. Das Maß ist voll. Mehr lasse ich mir nicht bieten.«

András hob den toten Körper auf und trug ihn in die Küche, wo er ihn achtlos zu Boden fallen ließ.

»Ich weiß nicht, woher dieser andere Vampir gekommen ist noch was er hier in Wien zu finden hofft. Will er mich vertreiben, um die Stadt zu seinem alleinigen Revier zu machen? Er wird erfahren, dass dieser Versuch ein großer Fehler war! So überlegt, wie er vorgeht, ist er zwar sicher kein Frischling mehr in seinem ersten Jahrzehnt, dennoch haftet seinem Geruch auch nicht die Erfahrung eines Meisters an. Er wird mich kennenlernen! Und wenn er sich nicht ganz schnell aus meinem Bannkreis zurückzieht, dann bleibt mir nichts anderes übrig, als ihn zu vernichten, auch wenn ich das lieber vermeiden würde. Er hat grundlos den Fehdehandschuh geworfen, nun muss er auch die Folgen tragen!«

Eine Schwere überfiel András mit einer Heftigkeit, dass er sich an der Tischkante festhalten musste. Die ersten Strahlen der Sonne hatten den Horizont passiert und fluteten durch die Stadt. Goran stürzte zu seinem Herrn und schob seinen Arm unter dessen Achsel, doch András schüttelte ihn ab.

»Geh, wisch das Blut von der Schwelle. Rasch! Ich würde mich nicht wundern, wenn die Kriminalpolizei schon auf dem Weg hierher ist. Ich schaffe es schon allein. Sieh du zu, dass niemand das Blut oder die Leiche zu Gesicht bekommt. Das hätte Unannehmlichkeiten zur Folge, die ich gerade nicht gebrauchen kann.«

Goran eilte davon, während sich András Stufe für Stufe die Treppe hinaufquälte. Noch krochen die Sonnenstrahlen nicht durch die Fenster des Palais, dennoch drückten sie ihn wie Bleigewichte zu Boden, und er benötigte all seine Kraft, aufrecht bis zu seinem Sarg zu gehen. Dort angekommen, ließ er sich nach hinten sinken und schloss den Deckel. Die Finsternis hüllte ihn ein und erfror den Fluss seiner Gedanken.

20. Kapitel

Im Zauberland

Pünktlich bei Sonnenuntergang hielt die Kutsche vor dem Palais Kinsky. Therese wartete bereits in der Halle. Ihr war ein wenig mulmig zumute. Wie konnte sie sich auf so etwas einlassen? Und doch würde sie jetzt um nichts in der Welt noch zurücktreten! Es war wie ein Märchen. In ihrem Kopf drehte es sich ein wenig, als habe sie bereits Champagner getrunken. Etwas besorgt ließ sie den Blick über die Kutsche huschen. Nein, ihr Freund hielt sein Versprechen. Es war ein bequemer, aber unauffälliger, geschlossener Landauer ohne Wappen und mit dichten Vorhängen an den Fenstern. Und selbst der Kutscher war mit seinem weiten, langen Mantel und dem breitkrempigen Hut, den er sich tief ins Gesicht gezogen hatte, in der Dämmerung von keinem zufälligen Passanten zu erkennen. War er überhaupt András' Diener? Sie war sich nicht sicher. Erst als er abstieg und ihr beim Einsteigen behilflich war, erhaschte sie einen Blick auf sein Gesicht. Ja, es war der riesenhafte Leibdiener und Kutscher des Grafen. Schweigsam, düster und so rätselhaft wie sein Herr. Therese versuchte in seiner Miene zu lesen. Missbilligte er das Vorhaben, in das er sicher nicht im Detail eingeweiht war? Doch wenn er zwei und zwei zusammenzählen konnte – und er kam der Fürstin nicht gerade dumm vor –, dann würde er es erraten.

Therese spürte, wie ihr Röte ins Gesicht stieg, und sie war froh, dass er den Wagenschlag hinter ihr schloss und sie sich im Schutz der Vorhänge verbergen konnte.

Der Wagen mit den vier schwarzen Rössern zog an. Wohin er sie wohl bringen würde? Für einen winzigen Moment fürchtete sie, die Kutsche würde den Weg zum Stadtpalais des Grafen einschlagen. Nein, was für ein Unsinn! Das würde er nicht tun, und dafür wäre er auch nicht vierspännig vorgefahren. Soweit sie die Pferde im Dämmerlicht hatte erkennen können, waren es kräftige Kladruber, wie sie auch der Hof gerne für seine schweren Reisekutschen verwendete. Und auch die Kutsche selbst mit ihrer modernen Federung sprach für ein Ziel auf dem Land. Therese begann zu rätseln, wo es liegen und wie es aussehen würde, vielleicht, um nicht darüber nachdenken zu müssen, was sie nach ihrer Ankunft erwartete. Denn sobald sie auch nur einen Gedankenfetzen in diese Richtung sandte, klopfte ihr Herz, als wollte es ihre Brust sprengen, und heiße Wellen rannen vom Kopf bis zu den Füßen. Sie hätte nicht sagen können, ob es in der Kutsche warm oder kalt war. Sie schwitzte und schüttelte sich vor Frost im Wechsel.

Therese straffte die Schultern und versuchte ihre Gedanken wieder auf ungefährlichere Bahnen zu lenken. Sie hatte sich auf dieses Abenteuer eingelassen, und nun würde sie dem Strom folgen, ganz egal, wohin er sie treiben mochte. András war ihr Freund, und er hatte ihr keinen Anlass gegeben, an seiner Aufrichtigkeit zu zweifeln.

Und doch war da dieses Düstere, Wilde, Geheimnisvolle, das ihn umwehte.

War es nicht gerade das, was sie so anzog?

Therese konzentrierte sich auf die Landschaft, die an ihr vorbeizog. Die Stadt war hinter ihnen zurückgeblieben. Nach dem noch immer nahezu unbebauten Glacis tauchten wieder Häuser zu beiden Seiten auf. Sie waren jedoch niederer als die Mietshäuser und Stadtpalais, in der typischen Bauweise der Vorstädte meist mit sechs Fensterachsen auf ein bis zwei Geschossen, das große Einfahrtstor in der Mitte, das zu einem Hof auf der Rückseite führte. Hier arbeiteten die Handwerker in den guten Jahreszeiten. Im Winter waren sie gezwungen, sich mit ihren Werkbänken in die niederen Werkstätten um den Hof oder gar in ihre Wohnungen zurückzuziehen. Nach hinten gingen die Stallungen und die kleinsten und billigsten der Mietwohnungen hinaus. Besaßen die Höfe zwei Stockwerke, waren diese mit offenen Laubengängen verbunden, die man »Pawlatschen« nannte, was »offener Gang« bedeutete. Therese wusste nicht, wie das tschechische Wort seinen Weg nach Wien gefunden hatte.

Inzwischen war es völlig dunkel, doch der Kutscher schien seinen Weg zu kennen. Er zögerte bei keiner Abzweigung, sondern ließ die Pferde gleichmäßig durch den Schnee traben.

Therese schob die Vorhänge zurück und verrenkte sich den Hals, aber sie fand nicht heraus, in welche Richtung sie fuhren.

War das nicht völlig gleichgültig? Wollte sie überhaupt wissen, wo das Märchenland lag? Es würde seinen Zauber verlieren, konnte man jedem beliebigen Kutscher die Adresse nennen. Nein, ins Zauberland gelangte man nur in der Kutsche, die der Magier aussandte, und nur, wenn man ihm vertraute, dass sein Zauber gelingen würde.

Therese ließ den Vorhang wieder fallen und lehnte sich in ihrem Sitz zurück. Ihre Gedanken eilten auf den verschneiten Pfaden voraus …

András lief durch die Nacht. Er musste vor der Kutsche am vereinbarten Ort sein. Er hatte kein gutes Gefühl, das Palais in dieser Nacht ungeschützt zu lassen, doch selbst wenn er Goran befehlen würde, gleich nachdem er die Fürstin gebracht hatte, nach Wien zurückzukehren, würde der Diener sein Versteck nicht schützen können. Vor menschlichen Einbrechern und vielleicht auch vor der Neugier der Kriminalpolizei, nicht aber vor der Gefahr, die ein fremder Vampir mit sich brachte. Den toten Einbrecher hatte der Diener während des Tages unauffällig fortgeschafft. András wusste nicht wohin. Es genügte ihm, dass Goran ihm signalisierte, er habe das Problem beseitigt. Vielleicht würde der alte Mann vom Friedhof der Namenlosen in diesen Tagen wieder ein Grab schaufeln müssen, für einen Körper, den die Donau ihm zutrug.

Blut zu tilgen und einen Körper wegzuschaffen, ja, das waren Aufgaben, denen der Zigeuner aus den Karpaten gewachsen war. Aber ein Kampf gegen einen Untoten, während sein Herr außerhalb von Wien weilte und ihm nicht zu Hilfe eilen konnte? Nein, da behielt er Goran lieber in seiner Nähe, statt ihn an diesen anderen Blutsauger zu verlieren. Vielleicht würde der Zigeuner gegen einen frisch Gewandelten eine Chance haben. Sie waren zu ungestüm und unvorsichtig in ihrer neu erwachten Gier. Der Mann aus den Karpaten hatte mit vielen ungewöhnlichen Dingen dieser Welt bereits Erfahrung gesammelt. Ihm gelänge es vermutlich, die Fehler eines jungen Vampirs zu seinem Vorteil zu nutzen. Wie András jedoch vermutete, hatten sie es eben nicht mit einem zu tun, dem jede Erfahrung fehlte. Dafür war sein Vorgehen zu methodisch.

Dies war eine offene Kriegserklärung und eine Demonstration von Überheblichkeit und Verachtung. Er durfte seinen Gegner nicht unterschätzen.

Und gerade deshalb wäre es ihm lieber gewesen, die Sache jetzt sauber zu beenden, ehe er sich wieder der Fürstin oder Karoline und Sophie zuwandte. Doch wie hätte er dieses Treffen verschieben können?

Die Fürstin hatte viel Mut aufgebracht, den ersten Schritt zu tun. András fürchtete, sie würde es nicht noch einmal wagen. Dies war die Nacht, ihrem Leben eine neue Erfahrungswelt zu öffnen. Und so konnte er nur hoffen, dass unterdessen in seinem

Palais nichts geschah, das ihn seine Entscheidung bereuen lassen würde.

Unvermittelt hielt die Kutsche an, und ehe sich die Fürstin fragen konnte, ob sie ihr Ziel erreicht hatten, wurde der Schlag bereits geöffnet. András stand vom fernen Licht einer Lampe in einen goldenen Schimmer gehüllt vor ihr im Schnee.

Thereses Herz machte einen solchen Sprung, dass sie sich beide Hände an die Brust presste, ehe sie die dargebotene Hand ergriff und aus der Kutsche stieg.

»Willkommen im Zauberland, meine Verehrte. Darf ich Sie hineinführen?«

Sie nickte nur. Ihre Stimme schien sich davongemacht zu haben. Der Graf bemerkte es nicht, oder er war so taktvoll, es zu übersehen.

András gab seinem Kutscher und Leibdiener ein paar leise Anweisungen, die Therese nicht verstehen konnte, obwohl sie sich darum bemühte. Der dunkle Riese nickte, nahm die Pferde beim Zügel und stapfte davon.

Daraufhin wandte András sich wieder an seine Besucherin und führte sie auf das hell erleuchtete Rechteck der Türöffnung zu, aus der ihr wohlige Wärme entgegenströmte. Sie fühlte sich befangen wie ein junges Mädchen, als sie eintrat und sich ihren pelzgefütterten Mantel abnehmen ließ. Sie reichte ihm auch Muff, Handschuhe und Hut, die András auf eine Truhe mit prächtigen Intarsien legte. Der Diener war nicht zu sehen, und Therese war darüber ganz froh. Sie fühlte sich noch immer nicht recht wohl in ihrer Haut. Obwohl sie es ja gewollt hatte und auch nicht zurücktreten mochte, lockte und schreckte sie das Unbekannte gleichermaßen.

András führte seine Besucherin in einen Salon, der vielleicht zu einem kleinen Jagdschlösschen passen würde oder zu einem

Sommerlandhaus eines Adeligen. Er war nicht sehr groß und auch nicht prächtig zu nennen, dafür sehr geschmackvoll eingerichtet, so dass er eine heimelige Wärme ausstrahlte, die nicht nur von dem Feuer im offenen Kamin zu kommen schien. Wie groß das Gebäude war, hatte sie in der Dunkelheit nicht erkennen können, außer dass es nur über zwei Stockwerke und ein tief herabgezogenes Dach verfügte. Der Garten war tief verschneit, so dass nur ein paar Mauerpfeiler, die Spitzen eines schmiedeeisernen Zauns und einige weiß überzuckerte Bäume zu sehen waren.

»Wo sind wir hier?«, fragte Therese, obwohl sie das nicht hatte tun wollen, aber ihr fiel keine andere Frage ein, die sie nicht noch befangener gemacht hätte. Sie war schon erleichtert, dass sie wieder über eine Stimme verfügte.

András, der aus einer Kristallkaraffe dunklen Rotwein in zwei Gläser füllte, wandte sich ihr mit einem Lächeln zu.

»Im Zauberland, Therese, haben Sie das schon vergessen? Eine Adresse gibt es hier nicht. Es liegt hinter den Wolken verborgen, und nur der Suchende mit sehnendem Herzen wird es finden.«

»Und, nennen Sie dieses Zauberland Ihr Eigen, und bringen Sie stets Ihre Suchenden hierher?«

Sein Lächeln verschwand für einen Augenblick. Die Fürstin hätte sich die Zunge abbeißen mögen! Nein, so etwas hatte sie nicht sagen wollen, und dennoch brannte die Frage in ihr: War das sein Unterschlupf, wie sicher viele Männer von Adel ihn besaßen, um ihre Geliebten fern der neugierigen Augen der Gesellschaft zu treffen?

András stellte die Gläser behutsam ab, trat auf die Fürstin zu und legte ihr seine kalten Finger unter das Kinn, bis sie zu ihm aufsah. Obwohl sein Gesichtsausdruck noch immer ernst war, klang seine Stimme weich.

»Therese, es gibt keinen Grund für dieses Misstrauen, oder soll ich sagen, die Verbitterung, die sich über die Jahre in Ihnen angesammelt hat? Ja, es ist mein Eigentum und ein Ort, an den ich mich zurückziehen kann. Und nein: Ich pflege keine Geliebten hierher mitzunehmen. Ich pflege mir überhaupt keine Geliebte zu halten! Das dürfen Sie mir glauben. Ich bin kein Heiliger, nein, ganz gewiss nicht, mich treiben andere Leidenschaften an. Aber dies hier ist auch für mich nicht einfach Zerstreuung, die man wie ein Glas Wein oder ein Stück Konfekt genießt und danach vergisst. Sie sind eine ganz besondere Frau, und Sie haben sich einen Platz in meinen Gedanken erobert, wie es nur wenige Menschen tun. Verbannen Sie nun die Zweifel, und nehmen Sie diese Zeit an, als das, was Sie sein soll: Ihre ganz eigenen Stunden, die Sie für immer in Ihrem Herzen tragen werden.«

Und dann küsste er sie. Therese konnte sich noch an seinen ersten Kuss erinnern und wie ihr Körper unvermittelt in Flammen gestanden hatte. Dabei war das nur eine kleine, zärtliche Berührung gewesen. Eine Andeutung dessen, was sein könnte. Der Kuss unter dem dunklen Durchgang hatte schon mehr offenbart. Und dennoch war auch er nur eine Ouvertüre gewesen, die die Spannung wecken soll auf das, was noch kommt.

Damals war ihr nicht klar gewesen, wie sich dies anfühlen könnte. Nun wusste sie es! Oder begann zumindest zu ahnen, was Leidenschaft war. Sie lag in seinen Armen. Kühl und fest hielt er sie umschlungen, so dass sie sich keine Sorgen wegen ihrer zunehmend nachgebenden Knie machen musste. Ihr Kopf lag in seiner Armbeuge, die Augen hatte sie geschlossen. Therese ließ sich küssen. Sie gab seinen Bewegungen nach, sie schmeckte und roch und atmete ihn in sich ein. Sie lauschte dem Rhythmus ihres Herzen, das plötzlich ganzer Walzertakte fähig zu sein schien, und sie spürte die Wellen aus Hitze und Kälte, die durch ihren Körper wogten. Furcht, Zweifel und Scham wurden von ihnen weggespült.

Was bedeuteten diese Worte überhaupt?

Das war nicht die Zeit, über so etwas nachzudenken! Therese genoss es, das Verlangen noch ein wenig hinzuhalten, den Schmerz in sich wachsen zu spüren. Ein Verlangen, das sie bisher nur als kleinen Keim gekannt hatte. Dann aber konnte sie sich nicht länger zurückhalten. Sie klammerte sich an ihn und erwiderte den Kuss.

Irgendwann, als sie dachte, sie würde vor Atemnot gleich die Besinnung verlieren, löste er sich von ihr, obwohl das nicht in Thereses Sinn war.

András hielt ihre Hände fest und führte sie zu einem Sessel, als sie zu schwanken begann.

»Möchten Sie ein Glas Wein oder etwas zu essen? Ich kann Ihnen leider kein raffiniertes Menü anbieten. Nur ein wenig frisches Brot, kalten Braten und Schinken, Früchte und Konfekt. Und ich glaube, Goran hat auch Kaffee und Kipferl am Ofen warmgestellt.«

Therese streckte die Arme nach ihm aus. »Ich begehrte jetzt weder zu essen noch zu trinken. Ich begehre Sie!«

András lachte, aber es klang kein Spott darin. »Nicht so hastig, meine Liebe. Auch die Leidenschaft braucht ihre Zeit zu treiben und zu sprießen, ehe sie vollständig erblüht. Das ist erst der Beginn!«

Therese stöhnte. »Der Beginn? Mehr kann ich nicht aushalten! Das Feuer wird mich sonst verzehren.«

András küsste sie sanft auf die Stirn und reichte ihr das Glas mit Wein. »Das brauchen Sie nicht zu befürchten. Ich verspreche, dass mehr als ein Häufchen Asche von Ihnen bleiben wird.«

»Ich hoffe, Sie behalten recht, mein Freund.« Therese trank den Wein. Eigentlich hatte sie nur daran nippen wollen, doch nun leerte sie das Glas in raschen Zügen und streckte ihm das leere fordernd entgegen. András nahm es ihr aus der Hand.

»Nein, meine Liebe, mehr gibt es im Augenblick nicht. Der

Wein ist schwer, und ich will nicht, dass er Ihre Sinne vernebelt. Das wahre Empfinden verdient es, unverfälscht genossen zu werden! Möchten Sie nun etwas essen oder Ihren Kaffee und die Kipferl genießen?«

»Nein!«, rief Therese erbost, doch das reizte den Grafen nur weiter zum Lachen. Er verschwand und kam kurz darauf mit einem Tablett zurück. Aus der feinen Porzellantasse stieg köstlicher Kaffeeduft, und auch das Kipferl war warm und kross, wie Therese es liebte. Sie ergab sich in ihr Schicksal und leerte Tasse und Teller, wobei ihr auffiel, dass der Graf wieder einmal nichts zu sich nahm. Auch sein Weinglas war noch gänzlich unberührt. Hatte sie ihn, seit sie ihn kannte, überhaupt jemals etwas essen oder trinken sehen? Therese runzelte die Stirn und betrachtete ihn mit neuem Interesse. War das nicht seltsam? Was konnte das bedeuten?

Ein Mensch aus Fleisch und Blut musste essen und trinken! Daran gab es nichts zu rütteln. Nun gut, vielleicht nahm er nur tagsüber etwas zu sich. Noch etwas fiel ihr plötzlich auf. Sie hatte ihn bisher nur nach Einbruch der Dunkelheit gesehen und nicht ein einziges Mal im Licht des Tages!

Der Graf nahm ihr die leere Tasse aus der Hand und zog sie von ihrem Sessel hoch. Und nun?

Schon wieder griff die Befangenheit nach ihr. Bedenken buhlten um ihre Aufmerksamkeit. Zumindest, bis András hinter sie trat und sein kühler Atem die Härchen in ihrem Nacken dazu brachte, sich in die Höhe zu recken. Sein Mund an ihrem Ohr ließ die Flammen wieder auflodern. Seine Arme hielten sie umschlungen, während sich seine Lippen auf Wanderschaft begaben. Sie merkte kaum, dass er die Bänder in ihrem Rücken zu lösen begann, bis seine Lippen immer tiefer wanderten. Raschelnd fiel das exquisite Seidenkleid zu Boden und bauschte sich um ihre Füße, während sie in Unterkleid und Mieder vor ihm stand.

Der Graf begann nun nicht, wie ein wildes Tier zu atmen. Er stierte sie nicht an, als würde er gleich zu geifern beginnen, und er riss nicht an ihrer Wäsche, um den störenden Stoff so rasch wie möglich zu beseitigen.

Seine Fingerspitzen und Lippen umschmeichelten sie. Schienen jeden Zoll ihrer Haut liebkosen zu wollen. Und wenn sie auf ein stoffliches Hindernis stießen, lösten sie es mit ruhigen Bewegungen.

Therese begann zu zittern, bis sie am ganzen Körper bebte. Doch nicht vor Kälte. Es war ihr vor dem lodernden Feuer gar so heiß, dass sie zu verbrennen schien. Nein, weder das Zittern noch das Brennen in ihr hatten etwas mit den Gegebenheiten des Zimmers zu tun!

So arbeitete er sich vor, bis auch das Korsett fiel und die Fürstin nackt im Licht des flackernden Feuers vor ihm stand.

»Was für einen schönen Körper Sie sich bewahrt haben«, raunte er ihr ins Ohr, gerade, als der kleine Dämon ihr einzuflüstern begann, wie ein so junger Mann die alternde nackte Haut vor sich wohl finden würde.

Seine beiden Hände schlossen sich um ihre Schläfen, und sein Blick schien in sie einzudringen.

»Hören Sie auf, sich dumme Gedanken zu machen. Konzentrieren Sie sich auf ihre Sinne. Sie werden Ihnen zeigen, was gut und richtig ist.«

Hatte er die Macht, in ihren Geist einzudringen und die Räder des ständig ratternden Uhrwerks anzuhalten? Vielleicht.

Es lag an diesen hypnotischen Augen, in denen nun wieder der rote Schimmer war, den sie schon ein paar Mal zu entdecken geglaubt hatte.

András beugte sich hinab und hob sie auf, als sei sie nicht schwerer als eine Puppe. Dabei würde sich die Fürstin durchaus als eine Frau stattlicher Größe bezeichnen, wenn sie in diesem Moment über solch triviale Dinge nachgedacht hätte. Aber das hatten ihr die roten Augen ja untersagt!

So ließ sie sich gegen den erstaunlich muskulösen Körper sinken und fühlte nur noch: seine Hand in der nackten Kniekehle, sein Arm an ihrem Oberschenkel.

Er schritt auf eine Tür in der Täfelung zu und schob sie auf. Therese erhaschte einen Blick auf ein Gemach, kaum größer als der Salon, in dem ebenfalls ein Kaminfeuer brannte. Zwei silberne Kandelaber verströmten sanftes Licht. Zwischen den beiden Tischchen mit den Kerzen stand ein Bett. Natürlich. Es war breit und von einem roten Baldachin behütet, dessen Vorhänge zurückgezogen waren. Weiche, weiße Kissen und Federdecken luden ein, sich zur Ruhe zu legen. András ließ seine Last in die Kissen sinken und rutschte neben sie auf die Matratze. Seine Lippen und Hände schienen überall zu sein, eisig und brennend. Therese wusste es nicht mehr. Selbst wenn ihr die Augen nicht verboten hätten, weiter über alles nachzudenken, hätte der Sturm der Gefühle sie jetzt zum Schweigen gebracht. Das Verlangen wuchs mit jedem Moment. Sie wollte ihn überall an und in ihrem Körper spüren! Jetzt!

»Nein, gedulde dich. Wir sind noch nicht so weit!«, flüsterte er, obwohl sie diese Gedanken nicht ausgesprochen hatte.

Er quälte sie! Ja, das war es. Eine Qual. Eine süße Qual. Unerträglich. Konnte Verlangen so schmerzhaft sein?

Ihr Oberkörper bäumte sich auf. Ihr Mund gab nur Laute von sich. Für diese Empfindungen gab es keine Worte. Oder Therese kannte sie zumindest nicht.

Plötzlich zogen sich seine Hände und Lippen zurück. Sein Körper verschwand. Therese riss die Augen auf. »Nein!«, schrie sie in tiefem Entsetzen. Er würde sie doch nicht etwa in diesem Augenblick verlassen? Dann müsste sie sterben. Zweifellos.

»Sch«, erklang es an ihrem Ohr. Und dann waren auch die Lippen wieder bei ihr. Als sie spürte, wie sein Gewicht kurz darauf das Bett wieder beschwerte, rollte sie sich herum und umschlang ihn. Seinen nackten Körper.

Es war wie ein Blitzstrahl, der sie schüttelte. So kalt, so ebenmäßig. Marmorgleich. Und so begehrenswert.

Nun war sie es, die sich auf ihn stürzte, nicht genug bekommen konnte, ihn zu berühren und zu liebkosen. Es fühlte sich so anders an als alles, was sie kannte. – Wobei ihre Erfahrung mit Männern eher dürftig zu nennen war!

András ließ sie eine Weile gewähren, dann übernahm er wieder die Führung. Sanft, aber bestimmt schob er Therese von seiner Brust und wandte sich ihr zu. Noch einmal küsste er sie mit solch einer Leidenschaft, dass sie aufstöhnte. Sein Körper schob sich über sie, ohne dass er sie mit seinem Gewicht schmerzhaft in die Matratze drückte. Sie fühlte seine Knie zwischen den ihren, und seine Schenkel leicht auf ihre drücken.

Therese riss die Augen auf. Nun würde es kommen. Der Schmerz. Der Krampf in Bauch und Beinen. Und dann war es vorbei.

Doch alles, was sie sah, waren wieder die roten Augen, die sie sanft aber bestimmt aus ihren Erinnerungen holten und sie von diesem Ort verbannten, wo sie nichts zu suchen hatten.

Dann drang er in sie, und es hätte der Augen nicht mehr bedurft, sie von allem zu lösen. Es gab kein Gestern und kein Morgen. Nur den Augenblick und die heißen Wellen der Leidenschaft. Zwei Körper, heiß und kalt. Feuer und Eis. Himmel und Verdammnis. Alles wurde eins. Ihr Atem wurde keuchend und verlangte nach Erlösung. Und doch fürchtete sie nichts mehr als das. Es sollte nicht enden. Niemals. Niemals! Sie sollten so vereint bleiben. Bis in alle Ewigkeit!

Die Ewigkeit ist verdammt lang. Man sollte sie sich nicht leichtfertig herbeiwünschen. Ein Segen wird schnell zu einem Fluch.

Nur was endet, kann auch neu beginnen. Glück, Lust und Erfüllung sind ein Blitzen und taugen nicht zur Ewigkeit. Die Ewigkeit nährt sich von Leere, Nacht und Einsamkeit.

Was waren das für seltsame Gedanken?

So schnell sie aufgeblitzt waren, so schnell verwehten sie. Therese ergab sich und ließ sich der Erlösung entgegentragen.

Ihr Geist meldete sich erst wieder, als sich ihre Atmung langsam beruhigte. Sie lag nicht mehr unter seinem Körper. Nun ruhte sie auf seiner Brust und ließ den Kopf gegen seine Schulter sinken. Seine Arme umhüllten sie. Trocken und kühl, während ihre Haut noch immer glühte und von Schweiß benetzt war.

Er liebte sie in dieser Nacht noch einmal. Dann saßen sie zusammen vor dem Kamin, jeder ein Glas Wein in der Hand, wobei das seine sich wieder nicht leeren wollte. András hatte ihr fürsorglich einen duftend weichen Morgenmantel umgelegt, doch Therese war nicht kalt. Die Gefühle, die wie Wogen in ihr brandeten, kannten keine solch einfachen Empfindungen wie heiß oder kalt. Vielleicht würde sie neue Worte für sie finden müssen.

Therese sah in die Flammen und versuchte zu ergründen, was sie empfand. Konnte man gleichzeitig glücklich erfüllt und unendlich traurig sein?

»Ja, das ist möglich.«

Sprach er, oder hörte sie ihre eigenen Gedanken in seiner Stimme in ihrem Kopf?

»Ein Teil Ihres Geistes wandelt in dem, was Sie erlebt haben, und lässt dieses Glück noch einmal wie ein Echo erklingen. Der andere Teil greift in die Zukunft und fürchtet, dass diese Gefühle einzigartig für Sie waren und Sie sie nicht wieder erleben dürfen.«

Therese nickte und lehnte sich an seine Schulter. »Ja, so ist es, mein Freund der großen Gefühle und des glasklaren Verstandes. Ich weiß, dass ich das nicht sagen sollte, doch mir kommt mein

Leben mit all dem gesellschaftlichen Flitterkram so vergeudet vor, und ich fürchte mich vor jeder Stunde ohne Sie, die mir nun einsam erscheinen wird.«

Er schwieg, und Therese rückte ein wenig von ihm ab, um ihm ins Gesicht sehen zu können. Auch in seiner Miene glaubte sie Schwermut lesen zu können.

»Wer nicht vom Glück genascht hat, weiß auch nicht, was er versäumt. Ich war lange Zeit mit dem zufrieden, was ich hatte. Nun kann ich das nicht mehr.«

András nahm ihre Hände. »Und doch wurde die Sehnsucht in Ihnen mit jedem Tag größer, denn auch ohne zu wissen, haben Sie geahnt, dass da noch viel mehr sein kann.«

Therese nickte. »Ja, das ist wahr. Ich wollte es wissen, und ich bereue es nicht. Ich bin nur traurig, dass es nicht in meiner Macht steht, das Glück zu halten.«

»Ja, das Glück lässt sich nicht in einen Käfig sperren. Müsste es seine Freiheit verlieren, würde es verkümmern. Doch wer offen durch die Welt geht, der begegnet ihm immer wieder ganz unverhofft. Seien Sie klug und vergessen Sie das nie.«

»So wie Sie, András?«

Er wirkte überrascht. »Wie ich?«

»Ja, Sie sind frei. Sie lassen sich nicht in das Gefängnis der Konventionen sperren. Sie stehen irgendwie über den Dingen, also müssten Sie dem Glück sehr oft begegnen.«

András sah sie lange an. »Nein, so ist es nicht, obwohl Sie mit dem Ersten wenigstens zum Teil recht haben. Die Konventionen Ihrer Gesellschaft kümmern mich wenig. Aber frei bin ich ganz sicher nicht, und das Glück schlägt gern einen großen Bogen um die Finsternis.«

»Sie machen auf mich aber nicht den Eindruck eines unglücklichen Mannes, den seine Fesseln niederdrücken«, erwiderte sie in scherzhaftem Ton. Seine Antwort dagegen klang ernst.

»Ich habe gelernt, das Schicksal anzunehmen und meine eigenen Freuden daraus zu ziehen.«

»András, Sie sind nicht wie andere Menschen. Wie kein einziger Mensch, den ich je kennengelernt habe!«

Er neigte den Kopf, sagte aber nichts.

»Warum ist das so? *Was* ist es, das Sie von allen anderen unterscheidet?«

»Dass ich es bin, der Ihnen das Glück von Zärtlichkeit und Leidenschaft zeigen durfte?«

»Nein, das meine ich nicht, und das wissen Sie genau. Lenken Sie nicht ab. Ich möchte es wissen! Verraten Sie mir Ihr großes Geheimnis«, verlangte die Fürstin.

»Vielleicht ist es ja ähnlich wie mit dem Glück, das man einmal gekostet hat und das einen die Leere danach noch tiefer empfinden lässt. Vielleicht wollen Sie das Geheimnis nur ergründen, weil Sie nicht ahnen, wie tief es reicht, und welch Abgründe im Verborgenen lauern können. Sie würden sich nach der Unwissenheit zurücksehnen!«

Therese warf den Kopf zurück. »Nun haben Sie mich erst recht neugierig gemacht. Sie haben mir das Glück gezeigt, mein Freund, und lassen mich nun mit dem Grau meines Alltags allein. Nein, Sie brauchen sich nicht verteidigen oder mir ewige Freundschaft schwören. Wenn es so ist, freue ich mich darüber und werde jede Minute in Ihrer Gesellschaft genießen. Dennoch gehört auch das Grau des Alltags zu meinem Leben, das ich nun tiefer empfinde, und es steht in keiner Macht, es mir zu ersparen. So ist das Leben! Glauben Sie nicht, dass ich nun auch die Abgründe Ihres Geheimnisses ertragen könnte?«

»Sie haben mich beschworen, unsere Freundschaft über diesen Tag hinaus zu bewahren. Wollen Sie sie nun Ihrer weiblichen Neugier wegen aufs Spiel setzen?«

Therese starrte ihn erst verblüfft an, dann lachte sie. »Ah, Ihr

Name ist eigentlich Loherangrin! Müssen Sie wieder in Ihr verborgenes Reich verschwinden, wenn ich Sie nach Ihrem Namen frage?«

Er fiel nicht in ihr Lachen ein. Stattdessen sagte er ernst: »Ja, das kommt der Sache recht nahe. Wobei Loherangrin zu den strahlend guten Helden gehört. Meine Welt dagegen ist die Finsternis. Und es ist nicht mein Name, der Sie schrecken würde.«

»Was dann?«, fragte sie leise. Sie näherte ihr Gesicht, dass sie das Gefühl hatte, ihr Blick würde in den seinen gesogen. Da war wieder dieses Flackern in seinen Augen, das rote Glühen, das so gar nicht menschlich schien.

»Therese, halten Sie ein. Sie wissen nicht, was Sie für eine Feuersbrunst entfachen könnten, wenn Sie weiter mit den Flammen spielen. Für mich ist sie keine Gefahr, aber Sie würde das Feuer verzehren!«

»Bis nur noch ein Häufchen Asche übrig bleibt?«, hauchte sie. Ihre Lippen berührten sich nun fast.

»Nein, ein leerer, kalter Körper, der nicht mehr zu Zärtlichkeiten und Leidenschaft taugt, sondern nur noch – stumm und kalt – der Erde zum Zerfall.«

»András, wollen Sie mir Angst machen und mir sagen, Sie seien der verirrte Geist, der nachts in Wien sein Unwesen treibt und die Frauen und Männer tötet? Ja, sie bestialisch abschlachtet?« Ein Hauch von Unsicherheit schlich sich in ihre Stimme.

»Nein, der bin ich nicht, und dennoch könnte ich es sein. Es ist genug Finsternis in mir – ich will nicht sagen in meiner Seele, denn eine solche besitze ich vermutlich schon lange nicht mehr.«

»Ja, und nun wollen Sie mir gleich weismachen, dass Sie ein verirrter Dämon sind, der der Hölle entsprungen ist. Ach András, ich meine es ernst.«

»Ich meine es auch ernst, Therese, denn ich begehre Sie mit jeder Minute mehr, dass ich nicht weiß, ob ich mich auf meine lang geübte Beherrschung verlassen kann. Sie begehren mich auch, wollen Sie sagen, und dass das für Sie in Ordnung sei? Nein, Therese, denn ich lechze nach einer anderen Erfüllung. Nach Ihrem Blut!«

Sie hörte seine Worte, die so ernsthaft klangen, und gleichzeitig so unsinnig. Und dennoch war da etwas in seinem Ausdruck, das sagte, dies war alles andere als ein Scherz. Das Verlangen loderte bedrohlich in seinen Augen, aber sie wich nicht zurück. War es verrückt, dass sie alle seine Warnungen in den Wind schlug? Noch immer konnte sie nicht an das Düstere glauben, das Unnatürliche, das sich wie bedrohliche Schatten um sie zu schließen begann.

András öffnete den Mund und zog seine bleichen Lippen ein wenig hoch. Irgendetwas stimmte nicht mit seinen Zähnen. Was war das? Die beiden Eckzähne schimmerten unglaublich spitz und schienen zu wachsen.

Therese schüttelte den Kopf. Sie musste träumen. Und dennoch begriff sie, dass sie nun an dem Abgrund stand, von dem András gesprochen hatte.

»Wirst du mich jetzt töten?«, fragte sie ohne ein Zittern in der Stimme.

»Nein, und ich rühre dich auch nicht an, wenn du mich jetzt wegschickst. Doch wenn ich mein Verlangen an dir stillen darf, dann verspreche ich dir, dass du keine Schmerzen erleiden und auch nicht daran sterben wirst.«

»Ist es das, was dir deine glücklichen Augenblicke schenkt?«, fragte sie in einem rauen Flüstern. András nickte. Er wartete, ohne sich zu rühren.

Therese sah ihn an. Jedes Detail prägte sie sich ein. Sein altersloses Gesicht, so bleich und glatt, sein dunkles Haar, die düsteren Brauen, die schwarzen Augen mit dem lodernden Feuer, die schöne Gestalt, jeder Muskel wie von einem der Renaissancekünstler aus einem makellosen Marmorblock gemeißelt. Langsam sickerte Verstehen durch ihren Geist, doch es schreckte sie nicht. Vielleicht war es gerade das, was sie am meisten erstaunte. Eine Ewigkeit schien zu vergehen, ohne dass sich einer von ihnen rührte. Sie sahen einander nur an.

»Ich war wohl naiv zu glauben, unsere Freundschaft könnte diese Nacht unversehrt überdauern«, brach Therese die Stille. »Alles ist im Fluss, und auch unsere Freundschaft wird sich wandeln. Lassen wir uns überraschen, was das Leben morgen für uns bereithält.«

Sie schlang die Arme um seinen Leib und küsste ihn. András zog sie an sich. Es war eine andere Leidenschaft, die ihr nun entgegenbrandete, und sie begriff, dass er bisher nur ihr Verlangen gestillt hatte. War es da nicht gerecht, ihn nun seinen Frieden finden zu lassen?

Sie hörte ein Auflachen. »Therese, du bist die ungewöhnlichste Frau, die mir in zweihundert Jahren begegnet ist. Ich fühle mich geehrt.«

Sie ließ es zu, dass er ihren Kopf sanft zurückbog, bis sich ihr Hals ihm einladend darbot.

Nein, er hatte nicht gelogen, es schmerzte nicht, als seine Zähne durch ihre Haut glitten, und auch als er ihr Blut trank, war es eher wie ein Schwindel, der einen erfasst und die Welt in wirbelnde Nebelschwaden taucht. Sie roch seinen kalten Atem und ihr warmes Blut. Sie spürte seine Arme um sich und sein Verzücken, das sich mit jedem Schluck mehr zu einer Ekstase steigerte, derer Menschen nicht fähig schienen. Oder doch? Sie hatte vorhin in seinen Armen mehr als nur einen Hauch davon gespürt. Doch im Gegensatz zu ihr gönnte er sich keine Erlösung. Sie spürte, wie er sich verspannte und gegen sich selbst kämpfte, und sie begriff, dass seine Erlösung ihren Tod bedeuten würde. Dennoch verspürte sie keine Angst. Würde sein Verstand oder seine Natur siegen?

»Sein Verstand!«, beantwortete András ihren Gedanken, als er sich von ihr löste. »Ich hatte viel Zeit, mich in Beherrschung zu üben. Und nun schlaf, Therese, du bist schwach und bedarfst der Ruhe.«

So als könne sie gar nicht anders, als diesem Befehl zu gehorchen, sanken ihre Lider herab, und sie fiel in tiefen, traumlosen Schlaf.

21. Kapitel

Vasiles

András trug Therese in die Kutsche und brachte sie nach Wien zurück. Die Bewohner des Palais Kinsky lagen in tiefem Schlaf, als er die Fürstin in ihr Gemach trug. Er zog ihr das Seidennachtkleid an und deckte sie zu. Sie murmelte im Schlaf. Gut, dann schien er sie nicht zu sehr geschwächt zu haben. András sah zu der Tür hinüber, hinter der die Kammerfrau zu schlafen pflegte. Er vermisste ihre Atemzüge, die er bei seinen zahlreichen Besuchen stets vernommen hatte. Kein Schnarchen, kein Rascheln einer Matratze. Hatte sie gar auf ihre Herrin gewartet? András ließ den Blick schweifen und sah auch kurz in den Salon der Fürstin. Hier jedenfalls war die Kammerfrau nicht. András trat zu der schmalen Tür, hinter der sich Vesnas Lager befand, und öffnete sie einen Spalt. Nichts. Es war niemand da. Er betrachtete das Bett, das in dieser Nacht bereits benutzt worden sein musste. Decke und Kissen waren zerwühlt.

Ein Seufzen vom Bett der Fürstin lenkte ihn ab. Er eilte an ihr Lager.

»Therese, sind Sie wach?«

»Vielleicht, mein Freund, ich bin mir nicht sicher.« Sie griff an ihren Hals, wo seine Zähne zwei winzige Wunden zurückgelassen hatten. »Ich muss erst darüber nachdenken, was wirklich ist und was Fantasie. Es ist schwer zu begreifen.«

András küsste ihre Hand. »Ja, das ist es, darum schlafen Sie nun. Werden Sie gesund und kräftig!«

»Wann sehe ich Sie wieder?«

»Wenn die Sonne hinter dem Horizont verschwunden ist.«

Therese sah ihn forschend an. »Ja, natürlich, nur so ist es möglich. Seltsam, dass ich mir bisher keine Gedanken darüber gemacht habe. Und über so vieles andere auch nicht, das mir die Wahrheit hätte sagen können – ja, sie mir geradezu ins Gesicht schrie.«

»So sind die Menschen. Was nicht in ihr Bild der Welt zu gehören scheint, das ignorieren sie oder sie passen es sich an. Ich war auch einmal so, vor langer Zeit, als ich noch zu den Menschen gehörte.«

»Wann war das? Wie alt sind Sie?«

Er lächelte und strich ihr über die Wangen. »Alt, sehr alt, meine liebe, junge Freundin. Wer zählt noch die Jahre, wenn die ersten zweihundert erst einmal verstrichen sind?«

Therese richtete sich ein wenig auf. »Zweihundert Jahre? Das ist unglaublich! Ach, Sie müssen mir so viel erzählen. Ich brenne darauf, alles, was Sie in dieser Zeit erlebt haben, zu erfahren.« Sie gähnte herzhaft und sank in ihr Kissen zurück. »Aber nicht jetzt. Jetzt muss ich ein wenig schlafen und von den unbegreiflichen Wundern dieser Welt träumen.« Ihre Lider schlossen sich.

András beugte sich vor und küsste ihre Stirn. »Ja, tun Sie das, meine Teuerste. Wir haben ja noch so viel Zeit.«

Das waren seine letzten Worte. András verließ das Palais, während er diesen außergewöhnlichen Abend in seinen Gedanken nachklingen ließ. Ja, er war etwas ganz Besonderes, und dennoch fragte er sich später oft, ob das seine Nachlässigkeit entschuldigen oder auch nur erklären konnte. Warum hatte er sich nicht weiter für die verschwundene Kammerfrau interessiert? Warum war er nicht an ihr zerwühltes Lager getreten? Warum war er blind und taub wie ein Mensch durch das Palais getaumelt? Hätte er Vesnas Blut in ihrem Bett entdeckt oder die Witterung aufgenommen, die der Eindringling zurückgelassen hatte, vielleicht hätte das Schicksal einen anderen Weg eingeschlagen. So aber lehnte sich András versonnen in die Polster seiner Kutsche zurück und ließ sich von Goran nach Hause fahren, während der fremde Vampir vom Schottenkloster aus auf der anderen Seite des Platzes verborgen das Palais des Fürsten Kinsky beobachtete.

Die Kutsche hielt an, und der Ruck riss András aus seinen Gedanken. Er brachte ihm die unliebsamen Erinnerungen zurück, die er am Abend beim Verlassen seines Hauses zurückgelassen hatte. Was würde er vorfinden? Die Ahnung überfiel ihn so heftig, dass er die Zähne zusammenbiss. Es half nichts, nun musste er sich der Sache stellen und den Fehdehandschuh aufheben.

András riss den Wagenschlag auf, bevor Goran vom Kutschbock gesprungen war.

»Blut!« Er roch es, noch ehe er die Kutsche verließ, und auch die Witterung des fremden Vampirs drang ihm in die Nase.

Goran drängte sich mit grimmiger Miene an die Seite seines Herrn und zog seinen Dolch.

»Kümmere du dich zuerst um die Pferde. Ich gehe nachsehen, was unser ›Freund‹ uns dieses Mal hinterlassen hat.«

Alle Sinne wachsam folgte er der Blutspur ins Haus und die Treppe hinauf. Zumindest dachte er, er habe seine Sinne geschärft, doch nur auf die Fährte des Vampirs, nicht auf den Geruch des Opfers. Er hätte es bereits unten an der Tür erkennen müssen! So aber sandte er seine Witterung voraus, um zu ergründen, ob der Eindringling noch im Haus war und vielleicht irgendwo verborgen lauerte, um sich auf den Hausherrn zu stürzen.

András empfand keine Furcht. Dieses Gefühl kannte er nicht mehr. Es war nur Vorsicht, geboren aus dem Wissen, dass man niemals den Fehler begehen durfte, einen Vampir zu unterschätzen. Sein Gegner musste sich seiner Kräfte sehr sicher sein, so dreist wie er ihn herausforderte! War er nur verblendet, oder schlummerten in ihm Mächte, die András noch nicht erkannt hatte? Das herauszufinden war nun die dringlichste seiner Aufgaben.

Zumindest dachte er das in jenem Augenblick, da er mit wachsender Unruhe der Spur in den ersten Stock und dann durch die Räume bis in das herrschaftliche Gemach folgte. Er ließ sich Zeit und stellte erst sicher, dass der Eindringling sich nirgends verborgen halten konnte und ihm so nicht in den Rücken geriet. Langsam schritt er weiter. Nein, es wunderte ihn nicht, dass die Blutspur bis an die verborgene Tapetentür führte, die nun weit offen stand. András trat in die Öffnung und blieb dort stehen, um das Bild, das sich im bot, aufzunehmen.

Der andere Vampir war fort, doch er hatte ihm wieder einmal ein Geschenk hinterlassen. Und dieses Mal würden die Spuren nicht so leicht zu beseitigen sein. András hörte Goran hinter sich das Gemach betreten. Der Diener sog scharf die Luft ein, als er den ersten Blick in das kleine Gemach werfen konnte.

András' Sarg war aufgeklappt, und in seinen Kissen lag die nun blutleere Leiche seines neusten Opfers. Doch wie hatte er sie zugerichtet! Mit einer Messerklinge und seinen Zähnen hatte er sich an der Frau vergangen und ihren schönen Körper zerstört. Das Blut, das er nicht getrunken hatte, war über den Boden und die Wände verspritzt. Nur ihr Gesicht hatte er unversehrt gelassen. Das Entsetzen stand noch in den weit aufgerissenen Augen. Nein, er hatte sie nicht mit seinem Blick betört, ehe er ihr Gewalt angetan.

Goran deutete mit einem fragenden Blick auf die Frau.

»Ob ich sie kenne? Ja, ich habe sie schon gesehen und noch häufiger gerochen. Ihr Name ist Vesna, und sie war die Kammerfrau von Fürstin Kinsky.«

In dem Augenblick, als er ihren Namen aussprach, wurde ihm das Ausmaß der Teufelei klar. Dazu brauchte es nicht mehr der blutverschmierten Karte, die Goran vom Boden aufhob und seinem Herrn reichte.

Wie hatte er so blind sein können, nicht zu bemerken, wie sich das Netz langsam um ihn zuzog? Wie hatte er seinen Gegner so unterschätzen können? Der Fremde hatte sein Opfer von Anfang an studiert und so die tödliche Falle gestrickt.

András war schon auf der Treppe, als er Goran noch einige Anweisungen zurief, dann fiel das Tor hinter ihm ins Schloss. Als Fledermaus schoss er in die Luft und zischte pfeilgerade über die Dächer der Häuser der Freyung zu. Das Fenster zum Gemach der Fürstin stand einladend offen. War es vorhin nicht geschlossen gewesen? Wer würde in dieser Winternacht ein Fenster öffnen?

Die möglichen Antworten gefielen András nicht, dennoch nutzte er den kürzesten Weg, der sich im bot, und schoss mit angelegten Flügeln in das Gemach – bis der zugebundene Vorhang seinen Flug abrupt beendete. Der Stoff war zu schwer, als dass er sich hätte hindurchkämpfen können. Er rutschte an der glatten Stoffbahn entlang und stürzte zu Boden.

Er hörte ein Lachen, das zu einer Stimme gehörte, die er nicht kannte, und das ganz sicher nicht freundlich war.

András wandelte sich zurück. Das war der kritische Moment, in dem er angreifbar war, doch blieb ihm eine andere Wahl? Als Fledermaus hilflos auf dem Boden, mit den Flügeln noch in den Falten des Vorhangs verstrickt, genügte ein kräftiger Tritt, ihn zu zermalmen!

Die Wandlung glückte, und András erhob sich in seiner menschlichen Gestalt. Für einen Moment war er irritiert, dass dieser Fehler ihn nicht seine ruhelose Existenz kostete. Warum hatte der andere darauf verzichtet, ihn in diesem Moment anzugreifen? Wozu sonst war diese Falle ausgelegt gewesen?

Er betrachtete seinen Gegner abschätzend. Von seiner äußeren Erscheinung her war er jung, kaum ein Mann zu nennen, was nichts über sein wahres Alter und seine Kräfte als Vampir aussagte. Dennoch fühlte es sich nicht so an, als habe er einen Meister vor sich.

Der Jüngling klatschte in die Hände. »Ein wunderbarer Auftritt, András. Ich gratuliere Ihnen. Sie haben meine Botschaft also bekommen und müssen sich ganz schön beeilt haben, dass Sie jetzt schon hier eintreffen. Darf ich mich vorstellen? Wir hatten bisher noch nicht persönlich das Vergnügen. Mein Name ist Vasiles.«

Langsam kam András näher. Der andere versperrte ihm die Sicht auf Thereses Bett, doch der Geruch ihres Blutes lag schwer über dem Gemach. War er zu spät gekommen?

»Bleiben Sie stehen!«

»Warum sollte ich das tun?«

»Weil Ihnen vielleicht daran liegt, Ihre kostbare Fürstin zu retten?«

Dann lebte sie also noch? András zögerte.

»So ist es brav. Sie haben also tatsächlich Gefühle für Menschen entwickelt. Ich wollte es nicht glauben! Aber es stimmt. Wie kann man sich nach so vielen Jahren dieser Schwäche hingeben?«

»Falls Sie so alt werden würden, hätten Sie die Möglichkeit, das zu erfahren«, erwiderte András. Er versuchte einen Blick auf die Fürstin zu erhaschen. Hob und senkte sich die Bettdecke noch unter ihren Atemzügen?

Der andere lächelte. »Schön gesagt. Sie würden also das Sakrileg begehen, einen anderen Vampir zu vernichten? Nein, ich bin entsetzt.«

»Vasiles, Sie sind in mein Revier eingedrungen und haben mir den Handschuh zugeworfen. Ich nehme ihn lediglich auf. Was sonst bezwecken Sie als einen Kampf bis zur Vernichtung?«

»Sie könnten Ihre Niederlage eingestehen und reumütig in die Höhen der Karpaten zurückkehren«, schlug der andere vor.

»Und Ihnen Wien kampflos überlassen? Sie sind entweder sehr unerfahren oder verrückt!«

»Nein, Sie sind verrückt, wenn Sie dachten, Ihr Verrat würde ungestraft bleiben und Sie nicht eines Tages einholen.«

András blinzelte überrascht. »Ich sollte an *Ihnen* Verrat begangen haben? Ich kann mich nicht erinnern, dass sich unsere Wege schon einmal gekreuzt hätten.«

Vasiles schüttelte heftig den Kopf. »Sind Sie so einfältig oder tun Sie nur so? Nicht an mir!«

»Dann tun Sie das alles also nicht aus eigenem Antrieb. Sie wurden geschickt …«, sagte András langsam.

Vasiles reckte sich stolz zu seiner vollen Größe auf. »Ja, denn ich bin ein treuer Diener, des Vertrauens würdig, das man mir schenkt.«

»Wie lautet Ihr Auftrag?«, ächzte András, obwohl er es ahnte.

»Wie wohl? Ihnen alles nehmen, was Ihnen lieb und teuer geworden ist!« Vasiles strahlte ihn an.

»Das wird Ihnen nicht gelingen!«, knirschte András und schob sich wieder ein Stück näher an das Bett der Fürstin heran. Wenn sie nur noch am Leben wäre! Was hatte er ihr zum Abschied gesagt? Ihnen bliebe noch so viel Zeit?

»Nein?«, feixte Vasiles. »Ich denke, ich bin auf dem besten Weg. Das andere war nur ein Vorgeplänkel, um Sie ein wenig zu reizen. Nun kommt das Finale, beginnend mit Ihrer Fürstin!«

Unvermittelt machte Vasiles einen Satz. Er stürzte sich nicht auf die Fürstin, wie András es erwartet hätte. Nein, er lief zur Tür und war bereits verschwunden, als András das Bett erreichte und sich über Therese beugte. Noch ehe er die Hand auf ihre Brust legte, wusste er, dass der andere ihn nur hatte hinhalten wollen. Therese war tot. Der Anblick ihres roh aufgebissenen Halses versetzte ihm einen Stich. Solch ein Ende hatte sie nicht verdient.

»Ich kann nicht bleiben, Therese, meine Freundin, ich muss

deinen Mörder zur Strecke bringen.« Er küsste sie auf die kalte Stirn und eilte Vasiles hinterher. Der hatte das Palais bereits verlassen und war auf der Straße nicht mehr zu sehen, doch András hatte keine Schwierigkeiten, seine Witterung aufzunehmen. Entweder war er noch zu unerfahren, um sich wandeln zu können und beispielsweise als Fledermaus keine Spuren zurückzulassen, oder er war so überheblich, dass er sich vor András' Vergeltung nicht fürchtete.

Es gab noch eine dritte Möglichkeit. Er ließ seine Duftmarken absichtlich zurück, damit András keine Schwierigkeiten hatte, ihn aufzuspüren. Wie hatte er gesagt? Die Fürstin war der Beginn des Finales?

Als András merkte, welche Richtung Vasiles einschlug, beschleunigte er seine Schritte. Er flog geradezu durch die bereits verblassende Nacht. Würde er wieder zu spät kommen?

Die Tür zu seinem Palais stand weit offen. Er stürzte hinein, bemerkte aber dennoch, dass sie halb aus den Angeln gebrochen worden war. Er unterdrückte den Impuls, nach Goran zu rufen. Der Diener konnte ihm nicht antworten. Er würde ihn am schnellsten aufspüren, wenn er der Fährte des Vampirs folgte. András sprang in weiten Sätzen die Treppe hinauf und durch die Wohnräume, die er nie benutzte, bis in das Schlafgemach. Natürlich. Hier war Goran beschäftigt, die Spuren des letzten Präsents zu tilgen.

»Halt! Bleiben Sie stehen!«

Vasiles' Befehl ließ ihn zurückprallen. András fletschte die Zähne vor Wut, dennoch blieb ihm nichts anderes übrig, als zu gehorchen. Vasiles hatte Goran an der Kehle gepackt und hob ihn an seinem ausgestreckten Arm so hoch, dass sein Diener kaum mehr mit den Zehen den Boden berühren konnte. Gorans Augen waren weit aufgerissen und traten immer weiter hervor, je mehr sein Peiniger ihm die Luft abdrückte.

Es war ein seltsamer Anblick, da der junge Vampir kaum so groß und wesentlich schmäler war als der Zigeuner aus den Karpaten, dennoch hatten sich seine Kräfte längst über die eines Menschen hinaus entwickelt.

»András, wie schön. Sie sind rechtzeitig eingetroffen, um Ihren Diener sterben zu sehen. Das gefällt mir! Leider blieb Ihnen dieser Genuss bei Ihrer Freundin versagt.«

Von drunten ertönte ein Poltern, als würde gegen die bereits geöffnete Tür gehämmert.

»Kriminalpolizei! Kommen Sie herunter, Graf Báthory. Wir müssen Sie sofort sprechen!«

Für einen Moment waren beide Vampire abgelenkt, dann hellte sich Vasiles' Miene auf. »Dass die Polizei einmal im rechten Moment vorbeikommt! Das wird ein Spaß, wenn die Beamten das Schlachtfest in Ihrem Sarg finden. Und dazu noch den toten Goran, noch warm, doch mit gebrochenem Genick – oder lieber mit aufgeschlitzter Kehle?« Er zog eines der Messer unter seiner Jacke hervor, die András inzwischen sehr vertraut waren.

»Báthory, kommen Sie raus, aber keine Dummheiten. Wir werden bei jeder unbedachten Handlung schießen!« Die Stiefel der Kriminalpolizisten polterten auf der Treppe.

Goran verdrehte die Augen. Wenn er jetzt nicht handelte, dann musste Vasiles ihm weder die Kehle durchschneiden noch sein Genick brechen. Denn dann war er erstickt!

András sprang. Es war ein solch gewaltiger Satz, dass Vasiles ihn für einen Wimpernschlag entsetzt anstarrte. Damit hatte er nicht gerechnet. Sein Arm mit dem Messer zuckte an Gorans Kehle, doch András war schneller und schlug ihn mit solch einer Wucht zurück, dass er das Krachen hören konnte, als das Schultergelenk brach. Mit einem Schmerzensschrei ließ der Vampir Goran los. Der Diener fiel hart zu Boden. András hörte ihn gequält nach Luft schnappen. Gut, er war noch bei Bewusstsein und würde sich erholen, wenn es ihm gelang, Vasiles von ihm fernzuhalten. Er griff nach Vasiles' Kehle. Der wich zurück und sprang mit einem Satz über das Bett hinweg. András folgte ihm. Er war älter, schneller und kräftiger! Er griff nach dem fliehenden Körper, bekam ihn zu fassen und schleuderte ihn so kräftig er konnte wieder von sich. Vasiles krachte mit dem Rückgrat gegen eine mit kunstvoll geschwungenen Metallkanten verzierte Kommode. Die Knochen seiner Wirbelsäule knirschten. Vasiles' Augen weiteten sich. Er glitt zu Boden, wo er in seltsam verrenkter Stellung liegen blieb.

Nicht dass ein geborstener Wirbel nicht wieder hätte heilen können. In der Dunkelheit seines Rückzugsortes, in Sicherheit vor den Sonnenstrahlen. Doch dazu würde es András nicht kommen lassen. Er nahm den langen, silberglänzenden Schmucksäbel von der Wand, den der Vorbesitzer dieses Gemachs mit einigen anderen Waffen hier hatte befestigen lassen. Vasiles' Blick folgte der gefährlichen Klinge. Er versuchte nicht mehr zu fliehen.

»Es hätte nicht sein müssen, Vasiles. Sie haben den Krieg begonnen, nun müssen Sie die Folgen tragen!«

»Bleiben Sie stehen und rühren Sie sich nicht von der Stelle. Ich werde nicht zögern zu schießen!« Die Stimme des Kommissärs ließ keinen Zweifel an seiner Entschlossenheit.

Über Vasiles' Miene huschte ein Lächeln. »Ah, vielleicht werden die Karten ja doch noch einmal neu gemischt?«

»Nicht für dich!«, erwiderte András kalt, ohne sich um den Kommissär in seinem Rücken zu kümmern. Er hörte, dass sich weitere Polizisten in sein Gemach drängten. Goran regte sich hinter ihm.

András hob den Säbel und stieß zu. Mitten ins Herz. Im gleichen Augenblick krachte der Schuss. Zumindest auf diese Entfernung war der Kommissär ein guter Schütze.

Ein schwerer Körper warf sich zwischen den Mann mit der Waffe und sein Ziel. András wirbelte herum und fing seinen

Diener auf, der schwer getroffen zusammensackte. Seine Hand sprach zitternd von seiner Pflicht, seinen Herrn bis zum letzten Blutstropfen zu verteidigen.

»Du Narr!«, sagte András beinahe zärtlich. »Du dickköpfiger alter Zigeuner. Das hättest du nicht tun sollen.« Doch Goran konnte ihn schon nicht mehr hören. Sein Blick trübte sich.

»Legen Sie den Säbel weg und heben Sie die Hände!«, forderte der Kommissär ihn auf. »Auf den Boden damit. Schön langsam!«

András warf einen raschen Blick zur Tür, wo inzwischen auch Schobermeier und zwei weitere Beamten in Uniform mit angelegten Gewehren standen. Sie würden ihn treffen. Keine Frage, ganz gleichgültig, wie schnell er wäre. Wenn er nur zu fliehen gedachte, dann könnte es ihm gelingen, den Kugeln auszuweichen. Doch er hatte noch etwas zu erledigen, das keinen Aufschub duldete. Die Sonne war nah, und schon bald würde sie ihn seiner Kraft berauben.

Schneller, als das menschliche Auge es erfassen konnte, hob András den Säbel und ließ ihn mit solcher Wucht herabsausen, dass Vasiles Kopf sauber von seinem Körper getrennt wurde.

Er hörte die entsetzten Rufe der Polizisten, zwei feuerten ihre Waffen ab. Die anderen waren wohl zu überrascht und entsetzt. András nahm sich nicht die Zeit, zu ihnen hinüberzusehen. Er sprang auf das Fenster zu, um sich hinauszustürzen.

Da krachte noch ein Schuss und schleuderte ihn herum. Seine Lunge war durchschlagen. Das war nicht gut, aber auch nicht vernichtend. Allerdings schoss das Blut geradezu aus der Wunde. András presste die Hand gegen die Austrittsstelle der Kugel, die den größeren Schaden angerichtet hatte. Für einen Wimpernschlag kreuzte sein Blick den des Kommissärs, der den Schuss abgegeben hatte. Er glaubte ihn besiegt und trat nun auf ihn zu, um ihn zu verhaften und vielleicht auch, um die Wunde zu verbinden. Die Polizisten in Uniform ließen ihre Gewehre sinken. Nur

Schobermeier hielt seine Pistole weiter im Anschlag. András sah es in seinen Augen, dass er sich die Gelegenheit nicht entgehen lassen würde, nun, da er seinen Verdacht bestätigt sah, den er von Anfang an gegen den Grafen aus Siebenbürgen gehegt hatte.

Seine Lippen formten lautlos die Worte: »Für all die armen Frauen und Männer, die Sie auf dem Gewissen haben. Bestie!«

András machte einen Satz zur Seite, doch entweder hatte Schobermeier damit gerechnet oder das Loch in seiner Lunge bremste ihn stärker, als er es vermutet hatte.

Die Kugel zerfetzte ihm die Eingeweide und warf ihn gegen einen zierlichen Tisch, der unter seinem Gewicht splitternd zerbrach. Ehe er sich aufrappeln konnte, setzte der Kommissär ein Knie auf seine Brust. Blut strömte stoßweise aus der Wunde an seiner Brust und dort, wo das zweite Geschoss in seinen Bauch eingedrungen war. Es steckte dort noch irgendwo zwischen seinen zerfetzten Gedärmen. András blieb reglos liegen, den Blick auf den Ermittler gerichtet.

Kommissär Hofbauer erhob sich. »Lassen Sie es gut sein, Graf, es ist zu Ende! Sie wissen, dass Sie das nicht überleben werden.« Seine Stimme klang ruhig, fast ein wenig traurig. Vielleicht dachte er an die vielen Opfer, die er ihm zuschrieb.

Schobermeier stürzte herbei und riss grob an seinen Armen, um ihm Handfesseln anzulegen.

»Er stirbt«, sagte Kommissär Hofbauer.

»Ja«, erwiderte Schobermeier grimmig, »aber leider nicht am Ende eines Stricks! Zu schade, das Schauspiel hätte ich mir nicht entgehen lassen.« Er erhob sich und trat András kräftig in die Seite, was einen weiteren Blutschwall auslöste. »Viel zu leicht schleicht er sich davon.«

András sah von Schobermeier zu Kommissär Hofbauer und versuchte seine Lage abzuschätzen. Er hatte bereits viel Blut verloren und wurde stetig schwächer. Dennoch reichte seine Körperkraft noch immer aus, die beiden zu überraschen und von sich zu stoßen. Und dann? Wohin sollte er entfliehen? Die Sonne war nah, und er brauchte einen Ort, sich zurückzuziehen. Einen Ort, wo sie ihn während des Tages nicht finden konnten.

»Was machen wir nun mit ihm?« Schobermeiers Frage wurde von einem erneuten Tritt begleitet. Der Kommissär wandte sich an die beiden Uniformierten.

»Suchen Sie ein geeignetes Brett oder eine Tischplatte und tragen Sie ihn dann hinunter zum Wagen. Wir nehmen ihn mit aufs Revier.«

»Ja, vielleicht lebt er noch lange genug für ein ordentliches Verhör!«, ergänzte Schobermeier in rachsüchtigem Ton. Der Kommissär warf ihm einen mahnenden Blick zu, sprach aber weiter zu den Uniformierten.

»Sie bleiben hier, bis ich Verstärkung schicke und die Leichen abholen lasse. Niemand darf das Haus betreten! Verstanden?«

Die beiden nickten und verließen das Gemach, um sich auf die Suche nach dem Brett zu machen.

Während der Kommissär neben András stehen blieb, schlenderte Schobermeier durch das Gemach und näherte sich der Tapetentür.

»Die haben wir das letzte Mal gar nicht gefunden«, sagte er und verstummte dann jäh, als er die übel zugerichtete Tote im Sarg entdeckte. Schobermeier war sicher keine zartbesaitete Seele, aber dieser Anblick schockte ihn sichtlich.

»Heilige Jungfrau im Himmel«, murmelte er und bekreuzigte sich.

Diese für den Kriminalbeamten ungewöhnliche Geste veranlasste den sonst so umsichtigen Kommissär, seinen Posten zu verlassen, um zu sehen, was seinen Untergebenen so außer Fassung brachte.

Es wurde Zeit, sich zurückzuziehen! Eine bessere Gelegenheit würde sich nicht mehr ergeben. Die Dämmerung kroch bereits durch die Fenster herein, und der zunehmende Blutverlust schwächte ihn immer mehr. Die Frage war nur, würden seine Kräfte ausreichen, sich noch einmal zu wandeln? Zu Fuß würde er die Beamten nicht abschütteln können und noch mehr Blei würde seinem Körper im Moment gar nicht gut bekommen.

András ballte unauffällig die Hände zu Fäusten, richtete seinen Blick auf das Fenster und sammelte sich zu dem alles entscheidenden Sprung. Er musste schnell genug sein. Mehr als ein Versuch blieb ihm nicht!

Sein Blick huschte zu der offenen Tapetentür, durch die Schobermeier entschwunden war. Er hörte sein entsetztes Murmeln. Der Kommissär stand noch in der Öffnung, seine Aufmerksamkeit jedoch ebenfalls auf die schaurige Szene in der Kammer gerichtet.

Geräuschlos richtete sich András auf. Was waren schon Schmerzen? Wozu hatte er sich zweihundert Jahre lang in Beherrschung geübt, wenn es ihm nicht gelang, den Schmerz zu ignorieren? Ein Sprung bis zum Fenster.

Der Kommissär verfügte über gute Instinkte. In diesem Augenblick drehte er sich um und stieß einen Ruf aus. Er klang eher erstaunt denn zornig, und so verpasste er seine Chance. András riss das Fenster auf und schwang sich auf das Fensterbrett.

»Springen Sie nicht! Sie werden Ihr Ende nur beschleunigen«, rief Hofbauer, als er durch das Zimmer eilte, den Flüchtenden einzuholen.

»Wenn ich nur ein Mensch wäre, Herr Kommissär«, murmelte András.

Er nahm seine letzten Kräfte zusammen, um die Nebel zu beschwören und seinen Körper zu einer anderen Form zu wandeln.

Die Fledermaus stürzte sich in die Tiefe. Sie war verletzt und schwach, das ließ sich nicht mit dem anderen Körper zurücklassen. Jeder Flügelschlag raubte ihm fast das Bewusstsein.

Wohin nur? Wohin? Weit würde er nicht kommen. Seine Zeit war beinahe abgelaufen, seine Kraft fast versiegt. Wo nur wäre er für einen ganzen, langen Tag in Sicherheit? Er flatterte knapp über dem Straßenpflaster die Gasse entlang. Taumelnd, orientierungslos.

Der Schlag einer Glocke dröhnte in seinem Kopf. Die Michaelerkirche! Die Gruft!

Die Fledermaus schwenkte nach rechts und umrundete die Kirche, bis sie erspähte, was sie so dringend suchte. Dort war die Öffnung der Sargrutsche, die hinunter in die kühle, dunkle, menschenvergessene Michaelergruft führte.

Die Fledermaus ließ sich hineinfallen. Noch während sie den Schacht hinunterrutschte, begann sie mit der Rückverwandlung.

Der blutige Körper des Vampirs krachte zwischen den Särgen auf den Boden. Unter Stöhnen stemmte sich András auf Knie und Ellenbogen hoch. Es blieben ihm nur noch zwei Minuten, ehe die Sonne aufging. Er robbte zu dem zweiten Sarg. Bronziertes Holz, um ihm das Antlitz eines edlen Metallsargs zu verleihen. András drückte den Deckel hoch.

Verzeih, dass ich dich von deinem Lager vertreibe, sagte er in Gedanken, als er die Mumie des Hofdichters Metastasio über die Kante rollte und auf den Boden fallen ließ. *Du bekommst es schon bald zurück.*

András zog sich mit letzter Kraft in den Sarg und ließ den Deckel über sich zuschlagen.

»Er ist verschwunden!«

»Was soll das heißen, er ist verschwunden? Er war tödlich angeschossen. Er konnte nach diesem Sturz keinen Schritt weit kommen!«

Kommissär Hofbauer folgte Schobermeier zur Straße hinunter

und sah zu dem offenen Fenster hinauf, aus dem sich der Graf aus Siebenbürgen bei seinem Fluchtversuch gestürzt hatte.

Fluchtversuch? Kommissär Hofbauer sah sich irritiert um. Das war schlichtweg unmöglich, und dennoch sprachen die Tatsachen dafür, dass Graf Báthory die Flucht geglückt war.

»Und Sie haben bestimmt gesehen, dass er sich aus diesem Fenster gestürzt hat?«, wiederholte Schobermeier.

»Ja, mit meinen eigenen Augen! Er riss das Fenster auf, schwang sich auf den Sims und war verschwunden.«

»Es sieht aber nicht so aus, als sei er hier unten angekommen«, widersprach Schobermeier. »Oder können Sie auch nur den kleinsten Blutfleck sehen? Dabei hat er geblutet wie ein abgestochenes Schwein. Unsere Kugeln haben ihn satt getroffen«, fügte er mit Stolz hinzu.

Hofbauer nickte abwesend und schritt mit gesenktem Kopf unterhalb des offenen Fensters auf und ab.

»Er ist durch dieses Fenster aus dem Zimmer entkommen, aber nicht hier unten auf das Pflaster geschlagen. Wie ist das möglich? Er kann sich ja nicht in Luft aufgelöst haben.«

»Aufs Dach geklettert?«, schlug Schobermeier halbherzig vor.

»Nicht bei dieser glatten Fassade.« Sie legten die Köpfe in den Nacken. »Nein, unmöglich. Außerdem müsste die Wand dann blutverschmiert sein. Nein, er konnte nur nach unten. Und wenn er offensichtlich nicht auf dem Boden aufkam, dann muss er woanders gelandet sein.«

»Ach ja, und wo?«, begehrte Schobermeier zu wissen.

»Auf einem Karren?«, schlug der Kommissär vor.

»Ein Komplize?« Schobermeier stöhnte. »Und der hat sich mit ihm aus dem Staub gemacht! Oh verflucht, ich könnte mir selbst in den Hintern beißen. Wie konnten wir diese Bestie wieder entkommen lassen?«

Kommissär Hofbauer fühlte sich ähnlich frustriert, hütete sich aber, diesen Gefühlen vor seinem Untergebenen freien Lauf zu lassen.

Wie hatte er den Gefangenen allein dort liegen lassen können? Wie konnte es passieren, dass er ihn so unterschätzte?

Er war von zwei Geschossen tödlich verwundet worden, und seine Hände waren aneinandergekettet gewesen! Wie konnte eine Flucht in solch einem Zustand menschenmöglich sein?

Der Kommissär konnte ja nicht einmal begreifen, wie es dem Grafen gelungen war, die Handfesseln abzustreifen, die er – noch verschlossen – auf dem Fenstersims gefunden hatte. Nein, wenn einer seiner Kollegen sich erdreistet hätte, ihm solch eine Geschichte aufzutischen, hätte er ihn schlichtweg der Lüge bezichtigt!

»Kommen Sie, Schobermeier, gehen wir zurück und lassen den Grafen zur Fahndung ausschreiben, auch wenn ich mir nicht vorstellen kann, dass er mit diesen Verletzungen noch länger als ein paar Stunden überlebt.«

»Wir haben ihn schon einmal unterschätzt«, knirschte der Untergebene. »Vielleicht gibt mir das die Genugtuung, ihn doch irgendwann an einem Strick baumeln zu sehen.«

22. Kapitel

Ileana

Er hörte eine Stimme. Sie klang sanft und fügte ihm dennoch Wunden tiefer als Messerklingen zu. András hatte geglaubt, es wäre ihm gelungen, sie abzuschütteln. Zu vergessen. Für immer zu überwinden.

Nein, man konnte nicht vor den eigenen Erinnerungen fliehen. Und selbst wenn sie viele Jahre lang schwiegen, wenn man sie am wenigsten fürchtete und in seiner Wachsamkeit nachließ, fielen sie wieder über einen her und schlugen ihre Krallen tief ins Fleisch.

András hätte sich die Hände gegen den Kopf gepresst, wenn er die Stimme in seinem Geist dadurch hätte vertreiben können. Sie kam zu ihm, weil er schwach war. Sie hatte es immer verstanden, die Schwächen anderer zu erkennen und für sich zu nutzen.

Ach mein Lieber, vergeude nicht deine Kräfte. Du bist verletzt und schwach. Es wäre sinnlos. Einmal ist dir die Flucht gelungen, ein zweites Mal wirst du mich nicht überlisten.

András blinzelte. Sein Geist war wieder klar. Die Erinnerung zog in scharfen Bildern vorüber. Er war angeschossen worden. Zwei Mal. Die Kugeln hätten einem menschlichen Körper tödliche Wunden zugefügt, und auch er hatte bedenklich viel Blut verloren, bis er sich in die Gruft hatte retten können. András spannte im Wechseln seine Muskeln an und tastete nach den Wunden. Wie erwartet hatten sie sich während des Tages geschlossen. Dennoch herrschte noch der Schmerz in seinem Körper. Er hatte seine Kräfte noch nicht vollständig zurückgewonnen.

Ja, so ist es. Erwarte nicht, dass ich Mitleid mit dir empfinde, mischte sich die Stimme wieder ein. *Du hast deine Strafe verdient. Heute Nacht wird es zu Ende gehen, und dann werde ich mir überlegen, ob ich dich in Gnaden wieder aufnehme, obwohl du es verdient hättest, vernichtet zu werden. So wie du meinen Diener Vasiles zerstört hast.*

Die Stimme war nicht nur Erinnerung! Mit wachsendem Entsetzen wurde András klar, dass sie hier war. Hier unten in der Michaelergruft! Ileana hatte ihn gefunden, und sie war gekommen, um ihre Rache zu vollenden. András spürte, dass er noch zu schwach war, um auch nur einen Hauch von einer Chance gegen sie zu haben. Spitze Fingernägel scharrten über den Sargdeckel.

Wie schön, dass du das einsiehst. Und ich hoffe, du kommst auch reumütig zu dem Schluss, dass es ein Fehler war, mich zu verlassen, und dass du deine Strafe verdient hast! Habe ich sie dir nicht virtuos gestaltet? Ein Drama, eine Posse, ein großes Spiel, ja, es war meiner würdig. Sag mir, mein Liebster, wie lange ist es mir gelungen, dich an der Nase herumzuführen? Meine Helfer haben gute Arbeit geleistet. Es ist ein wenig schade um Vasiles. Ich fand, er war einer meiner besseren Schöpfungen. Doch wenn ich es mir recht überlege, brauche ich ihn nicht mehr, jetzt da du mit mir zurückkehren wirst.

Während András Illeanas Worten lauschte, überlegte er, wie es ihm gelingen könnte, sich einen Vorteil ihr gegenüber zu verschaffen.

Noch immer ein Rebell? Ja, ich weiß, das war es ja, was mich stets an dir faszinierte.

So sehr, dass sie nicht nur sein Blut getrunken, sondern ihn zu einem ihrer Sklaven gewandelt hatte.

Zu meinem Gefährten!, widersprach die Vampirin, die noch immer mühelos in seinen Gedanken las.

Was du so unter Gefährten verstehst. Wenn du keinen Sklaven suchst, dann musst du mir auch die Freiheit zugestehen, selbst zu bestimmen, wo und wie ich meine Ewigkeit ausfülle. Also geh zurück in die Karpaten und lass mich hier in Frieden!

Ileana lachte glockenhell. »Ach András, mein Liebster, so einfach geht das nicht. Du gehörst mir. Ich habe dich mit meinem Blut geschaffen. Du bist für alle Ewigkeit an mich gebunden. Und deshalb muss ich nun deine Strafe zu Ende bringen. Du hast es längst erraten, nicht wahr, oder hat Vasiles geplaudert?

Ich allein darf dir von Bedeutung sein! Die Fürstin und deinen Zigeuner haben wir erledigt. Nun fehlen noch die Pianistin und ihre Tochter. Ich werde sie mir munden lassen. Du weißt, dass ich mich stets lieber an jungen Frauen und Mädchen gütlich getan habe. Ja, sie werden mir schmecken!

Warte hier auf mich – bemühe deine noch schwachen Glieder erst gar nicht. Ich habe den Sarg gut vernagelt. Sei brav, es wird nicht lange dauern. Dann komme ich, dich zu holen.«

Sie war weg. Nicht dass András auch nur das leiseste Geräusch vernommen hätte. Doch er konnte ihre Präsenz nicht mehr spüren, die seinem Körper und seinem Geist Schmerzen bereitete. András spannte die Muskeln an. Es musste ihm gelingen, aus diesem Sarg zu entkommen. Warum nur hatte er sich keine der einfachen Kisten genommen? Nein, es musste der stabilste unter den Särgen hier sein!

Die Bretter würden standhalten. Ileana hatte den Deckel sorgfältig befestigt! Die Zeit lief ihm davon. Die Vampirin musste nur die Kirche umrunden und ins Michaelerhaus eindringen, und schon würde sie ihre Zähne in Karolines und Sophies zarte Haut schlagen können.

Nein!

Der aufsteigende Zorn verlieh ihm Kraft. Die Bretter knirschten.

Moment. Der Sarg war zwar noch sehr stabil und kaum vom

Verfall ergriffen, dennoch fühlte sich das Bodenbrett feucht an. Wasser war über die Füße ins Holz aufgestiegen. András warf sich zur Seite, dass der Sarg polternd umkippte. Dann verklemmte er sich zwischen Deckel und Boden und spannte erneut die Muskeln an. Er sog Luft in die kaum verheilte Lunge, bis sie erneut zu bersten drohte. Mit einem Knacken brach das Bodenbrett in der Mitte. Ein weiterer Stoß drückte die beiden Hälften auseinander. Und schon hatte sich András aus dem Sarg befreit. Er wandelte sich zur Fledermaus und flog durch die Sargrutsche aus der Gruft. Dieses Mal war keiner so zuvorkommend gewesen, ein Fenster für ihn zu öffnen. Nach einem raschen Blick, ob auch kein Passant ihn versehentlich zu Gesicht bekäme, wandelte sich András auf der Türschwelle zurück, drückte die Haustür auf und rannte in riesigen Sätzen die Treppe hoch.

Die Wohnungstür war nur angelehnt, und Ileanas Geruch brandete ihm entgegen, dass er beinahe würgen musste. Wie hatte er sich der Illusion hingeben können, es wäre möglich, seine Schöpferin auf diese Weise zu verlassen? Man ging einfach fort, und sie würde irgendwann vergessen? Hatte er nicht genug Zeit gehabt, sie kennenzulernen und ihren Charakter zu studieren? Narr!

András stürzte in die Wohnung. Er hielt für einen Moment inne, um sich zu orientieren. Es war kein Geräusch zu hören, doch vom Ende des Ganges, wo sich hinter dem Wohnzimmer des Hausherrn der Musiksalon anschloss, wehte ihm Blutgeruch entgegen. Mit wenigen langen Sätzen stand András in der Tür.

Eine brennende Lampe stand auf dem Tisch. Die Flamme war das einzig Lebendige in diesem Zimmer. Der hoffnungsvolle, junge Pianist Carl Eduard Wallberg, dessen Beliebtheit in der Wiener Gesellschaft die vergangenen Monate stetig gestiegen war, lag mit aufgerissener Kehle über die Tastatur seines Flügels gebeugt. Ein letzter Rest von Blut breitete sich über den weißen und schwarzen Tasten aus.

András verspürte einen Hauch von Bedauern. Das wertvolle Instrument, dem Karoline so wundervolle Musik entlockt hatte, war vermutlich rettungslos verloren.

Der Vampir nahm sich nicht einmal die Zeit zu prüfen, ob Carl bereits tot war. Falls nicht, so würde er es bei dieser Verletzung in wenigen Minuten sein. András hastete in den Flur zurück und die Treppe zu den beiden Dachkammern hinauf, in denen Karoline und Sophie schliefen. Auch hier begleitete ihn Ileanas widerlich süßlicher Geruch, der wie zäher Honig an ihm festzukleben schien.

Die Kammern waren leer. Natürlich fand er den Geruch der Wallbergs, der aus ihren Betten aufstieg, mehr jedoch nicht.

Er verharrte an der Stelle, an der vor wenigen Augenblicken Ileana noch gestanden haben musste, vermutlich mit derselben Überlegung: Wo waren Karoline und Sophie zu dieser Stunde? Weit konnten sie nicht sein. Es war schon erstaunlich spät. – Waren seine Verletzungen daran schuld, oder hatte sich Ileana irgendeine Teufelei ausgedacht, dass er an diesem Abend erst so spät erwacht war?

Wo also konnten Mutter und Tochter sein? Um diese Zeit sollten sie sich eigentlich in der Sicherheit ihrer Wohnung befinden.

Sicherheit? Er schnaubte. Nein, keine Wohnung konnte ihnen vor dieser wahnsinnigen Kreatur Sicherheit bieten.

András kehrte in den Musiksalon zurück und trat an Carls Seite. Das Blut hatte aufgehört zu fließen und begann an den Rändern bereits zu trocknen.

Warum war Carl nicht auf einem Konzert? Hatte er ausgerechnet heute keinen Auftritt? Und was trug er für einen seltsamen Anzug?

Draußen schlug die Glocke der Michaelerkirche Mitternacht. András fasste sich an die Stirn. Wie hatte er das vergessen können? Würde seine Nachlässigkeit Mutter und Tochter das Leben kosten?

Er öffnete das Fenster, und die Fledermaus stürzte sich hinaus. Dieses Mal flink und wendig, nicht wie in der vergangenen Nacht mit letzten Kräften. Es dauerte nur Wimpernschläge, bis er unten in der Gruft seine menschliche Gestalt wieder annehmen konnte. Gab es hier unter den toten spanischen Brüdern etwas, das ihm als Waffe dienen konnte? Ein verrostetes Schwert, das neben einem der Särge an der Wand lehnte, war alles, was er beim ersten Blick erfassen konnte. Besser als nichts.

András huschte zur Treppe, die in die Vierung hinaufführte, und lauschte.

Eine helle Kinderstimme sang eine Passage aus der Matthäus-Passion von Bach. Erstarrt blieb der Vampir mitten auf der Treppe stehen. Sophie! Dann war Karoline sicher bei ihr. Langsam ging er weiter. Stufe für Stufe kam er dem Kirchenschiff näher. Stufe für Stufe wurden die Mächte der Kirche stärker und kämpften gegen den unheiligen Eindringling. András ignorierte den Schmerz. Er war nicht schlimmer als zwei Kugeln in Bauch und Brust.

Die Musik verklang, und für einen Augenblick herrschte Stille. András witterte in alle Richtungen. Sie befanden sich in einer der Kapellen im Chor, wo man den Toten aufgebahrt hatte. Ileanas Geruch konnte er nicht ausmachen. Entweder hatte sie die beiden noch nicht aufgespürt, oder ihr gelang es noch immer nicht, eine Kirche zu betreten. Das war durchaus wahrscheinlich. Ileana stammte noch aus einer Zeit, da die Macht der Kirche fast grenzenlos schien und die Menschen ihr Leben ganz in die Hand des Göttlichen legten. Heute war die Kirche schon lange nicht mehr die Autorität, die das Handeln der Menschen bestimmte – vor allem nicht in Wien! Auch wenn der Kaiser und einige seiner Berater das gerne gesehen hätten. Die Aufklärung und der Geist des Humanismus waren nicht spurlos an dieser Gesellschaft vorbeigegangen.

»Wo ist Carl?«, hörte er Sophie fragen. »Hat er nicht versprochen, mit uns Totenwache zu halten?«

»Er wollte das Stück noch ein wenig üben, das er morgen zur Totenmesse spielen wird.«

»Das Requiem, das du komponiert hast?«, forschte Sophie.

»Es ist kein richtiges Requiem«, widersprach Karoline. »Das konnte ich in der kurzen Zeit nicht schaffen. Es gab so viel anderes zu bedenken und zu erledigen. Es sind nur einige Passagen für die Messe.«

»Aber du hast sie komponiert, also solltest du sie auch spielen«, beharrte Sophie.

András verbarg das Schwert hinter einer Säule. Vielleicht war es ratsam, die Sache schonend zu beginnen. Er trat um die Ecke und konnte sehen, wie Karoline auf Sophies Bemerkung hin stumm den Kopf schüttelte.

»Warum nicht? Wollen Sie Ihren toten Vater nicht mit einem letzten Gruß ehren?«

Karoline stieß einen Ruf des Erschreckens aus. Sophie dagegen jauchzte. »András, Sie sind es. Dann habe ich also richtig gespürt. Ich wollte mir selbst wieder einmal nicht trauen.«

Karoline fasste sich schnell und reichte ihm beide Hände zur Begrüßung. »Lieber Graf, es ist mir eine Freude, Sie hier zu sehen. Danke, dass Sie gekommen sind, meinem Vater die letzte Ehre zu erweisen.«

András drückte ihr höflich sein Beileid aus und verzichtete auf den Hinweis, dass das ganz und gar nicht der Grund seines Besuchs in der Kirche war. Wieder einmal ließ sich Sophie nicht so leicht wie ihre Mutter täuschen.

»Sind Sie wirklich deshalb gekommen?«, fragte sie und machte keinen Hehl aus ihrem Zweifel. »Sie haben Großvater nicht gemocht, nicht wahr? Zumindest war es Großvater nicht recht, dass Sie zu uns nach Hause kamen. Und Carl auch nicht.«

»Sophie! Wie redest du denn daher? Vergiss nicht, wo wir uns befinden und weshalb wir hier sind!«

Sophie sog hörbar die Luft ein. »Wie könnte ich das vergessen? Ich kann Großvaters Leiche riechen. Sein Körper verfällt, und der Gestank wird mit jeder Stunde stärker.«

Karoline wirkte geschockt. »Sophie! Wenn man dich so reden hört, könnte man meinen, der Tod deines Großvaters sei dir gleichgültig. Es ist ein großer Verlust für uns alle, ihn so plötzlich zu verlieren!«

Sophie dachte ernsthaft darüber nach. András ahnte, dass die Antwort ihrer Mutter nicht gefallen würde. Und auch er war gekommen, Karoline weiteren Schmerz zuzufügen. Er kam nicht drum herum, ihr zu sagen, was passiert war, und er musste Karoline und Sophie aus ihrem gewohnten Leben reißen, wollte er sie vor der Verdammnis schützen.

»András, was ist passiert?«, wollte Sophie wissen, deren feinem Gespür sein innerer Kampf offensichtlich nicht verborgen blieb.

»Ja, es ist etwas passiert«, begann er. Karolines Augen weiteten sich und richteten sich starr auf die seinen. »Leider bin ich der Bote, der die grausame Wahrheit verkünden muss. Carl Eduard ist tot!« Karoline öffnete in tonlosem Entsetzen den Mund und bedeckte ihn mit ihrer Handfläche.

»Onkel Carl? Aber wieso?«, wollte Sophie wissen. »Er ist ein junger Mann, und vorhin war er noch völlig gesund. Hatte er wie Großvater einen Unfall?«

»Nein, er wurde ermordet. Sein toter Körper befindet sich noch im Musikzimmer.« András griff nach Karoline, die auf das Portal zustürzen wollte, und hielt sie am Arm fest.

»Sie müssen erst die ganze Geschichte hören!«, sagte er so streng, dass sie sich ihm wieder zuwandte. »Sie können jetzt nicht aus der Kirche hinaus, denn sie ist Ihr einziger Schutz vor dem, was dort draußen lauert, und nur darauf wartet, auch Ihr und Sophies Leben zu beenden!«

Karoline war zu entsetzt und zu verwirrt, um auf diese abenteuerliche Behauptung hin überhaupt etwas zu erwidern. Sophie dagegen drängte ihn, seine Worte zu erklären.

»Wer lauert draußen auf uns? Und warum sollen wir getötet werden? Wir haben nichts getan, und reich sind wir auch nicht, dass es sich lohnte, uns zu berauben.«

»Ich werde euch alles genau erzählen, wenn wir Zeit dafür haben. Nun aber müsst ihr mir vertrauen und mit mir kommen«, beschwor András sie.

Sophie überlegte kurz und schob dann ihre Hand in die seine. »Ich vertraue Ihnen. Sie sind mein Freund und haben einen Schwur geleistet, uns zu beschützen. Ich komme mit Ihnen, aber vergessen Sie nicht, mir später alles zu erklären.«

»Versprochen!«

Wie erwartet war Karoline nicht so leicht zu überzeugen. »Graf Báthory, dies sind nicht die Zeit und der Ort für seltsame Scherze«, sagte sie kühl.

»Ich wollte, es wären nur Scherze«, gab András zurück. »Doch es ist tödlicher Ernst, und wenn Sie nicht ganz genau das tun, was ich Ihnen sage, dann werden Sie in dieser Nacht Ihr Blut, Ihr Leben und vielleicht auch Ihre Seele an eine Macht der Finsternis verlieren, die Sie sich nicht einmal vorstellen können.«

Karoline wich vor ihm zurück. »Ich glaube Ihnen kein Wort. Ich will nach Hause und sehen, ob Sie die Wahrheit gesagt haben, und wenn ja, dann rufe ich die Polizei, dass sie Carls Mörder fassen und seiner gerechten Strafe zuführen.«

»Ich kann Sie nicht aus der Kirche lassen! Sie müssen es mir glauben. Soll ich den toten Körper herholen und ihn zu seinem Vater betten?«

Karoline wich noch ein Stück weiter vor ihm zurück. »Graf Báthory, haben Sie meinen Bruder ermordet?«

»Nein!«, riefen er und Sophie gleichzeitig. »Er hat einen Schwur geleistet«, wiederholte das Mädchen, doch so leicht war die Mutter nicht zu überzeugen. Natürlich. Wie könnte sie begreifen, was vor sich ging, wenn ihr Geist nicht einmal die Möglichkeit in Erwägung zog, Wesen wie Vampire könnten tatsächlich existieren. András wurde klar, dass er Karoline weder überzeugen noch überreden können würde, sich in seinen Schutz zu begeben und mit ihm die Stadt zu verlassen.

András dachte daran, was er in seinem Palais zurückgelassen hatte. Seine Zeit in Wien jedenfalls war abgelaufen! Er musste noch heute Nacht gehen, und er würde Karoline und Sophie mit sich nehmen, mit oder gegen ihren Willen. Er würde sie unter keinen Umständen Ileanas Rache opfern!

»Graf Báthory, lassen Sie uns vorbei und wagen Sie nicht, uns anzurühren!«, forderte Karoline mit schriller Stimme. Panik ergriff von ihr Besitz. Nun galt es, rasch zu handeln.

»Sophie, ich halte mich an meinen Schwur. Fürchte dich nicht«, sagte András, als er auf Karoline zutrat und ihre Oberarme ergriff. Sein Blick zwang sie, in seine Augen zu sehen.

»Schlaf jetzt!«

Die Kraft seines Befehls war so mächtig, dass Karoline die Augen verdrehte und zusammensackte. András fing sie auf und legte sie sanft auf den Boden.

»Was haben Sie mit Mutter gemacht?«, wollte Sophie mehr neugierig als ängstlich wissen.

»Ich habe ihr die Furcht genommen. Sie schläft nun eine Weile. Keine Sorge, sie wird keinen Schaden davontragen.«

Sophie nickte. Sie vertraute ihm, auch wenn sie vieles noch nicht verstand.

»Und wie geht es jetzt weiter?«, wollte sie wissen. »Wir können ja nicht ewig in der Kirche bleiben.«

»Nein, das sollt ihr auch nicht, nur so lange, bis ich alles vorbereitet habe, Wien zu verlassen.«

»Wir werden fortgehen? Eine Reise machen?«, rief Sophie.

»Ja, eine sehr lange Reise.«

Das Mädchen klatschte begeistert in die Hände. »Wohin werden wir gehen?«

»Das kann ich dir nicht sagen. Ich weiß selbst noch nicht, wohin das Schicksal uns tragen wird. Ich weiß nur, dass wir die Stadt noch in dieser Stunde verlassen müssen.«

»Zu Fuß? Meine Schuhe taugen nicht viel«, gab Sophie zu bedenken.

»Nein, ich werde noch einmal in mein Haus zurückkehren und mir die Reisekutsche und meine Rappen holen. Wir werden vierspännig reisen, so dass wir gut vorankommen. Doch bis es so weit ist, musst du hier in der Kirche auf deine Mutter achtgeben und euer Leben verteidigen, sollte es nötig sein.«

Sophie schnitt eine Grimasse. »András, wie könnte ich? Ich bin doch nur ein blindes Mädchen.«

»Ja und? Ich sage dir, was du tun musst. Komm mit!« Er hob Karoline hoch und trug sie zur Vierung, dort stellte er sie auf die Füße. Wie eine Schlafwandlerin blieb sie mit geschlossenen Augen ein wenig schwankend stehen.

»Nimm deine Mutter bei der Hand und führe sie zum Altar, ja, immer geradeaus und nun ein wenig links, dass sie dem großen Kruzifix möglichst nahe kommt. Lass sie sich hinsetzen. Gut so. Dann komm zu mir zurück.«

Sophie gehorchte. »Und jetzt?«

András sah sich abschätzend um. »Ich brauche kleine Gefäße, die man verschließen kann.«

»Öllampen?«, schlug Sophie vor.

»Eine gute Idee!« András huschte einmal durch das Kirchenschiff und sammelte alle Lämpchen ein, die er finden konnte. Er schüttete das Öl aus und führte Sophie zum Weihwasserbecken.

»Fülle sie auf und verschließe sie, so gut es geht.«

Sophie tat, wie ihr geheißen, und stellte keine Fragen. Sie kehrten zu Karoline zurück, die auf dem Boden saß, den Rücken gegen den Altar gelehnt, die Augen geschlossen.

»Und nun geh zu deiner Mutter. Stell die Behälter neben dich und bleibe wachsam. Du wirst das Böse spüren und riechen, wenn es sich nähert. Ich glaube nicht, dass ihr hier etwas zu befürchten habt. Die alten Mächte der Kirche sind an dieser Stelle sehr stark. Doch ich will nicht den Fehler begehen, sie zu unterschätzen. Wenn du etwas spürst, dann zerbrich die Behälter und verteile das Weihwasser über euch. Fürchte dich nicht. Euch wird nichts passieren. Ich werde mich beeilen und schon bald zurück sein.«

»Ich fürchte mich nicht«, sagte das Mädchen, als es neben seiner Mutter auf dem Boden Platz nahm, und András glaubte ihr.

»András, bevor Sie gehen, sagen Sie mir bitte noch eines: Wer ist *sie*, die das Verderben über uns bringt und vor der wir fliehen müssen?«

»Sie heißt Ileana, und sie ist eine sehr alte, mächtige Vampirin im Körper einer jungen Frau.«

Sophie nickte und überlegte. »Sie tötet und trinkt das Blut der Menschen?«

»Ja.«

»András, sind Sie auch ein Vampir?«

Er zögerte, dann sagte er leise. »Ja, Sophie, das bin ich, und Ileana hat mich vor mehr als zweihundert Jahren erschaffen.«

»Und warum will sie uns töten? Nur weil sie Durst verspürt?«

»Nein, weil sie mich damit strafen und sich an mir rächen will.«

Zu seiner Überraschung gab sich das Mädchen damit zufrieden. Vorerst.

»Eilen Sie sich!«, sagte Sophie nur noch. »Und geben Sie auf sich acht.«

»Das werde ich!«

Er wählte wieder den Weg als Fledermaus durch die Gruft und

wandelte sich erst zurück, als er die Lage in seinem Palais geklärt hatte. Die Polizei hatte die Leichen abgeholt und nur zwei ziemlich müde Uniformierte zurückgelassen, die vor dem Tor Wache halten sollten. Es war András ein Leichtes, sie außer Gefecht zu setzen. In Eile raffte er alles zusammen, was er für sein neues Leben benötigte, spannte die Rappen ein und lenkte die Kutsche vor das Tor der Michaelerkirche.

András sprang vom Kutschbock, duckte sich ein wenig und witterte nach allen Seiten. Wo war Ileana? Er konnte sich nicht vorstellen, dass sie einfach aufgab und sich zurückzog. Das würde nicht zu ihr passen. Nein, sie verbarg sich irgendwo und heckte eine neue Teufelei aus. Es war ihm, als könne er einen Hauch ihres Geruchs wahrnehmen. András öffnete die Kirchentür und trat ein. Statt des alten Schwerts aus der Michaelergruft trug er nun einen schlanken Degen an der Seite. »Sophie?«

Er machte zwei schnelle Schritte ins Kirchenschiff. Nein, hier drin war Ileana nicht gewesen. Und da erklang auch schon Sophies Stimme.

»András, es ist nichts vorgefallen. Mutter schläft noch immer. Können wir jetzt gehen?«

Das Mädchen erhob sich und wandte sich der Richtung zu, aus der sie seine Stimme vernommen hatte. András eilte auf sie zu.

»Ja, wir können fahren. Alles ist bereit.« Er näherte sich dem Altar, bis die Macht des geheiligten Orts mit seinem Kruzifix ihn aufhielt. Vielleicht wäre es ihm im Vollbesitz seiner Kräfte möglich gewesen, noch einige Schritte näher zu treten. In dieser Nacht jedoch gelang es ihm nicht.

»Komm zu mir, Sophie, und bring das Weihwasser mit. Noch ist die Gefahr nicht überwunden.«

»Und Mutter? Ich kann sie nicht hochziehen. Sie ist viel zu schwer.«

»Sie wird meiner Stimme gehorchen.« Er rief leise nach Karoline. Sie wandte lauschend den Kopf, erhob sich unsicher und tappte dann, die Augen noch immer geschlossen, auf ihn zu.

»So, und nun lass uns von hier verschwinden.«

»Ja, lass uns zusammen auf Reisen gehen«, sagte Sophie mit vor Aufregung zitternder Stimme.

»Sophie, zurück. Nimm die Hand deiner Mutter und bleib hier unter der Tür stehen!«

Nein, so glatt konnte es nicht laufen. Es hätte András gewundert, wenn sie einfach so die Stadt hätten verlassen können, ohne auch nur auf eine Spur von Ileana zu stoßen.

Da stand sie lässig neben seinen Pferden, die reglos auf dem Michaelerplatz auf ihn warteten.

»Ist das nicht eine herrliche Nacht, András«, gurrte die Vampirin. »Wir beide endlich wieder vereint?«

Es war seit vielen Jahren das erste Mal, dass er sie wieder zu Gesicht bekam. Sie hatte sich nicht verändert, natürlich, sie war eine Vampirin, deren junger Körper die Ewigkeit der Zeiten überdauerte. Und dennoch war es András, als könne er sie nicht wiedererkennen. Wie war es ihr nur gelungen, ihn so sehr in ihren Bann zu schlagen? Wie konnte es geschehen, dass er sich einst nach diesem Wesen verzehrt hatte? Nein, es war nichts mehr übrig, das ihn faszinierte und zu ihr zog. Oder etwa doch?

Nein, das war nicht sein eigenes Begehren, das ihn zu ihr trieb! Sie beherrschte ihre Spielchen noch immer, und die Macht ihrer Gedanken durfte er nicht unterschätzen.

Sie lächelte grausam und zeigte ihre Zähne. »Komm her, mein böser, untreuer Junge, und empfange deine Strafe. Dann darfst du wieder an meiner Seite weilen.«

András zog den Degen. »Ileana, lass uns ziehen, dann werde ich dich verschonen. Oder willst du lieber wie Vasiles enden?«

Die Vampirin lachte glockenhell. »András, dein Humor ist köstlich. Ich liebe dich noch immer. Ah, du willst mich herausfordern? Gut, verdient hast du die Lektion auf alle Fälle!«

Sie bewegte sich so schnell, dass selbst András ihren Bewegungen mit den Augen kaum folgen konnte. Er schwang den Degen, verfehlte sie aber, während Ileanas Fingernägel eine blutige Spur auf seiner Wange zurückließen. Sie lachte, wirbelte herum und sauste noch einmal an ihm vorbei. Wieder ging sein Stoß ins Leere. So trieb sie ihr Spiel. Zweimal gelang es ihm, ihren Arm zu ritzen, doch der Sprung lockte ihn vom Kirchenportal weg, unter dem Sophie reglos verharrte, die Hand der Mutter fest umklammert.

Wieder kam Ileana näher, langsamer als zuvor. Ihr aufreizendes Lächeln heizte seinen Zorn an. War es nicht genau das, was sie beabsichtigte? Sie versuchte ihn zu einem Fehler zu provozieren, um an ihre Opfer heranzukommen. Sollte er sie zurück zum Altar schicken? Waren sie dort nicht sicherer? Wenn er nur wüsste, wie viel Schutz die Kirche ihnen bot.

András wich wieder ein Stück in Richtung Portal zurück. Ileana nutzte seinen Rückzug, um sich zum Wolf zu wandeln. Sie fletschte die Zähne und sprang auf ihn zu. Es schien sie nicht einmal zu kümmern, dass die Spitze des Degens ihre Flanke aufschlitzte. Ihre Zähne bohrten sich dafür tief in seine Schulter. Sie riss ihm ein Stück Fleisch aus dem Arm und sprang dann wieder davon, als András mit der anderen Hand einen Dolch zog, um ihn ihr ins Herz zu stoßen.

Beim nächsten Angriff gelang es ihm zwar wieder, ihr einen Stich zu versetzen, doch auch er musste büßen. Nun lief ihm von einer tiefen Wunde im Oberschenkel das Blut in Strömen herab. Der Degen fiel ihm aus der Hand, und er wechselte den Dolch in die andere.

Die nächsten zwei Angriffe konnte er abwehren, allerdings kam auch Ileana ohne weitere Wunden davon. Dann änderte sie die Taktik. Sie schlug Haken, sprang gegen die Kirchenmauer und wieder zurück und schaffte es schließlich, sich in sein anderes Bein zu verbeißen. Zwar gelang es András, ihr zwei tiefe Stiche mit dem Dolch zu verpassen, doch da er ihr Herz verfehlte, richteten sie nicht allzu großen Schaden an. Der Wolf dagegen schloss seinen Rachen um seinen Unterschenkel und biss ihn fast durch. András spürte die Knochen splittern. Er stieß das Messer bis an sein Heft in den Wolfspelz. Der Kiefer lockerte sich, dann hetzte das Tier erneut davon.

András unterdrückte einen Fluch. Das Bein war nicht mehr zu gebrauchen. Er verlagerte sein Gewicht auf die andere Seite, die mit seinem Blut ebenfalls bereits an Kraft verlor. Sollte er sich gleichfalls zum Wolf wandeln? Er wäre auf vier Pfoten zumindest beweglicher als mit diesem einen nutzlosen Bein. Doch ihm war klar, dass Ileana den Moment der Hilflosigkeit am Scheitelpunkt zwischen beiden Gestalten für sich zu nutzen wissen würde.

Wo war sie überhaupt? Hinter der Kutsche? Was tat sie dort? Welche Teufelei würde ihren nächsten Angriff begleiten?

Der große, graue Wolf trat wieder in sein Blickfeld. Die Wunden schienen ihn nicht zu beeinträchtigen, obgleich sie einen echten Wolf wohl zum Rückzug gezwungen hätten. Was hatte sie vor? András sah die Nebelfetzen auf sie zustreben und sich um sie verdichten. Sie wollte sich verwandeln. Aber in was?

Ganz gleich, was es war, dieser Augenblick machte sie verletzlich. Für einen Sprung mit seinem nutzlosen Bein war sie zu weit weg. Ileana war weder dumm noch leichtsinnig. Sie wusste seine Kräfte einzuschätzen.

Aber etwas wusste sie nicht. András ließ den Dolch fallen.

»Sophie, die Lampen. Wirf sie herüber!«

Erstaunlich, wie schnell das Kind reagierte. András fing drei der kleinen Lampenbehälter aus der Luft und schleuderte sie mit aller Kraft, die er noch in sich hatte, auf den Wolf, der die Wandlung zur Menschenfrau beinahe abgeschlossen hatte.

Eines der Wurfgeschosse verfehlte sein Ziel, doch den anderen beiden konnte Ileana nicht mehr auszuweichen. Die kleinen Behälter aus Glas zersplitterten. Entsetzt riss die Vampirin die Augen auf. Ein Schrei stieg in die Nacht, der nichts Menschliches an sich hatte. Das Weihwasser dampfte. Es fraß sich in ihre Haut, schlug rote Blasen und färbte sie dann schwarz.

»Schnell, in die Kutsche!«, rief András. Sophie lief auf ihn zu, die Mutter noch immer fest an der Hand. Die Lider geschlossen trippelte Karoline hinter ihr her.

András hinkte zur Kutsche. Sein rechter Fuß schien nur noch durch ein paar Muskelfasern mit dem Bein verbunden zu sein. Es gelang ihm kaum mehr, den Schmerz zu ignorieren und weiter klar zu denken. András riss den Schlag auf, drängte Sophie und Karoline hinein und warf die Tür hinter ihnen zu.

»Festhalten!«

Mit seinem unversehrten Arm zog er sich auf den Kutschbock hoch, und noch ehe er saß, stoben die Rappen in wildem Galopp über den Platz davon.

Das Letzte, was András sah, war Ileana, die sich unter Schmerzen wand, während sich das Weihwasser brodelnd und zischend in ihren Körper fraß.

Dann war der Michaelerplatz verschwunden, und die Hufe donnerten zwischen den Häuserschluchten hindurch auf das Stadttor zu.

23. Kapitel

Auf der Flucht

Wie geht es deiner Mutter«, fragte András, als er in die kleine Dachkammer des Gasthauses trat.

»Sie hat den ganzen Tag geschlafen, so wie Sie es gewollt haben«, antwortete Sophie ein wenig bekümmert.

»Wie geht es Ihnen? Diese Vampirin hat Sie ziemlich schwer verletzt, nicht wahr? Es war sehr verwirrend. Wollen Sie mir nicht genau erzählen, was alles passiert ist?«

»Später, Sophie. Jetzt müssen wir zusehen, dass wir unseren Abstand zu Wien möglichst schnell vergrößern. Die Pferde sind eingespannt. Wir können fahren.«

András flüsterte Karoline etwas ins Ohr. Sie riss die Augen auf, ihr Blick blieb jedoch verschleiert, ihre Bewegungen unsicher und hölzern. Er nahm sie bei der einen Hand, Sophie bei der anderen und führte sie zu der wartenden Kutsche.

»Unter der Bank steht ein Korb, falls du Hunger bekommst. Wir werden – wenn möglich – die Nacht fahren, ohne anzuhalten.«

Sophie nickte. Sie schien alles zu verstehen oder zumindest hinzunehmen, was er entschied. Nur um ihre Mutter sorgte sie sich sichtlich.

»Wann wird sie wieder aufwachen?«

»Wenn ich es ihr befehle.«

»Und wann wird das sein? Sie muss doch auch etwas essen. Man kann nicht immer nur schlafen.«

»Ich werde sie wecken, sobald wir die Grenze zu Bayern passiert haben. Wir können nicht riskieren, dass sie einen Zank vor den Grenzern beginnt und verkündet, entführt worden zu sein, oder fordert, mit dir nach Wien zurückzukehren.«

»Das würde sie vermutlich tun«, gab Sophie mit einem Seufzer zu und tätschelte die schlaffe Hand der Mutter. Dann wandte sie sich András zu.

»Darf ich mit auf den Kutschbock? Es ist so langweilig dort drin, wenn ich nicht einmal mit Mama sprechen kann.«

András hob sie hinauf und hüllte das Mädchen in eine warme Felldecke. Dann griff er nach den Zügeln. Die vier Rappen zogen an.

»Wir können nicht zurück, oder? Diese Vampirin ist nicht tot.«

»Nein, sie ist nicht tot. Das Weihwasser hat sie zwar zumindest den Rest der Nacht außer Gefecht gesetzt, doch vielleicht ist sie in diesem Augenblick schon wieder so stark, dass sie sich auf die Suche nach euch macht – und nach mir.«

»Mama wird das verstehen, wenn Sie es ihr erklären«, sagte Sophie.

»Das hoffe ich. Irgendwann wird sie es hinnehmen, doch ob sie es je ganz versteht oder mir gar verzeiht, das kann ich nicht sagen.«

Sophie schwieg, während die Pferde gleichmäßig über die verschneiten Wege trabten und die Kutsche rasch dahinrollte. Es waren nicht viele andere Wagen während der Nacht unterwegs, doch die Reisenden, an denen sie vorbeifuhren, sahen der schwarzen Kutsche mit ihren vier Rappen, die niemals zu ermüden schienen, erstaunt nach. András fuhr, so schnell es ging, bis der Himmel sich zu röten begann. Dann suchte er erneut ein einfaches Gasthaus auf, mietete ein Zimmer für Mutter und Tochter, ließ ihnen zu essen bringen und schärfte dem Wirt ein, dass sie über Tag nicht gestört werden dürften. Eine erfundene Unpässlichkeit, vielleicht eine unbekannte Krankheit hielten jeden Neugierigen von den Reisenden fern.

András versorgte seine Rappen und zog sich dann in den unauffälligen Wagenkasten zurück, den er selbst hatte anbringen lassen und der ein wenig an den Sarg erinnerte, den er in Wien hatte zurücklassen müssen. Ihn, sein Palais, seine Bücher und Kunstwerke, seinen Diener, eine liebgewonnene Freundin. Einen Teil seiner Ewigkeit, die sich fast wie Leben angefühlt hatte.

Sie fuhren bereits stundenlang an verschneiten bayerischen Wiesen und Feldern entlang, als András beschloss, eine Pause einzulegen und den Versuch zu wagen, Karoline aus ihrer Trance zu wecken. Sophie hatte recht. Sie musste etwas zu sich nehmen, wollte er verhindern, dass sie zunehmend abmagerte und schwächer wurde. Er hielt die Pferde an einer Waldlichtung an und stieg in den Wagen.

Wie erwartet war Karoline verwirrt. Sie brauchte einige Zeit, bis sich die Erinnerungsfetzen zu einer lückenlosen Bilderkette zusammenfügten. András wartete geduldig, bis er den Zorn in ihren Augen aufblitzen sah.

»Wie können Sie es wagen, meine Tochter und mich zu entführen?«

Sie war ganz wundervoll in ihrer Wut, doch das durfte ihn jetzt nicht ablenken.

»Er hat uns nicht entführt«, mischte sich Sophie ein, ehe er etwas antworten konnte. »András hat uns gerettet!«

»Das hat er dir weisgemacht, mein Kind. Tatsache ist, dass er uns gegen unseren Willen geraubt und von Wien fortgebracht hat!«

»Gegen meinen Willen war es nicht«, widersprach Sophie. »Ich bin gerne mit ihm gegangen. Ich darf auf Reisen gehen und andere Städte und Länder kennenlernen!«

András erwog, auf den Kutschbock zurückzukehren und es dem Kind zu überlassen, die Wogen zu glätten.

»Aber mich hat er nicht gefragt«, gab Karoline spitz zurück.

»Stattdessen hat er mich mit irgendeinem Mittel in Schlaf versetzt! Nennst du das freiwillig?«

»Nein«, gab Sophie kleinlaut zu. »Aber das war nur, um dich zu schützen. Du wärst dieser Vampirin direkt in die Arme gelaufen. Und dann wärst du jetzt tot, wie Großvater und Carl.«

»Er hat uns vor einer Vampirin gerettet und bringt uns fort, uns vor ihr zu beschützen? Und ich nehme an, Graf Báthory ist ebenfalls ein Vampir, ja?« Karoline ignorierte ihn völlig und fixierte nur ihre Tochter. »Selbst wenn ich diese abenteuerliche Geschichte für wahr halten würde, warum sollte ich einem Vampir glauben, dass er uns retten will? Ist sein einziges Begehren nicht unser Blut, sollte man den Legenden aus dem Osten glauben?«

Nun mischte sich András doch ein. »Karoline, verzeihen Sie, dass ich Sie unterbreche, aber um Ihnen und Sophie Ihr Blut zu nehmen, müsste ich nicht seit Tagen mit Ihnen in meiner Kutsche über die Landstraße eilen, um Sie außer Landes zu bringen.«

»Wir sind seit Tagen unterwegs?«, rief Karoline, zu entsetzt für ihren gerechten Zorn. »Wo sind wir denn?«

»Nicht mehr in Österreich«, war alles, was András in diesem Moment zuzugeben bereit war.

»Siehst du«, rief Sophie. »Er will uns retten, nicht schaden. Beweist es das nicht ganz klar?«

Karoline sackte in den Kissen zusammen. Die Nachricht, dass sie ihr Heimatland vielleicht für immer verlassen hatten, traf sie und stürzte sie in einen Strudel wirrer Gefühle.

»Ist mein Bruder wirklich tot? Ermordet, wie Sie behaupten? Bitte, sagen Sie mir die Wahrheit. Was haben Sie zu verlieren?«

»Ja, er ist tot. Ileana hat ihm sein Blut und sein Leben geraubt, und dasselbe wollte sie mit Ihnen tun.«

Karolines Gesicht war unbeweglich, ihre Gedanken jedoch kreisten und versuchten das Gehörte zu begreifen. András ließ ihr Zeit. Endlich richtete sie ihren Blick wieder auf ihn.

»Diese Ileana, diese Vampirin, die kam Ihretwegen, oder?«

»Ja«, gab er widerstrebend zu. »Sie kam, um mich zu strafen und um mich nach Siebenbürgen zurückzuholen.«

Karoline nickte. Ein bitterer Ausdruck trat in ihre Miene. »Ihr Augenmerk wäre niemals auf unsere Familie gefallen, hätten Sie sie nicht zu uns geführt! Wenn Sie nicht zu uns gekommen wären, dann würde Carl noch leben und vielleicht auch unser Vater. Und dann müssten Sie uns jetzt nicht außer Landes bringen, um uns zu schützen!«

Wieder nickte András. »Ja, so ist es. Doch zu meiner Verteidigung darf ich anbringen, ich habe mich bereits vor vielen Jahren von ihr losgesagt. Für Ileana waren die jungen Vampire, die sie sich schuf, Sklaven, über die sie nach Belieben verfügen konnte. Es hat mehr als ein Jahrhundert bedurft, bis es mir gelang, mich von ihrer Macht zu befreien. Ich floh nach Prag und reiste durch viele Orte, bis ich nach Wien kam, um ein neues Leben zu beginnen. Ich dachte nicht, dass sie mir nach all der Zeit noch immer folgt, um mich für den Verrat in ihren Augen zu strafen und mich zurück an ihre Seite zu zwingen. Als ich Sie aufsuchte, dachte ich niemals daran, Sie und Sophie einer Gefahr auszusetzen, die ich nicht kontrollieren kann. Ich wollte Pianoforte spielen und Ihrer wundervollen Musik lauschen, und ich wollte Sophies Gesellschaft, die so anders ist als die der Menschen, die ich gewohnt war.«

Karoline sah ihn an und zwinkerte ein paar Mal, sagte aber nichts. Sophie brach die Stille.

»Ich glaube ihm! Er ist unser Freund und hat mir einen Schwur geleistet. Er will uns schützen!«

»Und Carl?«

»Er wäre noch am Leben, hätte er mit Ihnen zusammen Totenwache gehalten. Es ist niemandes Schuld. Das Schicksal war gegen ihn.«

»Das Schicksal«, wiederholte sie bitter. »So einfach ist das.«

»Ja, so einfach und so ungerecht, aber auch so unabänderlich.«

Wieder schwieg sie lange, und András überließ sie ihrem inneren Kampf.

»Und wie soll es nun weitergehen? Haben Sie vor, uns den ganzen Winter über durch die Lande zu kutschieren, bis wir nach Wien zurückkehren können?«

»Wir werden nicht nach Wien zurückkehren.« Er ließ sich von ihrem Ruf des Entsetzens nicht unterbrechen. »Wir werden ein neues Leben beginnen. Sie, Sophie und ich, und wir werden alle Chancen nutzen, die die Welt uns zu bieten hat. Was lassen Sie in Wien zurück außer Ihren Toten? Was hat diese Stadt Ihnen je gegeben? Kummer und Schmerz und ein Leben in selbstauferlegter Buße und Einsamkeit. Nun werden sich neue Tore öffnen, Sie müssen nur den Mut haben, sie zu durchschreiten. Ich habe alles, was wir brauchen, um uns ein bequemes Auskommen zu bieten. Was bliebe Ihnen in Wien? Wie würden Sie sich und Sophie ernähren?«

»Ich weiß es nicht!«, schrie Karoline, und ihr schossen Tränen in die Augen. »Darüber habe ich nicht nachgedacht, denn ich hatte bis vor wenigen Tagen noch einen Vater und einen Bruder, die für uns sorgten.«

Sophie legte ihre Hände auf die der Mutter. »Und nun haben wir András, der sich um uns kümmert.«

»Ja, wenn Sie es zulassen. Denken Sie darüber nach. Ich muss wieder auf den Kutschbock. Wir sollten zusehen, dass wir in dieser Nacht noch einige Meilen hinter uns bringen.« Und so ließ er Karoline mit ihren Gedanken in der Kutsche zurück.

Als er in den frühen Morgenstunden auf freiem Feld noch einmal anhielt, trat Karoline auf ihn zu.

András stand vorn bei den Pferden und sprach leise mit ihnen, um ihnen zu danken. Sie hatten in den vergangenen Tagen Beachtliches geleistet und sie trotz Schnee und schlechter Straßen gut vorangebracht. András spürte Karolines Nähe, doch er wandte sich ihr nicht zu. So stand sie einfach neben ihm, den Blick auf den Horizont gerichtet, der sich zögerlich in einem Hauch von Rosa erhellte. Endlich brach sie die Stille.

»Was für ein Anblick. Ich bin noch nie in meinem Leben in einer Winternacht auf freiem Feld gestanden und habe das erste Licht des Morgens am Himmel beobachtet. Was es wohl alles auf dieser Welt gibt, das ich noch nicht gesehen habe?« Ihre Stimme klang weich und verletzlich. Langsam wandte sich András ihr zu, sagte aber nichts.

»Wohin werden wir fahren?«

»Sagen Sie es mir! Wo möchten Sie mit Sophie leben?«

Karoline hob die Schultern. »Ich weiß es nicht. Ich habe mir niemals Gedanken darüber gemacht. Ich dachte nicht, Wien jemals zu verlassen.«

»Dann wollen wir überlegen, wie Ihre neue Heimat aussehen soll. Möchten Sie in einer großen, modernen Stadt leben, im pulsierenden Strom des Lebens, mit einem Theater und einer Oper, zwischen Musikern und Literaten? Möchten Sie weiterhin deutsch sprechen, oder könnten Sie sich auch mit den Franzosen anfreunden? Ah, ich sehe, Sie zucken zusammen, also keine Franzosen?«

Ein Hauch von einem Lächeln spielte um ihre Lippen. »Ich weiß es nicht, Graf Báthory. Ich bin Ihnen keine Hilfe.«

»Sagen Sie András zu mir. Sophie tut es längst.«

Karoline nickte versonnen. »Ja, Sophie vertraut Ihnen und mag Sie sehr. Was für eine seltsame Konstellation.«

»Warum seltsam? Sind wir nicht beide – jeder auf seine Weise – durch einen Spielzug der Natur zu einem Wesen der Dunkelheit geworden? Auch sie gehört nicht in die normale Gesellschaft. Sophie hat in ihrem jungen Leben nur wenige Menschen kennengelernt und kaum jemand, der auf sie eingeht und sie mit ihrer ganz eigenen Welt zu verstehen versucht. Nein, das ist kein Vorwurf an Sie! Nur eine Erklärung, warum sie sich so vertrauensvoll an mich hängt.

Sophie ist einsam – und ich bin es ebenfalls, wenn auch aus anderen Gründen. Ich kann nur hoffen, dass Sie mir glauben, wenn ich Ihnen sage, dass auch ich Sophie sehr gerne mag. Ihre Gesellschaft ist für mich ein Wunder und eine Bereicherung meiner Ewigkeit, die so viel Leere mit sich bringt. Karoline, ich bitte Sie, versuchen Sie, mir ebenfalls zu vertrauen und mir zu glauben, dass ich nichts Böses gegen Sie und Sophie im Sinn habe. Meinen Sie, Sie bringen das über sich?«

Karoline hob die Schultern. »Ja, vielleicht. Es hört sich aufrichtig an, und ich glaube, Sophies Instinkte sind die besseren, obwohl es ihr an Lebenserfahrung fehlt. Doch mit welcher Menschenkenntnis kann ich schon aufwarten?« Sie lachte bitter.

»Dann wollen Sie es mit mir versuchen? Werden Sie mit mir kommen und nicht während des Tages irgendeinen irrwitzigen Versuch unternehmen, mir davonzulaufen und nach Wien zurückzukehren?«

Karoline seufzte. »Nein, das werde ich nicht tun. Ich verspreche es für Sophie. Vielleicht hat sie in Ihrer Nähe wirklich ein besseres Leben, als wenn ich dazu gezwungen wäre, mich mit ihr allein durchzuschlagen.«

András verbeugte sich vor ihr, hütete sich aber, ihr zu nahe zu kommen oder sie gar zu berühren.

»Und werden Sie mir auch irgendwann verzeihen?«

Sie hob die Schultern. »Ich weiß es nicht, András. Ich weiß es nicht.«

Das Rosa des Himmels wurde leuchtender und begann sich orange zu verfärben.

»Wir müssen weiter, ein Gasthaus suchen, wo Sie den Tag verbringen können. Hier draußen würde es sehr einsam und kalt werden.« András ging nach hinten und öffnete den Schlag. Sophie, die in der Kutsche gewartet hatte, wandte ihm ihr ernstes Gesicht zu. Sie fragte nicht. Vielleicht hatte sie gelauscht.

Karoline trat auf die offene Tür zu, hielt dann aber inne. »Wenn wir es so eilig haben, warum fahren wir dann nicht auch bei Tag? Müssen die Pferde so lange rasten?«

»Nein, das nicht, es genügt, sie ab und zu eine Stunde ruhen und im Schritt gehen zu lassen, doch ich kann nicht kutschieren, während die Sonne am Himmel steht. Dieser Teil der Legenden, die über unsereins kursieren, entspricht leider der Wahrheit. Die Strahlen der Sonne verbrennen uns Vampire zu Asche. Ich bin gezwungen, im dunklen Wagenverschlag dort unten Zuflucht zu suchen, bis es Abend wird.«

Karoline nickte knapp. »Aber ich kann während des Tages kutschieren – falls Ihre Rappen keine zu starke Hand benötigen.«

András sah sie erstaunt an. »Das würden Sie tun?«

»Wenn ich mich schon entschieden habe, mich Ihren Plänen zu fügen, was habe ich davon, wenn ich diese Reise durch die Lande – noch dazu während des Winters – hinauszögere? Sie müssen mir nur sagen, wie unser nächstes Ziel heißt. Wenn ich mir unsicher bin, kann ich in den Ortschaften ja nach dem Weg fragen.«

András verbeugte sich zu einer tiefen Referenz. »Karoline, ich wusste bereits, dass Sie eine Künstlerin von außergewöhnlicher Begabung sind, nun weiß ich, dass ich auch eine Frau von außergewöhnlichem Charakter vor mir habe. Sie werden mit den Pferden keine Schwierigkeiten haben. Nehmen sie die Zügel nur locker an, ich werde den Rappen sagen, dass sie Ihnen dienen sollen.« Er griff in seine Tasche und holte eine Rolle Münzen hervor. »Hier haben Sie Geld, falls Sie unterwegs in einem Gasthaus anhalten, sich aufwärmen und etwas essen möchten. Ich übernehme den Kutschbock dann wieder, sobald es dunkel ist.«

Nun war es an Karoline, ihn überrascht anzusehen. Sie starrte erst auf die Geldrolle in ihrer Hand und dann in sein Gesicht.

»Sie geben mir Geld und vertrauen einfach darauf, dass ich mich an mein Wort halte?«

»Aber ja. Ich bitte Sie nur, von unterwegs zu niemandem in Wien Kontakt aufzunehmen. Ich weiß nicht, ob Ileana sich überhaupt von dem Schaden erholt, den das Weihwasser angerichtet hat, und ob sie noch Lust verspürt, ihre Rache zu vollenden, doch falls dies der Fall sein sollte, möchte ich ihr keine Spur legen, die sie allzu leicht verfolgen kann. Also, wenn Sie wissen möchten, was mit Ihrem Vater und Ihrem toten Bruder geschehen ist, dann werden wir von unserem Ziel aus Möglichkeiten finden, unauffällig einen Kontakt herzustellen.«

»Ich werde davon Abstand nehmen, wenn Sie diese Vorkehrung für notwendig erachten, auch wenn mich die Ungewissheit quält.«

Wieder sah sie auf die Geldrolle herab und schüttelte noch immer ungläubig den Kopf.

András lächelte. »Was? Passt das nicht zu Ihrer Vorstellung von einem blutsaugenden Monster? Dachten Sie, ich würde Sie als Gefangene halten und von nun an stetig kontrollieren?«

»Sie haben mich betäubt und gegen meinen Willen mitgenommen!«, erinnerte ihn Karoline.

»Ja, und das tut mir leid. Ich sehe aber immer noch keinen anderen Weg, wie ich Sie und Sophie in dieser Situation aus der tödlichen Gefahr hätte lösen können. Sie waren in der Kirche für meine Argumente nicht zugänglich.«

Karoline schnaubte durch die Nase. »Wer wäre solchen unglaublichen Behauptungen zugänglich und würde aufgrund haarsträubender Legenden bereit sein, sein Leben wegzuwerfen und Hals über Kopf davonzulaufen?«

»Ja, das war ein wenig viel«, stimmte ihr András sanft zu.

»Fahren wir jetzt endlich weiter?«, rief Sophie.

»Aber ja!«, beschwichtigte sie Karoline und ergriff András' Hand, um sich auf den Kutschbock helfen zu lassen.

»Wohin geht es?«, fragte sie noch einmal.

»Immer nach Westen, bis wir auf den Rhein stoßen. Dann werden wir ein Schiff besteigen, um unsere Spuren endgültig zu verwischen, und dem Strom nach Norden folgen.«

»Und wie heißt unser Ziel? Oder wollen Sie das noch nicht verraten?«

»Ich dachte an die freie Hansestadt Hamburg.«

Karoline sah in die Ferne nach Westen, wo die Nacht noch zu herrschen schien.

»Hamburg«, wiederholte sie leise. »Ja, das hört sich wie ein Versprechen auf ein neues, freies Leben an.«

András kletterte in den Kasten und schloss den Deckel, gerade rechtzeitig, ehe die ersten Sonnenstrahlen den Himmel mit Feuer übergossen und die einsame Schneelandschaft unter sich erglühen ließen.

Es ging bereits auf Mitternacht zu. András trat neben Sophie an die Reling und sah zum Ufer hinüber, wo schroffe Felsen aufragten, auf denen Burgen mit mächtigen Mauern und Türmen thronten.

»Bist du denn gar nicht müde?«, fragte András das Mädchen. »Deine Mutter sagt, du bist bereits seit Nachtmittag hier draußen.«

Sophie überlegte. »Müde, ja, und auch hungrig. Und kalt ist es auch hier im Fahrtwind auf dem Rhein.«

»Und dennoch willst du nicht hereinkommen?«

Sophie schüttelte den Kopf. »Nein, es klingt zwar albern, aber jedes Mal, wenn ich mich schlafen lege, fürchte ich, alles war nur ein Traum, und wenn ich erwache bin ich zurück in Wien und Sie sind verschwunden.«

»Dann freust du dich auf dein neues Leben?«

Sophie wandte sich ihm zu. »Das wissen Sie doch! Es ist alles so aufregend, seit Sie in unser Leben getreten sind, und dennoch hatte ich auch mit meinen Befürchtungen recht, dass Sie Unglück und Tränen über uns bringen.«

András lehnte sich neben sie auf die Brüstung und sah zu den verschneiten Weinbergen hinüber, über denen sich eine Burgruine erhob.

»Ja, du hast es geahnt, und ich versprach dir, dass ich dich und deine Familie beschütze.« Er lachte ein wenig bitter. »Wie leichtfertig und anmaßend von mir, nicht wahr?«

»Sie konnten nicht wissen, dass diese Ileana auftaucht und uns zu töten versucht«, entschuldigte ihn Sophie. »Und dann haben Sie ja alles darangesetzt, uns zu beschützen, wie Sie es versprochen haben. Sie wären selbst beinahe vernichtet worden! András, mehr kann man nicht verlangen.« Sie sah treuherzig zu ihm auf.

»Ich danke dir, dass du ein solch großmütiges Herz besitzt, das mir verzeiht. Ich fürchte nur, vor deiner Mutter werde ich nicht so schnell Gnade finden.«

Sophie machte eine wegwerfende Handbewegung. »Grämen Sie sich nicht, András. Sie ist immerhin bereit, das neue Leben mit uns zu versuchen. Mehr können wir im Augenblick nicht von ihr verlangen. Sie vermisst Großvater und Carl mehr als ich und ist deshalb sehr traurig. Es ist für Mama einfacher, Ihnen die Schuld zu geben, dann kann sie wenigstens auf Sie wütend sein statt nur ängstlich und verzweifelt.«

»Hast du denn gar keine Angst?«

Sophie schüttelte den Kopf. »Aber nein. Warum sollte ich? Sie werden doch bei uns sein.« Sie schob ihre Hand in die seine.

»Komm, gehen wir hinein.«

Sie folgte ihm, blieb aber vor der Tür noch einmal stehen. »Sie müssen Geduld mit ihr haben. Wenn wir erst einmal eine Weile zusammen sind und Mama Sie besser kennt, dann wird sie Sie so sehr lieben, wie ich es tue. Und dann wird sie Ihnen auch verzeihen.«

András beugte sich herab und küsste ihr Haar. »Du bist sehr weise, kleine Sophie. Ich frage mich, wie viele Leben du schon durchlaufen hast.«

Das Kind gluckste. »Meinen Sie wirklich, ich wurde schon einmal geboren? Vielleicht war ich ein Vampir wie Sie? Ja, ich glaube, ich war schon immer ein Kind der Finsternis.«

24. Kapitel

Hamburg

Mama, ist die Sonne noch immer nicht untergegangen?«
Karoline sah nicht einmal von ihrer Handarbeit auf.

»Nein, es wird noch eine Weile dauern. Gedulde dich, mein Kind.«

Sophie stieß einen Laut des Unmuts aus und nahm ihre Wanderung durch den Salon wieder auf. Noch hatte Karoline keine Lampe entzündet. Der warme Maitag neigte sich nur zögerlich seinem Ende zu. Die beiden großen Fenster boten einen herrlichen Ausblick über die Binnenalster im Schein der Abendsonne, im Süden den Jungfernstieg mit seinem Pavillon und den prächtigen Häusern der reichen Kaufmannschaft, im Osten das Häusermeer, das bis zu den Befestigungswällen reichte, wo sie den großen Bahnhof errichtet hatten, der am Samstag nach Himmelfahrt eingeweiht werden sollte. Die Türme der Petri- und der Jakobikirche ragten golden angestrahlt über den Dächern auf.

»Mama?« Karoline hob den Blick.

»Nein, die Sonne ist noch nicht hinter dem Wall versunken. Die Dächer auf der anderen Uferseite werden noch von ihren Strahlen erhellt. Setz dich!«

Sophie gehorchte widerwillig. »Wenn wir nur ein Haus genommen hätten, dessen Fenster nach Westen zeigten.«

Karoline lächelte. »Wäre dir die Zeit bis zum Abend dann nicht so lang?«

Sophie seufzte tief. »Das nicht, aber ich könnte selbst ans Fenster treten und spüren, wie die Strahlen nach und nach verblassen. Nein, er hat dieses Haus nicht gut gewählt!«

Karoline protestierte. »Sophie, sei nicht ungerecht. Es ist ein sehr schönes Haus, mit allen modernen Bequemlichkeiten, die man sich vorstellen kann, und in einer vornehmen Lage, hier direkt an der Alster. Wir können zu Fuß bequem durch die Stadt schlendern und brauchen nicht stets eine Droschke. Die Räume sind großzügig und hell mit hohen Decken. Und auch die Möbel, Polster und Teppiche hat Peter geschmackvoll gewählt.«

»Ich dachte, du hättest sie ausgesucht«, widersprach das Mädchen.

»Ich habe meine Meinung geäußert, aber es war Peters Entscheidung.«

»Und sein Geld«, fügte Sophie hinzu.

»Ja, sein Geld. Er ist sehr großzügig zu uns und schlägt uns nie eine Bitte ab.«

Sophie schnaubte. »Du bittest ihn ja auch nie um etwas. Er muss dir jedes neue Kleid und jeden Schal geradezu aufdrängen. Und wenn es nach dir ginge, dann würdest du vermutlich sogar die Böden selbst schrubben.«

Karoline wehrte ab. »Nein, ich bin ihm für die beiden Mädchen, die mir zur Hand gehen, sehr dankbar. Sie sind so fleißig, dass mir im Haushalt gar nichts mehr zu tun bleibt. Ich habe mir nur Sorgen gemacht, dass sie vielleicht über uns reden.«

»Was sollten sie reden? Sie verlassen das Haus vor dem Dunkelwerden und bekommen András nie zu Gesicht.«

»Peter«, korrigierte Karoline. »Er heißt jetzt Peter von Borgo, und ich bin seine verwitwete Schwester mit ihrer Tochter.«

»Mama, ich weiß! Für mich wird er aber immer András bleiben!«

»András, der Bewunderer deiner Anmut und deiner Schönheit! Ihr Diener, mein Fräulein.«

»Da bist du ja!«, rief sie entzückt und stürmte ganz undamenhaft auf ihn zu. Seine Arme umfingen sie, und sie drückte ihr Gesicht mit einem Seufzer an seine Brust. András' Blick traf den der Mutter über ihrem von unzähligen dunklen Locken gezierten Haupt.

»Du musst dich nicht sorgen. Das ist nur eine harmlose, kindliche Schwärmerei. Sie ist gerade zehn Jahre alt geworden. Bald ist es so weit, und sie wird den ersten jungen Männern den Kopf verdrehen.«

»Ich weiß nicht, was mich mehr beunruhigt«, antwortete Karoline mit einem unsicheren Lachen.

András schob Sophie von sich und hob ihr Kinn. »Nun, junge Dame, wie ich sehe, hat der Tag dich noch schöner gemacht.«

»Das liegt an dem neuen Reitkleid, das du mir hast schneidern lassen«, rief sie und drehte sich kokett um ihre Achse. »Ist es schön geworden? Es fühlt sich zumindest so an.«

»Ja, es steht dir ganz wunderbar zu Gesicht, und das Smaragdgrün harmoniert mit deinen dunklen Locken.«

»Und es wird wundervoll zu unseren Rappen passen, nicht wahr?«

András stimmte ihr zu. »Aber ist das Kleid nicht ein wenig zu lang? Du trittst auf Saum und Schleppe, wenn du nicht achtgibst.«

»Das muss so sein«, belehrte ihn das Mädchen. »Wenn man im Sattel sitzt, dann fällt es schön in Falten über den Pferderücken.«

»Aha, es gibt immer wieder viel zu lernen.« Er wandte sich an ihre Mutter.

»Nun, Karoline, welch gesellschaftlich wichtiges Ereignis steht heute auf dem Programm, das wir unter keinen Umständen versäumen dürfen?«

»András! Du hast versprochen, mit mir auszureiten! Was glaubst du wohl, warum ich das neue Reitkleid trage?« Sophie hielt mitten in ihrem Vorwurf inne und seufzte. »Du nimmst mich wieder einmal auf den Arm.« Sie tastete nach seinen Hosen bis hinab zu den Reitstiefeln. »Du hast es nicht vergessen.«

»Nein, Prinzessin, wie könnte ich? Unsere treuen Rappen stehen gesattelt hinter dem Haus, bereit, uns auf ihrem Rücken durch die Nacht zu tragen, bis der Wind uns die Wangen rötet.«

Sophie klatschte begeistert in die Hände. »Dann lass uns gehen. Und versprich mir, dass wir die ganze Wiese auf dem Hügel entlanggaloppieren werden! Ich habe einen sicheren Sitz und werde nicht müde.«

»Aber natürlich! Wir werden weder uns noch die Pferde schonen«, erwiderte András in gespielt düsterem Ton. Sophie lachte und griff nach seiner Hand.

»Kommt bitte nicht zu spät zurück«, bat Karoline. »Sophie schläft in diesen kurzen Frühlingsnächten zu wenig.«

»Ich weiß.«

»Uns bleibt auch stets so wenig Zeit«, protestierte Sophie. »Mir ist der Winter lieber! Da ist es so viel länger dunkel.«

András kniff sie in die Wange. »Du bist, glaube ich, das einzige junge Mädchen dieser Welt, das einen lauen Maienabend gegen die Kälte und Finsternis des Winters eintauschen würde.«

»Ich bin vielleicht auch das einzige Mädchen, das einen Vampir zum Freund hat«, gab Sophie zurück.

Sie ritten durch die Stadt und verließen sie durch das Tor am Hamburger Berg. Im Gegensatz zu Wien gab es hier noch eine nächtliche Torsperre, und man konnte das Millerntor zu dieser Stunde nur gegen Bezahlen von vier Schillingen pro Person passieren. Während an den anderen Hamburger Stadttoren nach Einbruch der Dunkelheit kaum mehr ein Passant in die Stadt eingelassen wurde oder aus ihr herauswollte, herrschte am Millerntor bis spät in die Nacht munteres Treiben. Der Hamburger Berg, dessen Bewohner nach den Aufständen vor einigen Jahren die – wenn auch eingeschränkten – Hamburger Bürgerrechte bekommen hatten, lockte mit seinen Vergnügungsvierteln die Besucher aus der Stadt und dem nahen Hafen an. Neben Theatern gab es am Spielbudenplatz Attraktionen wie den »Optisch Belwider«, das »Joachimsthal« mit einem großen Tanzsaal und einem Garten mit märchenhaften Grotten, Teichen, Statuen und allerlei Getier in Käfigen. Viele Matrosen zogen das Bier in der neuen »Dröge« vor, die sich neben der Reeperbahn erhob, wo die Reepschläger tagsüber ihre Seile und Taue wanden. Während die »Dröge« durchaus auch von Bürgern auf ein Bier oder Kaffee aufgesucht wurde, gehörte der »Griechische Hof« gegenüber dem »Joachimsthal« bereits der Art von Lokalen an, die ein standesbewusster Herr nicht betreten würde. Hier waren die einfachen Leute unter sich. Dahinter wurde nicht nur das Licht trüber, die Wege schlechter und der Gestank der Abwasserkanäle stärker. Dort reihten sich Matrosenherbergen, Spelunken und Bordelle aneinander, die dem neuen Stadtteil – der nach seiner nun schon zum dritten Mal abgebrannten und wieder aufgebauten Kirche offiziell St. Pauli hieß – den Spitznamen Sankt Liederlich eintrugen.

András lenkte ihre Pferde natürlich nicht durch diese trüben Gassen sündiger Lust, obwohl er, wenn er nicht gerade in Begleitung des Mädchens unterwegs war, einem Bummel entlang der Reeperbahn nicht abgeneigt war.

Sie ritten durch Altona hinunter zur Elbchaussee, an der sich die prächtigen Villen und Parkschlösser der Hamburger Gesellschaft bis hinaus nach Blankenese reihten. Im Gegensatz zu Wien war alter Adel in der Stadt nur spärlich vertreten. Wenn ein Baron oder Freiherr auf einer der Abendgesellschaften auftauchte, dann war sein Titel meist neueren Datums. Hier gaben Reeder und Kaufleute, Bankiers und Fabrikanten den Ton an und stellten die Vertreter des Senats. Geld hatten sie genug – mehr noch als der alteingesessene Adel in Wien –, und sie verstanden es durchaus, ein bequemes Leben in Wohlstand zu führen, sich mit Künstlern und ihren Werken zu umgeben und sich der Wissenschaft gegenüber interessiert und offen zu zeigen, ohne in die Dekadenz des Überflusses zu verfallen, der der Wiener so gern erlag. Die Hamburger hatten sich ihr Vermögen erarbeitet, nicht über Generationen hinweg das geerbt, was die Feudalherrschaft des Mittelalters auf riesigen Ländereien auf dem Rücken von Leibeigenen erwirtschaftet hatte.

»Wo sind wir gerade?«, wollte Sophie wissen.

»Wir passieren das Donnerschloss mit seiner weiten Parkanlage, das dem Fabrikanten und Direktor des Königlichen Wechsel- und Bankkontors gehört. Graf Adolf von Schauenburg hat bereits im Mittelalter dieses Tal zwischen den Bergen an der Elbe mit seiner Wassermühle an zwei Hamburger Bürger vermacht. Die Mühle, um deren Recht früher mehr als einmal trefflich gekämpft und gestritten wurde, steht noch, allerdings wurde sie während der Jahrhunderte immer mal wieder erneuert. Und nun kommen wir zu dem Anwesen, das Konferenzrat Lawaetz erworben hat und das nun nach seinem Tod an seine Witwe und die Kinder übergegangen ist.«

So erzählte András über die Häuser und Gärten, die sie in flottem Trab passierten. Endlich wurden die Anwesen spärlicher, und ein langer, grasiger Höhenrücken streckte sich vor ihnen aus, auf dem lediglich bei Tag einige Schafe grasten.

»Wir sind da. Kannst du die ungezähmte Natur riechen?«

Sophie zügelte den Rappen und reckte ihre Nase in die Luft. »Oh ja, das frische Gras und die Schafe und das Wasser der nahen Elbe, die hier unten vorbeifließt«, antwortete Sophie ernst.

»Wollen wir unseren Galopp wagen?«

»Aber ja!«, jauchzte das Kind und schnalzte mit der Zunge. Der Rappe sprang mit einem riesigen Satz an und jagte über den Höhenrücken davon. András blieb mit seinem Pferd an ihrer Seite. Er fürchtete nicht um sie. Die Rappen, die er von Wien her mitgebracht hatte, reagierten auf jeden Laut von ihm, und er vertraute dem Tier, dass es auf seine Reiterin achten würde. Dabei hatte Sophie nicht übertrieben, als sie behauptete, einen sicheren Sitz im Sattel zu haben.

»Es ist so herrlich!«, jauchzte das Mädchen, dem der Wind Tränen auf die Wangen trieb. Endlich fielen sie wieder in Trab und ließen die Pferde dann im Schritt ein wenig ruhen. Schweigend ritten sie nebeneinander her.

»Es fühlt sich seltsam an«, sagte Sophie nach einer Weile.

»Was denn?«

»Wenn wir so miteinander reiten oder andere Dinge tun, wie vergangene Woche mit dem Schiff auf der Elbe draußen fahren, dann fühlt es sich an, als wäre mir mein Körper zu eng. Als dränge irgendetwas nach draußen, das mich lachen und gleichzeitig weinen lässt. Hier drin fängt es an zu flattern, und ich kann Musik hören. Und dann denke ich, ich will nie wieder anhalten. Ich will bis ans Ende der Welt galoppieren. An deiner Seite, immer weiter. Was ist das nur? In Wien hatte ich nie solch seltsame Gefühle.«

András sah das Mädchen an, das sich ihm fragend zugewandt hatte.

»Ja, ich erinnere mich düster daran«, antwortete er, und ein feines Lächeln erhellte seine Miene. »Manche nennen es Lebensfreude oder einfach nur Glück.«

»Seid ihr bereit?« András sah Karoline und Sophie fragend an.

»Aber ja, wir warten nur auf dich!«, rief Sophie. »Die Kutsche steht unten bereit.«

»Dass ich mich auch immer verspäte«, erwiderte András tadelnd. Der Spott war nicht zu überhören. »Ich sollte daran arbeiten, die Sonne eher zum Versinken zu bewegen.«

Sophie strahlte ihn an. »Das wäre etwas! Ich fürchte aber, das liegt nicht einmal in deinen Kräften.«

András sah zu Karoline hinüber, die sein Lächeln erwiderte. »Nein, das vermute ich auch nicht.«

»Du hast noch gar nichts gesagt!«, lenkte Sophie seine Aufmerksamkeit wieder auf sich.

»Hm, ein neues Kleid?«

»Ja, ein neues Kleid!«, bestätigte Karoline ein wenig vorwurfsvoll. »Du verwöhnst sie zu sehr. Sie kann dir alles abschwatzen.«

»Wenigstens nimmt sie das auch in Anspruch und freut sich darüber«, entgegnete András. »Du scheinst gar keine Wünsche zu haben – außer Noten. Bergen an Noten, Papier, Feder und Tinte. Dir muss ich jedes neue Kleid fast mit Gewalt aufdrängen!«

»Ich brauche keine neuen Kleider«, widersprach Karoline.

»Doch, die brauchst du! Und suche dir dieses Mal bitte etwas aus, das weniger streng und düster ist. Deine Trauerzeit um deinen verstorbenen Gatten, die wir dir auferlegt haben, dauert nun schon mehr als zwei Jahre an. Da darfst du dir wieder ein wenig Farbe und ein paar modische Accessoires leisten. Bitte sei nicht zu sparsam. Du spielst in den ersten Häusern der Stadt. Die Augen der Hamburger Gesellschaft sind auf dich gerichtet.«

»Ja natürlich, ich lebe in deinem Haus und möchte dich nicht in Verlegenheit bringen«, sagte Karoline ein wenig steif.

András zog die Augenbrauen zusammen. »Du weißt, dass dies nicht der Grund ist. Ich möchte einfach, dass es euch gut geht und ihr euch wohl fühlt. Ihr tut mehr für mich als ich für euch. Ihr vertreibt mir die Einsamkeit meiner ewigen Nächte.«

Sie sahen sich in die Augen, bis das Mädchen sie unterbrach.

»Du hast noch immer nichts zu meinem Kleid gesagt!«, erinnerte ihn Sophie. »Wie sieht es aus?«

»Dieses wundervolle Blau steht dir großartig zu Gesicht, die Spitze ist geschmackvoll und nicht zu üppig, und deine Locken sind sehr damenhaft arrangiert«, sagte András, der noch immer Karoline ansah.

Sophie knickste. »Die Spitze fühlt sich so schön an. Manches Mal wünschte ich mir, ich könnte auch die Farbe sehen.«

»Sie ist wie der Himmel an diesen warmen Frühlingstagen. So habe ich ihn in Erinnerung«, sagte András leise und nahm Sophies Hände.

»Aber auch du wirst ihn nie wieder sehen«, ergänzte Sophie. »Ich weiß, es war ein dummer Gedanke.«

»Nein, dumm war er nicht. Er sollte dich nur nicht traurig stimmen.«

Sophie machte eine wegwerfende Handbewegung. »Können wir jetzt gehen? Nicht dass wir zu spät zum Abendessen kommen. Das schickt sich nicht! Und außerdem habe ich Hunger.«

»Das ist ein überzeugendes Argument, dem ich mich nicht entziehen kann«, feixte András und bot Karoline den Arm. »Darf ich den begnadeten neuen Stern am Hamburger Musikhimmel zum Wagen führen?«

Karoline schob ihre Hand in seine Armbeuge. »Spotte nicht über mich.«

»Das ist kein Spott! Ist es nicht das, was die Hamburger Zeitungen nach deinem letzten Auftritt im Hause Voght geschrieben haben?«

Karoline schlug die Augen nieder. »Ja, ich glaube, solch unsinnige Schwärmereien waren dort gedruckt.«

»Das war kein Unsinn!«, widersprach Sophie. »Du hast wundervoll gespielt!«

»Sie nimmt mir die Worte aus dem Mund. Du kannst dem Urteil deiner Tochter vertrauen. Sie neigt nicht zu falschen Schmeicheleien. Und ich auch nicht!«

Sie waren an diesem Abend in den Landsitz des Kaufmanns und Konsuls Johann Wilhelm Rücker und seiner Frau, einer geborenen Jenisch, geladen, die, wie so viele der reichen Bürger neben ihrem Haus in der Stadt ein Anwesen an der Elbchaussee besaßen. Rücker hatte dieses Kleinod, das lange ein beliebtes Ausflugsziel mit einer gut florierenden Gastwirtschaft gewesen war, dem letzten englischen Courtmaster in Hamburg abgekauft und es dann zu einem dieser wundervollen Landsitze gestaltet, die man sonst nur in England findet.

Die leichte Kutsche mit den vorgespannten Rappen fuhr die geschwungene Auffahrt hinauf und hielt vor dem Portal. András half den beiden Damen aus dem Wagen und führte sie zu dem weit geöffneten Portal, durch das der Schein unzähliger Kerzen auf die kiesige Auffahrt fiel. Die Gastgeber begrüßten sie herzlich.

»Ah, unser verehrter Herr von Borgo mit seinen Damen. Gnädige Frau, es ist uns eine große Freude, Sie bei uns zu wissen und uns auf Ihre neuen Kompositionen freuen zu dürfen. Viele der Gäste haben bereits nach Ihnen gefragt.«

Karolines Wangen überzog ein Hauch von Röte, was ihr nicht schlecht zu Gesicht stand. Die Gastgeberin streckte auch Sophie die Hand entgegen und begrüßte das blinde Mädchen ohne die übliche Scheu, die so viele Menschen vor ihr empfanden.

»Johann, Sie können nun zu Tisch bitten«, wandte sich die Dame des Hauses an ihren Butler, ohne auch nur einen Hauch von Ungeduld, der verraten hätte, dass die letzten Gäste zu spät gekommen wären.

Später, als die Herren aus dem Rauchsalon zurückkehrten und ihnen zusammen mit den Damen Tee und Kaffee gereicht wurde, rutschte Sophie neben András auf eine elegante Chaiselongue und lehnte ihren Kopf gegen seine Schulter. Karoline warf ihnen einen mahnenden Blick zu. Sie waren hier nicht zu Hause, und selbst wenn das Kind müde war, durfte sie es nicht auf diese Weise zeigen.

»Ich werde dich zurückbringen, sobald deine Mutter ihren Auftritt hatte«, versprach András. Sophie unterdrückte ein Gähnen.

»Nein, ich will erst gehen, wenn ihr auch zurückfahrt. Oder bleibst du dann bei mir daheim?«

András schüttelte den Kopf. »Nein, du weißt, dass ich einen Teil der Nacht für mich haben muss.«

»Das ist nicht gerecht«, schmollte Sophie.

»Nein? Du hast dafür den ganzen Tag für dich«, wandte András ein.

»Ich habe nicht darum gebeten!«, gab das Kind zurück, und er konnte ein Lächeln nicht unterdrücken.

Karoline trat mit zwei Tassen Tee in den Händen zu ihnen und bot eine davon Sophie an.

»Feiner englischer Tee. Das wird dich wieder munter machen.«

»Nein, ich will lieber eine heiße Schokolade.«

»Und ich will, dass du dich benimmst!«, gab Karoline leise, aber mit einem deutlichen Ton der Missbilligung zurück. »Es ist nicht üblich, Kinder zu Abendgesellschaften mitzubringen. Du musst dir der Ehre bewusst sein, dass sie für dich eine Ausnahme machen. Also kann ich ja wohl von dir verlangen, dass du dich untadelig benimmst. Ansonsten war das der letzte Abend dieser Art, und ich werde das Mädchen anweisen, dass sie bei dir bleibt, wenn ich mit Peter ausgehe.«

»Das würdest du nicht wagen!«, fauchte das Kind.

»Doch, das würde ich! Ich bin deine Mutter, und ich beobachte mit Sorge, wie du immer verzogener wirst.«

Sie schloss András in ihren scharfen Blick mit ein, und er konnte nicht umhin, den Vorwurf anzunehmen. Ja, vielleicht verwöhnte er Sophie mehr, als ihr guttat.

»Und nun trink deinen Tee, ehe er kalt wird!«

Sophie nahm zwar die Tasse entgegen, ihre Miene war nun aber ähnlich eisig wie die ihrer Mutter. András überlegte, ob er sich entfernen sollte, bis sich die Wogen wieder geglättet hatten. Da streiften einige Worte sein Ohr, und die Unterhaltung der

Herren am Fenster drüben hatte plötzlich seine ungeteilte Aufmerksamkeit.

»Ja, ich weiß es aus einer seriösen Quelle. Ich gehe einmal die Woche mit Kriminalkommissär Weber zum Essen. Er sagt, es ist bereits die dritte Tote innerhalb einer Woche.«

»Peter, was ist?«, fragte Karoline mit Besorgnis in der Stimme. Sie hatte seine Anspannung bemerkt und richtete nun ebenfalls ihre Aufmerksamkeit auf die Gesprächsrunde am Fenster.

»Und immer das gleiche Muster?«, fragte der Gastgeber.

»Ja, allen wurde mit einem Messer die Kehle durchgeschnitten«, bestätigte Senator Jenisch, der bereits mit vierunddreißig Jahren den Sitz seines verstorbenen Vaters im Hamburger Stadtparlament übernommen hatte. »Der Kommissär geht von einem Täter aus, der in immer kürzeren Abständen zuschlägt.«

András warf Karoline einen kurzen Blick zu. Sie war totenblass geworden. Sophie dagegen wirkte eher interessiert.

»Nun, seinem Opfer mit einem Messer die Kehle durchzuschneiden ist bei einem Mordfall nicht so außergewöhnlich«, wandte Charles Godeffroy ein, der vielgereiste Diplomat, der früher in St. Petersburg und später in Berlin die Interessen der Hanseaten vertreten hatte. »Ich würde nicht sofort auf denselben Täter schließen, vor allem, da ich gehört habe, dass sich die Opfer weder in Alter noch im Aussehen noch in der Standesherkunft gleichen.«

»Das ist wahr«, gab Senator Jenisch zu, »und dennoch gibt es etwas, das eine einzige Waffe und damit einen Täter nahelegt. Die Art der Schnitte ist es, die dem Kommissär Kopfzerbrechen bereitet, denn solch ein Muster hat er noch nie gesehen. Die Klinge muss tiefe Scharten aufweisen, um dieses Bild zu ergeben, das aussieht, als wäre die Kehle aufgeschnitten und gleichzeitig aufgebissen worden.«

Die Tasse entglitt Karolines Händen und zerschellte auf dem

Boden. Ihr Mund war zu einem tonlosen Schrei geöffnet. Alle Gäste drehten sich zu ihr um und musterten sie angesichts ihres Entsetzens erstaunt.

»András, kann das möglich sein?«, hauchte sie und verriet damit, wie durcheinander sie war. Seit sie vor mehr als zwei Jahren in Hamburg eingetroffen waren und er ihr seinen neuen Namen verkündet hatte, war sie stets bei Peter von Borgo geblieben.

»Ich weiß es nicht. Ich werde der Sache allerdings nachgehen, so viel sei dir versichert.«

»Meine Liebe, das ist doch kein Malheur!«, rief die Gastgeberin, die Karolines entsetzte Miene auf die zerbrochene Tasse bezog. »Deike wird die Scherben wegnehmen und den Tee aufwischen. Kommen Sie, ich gebe Ihnen eine neue Tasse.«

Sie legte den Arm um Karolines zitternde Schultern und führte sie zum Teewagen. Karoline warf András einen hilfesuchenden Blick zu, doch der nickte nur. Sie würden den Abend wie geplant beenden, doch dann würde er sich auf die Jagd begeben und herausfinden, was das zu bedeuten hatte.

»Meinst du, es ist Ileana?«, raunte ihm Sophie zu, als sie sich später um den Flügel im Musiksalon versammelten und die Gäste hingerissen dem Spiel ihrer Mutter lauschten. Karoline hatte sich anscheinend wieder gefasst und den Vorfall – zumindest vorübergehend – vergessen. In diesem Moment erfüllte sie nur ihre Musik. Für Ängste und Spekulationen war später noch Zeit.

»Ist es Zufall, oder kommt sie dich – uns alle zu suchen?«, hakte Sophie nach, als sie nicht sofort eine Antwort erhielt.

»Wenn dies Ileanas Spur ist, dann hat nicht der Zufall sie nach Hamburg geführt.«

»Dann hat sie uns also aufgespürt.« Das Mädchen legte den Kopf schief.

»Noch wissen wir es nicht! Lass mich erst die toten Körper aufspüren und die Witterung aufnehmen. Dann kann ich mehr sagen.«

Sophie ließ nicht locker. »Aber wenn sie es ist, was will sie hier? Meinst du, sie ist immer noch so böse auf dich, dass sie uns töten will und dich mit in ihre Heimat nehmen?«

András zog eine Grimasse. »Ja, ich nehme an, die Ereignisse in Wien haben nicht dazu beigetragen, sie versöhnlich zu stimmen. Wenn sie nach Hamburg gekommen ist, dann um Rache zu nehmen!«

Sophie nickte nachdenklich. »Werden wir wieder vor ihr davonlaufen? Wohin reisen wir dieses Mal?«

András legte seine Hand auf die ihre. »Nein, wir werden nicht noch einmal vor Ileana davonlaufen. Hamburg ist und bleibt unsere neue Heimat. Falls sie uns wirklich aufgespürt hat, dann wird es hier enden.«

»Du willst sie vernichten«, hauchte Sophie.

»Wenn sie mit keine andere Wahl lässt, ja«, sagte er hart.

Sophie schwieg eine Weile. Karoline hatte ihr Stück beendet und nahm den enthusiastischen Beifall mit einem verlegenen Lächeln entgegen. Daran hatte sie sich immer noch nicht gewöhnt.

»Oh bitte, spielen Sie uns noch etwas«, drängte die Gastgeberin. »Sie sind unser Stern am Hamburger Musikhimmel.«

Karoline bedankte sich und begann wieder zu spielen. Als sich alle Aufmerksamkeit wieder dem Vortrag zuwandte, sprach Sophie weiter. »Ileana hat dich erschaffen, nicht wahr?«

»Ja, sie hat mir mein menschliches Leben genommen und mich zum Vampir gewandelt.«

»Dann ist sie älter als du und hat schon mehr Erfahrung und ist auch stärker?« Sophies Stimme zitterte leicht.

András streichelte beruhigend ihre Hand. »Du musst dir keine Sorgen machen. Ich lasse nicht zu, dass euch etwas passiert. Habe ich dir das nicht in der Michaelergruft versprochen?«

»Und was ist mit dir? Wird dir auch nichts passieren?«

András antwortete mit ruhiger Stimme, die die Lüge bestens

verbarg. »Nein, auch mir kann nichts passieren, wenn ich die Sache überlegt angehe.«

Die Musik verklang und beendete die Gelegenheit, ungehört miteinander zu sprechen. András fiel in den Applaus der anderen Gäste ein, obwohl er – ausnahmsweise – Karolines Darbietung nicht mit der ihr zustehenden Aufmerksamkeit gelauscht hatte. Die Gastgeberin schlug gerade vor, noch eine Erfrischung auf der Terrasse servieren zu lassen, als ein junger Mann in den Salon gepoltert kam.

Seine Kleider waren von Ruß verschmutzt, und sein Haar stand wild nach allen Seiten ab.

»Wilhelm!«, rügte seine Mutter in vorwurfsvollem Ton. »Wie kannst du in diesem Aufzug in unsere Gesellschaft platzen? Wo hast du dich herumgetrieben? Wie riechst du denn? Du hast getrunken!«

»Nein – ja, zumindest nicht viel«, verteidigte sich der Sohn »Wir waren im Hafen unterwegs, als die erste Glocke geläutet wurde, und dann sahen wir auch den Schein über den Giebeln.«

»Ist das Ruß?«, verlangte die Mutter zu wissen. »Und was hast du mit deinem Haar gemacht? Es ist auf dieser Seite viel kürzer.«

»Mutter, das will ich ja die ganze Zeit berichten! Was glaubst du, warum ich geradewegs hierhergeeilt bin. Hört ihr nicht die Glocken schlagen? In Hamburg ist Feuer ausgebrochen!«

Nun hatte er die Aufmerksamkeit aller Anwesenden. Sie drängten sich um den jungen Mann und verlangten genaue Auskünfte. Schließlich besaß jeder der Gäste ein oder mehrere Häuser in der Stadt. Waren ihre Besitzungen etwa von den Flammen gefährdet?

»Wo ist das Feuer ausgebrochen?«, erhob Charles Godeffroy die Stimme.

»In der Deichstraße, im Haus des Tabakhändlers.«

»Wurde rechtzeitig Alarm geschlagen? Ist die Feuerwehr vor Ort?«, fragte der Diplomat weiter.

»Ja, das schon. Es gab Alarmrufe und Signalschüsse. Die Türmer läuten die Sturmglocken, und dann kam die Feuerwehr.«

»Dann ist der Spuk bald vorbei«, meinte Senator Jenisch. »Ich weiß, dass unsere Feuerwehr im Augenblick über vierunddreißig Land- und elf Schiffsspritzen verfügt und dass in ganz Hamburg eintausendeinhundertfünfzig Feuerwehrmänner nur auf ihren Einsatzbefehl warten.«

Die Gemüter schienen sich ein wenig zu beruhigen. Keiner der Gäste besaß ein Haus in der Nähe der Deichstraße. Diese gehörte heutzutage nicht zu den ersten Adressen.

»Als ich dort weggegangen bin, hat das Feuer jedenfalls bereits auf einige benachbarte Speicher übergegriffen, die wie Zunder in die Luft gingen. Einer der Feuerwehrmänner sagte mir, dies sei kein Wunder, würden dort doch ausgerechnet Arrak, Gummi und Lack gelagert.«

»Alles sehr gut brennbar«, murmelte András.

»Bis zum Morgen ist der Spuk vorbei«, meinte Senator Jenisch, der sich nicht bange machen lassen wollte. Dennoch war die Stimmung dahin, und keiner wollte mehr etwas von einer Erfrischung auf der Terrasse wissen. Es sei schon spät, murmelten die einen und ließen ihre Kutschen vorfahren. Andere verabschiedeten sich, ohne einen Grund zu nennen. Bald schon waren alle Gäste auf dem Heimweg zu ihren Landhäusern oder zurück in die Stadt.

András, der wieder einmal auf einen Kutscher verzichtet hatte, lenkte den neuen offenen Wagen nach Hamburg zurück.

»Werden wir an dem Feuer vorbeikommen?«, fragte Sophie, die aufgeregt auf ihrem Sitz hin- und herrutschte.

»Nein, zum Glück liegt der Deichstraßenfleet nicht auf unserem Weg«, entgegnete Karoline und fügte etwas schärfer hinzu: »Und wir werden auch keinen Umweg machen, um an dem Feuer vorbeizukommen, falls es das ist, was du als Nächstes fragen wolltest!«

Sophie sah enttäuscht drein. »So ein Brand ist sicher eine aufregende Sache.«

»Ja, und er ist gefährlich und für die Menschen, deren Häuser es trifft und deren Hab und Gut es vernichtet, eine Katastrophe! Das ist keine Jahrmarktattraktion, die man besucht, um sich zu belustigen und die Nerven ein wenig in Anspannung zu versetzen. Man weidet sich nicht am Unglück anderer.«

Sophie zog die Lippe hoch. »So habe ich das auch nicht gemeint.«

Die beiden hüllten sich in Schweigen, bis die Kutsche vor ihrem Haus am Jungfernstieg anhielt. András bot ihnen den Arm und öffnete die Haustür.

»Kommst du nicht mit hinein?«, erkundigte sich Karoline.

»Nein, ich werde die Pferde versorgen und dann in der Deichstraße nachsehen, wie schlimm es steht.«

»Ha!«, rief Sophie ein wenig erbost, wagte aber nicht, ihn zu bitten, sie mitzunehmen. Vermutlich ahnte sie, dass Karoline sich dieses Mal nicht erweichen lassen würde.

»Ich wünsche euch eine gute und sichere Nacht.«

Sobald sich die Tür hinter Mutter und Tochter geschlossen hatte, führte er die Pferde davon und machte sich dann auf den Weg zum Hafen hinunter.

Es war um fünf Uhr in der Frühe, als der Himmel sich bereits erhellte und András sich aufmachen musste, einen sicheren Ort für den Tag aufzusuchen, als die Flammen den Deichstraßenfleet übersprangen und sich über die Häuser der Steintwiete hermachten.

25. Kapitel

Eine Stadt in Flammen

Der 5. Mai 1842 brach an. Warm und trocken, wie die Tage zuvor, doch heute verhüllte dunkler Qualm den blauen Himmel, und ein stürmischer Südostwind trieb die Rauchschwaden über die Stadt. Die wenigsten Hamburger kümmerten sich darum. Das war Sache ihrer Feuerwehr, die sie üppig mit Gerätschaften ausgestattet hatten. Heute war Himmelfahrtstag, und so machten sich viele Bürger zum Gottesdienst auf. Auch in der Nikolaikirche fand die traditionelle Mittagspredigt statt, währenddessen nur einige Straßenzüge weiter südwestlich die Feuerwehrleute gegen die Flammen kämpften. Die Spritzenmeister ließen Polizeisenator Binder holen und drangen auf ihn ein, einige Häuser sprengen zu dürfen, um die weitere Ausbreitung des Brandes zu verhindern.

»Wir brauchen eine Schneise, die die Flammen nicht überspringen können!«

Der Senator schüttelte den Kopf und riet, alle Spritzen einzusetzen, die der Feuerwehr zur Verfügung standen.

»Sie haben genug Männer und Ausrüstung«, rief er über das Brausen des Feuers hinweg. »Setzen Sie sie richtig ein, dann ist der Spuk schon bald vorbei.«

»Bitte, geben Sie uns die Erlaubnis«, versuchte es Spritzenmeister Claasen noch einmal, aber der Senator wandte sich bereits zum Gehen.

»Meine Antwort lautet nein! Was glauben Sie, welche Regressforderungen der Hausbesitzer über mich kämen, sollte ich dieser Forderung zustimmen.«

»Sollen ihre Häuser stattdessen lieber verbrennen?«, widersprach Claasen, doch der Senator konnte ihn nicht mehr hören. Der Lärm des heranrückenden Feuers war ohrenbetäubend.

Claasen wandte sich seiner Löschmannschaft zu. »Ihr habt es gehört, Männer. Macht weiter. Richtet die Spritzen auf die umliegenden Häuser und versucht zu verhindern, dass die Flammen auf die Dächer dort übergreifen. Und ihr drei lauft zum Hafenkommandanten und seht zu, ob wir nicht noch einige Schiffsspritzen über das Fleet heranbekommen.«

Die Mittagspredigt in St. Nikolai war noch nicht beendet, als die Flammen den Turm ergriffen. Der Pfarrer beschloss, auf den Rest seiner Predigt zu verzichten, und raffte die wertvollen Altargeräte zusammen. Die Menschen strömten ins Freie und sahen mit offenen Mündern zum Turm hoch, der innerhalb weniger Minuten zu einer riesenhaften Fackel wurde. Die Bilder und Statuen oder gar den Altar aus St. Nikolai in Sicherheit zu bringen war es bereits zu spät. Die Feuerwehrleute drängten die Menschen zurück, doch was konnten sie tun, die Kirche zu retten?

»Lasst die Kirche!«, brüllte Claasen. »Konzentriert euch auf die Häuser im Nordwesten. Sie sind die nächsten, die in Flammen aufgehen, wenn wir sie nicht mit genug Wasser kühlen.« Er spuckte auf den Boden. »Verfluchter Wind! Er treibt die Feuerdämonen wie Herbstblätter durch die Gassen und lacht uns nur aus.«

Um vier Uhr am Nachmittag neigte sich die Kirchturmspitze langsam zur Seite, verharrte noch einen Moment und fiel dann herab. Ein Funkenwirbel stob auf und drängte die Feuerwehrleute in die umliegenden Gassen zurück, ehe sie mit zusammengebissenen Zähnen ihre Arbeit wieder aufnahmen. Dann, eine weitere Stunde später, stürzte der gesamte Turm von St. Nikolai mit ohrenbetäubendem Getöse in sich zusammen.

Polizeisenator Bingen war trotz der Rußspuren im Gesicht ungewöhnlich bleich, als er sich kurz nach dem Zusammenbruch der Kirche wieder zu den Kommandanten der Feuerwehr gesellte.

»Der Rat hat zugestimmt«, sagte er, ohne den sichtlich erschöpften Männern ins Gesicht zu sehen. »Sie können sprengen. An der Deichstraße, am Hopfenmarkt und an der Neuen Burg.«

»Möge Gott geben, dass es nicht bereits zu spät ist«, murmelte Claasen, fasste sich aber gleich und rief einige Männer zu sich, die mit Sprengungen bereits Erfahrung hatten. »Schnell, folgt mir. Jetzt zählt jede Minute. Die Schneise muss gelegt sein, ehe die Flammen den Bereich überspringen.«

Die Sprengungen kamen zu spät. Vom auffrischenden Wind angefacht breitete sich das Feuer rasch aus. Bürgermeister Beneke und seine acht jüngsten Ratsherren harrten noch im rasch geräumten Rathaus an der Trostbrücke aus, um Meldungen von den Löscharbeiten und den aus der Umgebung eintreffenden Feuerhelfer entgegenzunehmen, schnell Entscheidungen treffen zu können und Befehle zu erteilen. Sie kamen aus Altona, aus Bergedorf, Moorburg und Wandsbek, Altenwerder und Wohldorf. Und laut der Telegrafen hatten sich gar Helfer aus Lüneburg, Lübeck und Kiel mit Spritzenwagen auf den Weg gemacht. So sehr der Bürgermeister die Hilfsbereitschaft der umliegenden Städte begrüßte, so schwierig wurde es, die Maßnahmen zu koordinieren, und bereits am Abend musste er sich eingestehen, dass er den Überblick verloren hatte. Die Furcht breitete sich noch schneller als die Flammen durch Hamburg aus und versetzte die Menschen in Panik. Sie rafften ein paar Habseligkeiten zusammen, beluden Handkarren und Pferdewagen und verließen eilig die Stadt. Noch ehe die Nacht hereinbrach, lagen ganze Straßenzüge verwaist da.

»Sie können doch nicht einfach alles stehen und liegen lassen und davonlaufen!«, rief Claasen zwischen Entrüstung und Verzweiflung schwankend. Er war erschöpft, doch er ahnte, dass er sich noch viele Stunden auf den Beinen werde halten müssen, bis diese Katastrophe ausgestanden war.

»Sollen sie ihre Frauen und Kinder aufs Land schicken, die Männer aber müssen hierbleiben und kämpfen. Sie müssen uns helfen und ihre Häuser verteidigen. Es geht um ihr Eigentum. Wie sollen wir an allen Fronten gleichzeitig sein?«

Doch nur die Bewohner des Kirchenspiels St. Katharina blieben und schlugen sich so beherzt gegen die Flammen, dass ihre Kirche und ihre Häuser verschont wurden. In den anderen Stadtteilen boten sich die verlassenen Häuser nicht nur den Flammen völlig entblößt dar, sondern zogen Scharen von Plünderern an, nun, da sich der Tag neigte und der dichte Qualm die Dunkelheit früher hereinbrechen ließ. Sie drangen in die Häuser, stahlen Geld und alles, was ihnen an Wert erschien, ja, sie beluden Fuhrwerke und Boote, um ihre Beute wegzuschaffen, oder sie brachen in die Keller ein und berauschten sich an den Weinvorräten. Ein Mob von Betrunkenen, mit Piken und Spitzhacken bewaffnet, wankte durch die Gassen. Bürgermeister Beneke ließ Soldaten zusammenziehen und den Feuerwehrleuten zur Seite stellen, dass sie nicht auch noch gegen den Mob kämpfen mussten.

Das Feuer breitete sich nun weiter nach Norden und Westen aus, übersprang das Alsterfleet und nahm sich die ersten Häuser am Neuen Wall. Und auch auf das Rathaus rückte das Feuer unerbittlich zu.

Währenddessen saß Karoline an ihrem Flügel, den András ihr als Erstes hier in Hamburg gekauft hatte, und spielte wie besessen. Von draußen klangen Rufe durch das offene Fenster und ungewöhnlich viele Karren und Wagen rollten durch die Gasse. Die Pferde wieherten unruhig. Frauen riefen aufgeregt durcheinander, Kinder plärrten, Männer fluchten. Doch Karoline bemerkte es nicht. Wenn sie am Flügel saß, zählte nur die Musik, und wenn um sie herum die Welt in Trümmer fiel.

»Mama! Wie kannst du nur hier sitzen und Klavier spielen, während Hamburg in einem Flammenmeer vernichtet wird!« Sophie stand in der Tür, die Haare zerzaust, das Kleid am Saum zerrissen.

Karoline ließ die Hände sinken. »Die Musik gibt mir Kraft und Sicherheit. Was könnte ich denn tun, um die Katastrophe abzuwenden? Glaube nicht, dass ich nichts mitbekomme. Unsere beiden Hausmädchen haben sich frühzeitig davongemacht, um zu ihren Familien zu eilen. Vielleicht haben sie Hamburg bereits verlassen. Vielleicht stehen ihre Wohnungen schon in Flammen.«

»Und dennoch unternimmst du nichts? Hörst du nicht die vielen Leute und Karren draußen. Sie sind auf der Flucht!«

»Und du meinst, auch wir sollen fliehen? Ein paar Sachen packen und davonlaufen?«

»Warum nicht?«, begehrte das Mädchen auf, dann zeichnete sich Entsetzen auf ihrem Gesicht ab. »András«, hauchte sie. »Wir könnten ihn nicht mitnehmen. Der Sarg wäre zu schwer für uns beide, und er würde auch gar nicht in die Kutsche passen.«

Karoline nickte. »Ja, das ist das Problem. Solange die Sonne am Himmel steht, können wir nichts machen außer beten, dass die Flammen uns nicht so schnell erreichen. Oder willst du, dass wir uns den anderen Fliehenden anschließen und András in seinem Sarg hilflos zurücklassen? Ich habe gehört, dass der Mob jetzt schon bereitsteht, die verlassenen Häuser zu plündern. Selbst wenn das Feuer nicht bis hierher kommt, würden wir ihn den Plünderern preisgeben. Das Risiko ist zu groß, dass ihn jemand in seinem Versteck aufspürt!«

Sophie ließ sich in einen Sessel fallen. »Das habe ich nicht bedacht. Wie konnte ich nur? Du weißt, dass ich András nie im Stich lassen würde, aber ich habe nicht nachgedacht! Ich habe nur auf das Gerede von der Feuersbrunst gehört, die auf uns zurollt, und mich von ihrer Angst anstecken lassen.«

Die Verzweiflung des Kindes rührte Karoline. Sie stand auf,

kniete sich vor sie und zog sie in die Arme. »Ich weiß, und András weiß es auch. Es wird schon nicht so weit kommen. Senator Jenisch war vorhin kurz da. Das Rathaus ist weitgehend geräumt, und sie sind entschlossen, es zu sprengen, ehe sie zulassen, dass das Feuer auf den Jungfernstieg überspringt. Wir haben also Grund zu hoffen. Und nun üben wir uns in Geduld und warten darauf, dass die Sonne untergeht. Wenn András erwacht, wird er entscheiden.«

»Sollen wir nicht schon einmal die wichtigsten Dinge packen und die Pferde einspannen?«, schlug Sophie vor.

Karolines Blick wanderte sehnsüchtig zu ihrem Flügel. »Ja, alles, was uns wichtig ist.« Sie riss sich mit einem Ruck los. »Du hast recht. Lass uns packen und die Kutsche fertig machen.«

Sophie begleitete ihre Mutter ins obere Stockwerk, wo sich ihre Schlafgemächer befanden, und zählte die Dinge auf, die sie in den beiden Reisetaschen verstauen sollte. Karoline füllte die Taschen und stopfte dann noch einen Stapel Noten dazu.

»Warte hier«, wies sie das Kind an. »Ich werde hinuntergehen und die Pferde anspannen.«

»Kannst du das denn?«, wandte Sophie ein.

Karoline seufzte. »Ich muss, wenn ich drüben im Stall keinen der Knechte mehr vorfinde, oder? Unsere beiden Mädchen haben das Haus verlassen, und wenn András erwacht, soll alles bereit sein.«

»Ich komme mit!«

»Nein, du bleibst hier bei den Taschen und wartest, bis ich dich hole!«

Karoline eilte die Treppe hinunter, ohne sich um den Protest ihrer Tochter zu kümmern. Sie verließ das Haus durch den Hintereingang und eilte über die Gasse zu dem Gebäude gegenüber, um dessen Hof sich der Stall und die Wagenremise für die umliegenden Häuser befanden. Die vier Rappen begrüßten sie mit freudigem Wiehern. Karoline sah zu ihnen auf. Wie sollte sie das machen? Sie hatte noch nie eingespannt. Und welche Kutsche sollte sie nehmen? Die Reisekutsche, die sie vor zwei Jahren nach Hamburg gebracht hatte, oder die neue leichte Stadtkutsche? Zweispännig oder vierspännig? Wohin würde ihre Reise sie führen? Konnten sie schon bald in ihr Haus zurückkehren, oder würden sie gezwungen sein, es endgültig zu verlassen, wenn es der Feuerwehr nicht gelang, den Vormarsch des Brandes aufzuhalten?

Ein Rascheln in der Pferdebox neben ihr ließ sie aufsehen. Zwei große Kinderaugen starrten sie an.

»Tiebo! Was machst du hier?«

»Ich soll warten, bis Papa zurück ist«, sagte der Sohn des Stallknechts. »Er ist mit den anderen mit dem Karren in die Stadt gefahren, um Sachen aus den Häusern zu retten. Wenn es gefährlich wird, kommt er mich holen, hat er gesagt. Ich darf nicht weggehen!«

Ob es sich bei den zu rettenden Sachen um Dinge handelte, die bei ihren Eigentümern verbleiben würden, oder ob die Männer zu plündern gedachten, kümmerte Karoline in diesem Moment nicht.

»Tiebo, kannst du die Pferde vor die Kutsche spannen?«

Der Junge wiegte zögernd den Kopf. Karoline zog zwei Münzen aus der Tasche und hielt sie ihm hin. Tiebo strahlte und sprang auf.

»Natürlich kann ich die Rappen einspannen, gnädige Frau. Ich habe Papa schon oft geholfen. Nehmen Sie die große Kutsche und alle vier Pferde? Wenn Sie aufs Land wollen, wie alle anderen, dann sollten Sie schon vierspännig fahren. Außerdem wollen Sie ja sicher nicht zwei Ihrer Pferde zurücklassen, wenn das Feuer kommt?«

Karoline nickte und folgte den Anweisungen des Jungen, der die vier Rappen in kürzester Zeit vor den Wagen gespannt hatte. Dann griff er in die Zügel und führte die Pferde durch das Tor auf die Gasse hinaus. Karoline dankte dem Jungen noch einmal und eilte ins Haus zurück.

In diesem Augenblick versank die Sonne, von Asche und Rauch getrübt, hinter dem Horizont.

»András!«, rief Karoline erleichtert und ließ sich dazu hinreißen, auf ihn zuzueilen und ihn zu umarmen, als er auf dem Treppenabsatz erschien.

Er strich ihr über das Haar. »Was hat dich so aus der Fassung gebracht?«

Ein wenig beschämt trat Karoline zurück. Jetzt, da András vor ihr stand, kam ihr die wachsende Panik, die sie empfunden hatte, übertrieben vor.

»Das Feuer!«, rief Sophie und lief nun ebenfalls auf ihn zu. »Wir hatten Angst, dass es hierher kommt, ehe du erwachst. Alle Menschen fliehen aus der Stadt. Mama hat die Pferde einspannen lassen, damit wir fahren können, sobald du wach bist.« Sie warf sich in seine Arme, die er tröstend um sie schloss.

»Wie schlimm steht es?«

Karoline hob die Schultern. »Die Berichte widersprechen sich. Senator Jenisch sprach davon, das Rathaus zu sprengen, um die Häuser am Jungfernstieg zu schützen. Aber das Feuer ist auf den neuen Wall übergesprungen und könnte uns von dort her erreichen. Viele verlassen ihre Häuser, und so wie es aussieht, stehen Banden von Plünderern bereit, die Gunst der Stunde zu nutzen.« Sie zog eine Grimasse.

»Also sollten wir das Haus nur dann schutzlos zurücklassen, wenn es sich nicht vermeiden lässt«, meinte András.

»Dennoch ist es gut, bereit zu sein. Packt alles in die Kutsche, was euch wichtig ist.« Ein Hauch von einem Lächeln huschte über sein Gesicht. »Nein, der Flügel wird nicht hineinpassen, aber viele andere Dinge. Lasst die Pferde vor dem Haus angebunden stehen, bis ich zurückkomme.«

»Wohin können wir gehen, wenn es zum Schlimmsten kommt?«, fragte Karoline.

»Ich habe ein Haus und einige Ländereien auf dem Höhenrücken über der Elbe bei Blankenese gekauft, Baurs Park. Ich wollte es euch eigentlich noch nicht sagen. Es sollte eine Überraschung werden. Gorans jüngerer Bruder Pavel, der aus Siebenbürgen gekommen ist, um die Stelle seines Bruders zu übernehmen, ist seit Wochen damit beschäftigt, es uns einzurichten.«

»Und wo willst du jetzt hin?«, rief Sophie.

»Mir ein Bild von der Lage verschaffen – und nein, ich werde dich nicht mitnehmen!«

Und schon war er verschwunden, ohne von Sophies Protest Notiz zu nehmen.

»Komm, lass uns die Taschen einladen, damit wir fertig sind, wenn András zurückkommt.«

Sophie setzte sich schmollend auf den Treppenabsatz. »Er hätte mich ruhig mitnehmen können. Wenn er dabei ist, kann mir ja gar nichts passieren.«

Karoline stieß einen ärgerlichen Laut aus. »Das ist nicht die rechte Zeit für ungezogenes Benehmen. Aber gut, dann bleibe hier sitzen, ich bringe die Taschen hinunter.«

Sophie antwortete nicht. Mit einem Schulterzucken hob Karoline die beiden Reisetaschen vom Boden und trug sie zur Kutsche. Die Pferde warteten geduldig, obwohl der Strom der Flüchtenden weiter anschwoll und die Stimmung ängstlicher Erregung auf Karoline übergriff. Sie ertappte sich, wie sie stehen blieb und sehnsuchtsvoll die Straße hinunterstarrte, ob András nicht dort am Ende auftauchen würde.

»Reiß dich zusammen!«, sagte sie streng zu sich selber, wandte sich um und trat wieder durch die Tür.

»Sophie?« Sie blieb abrupt stehen. »Ist etwas passiert?«

Das Mädchen kam die Treppe heruntergehastet, stolperte und

fiel über die letzten Stufen, was ihr – soweit sich Karoline erinnern konnte – seit vielen Jahren nicht mehr passiert war. Es gelang ihr gerade noch, das Mädchen aufzufangen.

»Sophie, was ist denn los?«

Der Ausdruck des Entsetzens erschreckte Karoline. Das Mädchen öffnete den Mund, schien aber nicht fähig, auch nur ein Wort herauszubringen. Karoline fasste sie bei den Schultern und schüttelte sie.

»Nun beruhige dich und sage mir, was mit dir los ist!«

»Sie ist da«, hauchte Sophie.

»Was? Wer ist da?«, hakte Karoline nach.

»Ileana! Sie ist hier im Haus.«

»Was?« Eine heiße Welle lief durch ihren Körper gefolgt von Eiseskälte, die sie erschaudern ließ. Dann aber gewann Vernunft wieder die Oberhand. Sie nahm ihre Tochter behutsam in die Arme.

»Sophie, du bist durcheinander. Das Feuer und die Aufregung haben dich verwirrt. Du musst keine Angst haben. András kommt bald zurück, und dann wissen wir, ob wie hierbleiben oder aufs Land hinausfahren, bis der Spuk vorbei ist. Es gibt hier keine böse Vampirin. Du bildest dir da etwas ein. Wo sollte sie so plötzlich herkommen? Beruhige dich!«

Sophie befreite sich aus ihren Armen und trat einen Schritt zurück. Wenn Karolines Worte eines bewirkt hatten, dann dass die Panik von ihr abgefallen war. Sie schien nun völlig ruhig und setzte wieder diesen beherrschen Ausdruck auf, der sie viel älter aussehen ließ. Ihre Augen schienen die Mutter zu fixieren.

»Mama, haben mich meine Sinne je getäuscht? Haben wir nicht selbst gehört, dass das Morden in Hamburg begonnen hat? War nicht auch dein erster Gedanke Ileana? Leugne es nicht! Ich weiß nicht, wie sie es angestellt hat, doch es ist ihr gelungen, uns aufzuspüren, und sie wird uns töten, noch ehe András zurück ist.«

Vielleicht war es gerade der kühle Tonfall, der Karoline in Angst versetzte. Sie griff nach Sophies Hand.

»Komm schnell. Solltest du wirklich recht haben, dann werden wir es ihr nicht so einfach machen!«

Sophie raffte ihr Kleid und eilte neben der Mutter her zu der wartenden Kutsche. »Wo fahren wir hin?«, keuchte sie.

»Raus aus Hamburg. Zu diesem Haus in Blankenese. Baurs Park, hat er gesagt, nicht wahr?«

»Und András?«, protestierte Sophie, als die Mutter den Wagenschlag aufriss und sie unsanft ins Innere schob.

»András wird uns dort finden. Unterschätze ihn nicht.«

»Aber er weiß nicht, dass Ileana hier ist. Er läuft geradewegs in ihre Falle, wenn wir ihn nicht warnen!«

»Und was schlägst du vor? Willst du dorthin direkt in die Hölle fahren und ihn suchen?« Ihre Hand wies nach Süden, wo der flackernde rote Schein von den dichter werdenden Rauchschwaden reflektiert wurde.

»Ja!«, gab Sophie trotzig zurück, der dieser schreckliche Anblick erspart blieb.

»Niemals! Du musst seinen Kräften vertrauen. Er kann sich selbst helfen.«

Karoline schlug die Tür zu und hatte den Kutschbock schon fast erklommen, als eine kalte Stimme sie erstarren ließ.

»Ich finde den Vorschlag deiner Tochter durchaus charmant«, gurrte sie. Karoline spürte einen Stoß im Rücken, dass sie geradezu auf den Kutschbock hinaufflog. Ehe sie ihr Gleichgewicht wiedergewonnen hatte, sprang eine Gestalt vom Boden in einem Satz zu ihr herauf und ließ sich neben sie auf die Bank fallen. Karolines schlimmster Albtraum wurde wahr, und er trug einen Namen: Ileana. Sie wandte den Kopf, und nun bekam der Alb auch ein Gesicht und eine Gestalt. Groß war sie und schlank, beinahe hager mit denselben dunkeln Haaren und Brauen wie András. Ihr Haar war dicht und lang, dass es ihr bis fast auf die Hüften fiel. Sie sah nach vorn, so dass Karoline zuerst nur ihre rechte Gesichtshälfte sehen konnte. Ihre Haut war porzellanartig hell und fein, dennoch wirkten ihre Züge nicht einnehmend. Vielleicht weil in ihnen der Hass glühte, der für kein gutes Gefühl Raum zu lassen schien.

Für einen Moment wandte Ileana den Kopf und ließ Karoline einen Blick auf ihre andere Gesichtshälfte erhaschen. Karoline prallte zurück. Was war das? Eine Kraterlandschaft dunkler Narben zog sich von der Stirn über die Wangen bis zum Hals herab. Plötzlich begriff sie. Das Weihwasser, von dem Sophie erzählt hatte, hatte die Vampirin entstellt und ihren Hass noch angeheizt. Nein, Gnade durften sie nicht erwarten. Dieses Wesen wurde allein von Finsternis beherrscht.

Ileana ließ die Rappen anziehen. »Du wirst doch nicht so dumm sein, dich vom Kutschbock zu werfen? Das ist nicht ratsam. Du könntest dir alle Knochen brechen. Nein, das würdest du nicht tun. Du bist eine Mutter und brächtest es nicht über dich, mir deine Tochter zu überlassen, nicht wahr? Also halte dich schön fest und genieße die Fahrt!«, fügte sie mit einer gehässigen Grimasse hinzu. »Es ist vermutlich das Letzte, was du in diesem Leben genießen wirst.«

Karoline antwortete nicht. Sollte sie sich auf diese Unterhaltung einlassen? Sie wusste, dass kein Argument der Welt die Vampirin überzeugen würde, sie und Sophie unversehrt laufen zu lassen. Selbst wenn sie weinen und betteln würde, und das verbot ihr der Stolz. Nein, ihre Würde wollte sie bewahren, bis zum Schluss. Wie auch immer es enden sollte.

Genauer dachte sie lieber nicht über die Möglichkeiten nach. Die Vampirin dirigierte die vier Rappen in den Strom der Flüchtlinge und Plünderer, der ihnen zu Fuß und in allerlei Wagen und Karren entgegenkam. Karoline war fast dankbar, dass Ileanas halsbrecherische Fahrweise sie zwang, sich festzuklammern und sich ganz darauf zu konzentrieren, nicht hinuntergeschleudert zu werden. Ileanas Miene war eine verzerrte Maske, während sie die Pferde rücksichtslos voranzupreschen zwang, ohne sich um Menschen und Tiere zu kümmern, die sich vor den Hufen und den ihnen folgenden Wagenrädern in Sicherheit zu bringen suchten.

Die Luft wurde immer schlechter. Qualm und Asche wirbelten um sie und reizten zum Husten. Sie rasten direkt auf den unheimlich rot glimmenden Dom zu, der sich über der Stadt weit hinauf in den Nachthimmel aufwölbte. Flackerndes Licht erleuchtete die Häuser vor ihnen und tauchte die Wände in Blut. Es wurde immer heißer, und das ferne Knistern steigerte sich in ein Fauchen. Irgendwo sackte ein Gebäude mit Getöse in sich zusammen. Karoline konnte nicht verhindern, dass sie zusammenzuckte.

»Gemütlich, nicht wahr?«, spottete Ileana, der offensichtlich weder die rauchgeschwängerte Luft noch die Hitze etwas ausmachte. Karoline dagegen spürte, wie ihre Haut zu glühen begann und der Schweiß aus allen Poren trat, als sie um eine Ecke bogen und sich das ganze Inferno ihnen darbot. Schrecklich und doch auch auf seine Weise faszinierend. Karoline riss die Augen auf und starrte auf das Unfassbare. Eine ganze Häuserzeile jenseits des Fleets vor ihnen stand in Flammen. Sie schossen brüllend und fauchend wie lebende Drachen in den Nachthimmel. Funken stoben wie Sternregen in alle Richtungen. Ileana lachte auf. Es war kein fröhliches Lachen. Karoline sah kurz zu ihr hinüber, und für einen Moment trafen sich ihre Blicke. Der Wahnsinn loderte in den Augen der Vampirin wie das Feuer, das ganz Hamburg vernichten wollte.

Heilige Jungfrau, steh uns bei! Karoline hatte lange nicht mehr gebetet.

Immer höher türmten sich die Flammen über ihnen auf. Die Hitze war unerträglich, doch Ileana trieb die Pferde weiter. Sie schnaubten und wehrten sich, aber ihr gelang es, sie gegen ihre

Panik zu beherrschen. Sie überquerten das Fleet. Wo waren sie überhaupt? Und wo wollte Ileana hin? Fuhr sie wahllos umher, in der Hoffnung, der Zufall würde sie auf András stoßen lassen? Fast schien es Karoline so, denn nun rief sie zornig:

»Wo bist du? András, komm heraus und zeig dich!«

Ein eingestürztes Haus, dessen einstige Pracht nun einem Gewirr verkohlter Balken und Ziegel gewichen war, versperrte ihnen den Weg. Mit der Kutsche gab es hier kein Durchkommen. Ileana bog in eine schmalere Gasse ab, deren Häuser seltsamerweise noch nicht vom Feuer erfasst worden waren. Am Ende aber blockierten wieder Trümmer eines Hauses ihren Weg. Sie zwang die Pferde durch einen Torbogen in einen Hof. Hier konnte sie wenden und den Weg zurück nehmen. Eine andere Möglichkeit schien ihnen nicht zu bleiben. Doch zu Karolines Entsetzen beschloss sie, die Fahrt hier zu beenden. Sie schlang die Zügel um die Seitenlehne und griff nach Karolines Arm.

»Wenn wir ihn nicht aufspüren können, dann müssen wir eben darauf warten, dass er zu uns kommt.«

Ehe Karoline sich überlegen konnte, ob es sinnvoll wäre, Widerstand zu leisten, hatte Ileana sie schon mit sich gerissen. Karoline landete hart auf dem Boden und wäre gefallen, hätte die eisige Hand sie nicht wie ein Schraubstock umspannt. Ileana warf das Hoftor zu und öffnete dann den Wagenschlag, ohne den Griff um Karolines Arm zu lockern.

»Endstation. Komm raus!«

Karoline sah Sophies bleiches Gesicht auftauchen. Ihre Miene war erstaunlich gefasst. Sie richtete ihren Blick in Ileanas Richtung.

»Wo sind wir?«

Die Vampirin gab ihr keine Antwort. Sie packte das Mädchen an der Schulter und riss es aus der Kutsche. Sophie zuckte vor Schmerz zusammen, doch kein Laut kam über ihre Lippen. Dafür schrie Karoline auf.

»Lass sie in Ruhe! Untersteh dich, meinem Kind etwas anzutun!«

Ileana wandte sich ihr zu. Verachtung stand nun in ihrem Blick. »Was sonst? Willst du mir mit irgendetwas Unsinnigem drohen? Ihr werdet beide heute Nacht sterben. Die einzige Aufgabe, die ihr noch zu erfüllen habt, ist, mir András anzulocken und ihn zu einer wahnwitzigen Tat zu reizen, die es mir noch leichter machen wird, ihn in die Hände zu bekommen.«

»Und dann? Werden Sie ihn vernichten?«

Für einen Moment schien die Vampirin über die Worte des Mädchens erstaunt.

»Ja, ich werde ihn zerquetschen. Er hat es nicht verdient, von mir zurückgenommen zu werden. Nicht mehr. Aber was kümmert es dich? Er ist ein Vampir, ein Wesen der Nacht, ein seelenloser Blutsauger, der lange genug sein Unwesen auf dieser Welt getrieben hat. Es ist also eine gute Tat, ihn zu vernichten!«

»Nein!«, schrie Sophie, die augenblicklich keine Angst um ihr eigenes Leben verspürte. »András ist mein Freund, und ich liebe ihn. Er ist gut, und ich weiß, dass er eine Seele hat.«

Ileana legte den Kopf in den Nacken und lachte, dass es von den Wänden der verlassenen Häuser widerhallte. »Du könntest mich fast amüsieren. Aber nun halte den Mund.«

Sie trat durch eine offene Tür und schleifte Mutter und Tochter mit sich. An Gegenwehr war nicht zu denken. Karoline war genug damit beschäftigt, nicht zu stolpern. Über ihnen konnte sie den Feuerschein sehen, und immer wieder züngelten Flammen in den rauchigen Himmel. Der Lärm und die Hitze, die über den First herabfluteten, machten drohend bewusst, wie nah die Feuerwand bereits war. Sie konnte jeden Augenblick auf die Häuser um diesen Hof herum übergreifen. Dennoch zerrte Ileana die beiden unerbittlich weiter. Eine Treppe hinauf und noch eine weitere. Wie viele Stockwerke hatte das Haus, und wohin wollte sie mit ihnen?

War das Treppenhaus in den unteren Etagen noch großzügig gestaltet und die Stufen aus bestem Marmor gehauen, erreichten sie nun einen schmalen Absatz mit sich neigenden Wänden, von dem einfache Türen ausgingen. Am Ende eines Flures riss Ileana eine rohe Holztür auf, hinter der eine Stiege steil nach oben führte. Die Vampirin hielt inne. Die Treppe war so schmal, dass sie keinesfalls zu dritt nebeneinander hinaufsteigen konnten. Ileana warf sich Sophie über die Schulter und zerrte Karoline hinter sich her, bis sie alle auf einem weitläufigen Dachboden standen. Wie bei den Speicherbauten gab es einige hohe Luken, durch die man über eine Seilwinde Säcke und Kisten hochhieven oder hinunterlassen konnte. Im Moment standen nur in einer Ecke einige Kisten. Ileana ließ Karoline los und warf Sophie unsanft zu Boden. Karoline stürzte zu ihr und half ihr auf. Sie hatte sich die Hände aufgeschürft. Ansonsten schien ihr nichts geschehen. Noch nicht.

»Wo sind wir? Was hat sie mit uns vor?«, fragte Sophie leise.

Karoline folgte den Bewegungen der Vampirin mit den Augen, die einmal um den Dachboden huschte und die hölzernen Läden vor den Luken aufstieß. Sie beantwortete ihrer Tochter lieber nur die erste ihrer Fragen.

Von der einen Seite, die wohl nach Südwesten wies, konnte Karoline die Flammenwand auf sich zukommen sehen. Sie erkannte das große Gebäude der neuen Börse, das bereits von drei Seiten von den Flammen eingeschlossen war. Zu ihrer Linken, das musste das Rathaus an der Trostbrücke sein. Auch dort rückte das Feuer vor. Nur im Norden, in Richtung Jungfernstieg und Alster herrschten noch Stille und die Dunkelheit der Nacht. Die Ruhe vor dem Sturm.

Karoline trat einen Schritt näher an die Luke heran, die auf die Börse wies. Sie konnte Silhouetten ausmachen. Menschen, die mit Eimern und Feuerpatschen bewaffnet mutig dem Inferno trotzten. Wie klein sie gegen das fauchende, feurige Ungetüm waren. Wie hilflos sie wirkten, und dennoch gaben sie nicht auf. Menschen waren seltsame Wesen. Wozu sie in größter Not fähig waren. Auch sie und Sophie befanden sich in einer aussichtslosen Lage und mussten dennoch den Kampf aufnehmen. Sie hatten keine Chance zu gewinnen. Leicht würden sie es der untoten Zerstörerin aber nicht machen!

Karolines Blick huschte zu der Stiege, die an der noch offenen Falltür endete.

»Willst du das wirklich versuchen?«, raunte ihr Ileana ins Ohr. »Tu es, ich habe viel mehr Spaß, wenn ich mir das Wild jagen und stellen kann, ehe ich es reiße.«

Wie konnte sie plötzlich neben ihr stehen? Hatte sie sich nicht eben noch aus der Luke dort vorn gebeugt, und war ihre Gestalt nicht deutlich als Scherenschnitt vor der Flammenwand zu sehen gewesen?

Karoline schob Sophie hinter ihren Rücken. Nein, sie musste hierbleiben und ihre Tochter schützen, so lange es ging.

»Wie rührend!« Die Vampirin lachte schrill. »Doch beruhige dein blutendes Mutterherz. Noch ist es nicht so weit. Noch werden wir warten.«

»Worauf? Dass das Haus in Flammen aufgeht und uns in seinen Trümmern begräbt?«, rief Karoline. »Das kann nicht mehr lange dauern.«

»Dann sollte sich András lieber beeilen«, erwiderte Ileana kalt.

Eine heiße Böe wirbelte durch die offenen Luken herein und brachte einen Funkenregen mit sich, der sie wie Glühwürmchen umschwärmte. Heiße Asche regnete auf ihre Haut. Karoline hörte die Pferde im Hof ängstlich wiehern. Seltsam. Sie empfand Mitleid mit den Rappen, denen ebenfalls keine Möglichkeit zur Flucht blieb. Sollte sie nicht lieber Mitleid mit ihrer Tochter haben, die gerade einmal ihr zehntes Lebensjahr vollendet hatte, und mit sich selbst? War nicht auch sie noch zu jung, um zu sterben? Wenn der Tod überhaupt alles war, was sie erwartete. Fast sollte sie ihn erhoffen. Es gab Schlimmeres zu befürchten, als nur den Körper zu verlieren.

Ileana wanderte ruhelos auf und ab, warf mal durch die eine Luke einen Blick hinaus, dann durch eine andere.

»Sie ist ziemlich wütend«, raunte Sophie ihrer Mutter zu.

»Ja, Geduld ist nicht ihre Stärke«, gab Karoline ebenso leise zurück.

»Dann hat sie mit mir etwas gemeinsam«, sagte das Mädchen mit einem dünnen Kichern. Sie hielt sich unglaublich tapfer.

Wie oft würde Karoline noch die Gelegenheit haben, ihr zu sagen, wie stolz sie auf ihre Tochter war? Dass sie sie liebte und keinesfalls bereute, sie geboren zu haben. Warum nur hatte sie es bisher so selten getan?

Sophie schmiegte sich an sie und schob ihre Hand in die der Mutter. Vielleicht bedurfte es in dieser Situation keiner Worte mehr.

»Er wird kommen! Wir müssen nur noch ein wenig Geduld haben.«

Karoline drückte ihre Hand. »Ja, das wird er«, sagte sie. Und dann wird Ileana uns alle drei vernichten. Diesen Gedanken sprach sie nicht laut aus, doch Sophie schien ihre Zweifel zu spüren.

»Du musst an ihn glauben! Nur dann kann er uns retten.«

Aber war er nicht schon einmal vor ihr davongelaufen, weil er schwächer war als sie? Weil sie seine Schöpferin war und er sie nicht besiegen konnte?

»In Wien war das etwas anderes«, korrigierte Sophie. »Da war András bereits von einem anderen Kampf geschwächt. Nur deshalb konnte er es nicht mit ihr aufnehmen.«

Manches Mal war Karoline ihr eigenes Kind unheimlich. Lag

es daran, dass es so viel Zeit mit einem Vampir verbrachte? Sie konnte inzwischen fast so gut Gedanken lesen wie András, und das auch noch, ohne einem in die Augen sehen zu können. Oder waren ihre Gedanken so offensichtlich?

Sophie drückte ihrer Mutter tröstlich die Hand. »Er wird kommen, noch ehe das Haus brennt. Ich weiß es!«

Ein Knall ließ sie zusammenfahren. »Was war das?« Wieder krachte es wie Kanonenschüsse, dann ein Bersten und Prasseln. Karoline eilte mit Sophie auf die Luke zu und sah, wie das stolze Rathaus der Stadt Hamburg in sich zusammenstürzte. Staub wirbelte hoch und vermischte sich mit dem Asche- und Glutwirbel der brennenden Häuser dahinter, die nun über dem Trümmerhaufen aufragten.

»Sie haben es gesprengt«, sagte Karoline ein wenig fassungslos. »Sie haben tatsächlich das Rathaus gesprengt!«

»Wer? Und warum tun sie so etwas?«, wollte Sophie wissen.

»Ich denke, es war die Feuerwehr auf Anweisung des Rats, damit sich der Brand nicht weiter ausbreitet. Vielleicht wird dieser Schuttberg die Schneise sein, ihn aufzuhalten.«

»Dann kommt das Feuer nicht bis zu uns?«

Karoline sah aus der anderen Luke zur Börse hinüber, die die wenigen Menschen noch immer hielten, obwohl die Flammen sie fast vollständig eingekreist hatten.

»Ich weiß es nicht«, gab sie hilflos zu. »Wenn der Wind sich legt …«

Daran schien er allerdings nicht zu denken. Er brauste durch die Gassen, von der unheimlichen Hitze der Feuersbrunst getrieben, ließ die Flammen in den Himmel schlagen und sammelte Glut und heiße Asche auf, um sie in Böen weit über die Fleete und in die Straßen zu treiben, die bisher noch widerstanden. Wie lange noch? Schweigend standen sie da und sahen in das Inferno hinab, das unerbittlich näherrückte. Ein heißer Windstoß ließ die beiden zurückweichen. Ein brennender Span wurde hereingewirbelt. Karoline sprang vor und trat die Flammen aus, ehe sie nach einer der Kisten griffen. Ileana lachte.

»Die Zeit läuft ab!«

Und noch während Karoline auf das rauchende Stück Holz hinabsah, dessen Flamme sie besiegt hatte, wurde ihr klar, dass es bereits geschehen war. Sophie stieß einen Schrei aus.

»Mama! Ich kann es spüren. Hörst du es flüstern? Das Feuer ist da. Über uns und dort drüben und auch auf der anderen Seite. Es ist überall!« Sie presste sich gegen Karoline, die sie schützend umfing, obwohl auch ihr Mut nun aufgebraucht war. Sie spürte, wie ihr Körper zu zittern begann. Obwohl sie nichts anderes als den fernen Lärm des Feuers hören konnte, zweifelte sie nicht an Sophies Gespür. Und dann sah sie es. Das feine Glimmen zwischen den Dachbalken. Das Feuer hatte das Haus erfasst, und der auffrischende Wind fachte die Flammen an, sich an den trockenen Balken gütlich zu tun.

26. Kapitel

Asche zu Asche, Staub zu Staub

So musste die Hölle sein. Ja, wenn er sich ein Szenario hätte ausdenken müssen, dann käme diese Nacht in Hamburg ihm verdammt nahe.

András lief durch die Stadt. An rauchenden Ruinen vorbei und an in Flammen stehenden Häuserzeilen. Der Rat hatte inzwischen Militär in die Stadt beordert, das die Plünderer in Schach halten sollte, die zunehmend betrunken und randalierend durch die Stadt zogen und auch noch die Arbeit der Feuerwehr erschwerten. Viele der Helfer waren inzwischen völlig erschöpft. Und die neuen Kräfte, die aus dem Umland anrückten, wussten nicht so recht, wo sie anpacken sollten. Es gab niemand, der die verschiedenen Gruppen koordinierte. Mit dem Rathaus war auch die letzte Zentrale, in der Nachrichten zusammenliefen und Befehle ausgegeben wurden, in Schutt und Asche versunken.

András nahm sich nicht die Zeit, die traurigen Überreste anzusehen. Es gab Wichtigeres. Er musste sie finden! Schnell! Jede Sekunde war kostbar. Unerbittlich folgte er der Spur seiner Rappen und hoffte, dass er sich nicht in die Irre leiten ließ. Was, wenn Karoline und Sophie gar nicht in der Kutsche waren? Doch wohin konnten sie sonst verschwunden sein, ohne eine Fährte zurückzulassen?

Er machte sich Vorwürfe, sie allein gelassen zu haben. Dabei war er nicht lange fortgeblieben. Hoffnungsfroh hatte er sich auf den Rückweg gemacht. Ja, ein großer Teil der Stadt versank in diesem Inferno, doch noch schienen die Häuser am Westufer der Binnenalster sicher zu sein. Sie mussten nicht fliehen, selbst wenn es ratsam wäre, den Brand im Auge zu behalten.

Er stutzte, als er um die Ecke bog und die Kutsche nicht entdecken konnte. Hatte Karoline sie in den Hof zurückgebracht, oder war sie gar ohne ihn aufgebrochen? Das sah ihr nicht ähnlich. Da stimmte etwas ganz und gar nicht. András stürzte die Stufen hinauf und durch die offene Haustür, als der Geruch ihn wie ein Keulenschlag traf. Ileana!

Es war ihr also tatsächlich gelungen, sie in Hamburg aufzuspüren. András hielt sich nicht lange im Haus auf. Ihm wurde schnell klar, dass niemand mehr da war. Er verschloss die Haustür und überlegte. War es ihnen gelungen, vor Ileana zu fliehen? Hatte Sophie die Gefahr rechtzeitig gespürt, und Karoline war nun mit ihr auf der Flucht?

Ein Hoffnungsschimmer keimte auf. András prüfte die Spuren auf der Straße. Er musste der Fährte der Rappen folgen. Wohin war die Kutsche gefahren?

Als ihm klar wurde, dass die Rösser den direkten Weg auf das Inferno zu gewählt hatten, verlosch die Hoffnung. Nein, das konnte nur bedeuten, Ileana hatte die beiden in ihre Gewalt gebracht. András stand mitten auf der Straße und sah auf die brennende Stadt vor ihm, in deren Gassengewirr sich die Spur zu verlieren schien.

Was bezweckte Ileana? Warum fuhr sie direkt ins Feuer? Um den Köder für ihn auszulegen? Ja, so würde sie es machen. Und ihm blieb nichts anderes übrig, als ihn zu schlucken. András setzte seinen Weg fort.

Wieder einmal hatte er Ileana unterschätzt. Würde es ihr doch noch gelingen, ihren Racheplan zu Ende zu führen? Daran durfte er nicht denken. Er musste sich auf die Fährte konzentrieren, was nicht einfach war. Der durchdringende Brandgeruch, die Hitze, die sein Haar sich kräuseln ließ, und vor allem die vielen Menschen und Tiere, die die Straßen in beide Richtungen passierten, verursachten ein undurchdringliches Gemisch an Gerüchen. Immer wieder musste er stehen bleiben und prüfen, welche Richtung die Kutsche wohl genommen haben konnte.

Dann war sein Weg zu Ende. Die Spur führte in diese Gasse hinein, daran zweifelte er nicht. Nun allerdings war hier kein Durchkommen mehr. Die noch schwelenden Reste eines Hauses versperrten ihm den Weg. András überlegte, ob er es wagen konnte, über die ausgekohlten Balken zu klettern. Als wollten sie ihm drohen, ließ ein Windstoß sie rot aufglühen. Die Hitze über den Trümmern war noch unerträglich. Nein, hier würde er sich mehr als nur ein paar Brandblasen holen, und er brauchte alle seine Kräfte für den Kampf mit Ileana. András versuchte einen anderen Weg, um die Witterung hinter dem eingestürzten Haus wieder aufzunehmen, doch wie er es auch versuchte, die Flammen richteten sich drohend vor ihm auf und verwehrten ihm den Durchgang.

Wo um alles in der Welt hatte Ileana ihre Geiseln hingebracht? Dort hinter dem Feuerwall schien nichts mehr überleben zu können.

Wieder musste er umkehren und einen Bogen bis an die Alster schlagen, um sich dann von Norden her anzunähern. Was war das? Bewegte sich dort vorn nicht etwas? Ja, vor dem Feuerschein an der Börse konnte er einige Gestalten ausmachen. Sie schienen von allen Seiten eingeschlossen. András sah sich um und erklomm dann rasch ein Haus in der Nähe. Wenn er sich an dieser Wand entlanghangelte, konnte er vielleicht den Feuerkreis durchbrechen und zu ihnen gelangen. András stürmte in eines der verlassenen Häuser und rannte die Treppe hinauf in den zweiten Stock. Er durchbrach die Tür mit einem Fußtritt und stürzte zum Fenster. Die Wohnung nebenan brannte bereits lichterloh, und erst als der Wind den Qualm für einige Augenblicke vertrieb, konnte er die

Gestalten an der Börse erkennen. Nein, das waren weder Karoline und Sophie noch Ileana, und nichts ließ darauf schließen, dass sie sich irgendwo in dieser Insel im Feuermeer befanden. Einen Augenblick gönnte er sich, dem kleinen Häuflein Männer dort drüben Respekt zu zollen, die einen nahezu aussichtslosen Kampf austrugen. Hatten sie zu Anfang vielleicht nur versucht, das Gebäude der neuen Börse und Symbol der aufstrebenden Kaufmannsstadt zu retten, so ging es nun um ihr Leben, das mit dem Fall der Börse zu Ende sein würde. Sie hatten zu lange gewartet. Einen Fluchtweg aus dem Feuerring gab es nicht mehr.

Saßen Karoline und Sophie auch hier irgendwo in der Falle? András wandte sich um. Es schien ihm, als könnte er durch das Knistern und Brausen ein Wiehern vernehmen. Dort drüben musste jemand ein paar Pferde zurückgelassen haben, die nun keinen Ausweg aus dem Feuer mehr fanden. Wieder die panischen Laute, die ihm so vertraut schienen. Er stutzte.

Das waren die Rufe seiner Rappen! Die Kutsche mit den Pferden musste in einem Stall oder Hof dieses Häuserblocks sein. Und vielleicht waren auch Karoline und Sophie dort drüben. Sein Blick wanderte an der Hausfassade entlang bis hinauf zum Dach, aus dem meterhoch die Flammen schlugen. Auch einige Wohnungen darunter brannten bereits lichterloh. Feuerzungen leckten aus den Fensteröffnungen und schwärzten die Wände.

Das sah nicht gut aus. Sollten sie wirklich dort drüben in diesem Haus sein, dann musste er sich beeilen. Mit einem riesigen Satz sprang András aus dem Fenster. Er setzte über einige schwelende Balken hinweg und huschte in die Gasse auf das verschlossene Hoftor zu.

Es war gespenstisch! Sie standen in der Mitte des weitläufigen Dachbodens. Karoline hielt Sophie fest umschlungen. Das Mädchen klammerte sich an seine Mutter. Es versuchte mit einer starren Miene, sich keine Furcht anmerken zu lassen, doch Karoline konnte die Angst in ihr spüren, die ihren schmächtigen Körper beben ließ. Oder war das nur der Widerhall ihres eigenen Zitterns? Fast war sie froh, dass Sophie das Szenario nicht sehen konnte. Oder war es noch schlimmer, nur das Dröhnen und Fauchen zu hören? Im glühenden Wirbel der mit heißer Asche beladenen Böen zu stehen, das Gefühl, die Haut würde sich in unzähligen Brandblasen aufblähen. Nur den heißen Schmerz in der Lunge zu spüren und die Hitze um und über sich, ohne die wie lebendige Teufel tanzenden Flammen zu sehen, die immer wieder durch die Luken hereinschlugen, die Wände hochleckten und bereits Löcher durch das Dach gebohrt hatten. Einige brennende Dachlatten gaben nach und brachen polternd wenige Schritte neben ihnen herab. Sophie zuckte zusammen.

»Er wird kommen«, flüsterte sie in einer nicht enden wollenden Litanei vor sich hin. »Er wird kommen und uns retten. Er hat es versprochen.«

Karoline antwortete nicht. Ihr Blick folgte Ileana, und sie fragte sich, was ihr mehr Schrecken einjagte: das Feuer oder die Vampirin, die mit ausgebreiteten Armen und einem irren Lachen zwischen den Flammen tanzte. Der zuckende Schein beleuchtete ihre Gestalt und verstärkte noch den grausigen Anblick ihrer verätzten linken Gesichtshälfte.

Plötzlich hielt sie in ihrem Tanz inne, als habe Gottes rettender Engel sie zu Stein verwandelt. Ganz langsam wandte sie den Kopf, ein triumphierendes Lächeln auf den Lippen. Ihr Blick fuhr Karoline schmerzhafter als das Feuer durch den Leib. Mit einem riesigen Sprung stand Ileana unvermittelt neben ihnen und zerrte sie zu der Luke hinüber, die in Richtung Hof zeigte. Karoline konnte das klägliche Wiehern der Pferde hören. Ihr Blick saugte sich an dem Bild des Infernos fest, das sich vor ihnen ausbreitete. Heilige Mutter Gottes! Wie konnte der Herr im Himmel so etwas zulassen? Oder war das der Auftakt zum Jüngsten Gericht? Bei diesem Anblick konnte sich Karoline nicht vorstellen, dass in ganz Hamburg auch nur ein Stein auf dem anderen bleiben würde. Wie viele Opfer würde die Stadt zu beklagen haben? Kam es da auf die Pianistin aus Wien und ihre blinde Tochter noch an?

Sophie drückte die Hand ihrer Mutter. »Er ist da!«, wisperte sie mit einer solchen Erleichterung in der Stimme, dass sie kaum daran zweifeln konnte.

»Ja, er ist da«, wiederholte Ileana mit einem gehässigen Auflachen. »Nun kann der letzte Akt beginnen. Passt gut auf. Üblicherweise kann man einen Vampir nur mit Feuer und Stahl zerstören und mit den Strahlen der Sonne, aber ich habe das untrügliche Gefühl, dass es etwas gibt, das András viel größere Schmerzen zufügen wird. Dieser Narr scheint eine zweite Seele bekommen zu haben, die ich nun vernichten werde!«

Sie zog Mutter und Tochter noch ein Stück näher an die offene Luke heran und rief dann laut: »Komm endlich heraus! Ich habe deine Wut längst gespürt. Sie ist dir vorausgeeilt, mein dunkler Racheengel. Nun komm und lass uns beginnen. Die Zeit läuft uns davon.«

Als würde selbst das Feuer ihr gehorchen, brach wieder ein Stück des Dachs ein und entzündete nun auch den hinteren Teil des Bodens. Mit einem unglaublichen Satz schoss András durch die Bodenluke und landete geduckt, den Blick fest auf Ileana gerichtet.

»Ah, da bist du ja. Es wäre zu schade gewesen, wenn du es nicht rechtzeitig zum Finale geschafft hättest.« Ihre Hand legte sich um Karolines Hals. Die Kraft, die in diesen langen, schmalen Fingern ruhte, ließ sie entsetzt aufstöhnen. Karoline war klar, dass es nur eines Zuckens bedurfte, ihr die Kehle zu zerquetschen oder das Genick zu brechen.

Die andere Hand der Vampirin schoss vor und riss Sophie aus

ihren Armen. Karoline konnte es nicht verhindern. Sie stieß einen Schrei des Entsetzens aus, als die Vampirin das Kind vom Boden hob. Ihr Arm streckte sich, bis Sophie zappelnd über dem Abgrund schwebte, nur von den Krallen an einer Schulter festgehalten. Wie gern hätte Karoline die Augen geschlossen oder wäre in eine gnädige Ohnmacht gesunken. Doch sie musste stark bleiben und ihrem Kind beistehen – zumindest in ihren Gedanken, denn Rühren konnte sie sich im Griff ihrer Zerstörerin keinen Zoll, ohne sich selbst die Luft abzuschnüren.

»Ileana, hör auf!«, rief András mit beschwörender Stimme. »Du willst doch mich! Ich bin das Ziel deines Hasses, also lass sie gehen und komm zu mir, um deine Rache zu vollenden.«

»Das tue ich. Ich vollende meine Rache, indem ich dich vernichte! Ich habe dich studiert und weiß, dass nichts auf dieser Welt dir so großen Schmerz zufügen kann wie mein kleines Arrangement.«

»Dann lass uns ein Geschäft machen. Du liebst Zweikämpfe. Ich weiß es. Lass uns kämpfen! Der Preis des Siegers sind Karoline und Sophie. Reizt es dich nicht? Ich sage, ich bin stärker geworden, als du es dir vorstellen kannst. Ich bin so weit, gegen meine eigene Schöpferin zu bestehen. Willst du mir nicht das Gegenteil beweisen?«

Hatte András sie geködert? Karoline war es, als könne sie Ileanas Zögern spüren. Ein Hoffnungsschimmer flackerte in ihr. Sie warf einen Blick auf Sophie, die die Gefahr ihrer Lage erkannt haben musste. Sie blieb ganz still, während Ileana sie noch immer an ihrem ausgestreckten Arm aus der Luke hielt.

»Ich muss zugeben, es reizt mich, deinen Vorschlag anzunehmen. Ja, wagen wir einen Zweikampf, und ich werde dir deinen Hochmut austreiben. Vielleicht werde ich dich gar nicht vernichten. Wie wäre es mit einem Schwur, dass du mein willenloser Sklave sein wirst, wenn du verlierst?«

»Gut, machen wir es so. Das ist ein stolzer Preis!« András schob sich unauffällig einen Schritt näher. Hatte Ileana es bemerkt? Wenn ja, so zeigte sie es nicht.

Ileana lächelte breit. Vielleicht sonnte sie sich bereits in Gedanken in ihrem Sieg und genoss ihre Prämie.

»Und nun hol Sophie herein, und lass sie und ihre Mutter gehen, damit wir beginnen können«, verlangte András. So hypnotisch diese Stimme auf Menschen wirkte, bei Ileana versagte ihr Zauber. Sie lächelte noch breiter.

»Sagtest du nicht, wir kämpfen auch um das Blut dieser beiden Menschen hier? Wie könnte ich sie gehen lassen, ehe der Kampf entschieden ist?«

Wieder brach ein Stück des Daches ein, und unter ihnen ächzte es bedenklich. War das Gebäude so geschwächt, dass es einstürzen würde? Ileana kümmerte sich nicht darum. Sie tat so, als würde sie überlegen.

»Weißt du, mein Liebster, ich habe einen anderen Vorschlag. Wenn du schon deinen freien Willen in alle Ewigkeit bietest, dann genügt es doch, wenn wir ein Menschenleben dazulegen, nicht wahr?«

Karoline wusste nicht warum, doch bei diesen Worten schoss Panik in ihre Glieder. Ihre Ahnung sagte ihr, dass diese Teufelei alles Bisherige übertreffen würde.

»Pass auf, du darfst frei entscheiden. Wen willst du wählen? Die Mutter oder die Tochter?«

András rückte noch ein Stück näher. »Eine der beiden lässt du frei?«, vergewisserte er sich fast ein wenig ungläubig.

»Aber nein!« Sie lachte glockenhell auf. »Eine der beiden wird sofort sterben. Wähle! Ich werde das Kind gleich fallen lassen. Du kannst ihm nachstürzen, und vielleicht gelingt es dir, es aufzufangen, bevor sein Körper im Hof unten zerschmettert wird. Während du den Helden spielst, werde ich hier das feine Fräulein zerfetzen und mich an ihrem Blut laben. Du kannst natürlich auch versuchen, mir deine teure Karoline zu entreißen. Vielleicht gelingt es dir, doch um das Kind wäre es dann geschehen.«

Sie meinte es ernst. Bitterernst. Dieses Wesen kannte keine Gnade, kein Mitleid, keine Liebe. Karoline sah in András' verzweifelter Miene, dass auch er keine Möglichkeit sah, diesen grausamen Plan zu vereiteln.

»Nun, bist du so weit? Hast du dich entschieden?«

Er rückte noch ein Stück näher. Karolines Blick traf den seinen.

»András, rette mein Kind! Ich flehe dich an. Ich verzeihe dir alles und gebe dir meinen Segen, aber bitte, rette Sophie, bleib bei ihr und sorge für sie!«

»Nein!«, schrie das Mädchen in Verzweiflung auf.

In diesem Moment ließ Ileana sie fallen. András hechtete an ihr vorbei und kopfüber durch die Luke hinterher.

»Mein Kind, ich wünsche dir Gottes Segen und alles Gute auf dieser Welt. András, ich danke dir. Möge deine Seele Erlösung finden.«

Karoline schloss die Augen. Sie wusste, dass Ileana nicht geblufft hatte.

András war bewusst, dass Ileana recht hatte. Es lag nicht in seiner Macht, beide zu retten. Sophie oder Karoline. Und seine Schöpferin hatte es tatsächlich geschafft, die schlimmste Strafe für ihn zu finden. Er sah noch einmal in Karolines Augen. Dann schnellte er nach vorn, noch ehe es Ileana gelang, Sophie loszulassen. Die Hand der Vampirin zuckte. Ihre Finger streckten sich. Sophie stieß einen Schrei aus, als sie fühlte, dass sie fiel. Fast gleichzeitig hechtete András ihr nach. Er bekam sie zu fassen, drehte sich in der Luft und zog sie an sich. Sich zu wandeln war keine Zeit.

Der Aufprall war hart, doch es gelang ihm, sich so abzurollen, dass das Mädchen nicht zu Schaden kam. Sein Körper fühlte sich allerdings an, als habe er sich sämtliche Knochen zerschlagen. András stöhnte. Er stellte Sophie auf die Füße und rappelte sich mühsam auf. Nein, so schlimm stand es nicht um ihn, obwohl drei Rippen und ein Knochen in seinem Arm zu Bruch gegangen waren und er aus etlichen Wunden blutete. Sophie stand noch zu sehr unter Schock, um etwas zu sagen. András erfasste die Lage mit einem Blick. Der ganze Häuserblock stand in Flammen und drohte jeden Moment in sich zusammenzustürzen. Es gab nur einen Weg, das Mädchen aus dieser Hölle herauszubringen. Er hob Sophie auf den Rücken des Rappen.

»Lauf Satyr, bringt euch und Sophie in Sicherheit!«

Mit einem Fußtritt brach er das Tor aus den Angeln und schob die Pferde hinaus in die Gasse. Er wies ihnen die Richtung des gesprengten Rathauses, der einzig mögliche Weg aus dem Inferno.

Und wenn er für die Kutsche zu schmal war? Wenn ihnen Trümmer den Weg versperrten?

András löste die Verankerung der vier Pferde zur Deichsel. Die Kutsche konnte zurückbleiben. »Und nun lauft!«

Ohne einen weiteren Blick lief er in den Hof und stürzte zurück in das brennende Treppenhaus bis hinauf auf den Dachboden. Seine Kleider qualmten, als er die Stiege hinaufschoss und mit einem riesigen Sprung mitten auf dem Boden landete. Er wollte es nicht sehen. Und dennoch musste er sie mit seinem Blick suchen.

Ileana hatte ihre Drohung wahr gemacht! András hatte nicht daran gezweifelt, und doch war da ein Körnchen Hoffnung gewesen, das nun endgültig erlosch. Arme Karoline. Was für eine Verschwendung. Was für ein Verlust für ihn, für Sophie und für die Welt der Musik. Es blieb ihm nicht einmal ein Augenblick, um Abschied zu nehmen. András hatte sich noch nicht einmal aufgerichtet, da griff Ileana an.

War sie noch schneller geworden und noch stärker? Oder lähmten ihn die Folgen des Sturzes? Vielleicht war es auch die unbändige Wut, die sie antrieb. Sie krallte sich mit ihren zu Klauen gekrümmten Fingern in seinen Arm und seine Schulter, als wollte sie ihm das Fleisch von den Knochen reißen. András warf einen Blick auf Karolines zusammengesackten Körper, dessen Seele längst entflohen war. Ja, sein Zorn konnte es mit dem ihren wohl aufnehmen. Nun hatte Ileana es doch geschafft, ihren teuflischen Plan auszuführen und ihm alles zu nehmen, was ihm die Einsamkeit seiner Ewigkeit vertrieb. Denn wie viel Hoffnung durfte er hegen, dass das blinde Kind allein aus dem Toben der Flammen entkommen könnte?

Ileana riss den Mund auf und bleckte ihre Reißzähne. Das Licht der Flammen tanzte über die Kraterlandschaft ihrer zerstörten Gesichtshälfte. András schlug ihr mit einer raschen Bewegung gegen die Schläfe. Ihr Griff lockerte sich für einen Augenblick. Er duckte sich in einer Drehung unter ihr weg, griff zu und schleuderte sie gegen einen der brennenden Stützbalken. Doch Ileana war von anderem Kaliber als ihr junger Vasall in Wien. Sie drehte sich noch im Fallen wie eine Katze und stieß sich mit den Füßen an der Kante ab. Nur eine Strähne ihres langen Haares fing Feuer und zerfiel mit einem Zischen zu Asche. Sie brüllte wie ein Raubtier und stürzte sich wieder auf András. Ein Stück seines Fleisches musste er ihrem Rachen opfern, dafür bekam er ihr Handgelenk zu fassen und zerbrach es unter seinem Griff. Sie lachte nur schrill, biss ihm in den Arm und befreite sich. Beim nächsten Angriff riss András ihr eine Wunde in den Oberschenkel. Er bekam nur einen langen Kratzer über die Wange ab, aber dann sprang sie ihm in den Rücken und quetschte seine gebrochenen Rippen, dass sie ihm die Lunge zerstachen. Er kostete ihn alle Mühe, ihren Klammergriff zu lösen und sie wieder von sich zu schleudern. András spuckte blutigen Schaum. Geduckt erwartete er ihren nächsten Angriff.

Ein weiterer Teil des Daches stürzte in Donnergetöse herab,

doch die beiden Vampire kämpften verbissen weiter. Es ging darum, die ewige Existenz des anderen für immer auszulöschen. Eine andere Lösung konnte es nicht mehr geben. András holte rasselnd Atem. Er fühlte, wie seine Bewegungen langsamer wurden und seine Beine schwerer. Aber diese Schwäche traf ihn nicht allein. Die Sonne war nah! Nun gelang es ihm, Ileanas Bewegungen mit den Augen zu folgen. Allerdings machte es ihm seine eigene Schwäche nicht leichter, ihre Angriffe zu parieren. Zweimal ließ er sie ins Leere laufen, dann packte er sie und hielt sie umschlungen. Sie wehrte sich und wand sich. Biss nach ihm und riss ihm ein Stück Stoff und ein wenig Fleisch aus der Brust, während er ihren Arm an der Schulter auskugelte. Dennoch gelang es ihm wieder nicht, ihr so nachhaltig zu schaden, dass sie zu einer leichten Beute wurde. Sie riss sich los, rannte zur anderen Seite, sprang über einen brennenden Balken hinweg und schlug ihren Arm hart gegen die Wand, bis die Gelenkkugel wieder in die Pfanne rutschte. Es war der Schrei eines wilden Tieres, der über den Dachboden hallte. Sie stierte ihn aus blutunterlaufenen Augen an.

»Es wird Zeit, es zu beenden!«, keuchte sie und zog etwas Langes, Dünnes unter ihrem weiten Rock hervor, das ein Stilett sein mochte. András sah es silbern aufblitzen. Da kam sie in langen Sätzen auf ihn zu, die Klinge zum tödlichen Stoß erhoben. András machte sich bereit, ihm auszuweichen. Was für eine Sprungkraft! Er hätte sie für ihre Eleganz bewundern können, wenn sie nicht allein seiner Vernichtung dienen würde.

Er sah, wie Ileana ausbalanciert landete, um sich für den entscheidenden letzten Sprung abzudrücken. Doch das Feuer hatte die Planken ausgezehrt, und sie gaben unvermittelt unter ihren Füßen nach. Ileana stieß einen Schrei aus und warf die Arme in die Luft, konnte es aber nicht verhindern, dass die Schwerkraft sie mitsamt der ausgekohlten Bohlen nach unten riss.

Vor András tat sich ein mehrere Schritte großes Loch auf. Er wich zurück, als die Flammen, die sich im Stockwerk darunter gütlich getan hatten, fauchend durch das Loch schlugen. András wartete, bis sie sich für einen Moment zu sammeln schienen, dann sprang er hinterher.

Hier unten war die Hitze noch unerträglicher. Der Rauch so dicht, dass er kaum etwas erkennen konnte. Doch er spürte Ileana, die sich gerade wieder aufrappelte. Was war mit ihr? Der Sturz konnte ihr nicht so sehr geschadet haben. Hatte sie sich gar mit der silbernen Klinge ihres eigenen Stiletts verletzt?

András nahm sich nicht die Zeit, das zu überprüfen. Er stürzte sich auf sie und entwand ihr die schmale, spitze Waffe. Er stieß zu. Sie wich aus. Er packte sie und hielt sie fest, während er auf ihre Brust zielte. Sie wand sich und biss ihn, aber er ließ sie nicht los.

Das Knacken war ohrenbetäubend und setzte sich in Schwingungen durch das ganze Haus fort. Die Böden schwankten, die Decke neigte sich. Das Feuer ging als Sieger aus diesem Kampf hervor. An allen Ecken und Enden hatte es sich festgebissen und an der Substanz des Hauses genagt. Nun ergab sich das Gebäude in sein Schicksal.

Noch immer in Ileanas Körper verkrallt, warf sich András nach hinten auf die Fensteröffnung zu. Für einen Moment verharrten die beiden Körper auf dem geschwärzten Fensterbrett, dann fielen sie, während mit ihnen das Gemäuer in sich zusammenstürzte.

Noch einmal prallte András' Körper auf dem Pflaster im Hof auf. Ileana kam auf ihm zu liegen, während um ihn herum das ganze Gebäude in sich zusammenfiel und beide mit glühendem Holz und Mauerbruchstücken bedeckte. András spürte seine Sinne schwinden. Nein! Er musste sich befreien. Rasch! Überall fraß sich das Feuer durch Kleider und Haut in sein Fleisch. Er spannte alle seine Muskeln an und richtete sich auf. Steine und Holz flogen in alle Richtungen. Und auch Ileanas Körper fiel von ihm und rollte auf ein brennendes Holzbrett. Noch einmal krachte es. András wankte zurück. Die letzten glühenden Trümmer häuften sich im Hof. Ein schwerer Stützbalken fiel auf die Vampirin, blieb über ihrem Leib liegen und drückte sie zu Boden.

»Ileana?«

András trat wieder näher, beugte sich vor und sah, dass sie ihn aus weit aufgerissenen Augen anstarrte. Der Griff des Stiletts, das ihr der Aufprall in den Leib gestoßen hatte, ragte aus ihrer Brust.

»So geht es also zu Ende«, sagte er.

Sie versuchte sich an einem Lachen, das aber eher wie ein Keuchen klang.

»Ja, nun ist es mit uns beiden zu Ende. Kannst du es spüren? Die Sonne geht auf. Und es gibt hier keinen Platz, an dem du dich vor ihr verkriechen kannst. Nun werden auch dich die Flammen verzehren.«

»Das ist wahr«, musste András zugeben. Seine Stimme klang fremd in seinen Ohren. Die Worte flossen wie zäher Honig. »Doch noch ehe mich die Strahlen erfassen, ist dein Körper bereits für alle Ewigkeit zu Asche zerfallen.«

In seinen Ohren rauschte es. Der Schmerz wallte wie Wogen in seinem Körper auf und ab. Das Bild um ihn trübte sich ein. Oder war das nur der sich zusammenballende Rauch?

András wandte sich ab. Sollte Ileana das Letzte sein, was er auf dieser Welt sah? Er stieg über die ausgezehrten Trümmer hinweg. Der vordere Teil des Hofes war noch zu erahnen, ein halber Torbogen ragte auf, sinnlos seiner Aufgabe beraubt. András spürte, wie seine Knie nachgaben, und so setzte er sich auf einen geschwärzten Stein. Hier würde er sitzen bleiben und sein Ende erwarten. Er schloss die Augen. Wie lange würde es dauern, bis die Strahlen der aufgehenden Sonne sich über die Ruinen erhoben?

Er hörte das Wiehern von Pferden und dann eine helle Kinderstimme, die nach ihm rief.

»András! András, wo bist du? Du musst fort von hier!«

Welch süße Erinnerung. Sophie. War es ihm gelungen, wenigstens sie zu retten? Das Pferd schnaubte.

»András, oh bitte, sag etwas! Ich weiß, das du hier irgendwo bist.«

Der Vampir riss die Augen auf. Sie war hier. Er konnte sie wirklich hören. Sie und die Rappen. Aber wie war das möglich? Hatte er sie nicht fortgeschickt?

Es kostete ihn all die Kraft seines Geistes und seines Körpers, sich hochzustemmen und durch das halb eingerissene Tor zu wanken. Er blinzelte. Wie durch roten Nebel sah er das Kind, das auf Satyrs Rücken saß, die anderen drei Pferde noch an ihn geschirrt. Und da stand auch noch die Kutsche, auf die das Feuer, wie durch ein Wunder, nicht übergegriffen hatte.

András humpelte auf die Vision zu. Satyr begrüßte ihn mit einem freudigen Wiehern.

»Da bist du ja endlich!«, schluchzte das Kind. »Komm schnell. Alles bricht zusammen. Ich kann kaum mehr atmen. Die Hitze und der Rauch!«

Sophie ließ sich in seine Arme fallen und warf ihn fast um.

András blinzelte. Das Kind, die Pferde, die Kutsche. Sollte es wirklich möglich sein? Er hatte sich mit seinem Ende bereits abgefunden. Wie lange blieb ihm noch? Wie viel Kraft konnte er aufbringen, der Sonne zu widerstehen?

»András, ich brauche dich. Mir sind nichts und niemand mehr geblieben«, weinte Sophie. »Ich kann nicht auch noch dich verlieren. Lieber bleibe ich hier und sterbe mit dir zusammen.«

»Rede keinen Unsinn!«, sagte er so streng wie möglich und hob sie wieder auf Satyrs Rücken. »Warte, bis ich die Kutsche angehängt habe. Halte dich fest, und dann hoffe mit mir, dass die Pferde noch einen Weg finden, der breit genug ist, der Hölle zu entkommen!«

András verband das Geschirr des Gespanns wieder mit der Deichsel und kroch dann auf allen vieren in die Kutsche, in die Dunkelheit des Kastens unter der Bank, der ihn bereits auf ihrer Fahrt von Wien nach Hamburg vor den tödlichen Strahlen der Sonne beschützt hatte.

Das Feuer ließ sich nicht aufhalten. Die Hamburger hatten ihr Rathaus umsonst geopfert. Als Nächstes nahm es sich die prächtigen Häuser am Jungfernstieg. Die alten Linden entlang der Uferpromenade verloren ihre Blätter und färbten sich schwarz. Die Menschen versuchten in Booten wenigstens einen Teil ihrer Habe über die Alster in Sicherheit zu bringen, doch der Wind kannte keine Gnade. Er stieß fauchend zwischen die hölzernen Gefährte und setzte viele mit seinem Glutwirbel in Brand. Sie sanken. Die Glücklichen unter den Fliehenden kamen mit dem nackten Leben davon.

Dann drehte der Wind und sah sich gierig nach neuer Beute um. Während die Viertel am Gänsemarkt und am westlichen Ufer der Alster ungeschoren davonkamen, fraß sich der Brand nun in breiter Front am östlichen Ufer weiter. St. Petri ging in Flammen auf. Das Zuchthaus und das Armenhaus am Oberdamm mussten evakuiert werden. Vergeblich versuchten die Feuerwehrleute die Gebäude zu sprengen. Sie brannten ebenso nieder wie der Marstall. Während die meisten der Einsatzleute an der Ostfront kämpften, versuchten Spritzenmeister Claasen und seine Männer zu verhindern, dass das Feuer im Süden vorankam und sich über das Viertel von St. Jakobi hermachte.

»Claasen, Sie müssen sich mit ihren Männern für eine Weile zurückziehen«, befahl der Kommandant. »Sie sind nun mehr als dreißig Stunden auf den Beinen. Ruhen Sie sich aus, essen Sie und schlafen Sie einige Stunden. Überlassen Sie ihre Position hier der Truppe aus Bergedorf.«

Spritzenmeister Claasen schwankte vor Erschöpfung, schüttelte aber den Kopf. »Wir werden hier gebraucht. Es ist noch nicht zu Ende. Wenn das Feuer besiegt ist, haben wir genug Zeit zu essen und zu schlafen.«

Der Kommandant ließ nicht locker. »Es hilft keinem, wenn Sie oder Ihre Männer zusammenbrechen und noch mehr Menschen zu Tode kommen, weil die Erschöpfung Ihnen die Aufmerksamkeit raubt. Ziehen Sie sich zurück!«

»Und wohin? Viele meiner Männer haben keine Wohnung mehr, in der sie Ruhe finden könnten. Das Feuer hat ihnen alles genommen.«

Aber der Kommandant hatte sich bereits abgewandt und gab der Truppe aus Bergedorf ihre Anweisungen.

Claasen sah noch einige Augenblick zu ihm hinüber, dann entließ er seine Männer mit dem Befehl, zu ruhen und sich zu stärken und sich in sechs Stunden wieder einzufinden.

Claasen wandte sich ab und überlegte, wohin er gehen sollte. Sein Haus gab es nicht mehr. Seine Frau und die Kinder waren zu ihrer Schwester nach Flottbek geflohen. Er beschloss gerade, sich auf den Weg zu machen, als er innehielt und sich die Augen rieb. Was um alles in der Welt war denn das?

Die aufgehende Sonne beleuchtete eine Kutsche mit vier schwarzen Pferden, die über die Trümmer des gesprengten Rathauses hinweg auf ihn zu holperte. Der Kutschbock war verwaist, doch auf einem der Vorauspferde saß ein Mädchen von etwa zehn Jahren. Das Gesicht von Tränen verschmiert, die Hände in die Mähne das Rappen verkrallt.

Claasen trat den Pferden in den Weg und griff in ihr Geschirr.

»Wer bist du und wo willst du hin, mein Kind?«

Das Mädchen wandte ihm das bleiche Gesicht zu. Ihr Blick blieb in die Ferne gerichtet.

»Sophie. Ich heiße Sophie, und ich muss nach Blankenese, zum

Baurs Park, aber ich kann den Weg nicht sehen, und ich glaube nicht, dass die Pferde ihn allein finden können. Ich weiß nicht, wohin. Es brennt überall, und ich höre die Häuser zusammenstürzen und uns den Weg versperren.«

Die Verzweiflung rührte ihn. Claasen tätschelte ihr beruhigend die Hand. »Beruhige dich, Sophie. Du hast es überstanden.«

»Nein, ich muss zu dem Haus im Baurs Park«, wiederholte das Kind drängend. »Gorans Bruder wartet dort. Er wird wissen, was zu tun ist. Nur er kann ihn retten!«

Claasen wurde aus den Worten des Mädchens nicht recht schlau. Nur so viel verstand er, dass das Kind anscheinend blind war und dass in Blankenese Menschen lebten, die sich ihrer annehmen konnten.

»Ich bin Spritzenmeister Claasen«, stellte er sich vor. »Lass die Mähne des Pferdes los, Sophie, und komm mit mir auf den Kutschbock. Ich bringe dich zum Baurs Park.«

Sie schlugen einen großen Bogen und ließen die Flammenhölle, die einmal Hamburg gewesen war, hinter sich. Das Mädchen verfiel in Schweigen, und Claasen drängte es nicht. Es musste Schlimmes erlebt haben, wie so viele in Hamburg. Es würde dauern, bis die Häuser wieder aufgebaut und die Narben verheilt sein würden. Endlich hielt die Kutsche vor dem stattlichen weißen Säulenbau. Die Haustür flog auf, und ein großer, dunkelhaariger Mann mit fremdländischen Gesichtszügen erschien.

»Sophie?«, sagte er fragend und streckte dem Mädchen die Arme entgegen, in die es sich vertrauensvoll hineinsinken ließ.

»Sage Spritzenmeister Claasen Dank«, sagte das Kind. »Er hat uns heimgebracht.« Ihr Finger wies zum offensichtlich leeren Wagenkasten.

Der vierschrötige Mann verbeugte sich tief. »Wir stehen in Ihrer Schuld, Spritzenmeister Claasen. Peter von Borgo wird sich Ihnen erkenntlich zeigen.«

Claasen nickte verwirrt und stieg vom Kutschbock. Er verabschiedete sich von dem seltsamen Paar und machte sich auf den Weg nach Flottbek zu seiner Familie, um sich zu stärken, ehe er sich wieder dem Kampf gegen die Flammen stellte.

In der Nacht zum Sonntag wurde das Feuer endlich von den Befestigungsanlagen am Glockengießerwall aufgehalten, und es war der Verdienst der unermüdlichen Feuerwehrleute, dass der Brand – trotz des starken Funkenflugs – sich nicht in St. Georg fortsetzte. Am Morgen des 8. Mai 1842 erlosch das Feuer, nachdem es mehr als eintausend Häuser und Speicher vernichtet hatte. Zwanzigtausend Menschen hatten ihre Wohnungen und ihre Habe verloren. Das alte Hamburg war fast völlig vernichtet. Doch der Mut der Hamburger war ungebrochen. Schon bald würde sich eine neue Stadt aus der Asche und den Ruinen erheben. Größer, moderner, prächtiger. Niemand und nichts konnte Hamburg in die Knie zwingen!

Epilog

Der junge Stutzer blieb abrupt stehen.

»Was ist?«, erkundigte sich sein Freund.

»Das Mädchen da!« Arthur Vidal, Sohn des Hamburger Konsuls und Kaufmanns Theodor Edmund Vidal, der gerade von einer Reise aus England zurückgekehrt war und nun in seiner Heimatstadt Hamburg mit den neusten Modeextravaganzen der Insel beeindrucken wollte, deutete mit zitterndem Finger auf ein Mädchen von etwa siebzehn oder achtzehn Jahren, das aufrecht unter einer der weit geöffneten Flügeltüren stand, die auf die Terrasse und von dort in den nach englischem Vorbild angelegten Park führte, der bis hinunter zur Elbe reichte.

»Was ist mit dem Mädchen«, erkundigte sich sein Freund Bernhard, Sohn des Bankdirektors Conrad Hinrich Donner, Besitzer des wundervollen Elbschlosses, arglos, obwohl er längst erkannt hatte, was mit seinem Kumpan geschehen war.

»Ist sie nicht unglaublich? Diese dunklen Locken, die zarte, helle Haut, diese makellose Figur, die ihr weißes Seidenkleid noch unterstreicht. Es ist übrigens von neuster Mode und bestem Geschmack, und ich vermute von einem der ersten Schneider in London gefertigt. Ich kenne mich da jetzt aus, das kannst du mir glauben.« Er richtete seinen Blick wieder verzückt auf das Mädchen, um mit seiner Schwärmerei fortzufahren.

»Und wie aufrecht sie dasteht, geradezu königlich, und doch dieser Hauch von Schwermut in ihrer ernsten Miene. So stark und doch auch zerbrechlich. Und hast du ihre Augen gesehen? Sie sind einfach nur schwarz. Unergründlich, den Blick auf eine

Welt gerichtet, die wir nicht sehen können. Ich sage dir, sie birgt ein Geheimnis!«

»Aber ja«, bestätigte der Sohn des Gastgebers mit leichtem Spott in der Stimme. »Und sie bedarf nichts mehr als einen glühenden Verehrer und Retter, um sie aus den Tiefen der Finsternis zu befreien und – äh – direkt auf die Tanzfläche zu entführen.«

»Kennst du sie?«, verlangte sein Freund zu wissen. »Wie heißt sie? Ich will alles wissen!«

»Ihr Name ist Sophie von Borgo, sie ist eine Waise und lebt bei einem reichen und ein wenig exzentrischen Onkel mütterlicherseits in der Säulenvilla in Baurs Park. Und nun geh!« Er gab seinem Freund einen leichten Stoß mit dem Ellenbogen. »Worauf wartest du? Beeile dich, ehe sie vor deiner Nase von einem finsteren Dämon entführt wird.«

Der junge Mann tappte ein wenig unbeholfen auf das Mädchen zu und verbeugte sich tief. Es fiel ihm schwer, auch nur einen Blick von ihr zu wenden. Ihr Blick dagegen blieb weiter in die Ferne gerichtet, obwohl sie ihn längst bemerkt zu haben schien und den Kopf ein wenig in seine Richtung neigte.

»Fräulein Sophie, verzeihen Sie, dass ich Sie so einfach anspreche, obwohl wir einander nicht vorgestellt wurden.«

»Dann ist es wohl nun an Ihnen, das nachzuholen«, antwortete sie mit einer erstaunlich warm klingenden Stimme.

»Oh ja, verzeihen Sie, Arthur Vidal ist mein Name.« Sie reichte ihm höflich die Hand, und er war so dreist, seine Lippen ein wenig fester auf den Seidenhandschuh zu drücken, als es schicklich war.

Was war nur mit ihren Augen los? Warum sah sie ihn nicht an?

Er wagte verstohlen noch einen Blick. Konnte es sein, dass sie blind war? Nichts in ihrem Verhalten deutete darauf hin, dass sie ihre Umgebung nicht sehen konnte. Er war verwirrt.

»Nun, Herr Vidal, Sie schweigen? Sind Sie nur gekommen, um sich vorzustellen?«

»Äh, nein, natürlich nicht, ich dachte ein wenig mit Ihnen zu plaudern, und ja, also, wenn das möglich ist, Sie zum Tanz zu führen.«

Sophies Blick war noch immer über seine Schulter irgendwo in die Ferne gerichtet, ihre Hand aber öffnete das Ridikül und zog ihre Tanzkarte hervor.

»Wie Sie sehen, ist es möglich.«

Ihre Fingerspitzen strichen an seinem Arm entlang und schoben sich dann durch seine Armbeuge.

»Sie dürfen mich auf die Tanzfläche führen!«

Arthur Vidal gehorchte, und als die ersten Takte eines Walzers erklangen, legte er zaghaft seine Hand um ihre Taille.

»Oh ja, ein Walzer von Johann Strauss – dem Vater, nicht seinem Sohn, der Wien in diesen Tagen geradezu närrisch werden lässt.«

Seine ersten Schritte waren ein wenig zögerlich, doch sie bewegte sich mit solch einer Anmut im Walzertakt, dass er Mut fasste und Sophie immer schneller herumwirbelte. Er hatte noch kein Mädchen im Arm gehalten, das sich so bewegte! Es war wie ein Rausch, der ihn erfasste und der niemals enden durfte. Sophie legte den Kopf ein wenig schräg und lächelte allerliebst.

Konnte es wirklich sein, dass sie blind war und nichts von ihrer Umgebung sah?

»Aber ja!«

»Wie bitte?«

»Ich habe Ihnen nur die Frage beantwortet, die Sie im Stillen bewegt, die Sie sich aber nicht zu stellen trauen, weil sie Ihnen unhöflich erscheint. Ja, ich bin blind, und ich kann mit meinen Augen nicht sehen. Dennoch bin ich weder hilflos noch unfähig, meine Umgebung zu erfassen und mitzubekommen, was vor sich geht.«

Er fühlte sich ein wenig durcheinander. Was sollte er daraufhin sagen? Was erwartete sie von ihm? Und was würde sie kränken oder zurückstoßen?

Zum Glück musste man sich bei den schnellen Drehungen des Walzers nicht unbedingt unterhalten, ohne gleich unhöflich zu wirken. So tanzten sie schweigend weiter, bis die letzten Takte verklangen. Arthur Vidal verbeugte sich vor ihr, und Sophie versank in einen anmutigen Knicks.

»Ich danke Ihnen. Sie tanzen wundervoll und scheinen gar nicht außer Atem zu sein, daher will ich Sie dreist um einen zweiten Tanz bitten.«

Sophie lächelte ihn höflich an und wollte ihm gerade eine Antwort geben, als ein Schauder durch ihren Körper lief. Ihr Kopf flog zur Seite, und ein inneres Strahlen schien sie plötzlich zu erleuchten, dass es Arthur war, als müsse er geblendet zurückweichen.

»Er ist gekommen«, hauchte sie und wandte sich wieder ihrem Tänzer zu, nicht jedoch, um ihm die erwartete Zusage zu geben. »Verzeihen Sie mir, Herr Vidal, ich muss leider ablehnen. Sie tanzen den Walzer sehr schön, und vielleicht ergibt sich ein anderes Mal wieder die Gelegenheit, dies zu wiederholen. Für heute nehme ich von Ihnen Abschied.« Sie knickste noch einmal und strebte dann sicheren Schrittes quer durch den Raum auf den Mann zu, der eben in der Tür erschienen war und der das Mädchen so zum Strahlen gebracht hatte.

»Aber sie hat doch behauptet, sie sei blind«, stotterte Arthur Vidal und sah ihr fassungslos nach.

Er kam durch den Raum auf sie zu und nahm ihre Hände, die sie ihm entgegenstreckte, in die seinen.

»András«, hauchte sie, so dass nur er es hören konnte. »Endlich! Ich habe so auf dich gewartet. Jede Minute ohne dich war mir eine Ewigkeit.«

»Du hast mit dem jungen Mann dort getanzt. Ich habe es gesehen. Und es sah nicht so aus, als müsstest du vor Langeweile vergehen«, sagte er in leichtem Ton und küsste ihre Fingerspitzen.

»Er tanzt ganz nett«, gab Sophie großzügig zu. »Doch nichts ist mit dir zu vergleichen!«

»Ach Sophie, mein silbernes Mondlicht in finsterer Nacht, du solltest nicht so sprechen.«

Sie ging nicht darauf ein. Stattdessen schenkte sie ihm ein schelmisches Lächeln. »Wäre es jetzt nicht an der Zeit, dass du mich bittest, dir den nächsten Tanz und alle anderen dieser Nacht zu schenken? Und du musst mich anflehen, nicht grausam zu sein, und mir versichern, dass nur mein Lächeln dich vor tiefer Verzweiflung retten kann.«

Peter von Borgo kniff sie in die Wange. »Ich glaube, ich muss dich ein paar Nächte einsperren, um dir den Übermut auszutreiben. Du wirst mir noch zu einer Koketten!«

Sophie schnaubte ein wenig verächtlich durch die Nase. »Nein, ich wiederhole nur die Albernheiten, die die jungen Männer mir Abend für Abend ins Ohr flüstern.«

»Und du erhörst sie nicht, meine Grausame?«

»Du weißt, dass ich nur dir gehöre. Und nun lass uns tanzen. Hörst du es? Sie spielen Mutters Walzer. Sie hat ihn in der Nacht komponiert, in der du uns zum ersten Mal besucht hast, und sie hat ihn heimlich den ›András-Petru-Báthory-Walzer‹ genannt. Später, als wir nach Hamburg kamen, hat sie ihn noch einmal aufgeschrieben und um einige Passagen ergänzt. Komm!«

»Dein Wunsch ist mir Befehl!«

Der Vampir verbeugte sich tief vor seinem Mündel, legte den Arm um ihre Taille und führte sie zwischen die Tänzer.

Arthur Vidal zog sich zu seinem Freund zurück, ohne den Blick von dem außergewöhnlichen Paar zu lassen.

»Wer ist der Kerl?«, verlangte er zu wissen.

»Das, mein werter Freund, ist ihr Onkel.«

»Das soll der alte Onkel sein, bei dem sie wohnt?«, rief er so laut, dass sich einige der Gäste zu ihnen umdrehten. Rasch senkte Arthur seine Stimme. »Du erlaubst dir einen Scherz mit mir, nicht wahr? Dieser Kerl ist keinen Tag älter als dreißig!«

»Ich habe nicht gesagt, dass ihr Onkel alt ist«, korrigierte sein Freund. »Dies ist Peter von Borgo, ein reicher Exot, vermutlich irgendwo aus dem Osten. Hier in Hamburg hat er sein Vermögen jedenfalls nicht erworben, und er scheint es auch nicht nötig zu haben, weiterhin Geschäfte zu machen. Zumindest habe ich nichts dergleichen gehört. Ja, und die kleine Schönheit ist seine Nichte.«

»Sie sieht aber gar nicht so drein, als würde sie nur mit einem Onkel tanzen«, brummte Arthur missmutig. »Sieh nur, wie sie strahlt. Und wie sie ihn anlacht. Sie ist geradezu in ihn vernarrt!«

»Bist du etwa eifersüchtig?«

»Ja, zum Teufel. Und er sieht sie auch nicht gerade so an, wie ein väterlicher Onkel dies tun sollte. Nein, in seinem Blick lodert etwas, das ich nicht beschreiben kann.«

»Das ist Liebe, mein Freund.«

»Nein, das ist etwas anderes, Gefährlicheres. Ich nenne es Leidenschaft. Ein Begehren, als wolle er sie verschlingen.«

Danksagung

Das Herz der Nacht« ist nicht nur ein Vampirroman. Es ist eine Geschichte über Wien und Hamburg und ein Sittengemälde der ersten Hälfte des 19. Jahrhunderts. Für den Leser gibt es viele Details zu entdecken, sei es über die Städte, die Häuser und anderen Schauplätze und deren Geschichten oder sei es über die Gesellschaft mit ihren facettenreichen Persönlichkeiten. Um diese Menschen und ihre Geschichten zu finden, habe ich unzählige Bücher durchgearbeitet. So ist beispielsweise auch die Beschreibung des großen Brands von Hamburg mit seinen Details genau nach der historischen Überlieferung.

Bücher allein genügen mir als Grundlage allerdings nicht. Ich war in Wien und Hamburg und habe mir jeden Ort angesehen und mit unzähligen hilfsbereiten Leuten gesprochen. In Hamburg durfte ich mich wieder einmal der wundervollen Betreuung durch meine Kollegin Sybille Schrödter und ihren Mann Carl Krüger erfreuen. In Wien übernahm Oliver Mack, der ebenfalls schon ein erfahrener Recherchehelfer für »Peter von Borgo« ist. Ganz herzlichen Dank. In den vielen Museen fand ich stets offene Ohren. Vor allem die Führung durch die Michaelergruft hat mich sehr beeindruckt.

Ganz herzlich möchte ich Volker Busch danken, Programm- und Redaktionsleiter von VGS & LYX, der meinem Vampir »Peter von Borgo« ein neues Zuhause gegeben hat und mir den Vorschlag unterbreitete, einen großen Hardcover-Vampirroman zu schreiben. Vielen Dank auch meiner Lektorin Katharina Kramp, mit der es auf Anhieb so eine reibungslose Zusammenarbeit gab. Danken möchte ich auch meinem Agenten Thomas Montasser und seiner Frau Mariam, die mich seit vielen Jahren umsorgen und allen Unbill von mir fernhalten. Mein Mann Peter Speemann hat sich bei diesem Roman nicht nur wie immer um meine Computer gekümmert, er ließ sich nicht abhalten, mir im tiefsten Winter bei der Recherche in Wien zu helfen und sich heldenhaft mit mir durch den tiefen Schnee zu kämpfen. Ganz lieben Dank. Er hat auch versprochen, mit mir noch weiter in die Vergangenheit von András Petru Báthory alias Peter von Borgo zu reisen. Die Spur führt nach Transsilvanien …

Herzlichst
Ulrike Schweikert

Leseprobe

ULRIKE SCHWEIKERT

Feuer der Rache
Ein Peter-von-Borgo-Roman

Sie saß auf den kantigen Steinen, die das Bett der Elbe begrenzten, und weinte. Es war bereits dunkel, aber dieser Herbstabend schien einer der wenigen milden Abende im Hamburger Land zu werden. Der Wind wisperte in den Weidenbüschen, die den Blick vom Strandweg her abschirmten. Eine Gruppe von Spaziergängern schritt durch das Strandgras, eine Fähre tuckerte auf dem Fluss vorbei, Scheinwerferlicht huschte über das braune Wasser, doch das Mädchen bemerkte nichts von alldem. Sie saß nur da, die Knie eng an die Brust gepresst, das Gesicht in den Händen vergraben, und schluchzte. Tränen rannen ihr über die Wangen. Die Welt um sie herum war still und leer. Ihre Seele wanderte weit weg durch eine Finsternis, die nur sie selbst sehen konnte.

Irgendetwas drang durch die Dunkelheit und kroch über die tiefen Abgründe hinweg. Das Schluchzen verstummte. Der bebende Körper erstarrte, das Gesicht noch immer in den Händen verborgen. Da war etwas. Eine Gefahr! Ein Teil ihres Geistes hatte wachsam in die Nacht gelauscht und warnte sie nun. Sie spürte, wie sich die Härchen in ihrem Nacken aufstellten. Es schien ihr, als sei es plötzlich kalt geworden. Die feuchte Kälte, die sie schaudern ließ, musste vom Fluss her kommen. Es war spät geworden. Sie war hungrig und müde, und deshalb fror sie. Es war Zeit, zu den Menschen zurückzukehren. Das war alles.

Nein, ist es nicht! Willst du wieder nicht auf deine Instinkte hören?

Nun konnte sie deutlich fühlen, dass die Kälte sich von hinten her über die Sand- und Grasflächen näherte. Das Mädchen sprang auf, die Hände abwehrend von sich gestreckt. Ihr Blick huschte zwischen den Zweigen der Weiden hindurch auf der Suche nach der heranschleichenden Gefahr.

Zuerst konnte sie nichts erkennen, dann erhob sich plötzlich die Silhouette eines großen, schlanken Mannes vor ihr, als habe er sich gerade erst aus den Schatten zu einem festen Körper zusammengefügt. Bedächtig trat er näher. Das Mädchen öffnete den Mund, doch kein Laut kam über ihre Lippen. Sie konnte nur reglos dastehen und den Mann anstarren. Dabei registrierte ihr Gehirn jede Einzelheit, die das Mondlicht ihr enthüllte: sein fast hageres Gesicht mit der vorspringenden Nase und der bleichen Haut, die dunklen Augenbrauen und das schwarze, schulterlange Haar. Seine Augen schienen rot zu sein. Nein, das war nicht möglich. Es musste die Spiegelung eines Lichts vom Wasser her sein. Geräuschlos trat er näher, bis er keine drei Schritte entfernt vor ihr stand.

„Guten Abend“, sagte er mit leiser, dunkler Stimme.

„Sie haben mich erschreckt“, stieß das Mädchen hervor. Nun müsste die Panik in ihr aufsteigen, das Gefühl eines wilden Tieres, das man in einen Käfig gesperrt hat, aus dem es kein Entrinnen gibt, stattdessen fühlte sie Müdigkeit an ihren Beinen emporkriechen. Ihre Lider wogen schwer, ihr Atem ging tief und ruhig. Warum konnte sie ihren Blick nicht von diesen seltsamen Augen abwenden?

Sie fühlte, wie sein Blick über sie hinwegglitt, und es war ihr, als könne sie erkennen, was er vor sich sah: ein Mädchen, fast noch ein Kind, mit schmächtigem Körper und knochigen Armen und Beinen. Farblose Haarsträhnen hingen wirr in das nichtssagende

Gesicht mit der zu kleinen Nase und den zu dünnen Lippen. Das blasse Grau der Augen machte den Eindruck eines ehemals farbigen Stoffes, der durch zu häufiges Waschen seine Leuchtkraft verloren hatte. Sie sah, wie das Interesse in seinen Augen erlosch. Gleich würde er sich abwenden und davongehen. Wie konnte es anders sein. Sie hatte diesen Blick schon zu oft gesehen, um etwas anderes zu erwarten.

Er ging nicht. Stattdessen fragte er höflich: „Darf ich mich zu dir setzen?“

Nein! Sie wollte, dass er sie nicht mehr ansah und sie in Ruhe ließ. Erstaunt bemerkte sie, wie sie nickte. Ihre Knie fühlten sich weich an. Sie sank zurück auf die Steine und starrte auf die Elbe hinaus. Der Fremde ließ sich an ihrer Seite nieder und verschränkte die Arme um seine Knie.

„Peter von Borgo“, stellte er sich vor.

Sie reagierte nicht. So etwas wie Enttäuschung war in seiner Miene, dennoch blieb er sitzen.

„Ich habe dich weinen hören“, unterbrach er nach einer Weile die Stille. Er hielt kurz inne und fuhr dann fort: „Was mag der Grund sein, sich solcher Verzweiflung hinzugeben? Sollten Mädchen in deinem Alter nicht glücklich sein und an einem herrlichen Spätsommerabend das Leben genießen und sich freuen?“

Sie wunderte sich über seine seltsame Art zu sprechen. Er klang, als wäre er einem alten Film entstiegen. Auch fragte etwas in ihr, wie er ihr Weinen gehört haben konnte. Die Gedanken versanken jedoch in dem Nebel, der durch ihr Gehirn zog.

„Glück, Freude“, wiederholte sie stattdessen laut und lauschte diesen Worten nach, als habe sie sie noch nie vernommen. „Über was soll ich mich freuen? Kann ich jemals Glück empfinden? Ich werde mich hier auf der Stelle ins Wasser stürzen. Vielleicht ist es dann wenigstens friedlich.“ Tränen füllten ihre Augen und rannen über ihre Wangen herab.

Peter von Borgo hob fragend die Brauen. Offensichtlich war der Damm gebrochen, und es war keine weitere Aufforderung nötig.

„Sie wollen mich einsperren“, schluchzte das Mädchen. „Er hat getobt und mich geschlagen, und nun will er mich wegbringen, bis alles vorbei ist. Sie hat nur genickt und geweint und mich vorwurfsvoll angesehen. Ich sei die größte Enttäuschung ihres Lebens. Zum Pfarrer ist sie gelaufen und hat mit ihm darüber geredet, und er hat ihr die Adresse gegeben.“ Sie verzog das Gesicht zu einer Grimasse. „Marienstift Schwagstorf. Zu den Franziskanerinnen wollen sie mich abschieben.“ Das Schluchzen nahm einen hysterischen Klang an. Ihr Begleiter zog angewidert die Oberlippe hoch und rückte ein Stück von ihr ab.

„Ich halte das nicht aus. Ich sterbe, wenn ich allein bin. Rose darf nicht mitkommen. Ich zittere schon, wenn ich eine Stunde ohne sie bin. Es ist alles so dunkel um mich. Ich kann das nicht aushalten. Nachts sehe ich immer diese Gesichter um mich. Böse Fratzen, die näher und näher kommen. Ich will schreien und davonlaufen, doch ich kann mich nicht rühren, und kein Ton kommt aus meinem Mund. Es drückt mir die Luft ab. Ich ersticke, wenn Rose nachts nicht meine Hand hält.“ Sie wischte sich die Tränen an ihrem Ärmel ab und sah auf die Elbe hinaus. Ihre Stimme war noch immer leise, aber der jämmerliche Klang war nun verschwunden.

„Ich habe Angst davor, die Augen zuzumachen, doch irgendwann ist die Erschöpfung stärker, und dann beginnt es von Neuem. Immer wieder, immer wieder.“ Sie riss in Panik die Augen auf und starrte den Mann an ihrer Seite an, doch sie sah etwas anderes.

„Nein, lieber springe ich in den Fluss. Das Wasser macht mir auch Angst, aber ich weiß, es dauert nicht lange, und dann ist alles für immer zu Ende.“ Ihr Blick kehrte aus der Ferne zurück und richtete sich nun voller Erstaunen auf Peter von Borgo.

„Was ist nur in mich gefahren?“, murmelte sie und schüttelte den Kopf.

Der Mann betrachtete das braun schäumende Wasser und sah dann wieder zu dem Mädchen an seiner Seite, das ihn noch immer verwirrt anstarrte.

„Nun, ich will mich nicht einmischen“, sagte er. „Das Ertrinken soll eine qualvolle Sache sein, aber Schmerz und Krämpfe währen nicht ewig. Da hast du sicher recht.“ Er streckte den Arm aus und deutete auf den Fluss hinaus. „Wenn du fest entschlossen bist, diesen Schritt zu tun – gut, ich werde dich nicht aufhalten. Die Flut wird deine Leiche mit sich nehmen.“ Das Mädchen schwieg. „Andererseits habe ich nur zu oft die Erfahrung gemacht, dass Menschen auch das größte Leid schnell überwinden. Sie sind vergesslich. Die Zeit schleift die Kanten ab, wie das Wasser am Grund dieses Stroms die Kiesel rundet. Gib den Mühlen der Zeit zehn Jahre. Was hast du zu verlieren? Ist der Schmerz nach dieser Zeit immer noch da, ja, dann spring! Die Elbe wird dich auch dann noch aufnehmen.“

Das Mädchen öffnete den Mund und schloss ihn dann wieder, ohne einen Laut von sich zu geben.

Vom Geesthang her näherten sich eilige Schritte. „Rabby?“, erklang eine atemlose Stimme. „Rabby? Bist du hier draußen? Verdammt, antworte mir!“

Ein Mädchen rannte zwischen den hohen Gräsern auf das Ufer zu. Peter von Borgo konnte zwischen den Weidenzweigen ihre Silhouette im Mondlicht sehen. Sie war nicht nur größer als die Gestalt an seiner Seite, ihr Körper zeigte auch äußerlich, dass sie das Kindsein hinter sich gelassen hatte. Ein üppiger Busen wippte unter ihrem knappen T-Shirt, das die schmale Taille freiließ. Hüften und Schenkel waren durchaus fraulich zu nennen. Ihr langes Haar, das sie zu einem Pferdeschwanz zusammengebunden hatte, flatterte hinter ihr her, als sie über den Sand auf die beiden

Schatten am Ufer zulief. Die Hände in die Taille gestützt, blieb sie schwer atmend stehen.

„Rabby, warum antwortest du nicht? Ich habe mir Sorgen gemacht! Ich dachte, du bist nach oben gegangen, und dann warst du plötzlich weg."

„Ich wollte allein sein und nachdenken. Cherry, nicht böse sein."

Das Mädchen musterte Peter von Borgo misstrauisch. „Allein? So? Und wer ist das hier?"

Rabby zuckte mit den Schultern. „Ich weiß nicht. Er war plötzlich da und wollte nicht mehr gehen."

Cherry griff nach dem Arm der Freundin und zog sie hoch. Schützend schob sie sich vor die schmächtige Gestalt. Plötzlich huschte Erkennen über ihr Gesicht. „Sie sind das!", stieß sie aus. Ihr Brustkorb hob und senkte sich schnell, ihr Blick huschte über den Mann, der nun auch aufgestanden war. „Hören Sie, ich bin Ihnen sehr dankbar, aber nun verschwinden Sie und lassen Sie meine Freundin in Ruhe." Ihre Miene war feindselig.

„Was habe ich getan, um dein Misstrauen zu verdienen?", fragte Peter von Borgo lächelnd. Ein kurzer Blick aus seinen roten Augen, und der Aufruhr musste in sich zusammenfallen. Ein schnurrendes Kätzchen würde der Tiger in seinen Händen sein, wie all die anderen auch.

„Und wenn Sie noch so süßlich lächeln, mir machen Sie nichts vor. Ich kann das Böse spüren!", fauchte das Mädchen, packte Rabby bei den Handgelenken und zerrte sie hinter sich her. Der Vampir starrte den beiden nach. Noch lange stand er dort am Ufer der Elbe, ohne sich zu rühren oder auch nur den Blick abzuwenden.

So etwas war ihm in fast vierhundert Jahren noch nicht passiert.